Diogenes Taschenbuch 23137

F. Scott Fitzgerald

Die Schönen und Verdammten

Roman

Aus dem Amerikanischen von Hans-Christian Oeser

Mit einem Nachwort von Kyra Stromberg

Diogenes

Titel der 1922 bei
Scribner's, New York,
erschienenen Originalausgabe:
›The Beautiful and Damned‹
Die vorliegende Übersetzung
erschien erstmals 1998 im
Diogenes Verlag

Veröffentlicht als Diogenes Taschenbuch, 2000

60/00/24/1
ISBN 3 257 23137 7

*Für Shane Leslie, George Jean Nathan
und Maxwell Perkins
zum Dank für ihre großzügige
literarische Unterstützung
und Ermutigung*

Inhalt

Erstes Buch

Anthony Patch

1913, Anthony Patch zählte fünfundzwanzig Jahre, waren bereits zwei Jahre verstrichen, seit sich – wenigstens theoretisch – Ironie, der Heilige Geist unserer Tage, auf ihn ausgegossen hatte. Ironie war das letzte Wienern des Schuhs, der abschließende Tupfer der Kleiderbürste, eine Art intellektuelles »Na bitte!« – nun, zu Beginn dieser Geschichte hat er es bis zum bewußten Stadium gebracht. Als man ihn das erste Mal zu Gesicht bekommt, fragt er sich häufig, ob er nicht ehrlos und leicht verrückt sei, etwas schändlich und abscheulich Dürftiges, das auf der Oberfläche der Welt schillert wie Öl auf einem klaren Teich. Selbstverständlich wechseln sich diese Momente mit jenen ab, da er sich eher für einen außergewöhnlichen jungen Mann hält: überaus kultiviert, seiner Umgebung gut angepaßt und um einiges bedeutender als jeder andere, den er kennt.

Dies war ein gesunder Geisteszustand, der ihn auf intelligente Männer und auf alle Frauen munter, angenehm und äußerst attraktiv wirken ließ. In diesem Zustand traute er sich zu, eines Tages etwas verhalten Feinsinniges zu vollbringen, dessen Wert von wenigen Auserwählten erkannt werden würde, und hielt es für möglich, daß er sich nach seinem Hinscheiden in einem nebelhaften, unbestimmten Himmel auf halbem Wege zwischen Tod und Unsterblichkeit den schwächer leuchtenden Sternen zugesellen würde. Bis zu dieser Anstrengung wäre er Anthony Patch – nicht eben ein Bild von einem Mann, aber doch eine ausgeprägte und dynamische Persönlichkeit, von sich eingenommen, hochmütig, von innen heraus handelnd –, ein Mann, der sich bewußt war, daß es kein Ehrgefühl geben kann, und dennoch welches besaß, der die Sophisterei des Muts durchschaute und dennoch unerschrocken war.

Ein würdiger Mann und sein begabter Sohn

Anthony bezog sein Gefühl gesellschaftlicher Sicherheit aus dem Umstand, daß er der Enkel von Adam J. Patch war; wenn er seine Abstammung bis zu den Kreuzrittern übers Meer hätte zurückverfolgen können, wäre es auch nicht ausgeprägter gewesen. Denn ein Adel, der ganz auf Geld gegründet ist, verlangt vor allem Wohlstand – die Bewohner Virginias und Bostons ausgenommen...

Adam J. Patch, besser bekannt unter dem Namen »Cross Patch«, hatte Anfang 1861 die Farm seines Vaters in Tarrytown verlassen, um in ein New Yorker Kavallerieregiment einzutreten. Aus dem Krieg kehrte er als Major heim, eroberte Wall Street im Sturm und häufte unter viel Wirbel, Wut, Beifall und bösem Blut ein an die fünfundsiebzig Millionen Dollar umfassendes Vermögen an.

Dieses nahm seine Kräfte bis zu seinem siebenundfünfzigsten Lebensjahr in Anspruch. Dann, nach einem schlimmen Anfall von Sklerose, beschloß er, den Rest seines Lebens der sittlichen Erneuerung der Welt zu weihen. Er wurde zu einem Reformer unter Reformern. Er versuchte, es den großartigen Anstrengungen Anthony Comstocks, nach welchem sein Enkel benannt war, nachzutun, und versetzte dem Alkohol, der Literatur, dem Laster, der Kunst, den Pillen und dem Sonntagstheater eine bunte Abfolge von Haken und Schlägen. Unter dem Einfluß jenes heimtückischen Mehltaus, der letztlich mit wenigen Ausnahmen alle befällt, gab sich sein aufbrausendes Temperament jeder Entrüstung des Zeitalters hin. Von einem Sessel im Büro seines Guts in Tarrytown aus leitete er gegen das Gespenst eines gewaltigen Feindes, die Sündhaftigkeit, einen Feldzug, der über fünfzehn Jahre anhielt. Während dieser Zeit erwies er sich als fanatischer Monomane, ausgesprochene Landplage und unerträglicher Langweiler. In dem Jahr, da unsere Geschichte beginnt, war er bereits abgekämpft; sein Feldzug war ziellos geworden; langsam überlagerte 1861 das Jahr 1895; in Gedanken befaßte er sich ausführlich mit dem Bürgerkrieg, weniger ausführlich mit seiner verstorbenen Frau und seinem verstorbenen Sohn und so gut wie gar nicht mit seinem Enkel Anthony.

Zu Beginn seiner Karriere hatte Adam Patch Alicia Withers geheiratet, eine anämische Dame von dreißig Jahren, die hunderttausend Dollar und ein untadeliges Entree in die New Yorker Bankierskreise mit in die Ehe brachte. Diese hatte ihm unverzüglich und ziemlich draufgängerisch einen Sohn geboren und sich fortan, als sei sie von der Erhabenheit dieser Leistung vollkommen entkräftet, in die dämmrigen vier Wände des Kinderzimmers zurückgezogen. Der Knabe, Adam Ulysses Patch, entwickelte sich zu einem eingefleischten Klubgänger, Kenner des guten Tons und Tandemfahrer – seine Memoiren unter dem Titel *Meine Erlebnisse in der New Yorker Gesellschaft* begann er im erstaunlichen Alter von sechsundzwanzig Jahren. Als sich die Idee zu diesem Werk herumsprach, machten die Verlage eifrig Angebote; da es jedoch, wie sich nach seinem Tod herausstellte, übermäßig langatmig und überwältigend langweilig war, kam es nicht einmal als Privatdruck heraus.

Mit zweiundzwanzig trat dieser Chesterfield der Fifth Avenue in den Ehestand. Seine Frau war die Altistin Henrietta Lebrune, *die* Bostoner Salon-Sängerin, und auf Bitten des Großvaters wurde das einzige Kind dieser Verbindung auf den Namen Anthony Comstock Patch getauft. Als er nach Harvard ging, fiel der Name Comstock weg, geriet in die Vergessenheit des Hades und ward seitdem nie mehr gehört.

Der junge Anthony besaß ein Bildnis von seinen Eltern – als Kind hatte er es so oft vor Augen gehabt, daß es die Unpersönlichkeit von Möbelstücken angenommen hatte, doch jeder, der in sein Schlafgemach trat, betrachtete es mit Interesse. Es zeigte einen Dandy der Neunziger, schlank und ansehnlich, der neben einer hochgewachsenen, dunkelhaarigen Dame mit Muff und der Andeutung einer Turnüre stand. Zwischen ihnen war ein kleiner Junge mit langen, braunen Locken zu sehen, angetan mit einem Samtanzug à la Lord Fauntleroy. Das war Anthony mit fünf, im Sterbejahr seiner Mutter.

Seine Erinnerungen an die Bostoner Salon-Sängerin waren verschwommen und von Musik geprägt. Sie war eine Dame, die im Musikzimmer ihres Hauses am Washington Square sang, sang und abermals sang – zuweilen saßen Gäste um sie her, die Männer wippten mit verschränkten Armen und angehaltenem Atem auf Sofakanten, die Frauen hatten die Hände in den Schoß gelegt und raunten den Männern gelegentlich etwas zu, applaudierten stets sehr lebhaft und stießen nach jedem Lied leise Schreie des Entzückens aus – oft sang sie auch für Anthony allein, auf italienisch, französisch oder in einem seltsamen und entsetzlichen Dialekt, den sie für die Mundart der Südstaatenneger hielt.

Seine Erinnerungen an den ritterlichen Ulysses, den ersten Mann in Amerika, der seine Mantelaufschläge hochstellte, waren sehr viel lebhafter. Nachdem Henrietta Lebrune Patch »einem anderen Chor beigetreten« war, wie ihr Witwer von Zeit zu Zeit mit heiserer Stimme bemerkte, wohnten Vater und Sohn beim Opapa in Tarrytown, und täglich kam Ulysses in Anthonys Schlafzimmer und brachte mitunter fast eine Stunde lang angenehm vollmundige Worte hervor. Ständig versprach er Anthony Jagdreisen und Angelfahrten und Ausflüge nach Atlantic City – »ah, jetzt ist es bald soweit« –, doch keine dieser Unternehmungen wurde jemals durchgeführt. Eine Reise freilich kam zustande: Als Anthony elf war, fuhren sie ins Ausland, nach England und in die Schweiz, und dort, im besten Hotel Luzerns, schwitzend, ächzend und laut nach Luft japsend, starb sein Vater. Von Verzweiflung und Entsetzen gepackt, wurde Anthony nach Amerika zurückgebracht, wo er sich einer düsteren Schwermut vermählte, die bis ans Ende seiner Tage nicht mehr von ihm weichen sollte.

Vergangenheit und Persönlichkeit des Helden

Mit elf graute ihm vor dem Tod. Innerhalb von sechs für Eindrücke besonders empfänglichen Jahren waren seine Eltern gestorben, und seine Großmutter war fast unmerklich dahingewelkt, bis sie endlich, zum ersten Mal seit ihrer Heirat, einen Tag lang die unbestrittene Herrschaft über ihren Salon ausübte. So war das Leben für Anthony ein Kampf gegen den Tod, der an jeder Ecke lauerte. Seiner hypochondrischen Einbildungskraft zuliebe nahm er die Gewohnheit an, im Bett zu lesen – es beruhigte ihn. Er las, bis ihm die Augen zufielen, und schlief oft ein, ohne das Licht zu löschen.

Bis zum Alter von vierzehn Jahren war sein liebster Zeitvertreib seine riesige Briefmarkensammlung, die so weitgehend vollständig war, wie es die eines Jungen sein konnte – törichterweise bildete sein Großvater sich ein, ihm auf diese Weise Geographie beibringen zu können. So pflegte Anthony Korrespondenz mit einem halben Dutzend Firmen für Briefmarken und Münzen, und fast täglich brachte ihm der Postbote neue Briefmarkenalben oder Packungen mit glänzenden Probebogen. Seine Erwerbungen unaufhörlich von einem Album ins andere umzustecken übte einen geheimnisvollen Zauber auf ihn aus. Seine Marken waren sein größtes Glück, und jeden, der ihn bei seinem Spiel unterbrach, bedachte er mit einem ungeduldigen Stirnrunzeln. Sie verschlangen sein monatliches Taschengeld, und nachts lag er wach und sann unermüdlich über ihre Vielfalt und Farbenpracht nach.

Bis sechzehn hatte er fast ausschließlich in sich gekehrt gelebt, ein nicht sehr wortgewandter, durch und durch unamerikanischer Junge, der sich von seinen Altersgenossen artig verwirrt zeigte. Die beiden vorangegangenen Jahre hatte er in Europa verbracht, mit einem Privatlehrer, der ihn von den Vorzügen Harvards überzeugte: Die Universität werde ihm »Türen aufschließen«, sie sei ein ungeheures Stimulans und werde ihm ungezählte aufopferungsvolle und anhängliche Freunde bescheren. So ging er nach Harvard – es gab nichts anderes, was sich vernünftigerweise mit ihm anstellen ließ.

Repräsentation war ihm fremd, und so wohnte Anthony eine Weile allein und unerwünscht in einer Dachkammer in Beck Hall – ein schlanker, dunkelhaariger Bursche mittlerer Statur mit einem schüchternen, empfindsamen Mund. Sein Monatswechsel fiel mehr als großzügig aus. Er legte den Grundstock zu einer Bibliothek, indem er bei einem hausierenden Büchernarren Erstausgaben von Swinburne, Meredith und Hardy sowie das vergilbte, unleserliche Autograph eines Briefes von Keats erstand – später fand er heraus, daß ihm entschieden zuviel berechnet worden war. Er wurde ein exquisiter Dandy und erwarb eine ziemlich pathetische Kollektion seidener Pyjamas, brokatener Morgenmäntel und ausgefallener Krawatten, die zu ausgefallen waren, als daß er sie hätte tragen können; in diesem heimlichen Putz prunkte er vor einem Spiegel in seinem Zimmer oder lag, hingegossen in Satin, an seinem Fensterplatz, sah auf den Hof hinunter und bemerkte undeutlich das atemlose, hastige Treiben, an dem er offensichtlich niemals Anteil haben würde.

In seinem letzten Studienjahr stellte er fest, daß er seltsamerweise unter seinen Kommilitonen eine gewisse Stellung errungen hatte. Er erfuhr, daß man ihn für eine recht romantische Figur hielt, für einen Gebildeten, einen Einsiedler, eine Säule der Gelehrsamkeit. Dies belustigte ihn, doch insgeheim freute er sich darüber – er begann auszugehen, zunächst ein wenig, dann immer öfter. Er wurde in die *Hasty Pudding Society* aufgenommen. Er trank – heimlich, still und leise und in bester Tradition. Wäre er nicht in so jungen Jahren ans College gekommen, so hätte er womöglich »hervorragend abgeschnitten«, hieß es. 1909, bei seinem Abschlußexamen, zählte er erst zwanzig Jahre.

Danach wieder ins Ausland – diesmal nach Rom, wo er abwechselnd mit Architektur und Malerei liebäugelte, sich aufs Geigenspiel verlegte und einige haarsträubende italienische Sonette verfaßte – die angeblichen Grübeleien eines Mönchs aus dem dreizehnten Jahrhundert über die Freuden der *vita contemplativa.* Unter seinen Vertrauten in Harvard sprach sich herum, daß er sich in Rom aufhielt; wer in jenem Jahr im Ausland weilte, schaute bei ihm vorbei und stieß bei zahllosen Mondscheinspaziergängen mit ihm auf vieles in der Stadt, das älter als die Renaissance, ja älter als die Republik war. Maury Noble aus Philadelphia etwa blieb zwei Monate; gemeinsam entdeckten sie die besonderen Reize südländischer Frauen und genossen das köstliche Gefühl, in einer Kultur, die sehr alt und frei war, sehr jung und frei zu sein. Nicht wenige Bekannte seines Großvaters kamen zu ihm zu Besuch, und hätte es ihn danach verlangt, so hätte er es in diplomatischen Kreisen zur *persona grata* bringen können – in der Tat stellte er fest, daß es ihn in zunehmendem Maße zur Geselligkeit hinzog, doch jugendliche Zurückhaltung und daraus resultierende Schüchternheit bestimmten sein Verhalten noch immer.

Aufgrund einer jener unverhofften Erkrankungen seines Großvaters kehrte er 1912 nach Amerika zurück und entschloß sich, nach einer übermäßig anstrengenden Unterredung mit dem stets wieder aufs neue genesenden Alten, das Vorhaben einer dauerhaften Ansiedlung im Ausland auf die Zeit nach dem Ableben seines Großvaters zu verschieben. Nach ausgedehnter Wohnungssuche nahm er sich in der 52. Straße ein Apartment und richtete sich allem Anschein nach häuslich ein.

1913 stand Anthony Patchs Anpassung an das Universum kurz vor dem krönenden Abschluß. Körperlich hatte er sich seit seinen Studententagen fortentwickelt – zwar war er noch immer zu schmal, doch seine Schultern waren breiter geworden, und sein gebräuntes Gesicht hatte das ängstliche Aussehen des Erstsemesters verloren. Insgeheim war er sehr ordnungsliebend und wirkte wie aus dem Ei gepellt – seine Freunde behaupteten, sein Haar noch nie zerzaust gesehen zu haben. Seine Nase war zu spitz, sein Mund einer jener unglücklichen Spiegel der Befindlichkeit, die dazu neigen, sich in Augenblicken der Unzufriedenheit merklich nach unten zu verziehen; seine blauen Augen aber waren bezaubernd, ob nun hellwach und aufmerksam oder aber, in schwermütiger Stimmung, halb geschlossen.

Wiewohl ein Mann, dem es zum arischen Ideal am wesentlichen Ebenmaß der Gesichtszüge fehlte, galt er doch hier und da als gutaussehend – überdies war er, der Erscheinung nach und in Wirklichkeit, sehr reinlich, und zwar von jener besonderen Reinlichkeit, die von der Schönheit borgt.

Das makellose Apartment

Fifth und Sixth Avenue, so kam es Anthony vor, waren die Holme einer gigantischen Leiter, die sich vom Washington Square bis zum Central Park in die Wohnviertel erstreckte. Wenn er auf dem Oberdeck eines Omnibusses zur 52. Straße fuhr, hatte er unweigerlich das Gefühl, er hangele sich Hand über Hand an einer Reihe tückischer Sprossen hoch, und wenn der Bus ruckend an seiner eigenen Sprosse hielt, empfand er so etwas wie Erleichterung, da er die gefährlichen Metallstufen hinabstieg und auf den Bürgersteig trat.

Danach brauchte er die 52. Straße nur noch einen halben Block weit hinunterzulaufen, vorbei an einem langweiligen Ensemble rötlichbrauner Sandsteinhäuser – und im Nu befand er sich unter der hohen Decke seines geräumigen Vorderzimmers. Das war wirklich sehr angenehm. Schließlich fing hier das Leben an. Hier schlief er, frühstückte, las und bewirtete Gäste.

Das Haus selbst, Ende der neunziger Jahre erbaut, war aus dunklem Stein; um die ständig wachsende Nachfrage nach kleinen Apartments stillen zu können, war jedes Stockwerk von Grund auf umgebaut und einzeln vermietet worden. Von den vier Apartments im zweiten Geschoß war Anthonys das reizvollste.

Das Wohnzimmer wies eine schöne hohe Decke und drei große Fenster auf, die erfreulicherweise auf die 52. Straße hinunterblickten. Was die Einrichtung anbetraf, so war jeder besondere Zeitgeschmack glücklich vermieden; vermieden waren Steifheit, Spießigkeit, Kahlheit und Dekadenz. Es roch weder nach Zigarettenqualm noch nach Weihrauch – es war groß und hatte etwas Bläuliches. Da stand eine tiefe Chaiselongue von weichstem braunem Leder, umweht von Schläfrigkeit wie von einem Dunstschleier. Da war ein hoher Paravent aus chinesischem Lack, auf dem vor allem geometrisch geformte Fischer und Jäger in Schwarz und Gold dargestellt waren; dieser bildete einen Alkoven für einen voluminösen Sessel, bewacht von einer orangefarbenen Stehlampe. Das gevierte Wappenschild im Innern des Kamins war zu einem düsteren Schwarz verkohlt.

Durchschritt man das Eßzimmer, das Anthony lediglich für sein Frühstück benutzte, aus dem man aber etwas Prunkvolles hätte machen können, und einen verhältnismäßig langgestreckten Flur, so gelangte man zum Kern und Herzen des Apartments – Anthonys Schlafgemach und Badezimmer.

Beide waren enorm. Unter der Decke des ersteren nahm sich selbst das große Himmelbett nur mittelmäßig aus. Der exotische

Bettvorleger aus karmesinrotem Samt fühlte sich unter Anthonys bloßen Füßen weich wie ein Vlies an. Im Gegensatz zu dem Bombast seines Schlafgemachs wirkte sein Badezimmer fröhlich, hell und überaus wohnlich, gar verspielt. An den Wänden hingen die gerahmten Fotografien von vier zu jener Zeit gefeierten thespischen Schönheiten: Julia Sanderson als »The Sunshine Girl«, Ina Claire als »The Quaker Girl«, Billie Burke als »The Mind-the-Paint-Girl« und Hazel Dawn als »The Pink Lady«. Zwischen Billie Burke und Hazel Dawn hing ein Druck, der eine große Schneelandschaft zeigte, über welcher eine kalte, furchteinflößende Sonne thronte – dies, behauptete Anthony, versinnbildliche die kalte Dusche.

Die mit einem raffinierten Lesepult versehene Badewanne war niedrig und ausladend. Der Wandschrank daneben war mit Bettwäsche vollgestopft, die für drei Männer ausgereicht hätte, und mit einer ganzen Kollektion Krawatten. Die Brücke war nicht etwa ein dürftiges besseres Handtuch, sondern ein kostbarer Teppich, wie jener im Schlafgemach ein Wunder an Weichheit, das den nassen Fuß, der der Wanne entstieg, beinahe zu massieren schien...

Alles in allem ein Raum, der Wunder wirkte – das sah man sogleich. Hier kleidete Anthony sich an, hier frisierte er sein makelloses Haar, hier tat er alles außer schlafen und speisen. Es war sein ganzer Stolz, dieses Badezimmer. Hätte er eine Geliebte, dachte er bei sich, so würde er ihr Bild gerade gegenüber der Wanne aufhängen, um, in den besänftigenden Dämpfen des heißen Wassers sich verlierend, daliegen, zu ihr aufblicken und warm und sinnlich von ihrer Schönheit träumen zu können.

Das Apartment wurde von einem englischen Diener mit dem einzigartig, ja beinahe theatralisch zutreffenden Namen Bounds saubergehalten, dessen Perfektion nur durch den Umstand beeinträchtigt wurde, daß er einen ungesteiften Kragen trug. Wäre er ausschließlich Anthony verpflichtet – eben *bound* – gewesen, so wäre dieser Defekt rasch behoben gewesen, indes war er auch der Bounds zweier anderer Gentlemen in der Nachbarschaft. Von acht bis elf Uhr morgens gehörte er ganz Anthony. Er brachte die Post und bereitete das Frühstück zu. Um neun Uhr dreißig zog er am Zipfel von Anthonys Bettdecke und sprach einige wenige markige Worte – Anthony konnte sich nie genau daran erinnern, worin sie bestanden, hegte aber den Verdacht, daß sie vorwurfsvoller Natur waren; daraufhin servierte er auf einem Kartenspieltisch im Wohnzimmer das Frühstück, machte das Bett und zog sich nach der etwas feindseligen Frage, ob es sonst noch etwas gebe, zurück.

Vormittags, zumindest einmal in der Woche, suchte Anthony seinen Börsenmakler auf. Sein Einkommen betrug nicht ganz siebentausend im Jahr, Zinsen auf eine Geldsumme, die er von seiner Mutter ererbt hatte. Sein Großvater, der es nie zugelassen hatte, daß sein Sohn von einem sehr großzügig bemessenen Monatswechsel freikam, war der Auffassung, daß dieser Betrag für den Bedarf des jungen Anthony ausreichend sei. Immer zu Weihnachten schickte er ihm eine Anleihe in Höhe von fünfhundert Dollar, die Anthony, sofern möglich, meist veräußerte, da er stets ein wenig, wenn auch nicht sehr, in Geldnöten war.

Die Besuche beim Börsenmakler reichten von Plaudereien halb geselligen Charakters zu Diskussionen über die Sicherheit von Geldanlagen zu acht Prozent, und für Anthony waren sie jedesmal ein Genuß. Das große Gebäude der Kreditbank schien ihn an die riesigen Vermögen anzubinden, deren Zusammenhalt er schätzte, und ihm zu versichern, daß er von den oberen Rängen der Hochfinanz angemessen betreut wurde. Von den umherhastenden Männern bezog er das gleiche Gefühl der Sicherheit, wie wenn er sich im Geiste mit dem Geld seines Großvaters befaßte – ja es war noch stärker, kam ihm doch letzteres geradeso vor wie ein täglich kündbares Darlehen, das Adam Patchs moralischer Rechtschaffenheit von der Welt gewährt wurde, während das Geld in Downtown anscheinend eher durch schier unbezwingbaren Kraftaufwand und ungeheure Willensanstrengung zusammengerafft und beieinandergehalten wurde; außerdem sprach man hier, anders als zu Hause, offen und ausdrücklich über – Geld.

So dicht er seinem Einkommen auch auf den Fersen war, er hielt es für ausreichend. Eines gesegneten Tages natürlich würde er über viele Millionen verfügen; bis dahin lag seine *raison d'être* in der Aufgabe, Essays über die Päpste der Renaissance zu schreiben. Dies geht zurück auf eine Unterredung mit seinem Großvater gleich nach seiner Rückkehr aus Rom.

Er hatte gehofft, seinen Großvater tot vorzufinden, bei einem Anruf von den Landungsbrücken jedoch erfahren, daß Adam Patch wieder vergleichsweise wohlauf war – tags darauf hatte er seine Enttäuschung hinuntergeschluckt und war nach Tarrytown hinausgefahren. Fünf Meilen hinter dem Bahnhof bog seine Droschke in eine aufwendig gepflegte Auffahrt ein, die sich durch ein wahres Labyrinth von Mauern und Drahtzäunen schlängelte, von denen das Gut geschützt wurde – wie es allgemein hieß, geschah dies, weil zweifelsfrei feststand, daß der alte Cross Patch, wenn es nach den Sozialisten ginge, zu den ersten zählen würde, die sie meucheln würden.

Anthony hatte sich verspätet, der verehrungswürdige Philanthrop wartete in einer Glasveranda auf ihn und blätterte nun schon zum zweiten Mal die Morgenzeitungen durch. Edward Shuttleworth, sein Sekretär – der vor seiner Wiedergeburt Hasardeur, Barbesitzer und allgemein ein verkommenes Subjekt gewesen war –, geleitete Anthony ins Zimmer und führte seinen Erlöser und Wohltäter wie einen unermeßlich wertvollen Schatz vor.

Feierlich schüttelten sie sich die Hand. »Ich freue mich kolossal, daß es Ihnen bessergeht«, sagte Anthony.

Mit einer Miene, als habe er seinen Enkel erst letzte Woche gesehen, zog Patch der Ältere seine Uhr hervor.

»Zug verspätet?« fragte er nachsichtig.

Es hatte ihn geärgert, auf Anthony warten zu müssen. Er lebte nicht nur in dem Wahn, in seiner Jugend allen praktischen Angelegenheiten mit äußerster Gewissenhaftigkeit nachgegangen zu sein, ja jede Verabredung auf die Minute pünktlich eingehalten zu haben, sondern wiegte sich auch in dem Glauben, dies sei genau und hauptsächlich der Grund für seinen Erfolg gewesen.

»Diesen Monat hat er sich ziemlich oft verspätet«, bemerkte er mit einem Anflug sanften Vorwurfs in der Stimme – dann sagte er nach einem langen Seufzer: »Setz dich.«

Anthony musterte seinen Großvater mit jener stillschweigenden Verwunderung, die sich bei seinem Anblick stets einstellte. Besaß doch dieser kraftlose, unintelligente alte Mann eine solche Macht, daß diejenigen Männer der Republik, deren Seelen er nicht mittelbar oder unmittelbar hätte kaufen können, White Plains nur spärlich bevölkert hätten – da konnten die Revolverblätter schreiben, was sie wollten. Dies erschien ihm ebenso unglaublich wie die Tatsache, daß er früher einmal ein rosiger Säugling gewesen sein mußte.

Die Spanne seiner fünfundsiebzig Jahre hatte wie ein magischer Blasebalg gewirkt – das erste Vierteljahrhundert hatte ihn mit Leben vollgepumpt, und das letzte hatte es wieder aus ihm herausgesogen. Es hatte Wangen und Brustkorb einsinken lassen und den Umfang von Armen und Beinen verringert. Tyrannisch hatte es ihm einen Zahn nach dem anderen abgefordert, seine kleinen Äuglein in dunkelbläulichen Tränensäcken versteckt, ihm die Haare ausgerissen, ihn an einigen Stellen von Grau in Weiß, an anderen von Rosa in Gelb verwandelt – rücksichtslos seine Farben aufgetragen wie ein Kind, das sich an einem Malkasten zu schaffen macht. Nach seinem Körper und seiner Seele war es über sein Gehirn hergefallen. Es hatte ihm nächtliche Schweißausbrüche, Tränen und grundlose Ängste beschert. Seine ausgeprägte Durchschnittlichkeit hatte es in Leichtgläubigkeit und Argwohn aufgespalten. Aus dem groben Stoff seiner Begeisterungsfähigkeit hatte es Dutzende bescheidener, aber griesgrämiger Obsessionen zugeschnitten; seine Energie war auf die schlechte Laune eines verwöhnten Kindes geschrumpft, sein Wille zur Macht dem törichten Verlangen eines Knaben nach einem Land von Harfenspiel und Lobgesängen auf Erden gewichen.

Nachdem man so behutsam das Thema Verkehrsverbindungen gestreift hatte, beschlich Anthony das Gefühl, es werde von ihm erwartet, daß er in Umrissen seine Absichten darlege – zugleich aber warnte ihn einstweilen ein Funkeln in den Augen des Alten davor, seinen Wunsch auszusprechen, im Ausland zu leben. Er wünschte, Shuttleworth besäße genügend Takt, den Raum zu verlassen – er verabscheute Shuttleworth –, doch der Sekretär hatte sich gleichgültig in einem Schaukelstuhl niedergelassen und ließ die Blicke seiner glanzlosen Augen von einem Patch zum anderen wandern.

»Wo du nun schon einmal hier bist, solltest du etwas *tun*«, sagte sein Großvater sanft, »etwas zustande bringen.«

Anthony wartete darauf, daß er sagte: »Etwas Fertiges hinterlassen, wenn du von hinnen gehst.« Dann machte er einen Vorschlag: »Ich dachte – es schien mir, daß ich vielleicht am besten dazu tauge, etwas zu schreiben...«

Adam Patch zuckte zusammen; er stellte sich einen Dichter in der Familie mit langer Mähne und drei Geliebten vor.

»...über Geschichte zu schreiben«, schloß Anthony.

»Über Geschichte? Was für eine Geschichte? Die des Bürgerkriegs? Der Revolution?«

»Aber nein, Sir. Eine Geschichte des Mittelalters.« In diesem Augenblick war die Idee zu einer Geschichte der Renaissancepäpste geboren, unter einem neuen Blickwinkel verfaßt. Dennoch war er froh, »Mittelalter« gesagt zu haben.

»Mittelalter? Weshalb nicht über dein eigenes Land? Etwas, worüber du Bescheid weißt?«

»Sie verstehen, ich habe so lange im Ausland gelebt...«

»Ich weiß nicht, weshalb du ausgerechnet über das Mittelalter schreiben willst. Finsteres Mittelalter, haben wir immer dazu gesagt. Niemand weiß, was sich abgespielt hat, und niemand macht sich etwas daraus, wichtig ist bloß, daß es jetzt zu Ende ist.« Etliche Minuten lang verbreitete er sich über die Nutzlosigkeit derartiger Kenntnisse, wobei er natürlich auf die spanische Inquisition und die »Verderbtheit der Klöster« zu sprechen kam. Dann: »Glaubst du, daß du in New York einer richtigen Arbeit nachgehen kannst – oder hast du überhaupt vor zu arbeiten?« Letzteres mit leisem, fast unmerklichem Zynismus.

»Aber ja, Sir.«

»Wann wirst du fertig sein?«

»Nun, erst muß ein Entwurf gemacht werden – allerhand vorbereitende Lektüre.«

»Ich dachte, die hättest du schon zur Genüge hinter dich gebracht?«

Das Gespräch bewegte sich ruckweise auf einen recht abrupten Abschluß zu, als Anthony aufstand, auf seine Uhr sah und vorgab, an diesem Nachmittag einen Termin bei seinem Börsenmakler zu haben. Er hatte vorgehabt, ein paar Tage bei seinem Großvater zu verbringen, doch von der stürmischen Überfahrt war er müde und gereizt und hatte keine Lust, eine hintergründige und scheinheilige Befragung über sich ergehen zu lassen. Er werde in ein paar Tagen wieder herauskommen, sagte er.

Trotz alledem war dank diesem Zusammentreffen die Arbeit als bleibende Idee in sein Leben eingetreten. Im Laufe des Jahres, das seitdem verstrichen war, hatte er mehrere Listen mit den Namen von Fachautoritäten zusammengestellt, er hatte sogar mit Kapitelüberschriften und der Gliederung seiner Arbeit in Zeitabschnitte experimentiert, aber zur Stunde gab es weder eine wirklich hingeschriebene Zeile, noch hatte es den Anschein, als würde es sie jemals geben. Er tat nichts – doch der bestbeglaubigten Schulbuchlogik zuwider wußte er sich zu seiner mehr als nur durchschnittlichen Zufriedenheit Zerstreuung zu verschaffen.

Nachmittag

Es war im Oktober 1913, auf halbem Wege durch eine Woche angenehmer Tage. In den Querstraßen lagerte der Sonnenschein, und die Atmosphäre war so träge, daß sie von den gespenstisch herabfallenden Blättern beschwert zu werden schien. Es war angenehm, müßig am geöffneten Fenster zu sitzen und ein Kapitel des *Erewhon* zu Ende zu lesen. Es war angenehm, gegen fünf Uhr zu gähnen, das Buch auf einen Tisch zu werfen und summend durch den Flur ins Bad zu schlendern.

To… you… beaut-if-ul lady,

sang er, während er den Hahn aufdrehte,

I raise… my… eyes;
To… you… beaut-if-ul la-a-dy
My… heart… cries…

Um gegen die Wasserflut anzusingen, die sich in die Wanne ergoß, erhob er die Stimme, und als er das Bild von Hazel Dawn an der Wand betrachtete, setzte er eine imaginäre Geige an die Schulter und liebkoste diese sanft mit einem gedachten Bogen. Mit geschlossenen Lippen machte er ein summendes Geräusch, von dem er sich einbildete, es entspreche in etwa dem Klang einer Violine. Einen Augenblick später stellten seine Hände ihre runden Bewegungen ein und wanderten zu seinem Hemd, das er aufzuknöpfen begann. Ausgekleidet, warf er sich in athletische Positur wie der Tigerfellmann in der Werbung und musterte sich mit einiger Befriedigung im Spiegel. Dann unterbrach er sich dabei und planschte vorsichtig mit einem Fuß im Wasser. Daraufhin drehte er den Hahn zu und stieg ächzend in die Wanne.

Nachdem er sich an die Temperatur des Wassers gewöhnt hatte, entspannte er sich in einem Zustand wohliger Schläfrigkeit. Nach dem Bad würde er sich gemächlich ankleiden und die Fifth Avenue hinunter zum Ritz laufen, wo er wie so oft mit seinen beiden Gefährten Dick Caramel und Maury Noble eine Verabredung zum Dinner hatte. Danach würden Maury und er ins Theater gehen – Caramel würde vermutlich nach Hause trotten und an seinem Buch arbeiten, das wohl ziemlich bald abgeschlossen war.

Anthony war froh, daß *er* nicht an *seinem* Buch zu arbeiten brauchte. Die absurde Vorstellung, sich hinzusetzen und nicht nur Worte herbeizuzaubern, mit denen er Gedanken einkleiden konnte, sondern auch Gedanken, die es wert waren, in Worte eingekleidet zu werden – dies alles lag für ihn weit abseits allen Begehrens.

Als er aus dem Bad gestiegen war, trocknete er sich mit der akribischen Hingabe eines Schuhputzers ab. Dann schlenderte er ins Schlafgemach und bummelte, eine seltsame, ungewisse Melodie pfeifend, hierhin und dorthin, knöpfte zu, rückte zurecht und genoß die Wärme des flauschigen Teppichs unter seinen Füßen.

Er zündete sich eine Zigarette an und warf das Streichholz aus dem offenen Fenster, dann hielt er unvermittelt inne und ließ die Zigarette ein paar Zentimeter weit aus dem leicht geöffneten Mund hängen. Sein Blick war an einem leuchtenden Farbfleck auf dem Dach eines Hauses weiter unten in der Gasse haftengeblieben.

Es war ein Mädchen in einem roten Negligé, sicherlich aus Seide, das sich in der noch warmen Sonne des Spätnachmittags die Haare trocknete. In der stickigen Luft des Zimmers erstarb sein Gepfeife. Er trat vorsichtig einen Schritt näher ans Fenster, ganz überrascht von ihrer schönen Erscheinung. Vor ihr auf der steinernen Brüstung lag ein Kissen von derselben Farbe wie ihr Gewand; sie hatte beide Arme darauf gestützt und schaute auf den sonnigen Hof hinunter, wo Anthony Kinder spielen hörte.

Er beobachtete sie mehrere Minuten lang. Etwas in ihm war wachgerüttelt, etwas, das sich weder dem warmen Duft des Nachmittags noch der aufsehenerregenden Lebhaftigkeit des Rots verdankte. Er empfand das Mädchen als wirklich schön – dann begriff er plötzlich: Es war der Abstand, kein rarer und kostbarer Abstand der Seele, aber doch ein Abstand, wenn auch nur in irdischen Metern. Zwischen ihnen lagen die Herbstluft und die Dächer und die verwischten Stimmen. Und dennoch, eine nicht ganz erklärliche, wundersam in der Schwebe hängende Sekunde lang war seine Empfindung der Anbetung näher gewesen als im tiefsten Kuß, den er je ausgekostet hatte.

Er kleidete sich fertig an, fand eine schwarze Frackschleife und zog sie vor dem dreiteiligen Badezimmerspiegel sorgfältig zurecht. Dann ging er, einem Impuls nachgebend, rasch in sein Schlafgemach und sah wieder aus dem Fenster. Die Frau stand jetzt aufrecht; sie hatte ihr Haar zurückgeschüttelt, und er hatte sie direkt vor Augen. Sie war dicklich, volle fünfunddreißig und höchst durchschnittlich. Er schnalzte mit der Zunge, ging wieder zurück ins Badezimmer und zog sich einen neuen Scheitel.

To... you... beaut-if-ul lady,

sang er leichthin,

I raise... my... eyes...

Dann, mit einem letzten wohltuenden Bürstenstrich, der eine irisierende Fläche reinen Glanzes hinterließ, trat er aus dem Badezimmer und aus seinem Apartment und ging die Fifth Avenue hinunter zum Ritz-Carlton.

Drei Männer

Um sieben sitzen Anthony und sein Freund Maury Noble an einem Ecktisch auf dem kühlen Dach. Maury Noble gleicht einem großen, schlanken, imposanten Kater. Seine Augen sind schmal und zwinkern unaufhörlich und ausdauernd. Sein Haar liegt glatt an, als sei es von einem gewaltigen Muttertier abgeleckt worden. Während Anthonys Jahren in Harvard galt er als äußerst ungewöhnliche Figur, als einfallsreichster und originellster Kopf seines Jahrgangs – gescheit, verhalten, einer der Erwählten.

Dies ist der Mann, den Anthony als seinen besten Freund ansieht. Unter all seinen Bekannten ist er der einzige, den er bewundert und mehr, als er sich eingestehen will, beneidet.

Jetzt sind sie froh, sich zu sehen – ihre Augen blicken freundlich, da jeder von ihnen nach einer kurzen Trennung den vollen Reiz des Neuen verspürt. Aus der Gegenwart des anderen schöpfen sie Erholung, eine neue Heiterkeit; Maury Noble schnurrt beinahe hinter seinem feingeschnittenen und lächerlich katzenhaften Gesicht. Und Anthony, rastlos wie ein Irrlicht, nervös – jetzt findet er Ruhe.

Sie sind in eines jener unbeschwerten, abgerissenen Gespräche vertieft, wie nur Männer unter dreißig oder Männer unter großer Anspannung sie sich leisten können.

ANTHONY Sieben Uhr. Wo steckt diese Karamelle bloß? *ungeduldig* Ich wünschte, er würde diesen nicht enden wollenden Roman beenden. Ich habe mehr Zeit mit Hungern zugebracht...

MAURY Er hat einen neuen Namen dafür. *Der dämonische Liebhaber* – nicht schlecht, was?

ANTHONY *interessiert Der dämonische Liebhaber?* O wehklagend das Weib für seinen dämonischen Liebhaber – nein – gar nicht schlecht! Ganz und gar nicht schlecht – das meinst du doch auch?

MAURY Ja sicher. Um wieviel Uhr, hast du gesagt?

ANTHONY Um sieben.

MAURY *Seine Augen verengen sich – nicht unangenehm, aber um leichte Mißbilligung auszudrücken* Hat mich neulich zur Weißglut gebracht.

ANTHONY Wie?

MAURY Diese Angewohnheit, sich Notizen zu machen.

ANTHONY Mich auch. Anscheinend hatte ich am Abend vorher was gesagt, das er wichtig fand, aber er hatte's vergessen – und da hat er mich angegiftet. Sagt: »Kannst du nicht versuchen, dich zu konzentrieren?« Und ich sage: »Du langweilst mich zu Tode. Wie soll ich mich daran erinnern?«

MAURY *lacht geräuschlos, wobei er sein Gesicht höflich anerkennend in die Breite zieht.* Dick sieht auch nicht unbedingt mehr als andere. Nur kann er einen größeren Teil dessen, was er sieht, niederschreiben.

ANTHONY Dieses durchaus beeindruckende Talent...

MAURY O ja. Beeindruckend!

ANTHONY Und Tatkraft – ehrgeizige, zielgerichtete Tatkraft. Er ist so unterhaltsam – er ist so ungeheuer belebend und anregend. Oft raubt es einem den Atem, wenn man mit ihm zusammen ist.

MAURY O ja.

Schweigen, dann

ANTHONY *mit einem Höchstmaß an Überzeugung in seinem schmalen, ein wenig unsicheren Gesicht* Aber keine unbezähmbare Tatkraft. Irgendwann wird sie nach und nach verwehen, und das durchaus beeindruckende Talent auch, und nur ein schmächtiges Männlein zurückbleiben, reizbar, egoistisch und schwatzhaft.

MAURY *unter Gelächter* Hier sitzen wir nun und versichern uns gegenseitig, daß der kleine Dick den Dingen nicht so tief auf den Grund geht wie wir. Aber ich wette, er seinerseits verspürt ebenfalls ein gewisses Maß an Überlegenheit – besser kreativer als kritischer Geist und all so was.

ANTHONY O ja. Aber da irrt er. Er neigt dazu, auf eine Million alberner Schwärmereien hereinzufallen. Da er aber nun mal vom Realismus angetan ist, muß er die Gewänder des Zynikers anlegen, aber eigentlich wäre er – wäre er so leichtgläubig wie das religiöse Oberhaupt eines Colleges. Er ist Idealist. O ja. Er glaubt, keiner zu sein, weil er das Christentum verworfen hat. Erinnerst du dich noch an ihn auf dem College? Jeden Autor hat er vollständig verschlungen, einen nach dem anderen, Ideen, Stil und Figuren, Chesterton, Shaw, Wells, jeden genauso mühelos wie den davor.

MAURY *noch seiner eigenen letzten Beobachtung nachhängend* Ich erinnere mich.

ANTHONY Es ist wahr. Ein geborener Fetischist. Nimm die Kunst...

MAURY Laß uns bestellen. Er wird...

ANTHONY Schön. Laß uns bestellen. Ich hab ihm gesagt...

MAURY Da kommt er ja. Paß nur auf – gleich rempelt er den Kellner an. *Er hebt zum Zeichen den Finger – hebt ihn, als wäre er eine weiche, freundliche Pfote.* Da bist du ja, Caramel.

EINE NEUE STIMME *schneidend* Hallo, Maury, hallo, Anthony Comstock Patch. Wie geht's dem Enkel des alten Adam? Sind die Debütantinnen immer noch hinter dir her, eh?

RICHARD CARAMEL *ist stämmig und blond – mit fünfunddreißig wird er eine Glatze haben. Er hat gelbliche Augen – eines davon erschreckend klar, das andere trübe wie ein schlammiger Teich – und eine gewölbte Stirn wie ein Baby in einem Comic. Auch an anderen Körperstellen wölbt er sich – sein Bauch wölbt sich prophetisch, seine Worte klingen so, als wölbten sie sich aus seinem Mund hervor, selbst die Taschen seines Smokings wölben sich wie durch eine Infektion dank einer Sammlung abgegriffener Fahrpläne, Programme und verschiedenster Zettel – auf diesen macht er sich seine Notizen, wobei er seine ungleich gelben Augen fest zusammenkneift und mit der freien Linken Schweigen gebietet.*

Als er am Tisch ankommt, schüttelt er ANTHONY *und* MAURY *die Hand. Er ist einer von diesen Männern, die dauernd die Hand schütteln, selbst Leuten, die sie eine Stunde zuvor schon mal gesehen haben.*

ANTHONY Hallo, Caramel. Schön, daß du gekommen bist. Wir brauchen was zum Lachen.

MAURY Du kommst zu spät. Hast du mit dem Briefträger ein Wettrennen um den Block gemacht? Wir haben deine Persönlichkeit auseinandergepflückt.

DICK *fixiert* ANTHONY *erwartungsvoll mit dem hellen Auge* Was habt ihr gesagt? Sagt mir's, und ich schreib's auf. Hab heut nachmittag dreitausend Wörter im Ersten Teil gestrichen.

MAURY Nobler Ästhet. Und ich habe mir Alkohol in den Magen gekippt.

DICK Ich zweifle nicht daran. Ich wette, ihr zwei habt hier gesessen und eine Stunde lang über nichts als Alkohol geredet.

ANTHONY Nur umkippen tun wir nie, du Milchbart.

MAURY In angeheitertem Zustand nehmen wir Damen, die wir kennenlernen, niemals mit nach Haus.

ANTHONY Alles in allem zeichnen sich unsere Partys durch eine gewisse hochmütige Erlesenheit aus.

DICK Die besonders alberne Sorte, die damit prahlt, vollgetankt zu sein! Das Problem ist, daß ihr beide der Schule der alten englischen Junker aus dem 18. Jahrhundert angehört. Still und heimlich trinkt, bis ihr unter den Tisch rollt. Nie auch nur einmal die Sau rauslassen. O nein, das gehört sich nicht.

ANTHONY Ich wette, das stammt aus dem Sechsten Kapitel.

DICK Geht ihr ins Theater?

MAURY Ja. Wir haben vor, den Abend mit tiefem Nachdenken über die Probleme des Lebens zu verbringen. Das Ding heißt kurz und knapp *Die Frau.* Ich nehme an, sie wird dafür »bezahlen«.

ANTHONY Mein Gott! Handelt es davon? Laß uns wieder ins Follies gehen.

MAURY Ich bin's leid. Ich hab's schon dreimal gesehen. *Zu*

DICK Beim ersten Mal sind wir nach dem ersten Akt gegangen und haben eine ganz unglaubliche Bar gefunden. Als wir zurückkamen, sind wir ins falsche Theater geraten.

ANTHONY Hatten einen längeren Streit mit einem ängstlichen jungen Paar, von dem wir glaubten, es säße auf unseren Plätzen.

DICK *als spräche er mit sich selbst* Ich glaube – wenn ich einen weiteren Roman und ein Theaterstück und vielleicht einen Band mit Kurzgeschichten geschrieben habe, nehme ich mir eine musikalische Komödie vor.

MAURY Ich weiß – mit intellektuellen Texten, die niemand interessieren. Und sämtliche Kritiker werden stöhnen und murren: »Der gute alte HMS *Pinafore.*« Und ich werde weiterhin leuchten – eine glänzend sinnlose Gestalt in einer sinnlosen Welt.

DICK *wichtigtuerisch* Kunst ist nicht sinnlos.

MAURY An sich schon. Nur insofern nicht, als sie versucht, das Leben weniger sinnlos zu machen.

ANTHONY Mit anderen Worten, Dick, du spielst für ein Publikum von Geistern.

MAURY Gib ihm bitte eine gute Vorstellung.

ANTHONY *zu* MAURY Nein, ich finde, weshalb schreiben, wo die Welt doch sinnlos ist? Der bloße Versuch, ihr einen Zweck zu liefern, ist zwecklos.

DICK Selbst wenn ich all dem zustimme, sei ein anständiger Pragmatiker und gönne einem armen Mann den Willen zu leben. Soll etwa jeder diesen spitzfindigen Blödsinn akzeptieren?

ANTHONY Ja, ich glaube schon.

MAURY Nein, Sir! Ich glaube, daß jedermann in Amerika, bis auf ein auserwähltes Tausend, gezwungen werden sollte, ein äußerst rigides Moralsystem zu akzeptieren – zum Beispiel das der römisch-katholischen Kirche. Ich beklage mich ja nicht über konventionelle Moral. Vielmehr beklage ich mich über jene mediokren Ketzer, die begierig die Erkenntnisse der Spitzfindigkeit aufgreifen und eine Pose sittlicher Freiheit einnehmen, zu der ihre Intelligenz sie durchaus nicht berechtigt.

In diesem Augenblick trifft die Suppe ein, und was MAURY *noch alles von sich gegeben hätte, geht für alle Zeiten verloren.*

Nacht

Hinterher suchten sie einen Schwarzhändler auf und erstanden für viel Geld Sitzplätze für eine neue musikalische Komödie namens *Es geht hoch her.* Im Foyer des Theaters warteten sie einige Augenblicke, um das Premierenpublikum hereinströmen zu sehen. Da gab es vielfach mit farbiger Seide oder Pelz besetzte Abendmäntel; von Armen, Hälsen und weißen oder rosa Ohrläppchen herabhängendes Geschmeide; den breiten Schimmer unzähliger Seidenhüte; Schuhe von Gold und Bronze und Rot und glänzendem Schwarz; hochgesteckte, festverpackte Coiffuren vieler Damen und glattes, angefeuchtetes Haar gepflegter Herren – vor allem aber das Auf und Ab, das Geplapper und Gegluckse, das Schäumen und gemächlich heranrollende Wogen dieses heiteren Menschenmeers, das seinen glitzernden Wasserschwall an diesem Abend in den künstlichen See des Gelächters lenkte...

Nach dem Stück trennten sie sich – Maury ging zu einem Tanz ins Sherry's, Anthony heimwärts und zu Bett.

Langsam bahnte er sich seinen Weg durch das Gewühl der abendlichen Menge auf dem Times Square, den das Streitwagenrennen und seine tausend Satelliten vor lauter Ausgelassenheit selten schön, licht und intim erscheinen ließen. Um ihn her wirbelten Gesichter, ein Kaleidoskop von Mädchen, häßlich, häßlich wie die Sünde – zu fett, zu mager –, und doch schwebten sie in dieser Herbstluft wie auf ihrem eigenen warmen und leidenschaftlichen Atem, der sich in die Nacht ergoß. Hier, dachte er, wirkten sie bei aller Gewöhnlichkeit auf zarte, feine Weise geheimnisvoll. Vorsichtig atmete er ein, nahm in seine Lungen Parfüm und den nicht unangenehmen Duft vieler Zigaretten auf. Er suchte den Blick einer dunkelhaarigen jungen Schönen, die allein in einer geschlossenen Droschke saß. Im Zwielicht verhießen ihre Augen Nacht und Veilchen, und einen Augenblick lang besann er sich wieder auf jenen halbvergessenen Abstand am Nachmittag.

Zwei junge Juden gingen an ihm vorüber, sie unterhielten sich mit lauter Stimme und reckten ihre Hälse hierhin und dorthin, um ebenso einfältige wie hochmütige Blicke um sich zu werfen. Sie trugen übertrieben enganliegende Anzüge, wie sie damals halbwegs Mode waren; ihre Umlegekragen waren am Adamsapfel eingekerbt. Sie hatten graue Gamaschen um und trugen über den Griffen ihrer Spazierstöcke graue Handschuhe.

Vorbei kam eine verwirrte alte Dame, wie ein Korb mit Eiern entlanggetragen von zwei Männern, die ihr die Wunder von

Times Square verkündeten – sie so rasch erläuterten, daß die alte Dame in dem Versuch, sich interessiert zu zeigen, ihren Kopf hierhin und dorthin drehte wie eine vom Wind geschüttelte alte Orangenschale. Anthony schnappte einen Gesprächsfetzen auf:

»Das ist das Astor, Mama!«

»Sieh nur! Schau dir die Reklame mit dem Streitwagenrennen an...«

»Da waren wir heute. Nein, *da*!«

»Du meine Güte!«

»Ist doch piepe, komm, beweg dich, Zeit ist Geld.« In dem, was einem der beiden Paare an seiner Seite da so schrill entfuhr, erkannte Anthony die Redensart des Jahres wieder.

»Da sag ich zu ihm, sag ich...«

Neben ihm das sanfte Geschiebe der Droschken und Gelächter, Gelächter, so heiser wie das einer Krähe, unaufhörlich und laut, unter ihm das Rumpeln der Untergrundbahn und über allem die Drehungen der Lichter, das Aufblitzen und Verlöschen von Licht – Licht, das sich wie Perlen teilte, sich immer wieder aufs neue formte in funkelnden Streifen und Kreisen und abscheulich grotesken Figuren, aufs erstaunlichste in den Himmel geschnitten.

Dankbar bog er in die Stille ein, die wie ein dunkler Wind aus einer Querstraße wehte, und kam an einer Bäckerei mit Imbiß vorbei, in dessen Fenstern sich ein Dutzend Grillhähnchen an einem automatischen Spieß drehte. Aus der Tür drang ein Geruch – heiß, teigig und rosig. Als nächstes ein Drugstore, der einen Gestank nach Medizin und verschüttetem Sodawasser nebst einer angenehmeren Duftnote von der Kosmetikabteilung verströmte; sodann eine immer noch geöffnete chinesische Wäscherei, dampfig und drückend, die nach Gemangeltem und irgendwie gelb roch. All das deprimierte ihn; als er zur Sixth Avenue kam, betrat er ein Zigarrengeschäft an der Ecke und tauchte besser gelaunt wieder auf – der Zigarrenladen war heiter, Menschheit in marineblauem Dunst beim Kauf eines Luxusguts...

Als er wieder in seinem Apartment war, setzte er sich im Dunkeln ans offene Vorderfenster und rauchte eine letzte Zigarette. Zum ersten Mal seit einem Jahr genoß er New York in vollen Zügen. Die Stadt zeichnete sich durch eine seltene Schärfe aus, eine fast südliche Qualität. Freilich war es eine einsame Stadt. Er, der allein aufgewachsen war, hatte neuerdings gelernt, die Einsamkeit zu fliehen. Während der vergangenen Monate war er, wenn er für den Abend keine Verabredung hatte, jeweils in einen seiner Klubs gehastet, um jemanden zu finden. O ja, hier gab es Einsamkeit...

Seine Zigarette, deren Rauch die schmalen Vorhangfalten mit einem Rand schwachen weißen Dunstes säumte, glühte weiter, bis die Turmuhr von St. Anne's weiter hinten in der Straße mit modisch mißmutiger Eleganz eins schlug. Die Hochbahn, einen ruhigen halben Block entfernt, klang wie ein Trommelwirbel – und wenn er sich aus dem Fenster lehnte, konnte er den Zug sehen, der wie ein zorniger Adler auf die dunkle Kurve an der Ecke zubrauste. Er mußte an einen phantastischen Abenteuerroman denken, den er unlängst gelesen hatte und in dem Städte von Schwebebahnen aus bombardiert worden waren, einen Augenblick lang bildete er sich ein, Washington Square habe Central Park den Krieg erklärt und sei eine nach Norden vorrükkende Gefahr, die mit Schlachtengetümmel und Toten enden werde. Doch als die Bahn vorüberfuhr, verblaßte die Illusion, schwächte sich ab zu verhaltenem Trommelklang – und dann zu einem Rauschen ferner Adlerschwingen.

Von der Fifth Avenue drangen fortwährend Geklingel und der verschwommene Klang gedämpfter Autohupen herüber, doch in seiner eigenen Straße herrschte Stille, hier drinnen war er geborgen vor all den Bedrohungen des Lebens, denn hier war seine Tür, war der langgestreckte Flur und sein schützendes

Schlafgemach – geborgen, geborgen! Die Bogenlampe, die in sein Fenster leuchtete, erschien um diese Stunde wie der Mond, nur heller und schöner als der Mond.

Rückblende ins Paradies

SCHÖNHEIT, *die alle hundert Jahre wiedergeboren wurde, saß im Freien in einer Art Wartesaal, durch den weiße Windstöße wehten und gelegentlich, in atemloser Eile, ein Stern. Die Sterne zwinkerten ihr im Vorübergleiten vertraulich zu, und die Winde zausten ihr sanft das Haar. Sie war unergründlich, denn in ihr waren Seele und Geist eins – die Schönheit ihres Leibes war das Wesen ihrer Seele. Sie war jene Einheit, nach der die Philosophen viele Jahrhunderte lang gesucht hatten. In diesem Wartesaal von Wind und Sternen saß sie seit hundert Jahren und fand Frieden in der Betrachtung ihrer selbst.*
Schließlich erfuhr sie, daß sie wiedergeboren werden sollte. Seufzend begann sie ein langes Gespräch mit einer Stimme, die der weiße Wind zu ihr hintrug, ein Gespräch, das viele Stunden währte und von dem ich hier nur ein Bruchstück wiedergeben kann.

SCHÖNHEIT *bewegt kaum die Lippen und hält den Blick wie stets nach innen gekehrt* Wohin soll ich denn jetzt schon wieder reisen?

DIE STIMME In ein neues Land – ein Land, in dem du noch nie gewesen bist.

SCHÖNHEIT *bockig* Ich hasse es, in diese neuen Zivilisationen hineinplatzen zu müssen. Wie lange muß ich diesmal bleiben?

DIE STIMME Fünfzehn Jahre.

SCHÖNHEIT Und wie heißt der Ort?

DIE STIMME Es ist das wohlhabendste, herrlichste Land auf

Erden – ein Land, in dem die Klügsten nur um ein weniges klüger sind als die Dümmsten; ein Land, wo die Regierenden den Verstand kleiner Kinder haben und die Gesetzgeber an den Weihnachtsmann glauben; wo häßliche Frauen starke Männer beherrschen...

SCHÖNHEIT *erstaunt* Was?

DIE STIMME *äußerst bedrückt* Ja, wahrhaftig ein Anblick, der schwermütig stimmt. Frauen mit fliehendem Kinn und unförmiger Nase laufen bei hellichtem Tage umher und sagen: »Tu dies!« und »Tu das!«, und sämtliche Männer, selbst diejenigen, die über großen Reichtum verfügen, folgen bedingungslos ihren Frauen, die sie klangvoll als »Mrs. Soundso« oder als »meine Alte« bezeichnen.

SCHÖNHEIT Das kann doch wohl nicht wahr sein! Ihren Gehorsam gegen Frauen mit gewissen Reizen kann ich natürlich verstehen – aber gegen dicke Frauen? Magere Frauen? Frauen mit knochigen Wangen?

DIE STIMME Aber so ist es.

SCHÖNHEIT Und was ist mit mir? Was für Chancen werde ich haben?

DIE STIMME Es wird eine ganz schöne Schinderei werden, wenn ich mich so ausdrücken darf.

SCHÖNHEIT *nach einer Pause* Warum nicht die alten Länder, das Land der Trauben und der sanftzüngigen Männer oder das Land der Schiffe und Meere?

DIE STIMME Man nimmt an, daß sie bald alle Hände voll zu tun haben.

SCHÖNHEIT Oh!

DIE STIMME Dein Leben auf Erden wird sich wie immer in der Zeitspanne zwischen zwei bedeutungsschweren Blicken in einen schlichten Spiegel abspielen.

SCHÖNHEIT Als was werde ich auftreten? Sag's mir!

DIE STIMME Zunächst hat man sich gedacht, daß du diesmal

als Filmschauspielerin gehen würdest, aber das ist nach alledem nicht ratsam. Während deiner fünfzehn Jahre wirst du dich als sogenannte ›junge Dame der gehobenen Gesellschaft‹ verkleiden.

SCHÖNHEIT Was ist das?

Im Wind ist ein neues Geräusch zu hören, das für unsere Zwecke so gedeutet werden muß: DIE STIMME *kratzt sich am Kopf.*

DIE STIMME *endlich* Eine Art unechter Aristokratin.

SCHÖNHEIT Unecht? Was heißt unecht?

DIE STIMME Auch das wirst du in diesem Land entdecken. Du wirst auf vieles stoßen, das unecht ist. Auch wirst du vieles tun, das unecht ist.

SCHÖNHEIT *selbstgefällig* Das alles klingt so vulgär.

DIE STIMME Nicht halb so vulgär, wie es ist. Während deiner fünfzehn Jahre wird man dich Ragtime-Kid nennen, Flapper, Jazz-Baby und Baby-Vamp. Du wirst die neuen Tänze weder graziöser noch ungraziöser tanzen als die alten.

SCHÖNHEIT *flüsternd* Werde ich bezahlt?

DIE STIMME Ja, wie gewöhnlich – mit Liebe.

SCHÖNHEIT *mit einem leisen Lachen, das die Unbeweglichkeit ihrer Lippen nur flüchtig beeinträchtigt* Und werde ich mich gerne Jazz-Baby nennen lassen?

DIE STIMME *nüchtern* Sehr gerne…

Hier endet das Zwiegespräch. SCHÖNHEIT *sitzt noch immer ruhig da. Die Sterne verharren in einem Taumel der Begeisterung, der Wind, weiß und böig, durchweht ihr Haar.*

All dies fand statt, sieben Jahre bevor ANTHONY *am Wohnzimmerfenster seines Apartments saß und auf das Glockengeläut von St. Anne's lauschte.*

Porträt einer Sirene

Einen Monat später war New York in eisige Frische eingehüllt; und mit ihr kamen November, die drei großen Football-Spiele und ein großes Flattern von Pelzmänteln auf der Fifth Avenue. Außerdem bescherte sie der Stadt ein Gefühl von Spannung und unterdrückter Erregung. Jeden Morgen fand Anthony Einladungen in der Post. Drei Dutzend tugendsamer Frauen der ersten Garnitur gaben ihre Eignung, wenn auch nicht ihre definitive Bereitschaft bekannt, drei Dutzend Millionären Kinder zu gebären. Fünf Dutzend tugendsamer Frauen der zweiten Garnitur gaben nicht nur diese Eignung bekannt, sondern darüber hinaus ihre durchaus unerschrockenen Absichten auf drei Dutzend der ersten jungen Männer, die selbstredend zu jeder der sechsundneunzig Partys eingeladen wurden – ebenso wie der Kreis der Familienfreunde, Bekanntschaften und Kommilitonen der jungen Dame sowie beflissene junge Außenseiter. Und weiter: Es gab noch eine dritte Garnitur aus den Randgebieten der Stadt, aus Newark und den Vorstädten von Jersey bis hin zum rauhen Connecticut und den nicht gesellschaftsfähigen Bezirken Long Islands – und zweifellos angrenzende Garnituren bis hinunter zum Schuhwerk der Stadt: Jüdinnen, die, von der Riverside bis zur Bronx, in die Gesellschaft jüdischer Männer und Frauen eingeführt wurden und sich auf einen aufsteigenden jungen Makler oder Juwelier und eine koschere Hochzeit freuten; irische Mädchen, die ihr Auge – endlich mit Erlaubnis – auf eine Gesellschaft korrupter junger Politiker, frommer Bestattungsunternehmer und ausgewachsener Sängerknaben richteten.

Natürlich ließ sich von dieser prickelnden Atmosphäre die ganze Stadt anstecken – die Arbeiterinnen, arme häßliche Wesen, die in den Fabriken Seife verpackten oder in den großen Kaufhäusern die neueste Mode zum Verkauf anboten, träumten davon, in der aufregenden Reizbarkeit dieses Winters den begehrten Mann ergattern zu können – so wie ein ungeschickter Taschendieb im Menschengewühl eines Volksfests wittert, daß seine Chancen steigen. Und die Kaminschlote begannen zu rauchen, und der faulige Geruch der Untergrundbahn verlor sich. Und die Schauspielerinnen kamen in neuen Bühnenstücken heraus, die Verleger kamen mit neuen Büchern heraus und Vernon und Irene Castle mit neuen Tänzen. Und die Eisenbahn kam mit neuen Fahrplänen heraus, die anstelle der alten Fehler, an die die Pendler sich eben erst gewöhnt hatten, neue enthielten...

Die ganze Stadt kam aus sich heraus!

Eines Nachmittags, Anthony lief unter einem stahlgrauen Himmel die 42. Straße entlang, begegnete er unverhofft Richard Caramel, der gerade aus dem Herrenfriseursalon des Manhattan Hotel trat. Es war ein kalter Tag, der erste ausgesprochen kalte Tag, und Caramel hatte einen dieser knielangen, mit Schaffell besetzten Mäntel an, die schon lange von den Arbeitern im Mittleren Westen getragen wurden und eben die Billigung der Modewelt fanden. Sein weicher Hut war von einem gedeckten Dunkelbraun, darunter flammte sein klares Auge wie ein Topaz. Begeistert hielt er Anthony an und schlug ihm auf die Arme, mehr aus dem Wunsch heraus, sich warmzuhalten, denn aus Jux und Tollerei. Nach dem unvermeidlichen Händedruck platzte er heraus: »Höllisch kalt heute – meine Güte, ich hab den ganzen Tag wie ein Berserker geschuftet. Dann ist mein Zimmer so kalt geworden, daß ich dachte, ich hol mir 'ne Lungenentzündung. Verflixte Hauswirtin spart an Kohlen. Hab mir mehr als 'ne halbe Stunde lang die Kehle nach ihr heiser geschrien, dann kommt sie endlich rauf. Hab angefangen, zu erklären, was los ist.

Gott! Sie hat mich erst fast zum Wahnsinn getrieben, dann sah ich in ihr aber doch plötzlich eine mögliche Figur, und ich hab mir Notizen gemacht, während sie daherplapperte – so, daß sie mich nicht sehen konnte, weißt du, als würde ich mir nur beiläufig was aufnotieren...«

Er hatte Anthonys Arm ergriffen und führte ihn forschen Schritts die Madison Avenue hinauf.

»Wohin?«

»Nirgendwohin.«

»Was soll das denn?« wollte Anthony wissen.

Sie blieben stehen und blickten einander an, und Anthony überlegte, ob sein Gesicht in der Kälte wohl ebenso abstoßend wirkte wie Dick Caramels; dessen Nase war karminrot, die gewölbte Stirn blau und die ungleichen gelben Augen an den Rändern rot und wäßrig. Kurz darauf gingen sie weiter.

»Bin mit meinem Roman gut vorangekommen.« Dick sprach und blickte nachdrücklich auf den Bürgersteig. »Aber hin und wieder muß ich einfach raus.« Schüchtern schaute er zu Anthony, als benötige er dringend Zuspruch. »Ich muß einfach reden. Ich schätze, nur wenige Menschen denken nach, ich meine, setzen sich hin, denken nach und haben eine geordnete Abfolge von Ideen. Wenn ich nachdenke, dann schriftlich oder im Gespräch. Man braucht eine Art Anfang – etwas, das man verteidigen oder dem man widersprechen kann, findest du nicht?«

Anthony brummelte etwas und entzog ihm behutsam seinen Arm.

»Ich hab ja nichts dagegen, dich zu schleppen, Dick, aber mit dem Mantel...«

»Ich meine«, fuhr Richard Caramel feierlich fort, »der erste Absatz, den man zu Papier bringt, enthält die Idee, die man verwerfen oder ausbauen will. Im Gespräch muß man sich mit der letzten Behauptung seines Gegenübers befassen – aber wenn man einfach nur nachgrübelt, folgen die Ideen aufeinander wie die Bilder einer Laterna magica, und jede verdrängt die vorhergehende.«

Sie passierten die 45. Straße und verlangsamten ihre Schritte ein wenig. Beide zündeten sich Zigaretten an und bliesen ungeheure Wolken von Rauch und gefrorenem Atem in die Luft.

»Laß uns zum Plaza laufen und einen Eierflip trinken«, schlug Anthony vor. »Wird dir guttun. Die frische Luft verscheucht das scheußliche Nikotin aus unseren Lungen. Komm – darfst auch den ganzen Weg von deinem Buch reden.«

»Will ich doch gar nicht, wenn's dich langweilt. Also wirklich, einen Gefallen brauchst du mir nicht zu tun.« Die Worte kamen hastig herausgepurzelt, und obwohl er versuchte, ein gleichmütiges Gesicht aufzusetzen, verzog es sich vor Unsicherheit. Anthony sah sich gezwungen zu protestieren: »Mich langweilen? Aber mitnichten!«

»Hab da 'ne Cousine…«, setzte Dick an, doch Anthony fuhr ihm dazwischen, indem er die Arme ausbreitete und einen leisen Jubelschrei hauchte.

»Großartiges Wetter, nicht wahr!« rief er aus. »Ich fühle mich wie zehn. Ich meine, ich fühle mich so, wie ich mich gefühlt haben muß, als ich zehn war. Mordsmäßig! O Gott, einen Augenblick liegt mir die Welt zu Füßen, und im nächsten schon bin ich ihr Narr. Heute liegt sie mir zu Füßen, und alles ist leicht, so leicht. Selbst das Nichts ist leicht!«

»Hab da 'ne Cousine im Plaza. Famoses Mädel. Wir könnten zu ihr hoch und sie besuchen. Im Winter wohnt sie da zusammen mit ihren Eltern – jedenfalls seit einiger Zeit.«

»Wußte gar nicht, daß du in New York Cousinen hast?«

»Sie heißt Gloria. Kommt aus meiner Gegend – Kansas City. Ihre Mutter ist praktizierende Bilphistin und ihr Vater ein ziemlicher Leimsieder, aber ein vollendeter Gentleman.«

»Was sind sie? Literarischer Stoff?«

»Sie geben sich jede Mühe. Der Alte sagt mir immer nur, er

sei gerade der wunderbarsten Figur für einen Roman begegnet. Dann erzählt er mir von irgendeinem vertrottelten Freund und sagt: ›Das wäre doch eine Figur für dich. Weshalb verwendest du nicht den? Den fände doch jeder interessant.‹ Oder er erzählt mir von Japan, Paris oder irgendeinem anderen naheliegenden Ort und sagt: ›Weshalb schreibst du darüber keine Kurzgeschichte? Das wäre doch ein wunderbarer Schauplatz für eine Kurzgeschichte!‹«

»Was ist mit diesem Mädchen?« erkundigte sich Anthony beiläufig. »Gloria – Gloria, wie weiter?«

»Gilbert. Ach, du hast schon von ihr gehört – Gloria Gilbert. Geht auf Collegebälle – und all so was.«

»Ihren Namen habe ich schon mal gehört.«

»Gutaussehend – sogar verflucht attraktiv.«

Sie kamen zur 50. Straße und wandten sich zur Avenue hin.

»In der Regel mache ich mir nichts aus jungen Mädchen«, sagte Anthony stirnrunzelnd.

Das entsprach nicht ganz der Wahrheit. Die durchschnittliche Gesellschafts-Debütantin schien ihm wohl mit nichts anderem befaßt zu sein, als zu jeder Tagesstunde darüber nachzudenken und davon zu sprechen, welche Beschäftigung die große, weite Welt während der nächsten Stunde für sie bereithalte, andererseits interessierte ihn jede kolossal, die offen von ihrem hübschen Aussehen lebte.

»Gloria ist verflucht nett – kein Grips im Kopf.«

Anthony lachte – ein einsilbiges Schnauben. »Damit meinst du wohl, daß sie nicht eine Zeile literarischen Jargons beherrscht?«

»Nicht doch.«

»Dick, es ist bekannt, was du bei einem Mädchen unter Grips verstehst. Ernsthafte junge Frauen, die sich mit dir in eine Ecke setzen und sich ernsthaft über das Leben unterhalten. Frauen, die, als sie sechzehn waren, mit feierlichen Gesichtern darüber stritten, ob Küssen etwas Rechtes oder etwas Unrechtes sei – und ob es unmoralisch sei, wenn Erstsemester Bier trinken.«

Richard Caramel war gekränkt. Sein finsteres Gesicht knitterte sich zusammen wie zerknülltes Papier.

»Nein...«, fing er an, doch rücksichtslos unterbrach Anthony ihn.

»O doch. Frauen, die in ebendiesem Augenblick in irgendeiner Ecke über den neuesten skandinavischen Dante in englischer Übertragung zu Rate sitzen.«

Dick drehte sich zu ihm um und machte ein wunderlich bestürztes Gesicht. Seine Frage klang fast wie ein Appell. »Was ist nur mit dir und Maury los? Manchmal redet ihr daher, als wäre ich eine Art Untergebener.«

Anthony war verwirrt, aber ihm war auch kalt und leicht unbehaglich zumute, daher flüchtete er sich in den Angriff.

»Ich glaube nicht, daß dein Grips wichtig ist, Dick.«

»Und ob er wichtig ist!« rief Dick verärgert aus. »Was willst du damit sagen? Weshalb sollte er nicht wichtig sein?«

»Vielleicht weißt du zuviel für deine Feder.«

»Das könnte ich gar nicht.«

»Ich könnte mir einen Mann vorstellen«, beharrte Anthony, »der zuviel weiß, als daß er es bei seinem Talent ausdrücken könnte. Nimm mich als Beispiel. Angenommen etwa, ich wäre klüger als du, aber weniger begabt. Wahrscheinlich könnte ich mich nicht gut artikulieren. Du hingegen hast genügend Wasser, um den Eimer damit zu füllen, und einen Eimer, groß genug, um das Wasser aufzunehmen.«

»Ich kann dir überhaupt nicht folgen«, beschwerte sich Dick in niedergeschlagenem Ton. So tief betroffen, schien er sich erst recht überall zu wölben. Er starrte Anthony durchdringend an, wobei er mehrere Passanten anrempelte, die ihn mit böse grollenden Blicken tadelten.

»Ich meine damit nur, daß ein Talent wie das von H. G. Wells die Intelligenz eines Herbert Spencer mitträgt. Aber ein minderes Talent kann nur dann geistreich sein, wenn es mindere Ideen mitträgt. Und je beschränkter der Blickwinkel, desto unterhaltsamer kann man über etwas schreiben.«

Dick dachte nach, vermochte jedoch das genaue Ausmaß an Kritik, das Anthony mit seinen Bemerkungen beabsichtigte, nicht abzuschätzen. Mit jener Leichtigkeit, die er so häufig zu verströmen schien, fuhr Anthony fort. Die dunklen Augen in seinem schmalen Gesicht blitzten, und mit erhobenem Kinn, erhobener Stimme, erhobenem Körper sprach er: »Angenommen, ich wäre stolz, vernünftig und klug – ein Athener unter Griechen. Trotzdem könnte ich unterliegen, wo ein Geringerer obsiegen würde. Er könnte nachahmen, er könnte ausschmücken, er könnte schwärmen, er könnte eine Zukunftsvision schaffen. Doch mein angenommenes Ich wäre zu stolz, um nachzuahmen, zu vernünftig, um zu schwärmen, zu weltklug, um Utopist zu sein, zu sehr Grieche, um auszuschmücken.«

»Dann glaubst du also nicht daran, daß der Künstler aus seiner Intelligenz heraus schafft?«

»Nein. Hinsichtlich des Stils verbessert er immer nur, was er nachahmt, wenn er denn dazu imstande ist, und wählt aus seiner Deutung der Dinge um ihn her dasjenige aus, was seinen Stoff darstellt. Aber schließlich und endlich schreibt jeder Schriftsteller deswegen, weil es nun mal seine Lebensart ist. Sag mir bloß noch, daß dir das Gerede von der ›göttlichen Sendung des Künstlers‹ zusagt?«

»Ich hab's mir noch nicht mal angewöhnt, mich als Künstler zu bezeichnen.«

»Dick«, sagte Anthony und wechselte den Tonfall, »ich möchte dich um Entschuldigung bitten.«

»Warum?«

»Wegen dieses Ausbruchs. Es tut mir wirklich leid. Ich habe nur aus Effekthascherei geredet.«

Leicht beschwichtigt, erwiderte Dick: »Ich hab ja schon immer gesagt, daß du im Grunde deines Herzens ein Philister bist.«

Es dämmerte schon, als sie in der klirrenden Kälte unter der weißen Markise hindurch das Plaza Hotel betraten. Genüßlich kosteten sie von dem Schaum und dem dicklichen Gelb des Eierflips. Anthony musterte seinen Freund. Richard Caramels Nase und Stirn nahmen langsam die nämliche Hautfarbe an: Aus der einen wich das Rot, aus der anderen das Blau. Als Anthony in einen Spiegel schaute, war er froh, zu sehen, daß sich seine Haut nicht verfärbt hatte. Im Gegenteil, in seinen Wangen war eine schwache Glut entfacht – er bildete sich ein, noch nie so gut ausgesehen zu haben.

»Genug jetzt«, sagte Dick im Ton eines Athleten, der gerade trainiert. »Ich möchte hinaufgehen und die Gilberts besuchen. Willst du nicht mitkommen?«

»Aber ja. Wenn du mich nicht den Eltern überläßt und dich mit Dora in eine Ecke stürzt.«

»Nicht Dora – Gloria!«

Ein Bediensteter kündigte sie über das Haustelefon an, und nachdem sie in den zehnten Stock hochgefahren waren, schritten sie einen verwinkelten Korridor entlang und klopften bei Nummer 1088. Eine Dame mittleren Alters öffnete – Mrs. Gilbert.

»Einen guten Tag!« Sie sprach in der konventionellen Manier amerikanischer Damen. »Ach, ich freue mich ganz schrecklich, dich zu sehen ...« Hastige Einwürfe von seiten Dicks, sodann: »Mr. Pats? Treten Sie ein und legen Sie Ihren Mantel dort ab.«

Sie deutete auf einen Stuhl und änderte ihren Tonfall zu einem nervösen Lachen voll winziger Japser. »Das ist aber reizend – wirklich reizend. Richard, du bist schon so lange nicht mehr hier gewesen – nein! – nein!« Letztere Einsilber dienten teils als Antwort auf einige vage Anläufe, die Dick nahm, teils als Schlußpunkt für dieselben. »Nun setz dich her und erzähl mir, was du so getrieben hast.«

Man trat von einem Fuß auf den andern; man stand da und verneigte sich in aller Liebenswürdigkeit; man lächelte aber- und abermals in unbeholfener Ratlosigkeit; man fragte sich, ob sie sich jemals setzen würde – schließlich ließ man sich dankbar in einen Sessel sinken und richtete sich auf eine angenehme Visite ein.

»Ich nehme an, es liegt daran, daß du viel zu tun hast – von allem andern einmal abgesehen«, sagte Mrs. Gilbert mit einem leicht zweideutigen Lächeln. Der Wendung »von allem andern einmal abgesehen« bediente sie sich, um allen ihren wackeligen Sätzen Halt zu verleihen. Sie hatte noch zwei weitere Floskeln: »jedenfalls bin ich der Meinung« und »schlicht und einfach« – diese drei im Wechsel gaben jeder ihrer Bemerkungen den Anstrich einer allgemeinen Meditation über das Leben, als habe sie sämtliche Angelegenheiten genau geprüft und schließlich das Fazit gezogen.

Anthony fiel auf, daß Richard Caramels Gesicht mittlerweile ganz normal aussah. Stirn und Wangen hatten Fleischfarbe angenommen, die Nase war anständigerweise unauffällig. Mit dem hellgelben Auge hatte er seine Tante fixiert und schenkte ihr jene ungeteilte und übertriebene Aufmerksamkeit, die junge Männer in der Regel all den Frauen zukommen lassen, die ihnen nicht weiter von Nutzen sind.

»Sind Sie auch Schriftsteller, Mr. Pats? Nun, vielleicht können wir uns alle in Richards Ruhm sonnen.« – Freundliches Gelächter, angeführt von Mrs. Gilbert.

»Gloria ist ausgegangen«, sagte sie mit einer Miene, als lege sie ein Axiom fest, aus dem man irgendwelche Folgerungen ableiten konnte. »Sie ist auf irgendeinem Tanz. Gloria ist ständig auf Achse. Ich sage ihr immer, daß ich nicht verstehe, wie sie das verkraftet. Sie tanzt den ganzen Nachmittag und die ganze Nacht hindurch, bis sie – wie ich meine – nur noch ein Schatten ihrer selbst ist. Ihr Vater macht sich große Sorgen um sie.«

Lächelnd blickte sie von einem zum andern. Beide lächelten zurück.

Anthony bemerkte, daß sie aus einer Reihe von Halbkreisen und Parabeln bestand, wie jene Figuren, die begabte Menschen auf einer Schreibmaschine hervorzaubern: Kopf, Arme, Büste, Hüften, Schenkel und Fesseln waren nichts als verwirrend übereinandergelagerte Rundungen. Sie war adrett und sauber, das Haar von einem künstlich reichen Grau; ihr großes Gesicht barg verwitterte blaue Augen und war von einem zarten weißen Schnurrbart verziert.

»Ich sage immer, daß Richard eine uralte Seele ist«, bemerkte sie zu Anthony.

In der gespannten Pause, die folgte, überlegte sich Anthony eine geistreiche Antwort – etwa, daß man ja auch seit Urzeiten auf Dick herumtrampelte.

»Wir alle haben Seelen verschiedenen Alters«, fuhr Mrs. Gilbert fort, »jedenfalls bin ich der Meinung.«

»Vielleicht«, pflichtete ihr Anthony mit einem Ausdruck bei, als rege sich in ihm die Hoffnung auf eine vielversprechende Idee. Die Stimme plapperte weiter: »Gloria hat eine sehr junge Seele – verantwortungslos, von allem andern einmal abgesehen. Sie hat keinerlei Verantwortungsgefühl.«

»Sie sprüht geradezu, Tante Catherine«, sagte Richard freundlich. »Verantwortungsgefühl würde sie ruinieren. Sie ist zu hübsch.«

»Nun ja«, bekannte Mrs. Gilbert, »ich weiß nur, daß sie ständig auf Achse ist…«

Glorias diskreditierendes Auf-Achse-Sein ging im Rütteln des Türknaufs unter, der sich schließlich drehte, um Mr. Gilbert einzulassen.

Dieser war ein kleiner Mann mit einem Schnurrbart, der wie eine kleine weiße Wolke unter seiner nicht weiter bemerkenswerten Nase ruhte. Er hatte das Stadium erreicht, wo sein Wert als gesellschaftliches Wesen in den dunklen Bereich unter Null gefallen war. Seine Ideen entsprachen den volkstümlichen Wahnvorstellungen von vor zwanzig Jahren; sein Geist steuerte einen unsteten und unbestimmten Kurs im Kielwasser der Leitartikel. Nach seinem Abschluß an einer Universität im Westen – klein, aber oho! – hatte er sich auf die Zelluloidindustrie geworfen, und da diese lediglich das geringe Maß an Intelligenz erforderte, das er mitbrachte, hatte er etliche Jahre lang Erfolg gehabt – bis etwa 1911, als er gegen vage Zusagen der Filmindustrie mit dieser Verträge einging. Um 1912 hatte die Filmindustrie beschlossen, ihn zu schlucken, und nun lag er ihnen sozusagen auf der Zunge – ein Leckerbissen. Unterdessen war er Geschäftsführer der *Associated Mid-Western Film Materials Company* geworden und verbrachte jedes Jahr sechs Monate in New York und die restliche Zeit in Kansas City und St. Louis. Leichtgläubig nahm er an, daß ihm etwas Gutes geschah – seine Frau dachte ebenso, und seine Tochter nicht weniger.

Er mißbilligte Gloria: Sie blieb lange aus, aß nichts Rechtes und stritt sich immer mit ihm – einmal hatte sie sich über ihn geärgert und ihm gegenüber Worte in den Mund genommen, von denen er nicht einmal gewußt hatte, daß sie zu ihrem Wortschatz gehörten. Seine Frau war umgänglicher. Nach fünfzehn Jahren ununterbrochenen Guerillakriegs hatte er sie besiegt – es war der Krieg eines verschwommenen Optimismus gegen organisierten Trübsinn, und etwas in der Anzahl der »Jas«, mit denen er ein Gespräch vergiften konnte, hatte ihm zum Sieg verholfen.

»Ja-ja-ja-ja«, sagte er etwa, »ja-ja-ja-ja. Laß mich sehen. Das war der Sommer – laß sehen – einundneunzig oder zweiundneunzig – ja-ja-ja-ja…«

Fünfzehn Jahre »Jas« hatten Mrs. Gilbert bezwungen. Fünfzehn weitere Jahre unaufhörlicher nichts bejahender Bejahung, begleitet vom ewigen Abstreifen der pilzförmigen Asche von zweiunddreißigtausend Zigarren, hatten ihren Widerstand gebrochen. Diesem ihrem Mann hatte sie jenes letzte Zugeständnis des Ehelebens gemacht, das vollständiger und unwiderruflicher ist als das erste – sie hörte ihm zu. Sie redete sich ein, ihre Ehejahre hätten sie Duldsamkeit gelehrt – in Wahrheit hatten sie in ihr das letzte bißchen moralischen Mut abgetötet, das sie je besessen hatte.

Sie stellte ihm Anthony vor.

»Das ist Mr. Pats«, sagte sie.

Der junge Mann und der alte kamen in Hautkontakt. Mr. Gilberts Hand war weich, schlaff wie das Fruchtfleisch einer zerquetschten Pampelmuse. Dann tauschten der Ehemann und seine Frau Grußworte aus – er sagte zu ihr, draußen sei es kälter geworden; er sagte, er sei zu einem Zeitungsstand in der 44. Straße gelaufen, um eine Zeitung aus Kansas City zu kaufen. Er habe vorgehabt, mit dem Omnibus zurückzufahren, habe es jedoch für zu kalt befunden, ja-ja-ja-ja, zu kalt.

Mrs. Gilbert gab diesem Abenteuer Würze hinzu, indem sie sich von seiner Tapferkeit, der harschen Witterung zu trotzen, beeindruckt zeigte.

»Du hast aber Mumm!« rief sie bewundernd aus. »Du hast aber Mumm. Um nichts in der Welt wäre ich an die Luft gegangen.«

Mr. Gilbert überging die Ehrfurcht, die er in seiner Frau hervorgerufen hatte, mit wahrem männlichem Gleichmut. Er wandte sich den beiden jungen Männern zu und fiel triumphierend mit dem Thema Wetter über sie her. Richard Caramel wurde aufgerufen, sich an den Monat November in Kansas zu erinnern. Kaum jedoch war ihm das Thema zugeschoben worden, da wurde es ihm von seinem Urheber auch schon wieder gewaltsam entrissen, fortentwickelt, befingert, in die Länge gezogen, und so wurde ihm schließlich der Garaus gemacht.

Die altbekannte Tatsache, daß die Tage an irgendeinem Ort heiß, die Nächte hingegen sehr angenehm seien, wurde mit Erfolg vorgetragen und die genaue Entfernung zwischen zwei

Punkten entlang irgendeiner unbedeutenden Bahnstrecke festgelegt, die Dick versehentlich erwähnt hatte. Anthony fixierte Mr. Gilbert mit starrem Blick und verfiel in eine Trance, aus der er einen Augenblick später von Mrs. Gilberts lächelnder Stimme herausgerissen wurde: »Mir scheint, die Kälte hier ist feuchter – ich bin völlig durchgefroren.«

Da diese Bemerkung, mit hinreichenden Jas versehen, auch Mr. Gilbert auf der Zunge gelegen hatte, konnte man es ihm nicht verdenken, daß er ziemlich abrupt das Thema wechselte.

»Wo steckt Gloria?«

»Sie müßte jeden Augenblick hier sein.«

»Haben Sie schon meine Tochter kennengelernt, Mr. ...?«

»Hatte noch nicht das Vergnügen. Ich habe Dick oft von ihr sprechen hören.«

»Sie und Richard sind Vetter und Base.«

»Ach ja?« Anthony lächelte angestrengt. Er war die Gesellschaft älterer Menschen nicht gewohnt, und sein Mund war steif von all der überflüssigen Herzlichkeit. Es war eine so angenehme Vorstellung, daß Gloria und Dick Cousins waren. Innerhalb der nächsten Minute gelang es ihm, seinem Freund einen gequälten Blick zuzuwerfen.

Richard Caramel tat es leid, aber sie müßten jetzt wohl langsam abzwitschern.

Mrs. Gilbert bedauerte es unendlich.

Mr. Gilbert fand es schade.

Mrs. Gilbert hatte noch eine Idee – wie froh sie dennoch wäre, daß sie gekommen seien, auch wenn sie nur eine alte Dame besucht hätten, viel zu alt, um noch mit ihnen zu flirten. Offensichtlich hielten Anthony und Dick dies für einen geistreichen Ausspruch, denn einen Dreivierteltakt lang lachten sie.

Würden sie bald wiederkommen?

»O ja.«

Gloria würde sich furchtbar ärgern!

»Auf Wiedersehen...«

»Auf Wiedersehen...«

Lächeln!

Lächeln!

Peng!

Im zehnten Stock des Plaza liefen zwei untröstliche junge Männer den Gang entlang zum Fahrstuhl.

Die Beine einer Dame

Hinter Maury Nobles gewinnender Trägheit, seiner Bedeutungslosigkeit und seinem sorglosen Spott verbarg sich eine erstaunlich unnachgiebige Entschlußkraft. Wie er im College verkündet hatte, war es seine Absicht gewesen, drei Jahre mit Reisen zuzubringen und drei Jahre in äußerster Muße – und danach so schnell wie möglich ungeheuer reich zu werden.

Seine drei Reisejahre waren vorüber. Er hatte den Erdball mit einer Gründlichkeit und Neugierde bereist, die bei jedem anderen pedantisch gewirkt hätte, ohne befreiende Spontaneität, beinahe so, als redigiere er sich selbst: einen menschlichen Baedeker; doch in diesem Fall handelte es sich offenbar um rätselhafte Zielgerichtetheit und bedeutungsvolle Absichtlichkeit – als wäre Maury Noble ein auserwählter Antichrist, den die Vorsehung umtrieb, überall hinzugelangen, wo man auf Erden nur hingelangen konnte, und all die Milliarden Menschen zu sehen, die da zeugten und weinten und einander hier und dort die Köpfe einschlugen.

Als er wieder in Amerika war, begab er sich mit derselben gleichbleibenden Hingabe auf die Suche nach Zerstreuung. Er, der nie mehr als ein paar Cocktails oder eine halbe Flasche Wein hintereinanderweg getrunken hatte, brachte sich das Zechen bei, so wie er sich Griechisch beigebracht hätte – wie Griechisch würde es das Tor zu einer Fülle neuer Empfindungen, neuer Seelenzustände, neuer Reaktionen in Freude und Leid sein.

Seine Gewohnheiten waren Gegenstand esoterischer Spekulation. Er hatte drei Zimmer in einer Junggesellenwohnung in der 44. Straße bezogen, war indes nur selten dort anzutreffen. Die Telefonistin hatte strengste Anweisung, niemanden zu ihm vorzulassen, der nicht zuvor seinen Namen preisgegeben hatte. Sie besaß eine Liste mit den Namen von einem halben Dutzend Personen, für die er nie zu Hause war, und mit der gleichen Anzahl Personen, für die er immer zu Hause war. Auf letzterer standen an oberster Stelle Anthony Patch und Richard Caramel.

Maurys Mutter wohnte bei ihrem verheirateten Sohn in Philadelphia, und an den Wochenenden fuhr Maury gewöhnlich dorthin. Deshalb war Anthony aufs höchste erfreut, Mr. Noble zu Hause vorzufinden, als er eines Samstagabends im Molton Arms vorbeischaute. Von größter Langeweile befallen, war er in den eiskalten Straßen herumgestrichen.

Seine Stimmung stieg schneller als der nach oben gleitende Fahrstuhl. Es tat so gut, so überaus gut, gleich mit Maury reden zu können – der ebenso froh sein würde, ihn zu sehen. Sie würden einander mit Blicken tiefer Zuneigung betrachten, hinter denen sich gutmütig abgeschwächter Spott verbarg. Wäre es Sommer gewesen, so wären sie zusammen ausgegangen und hätten müßig an zwei Tom Collins genippt, ihre Kragen gelockert und sich das nicht eben unterhaltsame Programm irgendeines langweiligen August-Cabarets angesehen. Aber draußen war es kalt, um die Ecken der hohen Gebäude fegte der Wind, und der Dezember stand vor der Tür, da war ein gemeinsamer Abend bei gedämpftem Lampenlicht und ein oder zwei Bushmills oder einem Gläschen von Maurys Grand Marnier weit angenehmer, die Bücher an den Wänden würden wie Ornamente schimmern und Maury, groß und katzengleich auf seinem Lieblingssessel thronend, göttliche Trägheit ausstrahlen.

Da war er! Das Zimmer umhüllte Anthony und wärmte ihn. Die Glut dieses starken, überzeugenden Gemüts, dieses in seiner äußerlichen Gelassenheit beinahe orientalischen Temperaments wärmte Anthonys unstete Seele und gewährte ihm einen inneren Frieden, vergleichbar nur mit jenem inneren Frieden, den eine dumme Frau gewährt. Man mußte alles verstehen – oder man mußte alles als selbstverständlich hinnehmen. Maury füllte das Zimmer aus, tigergleich, gottgleich. Die Winde draußen waren abgeflaut; die messingenen Kerzenständer auf dem Kaminsims leuchteten wie Wachskerzen vor einem Altar.

»Was hält dich heute hier?« Anthony streckte sich auf dem weichen Sofa aus und stützte sich mit dem Ellbogen auf die Kissen.

»Bin erst seit einer Stunde hier. Fünfuhrtee mit Tanz – bin so lange geblieben, daß ich meinen Zug nach Philadelphia verpaßt habe.«

»Seltsam, daß du so lange geblieben bist«, äußerte Anthony neugierig.

»In der Tat. Was hast du getrieben?«

»Geraldine. Die kleine Platzanweiserin im Keith's. Ich habe dir von ihr erzählt.«

»Oh!«

»Hat mir um drei einen Besuch abgestattet und ist bis fünf geblieben. Seltsames kleines Ding – geht mir auf die Nerven. Sie ist so entsetzlich dumm.«

Maury schwieg.

»So sonderbar es scheinen mag«, fuhr Anthony fort, »meiner Meinung, ja meiner Kenntnis nach ist Geraldine ein Ausbund an Tugend.«

Er kannte sie seit einem Monat, ein Mädchen mit undefinierbaren nomadischen Gewohnheiten. Jemand hatte sie nebenhin an Anthony weitergereicht, der sie amüsant fand und dem die keuschen Feenküsse, die sie ihm am dritten Abend ihrer Bekanntschaft auf einer Droschkenfahrt durch den Central Park gegeben hatte, recht gut behagten. Ihre Familienverhältnisse waren undurchsichtig und zwielichtig – eine Tante und ein Onkel, die im Labyrinth der Hunderter ein Apartment mit ihr teilten. Ihre Gesellschaft war ihm angenehm, sie war vertraut, nicht zu intim und erholsam. Weiter wollte er das Experiment nicht vorantreiben – nicht aus moralischen Gewissensbissen, sondern aus Furcht, das, was er als die zunehmende Heiterkeit seines Lebens empfand, durch irgendwelche Verwicklungen beeinträchtigen zu lassen.

»Sie hat zwei Ticks«, vertraute er Maury an, »zum einen läßt sie sich immer die Haare in die Augen fallen, nur um sie wieder wegzupusten, zum anderen ruft sie immer: ›Bist du verrückt?‹, wenn jemand eine Bemerkung macht, die über ihren Verstand geht. Es fasziniert mich. Ich sitze stundenlang da und lasse mich von den Symptomen einer Manie, die sie in meiner Einbildungskraft entdeckt haben will, vollkommen gefangennehmen.«

Maury regte sich in seinem Sessel und sprach.

»Bemerkenswert, daß ein Mensch so wenig begreift und doch in einer so komplexen Zivilisation lebt. Eine Frau wie sie faßt doch tatsächlich das gesamte Universum völlig unreflektiert auf. Das alles ist ihr völlig fremd, vom Einfluß Rousseaus bis zu den Auswirkungen des Zolltarifs auf ihr Abendessen. Aus der Steinzeit ist sie verschleppt und einfach hier abgesetzt worden: mit der Ausrüstung eines Bogenschützen, der zu einem Pistolenduell antritt. Man könnte die gesamte Kruste der Geschichte wegfegen, und sie würde nicht einmal den Unterschied merken.«

»Ich wünschte, unser Richard würde über sie schreiben.«

»Anthony, du glaubst doch nicht etwa, daß es sich lohnt, über sie zu schreiben?«

»Genauso wie über jeden anderen auch«, antwortete er gähnend. »Weißt du, erst heute habe ich gedacht, daß ich großes Vertrauen in Dick habe. Solange er sich an Menschen hält statt an

Ideen, solange sich seine Inspiration aus dem Leben speist statt aus der Kunst, und eine normale Entwicklung vorausgesetzt, glaube ich, daß er noch einmal groß herauskommt.«

»Danach zu urteilen, wie sein schwarzes Notizbuch aussieht, hält er sich ans Leben.«

Anthony stützte sich auf dem Ellbogen auf und entgegnete eifrig: »Er versucht, sich ans Leben zu halten. Das tut jeder Autor mit Ausnahme der wirklich schlechten, aber es leben ja die meisten letztlich von vorgekauter Nahrung. Die Handlung oder der Charakter mögen ja dem Leben entnommen sein, doch deutet der Schriftsteller sie meist im Lichte des letzten Buchs, das er gelesen hat. Angenommen, er begegnet einem Schiffskapitän, den er für einen originellen Charakter hält. In Wahrheit nimmt er die Ähnlichkeit zwischen diesem Schiffskapitän wahr und dem letzten Schiffskapitän, den Dana gestaltet hat, oder wer immer Schiffskapitäne gestaltet. Daher weiß er, wie er diesen Schiffskapitän zu Papier zu bringen hat. Natürlich kann Dick jeden Charakter zu Papier bringen, der sich absichtlich wie ein schillernder Charakter aufführt, aber könnte er auch die eigene Schwester akkurat aufs Blatt werfen?«

Daraufhin unterhielten sie sich eine halbe Stunde lang über Literatur.

»Ein Klassiker«, brachte Anthony vor, »ist ein erfolgreiches Buch, das die Reaktion der nächsten Epoche oder Generation überlebt hat. Dann ist es gesichert, so wie eine Stilrichtung in der Architektur oder im Möbeldesign. Es hat eine anschauliche Würde erlangt, die an die Stelle der Mode tritt...«

Nach einer Weile verloren die beiden jungen Männer vorübergehend Geschmack an dem Thema. Sie interessierten sich nicht sonderlich für technische Einzelheiten. Sie liebten allgemein gehaltene Feststellungen. Anthony hatte vor kurzem Samuel Butler für sich entdeckt, und die knappen Aphorismen seines Notizbuches kamen ihm wie die Quintessenz der Literaturkritik vor.

Maury, sein Geist gründlich gereift von der Strenge seines Lebensplans, schien eindeutig der klügere von beiden, doch was den Stoff anging, aus dem ihre Intelligenz bestand, so unterschieden sie sich eigentlich nicht grundlegend voneinander.

Von der Literatur kamen sie auf die Kuriositäten ihres Tagesablaufs zu sprechen.

»Wer hat den Fünfuhrtee gegeben?«

»Jemand namens Abercrombie.«

»Wie kommt es, daß du so lange dort geblieben bist? Hast wohl 'ne knusprige Debütantin kennengelernt?«

»Ja.«

»Wirklich?« Anthony erhob überrascht die Stimme.

»Eigentlich keine Debütantin. Sie sagt, daß sie vor zwei Wintern in die Gesellschaft von Kansas City eingeführt worden ist.«

»Wohl sitzengeblieben?«

»Nein«, erwiderte Maury leicht belustigt, »ich glaube, das ist das letzte, was ich über sie sagen würde. Sie schien – nun ja, irgendwie die Jüngste dort.«

»Aber nicht so jung, daß du deinen Zug noch erwischt hättest.«

»Jung genug. Ein bildhübsches Kind.«

Anthony lachte sein einsilbiges Schnauben.

»Ach, Maury, du machst wohl eine zweite Kindheit durch. Was meinst du mit ›bildhübsch‹?«

Maury starrte ratlos ins Leere.

»Ich kann sie nicht genau beschreiben – außer, daß sie bildhübsch war. Sie war – irrsinnig lebendig. Sie hat Weingummis gelutscht.«

»Was?«

»Eine Art verwässertes Laster. Sie ist ein nervöser Typ – sagt, daß sie bei Teegesellschaften immer Weingummis lutscht, weil sie da so lange auf einem Fleck herumstehen muß.«

»Worüber habt ihr geredet? Über Bergson? Bilphismus? Ob der Onestep unmoralisch ist?«

Maury ließ sich nicht aus der Ruhe bringen. Man konnte ihn nicht gegen den Strich bürsten.

»Wir haben sogar über Bilphismus geredet. Anscheinend ist ihre Mutter Bilphistin. Aber die meiste Zeit haben wir über Beine geredet.«

Anthony wiegte vor Vergnügen den Oberkörper vor und zurück.

»Herrje! Wessen Beine denn?«

»Ihre. Sie hat viel von ihren Beinen geredet. Als wären sie eine Art auserlesener Antiquität. Sie hat in mir den heftigen Wunsch geweckt, sie zu sehen.«

»Was ist sie von Beruf – Tänzerin?«

»Nein, ich habe herausgefunden, daß sie eine Cousine von Dick ist.«

Anthony setzte sich so jäh auf, daß sich das Kissen beim Loslassen wie etwas Lebendiges aufrichtete und zu Boden fiel.

»Heißt sie etwa Gloria Gilbert?« rief er aus.

»Ja. Ist sie nicht bemerkenswert?«

»Das weiß ich nun wirklich nicht – aber was schiere Fadheit angeht, so ist ihr Vater...«

»Nun«, unterbrach Maury ihn mit unbeirrbarer Überzeugung, »ihre Familie mag traurig sein wie Leichenbitter; dennoch neige ich zu der Annahme, daß sie ein ziemlich authentischer und origineller Charakter ist. Alle äußeren Anzeichen eines Collegeball-Girls von Yale, wie es im Buche steht – aber anders, ganz entschieden anders.«

»Weiter, weiter!« drängte ihn Anthony. »Dick hatte mir kaum gesagt, daß sie keinen Grips im Kopf hat, da wußte ich, daß sie ziemlich gut sein muß.«

»Hat er das gesagt?«

»Geschworen hat er's«, sagte Anthony wieder mit einem schnaubenden Lacher.

»Was der bei einer Frau unter Grips versteht, ist...«

»Ich weiß«, unterbrach ihn Anthony ungeduldig, »er versteht darunter ein paar Brocken literarischer Halbbildung.«

»Genau. Eine, die meint, die jährliche Abnahme der Moral im Land sei eine äußerst gute Sache, oder umgekehrt eine, die glaubt, sie sei äußerst unheilvoll. Pincenez oder Posen. Also, dieses Mädchen hat über Beine geredet. Sie hat auch über Haut geredet – über ihre Haut. Immerzu über sich selbst. Sie hat mir von dem Grad an Sonnenbräune erzählt, den sie im Sommer anstrebt und dem sie meist sehr nahekommt.«

»Und du saßest da, bezaubert von ihrer tiefen Altstimme?«

»Von ihrer tiefen Altstimme? Nein, von ihrer Bräune! Ich habe über Bräune nachgedacht. Darüber, ob ich Farbe abbekam, als ich vor ungefähr zwei Jahren zum letzten Mal an der Sonne war. Eigentlich bin ich immer ziemlich braun geworden. Eine Art Bronzeton, wenn ich mich recht erinnere.«

Anthony schüttelte sich vor Lachen und lehnte sich wieder in die Kissen zurück.

»Die hat dich aber ganz schön auf Trab gebracht – ach, Maury! Maury, der Lebensretter von Connecticut. Die menschliche Muskatnuß. Extrablatt Millionenerbin brennt mit Rettungsschwimmer durch! Seiner knackigen Pigmentierung wegen, die sich hinterher als tasmanisches Blut in seiner Familie herausstellt!«

Maury seufzte. Er stand auf, ging ans Fenster und zog das Rouleau hoch.

»Es schneit ganz schön.«

Anthony, der immer noch leise vor sich hin gluckste, antwortete nicht.

»Schon wieder Winter.« Maurys Stimme vom Fenster war nur noch ein Flüstern. »Wir werden alt, Anthony. Mein Gott, ich bin schon siebenundzwanzig! Noch drei Jahre bis zu meinem dreißigsten, dann bin ich das, was ein junger Student einen Mann mittleren Alters nennt.«

Anthony schwieg einen Augenblick.

»Und ob du alt bist, Maury«, stimmte er ihm schließlich zu. »Die ersten Anzeichen einer ausschweifenden und verlotterten Greisenhaftigkeit – du hast den Nachmittag mit Plaudereien über Sonnenbräune und die Beine einer Dame verbracht.«

Maury ließ das Rouleau mit einem scharfen Ratsch wieder herunterschnappen.

»Du Dummkopf!« rief er. »Und das von dir! Mein lieber Anthony, ich sitze hier, wie ich ein Menschenalter oder mehr hier sitzen werde, und sehe so fröhliche Gemüter wie dich und Dick und Gloria Gilbert an mir vorüberziehen, ihr tanzt und singt, ihr liebt und haßt einander und seid bewegt, ewig bewegt. Mich dagegen bewegt nur mein Mangel an Gemütsbewegung. Ich werde hier sitzen, und der Schnee wird kommen – ach, hätte man einen Caramel, der sich Notizen macht! – und wieder ein Winter, und ich werde dreißig sein, und du und Dick und Gloria, ihr werdet euch ewig bewegen und singend an mir vorübertanzen. Aber wenn ihr alle von dannen seid, werde ich Dinge sagen, die neue Dicks sich aufnotieren können, werde mir die Enttäuschungen, Zynismen und Gemütsbewegungen neuer Anthonys anhören und mich, jawohl, mit neuen Glorias über die Bräune heraufziehender Sommerzeiten unterhalten.«

Die Flammen leckten im Kamin hoch. Maury verließ das Fenster, stocherte mit einem Schürhaken in der Glut herum und ließ einen Scheit auf den Kaminbock fallen. Dann setzte er sich wieder in seinen Sessel, und seine kaum vernehmliche Stimme verlor sich in dem neu entfachten Feuer, das rot und gelb an der Borke aufzüngelte.

»Schließlich bist du es, Anthony, der jung und romantisch ist. Du bist um vieles empfänglicher und fürchtest, deine Seelenruhe aufgewühlt zu sehen. Ich bin es, der wieder und wieder versucht, sich bewegen zu lassen – tausendmal lasse ich mich gehen und bin doch immer wieder nur ich. Nichts, nichts vermag mich wirklich mitzureißen.«

»Ja«, murmelte er nach einer weiteren langen Pause, »dieses kleine Mädchen mit seiner lächerlichen Sonnenbräune hatte etwas zeitlos Altes – wie ich.«

Turbulenz

Anthony drehte sich schläfrig im Bett um und begrüßte einen kalten Sonnenfleck auf seiner Decke, auf den kreuzweise die Schatten des Bleiglasfensters fielen. Das Zimmer war vom Morgen durchflutet. Die geschnitzte Kommode in der Ecke, der alte, unerforschliche Schrank standen im Zimmer wie düstere Sinnbilder für die Unvergänglichkeit der Materie; nur der Teppich lockte und war hinfällig unter seinen hinfälligen Füßen; und Bounds, schrecklich unangemessen mit seinem ungesteiften Kragen, war aus einem Stoff geformt, der sich ebenso auflösen würde wie der gefrorene Atemdunst, den er hervorstieß. Er stand dicht am Bett, die Hand, mit der er an der Oberdecke gezerrt hatte, noch gesenkt und die dunkelbraunen Augen gleichmütig auf seinen Herrn geheftet.

»Bows!« murmelte der verschlafene Gott. »Bissu's, Bows?«

»Ich bin's, Sir.«

Anthony bewegte den Kopf, riß die Augen weit auf und blinzelte triumphierend. »Bounds.«

»Ja, Sir?«

»Kannst du wieder gehen – au-au-oh-oh – o Gott!« Anthony gähnte unerträglich, und seine Hirnmasse schien zu einem dikken Brei zusammenzulaufen. Er setzte von neuem an.

»Könntest du gegen vier wiederkommen und mir Tee, belegte Brote oder dergleichen servieren?«

»Sehr wohl, Sir.«

Anthony überlegte mit einem bedrückenden Mangel an Eingebung.

»Belegte Brote«, wiederholte er ratlos, »ach ja, Käsebrote und Aspik und Hühnchen und Oliven, denke ich. Laß das Frühstück sausen.«

Die Mühe der Erfindung war zu groß. Ermattet schloß er die Augen, ließ seinen Kopf rollen, bis er träge liegenblieb, und die eben erlangte Herrschaft über seine Muskeln wieder fahren. Aus einem Spalt seines Bewußtseins kroch das zerfließende, aber unabweisbare Gespenst der Nacht zuvor – doch diesmal erwies es sich lediglich als eine offenbar endlose Unterredung mit Richard Caramel, der ihn um Mitternacht aufgesucht hatte; sie hatten vier Flaschen Bier getrunken und trockenes Brot gekaut, während Anthony einer Lesung des ersten Teils von *Der dämonische Liebhaber* gelauscht hatte.

Nun schlug nach vielen Stunden eine Stimme an sein Ohr. Anthony überhörte sie, der Schlaf umschloß ihn, hüllte ihn ein, kroch in die Seitenwindungen seines Gehirns.

Plötzlich war er hellwach und fragte: »Was?«

»Für wie viele, Sir?« Es war immer noch Bounds, der geduldig und reglos am Fuß des Bettes stand – Bounds, der seine Dienste auf drei Gentlemen verteilte.

»Wie viele was?«

»Sir, ich glaube, ich sollte wissen, wie viele kommen. Ich muß die belegten Brote vorbereiten, Sir.«

»Zwei«, grummelte Anthony mit heiserer Stimme, »eine Dame und ein Herr.«

Bounds sagte: »Danke sehr, Sir« und zog sich zurück. Mit ihm verschwand sein demütigender, vorwurfsvoller ungesteifter Kragen, vorwurfsvoll gegen jeden der drei Gentlemen, die jeweils nur ein Drittel seiner Person forderten.

Nach langer Zeit erhob sich Anthony und hüllte seine schlanke, wohlgefällige Gestalt in einen braun-blau schillernden Morgenmantel. Mit einem letzten Gähnen trat er ins Badezimmer. Er knipste die Lampe auf der Frisierkommode an (ins Badezimmer fiel von außen kein Licht) und betrachtete sich mit einigem Interesse im Spiegel. Was für eine elende Erscheinung, dachte er. Das dachte er morgens meistens – der Schlaf ließ sein Gesicht unnatürlich blaß erscheinen. Er zündete eine Zigarette an und überflog mehrere Briefe und die Morgenausgabe der *Tribune.*

Eine Stunde später saß er, rasiert und angekleidet, an seinem Schreibtisch und betrachtete einen kleinen Zettel, den er seiner Brieftasche entnommen hatte. Dieser war mit ziemlich unleserlichen Notizen bekritzelt: »Um fünf Termin bei Mr. Howland. Zum Friseur. Um Rechnung von Rivers kümmern. Zur Buchhandlung gehen.«

Und unter dem letzten Eintrag: »Barguthaben: $ 690 (ausgestrichen), $ 612 (ausgestrichen), $ 607.«

Schließlich am unteren Rand, hastig hingeworfen: »Dick und Gloria Gilbert zum Tee.«

Der letzte Eintrag bereitete ihm offensichtlich Genugtuung. Sein Tag, gewöhnlich ein quallenartiges Geschöpf, ein form- und wirbelloses Ding, hatte eine mesozoische Gliederung verpaßt bekommen. Sicheren Schritts, ja frohsinnig marschierte er auf einen Höhepunkt zu, wie es einem Theaterstück, wie es einem Tag anstand. Anthony fürchtete den Augenblick, da dem Tag das Rückgrat gebrochen wäre, da er das Mädchen endlich kennengelernt, sich mit ihr unterhalten und ihr Gelächter aus der Tür hinauskomplimentiert hätte, um dann wieder zu dem melancholischen Teesatz in den Tassen und dem schalen Geruch der unverzehrten Brote zurückzukehren.

Anthonys Tage verloren immer mehr an Farbigkeit. Dieses Gefühl verfolgte ihn ständig, mitunter führte er es auf ein Gespräch zurück, das er einen Monat zuvor mit Maury Noble gehabt hatte. Daß ihn etwas so Kindliches, etwas so Tugendhaftes wie ein Gefühl der Vergeudung bedrückte, war lächerlich, aber daß ihn das unwillkommene Weiterleben eines Fetischs vor drei

Wochen in die Stadtbücherei geführt hatte, ließ sich nicht bestreiten; dort hatte er unter Vorzeigen von Richard Caramels Karte ein halbes Dutzend Bücher über die italienische Renaissance ausgeliehen. Daß diese Bücher noch immer in derselben Reihenfolge wie beim Nachhausetragen auf seinem Schreibtisch lagen, daß sie seine Verbindlichkeiten täglich um zwölf Cent vermehrten, schwächte ihre Beweiskraft nicht. Diese Zeugen aus Leinen und Saffian bekräftigten, daß er sich hatte beirren lassen. Anthony hatte mehrere Stunden akuter panischer Angst erlebt.

Natürlich, zur Rechtfertigung seiner Lebensführung ließ sich zunächst einmal die »Sinnlosigkeit des Lebens« anführen. Als Adjutanten und Minister, Pagen und Junker, Butler und Lakaien dienten diesem großen Khan tausend Bücher, die in seinen Regalen glänzten, sein Apartment und all das Geld, das ihm zufallen würde, wenn der Alte oben am Fluß an seiner letzten Moralpredigt erstickte. Von einer Welt, die mit der Gefährlichkeit von Debütantinnen und der Dummheit vieler Geraldines behaftet war, sah er sich dankenswerterweise erlöst – da eiferte er doch viel lieber der katzenhaften Unbewegtheit eines Maury nach und trug voller Stolz die aufgehäufte Weisheit verflossener Generationen zur Schau.

Dem stand etwas gegenüber, womit sich sein Gehirn beharrlich auseinandersetzte und das es als lästigen Komplex abtat, das ihn jedoch, war es auch aus logischen Gründen verworfen und tapfer zertreten, durch den weichen Schneematsch des Spätnovembers zu einer Bücherei getrieben hatte, in der sich keines der Bücher fand, die er am dringendsten benötigte. Es ist gerechtfertigt, Anthony so weit zu analysieren, wie er selbst es vermochte; selbstredend ist jeder Schritt darüber hinaus Anmaßung. In seinem Innern stellte er eine zunehmende Angst und Vereinsamung fest. Die Vorstellung, allein zu speisen, schreckte ihn; da zog er es des öfteren vor, mit Männern zu dinieren, die er verabscheute. Reisen, die ihn einst bezaubert hatten, kamen ihm schließlich unerträglich vor, eine Angelegenheit von Farbe ohne Substanz, eine Geisterjagd nach dem Schatten seines Traums.

›Wenn ich im Grunde meines Wesens schwach bin‹, dachte er, ›brauche ich etwas, woran ich arbeiten kann, ja, arbeiten.‹ Der Gedanke, daß er eigentlich seichtes Mittelmaß war und weder Maurys Gelassenheit noch Dicks Begeisterungsfähigkeit besaß, versetzte ihn in Sorge. Es schien tragisch, daß er nichts wollte – und doch wollte er etwas, etwas Unbestimmtes. Blitzartig ging ihm auf, was es war – ein Pfad der Hoffnung, der ihn dem entgegenführte, was er für das nahe bevorstehende und verhängnisvolle hohe Alter hielt.

Nach Cocktails und einem Mittagessen im University Club fühlte Anthony sich besser. Er hatte zufällig zwei Männer aus seinem Studiengang in Harvard getroffen, und im Kontrast zu der grauen Schwerfälligkeit ihrer Konversation gewann sein eigenes Leben Farbe. Beide waren verheiratet. Beim Kaffee hatte der eine dem anderen, der verbindlich und anerkennend gelächelt hatte, die Abenteuer eines Seitensprungs geschildert. Beide, dachte er, waren im Keim kleine Mr. Gilberts; in zwanzig Jahren würde sich die Anzahl ihrer »Jas« vervierfacht haben, ihre Naturen vergrämt sein – dann würden sie nichts anderes darstellen als veraltete und verschlissene Maschinen, abgeklärt und überflüssig, von den Frauen, die sie zerbrochen hätten, gepflegt bis in die Senilität des hohen Alters.

Ah, er war mehr als das, dachte er, als er nach dem Essen auf dem langen Läufer im Salon auf und ab ging und am Fenster stehenblieb, um auf die wuselnde Straße hinunterzuschauen. Er war Anthony Patch, brillant, unwiderstehlich, Erbe vieler Jahre und vieler Männer. Die Welt lag ihm zu Füßen – und jene letzte kräftige Ironie, die er ersehnte, war in Sicht.

Wie ein herumstreunender Knabe sah er sich als etwas Besonderes auf Erden an; mit dem Geld seines Großvaters konnte er sich seinen eigenen Sockel errichten und ein Talleyrand, ein Lord Verulam werden. Seine Klarsicht, seine Kultiviertheit, seine geistige Wendigkeit, all das, ausgereift und von einem Lebensziel beherrscht, das sich erst herauskristallisieren mußte, würde schon noch etwas finden, woran er arbeiten konnte. In diesem Mollton verblaßte sein Traum – etwas, woran er arbeiten konnte. Er versuchte, sich als Kongreßmitglied zu sehen: wie er in der Streu dieses unglaublichen Schweinestalls wühlte – inmitten der niedrigen, schweineartigen Stirnen, die er manchmal in den Tiefdruckbeilagen der Sonntagszeitungen abgebildet sah, diese besseren Proletarier, die der Nation einschmeichelnd das Gedankengut von Oberschülern vorschwatzten! Beschränkte Männer mit Schulbuchambitionen, die sich eingebildet hatten, vermöge ihrer Mittelmäßigkeit der Mittelmäßigkeit zu entkommen und einzugehen in den glanzlosen und unromantischen Himmel einer vom Volk gewählten Regierung – und die Besten, jenes egoistische und zynische Dutzend gewitzigter Männer an der Spitze, waren es zufrieden, diesen Chor aus weißen Krawatten und Kragenknöpfen zu leiten, in einer erstaunlich dissonanten Hymne, die durch das Hin und Her zwischen Reichtum als Lohn der Tugend und Reichtum als Beweis des Lasters nur noch häßlicher klang, und in dem fortgesetzten Hurragebrüll, das man auf Gott, die Verfassung und die Rocky Mountains ausstieß!

Lord Verulam! Talleyrand!

Als er in seinem Apartment war, holte ihn erneut das Grau ein. Die Cocktails hatten ihre Wirkung verloren und machten ihn schläfrig; er war leicht benebelt und neigte zur Verdrießlichkeit. Lord Verulam – er? Allein der Gedanke war bitter. Anthony Patch ohne jeden Leistungsnachweis, ohne Courage, ohne die Kraft, sich mit der Wahrheit zurechtzufinden, wenn sie ihm zuteil würde. Oh, er war ein prätentiöser Narr, der aus Cocktails Karrieren zusammenbraute und unterdessen klammheimlich den Zusammenbruch eines unzulänglichen, erbarmungswürdigen Idealismus bedauerte. Er hatte seine Seele nach dem raffiniertesten Geschmack eingekleidet, und jetzt sehnte er sich nach dem alten Krempel. Es sah ganz so aus, als sei er leer, leer wie eine alte Flasche.

Es klingelte an der Tür. Anthony sprang auf und hob das Hörrohr ans Ohr. Es war Richard Caramel, der geschraubt witzelte: »Darf ich präsentieren – Miss Gloria Gilbert.«

Die bildhübsche Dame

»Einen guten Tag«, sagte er lächelnd und hielt die Tür auf.

Dick verbeugte sich.

»Gloria, das ist Anthony.«

»Ah!« rief sie und reichte ihm ihre kleine behandschuhte Hand.

Das Kleid unter ihrem Pelzmantel war blaßblau, um ihren Hals kräuselte sich steife weiße Spitze.

»Legen Sie ab.«

Anthony streckte die Arme aus, und die braune Pelzmasse sank auf sie herab.

»Danke.«

»Wie findest du sie, Anthony?« wollte Richard, dieser Barbar, wissen. »Ist sie nicht bildhübsch?«

»Ah!« rief das Mädchen herausfordernd – und das ganz ungerührt.

Sie sah blendend aus – sie leuchtete geradezu. Es war qualvoll, ihre Schönheit mit einem Blick erfassen zu wollen. Gegen die winterliche Farbe des Zimmers wirkte ihr Haar, voll himmlischen Glanzes, überaus lebhaft.

Anthony schritt wie ein Zauberer umher und verhalf der Pilzbirne der Lampe zu orangefarbener Pracht. Das geschürte Feuer brünierte den kupfernen Kaminbock…

»Ich bin zum Eisblock gefroren«, murmelte Gloria nebenhin und blickte sich um mit Augen, deren Iris das zarteste und durchsichtigste Weißblau waren. »Was für ein flottes Feuerchen! Wir sind da an einem Plätzchen vorbeigekommen, wo man auf einer Art eisernem Rost stehen kann, aus dem einem warme Luft entgegenbläst – aber Dick wollte nicht auf mich warten. Ich habe ihm gesagt, er soll schon vorgehen und mich meinem Glück überlassen.«

Ziemlich konventionell war das. Sie schien zu ihrem eigenen Vergnügen zu reden, ohne Anstrengung. Anthony, der an einem Ende des Sofas saß, betrachtete eingehend ihr Profil hinter der Lampe: die exquisite Regelmäßigkeit der Nase und der Oberlippe, das beinahe energische Kinn, das auf einem ziemlich kurzen Hals saß. Auf einem Foto hätte sie nachgerade klassisch gewirkt, beinahe kalt – doch der Schimmer ihres Haars und ihrer blühenden und zugleich zarten Wangen ließ sie zum lebendigsten Menschen werden, der ihm je untergekommen war.

»Sie haben so ziemlich den besten Namen, den ich je gehört habe«, sagte sie, anscheinend immer noch zu sich selbst; ihr Blick blieb einen Moment lang auf ihm ruhen, dann huschte er an ihm vorbei – zu den italienischen Lampen, die wie leuchtendgelbe Schildkröten in Abständen an den Wänden klebten, zu den Bücherreihen, dann zu ihrem Cousin auf der anderen Seite. »Anthony Patch. Anthony Fleck. Anthony Flicken. Eigentlich sollten Sie aussehen wie ein Pferd, mit einem langen, schmalen Gesicht – und Sie sollten in Lumpen gehüllt sein.«

»Das ist aber nur der zweite Teil des Namens. Wie sollte ein Anthony aussehen?«

»Sie sehen aus wie ein Anthony«, versicherte sie ihm ernsthaft – dabei hatte sie ihn kaum wahrgenommen –, »ziemlich majestätisch«, fuhr sie fort, »und feierlich.«

Anthony gestattete sich ein beunruhigtes Lächeln.

»Allerdings mag ich Namen mit Stabreim«, fuhr sie fort, »nur meinen nicht. Meiner ist zu extravagant. Aber ich habe früher einmal zwei Mädchen namens Jinks gekannt, und man stelle sich nur vor, sie hätten andere Namen bekommen als die ihren – Judy Jinks und Jerry Jinks. Niedlich, was? Finden Sie nicht?« Ihr kindlicher Mund stand offen und rechnete mit einer Erwiderung.

»In der nächsten Generation«, ließ Dick sich vernehmen, »werden alle Peter oder Barbara heißen, weil zur Zeit sämtliche pikanten literarischen Figuren Peter oder Barbara heißen.«

Anthony setzte die Prophezeiung fort: »Und natürlich werden Gladys und Eleanor – Namen, die die vergangene Generation von Romanheldinnen zieren und derzeit in voller gesellschaftlicher Blüte stehen – an die nächsten Generationen von Verkäuferinnen weitergegeben...«

»...und Ella und Stella ablösen«, unterbrach ihn Dick.

»...und Pearl und Jewel«, fügte Gloria höflich hinzu, »und Earl und Elmer und Minnie.«

»Und dann komme ich des Wegs«, bemerkte Dick, »greife den altmodischen Namen Jewel wieder auf, lege ihn irgendeiner drolligen und charmanten Figur bei, und er beginnt seine Laufbahn wieder von vorn.«

Sie griff den Faden auf und spann ihn fort. Dabei zog sie, wie um jeder Unterbrechung vorzubeugen, am Ende eines jeden Satzes ihre Stimme halb scherzhaft in die Höhc und ließ hin und wieder ein unbestimmtes Lachen anklingen. Dick hatte ihr gesagt, daß Anthonys Bursche Bounds hieß – das fand sie wundervoll! Dick hatte irgendeinen kläglichen Kalauer über Bounds und Patchwork gemacht, aber sie sagte nur, wenn es etwas Schlimmeres als einen Kalauer gebe, dann einen Menschen, der darauf unweigerlich mit einem gespielt vorwurfsvollen Blick reagiere.

»Wo stammen Sie her?« erkundigte sich Anthony. Er wußte es bereits, aber ihre Schönheit ließ keine Gedanken zu.

»Aus Kansas City, Missouri.«

»Man hat sie zu der Zeit in die Welt gesetzt, als Zigaretten verboten wurden.«

»Man hat Zigaretten verboten? Da hatte wohl mein frommer Großvater seine Hand im Spiel.«

»Er ist ein Reformer oder so etwas ähnliches, nicht wahr?«

»Ich erröte für ihn.«

»Ich auch«, bekannte sie. »Ich verabscheue Reformer, besonders solche, die *mich* reformieren wollen.«

»Gibt es denn viele davon?«

»Dutzende. Immer heißt es: ›Oh, Gloria, wenn du so viele Zigaretten rauchst, geht dein hübscher Teint flöten!‹ Oder: ›Oh, Gloria, warum heiratest du nicht und läßt dich häuslich nieder?‹«

Anthony pflichtete ihr entschieden bei. Zugleich fragte er sich, wer die Kühnheit besaß, mit einer solchen Persönlichkeit so umzugehen.

»Und dann«, fuhr sie fort, »gibt es all die raffinierten Reformer, die einem erzählen, was für wilde Gerüchte sie über einen gehört haben und wie sehr sie für einen eingetreten sind.«

Endlich sah er, daß ihre Augen grau, sehr ruhig und kühl waren, und wenn sie auf ihm ruhten, verstand er, was Maury gemeint hatte, als er sagte, sie sei sehr jung und sehr alt. Wie ein ganz reizendes Kind redete sie unablässig von sich, und ihre Bemerkungen über ihre Vorlieben und Abneigungen waren ungekünstelt und ungezwungen.

»Ich muß gestehen«, sagte Anthony würdevoll, »daß selbst mir etwas über Sie zu Ohren gekommen ist.«

Mit einemmal hellwach, setzte sie sich aufrecht. Ihre Augen, von der grauen Unvergänglichkeit einer weichen Granitklippe, suchten seinen Blick.

»Sagen Sie's mir. Ich werde Ihnen glauben. Ich glaube immer alles, was man mir über mich sagt – Sie etwa nicht?«

»Aber sicher!« stimmten die beiden Männer ihr wie aus einem Munde zu.

»Also, nun sagen Sie schon.«

»Soll ich wirklich?« spannte Anthony sie auf die Folter und mußte gegen seinen Willen lächeln. Sie war so offensichtlich erpicht darauf, es zu erfahren, befangen in einem Zustand fast lachhafter Selbstverliebtheit.

»Er meint deinen Spitznamen«, sagte ihr Cousin.

»Was für einen Spitznamen?« fragte Anthony höflich verwirrt.

Sie verspannte sich sofort – dann aber lachte sie, lehnte sich in die Kissen zurück und verdrehte die Augen. »Coast-to-Coast-Gloria.« Ihre Stimme war von Lachen erfüllt, von einem Lachen, das ebenso unbestimmt war wie das Schattenspiel, das Feuer und Lampe auf ihr Haar warfen. »Ach Gott!«

Anthony war immer noch verwirrt.

»Was meinen Sie?«

»Mich meine ich. Den Namen haben sich ein paar alberne Bengel für mich ausgedacht.«

»Verstehst du denn nicht, Anthony«, erklärte Dick, »sie ist im ganzen Land als Reisende berüchtigt. Das ist es doch, was du gehört hast. Der Name wurde ihr schon vor Jahren verpaßt – schon mit siebzehn.«

Anthonys Augen füllten sich mit traurigem Humor.

»Wer ist dieser weibliche Methusalem, den du mir da angeschleppt hast, Caramel?«

Sie überhörte die Bemerkung, verübelte sie vielleicht sogar, denn sie kam wieder auf das Hauptthema zurück.

»Was haben Sie denn nun über mich gehört?«

»Etwas über Ihr Aussehen.«

»Oh«, sagte sie, kühl enttäuscht, »ist das alles?«

»Über Ihre Bräune.«

»Meine Bräune?« Sie war verdutzt. Sie hob die Hand zum

Hals und ließ sie einen Augenblick dort ruhen, als ertaste sie mit den Fingern verschiedene Farbabstufungen.

»Erinnern Sie sich noch an Maury Noble? Jemand, den Sie vor etwa einem Monat kennengelernt haben. Sie haben großen Eindruck auf ihn gemacht.«

Sie überlegte einen Moment.

»Ich erinnere mich – aber angerufen hat er mich nicht.«

»Bestimmt hat er sich nicht getraut.«

Inzwischen war es draußen pechfinster, und Anthony wunderte sich, wieso ihm sein Apartment jemals grau vorgekommen war – so warm und freundlich wirkten die Bücher und die Bilder an den Wänden. Der gute Bounds, aus einem ehrerbietigen Dunkel hervortretend, kredenzte Tee, und aus den drei liebenswürdigen Menschen erklang Woge um Woge teilnahmsvollen Gelächters über das fröhlich knisternde Feuer hinweg.

Unzufriedenheit

Am Donnerstagnachmittag nahmen Gloria und Anthony in der Grillstube des Plaza zusammen ihren Tee ein. Sie trug ein pelzbesetztes graues Kostüm – »weil man zu Grau einfach viel Rouge tragen muß« –, und auf ihrem Kopf saß keck eine Toque, unter der in unbekümmerter Pracht Wellen goldenen Haars hervorquollen. In hellerem Licht wollte es Anthony vorkommen, als sei ihre Persönlichkeit unendlich viel weicher – sie schien so jung, kaum achtzehn. Unter dem enganliegenden Futteral, damals Humpelrock genannt, wirkte ihre Figur erstaunlich schlank und geschmeidig, und ihre Hände, weder die einer Künstlerin noch dick, waren schmal wie Kinderhände.

Als sie eintraten, spielte das Orchester gerade die einleitenden Klagelaute zu einer Maxixe, einer eingängigen Melodie mit Kastagnettengeklapper und leicht schwülen Geigenklängen, die zu einer überfüllten winterlichen Grillstube paßten, in der es von aufgeregten Studenten wimmelte. Der bevorstehenden Ferien wegen war man in gehobener Stimmung. Gloria wägte sorgfältig mehrere Sitzplätze ab und führte Anthony zu seinem Verdruß auf Umwegen an einen Tisch für zwei Personen am hinteren Ende des Saals. Als sie dort ankamen, überlegte sie erneut. Sollte sie zur Rechten oder zur Linken sitzen? Ihre schönen Augen und Lippen waren sehr ernst, als sie ihre Wahl traf, und wieder mußte Anthony denken, wie naiv jede ihrer Gebärden war; sie tat so, als könne sie alle Dinge im Leben auswählen und zuweisen, als suche sie auf einem nie versiegenden Ladentisch unaufhörlich Geschenke für sich aus.

Geistesabwesend sah sie einige Augenblicke lang auf die Tänzer, und als ein Paar auf sie zugewirbelt kam, warf sie eine halblaute Bemerkung hin.

»Da ist ein hübsches Mädchen in Blau…« – und als Anthony folgsam hinschaute – »da! Nein, hinter Ihnen – da!«

»Ja«, stimmte er ihr ratlos zu.

»Sie haben sie ja gar nicht gesehen.«

»Ich schaue lieber Sie an.«

»Ich weiß, aber sie war hübsch. Allerdings hatte sie zu dicke Fesseln.«

»Ach ja? – Ich meine, wirklich?« sagte er gleichgültig.

Von einem Paar, das in ihrer Nähe tanzte, flog der Gruß eines Mädchens herüber.

»Hallo, Gloria! O Gloria!«

»Hallo auch.«

»Wer ist das?« wollte er wissen.

»Ich weiß nicht. Irgend jemand.« Sie erblickte ein anderes Gesicht. »Hallo, Muriel!« Dann zu Anthony: »Das ist Muriel Kane. Die ist nun wirklich attraktiv, wenn auch nicht sehr.«

Anthony gluckste anerkennend. »Attraktiv, wenn auch nicht sehr«, wiederholte er.

Sie lächelte – war sofort interessiert.

»Warum ist das lustig?« Ihr Tonfall war übertrieben gespannt.

»Darum.«

»Möchten Sie tanzen?«

»Sie denn?«

»Hm. Aber bleiben wir lieber sitzen«, beschloß sie.

»Und sprechen von Ihnen? Sie sprechen gern von sich, nicht wahr?«

»Ja.« Sie fühlte sich in ihrer Eitelkeit ertappt und lachte.

»Ich kann mir vorstellen, daß Ihre Autobiographie ein Klassiker würde.«

»Dick sagt, ich hätte keine.«

»Dick!« rief er aus. »Was weiß denn der über Sie?«

»Nichts. Aber er sagt, die Biographie jeder Frau beginnt mit dem ersten Kuß, der zählt, und endet, wenn man ihr das letzte Kind in die Arme drückt.«

»Das hat er aus seinem Buch.«

»Er sagt, ungeliebte Frauen haben keine Biographie – sie haben eine Geschichte.«

Wieder mußte Anthony lachen.

»Sie wollen doch wohl nicht behaupten, Sie seien ungeliebt?«

»Nun ja, vermutlich nicht.«

»Weshalb haben Sie dann keine Biographie? Haben Sie noch nie einen Kuß bekommen, der zählt?« Noch während ihm die Worte über die Lippen kamen, atmete er tief ein, als wolle er sie zurücksaugen. Dieses *Kindchen*!

»Ich weiß nicht, was Sie unter ›zählen‹ verstehen«, wandte sie ein.

»Ich wünschte, Sie würden mir verraten, wie alt Sie sind.«

»Zweiundzwanzig«, sagte sie und erwiderte ernst seinen Blick. »Wie alt haben Sie mich denn geschätzt?«

»Ungefähr achtzehn.«

»Von jetzt an werde ich achtzehn sein. Ich bin nur ungern

zweiundzwanzig. Das hasse ich mehr als alles andere in der Welt.«

»Zweiundzwanzig zu sein?«

»Nein. Alt zu werden und all das. Zu heiraten.«

»Wollen Sie denn gar nicht heiraten?«

»Ich will keine Verantwortung übernehmen und mich um eine Menge Kinder kümmern müssen.«

Offenbar zweifelte sie nicht daran, daß aus ihrem Mund alles gut klang. In der Annahme, sie werde an ihre letzte Bemerkung anknüpfen, wartete er fast atemlos auf ihre nächste. Sie lächelte, nicht belustigt, sondern freundlich, und nach einer Pause wurde der Abstand zwischen ihnen von einem halben Dutzend Wörter überbrückt: »Ich wünschte, ich hätte Weingummi.«

»Die sollen Sie haben!« Er winkte einen Kellner herbei und schickte ihn zum Zigarrentresen.

»Es macht Ihnen doch nichts aus? Weingummi esse ich für mein Leben gern. Alle Welt zieht mich auf, weil ich andauernd auf einem herumlutsche – immer wenn mein Daddy nicht da ist.«

»Kein Problem. – Wer sind denn alle diese Kinderchen?« fragte er plötzlich. »Kennen Sie die alle?«

»Ach wo, aber die sind aus ... ach, von überall her, nehme ich an. Kommen Sie denn nie hierher?«

»Sehr selten. Ich mache mir nicht besonders viel aus ›netten Mädels‹.«

Sofort hatte er wieder ihre Aufmerksamkeit erregt. Sie zeigte den Tänzern die kalte Schulter, machte es sich auf ihrem Stuhl bequem und wollte wissen: »Was tun Sie denn sonst so?«

Es war einem Cocktail zuzuschreiben, daß Anthony die Frage begrüßte. Außerdem war er in Gesprächslaune und wollte dieses Mädchen, dessen Interesse so aufreizend schwer zu fesseln war, beeindrucken – immer wieder hielt sie inne, um auf unvorhergesehenen Weiden zu äsen, oder war hinreichend extravagant, das abgelegen Nächstliegende durchzusprechen. Er wollte sich in

Positur werfen. Er wollte ihr mit einemmal in neuen und heroischen Farben erscheinen. Er wollte sie aus dieser Gleichgültigkeit aufrütteln, die sie gegen alles zeigte, nur nicht gegen sich selbst.

»Nichts«, begann er und merkte umgehend, daß seinen Worten die heitere Anmut fehlen würde, die er ihnen so sehnlich wünschte. »Ich tue nichts, denn es gibt für mich nichts zu tun, das zu tun sich lohnte.«

»Nun?« Er hatte sie weder überrascht noch gefesselt, doch hatte sie ihn gewiß verstanden, wenn er denn etwas gesagt hatte, das es wert war, verstanden zu werden.

»Billigen Sie faule Männer nicht?«

Sie nickte.

»Doch, schon, wenn sie mit Anmut faul sind. Ist das denn einem Amerikaner möglich?«

»Weshalb denn nicht?« wollte er, ganz außer Fassung, wissen.

Doch sie hatte das Thema schon wieder fallengelassen und war bereits zehn Stockwerke höher geklettert.

»Mein Daddy ist böse auf mich«, bemerkte sie nüchtern.

»Warum? Aber ich möchte gern wissen, wieso es einem Amerikaner unmöglich sein soll, mit Anmut faul zu sein« – seine Worte klangen zunehmend überzeugter –, »das verwundert mich. Es – es – ich verstehe nicht, weshalb die Leute denken, daß jeder junge Mann die zwanzig besten Jahre seines Lebens zehn Stunden am Tag in Downtown arbeiten soll – öde, phantasielose Arbeit, jedenfalls keine Arbeit, die anderen zugute kommt.«

Er brach ab. Sie beobachtete ihn auf unergründliche Art. Er erwartete, daß sie ihm zustimmen oder widersprechen würde, aber sie tat nichts von beidem.

»Bilden Sie sich eigentlich nie eine Meinung über irgend etwas?« fragte er einigermaßen verzweifelt.

Sie schüttelte den Kopf und lenkte ihren Blick wieder auf die Tänzer, bevor sie antwortete: »Ich weiß nicht. Ich habe keine Ahnung, was jemand wie Sie oder sonst irgend jemand tun sollte.«

Sie verwirrte ihn und hemmte den Fluß seiner Ideen. Sich mitteilen zu können war ihm noch nie so verlockend und zugleich so unmöglich erschienen.

»Ich natürlich auch nicht«, gestand er kleinlaut, »aber...«

»Ich denke bei Leuten nur daran, ob sie dort, wo sie sind, am rechten Fleck sind und ins Bild passen«, fuhr sie fort. »Es ist mir einerlei, ob sie irgend etwas tun. Ich sehe nicht ein, weshalb sie etwas tun sollten; ja es erstaunt mich immer, wenn überhaupt irgend jemand irgend etwas tut.«

»Sie möchten also nichts tun?«

»Ich möchte schlafen.«

Eine Sekunde lang war er erschrocken, als habe sie das wortwörtlich gemeint.

»Schlafen?«

»Na ja. Ich möchte einfach auf der faulen Haut liegen, ich will, daß einige Leute um mich herum sich mit etwas beschäftigen, weil ich mich dann wohlig und geborgen fühle – und ich will, daß einige gar nichts tun, weil sie dann anmutig und der richtige Umgang für mich sind. Aber Leute ändern oder mich ihretwegen ereifern, das will ich nie.«

»Sie sind mir eine putzige kleine Deterministin«, sagte Anthony lachend. »Die Welt liegt Ihnen zu Füßen, nicht wahr?«

»Nun ja«, sagte sie mit einem raschen Augenaufschlag, »warum auch nicht? Solange ich – jung bin.«

Vor dem Wort »jung« hatte sie leicht gezögert, und Anthony hatte den Verdacht, daß sie eigentlich hatte sagen wollen: »schön«. Unbestreitbar hatte es ihr auf der Zunge gelegen.

Ihre Augen leuchteten auf, und er nahm an, daß sie Weiteres zum Thema beitragen würde. Jedenfalls hatte er sie aus ihrem Schneckenhaus gelockt – er beugte sich leicht vor, um ihre Worte aufzufangen.

Doch »Tanzen wir!« war alles, was sie sagte.

Dieser Winternachmittag im Plaza war das erste von mehreren Rendezvous, die Anthony in den trüben und anregenden Tagen vor Weihnachten mit ihr hatte. Sie hatte immer zu tun. Es dauerte lange, bis er herausfand, welchen Schichten der New Yorker Gesellschaft ihre Aufmerksamkeit gehörte. Sie achtete derlei kaum. Sie frequentierte die halböffentlichen Wohltätigkeitsbälle in den großen Hotels; einige Male sah er sie auf Dinnerpartys im Sherry's, und als er einmal darauf wartete, daß sie sich umkleidete, rasselte Mrs. Gilbert apropos der Gewohnheit ihrer Tochter, »auf Achse zu sein«, ein erstaunliches Feiertagsprogramm herunter, das ein halbes Dutzend Bälle einschloß, zu denen auch Anthony Einladungen erhalten hatte.

Mehrere Male verabredete er sich mit ihr zum Mittagessen und zum Tee – ersteres erfolgte immer übereilt und war, zumindest in seinen Augen, eine ziemlich unbefriedigende Angelegenheit, denn sie war tranig und gleichgültig, unfähig, sich auf irgend etwas zu konzentrieren oder seinen Bemerkungen ihre volle Aufmerksamkeit zuzuwenden. Als er ihr nach zweien dieser trostlosen Mahlzeiten vorhielt, daß sie ihm nur Haut und Knochen des Tages überlasse, lachte sie und beglückte ihn mit einer Teestunde in drei Tagen. Das war schon sehr viel befriedigender.

Eines Sonntagabends kurz vor Weihnachten besuchte er sie und traf sie nach einem wichtigen, ihm aber unerklärlichen Streit an – in der Ruhe nach dem Sturm. In halb erzürntem, halb belustigtem Tonfall gab sie an, einen Mann aus ihrem Apartment hinausgeworfen zu haben – an dieser Stelle erging sich Anthony in wilden Spekulationen –, der Mann habe am Abend ein kleines Essen für sie geben wollen, aber natürlich werde sie nicht gehen. So durfte Anthony sie zu einem späten Imbiß begleiten.

»Lassen Sie uns irgendwohin gehen!« schlug sie vor, als sie im

Fahrstuhl hinunterfuhren. »Ich möchte eine Show sehen, Sie nicht auch?«

Als sie sich an der Kartenverkaufsstelle des Hotels erkundigten, stellte sich heraus, daß es nur zwei ›Sonntagskonzerte‹ gab.

»Die sind immer das gleiche«, beklagte sie sich unglücklich, »immer dieselben ollen jiddischen Komödianten. Ach, lassen Sie uns doch irgendwohin gehen!«

Um seinen schuldbewußten Verdacht zu maskieren, er hätte irgendeine Veranstaltung arrangieren sollen, die ihre Billigung fände, trug Anthony eine kennerhafte Unternehmungslust zur Schau.

»Wir gehen in ein gutes Cabaret.«

»Alle, die in der Stadt laufen, habe ich schon gesehen.«

»Dann tun wir eben ein neues auf.«

Sie war miserabler Laune – soviel stand fest. Ihre grauen Augen waren jetzt wirklich aus Granit. Wenn sie nicht sprach, starrte sie im Foyer stur vor sich hin, wie auf ein abstoßendes abstraktes Gemälde.

»Na schön, kommen Sie.«

Er folgte ihr – die noch in ihren Pelzmantel gehüllt ein graziöses Mädchen war – hinaus zu einer Droschke und instruierte den Kutscher mit einer Miene, als habe er ein festes Ziel vor Augen, zum Broadway zu fahren und sich dann nach Süden zu wenden. Er nahm verschiedene flüchtige Anläufe, sie in ein Gespräch zu ziehen; da sie sich jedoch in einen undurchdringlichen Panzer aus Schweigen hüllte und ihm mit Sätzen antwortete, ebenso griesgrämig wie das kalte Dunkel der Droschke, streckte er die Waffen, gab sich der nämlichen Stimmung hin und verfiel in düstere Schwermut.

Ein Dutzend Blocks den Broadway hinab stach Anthony eine ihm unbekannte große Leuchtschrift ins Auge, deren prächtige Lettern den Namen ›Marathon‹ ergaben und mit Neonblättern und -blumen geschmückt waren, abwechselnd erloschen und wieder auf der feucht glitzernden Straße reflektierten. Er beugte sich vor, klopfte ans Droschkenfenster und erhielt sogleich von dem farbigen Türsteher zur Antwort: Ja, Cabaret. Schönes Cabaret. Beste Show weit und breit.

»Sollen wir's versuchen?«

Mit einem Seufzer schnippte Gloria ihre Zigarette aus dem geöffneten Schlag und schickte sich an, ihr zu folgen; dann waren sie durch das breite Portal unter der grellen Leuchtschrift eingetreten und mit einem stickigen Lift zu diesem unbesungenen Amüsierbetrieb hinaufgefahren.

Die fröhlichen Aufenthaltsorte der Reichen und der Armen, der Schicken und der Kriminellen und natürlich auch der neuerdings so beliebten Boheme werden den eingeschüchterten Mädchen der High-Schools von Augusta, Georgia und Redwing, Minnesota, vorgeführt, und zwar nicht nur auf den bezaubernden illustrierten Doppelseiten in den Theaterbeilagen der Sonntagszeitungen, sondern auch durch die entsetzten und empörten Augen eines Mr. Rupert Hughes und anderer Chronisten des rasanten Tempos Amerikas. Doch die Ausflüge Harlems zum Broadway, die Ausschweifungen der Abgestumpften und die Tollheiten der ehrbaren Leute bleiben das Geheimnis der Teilnehmer.

Ein Geheimtip kursiert – und an der augenzwinkernd erwähnten Stätte finden sich an Samstag- und Sonntagabenden die unteren Klassen mit niederer Moral ein –, sorgenvolle kleine Leute, wie sie in Karikaturen als ›der Verbraucher‹ oder ›die Öffentlichkeit‹ abgebildet werden. Diese stellen sicher, daß die Vergnügungsstätte drei Kriterien erfüllt – sie ist billig; sie ahmt mit einer Art kitschiger und mechanischer Wehmut die glitzernden Mätzchen der großen Cafés im Theaterviertel nach; und das Allerwichtigste: Sie ist ein Ort, wohin man ein ›nettes Mädel‹ mitnehmen kann, was natürlich voraussetzt, daß jedes einzelne aus Mangel an Geld und Phantasie gleichermaßen harmlos, verzagt und uninteressant ist.

An Sonntagabenden stellen sich dort die leichtgläubigen, rührseligen, unterbezahlten, überarbeiteten Menschen mit zusammengesetzten Berufsbezeichnungen ein: Buch-Halter, Karten-Verkäufer, Büro-Leiter, Handels-Vertreter und vor allem Büro-Angestellte – Büro-Angestellte in Transportunternehmen, Postämtern, Lebensmittelläden, Maklerbüros und Banken. Sie haben ihre kichernden, wild gestikulierenden, lächerlich dünkelhaften Frauen dabei, die mit ihnen dick werden, ihnen zu viele Kinder gebären und ratlos und unzufrieden in einem farblosen Meer der Schinderei und der gescheiterten Hoffnungen dahintreiben.

Man benennt diese billigen Cabarets nach Pullmanwagen. Das ›Marathon‹! Hier gibt es keinen der obszönen Vergleiche, die den Pariser Cafés abgeschaut sind! Hierher schleppen die folgsamen Stammgäste ihre ›netten Frauen‹, deren ausgehungerte Phantasie nur allzugern wähnt, daß die Szene vergleichsweise fröhlich und ausgelassen ist, vielleicht sogar leicht anrüchig. Hier ist der Bär los! Wer sorgt sich schon um morgen?

Menschliches Treibgut!

Anthony und Gloria setzten sich und sahen sich um. Zu der Vierergruppe am Nebentisch gesellte sich gerade eine Dreiergruppe, zwei Männer und ein Mädchen, die sich offenbar verspätet hatten – und das Benehmen des Mädchens war eine ganze soziologische Studie wert. Sie war dabei, einige neue Herrenbekanntschaften zu machen – und versuchte verzweifelt, ihnen etwas vorzuspielen. Mit Gebärden, mit Worten und kaum wahrnehmbaren Lidaufschlägen spielte sie vor, sie gehöre einer Klasse an, die der Klasse, mit der sie sich jetzt abgeben mußte, ein Stück weit überlegen sei, habe noch vor kurzem in einer dünneren, höheren Luft geatmet und werde es in Bälde wieder tun. Sie tat so vornehm, daß es fast schmerzte – sie trug einen mit Veilchen bedeckten Hut vom Vorjahr, der nicht sehnsuchtsvoll angeberischer und augenfällig gekünstelter hätte sein können als sie selbst.

Gebannt beobachteten Anthony und Gloria, wie das Mädchen sich setzte und den Eindruck verbreitete, sie sei nur deswegen zugegen, weil sie sich dazu herablasse. Für mich, besagten ihre Augen, ist dies im Grunde nur eine Forschungsreise in die Slums, die ich mit verharmlosendem Gelächter und halben Entschuldigungen verbräme.

Und die anderen Frauen versuchten leidenschaftlich, den Eindruck zu erwecken, als säßen sie zwar in der Menge, gehörten ihr aber nicht an. Für sie war dies nicht die gewohnte Umgebung; sie waren nur mal eben hereingeschneit, das Lokal lag günstig und in ihrer Nähe – jede Gruppe im Restaurant suchte diesen Eindruck zu vermitteln ... wer weiß? Sie alle änderten ja ständig die Klassenzugehörigkeit – oft heirateten die Frauen über ihrem Stand, oder die Männer kamen unverhofft zu blendendem Reichtum: ein hinreichend grotesker Werbefeldzug, eine verherrlichte Eiswaffel. Unterdessen trafen sie sich hier, um zu essen, verschlossen die Augen vor der Knauserigkeit, die sich darin offenbarte, wie selten die Tischtücher gewechselt wurden, in der Oberflächlichkeit der Darbietungen, am meisten aber in der plump-vertraulichen Nachlässigkeit der Kellner. Eines stand fest: Von ihren Gästen ließen diese Kellner sich nicht beeindrukken. Man rechnete fast damit, daß sie sich jeden Augenblick zu einem an den Tisch setzen würden...

»Stört es Sie?« erkundigte sich Anthony.

Glorias Miene hellte sich auf, und zum ersten Mal an diesem Abend lächelte sie.

»Es gefällt mir«, sagte sie freimütig. Es war unmöglich, ihr nicht zu glauben. Ihre grauen Augen schweiften hierhin und dorthin, verweilten müßig oder aufmerksam auf jeder Gruppe und wanderten mit unverhohlenem Vergnügen weiter zur nächsten, und währenddessen wurden Anthony die unterschiedlichen Eigenschaften ihres Profils deutlich, der wunderbar lebhafte Ausdruck ihres Mundes und der echte Adel von Antlitz, Gestalt und Manieren, der sie zur einzigen Zierde inmitten einer Kollektion billigen Flitters machte. Angesichts ihrer Fröhlichkeit stieg ihm eine verzehrende Empfindung in die Augen, würgte ihn, ließ seine Nerven kribbeln und füllte seine Kehle mit heiser zitternder Leidenschaft. Im Saal herrschte auf einmal Stille. Das unsaubere Geigen- und Saxophonspiel, das schrille Plärren eines Kindes nahebei, die Stimme des Mädchens mit dem Veilchenhut am Nachbartisch – all das verebbte langsam, trat zurück und verschwand wie Schatten vom glänzenden Parkett – und es schien ihm, als seien sie beide allein und unendlich weit entrückt, ruhig. Bestimmt war das Rot ihrer Wangen der hingehauchte Glanz eines Landes zarter und unentdeckter Schattierungen, ihre auf dem fleckigen Tischtuch schimmernde Hand eine Muschel aus einem fernen wildjungfräulichen Meer...

Dann zerriß das Trugbild wie ein Gespinst; der Saal gruppierte sich wieder von neuem, Stimmen, Gesichter, Gebärden; der grelle Schein der Lampen über ihnen wurde wirklich, wurde wirksam; der Atem setzte ein, jene langsamen Atemzüge, die sie und er im Takt mit dieser gefügigen Hundertschaft taten, das Heben und Senken der Brust, das ewige, sinnlose Spiel und Wechselspiel, hingeworfene und aufgefangene Worte und Wendungen: all das legte seine Sinne gewaltsam offen für den würgenden Druck des Lebens – und dann drang ihre Stimme an sein Ohr, kühl wie der schwebende Traum, aus dem er eben aufgetaucht war.

»Hierher gehöre ich«, murmelte sie, »ich bin wie diese Leute hier.«

Einen Augenblick erschien ihm diese Äußerung wie ein überflüssiges hämisches Paradoxon, das sie ihm über die unüberwindliche Distanz hinweg zurief, die sie wahrte. Ihre Verzückung hatte sich weiter gesteigert – ihr Blick ruhte auf einem jüdischen Geiger, der seine Schultern zum Rhythmus des einschmeichelndsten Foxtrotts des Jahres wiegte:

Something... goes
Ring-a-ting-a-ling-a-ling
Right in your ear...

Sie sprach erneut, ganz gefangen in ihrer Illusion. Er war erstaunt. Es klang wie eine Gotteslästerung aus dem Munde eines Kindes.

»Ich bin wie sie – wie japanische Lampions und Kreppapier und wie die Musik dieser Kapelle.«

»Sie sind ein junger Dummkopf!« behauptete er ungestüm.

Sie schüttelte den blonden Kopf.

»Nein, ganz und gar nicht. Ich bin wirklich wie sie ... Das müssen Sie einfach begreifen... Sie kennen mich doch überhaupt nicht.« Sie zögerte und richtete den Blick wieder auf ihn, ließ ihn plötzlich auf ihm ruhen, als sei sie überrascht, ihn dort zu erblicken. »Ich habe eine Schwäche für das, was Sie billig nennen. Ich weiß nicht, woher, aber es ist – ach, solche Dinge eben, grelle Farben und die Wonnen der Gewöhnlichkeit. Mir scheint, ich gehöre hierher. Diese Leute würden mich zu schätzen wissen, diese Männer sich in mich verlieben und mir huldigen, wohingegen die klugen Männer, die ich kennenlerne, mich nur zergliedern und mir sagen, ich sei so oder so aus diesem oder jenem Grund.«

In diesem Augenblick hätte Anthony sie am liebsten gemalt, sie auf der Stelle auf Papier gebannt, so wie sie jetzt war, so wie sie, mit jeder unbarmherzigen Sekunde, nie wieder sein würde.

»Woran denken Sie?« fragte sie.

»Ach, nur daran, daß ich kein Realist bin«, sagte er, und dann: »Nein, nur der Romantiker bewahrt die Dinge, die es wert sind, bewahrt zu werden.«

Aus den Tiefen von Anthonys Intellekt kristallisierte sich eine Einsicht heraus, die weder atavistisch noch obskur, ja kaum körperlicher Natur war, eine Einsicht, die den Liebesgefühlen vieler Generationen vor ihm abgelauscht war: daß sie ihn, während sie sprach und seinen Blick suchte und den lieblichen Kopf wendete, auf eine Weise anrührte, wie er noch nie zuvor angerührt worden war. Die Hülle, die ihre Seele umschloß, hatte einen tieferen Sinn angenommen – das war alles. Sie war eine Sonne, sie leuchtete, wuchs, sammelte und speicherte Licht – und verströmte es nach einer Ewigkeit in einem Blick, einem Halbsatz hin zu jenem Teil seiner selbst, der alle Schönheit und alle Illusion verehrte.

Ein Connaisseur von Küssen

Seit seinen Studententagen als Herausgeber des *Harvard Crimson* hatte Richard Caramel den Wunsch gehabt zu schreiben. Als höheres Semester setzte sich jedoch bei ihm die schwärmerische Vorstellung fest, bestimmte Männer seien zum ›Dienst‹ ausersehen und müßten, wenn sie in die Welt hinausgingen, unbedingt ein gewisses Etwas zuwege bringen, das ihnen entweder mit ewigem Lohn vergolten würde oder wenigstens mit der persönlichen Genugtuung, für das größtmögliche Glück der größtmöglichen Zahl eingetreten zu sein.

Diese Denkweise erschüttert in Amerika die Colleges schon seit langem. Sie ergreift in der Regel unreife und leichtgläubige Erstsemester – zuweilen aber auch jüngere Schüler. Überall reisen für ihr gefühlsbetontes Getue bekannte Apostel von Universität zu Universität, verschrecken die liebenswerten Schäfchen und ersticken jedes bißchen intellektuelle Anteilnahme und Neugier – eigentlich Zweck jeder Erziehung – im Keime mit ihrem rätselhaften Verständnis von Sündhaftigkeit, die auf Kindheitsverfehlungen und die allgegenwärtige Bedrohung durch ›das Weib‹ zurückzuführen sein soll. Diese Reden werden von gottlosen Jugendlichen besucht, die juchzen und buhen, aber auch von Verängstigten, die die süßen Pillen schlucken. Letztere wären harmlos, wenn man sie Bauersfrauen und gottesfürchtigen Drogisten verabreichen würde, doch für künftige ›Führungskräfte‹ sind sie eine recht gefährliche Arznei.

Der Krake war kräftig genug, Richard Caramel mit einem seiner sehnigen Fangarme einzuwickeln. Gleich nach dessen Studienabschluß bestellte er ihn in die Slums von New York, wo Richard sich als Sekretär eines ›Vereins zur Rettung fremder junger Männer‹ mit orientierungslosen Italienern abgab. Damit war er mehr als ein Jahr befaßt, bis ihn die Monotonie aufzureiben begann. Der Zustrom von Fremden – Italienern, Polen, Skandinaviern, Tschechen, Armeniern – riß nicht ab; sie kamen mit den immergleichen Kränkungen, den immergleichen außergewöhnlich häßlichen Visagen und den immergleichen Gerüchen, auch wenn er sich einbildete, daß diese im Laufe der Monate durchdringender und vielfältiger wurden. Seine allfälligen Schlußfolgerungen hinsichtlich der Tunlichkeit dieses Dienstes blieben vage, doch was sein eigenes Engagement anging, so zog er sie jäh und entschieden. Jeder liebenswerte junge Mann, dem der neueste Kreuzzug den Kopf verdrehte, konnte bei dem Abhub Europas ebensoviel ausrichten wie er – und es wurde Zeit, daß er schrieb.

Er hatte in einem CVJM-Heim in Downtown gewohnt, doch als er sich der Vorstellung entledigt hatte, aus Kieselsteinen Diamanten schleifen zu können, zog er in ein Wohnviertel und machte sich als Reporter der *Sun* unverzüglich an die Arbeit. Das ging so ein Jahr lang, nebenher widmete er sich halbherzig und mit mäßigem Erfolg der Schriftstellerei. Eines Tages bereitete ein unglücklicher Umstand seiner Zeitungslaufbahn ein vorzeitiges Ende. An einem Nachmittag im Februar wurde er damit beauftragt, über eine Parade der Reiterschwadron A zu berichten. Statt dessen schlief er, da ein Schneesturm drohte, vor einem wärmenden Feuer ein. Als er aufwachte, setzte er eine eingängige Kolumne über den gedämpften Hufschlag von Pferden im Schnee auf ... Diese reichte er ein. Am nächsten Morgen erhielt der Lokalredakteur eine korrigierte Abschrift seines Artikels mit der hingekritzelten Notiz: »Feuern Sie den Mann, der das geschrieben hat!« Offenbar hatte die Reiterschwadron A den Schneesturm ebenfalls heraufziehen sehen – und die Parade auf ein andermal verschoben.

Eine Woche später begann er mit dem *Dämonischen Liebhaber...*

Im Januar, dem Montag der Monate, war Richard Caramels Nase immer blau, ein sardonisches Blau, das irgendwie an die Flammen erinnerte, die an einem Sünder aufzüngeln. Sein Buch war beinahe abgeschlossen, und in dem Maße, wie sein Umfang wuchs, schienen auch seine Anforderungen zu wachsen, sie erschöpften ihn, überwältigten ihn, bis er, ausgezehrt und niedergerungen, im Schatten seines Werks wandelte. Seine Hoffnungen, seine Prahlereien und seine Unschlüssigkeit vertraute er nicht nur Anthony und Maury an, sondern jedem, der sich erbarmte, ihn anzuhören. Er suchte höfliche, doch verständnislose Verleger auf, besprach das Buch mit einem zufälligen Visavis im Harvard Club; Anthony behauptete sogar, ihn eines Sonntagabends dabei angetroffen zu haben, wie er in den Tiefen einer kalten und düsteren Harlemer U-Bahn-Station mit einem literaturbeflissenen Schaffner die Umstellung des Zweiten Kapitels erörterte. Und die neueste Vertraute war Mrs. Gilbert, welche stundenlang mit ihm zusammensaß und unter dem heftigen Wechselbeschuß von Bilphismus und Literatur hin und her schwankte.

»Shakespeare war Bilphist«, versicherte sie ihm mit einem starren Lächeln. »O ja! Er war Bilphist! Das ist erwiesen.«

Dick machte ein leicht verdutztes Gesicht.

»Wenn man *Hamlet* liest, läßt es sich gar nicht übersehen.«

»Er hat eben in – in einem gläubigeren – einem religiöseren Zeitalter gelebt.«

Doch jetzt ging sie aufs Ganze: »Das schon, aber der Bilphismus, du verstehst, ist keine Religion. Er ist die Wissenschaft von aller Religion.« Herausfordernd lächelte sie ihn an. Das war der Kernsatz ihres Glaubens. Etwas in der Anordnung ihrer Worte hatte von ihrem Verstand so entschieden Besitz ergriffen, daß sich die Aussage jeder Verpflichtung einer Begriffsbestimmung entzog. Wahrscheinlich hätte sie jede Idee akzeptiert, die in dieser leuchtenden Formel aufging – vielleicht war es gar keine Formel, sondern die *reductio ad absurdum* aller Formeln.

Nun war die Reihe endlich an Dick, seinen Coup zu landen.

»Du hast bestimmt von der ›Neuen Lyrikbewegung‹ gehört. Nein? Nun, es handelt sich um eine Gruppe junger Dichter, die sich von den alten Formen lossagen und eine Menge Gutes bewirken. Damit will ich sagen, daß mein Buch eine neue Prosabewegung auslösen wird, eine Art Renaissance.«

»Da bin ich mir sicher«, strahlte Mrs. Gilbert. »Da bin ich mir ganz sicher. Letzten Dienstag bin ich zu Jenny Martin gegangen, du weißt schon, die Chiromantin, zu der alle hinrennen. Ich habe ihr erzählt, daß mein Neffe an einem Buch arbeitet, und sie hat gesagt, sie wisse, daß es mich sicher sehr freuen würde zu hören, daß du *außerordentlichen* Erfolg haben wirst. Dabei hat sie dich noch nie gesehen und wußte nichts von dir – nicht einmal deinen Namen.«

Dick gab, um seiner Verwunderung über dieses erstaunliche Phänomen Ausdruck zu verleihen, die angemessenen Geräusche von sich, dann winkte er ihr Thema an sich vorüber, als sei er ein selbstherrlicher Verkehrspolizist, und ließ gewissermaßen seinen eigenen Verkehr anrollen.

»Es nimmt mich völlig in Beschlag, Tante Catherine«, versicherte er ihr, »wirklich. Alle meine Freunde ziehen mich auf – ach, ich verstehe ja, was sie belustigt, und es läßt mich kalt. Ich finde, man muß sich aufziehen lassen können. Aber ich folge meiner Überzeugung«, schloß er traurig.

»Ich sag's ja, du bist eine uralte Seele.«

»Mag sein.« Dick hatte das Stadium erreicht, wo er nicht mehr weiterkämpfte, sondern sich geschlagen gab. Er mußte wohl eine uralte Seele sein, eine groteske Vorstellung; so alt, daß er schon halb vermodert war. Dennoch stimmte ihn die Wiederholung dieses Ausdrucks immer noch leicht verlegen, und es lief ihm ein unbehaglicher Schauer über den Rücken. Er wechselte das Thema.

»Wo ist meine sehr verehrte Cousine Gloria?«

»Wieder mal auf Achse, mit irgend jemandem.«

Dick schwieg, bedachte sich, schnitt eine Grimasse, die sichtlich als Lächeln begann, jedoch mit einem furchterregenden Stirnrunzeln endete, und traf eine Feststellung. »Ich glaube, mein Freund Anthony Patch ist in sie verliebt.«

Mrs. Gilbert erschrak, strahlte eine halbe Sekunde zu spät und hauchte ihr »Wirklich?« im Tonfall gespielten Detektivgeflüsters.

»Ich *glaube*«, verbesserte Dick sie ernst. »Sie ist das erste Mädchen, mit dem ich ihn, zudem so oft, zusammen sehe.«

»Natürlich«, sagte Mrs. Gilbert mit übertriebener Gleichgültigkeit, »Gloria weiht mich wieder einmal in nichts ein. Sie ist sehr verschwiegen. Unter uns gesagt« – und sie beugte sich vor, offensichtlich entschlossen, nur den Himmel und ihren Neffen an ihrem Geständnis teilhaben zu lassen –, »unter uns gesagt, ich würde es begrüßen, wenn sie sich häuslich niederlassen würde.«

Dick stand auf und ging ernst auf und ab, ein kleiner, rühriger, bereits rundlicher junger Mann, der die Hände unbeholfen in die ausgebeulten Hosentaschen steckte.

»Wohlgemerkt, ich behaupte nicht, recht zu haben«, versicherte er dem durchaus im Hotelstil gehaltenen Stahlstich, der ihn seriös anlächelte. »Ich möchte nicht, daß Gloria etwas davon erfährt. Aber ich glaube, unser verrückter Anthony ist interessiert – sogar außerordentlich interessiert. Er redet ununterbrochen von ihr. Bei jedem anderen wäre das ein schlechtes Zeichen.«

»Gloria ist eine sehr junge Seele ...«, setzte Mrs. Gilbert begeistert an, doch ihr Neffe unterbrach sie mit einem dahingeworfenen Satz: »Gloria wäre eine sehr junge Närrin, wenn sie ihn nicht heiraten würde.«

Er blieb stehen und drehte sich zu ihr um, sein Gesichtsausdruck ein Schlachtfeld voller Fältchen und Grübchen, verzerrt und verkrampft in einer gewaltigen Zurschaustellung seines Eifers – so, als wollte er die Indiskretion seiner Worte mit Aufrichtigkeit wettmachen. »Gloria ist ein Wildfang, Tante Catherine. Sie ist unkontrollierbar. Ich weiß nicht, wie sie es hingekriegt hat, aber in letzter Zeit hat sie ein paar ulkige Freunde aufgegabelt. Anscheinend ist es ihr egal. Und die Männer, mit denen sie früher in New York ausgegangen ist, waren…« Er hielt inne, um Atem zu schöpfen.

»Ja-ja-ja«, warf Mrs. Gilbert ein, in dem schwächlichen Versuch, das ungeheure Interesse zu verhehlen, mit dem sie zuhörte.

»Nun denn, heraus damit«, fuhr Richard Caramel feierlich fort. »Ich meine, daß die Männer, mit denen sie früher ausgegangen ist, die Leute, mit denen sie ausgegangen ist, erstklassig waren. Jetzt nicht mehr.«

Mrs. Gilbert zwinkerte rasch – ihr Busen bebte, hob sich, schwoll an und verharrte einen Augenblick in diesem Zustand, und als sie ausatmete, entströmten ihr die Worte wie ein Sturzbach.

Sie wisse Bescheid, rief sie flüsternd; o ja, Mütter sähen dergleichen. Aber was könne sie schon tun? Er kenne doch Gloria. Er sehe Gloria oft genug, um zu wissen, wie hoffnungslos jeder Versuch sei, ihr gut zuzureden. Gloria sei so verzogen – und zwar vollständig und außerordentlich. Zum Beispiel sei sie noch mit drei Jahren gestillt worden, als sie womöglich schon eine Mohrrübe hätte kauen können. Vielleicht – man wisse ja nie – habe genau das ihrer ganzen Persönlichkeit Gesundheit und Abhärtung eingebracht. Und seit ihrem zwölften Lebensjahr habe sie Jungen um sich gehabt, in einer solchen Dichte, man habe sich kaum rühren können. Mit sechzehn sei sie auf die Bälle von Gymnasien gegangen, dann seien die Colleges an der Reihe gewesen; und wo immer sie hingegangen sei: Jungen, Jungen, Jungen. Zuerst, oh, bis zu ihrem achtzehnten Jahr, habe es so viele davon gegeben, daß es nie um einen vor allen anderen gegangen sei, doch dann habe sie es jeweils auf einen abgesehen gehabt.

Sie wußte, daß es, über etwa drei Jahre verteilt, eine Reihe von Liebeleien gegeben hatte, insgesamt vielleicht ein Dutzend. In manchen Fällen standen die Männer noch vor dem Studienabschluß, andere hatten das College bereits hinter sich – im Durchschnitt hielten sie sich jeweils ein paar Monate, mit kürzer währenden Ablenkungen zwischendurch. Ein- oder zweimal hatten sie länger gedauert, und Glorias Mutter hatte gehofft, sie würde sich verloben, doch jedesmal trat ein neuer auf den Plan – ein neuer...

Die Männer? Oh, die hatte sie buchstäblich unglücklich gemacht! Es gab nur einen, der sich seine Würde bewahrt hatte, und der war einfach ein Kind gewesen, der junge Carter Kirby aus Kansas City, und überdies so eitel, daß er eines Nachmittags aus lauter Eitelkeit aus dem Zimmer gestürmt und tags darauf mit seinem Vater nach Europa aufgebrochen war. Die anderen waren – elend gewesen. Nie schienen sie zu begreifen, wann sie genug von ihnen hatte, und Gloria war nur selten mit Vorsatz unfreundlich gewesen. Dauernd riefen sie an, schrieben ihr Briefe, versuchten, sich mit ihr zu treffen, zogen ihr auf langen Reisen im ganzen Land hinterher. Einige hatten sich Mrs. Gilbert anvertraut, ihr mit Tränen in den Augen mitgeteilt, daß sie nie über Gloria hinwegkommen würden – freilich hatten sich zwei von ihnen seitdem verheiratet... Doch Gloria, so schien es, schlug zu, um zu vernichten – bis auf den heutigen Tag rief Mr. Carstairs einmal in der Woche an und schickte ihr Blumen zu, deren Annahme sie nicht einmal mehr verweigerte.

Mehrere Male, mindestens zweimal, war es zu einer privaten Verlobung gekommen, wußte Mrs. Gilbert zu berichten – mit Tudor Baird und mit dem jungen Holcome in Pasadena. Sie war sich sicher, denn – »aber das muß unter uns bleiben« – sie war überraschend hereingekommen und hatte gesehen, wie Gloria sich, nun ja, sehr verlobt aufführte. Natürlich hatte sie mit ihrer Tochter nicht darüber gesprochen. Schließlich besaß sie ein gewisses Taktgefühl, außerdem hatte sie jedesmal mit einer Verlobungsanzeige innerhalb weniger Wochen gerechnet. Doch die Verlobungsanzeige erfolgte nie; statt dessen trat ein neuer Mann auf den Plan.

Szenen! Junge Männer, die in der Bibliothek auf und ab liefen wie Tiger im Käfig! Junge Männer, die sich in der Eingangshalle beim Kommen und Gehen finstere Blicke zuschleuderten! Junge Männer, die anriefen und erleben mußten, daß die Rasende einhängte! Junge Männer, die damit drohten, nach Südamerika auszuwandern! Junge Männer, die die erschütterndsten Briefe schrieben! (Sie ließ es nicht verlauten, doch Dick konnte sich vorstellen, daß Mrs. Gilbert einige dieser Briefe mit eigenen Augen gesehen hatte.)

Und Gloria? Zwischen Weinen und Lachen schwankend, traurig, fröhlich, verliebt, ernüchtert, elend, nervös, kühl, gab sie Geschenke zurück, tauschte Bilder in alten Rahmen aus, nahm heiße Bäder und fing wieder von vorn an – mit dem nächsten.

Dieser Zustand dauerte fort, erweckte den Eindruck der Beständigkeit. Nichts davon schadete Gloria, stimmte sie um oder rührte sie. Doch dann teilte sie ihrer Mutter eines Tages aus heiterem Himmel mit, daß sie junge Studenten leid sei. Auf Collegebälle werde sie ganz bestimmt nicht mehr gehen.

Damit war der Wandel eingeleitet – nicht so sehr hinsichtlich ihrer tatsächlichen Gewohnheiten, denn sie ging nach wie vor tanzen und hatte so viele Rendezvous wie eh und je – doch nun waren es Rendezvous aus einem anderen Geist. Bis dahin war es um Stolz gegangen, eine Sache ihrer Dünkelhaftigkeit. Wahrscheinlich war sie die gefeiertste und meistbegehrte Schönheit im ganzen Land gewesen. Gloria Gilbert aus Kansas City! Unbekümmert hatte sie davon gezehrt – genoß die Menschentrauben um sich her, die Art und Weise, wie die attraktivsten Männer ihr nachspürten; genoß die wilde Eifersucht anderer Mädchen; genoß die fabelhaften, um nicht zu sagen skandalösen und, wie ihre Mutter gern sagte, völlig unbegründeten Gerüchte über sich – etwa, daß sie eines Abends in einem Abendkleid aus Chiffon in den Swimmingpool von Yale gesprungen sei.

Und nachdem sie all das mit beinahe männlicher Eitelkeit ausgekostet hatte – es war fast so etwas wie eine triumphale und blendende Karriere gewesen –, wurde sie mit einemmal gefühllos. Sie zog sich zurück. Sie, die ungezählte Partys dominiert hatte, die, in Duftwolken gehüllt, vor zahlreichen zärtlich huldigenden Augenpaaren durch vielerlei Ballsäle geschwebt war, schien sich aus alledem nichts mehr zu machen. Wer sich jetzt in sie verliebte, wurde beinahe zornig abgewiesen. Lustlos ging sie mit den mittelmäßigsten Männern aus. Ständig ließ sie Verabredungen platzen, nicht wie früher in der kühlen Gewißheit, über jeden Vorwurf erhaben zu sein – der geschmähte Mann werde schon wie ein Schoßtier wieder angekrochen kommen –, sondern gleichgültig, ohne jede Verachtung und ohne jeden Stolz. Sie wütete kaum noch gegen die Männer – sie gähnte sie nur noch an. Ihrer Mutter – es war schon seltsam –, ihrer Mutter kam es vor, als erkalte sie.

Richard Caramel hörte zu. Anfangs war er stehengeblieben, doch als die Ausführungen seiner Tante – hier um sämtliche Querverweise auf Glorias junge Seele und Mrs. Gilberts eigenen Kummer gekürzt – inhaltlich packender wurden, rückte er einen Stuhl heran und folgte ihr aufmerksam, während sie sich, zwischen Tränen und wehmütiger Ratlosigkeit, in Glorias langer Lebensgeschichte erging. Als sie zu der Geschichte vom letzten Jahr kam, zu der Geschichte von den Zigarettenstummeln, die überall in New York in kleinen Aschenbechern mit der Aufschrift *Midnight Frolic* und *Justine Johnson's Little Club* zurückgeblieben waren, fing er erst langsam, dann immer schneller an zu nicken, bis sein Kopf zu ihrem Schlußstakkato lebhaft auf und nieder wippte, grotesk wie der Kopf einer Drahtpuppe – das konnte alles mögliche bedeuten.

In gewissem Sinne war Glorias Vergangenheit für ihn kalter Kaffee. Er hatte sie mit den Augen eines Journalisten verfolgt, denn eines Tages wollte er ein Buch über sie schreiben. Doch zum gegenwärtigen Zeitpunkt war sein Interesse ein rein familiäres. Insbesondere wollte er wissen, wer dieser Joseph Bloeckman sei, den er mehrere Male mit ihr gesehen hatte; und diese beiden Mädchen, mit denen sie andauernd zusammen war, »diese« Rachael Jerryl und »diese« Miss Kane – Miss Kane war doch nun wirklich nicht jemand, den man mit Gloria in Verbindung bringen würde!

Doch die Gelegenheit war verpaßt. Mrs. Gilbert, die den Gipfel ihrer Ausführungen erklommen hatte, schickte sich eben an, mit Karacho die Skischanze des Kollapses hinabzugleiten. Ihre Augen waren wie ein blauer Himmel, den man durch zwei runde, rote Fensteröffnungen sieht. Die Haut um ihren Mund bebte.

In diesem Augenblick tat sich die Tür auf, und Gloria und die beiden vorstehend erwähnten jungen Damen betraten den Raum.

Zwei junge Frauen

»Nanu!«

»Guten Tag, Mrs. Gilbert.«

Miss Kane und Miss Jerryl werden Mr. Richard Caramel vorgestellt. »Das ist Dick.« (Gelächter.)

»Ich habe so viel von Ihnen gehört«, sagt Miss Kane zwischen einem Kichern und einem Japser.

»Guten Tag«, sagt Miss Jerryl schüchtern.

Richard Caramel versucht, sich so zu bewegen, als habe er eine bessere Figur, als der Fall ist. Er ist hin- und hergerissen zwischen seiner angeborenen Herzlichkeit und der Tatsache, daß er diese Mädchen ziemlich gewöhnlich findet – ganz und gar nicht dem Farmover-College-Typ entsprechend.

Gloria ist ins Bad verschwunden.

»Setzen Sie sich«, sagt Mrs. Gilbert strahlend und ist wieder ganz sie selbst. »Legen Sie ab.« Dick fürchtet, daß sie eine Bemerkung über das Alter seiner Seele machen wird, doch läßt er seine Bedenken fallen und unterzieht die beiden jungen Frauen der eingehenden Prüfung des Romanciers.

Muriel Kane entstammte einer aufstrebenden Familie aus East Orange. Sie war eher gedrungen als klein und schwankte verwegen zwischen Drallheit und Breite. Ihr Haar war schwarz und kunstvoll frisiert. Dies, in Verbindung mit ihren hübschen Kuhaugen und ihren überroten Lippen, ließ sie aussehen wie Theda Bara, die prominente Filmdarstellerin. Ständig versicherten ihr die Leute, sie sei ein »Vamp«, und sie glaubte ihnen. Sie hoffte, daß man sich vor ihr fürchtete, und tat unter allen Umständen ihr Äußerstes, um den Eindruck von Gefährlichkeit zu vermitteln. Ein Mann mit Phantasie konnte das rote Fähnchen sehen, das sie ständig bei sich trug und das sie ungestüm und flehend schwenkte – wenn auch leider ohne großen spektakulären Erfolg. Auch war sie ganz und gar auf der Höhe der Zeit: kannte die neuesten Lieder, *sämtliche* neuesten Lieder – wenn eines davon auf dem Grammophon gespielt wurde, sprang sie auf, schob die Schultern vor und zurück und schnippte mit den Fingern, und wenn es keine Musik gab, so begleitete sie sich selbst, indem sie vor sich hin summte.

Auch ihre Konversation war auf der Höhe der Zeit: »Das ist mir piepe«, sagte sie etwa, »ich mache mir keine Kopfschmerzen wegen meiner Figur« – und dann wieder: »Ich kann meine Füße einfach nicht stillhalten, wenn ich diese Melodie höre. O Baby!«

Ihre Fingernägel waren zu lang und zu stark lackiert, sie erglänzten in einem unnatürlichen rosa Fieber. Ihre Kleider waren zu eng, zu modisch, zu bunt, ihre Augen zu spitzbübisch, ihr Lächeln zu geziert. Sie war von Kopf bis Fuß fast mitleiderregend überkandidelt.

Das andere Mädchen war offenkundig eine subtilere Persönlichkeit. Eine exquisit gekleidete Jüdin war sie, mit dunklem Haar und von reizend milchiger Blässe. Sie schien schüchtern und zerfahren, und diese beiden Eigenschaften unterstrichen den diskreten Charme, den sie verströmte. Ihre Familienmitglieder gehörten heute der Episkopalkirche an, besaßen in der Fifth Avenue drei elegante Damenbekleidungsgeschäfte und residierten in einem prächtigen Apartment am Riverside Drive. Nach wenigen Augenblicken gewann Dick den Eindruck, daß sie Gloria nachzuahmen versuchte – und er überlegte, weshalb die Leute sich hierfür ausgerechnet immer unnachahmliche Persönlichkeiten aussuchten.

»Wir hatten *keinen* Augenblick Ruhe!« rief Muriel begeistert. »Im Bus hat eine verrückte Frau hinter uns gesessen. Sie war einwandfrei und ganz klar *plemplem*! Andauernd hat sie mit sich selbst geredet, darüber, was sie irgend jemandem antun würde. Ich war *starr* vor Schreck, aber Gloria *wollte* einfach nicht aussteigen.«

Mrs. Gilbert sperrte gebührend beeindruckt den Mund auf. »Wirklich?«

»Oh, sie war so was von verrückt. Aber ist ja piepe, sie hat uns ja nichts getan. Und häßlich war sie! Meine Güte! Der Mann uns gegenüber hat gesagt, mit so einem Gesicht wäre sie am besten Nachtschwester in einem Blindenheim, natürlich haben wir alle *gewiehert,* und der Mann hat versucht, uns abzuschleppen.«

Bald darauf kam Gloria aus dem Badezimmer, und einträchtig richteten sich aller Augen auf sie. Die beiden Mädchen traten in einen verschwommenen Hintergrund zurück, wurden weder wahrgenommen noch vermißt.

»Wir haben von dir gesprochen«, sagte Dick rasch, »deine Mutter und ich.«

»Ah«, sagte Gloria.

Eine Pause – Muriel wandte sich an Dick.

»Sie sind ein bedeutender Schriftsteller, nicht wahr?«

»Ich bin Schriftsteller«, gestand er verlegen.

»Ich sage immer«, meinte Muriel allen Ernstes, »wenn ich je die Zeit hätte, alle meine Erlebnisse aufzuschreiben – das würde ein wundervolles Buch ergeben.«

Rachael kicherte beipflichtend; Richard Caramels Verbeugung war fast gravitätisch.

Muriel fuhr fort: »Aber ich verstehe nicht, wie man sich hinsetzen und schreiben kann. Und Poesie! Du lieber Gott, ich kann keine zwei Zeilen zusammenreimen. Aber warum sich Kopfschmerzen machen.«

Richard hielt mit Mühe einen Lacher zurück. Gloria kaute mal wieder an einem Weingummi und starrte übellaunig aus dem Fenster. Mrs. Gilbert räusperte sich und strahlte.

»Aber schauen Sie«, sagte sie im Sinne einer umfassenden Erklärung, »Sie sind eben keine uralte Seele – wie Richard.«

Die »uralte Seele« stieß einen Seufzer der Erleichterung aus – endlich war das Wort gefallen!

Dann, als hätte sie fünf Minuten darüber nachgedacht, kündigte Gloria unvermittelt an: »Ich gebe eine Party.«

»Oh, darf ich kommen?« rief Muriel mit vorwitziger Kühnheit.

»Ein Dinner. Sieben Gäste: Muriel und Rachael und ich, und du, Dick, und Anthony und dieser Mann namens Noble – er hat mir gefallen – und Bloeckman.«

Muriel und Rachael verfielen in leise schnurrende Begeisterungsausbrüche. Mrs. Gilbert zwinkerte strahlend. Mit gespielter Gleichgültigkeit schaltete Dick eine Frage ein: »Wer ist dieser Bloeckman, Gloria?«

Gloria, leise Feindseligkeit witternd, wandte sich ihm zu.

»Joseph Bloeckman? Das ist doch dieser Filmmensch. Vizepräsident von *Films Par Excellence.* Er und Vater haben geschäftlich viel miteinander zu tun.«

»Oh!«

»Also, kommt ihr alle?«

Alle wollten kommen. Ein Tag in der kommenden Woche wurde festgesetzt. Dick erhob sich, rückte Hut, Mantel und Schal zurecht und schenkte allen ein Lächeln.

»Wiedersehen«, sagte Muriel und winkte fröhlich, »rufen Sie mich doch mal an.«

Richard Caramel errötete für sie.

Das bedauernswerte Ende des Chevaliers O'Keefe

Es war Montag, und Anthony lud Geraldine Burke zum Mittagessen im Beaux Arts ein – hinterher gingen sie hinauf in sein Apartment, und er rollte den kleinen Servierwagen herbei, der seinen Vorrat an Alkohol enthielt, und wählte als angemessene Rauschmittel Wermut, Gin und Absinth.

Die Gesellschaft von Geraldine Burke, Platzanweiserin im Keith's, war ihm seit einigen Monaten lieb. Sie forderte so wenig von ihm, daß er sie gern hatte, denn seit einer beklagenswerten Affäre mit einer Debütantin im vergangenen Sommer, als er entdeckte, daß schon nach einem halben Dutzend Küsse ein Antrag von ihm erwartet wurde, hütete er sich vor Mädchen seiner eigenen Schicht. Bei denen fiel es allzuleicht, den kritischen Blick von Unvollkommenheiten abzuwenden: einer körperlichen Unschönheit oder einem generellen Mangel an persönlichem Zartgefühl – aber an ein Mädchen, das Platzanweiserin im Keith's war, ging man mit einer anderen Haltung heran. Bei einem vertrauten Kammerdiener mochte man Eigenschaften in Kauf nehmen, die man selbst einem unwichtigen Bekannten aus der eigenen Gesellschaftsschicht verübeln würde. Geraldine lag zusammengerollt am Ende des Sofas und musterte ihn aus schmalen, schrägen Augen.

»Du trinkst die ganze Zeit, stimmt's?« fragte sie plötzlich.

»Eigentlich schon«, erwiderte Anthony leicht erstaunt. »Du denn nicht?«

»Nein. Manchmal gehe ich auf Partys, weißt du, ungefähr einmal in der Woche, aber ich trinke nur zwei oder drei Gläser. Du und deine Freunde, ihr trinkt die ganze Zeit. Ich finde, ihr ruiniert eure Gesundheit.«

Anthony war gerührt.

»Das ist aber lieb von dir, daß du dir Sorgen um mich machst.«

»Mach ich mir auch.«

»Soviel trinke ich doch gar nicht«, erklärte er. »Letzten Monat habe ich drei Wochen lang keinen Tropfen angerührt. Und so richtig betrunken bin ich nur einmal in der Woche.«

»Aber du hast ständig etwas zu trinken da, dabei bist du erst fünfundzwanzig. Hast du denn gar keinen Ehrgeiz? Denk nur, wie du mit vierzig sein wirst!«

»Ich hoffe, daß ich nicht so lange leben werde.«

Sie schnalzte mit der Zunge.

»Bist du verrü-ückt?« sagte sie, als er sich noch einen Cocktail mixte, dann: »Bist du eigentlich mit Adam Patch verwandt?«

»Ja, das ist mein Großvater.«

»Wirklich?« Sie war offenkundig überwältigt.

»Ja, sicher.«

»Das ist komisch. Mein Daddy hat früher für ihn gearbeitet.«

»Er ist ein alter Kauz.«

»Ist er nett?« wollte sie wissen.

»Nun ja, privat ist er nur selten unnötigerweise unangenehm.«

»Erzähl mir von ihm.«

Anthony überlegte. »Er ist verhutzelt und hat noch ein paar graue Haare übrig, die immer so aussehen, als hätte der Wind sie durchgepustet. Er ist sehr moralisch.«

»Er hat viel Gutes getan«, sagte Geraldine in tiefem Ernst.

»Blödsinn!« höhnte Anthony. »Er ist ein frommer Esel – ein Kamel.«

Sie ließ dieses Thema fallen und flatterte zum nächsten.

»Warum wohnst du nicht bei ihm?«

»Warum wohne ich nicht in einem methodistischen Pfarrhaus?«

»Bist du verrü-ückt?«

Wieder machte sie, um ihre Mißbilligung auszudrücken, ein leise schnalzendes Geräusch. Anthony dachte, wie moralisch dieses kleine Luder im Grunde war – wie vollkommen moralisch sie auch dann noch wäre, wenn die unvermeidliche Woge angerollt käme, die sie vom Sand der Ehrbarkeit hinwegspülen würde.

»Haßt du ihn?«

»Das frage ich mich auch. Gemocht habe ich ihn nie. Wir mögen Leute nicht, die etwas für uns tun.«

»Haßt er dich?«

»Meine liebe Geraldine«, verwahrte sich Anthony mit einem belustigten Stirnrunzeln, »trink noch einen Cocktail. Er ärgert sich über mich. Wenn ich eine Zigarette rauche, kommt er schnüffelnd ins Zimmer gelaufen. Er ist ein Moralapostel, ein Langweiler und Heuchler. Wahrscheinlich würde ich dir das alles nicht erzählen, wenn ich nicht ein paar Gläser zu mir genommen hätte, aber es macht ja wohl nichts.«

Geraldine war nachhaltig interessiert. Sie hielt ihr Glas, das sie noch nicht zum Mund geführt hatte, zwischen Zeigefinger und Daumen und betrachtete ihn mit Blicken, die einen Hauch von Ehrfurcht erkennen ließen.

»Was meinst du mit Heuchler?«

»Nun ja«, sagte Anthony ungeduldig, »vielleicht ist er ja keiner. Aber nichts von dem, was mir gefällt, gefällt ihm, daher ist er für mich uninteressant.«

»Hm.« Endlich schien ihre Neugier befriedigt. Sie ließ sich wieder ins Sofa zurücksinken und nippte an ihrem Cocktail.

»Du bist schon komisch«, bemerkte sie versonnen. »Wollen dich eigentlich alle heiraten, weil dein Großvater reich ist?«

»Nein – aber ich würde es ihnen nicht zum Vorwurf machen. Dabei habe ich gar nicht vor, jemals zu heiraten, weißt du.«

Das wies sie verächtlich von sich.

»Eines Tages wirst du dich verlieben. O ja – ich weiß es.« Sie nickte weise.

»Es wäre töricht, zuviel Selbstvertrauen zu haben. Genau das hat den Chevalier O'Keefe in den Ruin getrieben.«

»Wer war das?«

»Ein Geschöpf meiner blühenden Phantasie. Er ist eine meiner Schöpfungen, der Chevalier O'Keefe.«

»Verrü-ü-ückt!« murmelte sie vergnügt und bediente sich jener unförmigen Strickleiter, mit der sie alle Klüfte überbrückte und den Menschen hinterherstieg, die ihr geistig überlegen waren. Unbewußt empfand sie, daß diese Leiter Entfernungen schrumpfen ließ und jemanden, dessen Einbildungskraft sich ihrem Verständnis entzogen hatte, wieder in greifbare Nähe rückte.

»O nein!« wandte Anthony ein. »O nein, Geraldine. Du darfst beim Chevalier nicht den Nervenarzt spielen. Wenn du dich nicht in der Lage siehst, ihn zu verstehen, werde ich ihn dir nicht vorstellen. Außerdem verspüre ich seines bedauerlichen Rufes wegen ein gewisses Unbehagen.«

»Ich denke, ich kann alles verstehen, was Sinn ergibt«, versetzte Geraldine leicht unwirsch.

»In diesem Falle gibt es im Leben des Chevaliers verschiedene Episoden, die sich als unterhaltsam erweisen könnten.«

»Nämlich?«

»Was mich dazu gebracht hat, an ihn zu denken und ihn ins Gespräch zu bringen, war sein vorzeitiges Ende. Ich hasse es, ihn von seinem Ende her vorstellen zu müssen, aber es scheint mir unabweisbar, daß der Chevalier in dein Leben eintreten muß.«

»Also, was war denn nun mit ihm? Ist er gestorben?«

»Und ob! Und zwar so. Er war Ire, Geraldine, ein halberfundener Ire – von der ungezähmten Art, mit vornehmem Akzent und rötlichem Haar. Gegen Ende der Ritterzeit wurde er aus Erin verbannt und setzte – was auch sonst? – nach Frankreich über. Nun hatte aber der Chevalier O'Keefe, Geraldine, wie ich eine Schwäche. Er war ungeheuer anfällig für Weibsbilder jeder Art. Nicht nur war er Gefühlsmensch, sondern auch Romantiker, ein eitler Geck, ein Mann wilder Leidenschaften, auf einem Auge leicht erblindet und auf dem anderen stockblind. Nun ist aber ein Mann, der die Welt in diesem Zustand durchstreift, ebenso hilflos wie ein zahnloser Löwe, und infolgedessen wurde dem Chevalier zwanzig Jahre lang von einer Reihe von Frauen sehr übel mitgespielt – Frauen, die ihn haßten, ausnutzten, langweilten, ärgerten, anwiderten, sein Geld durchbrachten, ihn zum Narren hielten – kurzum, die ihn, wie die Welt es ausdrückt, liebten.

Das war arg, Geraldine, und da der Chevalier, bis auf diese eine Schwäche, diese übermäßige Anfälligkeit, ein Mann von scharfem Verstand war, beschloß er, sich von solchen Belastungen ein für allemal zu befreien. Mit diesem Vorhaben begab er sich in ein hochberühmtes Kloster in der Champagne, das anachronistischerweise – nun denn – St. Voltaire hieß. In dem Kloster herrschte die Regel, daß ein Mönch zeit seines Lebens nicht zum Erdgeschoß des Klosters hinabsteigen durfte, sondern in einem der vier Türme, die nach den vier Geboten der Klosterregel die Namen Armut, Keuschheit, Gehorsam und Stillschweigen trugen, wohnen und sich dem Gebet und der Beschaulichkeit widmen mußte.

Als nun der Tag nahte, da der Chevalier der Welt Lebewohl sagen sollte, war er äußerst glücklich. Seine griechischen Bücher schenkte er alle seiner Haushälterin, sein Schwert schickte er in einer goldenen Scheide an den König von Frankreich, und alle seine irischen Souvenirs vermachte er dem jungen Hugenotten, der in der Straße, wo er lebte, Fisch verkaufte.

Dann ritt er zum Kloster St. Voltaire, tötete vor dem Portal sein Pferd und schenkte den Kadaver dem Klosterkoch.

Um fünf Uhr an diesem Abend fühlte er sich zum ersten Mal frei – für immer befreit von seiner Geschlechtlichkeit. Keine Frau durfte das Kloster betreten, keiner der Mönche tiefer steigen als bis zum zweiten Stock. Als er die Wendeltreppe erklomm, die zu seiner Zelle im obersten Geschoß des Turms der Keuschheit führte, verweilte er einen Augenblick an einem offenen Fenster, das aus zwanzig Metern Höhe eine darunterliegende Straße überblickte. Wie schön alles war, dachte er, die Welt, die er hinter sich ließ, die goldenen Strahlen der Sonne, die auf die weiten Felder herabschien, das Gezweig der Bäume in der Ferne, die stillen, grünen Weingärten, die sich meilenweit vor ihm erstreckten. Mit dem Ellbogen stützte er sich auf die Fensterbrüstung und blickte auf die sich windende Straße hinaus.

Der Zufall fügte es, daß just in diesem Augenblick Thérèse, ein sechzehnjähriges Bauernmädchen aus einem Nachbardorf, auf der Straße vorbeikam, die vor dem Kloster verlief. Fünf Minuten vorher war das abgewetzte kleine Band durchgerissen, das den Strumpf an ihrem hübschen linken Bein hielt. Da sie ein Mädchen von ausnehmender Sittsamkeit war, hatte sie vorgehabt, den Schaden zu beheben, sobald sie zu Hause wäre, doch war es ihr so unbequem geworden, daß sie es nicht länger aushalten zu können vermeinte. So blieb sie stehen, als sie eben den Turm der Keuschheit passierte, und raffte – zu ihrer Ehre sei gesagt: so wenig wie möglich – mit einer anmutigen Geste ihren Rock, um das Strumpfband zu befestigen.

Oben im Turm beugte sich der jüngste Ankömmling im altehrwürdigen Kloster St. Voltaire, wie von einer ungeheuren und unwiderstehlichen Hand gezogen, aus dem Fenster. Er beugte sich weiter und weiter hinaus, bis sich unter seinem Gewicht plötzlich einer der Steine löste, mit einem leisen pudrigen Geräusch aus dem Zement herausbrach – und der Chevalier O'Keefe erst kopfüber, dann Hals über Kopf und schließlich in einer großen eindrucksvollen Volte hinabstürzte, der harten Erde und der ewigen Verdammnis entgegen.

Von dem Vorfall war Thérèse so mitgenommen, daß sie den ganzen Weg nach Hause rannte und zehn Jahre lang eine Stunde am Tag heimlich für das Seelenheil des Mönchs betete, der an jenem unglückseligen Sonntagnachmittag seine Gelübde gebrochen hatte und damit zugleich seinen Hals.

Und der Chevalier O'Keefe, den man des Selbstmords verdächtigte, wurde nicht in geweihter Erde beigesetzt, sondern in einem nahe gelegenen Feld verscharrt, wo er die Qualität des Humus zweifellos noch viele Jahre danach verbesserte. Dies war das vorzeitige Ende eines sehr tapferen und ritterlichen Gentlemans. Was hältst du davon, Geraldine?«

Doch Geraldine, die schon längst den Faden verloren hatte, konnte nur schelmisch lachen, ihm mit dem Finger drohen und ihre alles überbrückende, alles erklärende Formel wiederholen: »Verrückt!« sagte sie. »Du bist verrü-ü-ückt!«

Sein schmales Gesicht war freundlich, dachte sie, und seine Augen ganz sanft. Sie mochte ihn leiden, weil er überheblich war, ohne eitel zu sein, und weil er anders als die Männer, denen sie im Theater begegnete, Angst davor hatte aufzufallen. Was für eine absonderliche, unsinnige Geschichte! Aber die Sache mit dem Strumpf hatte ihr gefallen!

Nach dem fünften Cocktail küßte er sie, und sie verbrachten eine Stunde mit Gelächter, spielerischen Liebkosungen und einem halbunterdrückten Aufflammen der Leidenschaft. Um halb fünf gab sie eine Verabredung vor und ging ins Bad, um sich das Haar zu richten. Sie verwehrte ihm, eine Droschke zu bestellen, und blieb einen Augenblick lang in der Tür stehen.

»Du heiratest doch noch mal«, beharrte sie, »wart's nur ab.«

Anthony spielte mit einem alten Tennisball, den er mehrere Male vorsichtig auf dem Boden aufprallen ließ, bevor er mit einem Anflug von Schärfe antwortete: »Du bist eine kleine Närrin, Geraldine.«

Sie lächelte provokativ.

»So, bin ich das? Wollen wir wetten?«

»Das wäre genauso albern.«

»So, wäre es das? Nun, ich wette, daß du innerhalb von einem Jahr jemanden heiratest.«

Anthony ließ den Tennisball sehr hart aufprallen. Das war einer von den Tagen, an denen er schön aussah, dachte sie; eine Art Heftigkeit hatte die Schwermut in seinen dunklen Augen verdrängt.

»Geraldine«, sagte er schließlich, »erstens gibt es niemanden, den ich heiraten möchte; zweitens habe ich nicht genug Geld, um für zwei zu sorgen; drittens lehne ich die Ehe für Leute meines Schlages entschieden ab; viertens verspüre ich schon gegen die abstrakte Überlegung einen starken Widerwillen.«

Doch Geraldine kniff nur wissend die Augen zusammen, schnalzte mit der Zunge und sagte, sie müsse jetzt gehen. Es sei spät.

»Ruf mich bald an«, mahnte sie ihn, als er sie zum Abschied küßte, »weißt du, daß du das schon seit drei Wochen nicht mehr getan hast?«

»Mach ich«, versprach er eifrig.

Er schloß die Tür, und als er wieder ins Zimmer kam, blieb er, noch immer den Tennisball in der Hand, einen Augenblick gedankenverloren stehen. Nun überkam ihn wieder eines seiner Einsamkeitsgefühle, wie auf der Straße oder am Schreibtisch, wenn er ziellos und bedrückt an einem Bleistift kaute. Es war Selbstverlorenheit ohne Trost, ein Verlangen nach Ausdruck ohne Betätigungsfeld, ein Gefühl, daß die Zeit unaufhörlich und vergeudet vorüberjagte – gemildert nur von der Überzeugung, daß es nichts zu vergeuden gab, weil sämtliche Anstrengungen und Leistungen gleichermaßen wertlos waren.

Aufgewühlt dachte er mit einem lauten Stoßseufzer, denn er war getroffen und verwirrt: »Bei Gott, ich habe nicht die leiseste Absicht zu heiraten!«

Plötzlich schleuderte er den Tennisball heftig durchs Zimmer. Er flog haarscharf an der Lampe vorbei, hüpfte einen Augenblick auf und nieder, bis er reglos auf dem Boden liegenblieb.

Neonlicht und Mondenschein

Für ihr Dinner hatte Gloria im Cascades im Biltmore Hotel einen Tisch reservieren lassen, und als die Männer kurz nach acht draußen in der Eingangshalle zusammentrafen, wurde »diese Person« Bloeckman die Zielscheibe dreier männlicher Augenpaare. Er war ein untersetzter, rosiger Jude von etwa fünfunddreißig Jahren, mit einem ausdrucksvollen Gesicht unter glattem, sandfarbenem Haar – bei den meisten Geschäftsbesprechungen wäre seine Persönlichkeit zweifellos als gewinnend eingestuft worden. Er schlenderte auf die drei jüngeren Männer zu, die rauchend in einer Gruppe beieinanderstanden, während sie auf ihre Gastgeberin warteten, und stellte sich mit etwas zu augenfälliger Selbstsicherheit vor – dennoch darf bezweifelt werden, ob er den beabsichtigten Eindruck leicht ironischer Förmlichkeit wahrnahm. Sein Betragen ließ jedenfalls nicht darauf schließen.

»Mit Adam J. Patch verwandt?« wollte er von Anthony wissen und stieß durch seine übergroßen Nasenlöcher zwei schlanke Rauchsäulen aus.

Mit dem Anflug eines Lächelns gestand Anthony es ein.

»Ein herausragender Mann«, befand Bloeckman tiefsinnig. »Musterexemplar eines Amerikaners.«

»Ja«, stimmte Anthony ihm zu, »das kann man wohl sagen.«

›Wie ich diese nicht ganz durchgebratenen Männer verabscheue‹, dachte er kalt. ›Sehen aus wie gesotten! Sollten noch einmal in den Backofen geschoben werden; eine weitere Minute würde langen.‹

Bloeckman schielte auf seine Uhr.

»Wird Zeit, daß die Mädchen aufkreuzen...«

Anthony wartete mit angehaltenem Atem; es kam...

»...aber«, mit breiter werdendem Lächeln, »Sie wissen ja, wie Frauen so sind.«

Die drei jungen Männer nickten; Bloeckman sah sich beiläufig um und ließ seinen kritischen Blick erst an der Decke ruhen und dann nach unten wandern. In seiner Miene verband sich der Ausdruck eines Farmers aus dem Mittleren Westen, der seine Weizenernte begutachtet, mit dem eines Schauspielers, der sich fragt, ob man ihm auch zuschaut – so das Verhalten aller guten Amerikaner in der Öffentlichkeit. Als er seine Inspektion abgeschlossen hatte, wandte er sich rasch wieder dem schweigsamen Trio zu, entschlossen, zum Kern der Sache vorzustoßen.

»College-Absolventen? Harvard, ja? Ich höre, die Jungs von Princeton haben euch im Hockey geschlagen.«

Der Unglücksrabe. Wieder hatte er eine Niete gezogen. Sie seien schon vor drei Jahren abgegangen und verfolgten nur noch die großen Footballspiele. Ob Mr. Bloeckman sich nach dem Fehlschlag seines Geistesblitzes in zynischer Gesellschaft zu befinden glaubte, sei dahingestellt, denn...

Gloria kam. Muriel kam. Rachael kam. Nach einem hastigen »Hallo, Leute!«, das von Gloria geäußert und von den anderen beiden aufgegriffen wurde, rauschten die drei in die Garderobe.

Einen Augenblick später tauchte Muriel in einem Zustand

kunstvoller Nichtbekleidung wieder auf und *schlich* sich geradezu an. Sie war in ihrem Element: Ihr ebenholzschwarzes Haar hatte sie zurückgeschniegelt; ihre Augen waren künstlich nachgedunkelt; sie roch nach aufdringlichem Parfüm. Sie hatte sich nach besten Kräften als Sirene, volkstümlich ›Vamp‹, aufgetakelt – ein Wesen, das Männer auflas und wegwarf, das gewissenlos und gänzlich ungerührt mit Gefühlen spielte. Etwas an ihren erschöpfenden Bemühungen schlug Maury auf den ersten Blick in Bann – eine Frau mit breiten Hüften, die die Geschmeidigkeit eines Panthers vortäuschte! Während sie weitere drei Minuten auf Gloria und, so unsere höfliche Annahme, auf Rachael warteten, konnte er den Blick nicht von ihr wenden. Sie drehte den Kopf weg, senkte die Wimpern und biß sich in einer erstaunlichen Zurschaustellung gekünstelter Sprödigkeit auf die Unterlippe. Sie stemmte die Hände in die Hüften, wiegte sich im Takt zur Musik und sagte: »Habt ihr schon mal einen so hinreißenden Ragtime gehört? Ich kann meine Schultern einfach nicht stillhalten, wenn ich so was höre.«

Mr. Bloeckman klatschte höflich in die Hände: »Sie sollten zur Bühne.«

»Für mein Leben gern!« rief Muriel aus. »Wollen Sie mir dabei helfen?«

»Aber gewiß.«

Mit kleidsamer Züchtigkeit stellte Muriel ihre Bewegungen ein, wandte sich zu Maury und fragte ihn, was er dieses Jahr »gesehen« habe. Er verstand, daß die Frage sich auf die Welt des Theaters bezog, und sie hatten einen fröhlichen und anregenden Meinungsaustausch über verschiedene Titel, etwa nach folgender Manier:

MURIEL Haben Sie schon *Pfahl meines Herzens* gesehen?

MAURY Nein.

MURIEL *mit Feuereifer* Es ist wunderbar! Das müssen Sie sich unbedingt ansehen.

MAURY Haben Sie *Omar, der Zeltmacher* gesehen?

MURIEL Nein, aber ich höre, es soll wundervoll sein. Ich würde es liebend gern sehen. Haben Sie *Heiter und wärmer* gesehen?

MAURY *hoffnungsfroh* Ja.

MURIEL Ich fand's nicht besonders gut. Es ist kitschig.

MAURY *schwach* Ja, das stimmt.

MURIEL Aber gestern abend war ich in *Erlaubt im Sinne des Gesetzes,* das hat mir gut gefallen. Haben Sie *Das kleine Café* gesehen?...

Das ging so fort, bis ihnen keine Stücke mehr einfielen. Unterdessen wandte Dick sich an Mr. Bloeckman, entschlossen, diesem wenig versprechenden Klotz am Bein soviel Gold wie möglich zu entlocken.

»Ich höre, alle neuen Romane werden gleich nach Erscheinen an die Filmindustrie verkauft.«

»Das stimmt. Die Hauptsache bei einem Film ist natürlich eine starke Handlung.«

»Ja, das denke ich auch.«

»Viele Romane sind voll von Geschwätz und Psychologie. Die taugen natürlich für unsere Zwecke nicht so recht. Das meiste davon läßt sich auf der Leinwand nicht interessant genug gestalten.«

»Sie wollen vor allem Plots«, sagte Richard geistreich.

»Natürlich. Vor allem Plots...« Er hielt inne und lenkte seinen Blick in eine andere Richtung. Sein Schweigen zog sich hin und steckte, mit der Autorität eines erhobenen Zeigefingers, auch die anderen an. Gloria kam von der Garderobe zurück, gefolgt von Rachael.

Unter anderem stellte sich während des Dinners heraus, daß Joseph Bloeckman niemals tanzte, sondern die Zeit, in der die Musik spielte, damit verbrachte, den anderen mit der gelangweilten Duldsamkeit eines Erwachsenen unter Kindern zuzuschauen.

Er war ein würdiger Mann und stolz dazu. Aus München gebürtig, hatte er seinen amerikanischen Werdegang als Erdnußverkäufer in einem Wanderzirkus angetreten. Er war mit achtzehn Marktschreier, später Leiter einer Jahrmarktsbude geworden, bald darauf Eigentümer eines zweitklassigen Vaudeville-Theaters. Als der Film eben aus dem Stadium einer Kuriosität heraustrat und zu einem vielversprechenden Wirtschaftszweig wurde, war er ein aufstrebender Mann von sechsundzwanzig Jahren mit Geld zum Investieren, brennendem finanziellem Ehrgeiz und verwertbaren Kenntnissen des populären Showbusineß. Das war vor neun Jahren gewesen. Die Filmindustrie hatte ihn hochgespült, während sie Dutzende von Männern mit besseren finanziellen Fähigkeiten, mehr Phantasie und praktikableren Ideen ausgespien hatte... und nun saß er hier und betrachtete die unsterbliche Gloria, für die der junge Stuart Holcome von New York nach Pasadena gegangen war – beobachtete sie und wußte, daß sie gleich wieder zu tanzen aufhören und zurückkommen würde, um sich zu seiner Linken zu setzen.

Er hoffte, sie würde sich beeilen. Die Austern standen schon einige Minuten auf dem Tisch.

Unterdessen tanzte Anthony, der links von Gloria placiert worden war, mit ihr, und zwar, wie ein Platzhirsch, stets auf einem bestimmten Viertel der Tanzfläche. Dieser zarte Tribut an das Mädchen sollte den anderen Männern im Saal klarmachen: »Verdammt, kommt mir bloß nicht zu nahe!« Es war sehr bewußt intim.

»Also«, begann er und blickte auf sie herab, »Sie sehen aber mächtig gut aus heute abend.«

Über die fünfzehn Zentimeter Abstand hinweg, die sie trennten, erwiderte sie seinen Blick.

»Danke – Anthony.«

»Sie sind sogar beunruhigend schön«, fügte er hinzu. Diesmal ohne zu lächeln.

»Und Sie sind äußerst charmant.«

»Ist das nicht nett?« lachte er. »Wir heißen einander tatsächlich gut.«

»Tun Sie das denn normalerweise nicht?« Sie griff seine Bemerkung rasch auf, wie sie es stets tat, wenn, wie andeutungsweise auch immer, eine nicht weiter erklärte Anspielung auf sie gemacht wurde.

Er senkte die Stimme, und ihr haftete nur der Hauch eines Scherzes an, als er sprach.

»Heißt denn ein Priester den Papst gut?«

»Ich weiß nicht – aber das ist wohl das unbestimmteste Kompliment, das mir je gemacht worden ist.«

»Vielleicht kann ich ein paar Platitüden auftreiben.«

»Übernehmen Sie sich nur mal nicht. Sehen Sie nur Muriel! Hier, gleich neben uns.«

Er blickte über die Schulter. Muriel hatte ihre leuchtende Wange an das Revers von Maury Nobles Smoking geschmiegt und ihren gepuderten Arm offenbar um seinen Kopf geschlungen. Man fragte sich automatisch, weshalb sie die Hand nicht in seinen Nacken gekrallt hatte. Sie rollte heftig mit den zur Decke gerichteten Augen, schwenkte die Hüften und sang beim Tanzen ständig leise vor sich hin. Dies schien zunächst die Übersetzung des Songs in irgendeine fremde Sprache zu sein, stellte sich jedoch endlich als Versuch heraus, seinen Rhythmus mit den einzigen Worten aufzufüllen, die sie kannte – mit den Worten des Titels:

He's a rag-picker,
A rag-picker,
A rag-time picking man,
Rag-picking, picking, pick, pick,
Rag-pick, pick, pick

– und so weiter, mit Wendungen, die noch seltsamer und barbarischer klangen. Als sie Anthonys und Glorias belustigte Blicke auffing, erwiderte sie sie nur mit einem leisen Lächeln und halbgeschlossenen Augen, um anzudeuten, daß die Musik, die in ihre Seele eintrat, sie in eine ekstatische und ausgesprochen verführerische Trance versetzt habe.

Die Musik ging zu Ende, und sie kehrten an ihren Tisch zurück, und der dort einsam, aber würdevoll saß, erhob sich und bedachte jeden von ihnen mit einem so gewinnenden Lächeln, als schüttele er ihnen die Hand, um sie zu einer glänzenden Darbietung zu beglückwünschen.

»Blockhead tanzt nie! Ich glaube, er hat ein Holzbein«, bemerkte Gloria zu der gesamten Tischgemeinschaft. Die drei jungen Männer erschraken, und der Gentleman, auf den sich die Bemerkung bezog, zuckte sichtlich zusammen.

Dies war der einzige wunde Punkt, der sich im Laufe von Bloeckmans Bekanntschaft mit Gloria ergeben hatte. Mit seinem Namen trieb sie ein grausames Spiel. Erst war es *Blockhouse* gewesen, seit neuestem das gehässigere *Blockhead* – Holzkopf. Mit stark ironischem Unterton hatte er sie gebeten, ihn mit Vornamen anzureden, und gehorsam hatte sie dies auch mehrere Male getan – doch dann war sie, hilflos, zerknirscht, aber in Gelächter aufgelöst, wieder auf *Blockhead* verfallen.

Eine äußerst traurige und unüberlegte Sache.

»Ich fürchte, Mr. Bloeckman hält uns für ein leichtlebiges Völkchen«, seufzte Muriel und wedelte mit einer Auster in seine Richtung.

»Er sieht ganz so aus«, murmelte Rachael. Anthony versuchte, sich zu erinnern, ob sie zuvor schon etwas von sich gegeben hatte. Er glaubte, nein. Es war ihre erste Äußerung.

Plötzlich räusperte sich Mr. Bloeckman und sagte mit lauter, deutlicher Stimme: »Im Gegenteil. Wenn ein Mann spricht, spricht aus ihm die Tradition. Er weiß mindestens ein paar tausend Jahre hinter sich. Die Frau dagegen, nun, sie ist das wunderbare Sprachrohr der Nachwelt.«

In dem fassungslosen Schweigen, das auf diese erstaunliche Einlassung folgte, verschluckte sich Anthony an einer Auster und führte eilends seine Serviette zum Mund. Rachael und Muriel stießen ein nachsichtiges, wenn auch überraschtes Lachen aus, in das Dick und Maury einstimmten. Beide waren hochrot im Gesicht und gaben sich größte Mühe, ein Brüllen zu unterdrücken.

›Mein Gott!‹ dachte Anthony. ›Das ist der Zwischentext einer seiner Filme. Der Mann hat ihn doch tatsächlich auswendig gelernt!‹

Nur Gloria gab keinen Laut von sich. Schweigend fixierte sie Mr. Bloeckman mit einem vorwurfsvollen Blick.

»Um Himmels willen, wo haben Sie denn das aufgeschnappt?«

Bloeckman schaute sie unsicher an, unschlüssig, was sie damit sagen wollte. Doch augenblicklich gewann er seine Haltung wieder und setzte das ausdruckslose und absichtlich duldsame Lächeln eines Intellektuellen inmitten verzogener und unreifer Jugendlicher auf.

Aus der Küche wurde die Suppe gebracht – doch gleichzeitig kam der Kapellmeister von der Bar, wo er jenen Farbton angenommen hatte, der sich in einem Seidel Bier findet. So ließ man denn die Suppe während der Darbietung einer Ballade namens *Everything's at Home Except Your Wife* kalt werden.

Danach der Champagner – und die Party nahm vergnüglichere Ausmaße an. Die Männer, mit Ausnahme Richard Caramels, tranken reichlich; Gloria und Muriel nippten jede an einem Glas; Rachael Jerryl rührte nichts an. Bei den Walzern blieben sie sitzen, tanzten jedoch zu allem anderen – alle bis auf Gloria, die nach einer Weile zu ermüden schien und es vorzog, rauchend am Tisch sitzen zu bleiben, mal mit trägen, mal mit lebhaften Blikken, je nachdem, ob sie Bloeckman zuhörte oder eine hübsche

Frau unter den Tänzerinnen beobachtete. Mehrere Male fragte sich Anthony, was Bloeckman ihr da wohl erzählte. Er kaute an einer Zigarre, die er im Mund hin und her schob, und war nach dem Essen heftig gestikulierend aus sich herausgegangen.

Um zehn Uhr begannen Gloria und Anthony zu tanzen. Als sie außerhalb der Hörweite des Tisches waren, sagte sie mit gesenkter Stimme: »Tanzen Sie zur Tür hin. Ich möchte zum Drugstore.«

Folgsam geleitete Anthony sie durch die Menge in die angegebene Richtung; im Foyer ließ sie ihn einen Augenblick stehen und tauchte mit einem Umhang überm Arm wieder auf.

»Ich möchte Weingummi«, sagte sie heiter-verlegen. »Sie werden mir nicht glauben, warum. Es ist nur, daß ich den Drang verspüre, an meinen Fingernägeln zu kauen, und wenn ich kein Weingummi bekomme, tue ich's eben.« Sie seufzte, und als sie den leeren Fahrstuhl betraten, fuhr sie fort: »Ich habe schon den ganzen Tag darauf herumgenagt. Nagende Nervosität, verstehen Sie? Entschuldigen Sie den Kalauer. Es war keine Absicht – die Worte sind mir nur so herausgerutscht. Gloria Gilbert, die Possenreißerin.«

Als sie im Erdgeschoß ankamen, mieden sie unbekümmert den Süßwarenstand des Hotels, stiegen die breite Freitreppe hinab und liefen durch eine Reihe von Galerien, bis sie in der Grand Central Station einen Drugstore fanden. Sie unterzog den Parfümtisch einer eingehenden Prüfung, dann erledigte sie ihren Einkauf. Danach schlenderten sie, einem unausgesprochenen Impuls gehorchend, Arm in Arm nicht etwa in die Richtung zurück, aus der sie gekommen waren, sondern auf die 43. Straße hinaus.

In jener Nacht taute es; es war schon fast warm genug, daß eine Brise, die den Gehsteig entlangwehte, Anthony die Vision eines unverhofften Hyazinthenfrühlings eingab. Die Illusion einer neuen Jahreszeit – oben, im blauen Rechteck des Himmels, und um sie her, in der Liebkosung des dahinschwebenden Windhauchs – verschaffte ihnen Erleichterung von der drückenden und stickigen Atmosphäre, der sie entflohen waren, und einen stillen Augenblick lang schien ihnen im Verkehrslärm und im Glucksen des Wassers in den Gossen trügerisch und zart die Musik nachzuklingen, zu der sie eben noch getanzt hatten. Als Anthony sprach, geschah es in dem sicheren Wissen, daß seine Worte von einem atemlosen Verlangen herrührten, welches die Nacht in ihrer beider Herzen gezeugt hatte.

»Wollen wir eine Droschke nehmen und ein bißchen spazierenfahren?« schlug er vor, ohne sie anzusehen.

Oh, Gloria, Gloria!

Am Bordstein stand eine offene Droschke. Als sie anfuhr wie ein Schiff, das in einen hochgetürmten Ozean ausläuft, und sich zwischen den nächtlich unbestimmten Massen hoher Gebäude, inmitten bald gedämpfter, bald schriller Rufe und Klänge verlor, legte Anthony seinen Arm um das Mädchen, zog sie an sich und küßte ihren feuchten, kindlichen Mund.

Sie schwieg. Sie wandte ihm das Gesicht zu; unter den wie Mondschein durch Laubwerk hereintanzenden Lichtflecken wirkte es bleich. Im weißen See ihres Angesichts waren ihre Augen das glitzernde Wellenspiel; das Dunkel ihres Haars umrahmte ihre Stirn mit einem durchaus unpersönlichen Schatten. Liebe stand dort gewiß nicht geschrieben; nicht einmal eine Andeutung von Liebe. Ihre Schönheit war kühl wie die feuchte Brise, wie die feuchte Weichheit ihrer Lippen.

»In diesem Licht bist du wie ein Schwan«, flüsterte er nach einer Weile. Es folgte ein Schweigen, das ebenso beredt war wie irgendein Laut. Eine Stille trat ein, die jeden Augenblick zu zerspringen drohte, und Ernüchterung konnte nur dadurch vermieden werden, daß er seine Arme fester um sie schlang, durch den Eindruck, daß sie darin ruhte wie eine hauchzarte, aus dem Dunkel herbeigeschwebte Feder, die er erhascht hatte. Anthony lachte, geräuschlos und jubelnd, und neigte sein Gesicht von ihr fort, halb in einer überwältigenden Aufwallung von Triumph, halb damit sein Anblick nicht die herrliche Unbewegtheit ihrer Miene verdarb. Was für ein Kuß – eine Blume, die man an sein Gesicht preßte, unbeschreiblich und vergänglich; als sende ihre Schönheit Strahlen aus, die sich flüchtig auf sein Herz herabsenkten und sich dort bereits auflösten.

Die Gebäude verschmolzen zu Schatten; jetzt kam der Central Park, und nach einer langen Weile schob sich majestätisch groß, weiß und schemenhaft das Metropolitan Museum vorüber und warf klangvoll den Widerhall der vorbeisausenden Kutsche zurück.

»Ach, Gloria! Ach, Gloria!«

Ihre Augen schienen ihn aus vielen tausend Jahren anzublikken: Sämtliche Gefühle, die sie empfunden haben mochte, sämtliche Worte, die sie hätte äußern können, wären unangemessen gewesen im Vergleich zur Angemessenheit ihres Schweigens, unberedsam gegenüber der Beredsamkeit ihrer Schönheit – und ihres Körpers, dicht bei ihm, schlank und kühl.

»Sag ihm, er soll umkehren«, murmelte sie, »und recht schnell zurückfahren...«

Oben im Speisesaal war es heiß. Der mit Servietten und Aschenbechern übersäte Tisch roch schal und abgestanden. Sie betraten den Saal während einer Tanzpause. Als Muriel Kane aufsah, blitzte ihr außerordentliche Schalkhaftigkeit aus den Augen.

»Wo seid *ihr* denn abgeblieben?«

»Wir haben Mutter angerufen«, erwiderte Gloria ungerührt. »Ich hatte es ihr versprochen. Haben wir einen Tanz verpaßt?«

Dann trug sich etwas zu, das, obwohl an sich kaum bedeutsam, Anthony noch viele Jahre später Grund hatte zu bedenken. Joseph Bloeckman lehnte sich auf seinem Stuhl zurück und warf ihm einen sonderbaren Blick zu, in dem sich mehrere Empfindungen seltsam und unentwirrbar miteinander verbanden. Gloria begrüßte er lediglich, indem er sich erhob, und nahm sein Gespräch mit Richard Caramel über den Einfluß der Literatur auf die Filmwirtschaft unverzüglich wieder auf.

Magie

Das große und unerwartete Wunder einer Nacht vergeht mit dem mählichen Verglimmen der letzten Sterne und der verfrühten Ankunft der ersten Zeitungsjungen. Die Flamme erstirbt zu einem schwachen platonischen Feuer; aus dem Eisen ist die Weißglut gewichen und aus der Kohle die Hitze.

Ein Sonnenstrahl kroch wie ein kalter und anmaßender Schreibstift die Regale von Anthonys Bibliothek entlang und streifte mit eisiger Mißbilligung Thérèse von Frankreich und Ann das Superweib, Jenny vom orientalischen Ballett, Suleika die Zauberin – und Cora aus Indiana, dann verharrte er mitleidig auf den allzuoft beschworenen Schatten Helenas, Thaïs', Salomes und Kleopatras, die ein Regalbrett tiefer standen und um viele Jahre älter waren.

Anthony saß, rasiert und gebadet, in seinem tiefstgepolsterten Sessel und sah ihm zu, bis er mit dem stetigen Höhersteigen der Sonne einen Augenblick lang auf den seidigen Fransen des Läufers erglitzerte – und verlosch.

Es war zehn Uhr. Die *Sunday Times*, die verstreut um seine Füße herumlag, verkündigte in Tiefdruckbeilage und Leitartikel, Klatschkolumne und Sportseite, daß sich die Welt in der vergangenen Woche einem glänzenden, wenn auch nicht allzu klar definierten Ziel entgegenbewegt hatte. Anthony für sein Teil war einmal bei seinem Großvater, zweimal bei seinem Börsenmakler und dreimal bei seinem Schneider gewesen – und in der letzten Stunde des letzten Tages der Woche hatte er ein sehr schönes und charmantes Mädchen geküßt.

Als er nach Hause gekommen war, war seine Phantasie vor hochfliegenden, unvertrauten Träumen übergeschäumt. Plötzlich hatte er keine Frage mehr im Sinn, kein Problem mehr, das einer Antwort oder neuen Lösung harrte. Er hatte ein Gefühl empfunden, das weder geistiger noch körperlicher Natur war, aber auch nicht einfach eine Mischung aus beidem. Für den Augenblick nahm ihn die Liebe zum Leben gefangen, auf Kosten alles anderen. Er gab sich mit diesem einzigen und einzigartigen Experiment zufrieden.

Es wollte ihm ganz objektiv so scheinen, daß keine Frau, der er je begegnet war, an Gloria auch nur heranreichte. Sie war zutiefst sie selbst; sie war unermeßlich aufrichtig – dessen war er sich gewiß. Neben ihr waren die zwei Dutzend Schulmädchen und Debütantinnen, die jungen verheirateten Frauen und die verwahrlosten Kinder, welche er gekannt hatte, in des Wortes verächtlichstem Sinn bloße Weiber – Brüterinnen und Gebärerinnen, die noch immer einen leichten Dunst nach Höhle und Kinderzimmer verströmten.

Soviel er mitbekam, hatte sie sich weder seinem Willen gebeugt noch seiner Eitelkeit geschmeichelt – allerdings schmeichelte ihm ihr Vergnügen an seiner Gesellschaft. Er hatte nicht einmal Grund zu der Annahme, daß sie ihm irgend etwas gegönnt hatte, was sie nicht auch anderen gönnte. Das war auch gut so. Die Vorstellung, daß der Abend ihm hätte Verwicklungen bescheren können, war ebenso abwegig wie abstoßend. Und sie hatte die Episode mit einer entschiedenen Lüge erledigt und abgetan. Hier waren zwei junge Leute mit genügend Phantasie, um ein Spiel von seiner Umsetzung in die Wirklichkeit unterscheiden zu können – zwei junge Leute, die sich dank der Beiläufigkeit, mit der sie einander getroffen hatten und weitergegangen waren, als unversehrt ausgaben.

Nachdem er zu diesem Resultat gekommen war, ging er zum Telefon und rief im Plaza Hotel an.

Gloria war ausgegangen. Ihre Mutter wußte weder, wo sie hingegangen war, noch, wann sie zurückkommen würde.

In diesem Augenblick war der erste Mißklang in dieser Angelegenheit zu vernehmen. Irgendwie haftete Glorias Abwesenheit von zu Hause ein Moment der Gleichgültigkeit, ja der Schamlosigkeit an. Er argwöhnte, daß sie ihn, indem sie ausgegangen war, in eine Falle gelockt hatte. Wenn sie heimkam, würde sie seinen Namen vorfinden und in sich hineinlächeln. Sehr diskret! Er hätte ein paar Stunden abwarten sollen, um ihr vor Augen zu führen, für wie ganz und gar belanglos er die kurze Episode erachtete. Was für ein Esel er doch war! Sie würde denken, daß er sich besonders begünstigt fühle. Sie würde denken, daß er auf einen ganz trivialen Vorfall mit höchst ungehöriger Vertraulichkeit reagiere.

Er erinnerte sich, wie im vergangenen Monat sein Hausmeister, dem er einen ziemlich verworrenen Vortrag darüber gehalten hatte, daß alle Menschen Brüder seien, tags darauf zu ihm hochgekommen war und es sich aufgrund des Vorfalls am vergangenen Abend zu einem halbstündigen herzhaften Schwatz auf dem Fenstersitz bequem gemacht hatte. Erschrocken fragte sich Anthony, ob Gloria ihn mit denselben Augen betrachtete wie er diesen Mann. Ihn – Anthony Patch! O Schreck!

Es fiel ihm nicht ein, daß er ein passives Etwas war, auf das eine Macht hinter Gloria einwirkte, daß er lediglich die lichtempfindliche Platte war, auf der das Lichtbild entstand. Irgendein gigantischer Fotograf hatte die Kamera auf Gloria gerichtet, und – schnapp! – die arme Platte, wie alle anderen Dinge ihrer Natur unterworfen, konnte nur noch entwickelt werden.

Doch Anthony, der auf seiner Couch lag und auf die orangene Lampe starrte, fuhr sich mit seinen schlanken Fingern unaufhörlich durch das dunkle Haar und dachte sich für jede Stunde neue Bilder aus. Jetzt hielt sie sich in einem Geschäft auf, bewegte sich geschmeidig zwischen Samt und Pelzen, und ihr Kleid raschelte anmutig beim Durchschreiten dieser Welt aus raschelnder Seide, kühlem Sopranlachen und dem Duft vieler gemordeter und doch lebendiger Blumen. Die Minnies und Pearls, die Jewels und Jennys drängten sich wie Hofdamen um sie und trugen hauchdünnen Crêpe Georgette und feinen Chiffon herbei, der ihre Wangen in zarten Pastellfarben spiegelte, weiche Spitze, die sich in blasser Nachlässigkeit um ihren Hals schmiegte – Damast wurde damals nur dazu verwendet, um Priester und Diwane zu verhüllen, und an Tuch aus Samarkand erinnerten sich nur noch romantische Dichter.

Nach einer Weile ging sie woandershin, neigte den Kopf auf hundert verschiedene Weisen unter hundert verschiedenen Hauben und suchte erfolglos nach künstlichen Kirschen, die zu ihren Lippen paßten, oder nach Federn, die ebenso graziös waren wie ihr biegsamer Leib.

Dann würde es Mittag werden – sie würde die Fifth Avenue entlangeilen, ein nordischer Ganymed, und ihr eleganter Pelzmantel würde im Takt zu ihren Schritten schwingen, ihre Wangen gerötet von den Pinselstrichen des Windes, ihr Atem ein köstlicher Hauch in der frischen Luft – und die Türen des Ritz würden sich drehen, die Menge sich teilen, fünfzig Männeraugen zucken und starren, wenn sie den Ehemännern vieler lächerlich fettleibiger Frauen längst vergessene Träume wiederschenkte.

Ein Uhr. Mit ihrer Gabel würde sie das Herz einer anbetungsvollen Artischocke aufspießen, während ihr Begleiter ihr mit den zäh triefenden Sätzen eines hingerissenen Mannes den Hof machte.

Vier Uhr. Ihre kleinen Füße, die sich im Rhythmus der Melodie bewegen, ihr Antlitz in der Menge deutlich zu erkennen, ihr Partner glücklich wie ein gehätscheltes Hündchen und sprichwörtlich übergeschnappt... Dann – dann würde sich die Nacht herabsenken und vielleicht wieder Feuchte. Die Neonreklame würde ihr Licht auf die Straße werfen. Wer weiß? Vielleicht würden sie, auch nicht klüger als er, versuchen, das in Creme und Schatten gehaltene Bild wiederzubeleben, das sie am Vorabend in der stillen Avenue erblickt hatten. Und vielleicht, ah, vielleicht würde es ihnen gelingen. An tausend Ecken würden tausend Droschken offenstehen, und nur für ihn wäre der Kuß auf immer verloren und vertan. In tausendfacher Vermummung würde Thaïs eine Droschke herbeiwinken und ihr Gesicht zum Kusse darbieten. Und die Blässe ihrer Haut würde jungfräulich und lieblich sein und ihr Kuß keusch wie der Mond...

Erregt sprang er auf. Wie unschicklich, daß sie ausgegangen war! Endlich hatte er begriffen, was er wollte – sie noch einmal küssen, Ruhe finden in ihrer großen Unbewegtheit. Sie bedeutete das Ende aller Rastlosigkeit, allen Mißvergnügens.

Anthony kleidete sich an und tat, was er längst hätte tun sollen: ging fort zu Richard Caramel, um sich auf dessen Zimmer die letzte Fassung des letzten Kapitels des *Dämonischen Liebhabers* anzuhören. Gloria rief er nicht vor sechs Uhr wieder an. Doch war sie erst um acht Uhr zurück und konnte ihm – o Höhepunkt aller Tiefpunkte! – vor Dienstagnachmittag keinen Termin geben. Als er den Hörer auf die Gabel knallte, splitterte ein Stück Guttapercha ab und fiel zu Boden.

Schwarze Magie

Am Dienstag war es bitterkalt. Um zwei Uhr, es war unwirtlich, suchte er sie auf, und als er ihr die Hand schüttelte, fragte er sich verwirrt, ob er sie jemals geküßt hatte; es war fast unglaublich – er bezweifelte ernstlich, ob sie sich noch daran erinnerte.

»Ich habe Sie am Sonntag viermal angerufen«, sagte er zu ihr.

»Ach ja?«

Ihre Stimme verriet Überraschung, ihre Miene Interesse. Stumm verwünschte er sich dafür, es ihr anvertraut zu haben. Er hätte wissen können, daß sich ihr Stolz mit derlei kleinlichen Triumphen nicht abgab. Doch auch damit war er der Wahrheit noch nicht nähergekommen – daß sie sich um Männer nie hatte Sorgen machen müssen und sich daher nur selten jener wachsamen Schliche bediente, die, wie das Auswerfen und Einholen der Angel, zum Repertoire ihrer Geschlechtsgenossinnen gehörten. Wenn ihr ein Mann gefiel, so war dies List genug. Glaubte sie ihn gar zu lieben – so gab sie ihm den entscheidenden, den Todesstoß. Ihr Liebreiz erneuerte sich endlos.

»Ich wollte Sie unbedingt sehen«, sagte er einfach. »Ich wollte mit Ihnen reden – ich meine, richtig reden, irgendwo, wo wir allein sein können. Darf ich?«

»Wie meinen Sie das?«

Er schluckte an einem Angstkloß, der ihm plötzlich im Hals saß. Er spürte, daß sie wußte, was er wollte.

»Ich meine, nicht an einem Teetisch«, sagte er.

»Na schön, aber nicht heute. Ich brauche Bewegung. Machen wir einen Spaziergang!«

Es war rauh und bitterkalt. All der böse Haß im irren Herzen des Februars war in den elend-eisigen Wind eingegangen, der durch den Central Park und die Fifth Avenue hinunterfegte. Es war fast unmöglich, sich zu unterhalten, und sein Mißmut wühlte ihn so auf, daß er erst beim Einbiegen in die 61. Straße merkte, daß sie nicht mehr neben ihm herging. Er sah sich um. Sie war fünfzehn Meter hinter ihm reglos stehengeblieben und hatte das Gesicht halb im Kragen ihres Pelzmantels verborgen – ob vor Ärger oder vor Lachen, konnte er nicht erkennen. Er ging zurück.

»Ich will Sie bei Ihrem Spaziergang nicht stören!« rief sie.

»Es tut mir wirklich leid«, antwortete er verwirrt. »Bin ich zu schnell gegangen?«

»Ich friere«, verkündete sie. »Ich will nach Hause. Und Sie laufen zu schnell.«

Nebeneinander gingen sie zum Plaza zurück. Er wünschte, er könnte ihr Gesicht sehen.

»Normalerweise sind die Männer, wenn sie mit mir zusammen sind, nicht in sich selbst vertieft.«

»Es tut mir leid.«

»Wie hochinteressant.«

»Zum Gehen ist es wirklich zu kalt«, sagte er rasch, um seinen Verdruß zu verbergen.

Sie antwortete nicht, und er überlegte, ob sie ihn am Hoteleingang entlassen würde. Indessen ging sie, ohne ein Wort zu verlieren, hinein und zum Fahrstuhl. Beim Einsteigen warf sie ihm eine kurze Bemerkung zu: »Sie sollten mit hochkommen.«

Für den Bruchteil einer Sekunde zögerte er.

»Vielleicht sollte ich lieber ein andermal vorbeikommen.«

»Ganz wie Sie wollen.« Ihre Worte waren ein gemurmeltes *à part.* Die größte Sorge ihres Lebens bestand in ein paar widerspenstigen Haarsträhnen, die sie sich vor dem Aufzugspiegel aus dem Gesicht strich. Ihre Wangen glänzten, ihre Augen sprühten – nie war sie ihm so schön, so exquisit, so begehrenswert erschienen.

Voller Selbstverachtung trottete er im Korridor des zehnten Stocks in unterwürfigem Abstand hinter ihr her; blieb im Wohnzimmer sitzen, während sie verschwand, um ihre Pelze abzulegen. Etwas war schiefgegangen – in seinen Augen hatte er ein Quentchen Würde verloren; bei einer unvorhergesehenen, jedoch entscheidenden Feindberührung war er rundum besiegt worden.

Als sie wieder ins Wohnzimmer trat, hatte er sich jedoch zu seiner ausgeklügelten Genugtuung vor sich selbst gerechtfertigt. Immerhin hatte er das Zwingendste getan, dachte er. Er hatte mit ihr hinaufgehen wollen, er war mit ihr hinaufgegangen. Was indessen später am Nachmittag geschah, ließ sich auf die Demütigung zurückführen, die er im Fahrstuhl erlitten hatte; das Mädchen setzte ihm unerträglich zu, so sehr, daß er, als sie wiederkam, unwillkürlich in Krittelei abglitt.

»Wer ist dieser Bloeckman, Gloria?«

»Ein Geschäftsfreund meines Vaters.«

»Ein seltsamer Kauz!«

»Er mag Sie auch nicht«, sagte sie mit einem plötzlichen Lächeln.

Anthony lachte.

»Ich fühle mich von seiner Aufmerksamkeit geschmeichelt. Offenbar hält er mich für einen...« Er unterbrach sich mit einem »Ist er in Sie verliebt?«

»Weiß ich doch nicht.«

»Von wegen, Sie wissen es nicht«, behauptete er. »Natürlich ist er in Sie verliebt. Ich weiß noch, wie er mich angesehen hat, als wir zum Tisch zurückkamen. Wahrscheinlich hätte er mich in aller Ruhe von einem Trupp Komparsen zusammenschlagen lassen, wenn Sie sich nicht den Anruf ausgedacht hätten.«

»Er hat sich nichts daraus gemacht. Hinterher habe ich ihm erzählt, was sich wirklich abgespielt hat.«

»Sie haben es ihm erzählt?!«

»Er hat mich danach gefragt.«

»Das gefällt mir aber überhaupt nicht«, sagte er tadelnd.

Sie lachte wieder. »Ach nein?«

»Was geht ihn das an?«

»Nichts. Deswegen habe ich es ihm erzählt.«

Anthony, in Aufruhr versetzt, biß sich wütend auf die Lippen.

»Weshalb sollte ich lügen?« fragte sie ihn geradeheraus. »Ich schäme mich doch nicht für das, was ich tue. Es hat ihn nun mal interessiert, zu erfahren, ob ich Sie geküßt habe, und ich war gerade gut bei Laune, und so habe ich seine Neugier mit einem schlichten und präzisen ›Ja‹ gestillt. Da er, auf seine Weise, ein recht vernünftiger Mann ist, hat er das Thema fallenlassen.«

»Und nur gesagt, daß er mich haßt.«

»Ach, das ärgert Sie? Nun, wenn Sie dieser hochnotpeinlichen Angelegenheit unbedingt auf den Grund gehen wollen – er hat nicht gesagt, daß er Sie haßt. Ich weiß es einfach.«

»Nicht, daß es mich ärg...«

»Ach, lassen wir das doch!« rief sie lebhaft. »Für mich ist das Ganze völlig uninteressant.«

Mit ungeheurer Anstrengung machte Anthony seine Ergebung zum neuen Gesprächsgegenstand, und sie ließen sich auf ein altes Frage-und-Antwort-Spiel ein, das sich mit ihrer jeweiligen Vergangenheit befaßte, und als sie die uralten, unvordenklichen Gemeinsamkeiten ihrer Vorlieben und Auffassungen entdeckten, erwärmten sie sich allmählich. Sie sprachen Dinge aus, die mehr verrieten, als sie beabsichtigten – doch taten beide so, als nähmen sie die Worte des anderen für bare Münze.

So wächst Vertrautheit. Erst präsentiert man sich von seiner besten Seite, und das glänzende Endprodukt wird mit Freimut, Unwahrheit und Humor garniert. Dann verlangt der andere nach mehr Einzelheiten, und man malt ein zweites Porträt und ein drittes – binnen kurzem sind die besten Linien gelöscht –, und endlich ist das Geheimnis gelüftet; die Bildebenen haben sich vermengt und uns preisgegeben, und mögen wir auch immerfort malen, es will uns nicht mehr gelingen, ein Bild zu verkaufen. Wir müssen uns mit der Hoffnung zufriedengeben, daß die alberne Seite, von der wir uns unseren Frauen, Kindern und Geschäftspartnern zeigen, als die wahre akzeptiert wird.

»Mir scheint«, sagte Anthony ernst, »daß sich ein Mann ohne Bedürfnis oder Ehrgeiz in einer unglücklichen Lage befindet. Weiß der Himmel, Selbstmitleid ist etwas Klägliches – aber manchmal beneide ich Dick.«

Ihr Schweigen ermutigte ihn. Nie war sie näher daran gewesen, ihm bewußt den Kopf zu verdrehen.

»Früher gab es für einen Gentleman, der Muße hatte, würdige Beschäftigungen, Dinge, die ein wenig konstruktiver waren, als die Landschaft zu verräuchern oder sein Spiel mit dem Geld eines andern zu treiben. Natürlich gibt's die Naturwissenschaften; manchmal wünsche ich mir, ich hätte ein gutes Grundlagenstudium angefangen, sagen wir, am Boston Tech. Aber dann müßte ich mich jetzt zwei verflixte Jahre lang auf den Hosenboden setzen und die Grundsätze der Physik und Chemie büffeln.«

Sie gähnte.

»Ich habe Ihnen doch gesagt, daß ich nicht weiß, was irgend jemand anders tun soll«, sagte sie ungnädig, und angesichts ihrer Gleichgültigkeit erwachte sein Groll von neuem.

»Interessiert Sie denn außer Ihrer eigenen Person gar nichts?«

»Nicht viel.«

Er funkelte sie an; sein wachsendes Vergnügen an der Unterhaltung war in Stücke gerissen. Den ganzen Tag über war sie reizbar und nachtragend gewesen, und er spürte, daß er ihre kühle Selbstsucht in diesem Augenblick haßte. Mißmutig starrte er ins Feuer.

Dann geschah etwas Eigentümliches. Sie wandte sich zu ihm und lächelte, und als er ihr Lächeln sah, fiel jeder Fitzel Ärgers und verletzter Eitelkeit von ihm ab – als wären seine Stimmungen nur die letzten auslaufenden Wellen der ihren, als stiegen in seiner Brust keine Gefühle mehr auf, es sei denn, sie hielt es für angebracht, an dem allgewaltigen Faden zu ziehen, mit dem sie ihn beherrschte.

Er rückte näher an sie heran, nahm ihre Hand und zog Gloria sehr sanft zu sich, bis sie halb an seiner Schulter lehnte. Als er sie küßte, lächelte sie zu ihm auf.

»Gloria«, flüsterte er ganz leise. Wieder hatte sie einen Zauber verbreitet, so fein und durchdringend wie verschüttetes Parfüm, unwiderstehlich und süß.

Später konnte er sich an die bedeutenden Vorkommnisse dieses Nachmittags nicht mehr erinnern, weder am darauffolgenden Tag noch viele Jahre danach. War sie bewegt gewesen? Hatte sie in seinen Armen irgend etwas gesagt – oder überhaupt nichts? Was für ein Gefallen hatte sie an seinen Küssen empfunden? Und hatte sie sich auch nur einmal ein ganz klein wenig hingegeben?

Ach, bei ihm bestand kein Zweifel! Er war aufgestanden und wie berauscht im Zimmer auf und ab gelaufen. Daß es ein solches Mädchen gab! Daß sie, wie eine nach glattem, raschem Flug soeben gelandete Schwalbe, zusammengerollt in der Ecke einer Couch kauerte und ihn mit undurchdringlichen Blicken maß! Er hielt inne, schlang, die ersten Male noch halb schüchtern, seinen Arm um sie und fand ihren Mund.

Sie sei bestrickend, sagte er ihr. Noch nie sei er jemandem wie ihr begegnet. Beschwingt, doch ernst gemeint, flehte er sie an, ihn fortzuschicken; er wolle sich nicht verlieben. Er werde sie nicht mehr besuchen kommen – schon gehe sie ihm nicht mehr aus dem Sinn.

Welch köstliche Romanze! Er verspürte weder Furcht noch Kummer – nur das tiefe Entzücken, bei ihr zu sein, welches der Abgedroschenheit seiner Worte Farbe verlieh, Sentimentalitäten traurig und Posen gescheit erscheinen ließ. Er würde wiederkommen – für immer. Das hätte er wissen sollen!

»Das war's dann wohl. Es war phantastisch, dich kennenzulernen, sehr sonderbar und wundervoll. Aber es führt zu nichts – und kann nicht von Dauer sein.« Während er sprach, verspürte er in seinem Herzen jenes Beben, das wir in uns für Aufrichtigkeit halten.

Hinterher entsann er sich nur ihrer Antwort auf eine Frage, die er ihr gestellt hatte. Er erinnerte sich an sie in dieser Form – vielleicht hatte er die Worte unbewußt umgestellt und poliert: »Eine Frau sollte in der Lage sein, einen Mann innig und gefühlvoll zu küssen, ohne jedes Verlangen, seine Frau oder seine Geliebte zu werden.«

Wie immer, wenn er mit ihr zusammen war, schien sie allmählich älter zu werden, bis schließlich ein grüblerischer Ausdruck in ihre Augen trat, der zu tief für Worte war.

Eine Stunde verstrich, und die Flammen des Kaminfeuers schlugen in kleinen Funken hoch, als ginge ihr süßes Leben zur Neige. Inzwischen war es fünf, und die Uhr auf dem Sims meldete sich laut und deutlich zu Wort. Da riß Anthony Gloria unvermittelt hoch, als hätten die dünnen, blechernen Schläge ein rohes Gefühl in ihm daran erinnert, daß von dem in Blüte stehenden Nachmittag die Blumenblätter fielen, und hielt sie hilflos, atemlos in einem Kuß, der weder Scherz noch Huldigung war.

Ihre Arme fielen herab. Im Nu hatte sie sich losgemacht.

»Nicht!« sagte sie ruhig. »Ich will das nicht.«

Sie setzte sich in die andere Ecke des Sofas und starrte gerade vor sich hin. Zwischen ihren Augen stand eine steile Falte. Anthony sank neben ihr nieder und ergriff ihre Hand. Sie war leblos und kalt.

»Aber Gloria!« Er machte Anstalten, als wolle er den Arm um sie legen, doch sie entzog sich ihm.

»Ich will das nicht«, wiederholte sie.

»Es tut mir sehr leid«, sagte er leicht ungeduldig. »Ich – ich wußte nicht, daß du so feine Unterschiede machst.«

Sie antwortete nicht.

»Willst du mich nicht küssen, Gloria?«

»Ich mag nicht.« Es kam ihm vor, als habe sie sich seit Stunden nicht von der Stelle bewegt.

»Ein ziemlich plötzlicher Sinneswandel, findest du nicht?« Der Ärger in seiner Stimme wuchs.

»Findest du?« Sie schien uninteressiert. Fast war es, als sehe sie einen anderen an.

»Vielleicht sollte ich lieber gehen?«

Keine Antwort. Er erhob sich und betrachtete sie aufgebracht, unsicher. Dann setzte er sich wieder.

»Gloria, Gloria, willst du mich nicht küssen?«

»Nein.« Ihre Lippen hatten sich nur schwach bewegt, als sie sich zu dem Wort öffneten.

»Dann gehe ich jetzt.«

Schweigen.

»Gut – dann gehe ich.«

Er war sich bewußt, daß es seinen Äußerungen unrettbar an einer gewissen Originalität mangelte. Deutlich empfand er, daß die ganze Stimmung drückend geworden war. Er wünschte, sie würde sprechen, über ihn herfallen, ihn anschreien, alles andere, nur nicht dieses durchdringende, eisige Schweigen. Er verwünschte den Schwächling und den Narren in sich; sein größter Wunsch war, sie zu schütteln, ihr weh zu tun, sie zusammenzucken zu sehen. In seiner Ratlosigkeit irrte er abermals.

»Wenn du es satt hast, mich zu küssen, dann gehe ich jetzt wohl besser.«

Er sah, wie sie leicht die Lippen kräuselte, und sein letztes bißchen Würde wich von ihm. Schließlich sagte sie: »Ich glaube, du hast diese Äußerung schon wiederholt von dir gegeben.«

Unverzüglich schaute er sich um, erblickte auf einem Stuhl Hut und Mantel und stolperte – es war unerträglich – darauf zu. Als er wieder zur Couch sah, stellte er fest, daß sie sich nicht zu ihm umgewandt, sich überhaupt nicht gerührt hatte. Mit einem erschütterten und sogleich bedauerten »Auf Wiedersehen« schritt er rasch, doch ohne Würde aus dem Zimmer.

Ein, zwei Augenblicke lang gab Gloria keinen Laut von sich. Ihre Lippen waren noch immer gekräuselt, ihr Blick gerade, stolz, unnahbar. Dann verschleierten sich ihre Augen ein wenig, und halblaut murmelte sie dem erlöschenden Feuer drei Wörter zu: »Wiedersehen, du Esel!«

Der Mann hatte den härtesten Schlag seines Lebens erlitten. Endlich wußte er, was er wollte, doch nun, da er es herausgefunden hatte, schien es auf immer außer Reichweite zu rücken. Trübselig kam er nach Hause und ließ sich, ohne den Mantel auszuziehen, in einen Sessel fallen. Mehr als eine Stunde saß er so da, seine Gedanken überschlugen sich auf den Pfaden nutzloser und erbärmlicher Selbstversunkenheit. Sie hatte ihn fortgeschickt! Zu diesem Tatbestand kehrte er in seiner Verzweiflung immer wieder zurück. Statt das Mädchen zu packen und mit nackter Gewalt in die Arme zu schließen, bis sie seinem Verlangen nachgab, statt ihren Willen mit der Stärke des seinen zu brechen, war er, geschlagen und ohnmächtig, mit herabhängenden Mundwinkeln aus der Tür gegangen, und alle Kraft, die in seinem Kummer und Zorn gesteckt haben mochte, hatte sich hinter dem Betragen eines gezüchtigten Schulbuben verkrochen. Einen Augenblick lang hatte sie ihn schrecklich gern gehabt – ach was, ihn fast geliebt. Im nächsten schon war er für sie zu einem gleichgültigen Ding geworden, ein anmaßender und zutiefst gedemütigter Mann.

Sich selbst machte er keine großen Vorwürfe – einige natürlich schon, aber momentan beherrschten ihn andere, weit dringlichere Gedanken. Er war in Gloria weniger verliebt als vielmehr verrückt nach ihr. Wenn er sie nicht wieder in seiner Nähe haben, sie küssen, die Fügsame an sich drücken konnte, wollte er vom Leben nichts mehr. Drei Minuten durch nichts zu erschütternde Gleichgültigkeit hatten das Mädchen, das in seiner Vorstellung eine hohe, aber irgendwie doch beiläufige Position eingenommen hatte, zu seiner alleinigen Beschäftigung gemacht. Wie sehr auch seine ungestümen Gedanken zwischen dem leidenschaftlichen Begehren, sie zu küssen, und dem ebenso heftigen Verlangen, ihr weh zu tun und zu schaden, schwankten – was ihm von seinem Verstand verblieben war, sehnte sich auf subtilere Weise danach, das erhabene Wesen zu besitzen, das in diesen drei Minuten aufgeleuchtet war. Sie war wunderschön – vor allem aber war sie gnadenlos. Er mußte jene Kraft in Besitz nehmen, die es vermocht hatte, ihn fortzuschicken.

Gegenwärtig hätte Anthony das so nicht in Worte fassen können. Seine geistige Klarheit, all jene unversieglichen Ressourcen, zu der ihm seiner Meinung nach die Ironie verholfen hatte, waren hinweggefegt. Nicht nur in dieser Nacht, sondern auch in den darauffolgenden Tagen und Wochen würden seine Bücher nur noch Mobiliar, seine Freunde nur noch Schemen sein, die in einer nebulösen Außenwelt wandelten, der er zu entfliehen trachtete – diese Welt war kalt und voll rauher Winde, er aber hatte einen kurzen Augenblick lang in ein warmes Haus geblickt, in welchem Feuer loderten.

Um Mitternacht merkte er, daß er Hunger hatte. Er ging hinunter in die 52. Straße, wo es so kalt war, daß er kaum sehen konnte; die Feuchtigkeit gefror auf den Wimpern und in den Mundwinkeln. Aus dem Norden war Trübsal gekommen, hatte sich auf die schmale, trostlose Straße gesenkt, wo schwarz vermummte Gestalten, die sich dunkel vom Nachthimmel abhoben, durch den heulenden Wind den Gehsteig entlangstolperten oder vorsichtig die Füße voranschoben, als glitten sie auf Skiern dahin. Anthony bog in die Sixth Avenue, er war so in Gedanken versunken, daß er nicht bemerkte, wie etliche Passanten ihn anstarrten. Sein Mantel stand weit offen, und der Wind schnitt ihm in den Leib, rauh und erbarmungslos wie der Tod.

Nach einer Weile sprach ihn eine Kellnerin an, eine dicke Kellnerin mit schwarzgeränderten Augengläsern, an denen eine lange schwarze Kordel baumelte.

»Bestellung, bitte!«

Ihre Stimme kam ihm unnötig laut vor. Verärgert blickte er auf.

»Wollen Sie nun bestellen oder nicht?«

»Natürlich«, verwahrte er sich.

»Hab dreimal gefragt. Ist schließlich kein Wartesaal hier.«

Er sah auf die große Wanduhr und merkte erschrocken, daß es schon nach zwei Uhr war. Er war irgendwo in Höhe der 30. Straße. Einen Augenblick später entdeckte und entzifferte er den Halbkreis aus weißen Lettern auf der Fensterscheibe:

CHILD'S

In dem Lokal hielten sich kaum mehr als drei, vier trübsinnige und halberfrorene Nachtschwärmer auf.

»Bringen Sie mir Eier mit Speck und Kaffee, bitte.«

Die Kellnerin, die mit ihrer Brille lächerlich intellektuell wirkte, warf ihm einen letzten angewiderten Blick zu und eilte davon.

Gott! Glorias Küsse waren solche Blumen gewesen. Er vergegenwärtigte sich, als sei es bereits Jahre her, die tiefe Frische ihrer Stimme, die wunderbaren Umrisse ihres Körpers, die sich durch ihre Kleider abzeichneten, ihr lilienfarbenes Gesicht im Schein der Straßenlaternen – der Straßenlaternen!

Wieder schlug das Elend zu und schichtete auf Schmerz und Sehnsucht eine Art Entsetzen. Er hatte sie verloren. Das war die Wahrheit – es ließ sich nicht bestreiten, nicht beschönigen. Doch nun hatte eine neue Idee seinen Himmel bewölkt – was war mit Bloeckman? Was würde sich jetzt ergeben? Hier war ein wohlhabender Mann, alt genug, um nachsichtig gegen eine schöne Ehefrau zu sein, ihre Launen zu hätscheln und ihrer Unvernunft nachzugeben, sie zu tragen, wie sie wohl getragen werden wollte – eine leuchtende Blume in seinem Knopfloch, geborgen und sicher vor allem, was sie fürchtete. Ihn beschlich das Gefühl, sie habe mit dem Gedanken an eine Heirat mit Bloeckman gespielt, und es war durchaus denkbar, daß ihre Enttäuschung über Anthony sie in einem plötzlichen Impuls in Bloeckmans Arme trieb.

Die Vorstellung versetzte ihn in kindische Wut. Er wollte

Bloeckman umbringen, ihn büßen lassen für seine abscheuliche Vermessenheit. Wieder und wieder sprach er diesen Satz zu sich selbst, mit zusammengebissenen Zähnen und haß- und schreckerfüllten Augen.

Hinter dieser obszönen Eifersucht war Anthony nun endlich doch verliebt, so wahrhaftig und zutiefst verliebt, wie es zwischen Mann und Frau nur möglich ist.

Neben seinem Ellbogen erschien sein Kaffee und verströmte eine Zeitlang eine allmählich schwächer werdende Dampfspirale. Der Nachtkassierer an der Kasse blickte auf die reglose Gestalt am letzten Tisch, und als der Stundenzeiger der großen Wanduhr eben die Ziffer Drei verdeckte, ging er mit einem Seufzer zu ihm hinüber.

Weisheit

Nach einem weiteren Tag legte sich seine Unruhe, und Anthony ließ wieder ein gewisses Maß an Vernunft walten. Er war verliebt – leidenschaftlich rief er es sich zu. Was ihm noch eine Woche zuvor wie unüberwindliche Hürden vorgekommen war – sein begrenztes Einkommen, sein Verlangen, unverantwortlich und unabhängig zu sein –, war in diesen vierzig Stunden vor dem Wind seiner Vernarrtheit zur bloßen Spreu geworden. Wenn er sie nicht heiratete, wäre sein Leben nur eine schwache Parodie seiner Jünglingsjahre. Um den Leuten ins Auge sehen und ein Dasein ertragen zu können, das ihn ständig an nichts als Gloria erinnerte, war es notwendig, Hoffnung zu schöpfen. So schöpfte er aus dem Stoff seiner Träume zäh und verzweifelt Hoffnung, eine zerbrechliche Hoffnung zwar, Hoffnung, die ein dutzendmal am Tag erschüttert und zerrieben wurde, eine Spottgeburt der Hoffnung, aber dennoch eine Hoffnung, die seiner Selbstachtung als Muskel und Sehne dienen sollte.

Hieraus sprang ein Funke Weisheit, eine angemessene Selbsteinschätzung vor dem Hintergrund seiner müßigen Vergangenheit.

›Wir haben ein kurzes Gedächtnis‹, dachte er.

Und wie kurz! Im kritischen Augenblick betritt der Vorsitzende des Konzerns den Zeugenstand. Dem vermutlichen Täter, im Umkreis von Meilen von allen Rechtschaffenen verachtet, muß nur noch der letzte Stoß versetzt werden, um ihn hinter Gitter zu bringen. Man setze ihn auf freien Fuß – und in einem Jahr ist alles vergessen. »Ja, er hat mal in der Klemme gesteckt, nur eine Formsache, glaube ich.« O ja, wir haben ein sehr kurzes Gedächtnis!

Anthony hatte Gloria insgesamt ein dutzendmal gesehen, sagen wir, zwei Dutzend Stunden. Angenommen, er würde sie einen Monat in Ruhe lassen, keinen Versuch unternehmen, sie zu sehen oder zu sprechen, und jeden Ort vermeiden, an dem sie sich aufhalten mochte. War es nicht möglich, daß die rasche Folge der Ereignisse nach Ablauf dieser Zeit die Erinnerung an seine Person und mit dieser zugleich die Erinnerung an sein Vergehen und seine Demütigung aus ihrem Bewußtsein löschen würde, dies um so mehr, als sie ihn nie geliebt hatte? Sie würde ihn vergessen, denn für sie würde es andere Männer geben. Er schrak zusammen. Die Folgerung versetzte ihm einen Schlag – andere Männer! Zwei Monate – großer Gott! Lieber drei Wochen, zwei Wochen...

Dies ging ihm beim Auskleiden durch den Kopf, am zweiten Abend nach der Katastrophe, und nun warf er sich aufs Bett, blieb leicht zitternd darauf liegen und sah zum Baldachin auf.

Zwei Wochen – das war schlimmer als überhaupt kein zeitlicher Abstand. In zwei Wochen müßte er ebenso an sie herantreten wie jetzt, ohne jede persönliche Ausstrahlung oder Zuversicht – wäre immer noch der Mann, der zu weit gegangen war und dann einen Augenblick lang, einen kurzen und doch ewigen

Augenblick lang, gewinselt hatte. Nein, zwei Wochen war zu kurz. Der bittere Geschmack, den der Nachmittag bei ihr hinterlassen hatte, mußte sich erst im Lauf der Zeit verlieren. Er mußte ihr eine Frist einräumen, in der der Zwischenfall verblassen konnte, und eine weitere, in der sie – ganz gleich, wie flüchtig – wieder an ihn denken durfte, und zwar unter dem richtigen Blickwinkel, der seine Liebenswürdigkeit ebenso erkennen ließ wie seine Demütigung.

Schließlich setzte er als Frist, die seinen Absichten am besten entsprach, sechs Wochen fest und hakte die Tage auf einem Schreibtischkalender ab. Es stellte sich heraus, daß der Stichtag auf den neunten April fiel. Nun denn, an diesem Tag würde er sie anrufen und sie fragen, ob er sie besuchen dürfe. Bis dahin – Schweigen.

Nach dieser Entscheidung machte sich eine allmähliche Besserung bemerkbar. Endlich hatte er einen Schritt in die Richtung getan, welche die Hoffnung wies, und er erkannte, daß er bei ihrem Wiedersehen um so eher den erwünschten Eindruck auf sie machen würde, je weniger er über sie nachgrübelte.

Nach einer Stunde versank er in tiefen Schlaf.

Die Frist

Obgleich sich für ihn die Glorie ihres Haars im Laufe der Tage merklich trübte und sich nach einem Jahr der Trennung womöglich ganz verloren haben würde, hielten die sechs Wochen dennoch viele scheußliche Tage für ihn bereit. Er fürchtete den Anblick von Dick und Maury, weil er sich unsinnigerweise einbildete, sie wüßten über alles Bescheid – wenn die drei sich aber trafen, war es Richard Caramel und nicht Anthony, der im Mittelpunkt der Aufmerksamkeit stand: *Der dämonische Liebhaber* war zur sofortigen Veröffentlichung angenommen worden. Anthony spürte, daß er von nun an seiner eigenen Wege gehen werde. Er sehnte sich nicht länger nach Maurys Gesellschaft, deren Wärme und Geborgenheit ihn noch im November aufgeheitert hatten. Die konnte ihm jetzt nur mehr Gloria schenken und sonst niemand. So freute ihn Dicks Erfolg nur beiläufig und stimmte ihn nicht wenig besorgt. Bedeutete er doch, daß die Welt voranschritt – schrieb und las und publizierte –, daß sie lebte. Er aber wollte, daß die Welt sechs Wochen lang reglos und mit angehaltenem Atem wartete – indessen Gloria vergaß.

Zwei Begegnungen

In Geraldines Gesellschaft fand er die größte Befriedigung. Einmal führte er sie zum Abendessen und ins Theater aus, und etliche Male bewirtete er sie bei sich zu Hause. Wenn er mit ihr zusammen war, nahm sie ihn ganz gefangen, nicht wie Gloria, sondern indem sie jene erotischen Empfindungen in ihm besänftigte, die ihn Glorias wegen quälten. Es war einerlei, wie er Geraldine küßte. Ein Kuß war ein Kuß – und wollte während seiner kurzen Dauer aufs äußerste genossen sein. Für Geraldine gehörte alles in ein ganz bestimmtes Schubfach: Ein Kuß war eines, alles, was darüber hinausging, etwas durchaus anderes; ein Kuß war in Ordnung; alles andere »schlecht«.

Als die Frist zur Hälfte um war, ereigneten sich an zwei aufeinanderfolgenden Tagen zwei Vorkommnisse, die seine wachsende Gelassenheit durcheinanderbrachten und einen vorübergehenden Rückfall verursachten.

Das erste war – er sah Gloria. Es war eine kurze Begegnung. Beide verneigten sich. Beide sprachen, aber keiner hörte den anderen. Und als sie ausgestanden war, las Anthony dreimal hintereinander eine Kolumne in der *Sun,* ohne einen einzigen Satz zu verstehen.

Man hätte meinen sollen, die Sixth Avenue sei eine sichere Straße! Nachdem er schon dem Herrenfriseur im Plaza entsagt hatte, bog er eines Morgens um die Ecke, um sich rasieren zu lassen, und während er wartete, daß er an die Reihe käme, legte er Mantel und Weste ab und stellte sich mit seinem am Hals offenen ungesteiften Kragen nahe ans Schaufenster. Der Tag war eine Oase in der kalten Wüste des März, und auf dem Gehsteig drängte sich das Völkchen der flanierenden Sonnenanbeter. Eine korpulente, mit Samt abgepolsterte Frau, die schlaffen Wangen zu oft massiert, glitt vorbei, gezogen von einem Pudel, der an seiner Leine zerrte – er vermittelte den Eindruck eines Schleppers, der einen Ozeandampfer einbringt. Gleich hinter ihnen ging watschelnd in weißen Gamaschen ein Mann in einem gestreiften blauen Anzug, der das Schauspiel belächelte und, als er Anthonys Blick auffing, ihm durch die Fensterscheibe zuzwinkerte. Anthony lachte, unverzüglich in jene Stimmung versetzt, in der Männer und Frauen reizlose und lächerliche Phantasmen waren, grotesk gewölbt und gerundet in einer selbsterschaffenen rechteckigen Welt. Sie riefen in ihm dieselben Empfindungen hervor wie jene eigentümlich mißgestalteten Fische, die die esoterische Welt grüner Aquarien bevölkern.

Zwei weitere Flaneure fielen ihm nebenhin auf, ein Mann und ein Mädchen – einen grauenhaften Augenblick später entpuppte sich das Mädchen als Gloria. Ohnmächtig blieb er stehen; sie kamen näher, und als Gloria einen Blick hineinwarf, sah sie ihn. Sie riß die Augen auf und lächelte höflich. Ihre Lippen bewegten sich. Sie war nicht einmal zwei Meter entfernt.

»Guten Tag«, murmelte er geistlos.

Gloria, glücklich, schön und jung – mit einem Mann, den er noch nie zuvor gesehen hatte!

In diesem Augenblick wurde der Friseurstuhl frei, und er las dreimal hintereinander besagte Zeitungskolumne durch.

Der zweite Zwischenfall ereignete sich tags darauf. Als er gegen sieben in die Manhattan Bar ging, sah er sich Bloeckman gegenüber. Wie der Zufall es wollte, war der Raum fast menschenleer, und bevor sie sich erkannten, hatte er sich bereits umittelbar neben dem älteren Mann postiert und seinen Drink bestellt. Insofern ließ es sich nicht vermeiden, daß sie miteinander ins Gespräch kamen.

»Hallo, Mr. Patch«, sagte Bloeckman durchaus liebenswürdig.

Anthony schüttelte die dargebotene Hand und wechselte ein paar Aphorismen über die Fluktuationen des Barometers.

»Kommen Sie oft hierher?« erkundigte sich Bloeckman.

»Nein, sehr selten.« Er unterließ es, hinzuzufügen, daß seine Lieblingsbar bis vor kurzem die Plaza Bar gewesen war.

»Nette Bar. Eine der besten in der Stadt.«

Anthony nickte. Bloeckman leerte sein Glas und hob seinen Spazierstock auf. Er trug Gesellschaftsanzug.

»Ich muß mich beeilen. Ich gehe mit Miss Gilbert zum Abendessen aus.«

Aus zwei blauen Augen blickte ihm jählings der Tod entgegen. Hätte Bloeckman sein Gegenüber ermorden wollen – er hätte Anthony keinen entscheidenderen Schlag versetzen können. Der Jüngere mußte sichtlich errötet sein, denn alle seine Nerven bäumten sich auf in augenblicklichem Protest. Mit ungeheurer Willensanstrengung brachte er ein starres – oh, so starres – Lächeln zuwege und sagte einen konventionellen Abschiedsgruß dahin. Doch in der Nacht lag er bis nach vier Uhr wach, halb verrückt vor Kummer, Angst und gräßlichen Phantasien.

Schwäche

Und eines Tages, in der fünften Woche, rief er sie an. Er hatte in seinem Apartment gesessen und versucht, *L'Éducation senti-*

mentale zu lesen, aber irgend etwas in dem Buch hatte seine Gedanken in die Richtung gejagt, die sie, einmal freigesetzt, jetzt immer nahmen, wie Pferde, die zu ihrem heimischen Stall preschen. Mit plötzlich beschleunigtem Atem ging er ans Telefon. Als er die Nummer nannte, schien es ihm, daß seine Stimme stockte und gickste wie die eines Schuljungen. Die Zentrale mußte seinen hämmernden Herzschlag gehört haben. Als am anderen Ende der Hörer abgenommen wurde, hörte er die Posaunen des Jüngsten Gerichts, und Mrs. Gilberts Stimme, weich wie Ahornsirup, der in einen Glasbehälter rinnt, hatte für ihn etwas Grauenvolles mit ihrem bloßen »Hello-o-ah?«.

»Miss Gloria fühlt sich nicht wohl. Sie hat sich hingelegt, sie schläft. Kann ich ihr ausrichten, wer angerufen hat?«

»Niemand!« schrie er.

In wilder Panik knallte er den Hörer auf die Gabel; sank, im kalten Schweiß atemloser Erleichterung gebadet, in seinen Sessel.

Serenade

Als erstes sagte er zu ihr: »Du hast dir ja einen Bubikopf schneiden lassen«, und sie erwiderte: »Ja, sehe ich nicht großartig aus?«

Damals waren Bubiköpfe noch nicht modern. Das sollten sie erst fünf oder sechs Jahre später werden. Damals galten sie noch als äußerst gewagt.

»Draußen ist es ganz sonnig«, sagte er feierlich. »Möchtest du nicht einen Spaziergang machen?«

Sie zog einen leichten Mantel und einen kurios aufreizenden blaßblauen Napoleonshut an, und sie gingen die Avenue entlang und in den Zoo, wo sie die Erhabenheit des Elefanten und die Kragenhöhe der Giraffe gebührend bewunderten; das Affenhaus allerdings besuchten sie nicht, weil Gloria meinte, Affen röchen so schlecht.

Dann liefen sie wieder zum Plaza zurück. Sie sprachen nicht, aber sie waren dankbar für den Frühling, der in den Lüften sang, und für den warmen balsamischen Duft, welcher über der mit einemmal goldenen Stadt lag. Zur Rechten befand sich der Park, während linker Hand ein großer Kasten aus Granit und Marmor allen, die es hören wollten, dumpf die wirre Botschaft eines Millionärs zumurmelte, so etwas wie: »Ich habe gearbeitet und gespart und war gerissener als alle anderen, und Menschenskinder noch mal, hier sitze ich nun!«

Auf der Fifth Avenue waren die neuesten und schönsten Automodelle zu sehen, und vor ihnen ragte ungewöhnlich weiß und attraktiv das Plaza auf. Die geschmeidige, lässige Gloria ging etwa die Länge eines kurzen Schattens vor ihm her und sprudelte träge, gleichgültige Bemerkungen hervor, die einen Augenblick in der flirrenden Luft schwebten, bevor sie an sein Ohr drangen.

»Oh!« rief sie. »Ich will in den Süden nach Hot Springs! Ich will hinaus an die frische Luft, mich im jungen Gras herumwälzen und vergessen, daß es jemals einen Winter gab.«

»Tu das bloß nicht!«

»Ich will eine Million Rotkehlchen hören, die einen entsetzlichen Lärm veranstalten. Eigentlich mag ich Vögel.«

»Alle Frauen sind Vögel«, äußerte er sich.

»Und was für einer bin ich?« – schnell und erwartungsvoll.

»Eine Schwalbe, glaube ich, und manchmal ein Paradiesvogel. Die meisten Mädchen sind natürlich Spatzen – siehst du dort drüben die Gruppe Kindermädchen? Das sind Spatzen – oder sind es Elstern? Und natürlich trifft man Kanarienvögel – und Rotkehlchen.«

»Und Schwäne und Papageien. Alle erwachsenen Frauen sind Habichte, glaube ich, oder Eulen.«

»Was bin ich – ein Bussard?«

Sie lachte und schüttelte den Kopf.

»O nein, du glaubst doch nicht, daß du ein Vogel bist? Du bist ein Russischer Wolfshund.«

Anthony erinnerte sich, daß sie weiß waren und stets unnatürlich ausgehungert aussahen. Andererseits wurden sie gewöhnlich mit Herzögen und Prinzessinnen fotografiert, und so fühlte er sich denn gehörig geschmeichelt.

»Dick ist ein Foxterrier, ein verschlagener Foxterrier«, fuhr sie fort.

»Und Maury ein Kater.« Gleichzeitig kam ihm in den Sinn, wie sehr Bloeckman einem kraftstrotzenden, ekelhaften Schwein ähnelte. Aber er bewahrte diskretes Stillschweigen.

Später, als sie sich verabschiedeten, fragte Anthony, wann er sie wiedersehen dürfe.

»Verabredest du dich denn nie für längere Zeit?« drängte er sie. »Selbst wenn's erst in einer Woche ist, ich glaube, es wäre amüsant, einen ganzen Tag miteinander zu verbringen, Vormittag *und* Nachmittag.«

»Das stimmt.« Sie dachte einen Augenblick nach. »Laß uns doch den kommenden Sonntag zusammen verbringen.«

»Einverstanden. Ich werde ein Programm entwerfen, das jede Minute füllt.«

Das tat er auch. Er malte sich sogar in allen Einzelheiten aus, was in den beiden langen Stunden geschehen würde, wenn sie zum Tee in sein Apartment käme; daß der gute Bounds die Fenster weit geöffnet haben würde, um die frische Brise einzulassen – zugleich aber auch ein Kaminfeuer angezündet hätte, damit es im Zimmer nicht kalt würde –, und daß in großen, kühlen Schalen, die er zu diesem Anlaß kaufen würde, ganze Blumensträuße stünden. Sie würden auf dem Sofa sitzen.

Und als der Tag kam, saßen sie in der Tat auf dem Sofa. Nach einer Weile küßte Anthony sie, weil es sich von selbst ergab; er empfand, daß auf ihren Lippen noch immer Süße schlummerte, und hatte das Gefühl, niemals fort gewesen zu sein. Das Feuer brannte hell, und die Brise, die durch die Vorhänge wehte, brachte eine milde Feuchte, die den Mai und die Welt des Sommers verhieß. Seine Seele erschauerte zu entrückten Harmonien; er hörte das Klimpern ferner Gitarren und das Plätschern des Wassers am warmen Gestade des Mittelmeers – denn jetzt war er jung, wie er es nie wieder sein würde, und triumphierte über den Tod.

Sechs Uhr schlich sich allzu rasch heran und läutete die Glokken von St. Anne's an der Ecke mit ihrer nörgelnden Melodie. Durch die einbrechende Dämmerung schlenderten sie zur Avenue, wo die Menge nach dem langen Winter wie entlassene Sträflinge endlich wieder mit federnden Schritten lief, leutselige Könige sich auf den Oberdecks der Omnibusse drängten und die Geschäfte mit feinen, weichen Dingen für den Sommer angefüllt waren, für den kostbaren Sommer, den farbenprächtigen, verheißungsvollen Sommer, der für die Liebe das zu sein schien, was der Winter fürs Geld war. An der Ecke sang das Leben und bettelte um ein Abendessen! Auf der Straße teilte das Leben Cocktails aus! In der Menge waren alte Frauen, die das Gefühl hatten, einen Hundertmeterlauf mitmachen *und* gewinnen zu können!

Nachts im Bett – die Lichter waren gelöscht, das kühle Zimmer in Mondschein getaucht – lag Anthony wach und spielte mit jeder Minute des Tages, wie ein Kind abwechselnd mit jedem Spielzeug vom Stapel seiner lang ersehnten Weihnachtsgeschenke spielt. Mitten in einem Kuß hatte er ihr leise gestanden, sie zu lieben, und sie hatte gelächelt, sich enger an ihn geschmiegt und gemurmelt: »Das freut mich« und ihm dabei in die Augen gesehen. In ihrer Haltung ihm gegenüber lag etwas Neues, ein zunehmendes Gefühl schierer körperlicher Anziehungskraft und eine seltsame emotionale Spannung, und schon die bloße Erinnerung daran ließ ihn die Fäuste ballen und den Atem anhalten. Er hatte sich ihr näher gefühlt als je zuvor. Ganz verzückt rief er lauthals ins Zimmer, daß er sie liebe.

Am nächsten Morgen telefonierte er mit ihr – kein Zaudern, keine Ungewißheit mehr, statt dessen eine fiebrige Erregung, die sich verdoppelte und verdreifachte, als er ihre Stimme vernahm.

»Guten Morgen – Gloria.«

»Guten Morgen.«

»Mehr wollte ich dir eigentlich nicht sagen – Liebling.«

»Das freut mich.«

»Ich wünschte, ich könnte dich sehen.«

»Das darfst du auch, morgen abend.«

»Das ist lange hin, findest du nicht?«

»Ja...« Ihre Stimme klang zögerlich. Seine Hand umkrampfte den Hörer.

»Könnte ich nicht schon heute abend kommen?« Im enthüllenden Glanz jenes fast gehauchten »Ja« wagte er, aufs Ganze zu gehen.

»Ich habe eine Verabredung.«

»Oh...«

»Aber vielleicht – vielleicht kann ich sie absagen.«

»Oh!« Ein jäher Ausruf, Überschwang. »Gloria?«

»Was?«

»Ich liebe dich.«

Wieder eine Pause, dann: »Das – das freut mich.«

Glück, hatte Maury Noble eines Tages bemerkt, ist nur die erste Stunde, die auf die Linderung eines besonders heftigen Schmerzes folgt. Aber oh, Anthonys Gesicht, als er an diesem Abend den Korridor im zehnten Stock des Plaza entlanglief! Seine dunklen Augen glänzten – um seinen Mund lagen Fältchen, die anzusehen eine Freude war. Und wenn er vorher nie umwerfend gut ausgesehen hatte, jetzt tat er es, auf dem Weg zu einem jener unvergänglichen Momente, die so hell strahlen, daß ihr Licht noch in der Erinnerung hinreicht, um uns auf Jahre sehen zu machen.

Er klopfte, und auf ihr Wort hin trat er ein. Gloria, in schlichtes Rosa gekleidet, gestärkt und frisch wie eine Blume, stand auf der anderen Seite des Zimmers, stand ganz still und sah ihn mit großen Augen an.

Als er die Tür hinter sich schloß, stieß sie einen leisen Schrei aus und flog über das Parkett, das zwischen ihnen lag, auf ihn zu, die Arme im Näherkommen zu einer vorweggenommenen Liebkosung ausgebreitet. In einer triumphalen und lang anhaltenden Umarmung zerknautschten sie gemeinsam die steifen Falten ihres Kleides.

Zweites Buch

Die Glanzstunde

Nach vierzehn Tagen begannen Anthony und Gloria sich in »praktischen Diskussionen« zu ergehen; so nannten sie es, wenn sie zusammensaßen und hinter der Maske strenger Vernunft in ewigem Mondenschein wandelten.

»Nicht so sehr, wie ich dich«, beharrte der Kritiker der Unterhaltungsliteratur. »Wenn du mich wirklich liebtest, würdest du dir wünschen, daß jeder es weiß.«

»Aber das tue ich doch«, wandte sie ein. »Ich möchte wie ein Sandwichmann an der Straßenecke stehen und alle Passanten informieren.«

»Dann zähle mir sämtliche Gründe auf, weshalb du mich im Juni heiraten willst.«

»Nun, weil du so sauber bist. Du bist sauber wie die Brise, genau wie ich. Es gibt zwei Sorten sauber, weißt du. Eine ist wie Dick: sauber wie blankgeputzte Töpfe. Du und ich, wir sind sauber wie Bach und Wind. Wenn ich jemanden sehe, weiß ich immer sofort, ob er sauber ist, und falls ja, welche Sorte sauber.«

»Wir sind Zwillinge.«

Ekstatischer Gedanke!

»Mutter sagt« – sie zögerte unsicher –, »Mutter sagt, manchmal werden zwei Seelen gemeinsam erschaffen und – und verlieben sich noch vor ihrer Geburt ineinander.«

Der Bilphismus hatte seine leichteste Konvertitin gefunden... Nach einer Weile hob er den Kopf und lachte lautlos zur Zimmerdecke hinauf. Als er ihr wieder den Blick zuwandte, sah er, daß sie empört war.

»Warum hast du gelacht?« rief sie. »Vorhin hast du auch schon zweimal gelacht. An unserer Beziehung ist nichts Drolliges. Ich habe nichts gegen Albereien, und du kannst herumalbern, soviel du willst, aber wenn wir beisammen sind, kann ich es nicht ausstehen.«

»Tut mir leid.«

»Ach, sag bloß nicht, daß es dir leid tut! Wenn dir nichts Besseres einfällt, dann sei still!«

»Ich liebe dich.«

»Das ist mir ganz gleich.«

Es trat eine Pause ein. Anthony war deprimiert... Schließlich murmelte Gloria: »Tut mir leid, daß ich so gemein war.«

»Du doch nicht. Ich war gemein.«

Der Friede war wiederhergestellt – die darauffolgenden Momente waren um so süßer, intensiver, pikanter. Auf dieser Bühne waren sie Stars, jeder spielte vor einem Publikum von zwei Personen: Mit Leidenschaft nahmen sie ihre Rollen ein und handelten danach. Hierin endlich lag der Sinn der Selbstdarstellung – wahrscheinlich drückte ihre Liebe meistens jedoch eher Gloria aus und weniger Anthony. Oft kam er sich vor wie ein kaum geduldeter Gast auf einer Party, die sie gab.

Es war eine peinliche Angelegenheit gewesen, Mrs. Gilbert ins Bild zu setzen. Sie saß da, in einen schmalen Sessel gedrückt, und lauschte mit andächtig zwinkernder Aufmerksamkeit. Sie mußte es geahnt haben – drei Wochen lang hatte sich Gloria mit sonst niemandem getroffen –, und ihr mußte aufgefallen sein, daß es diesmal in der Haltung ihrer Tochter einen glaubwürdigen Unterschied gab. Sie hatte spezielle Briefsendungen zur Post bringen müssen; hatte, wie anscheinend alle Mütter, an einem Ende der Leitung Telefongespräche mitverfolgt, verhalten, aber herzlich...

Und doch hatte sie zartfühlend Überraschung bekundet und sich ungemein erfreut gezeigt. Zweifelsohne war sie es; erfreut waren auch die Geranien, die in den Blumenkästen blühten, erfreut waren die Kutscher, wenn die Liebespaare die romantische Ungestörtheit der Hansom-Droschke – dieser ulkigen Erfindung – suchten und auf die einbehaltene Speisekarte »Das weißt du doch!« kritzelten, um sie dem anderen hinzuschieben.

Doch zwischen Küssen zankten sich Anthony und dieses goldene Mädchen unaufhörlich.

»Gloria«, rief er dann, »bitte, so laß mich doch erklären!«

»Da gibt es nichts zu erklären. Küß mich!«

»Ich finde das nicht richtig. Wenn ich deine Gefühle verletzt habe, sollten wir darüber reden. Ich mag dieses Kuß-Drüber nicht.«

»Ich will aber nicht streiten. Das finde ich doch gerade wunderbar, daß wir küssen und vergessen können, und wenn das nicht mehr klappt, können wir immer noch streiten.«

Einmal nahm die zarteste aller Meinungsverschiedenheiten eine solche Schärfe an, daß Anthony aufstand und sich in seinen Mantel warf – einen Augenblick hatte es den Anschein, als sollte sich die Szene vom vergangenen Februar wiederholen; da er jedoch wußte, wie tief getroffen sie war, wahrte er seine Würde und seinen Stolz, und im Nu lag Gloria schluchzend in seinen Armen, ihr hübsches Gesicht angstverzerrt wie das eines erschrockenen kleinen Mädchens.

Unterdessen fuhren sie fort, sich zögernd voreinander zu entblättern: durch seltsame Reaktionen und Ausflüchte, durch Abneigungen und Vorurteile und durch unbeabsichtigte Hinweise auf Vergangenes. Das stolze Mädchen war unfähig zur Eifersucht, und weil er selbst hochgradig eifersüchtig war, fühlte er sich von solcher Tugend gekränkt. Absichtlich erzählte er ihr dunkle Episoden aus seinem Leben, um einen Funken Eifersucht aus ihr herauszuschlagen, jedoch vergebens. Schließlich besaß sie ihn jetzt – und spürte keine Sehnsucht nach den toten Jahren.

»Ach, Anthony«, sagte sie, »immer, wenn ich gemein zu dir bin, tut es mir hinterher leid. Dann würde ich alles tun, um dir einen kleinen Augenblick der Pein zu ersparen.«

Sogleich schwammen ihre Augen in Tränen, und sie war sich nicht bewußt, daß sie sich etwas vormachte. Anthony wußte jedoch, daß es Tage gab, da sie einander absichtlich weh taten – sich beinahe ein Vergnügen aus einem Seitenhieb machten. Immer wieder gab sie ihm zu denken: in der einen Stunde so intim und reizend, verzweifelt um eine ungeahnte transzendente Harmonie bemüht; in der nächsten stumm und kalt, offensichtlich unfähig, ihre Liebe und alles, was er zu sagen hatte, auch nur wahrzunehmen. Oft konnte er diese verhängnisvolle Verstocktheit letztlich auf eine Unpäßlichkeit zurückführen – über die sie niemals klagte, ehe sie nicht vorüber war –, manchmal auch auf eine Unbedachtheit oder Anmaßung seinerseits oder auf ein nicht sehr schmackhaftes Gericht beim Abendessen, doch selbst dann waren ihm die Mittel, mit denen sie die unendliche Distanz schuf, mit der sie sich umgab, ein Rätsel, das irgendwo in zweiundzwanzig Jahren unerschütterlichen Stolzes begraben lag.

»Wieso magst du eigentlich Muriel?« wollte er eines Tages wissen.

»Ich mag sie ja gar nicht – nicht sehr.«

»Warum gehst du dann mit ihr aus?«

»Damit ich jemanden habe, mit dem ich ausgehen kann. Sie strengen mich nicht an, diese Mädchen. Sie glauben fast alles, was ich ihnen sage – aber Rachael mag ich ziemlich gern. Ich finde sie niedlich – und so sauber und gepflegt, du nicht? Früher hatte ich andere Freundinnen – in Kansas City und in der Schule –, alles flüchtige Bekannte, Mädchen, die mir aus keinem anderen Grund über den Weg liefen, als daß die Jungen uns gemeinsam ausführten. Als uns unsere Umgebung nicht länger bunt zusammenwürfelte, haben sie mich nicht mehr interessiert. Jetzt sind die meisten verheiratet. Was soll's – es waren eben Leute.«

»Männer magst du lieber, stimmt's?«

»O ja, viel lieber. Ich habe die Denkungsart eines Mannes.«

»Du hast meine Denkungsart. Nicht sonderlich geschlechtsspezifisch, weder so noch so.«

Später erzählte sie ihm von den Anfängen ihrer Freundschaft mit Bloeckman. Eines Tages waren Gloria und Rachael im Delmonico's auf Bloeckman und Mr. Gilbert gestoßen, die gemeinsam zu Mittag aßen, und Neugier hatte sie veranlaßt, zu viert zusammenzusitzen. Sie hatte ihn gut leiden mögen – ziemlich. Nach all den jüngeren Männern war er eine Wohltat, da er sich mit so wenig zufriedengab. Er nahm sie, wie sie war, und lachte, ob er sie nun verstand oder nicht. Trotz der unverhohlenen Mißbilligung ihrer Eltern traf sie sich mehrere Male mit ihm, und binnen eines Monats machte er ihr einen Antrag und versprach ihr das Blaue vom Himmel herunter, von einer Villa in Italien bis zu einer glänzenden Leinwandkarriere. Sie lachte ihm ins Gesicht, und er lachte auch.

Aber er gab nicht auf. Zu der Zeit, als Anthony die Arena betrat, hatte er stete Fortschritte gemacht. Abgesehen davon, daß sie ihn immer bei einem boshaften Spottnamen rief, behandelte sie ihn ziemlich gut, zumal ihr nicht entging, daß er, bildlich gesprochen, an ihrer Seite war, wenn sie auf dem Zaun balancierte, stets bereit, sie aufzufangen, sollte sie fallen.

Am Abend, bevor die Verlobung bekanntgegeben wurde, klärte sie Bloeckman auf. Es war ein schwerer Schlag. Sie weihte Anthony nicht in alle Einzelheiten ein, deutete aber an, daß er sich nicht einmal geniert hatte, mit ihr zu streiten. Anthony verstand immerhin so viel, daß die Unterredung stürmisch ausgegangen war. Gloria hatte sehr kaltblütig und ungerührt in ihrer Ecke des Sofas gelegen, und Joseph Bloeckman von der Firma *Films Par Excellence* war mit verkniffenen Augen und gesenktem Kopf auf dem Teppich hin und her gelaufen. Er tat Gloria leid, aber sie hielt es für das beste, sich nichts anmerken zu lassen. Schließlich versuchte sie in einer letzten Anwandlung von Freundlichkeit, wenigstens seinen Haß auf sich zu lenken. Anthony konnte sich vorstellen, wie aussichtslos dieses Unterfangen war, da er wußte, daß Glorias größter Reiz in ihrer Gleichgültigkeit lag. Er mußte des öfteren an Bloeckman denken, wenn auch ziemlich beiläufig – schließlich vergaß er ihn ganz und gar.

Hochgefühl

Eines Nachmittags ergatterten sie die Vordersitze auf dem Sonnendeck eines Busses und fuhren vom dämmernden Square aus stundenlang den trüben Fluß auf und ab; dann, als aus den westlichen Straßen die letzten Sonnenstrahlen flohen, brausten sie die angeschwollene Avenue hinunter, die sich bedrohlich schwarz färbte mit all den Bienenschwärmen aus den Kaufhäusern. Der Verkehr stockte und staute sich ungeordnet; die Busse standen in Viererreihen wie Plattformen über den Menschentrauben, während sie auf den kläglichen Pfiff des Verkehrspolizisten warteten.

»Ist das nicht herrlich!« rief Gloria. »Schau nur!«

Vor ihnen, von einem weißen Pferd und dessen schwarzem Gefährten gezogen, passierte das von Mehl ganz weiße Fuhrwerk eines Müllers, gelenkt von einem bestäubten Clown.

»Wie schade!« beschwerte sie sich. »Wenn beide Pferde weiß wären, würden sie in der Dämmerung so schön aussehen. Was bin ich glücklich in diesem Moment, in dieser Stadt!«

Anthony schüttelte ablehnend den Kopf.

»Die Stadt ist für mich wie ein Prahlhans. Immerfort bemüht, der enormen und imposanten Urbanität nahezukommen, die man ihr nachsagt. Sie versucht, auf romantische Weise großstädtisch zu sein.«

»Finde ich nicht. Ich finde sie imposant.«

»Ab und zu. Aber in Wahrheit ist es ein leicht durchschaubares künstliches Schauspiel. Sie hat ihre Stars mit ihren Presseagenten, ihre windigen, baufälligen Bühnenkulissen und, das will ich gerne zugeben, das größte Heer von Statisten, das je zusammengetrommelt worden ist ...« Er hielt inne, lachte kurz und fügte hinzu: »Technisch vielleicht ausgezeichnet, aber keineswegs überzeugend.«

»Ich wette, der Polizist hält die Leute für Dummköpfe«, sagte Gloria nachdenklich, als sie sah, wie sich eine stattliche, aber feige Dame über die Straße helfen ließ. »Stets sieht er sie ängstlich, untüchtig und alt – und das sind sie ja auch«, setzte sie hinzu. Und dann: »Wir steigen besser aus. Ich habe Mutter gesagt, daß ich früh zu Abend esse und ins Bett gehe. Verdammt, sie sagt, ich sehe müde aus.«

»Ich wünschte, wir wären verheiratet«, grummelte er nüchtern. »Dann gäb's kein Gutenacht, und wir könnten tun, was wir wollten.«

»Wäre das nicht herrlich! Ich finde, wir sollten viel verreisen. Ich möchte ans Mittelmeer, nach Italien. Und irgendwann möchte ich zur Bühne – sagen wir, für ein Jahr.«

»Aber sicher! Ich schreibe dir ein Stück.«

»Wäre das nicht herrlich! Und ich werde darin auftreten. Und eines Tages, wenn wir mehr Geld haben« – so wurde immer taktvoll auf den Tod des alten Adam angespielt –, »bauen wir uns eine prächtige Villa, nicht wahr?«

»O ja, mit privaten Swimmingpools.«

»Dutzenden davon. Und mit privaten Flüssen. Ach, ich wünschte, es wäre schon soweit.«

Merkwürdige Übereinstimmung – er hatte sich gerade genau das gleiche gewünscht. Wie Taucher stürzten sie sich in die dunkel strudelnde Menge, und als sie in Höhe der ruhigen Fünfziger wieder auftauchten, bummelten sie müßig heimwärts und wirkten unendlich romantisch aufeinander ... in einem nüchternen

Garten wandelten beide für sich allein, neben einem Schemen, den sie in einem Traum gefunden hatten.

Glückliche Tage gleich Booten, die auf einem träge fließenden Fluß dahintreiben; Frühlingsabende voll wehmütiger Melancholie, welche die Vergangenheit schön und bitter erscheinen ließen und sie dazu einluden, zurückzuschauen und zu erkennen, daß die Geliebten anderer, längst vergangener Sommer zusammen mit den vergessenen Walzern jener Jahre weggestorben waren. Die pikantesten Augenblicke waren immer dann, wenn eine künstliche Barriere sie trennte: Im Theater stahlen sich ihre Hände zueinander und verschränkten sich, und in der langen Dunkelheit tauschten sie einen sanften Händedruck; in überfüllten Räumen formten sie mit den Lippen Worte, die nur für ihre Augen bestimmt waren – und sie wußten nicht, daß sie damit nur in die Fußstapfen zu Staub zerfallener Generationen traten, begriffen jedoch undeutlich, daß Wahrheit das Ende, Glück aber eine Form des Lebens ist, die in dem kurz aufzitternden Augenblick ihrer Dauer in Ehren gehalten werden muß. Und dann, in einer Feennacht, wurde der Mai zum Juni. Sechzehn Tage noch – fünfzehn – vierzehn...

Drei Abschweifungen

Kurz vor Bekanntgabe des Verlöbnisses war Anthony nach Tarrytown gefahren, um seinen Großvater zu besuchen, der, noch ein wenig verhutzelter und grauhaariger, da die Zeit ihre letzten kichernden Spielchen mit ihm trieb, die Nachricht mit größtem Zynismus aufnahm.

»So, so, dann willst du also heiraten?« Er sagte dies mit so zweideutiger Nachsicht und nickte so heftig mit dem Kopf, daß Anthony nicht wenig niedergedrückt war. Obwohl er die Absichten seines Großvaters nicht kannte, nahm er doch an, daß ein

Großteil seines Geldes ihm zufallen würde. Eine ganze Menge würde natürlich irgendwelchen Stiftungen zugute kommen; eine ganze Menge der Fortführung der Reform.

»Wirst du dir eine Arbeit suchen?«

»Wieso?« wollte sich Anthony, leicht beunruhigt, herausreden. »Ich arbeite doch. Du weißt doch...«

»Pah, ich meine Arbeit«, sagte Adam Patch nüchtern.

»Ich weiß noch nicht genau, was ich tun werde. Ich bin nicht gerade ein Bettler, Opapa«, erklärte Anthony mit einigem Elan.

Mit halbgeschlossenen Augen sann der Alte darüber nach. Dann fragte er beinahe schüchtern: »Wieviel sparst du jährlich?«

»Bisher noch gar nichts...«

»Dann bist du also, nachdem du es gerade mal geschafft hast, mit deinem Geld auszukommen, zu dem Schluß gelangt, daß ihr wie durch ein Wunder zu zweit damit auskommen werdet?«

»Gloria hat ihr eigenes Geld. Genug, um sich Kleider davon zu kaufen.«

»Wieviel?«

Anthony beantwortete die Frage, ohne sie ungehörig zu finden.

»Um die hundert im Monat.«

»Das macht zusammen rund siebentausendfünfhundert im Jahr.« Dann fügte er sachte hinzu: »Das sollte reichlich sein. Wenn ihr vernünftig seid, sollte es reichlich sein. Aber die Frage ist, ob ihr vernünftig seid oder nicht.«

»Ich denke, es reicht.« Es war schmachvoll, die gutgemeinten Einschüchterungsversuche des Alten ertragen zu müssen, und aus Eitelkeit klangen seine nächsten Sätze schärfer. »Ich kann sehr gut auskommen. Sie scheinen der Überzeugung zu sein, daß ich vollkommen nichtsnutzig bin. Im übrigen bin ich nur deswegen hierhergekommen, um Ihnen mitzuteilen, daß ich mich im Juni verheiraten werde. Auf Wiedersehen, Sir.« Mit diesen

Worten wandte er sich um und ging zur Tür. Er ahnte nicht, daß sein Großvater ihn in diesem Augenblick zum ersten Mal richtig gern hatte.

»Warte!« rief Adam Patch. »Ich will mit dir reden.«

Anthony machte kehrt.

»Sir?«

»Setz dich. Bleib doch über Nacht.«

Ein wenig besänftigt, nahm Anthony wieder Platz.

»Es tut mir leid, Sir, aber heute abend treffe ich mich mit Gloria.«

»Wie heißt sie weiter?«

»Gloria Gilbert.«

»Ein New Yorker Mädchen? Jemand, den du kennst?«

»Sie kommt aus dem Mittleren Westen.«

»In welcher Branche arbeitet ihr Vater?«

»In Zelluloid, in einer Aktiengesellschaft oder einem Konzern oder so etwas. Sie kommen aus Kansas City.«

»Wirst du dort heiraten?«

»Nein, Sir. Wir dachten, wir würden in New York heiraten – im kleinen Rahmen.«

»Möchtest du die Hochzeit hier draußen feiern?«

Anthony zögerte. Der Vorschlag reizte ihn nicht, aber gewiß war es ein Gebot der Klugheit, dem Alten, falls möglich, einen Besitzanspruch an seinem Eheleben einzuräumen. Außerdem war Anthony leicht gerührt.

»Das ist sehr freundlich von Ihnen, Opapa, aber wäre das nicht zuviel der Umstände?«

»Alles ist zuviel der Umstände. Dein Vater hat auch hier geheiratet – aber im alten Haus.«

»Ach ja? Ich dachte, er hätte in Boston geheiratet?«

Adam Patch dachte nach. »Du hast recht. Er hat in Boston geheiratet.«

Einen Augenblick lang war Anthony peinlich berührt, weil er

ihn berichtigt hatte, und versuchte, mit Worten darüber hinwegzuspielen.

»Gut, ich spreche mit Gloria darüber. Ich persönlich würde ja gern, aber es hängt natürlich von den Gilberts ab, verstehen Sie?«

Sein Großvater stieß einen langen Seufzer aus, schloß halb die Augen und sank in seinen Sessel zurück.

»Habt ihr Eile?« fragte er in einem anderen Tonfall.

»Nicht sonderlich.«

»Ich frage mich«, begann Adam Patch und sah mit einem milden, gütigen Blick auf die Fliedersträucher, die an den Fenstern raschelten, »ich frage mich, ob du je an das Leben nach dem Tode denkst.«

»Aber ja – manchmal.«

»Ich denke oft an das Leben nach dem Tode.« Seine Augen waren trüb, seine Stimme dagegen klang selbstsicher und klar. »Heute habe ich hier gesessen und darüber nachgedacht, was uns wohl erwartet, und da ist mir ein Nachmittag vor beinahe fünfundsechzig Jahren eingefallen, als ich mit meiner kleinen Schwester Annie spielte, dort, wo jetzt das Sommerhaus steht.« Er zeigte in den langgezogenen Blumengarten hinaus, in seinen Augen standen zitternd die Tränen, und seine Stimme bebte.

»Ich fing an nachzudenken – und es schien mir, als solltest du auch ein bißchen mehr über das Leben nach dem Tode nachdenken. Du solltest – gefestigter...« – er hielt inne und schien nach dem richtigen Wort zu suchen –, »... arbeitsamer werden... also...«

Dann veränderte sich seine Miene, seine gesamte Persönlichkeit schien wie eine Falle zuzuschnappen, und als er weitersprach, war alle Sanftheit aus seiner Stimme geschwunden.

»Als ich nur zwei Jahre älter war als du«, krächzte er mit einem verschlagenen Glucksen, »habe ich drei Angehörige der Firma Wrenn & Hunt ins Armenhaus geschickt.«

Anthony fuhr vor Verlegenheit zusammen.

»Na, dann auf Wiedersehen«, sagte sein Großvater plötzlich, »sonst verpaßt du noch deinen Zug.«

Anthony ging ungewöhnlich beschwingt aus dem Haus, voll unerklärlichen Mitleids mit dem Alten; nicht weil sein Reichtum ihm »weder Jugend noch Verdauung« kaufen konnte, sondern weil er Anthony gebeten hatte, bei ihm Hochzeit zu halten, und weil er von der Hochzeit seines eigenen Sohnes ein Detail vergessen hatte, das er hätte behalten müssen.

Richard Caramel, einer der Platzanweiser, bereitete Anthony und Gloria in den letzten paar Wochen viel Kummer, denn andauernd stahl er ihnen die Strahlen des Rampenlichts. Im April war sein Roman herausgekommen, und seither beeinträchtigte *Der dämonische Liebhaber* ihre Liebesaffäre, so wie er beinahe alles beeinträchtigte, womit sein Erfinder zu tun hatte. Das Buch war ein hochoriginelles, aber ziemlich schwülstiges Werk, dessen getragene Schilderungen einem Don Juan der New Yorker Slums galten. Wie Maury und Anthony bereits vorher gesagt hatten, und wie dann auch die freundlicheren Kritiker sagten, gab es in Amerika keinen zweiten Schriftsteller, der die atavistischen und primitiven Instinkte dieser Gesellschaftsschicht mit einer solchen Kraft beschrieb.

Das Buch zögerte, dann aber ›ging‹ es plötzlich. Woche für Woche jagte eine Auflage die andere, zunächst kleinere, dann immer größere. Ein Sprecher der Heilsarmee brandmarkte es als zynische Verdrehung des Auftriebs, der in der Unterwelt zu verzeichnen sei. Geschickte Werbung streute das gegenstandslose Gerücht aus, »Zigeuner« Smith wolle eine Verleumdungsklage erheben, weil eine der Hauptfiguren eine Persiflage seiner selbst sei. Die Stadtbücherei von Burlington, Iowa, verbot es, und ein Kolumnist im Mittleren Westen machte die versteckte Andeutung, Richard Caramel sei mit Delirium tremens in ein Sanatorium eingewiesen worden.

In der Tat brachte der Autor seine Tage in einem angenehmen Rauschzustand dahin. Drei Viertel seiner Konversation galten seinem Buch – er wollte wissen, ob man schon »das Neueste« gehört habe; er ging in eine Buchhandlung und bestellte mit lauter Stimme mehrere Exemplare seines Romans, die er sich berechnen ließ, nur um beim Verkäufer oder Kunden einen zufälligen Brocken Anerkennung einzuheimsen. Er wußte bis auf die Stadt genau, in welchen Landesteilen sein Buch sich am besten verkaufte, und wenn er jemandem begegnete, der es nicht gelesen hatte oder, wie es nur allzuoft geschah, nicht einmal davon gehört hatte, so verfiel er in düstere Depressionen.

Insofern war es nur natürlich, daß Anthony und Gloria in ihrer Mißgunst zu der Überzeugung gelangten, er sei vor lauter Dünkel so aufgeblasen, daß er sie nur noch langweile. Zu Dicks großem Verdruß brüstete sich Gloria öffentlich damit, den *Dämonischen Liebhaber* nie gelesen zu haben und auch nicht vorzuhaben, ihn zu lesen, ehe nicht alle Welt aufgehört habe, darüber zu reden. Tatsächlich hatte sie jetzt gar keine Zeit zu lesen, denn schon strömten die Geschenke herein – erst ein Rinnsal, dann eine Sturzflut, von den Nippsachen vergessener Freunde der Familie bis zu den Fotografien armer Verwandter, die sie aus den Augen verloren hatte.

Maury schenkte ihnen ein Drinkservice, das aus silbernen Kelchgläsern, Cocktailshaker und Flaschenöffner bestand. Was sie aus Dick herauswrangen, war konventioneller – ein Teeservice von Tiffany's. Von Joseph Bloeckman kam ein schlichter, aber exquisiter Reisewecker, zusammen mit seiner Karte. Es gab sogar eine Zigarettenspitze von Bounds; das rührte Anthony und trieb ihm Tränen in die Augen – es war vielleicht ein halbes Dutzend Menschen, das sich in wahrhaftiger (und nicht hysterischer) Gefühlsanwandlung hatte dazu hinreißen lassen, der Konvention ein ungeheures Opfer zu bringen. Der Saal, der im Plaza hergerichtet worden war, floß über von den Gaben, die Freunde aus Harvard und Geschäftspartner seines Großvaters geschickt hatten, von Andenken an Glorias Zeit in Farmover und den ziemlich lächerlichen Trophäen früherer Verehrer, welchselbige mit vertraulich-melancholischen Mitteilungen eingingen, die auf sorgfältig verborgene Karten geschrieben waren. Sie begannen mit »Ich hatte keine Ahnung, daß...« oder »Ich wünsche dir ja alles Glück in der Welt...« oder gar »Wenn du dies in Händen hältst, bin ich schon auf dem Wege nach...«

Das großzügigste Geschenk war zugleich das enttäuschendste. Es war ein Zugeständnis von Adam Patch – ein Scheck über fünftausend Dollar.

Die meisten dieser Geschenke ließen Anthony kalt. Es kam ihm vor, als nötigten sie ihn, für die Dauer des nächsten halben Jahrhunderts eine Tabelle mit dem Familienstand all ihrer Bekannten anzulegen. Gloria dagegen jubelte über jedes von ihnen, riß mit der Gier eines Hundes, der nach einem Knochen scharrt, an Seidenpapier und Holzwolle, griff atemlos nach einem Band oder einer Metallkante, um endlich den ganzen Gegenstand ans Licht zu holen und kritisch zu begutachten. Sie lächelte nicht, und ihre Miene verriet kein anderes Gefühl als verzücktes Interesse.

»Sieh nur, Anthony!«

»Verflucht hübsch, was?«

Die Antwort erfolgte erst eine Stunde später, wenn sie ihm über ihre genaue Reaktion auf das Geschenk gründlich Bericht erstattete: ob es vorteilhafter ausgefallen wäre, wenn es kleiner oder größer gewesen wäre, ob sie überrascht gewesen sei, es zu bekommen, und, bejahendenfalls, wie überrascht.

Mrs. Gilbert richtete immer wieder aufs neue ein gedachtes Haus ein, verteilte die Geschenke auf die verschiedenen Räume, indem sie Artikel als »zweitbeste Uhr« oder »täglich zu benutzendes Silber« inventarisierte, und brachte Anthony und Gloria mit halb spaßhaften Hinweisen auf einen Raum, den sie »Spielzimmer« nannte, in Verlegenheit. Sie freute sich über das Geschenk des alten Adam und behauptete von da an steif und fest, daß er eine uralte Seele sei, »von allem andern einmal abgesehen«. Da Adam Patch nie recht wußte, ob sie sich auf die fortschreitende Vergreisung seines Hirns oder auf ein eigenes psychologisches Geheimsystem bezog, läßt sich nicht behaupten, daß er erfreut war. Allerdings sprach er Anthony gegenüber von ihr immer als »der alten Frau, der Mutter«, als sei sie eine Figur in einer Komödie, die er schon oft auf der Bühne gesehen hatte. Was Gloria anging, so wußte er nicht recht. Zwar erschien sie ihm attraktiv, aber – soviel vertraute sie Anthony selbst an – er war wohl zu dem Schluß gekommen, daß sie frivol sei, und fürchtete sich davor, eine gute Meinung von ihr zu haben.

Noch fünf Tage! – Auf dem Rasen von Tarrytown wurde ein Tanzpodium errichtet. Noch vier Tage! – Ein Sonderzug wurde gemietet, um die Gäste von und nach New York zu befördern. Noch drei Tage! –

Das Tagebuch

Gloria trug einen blauen Seidenpyjama und stand an ihrem Bett. Sie hatte schon die Hand am Lichtschalter, um das Zimmer in Dunkel zu hüllen, als sie sich anders besann, ein Tischschubfach aufzog und ein kleines schwarzes Buch hervorholte – einen zehnjährigen Taschenkalender (»eine Zeile pro Tag«). Diesen besaß sie schon seit sieben Jahren. Viele der Bleistifteintragungen waren fast unleserlich, und es gab Notizen und Verweise auf Nächte und Nachmittage, die längst vergessen waren, denn es war kein intimes Journal, auch wenn es mit dem uralten »Von nun an werde ich für meine Kinder Tagebuch führen« begann. Doch als sie die Seiten durchblätterte, schienen ihr aus den halb unkenntlichen Namen die Augen zahlreicher Männer entgegenzublicken.

Mit einem war sie zum ersten Mal nach New Haven gefahren – 1908, als sie sechzehn war und in Yale gepolsterte Schultern Mode waren –, sie hatte sich geschmeichelt gefühlt, denn Michaud, der Football-Spieler, hatte den ganzen Abend über »Versuche« und »Vorstöße« unternommen. Sie seufzte, denn sie erinnerte sich an das Erwachsenenkleid aus Satin, auf das sie so stolz gewesen war, und an die Kapelle, die *Yama-yama, My Yama Man* und *Jungle-Town* gespielt hatte. Wie lange das her war! Die Namen: Eltynge Reardon, Jim Parsons, »Lockenkopf« McGregor, Kenneth Cowan, »Fischauge« Fry (den sie gern hatte, weil er so häßlich war), Carter Kirby – der hatte ihr ein Geschenk geschickt, Tudor Baird ebenfalls –, Marty Reffer, der erste Mann, in den sie länger als einen Tag verliebt gewesen war, und Stuart Holcome, der mit ihr in seinem Automobil durchgebrannt war und sie mit aller Gewalt zur Heirat überreden wollte. Und Larry Fenwick, den sie stets bewundert hatte, weil er ihr eines Abends gesagt hatte, wenn sie ihn nicht küssen wolle, könne sie aussteigen und zu Fuß nach Hause laufen. Was für eine Liste!

Und nun auch eine überholte Liste. Jetzt war sie in Liebe entbrannt, für die ewige Romanze bestimmt, die die Synthese aller Romanzen sein würde, und dennoch fühlte sie sich schwermütig wegen dieser Männer und dieser Mondnächte und wegen des Kitzels, den sie verspürt hatte – und wegen der Küsse. Die Vergangenheit – ihre Vergangenheit, ach, welch eine Freude! Sie war überschwenglich glücklich gewesen.

Als sie die Seiten umwendete, blieb ihr müßiger Blick an den verstreuten Eintragungen der letzten vier Monate hängen. Die letzten las sie sorgfältig durch.

1. April – Ich weiß, Bill Carstairs haßt mich, weil ich so unangenehm war, aber manchmal hasse ich es, wenn einer meinetwegen in Gefühlen schwelgt. Fuhren hinaus zum Rockyear

Country Club, und durch die Bäume schien der herrlichste Mond. Mein silbernes Kleid bekommt Flecken. Komisch, wie man die anderen Nächte im Rockyear vergißt – mit Kenneth Cowan, den ich doch so geliebt habe!

3. April – Nach zwei Stunden mit Schroeder, der, wie man mir sagt, Millionen hat, bin ich zu der Überzeugung gelangt, daß man sich nur verschleißt, wenn man sich an etwas festklammert, besonders wenn besagtes Etwas ein Mann ist. Nichts wird so häufig übertrieben, und ich gelobe, mich von heute an nur noch zu amüsieren. Wir sprachen von der ›Liebe‹ – wie banal! Mit wie vielen Männern habe ich von der Liebe gesprochen?

11. April – Patch hat doch tatsächlich angerufen! Dabei war er wütend aus dem Zimmer gestürmt, als er sich vor etwa einem Monat von mir lossagte. Allmählich verliere ich den Glauben daran, daß auch nur einem einzigen Mann tödliche Verletzungen beizubringen sind.

20. April – Verbrachte den Tag mit Anthony. Vielleicht werde ich ihn eines Tages heiraten. Seine Ideen gefallen mir – er kitzelt alles aus mir heraus, was originell ist. Gegen zehn kam Blockhead vorbei und fuhr mit mir zum Riverside Drive. Heute abend mochte ich ihn: Er ist so rücksichtsvoll. Er wußte, daß ich nicht sprechen wollte, und so hat er die ganze Fahrt über geschwiegen.

21. April – Beim Aufwachen an Anthony gedacht. Tatsächlich rief er an und klang am Telefon so goldig, daß ich ihm zuliebe mein Versprechen gebrochen habe, mit jemand anders auszugehen. Heute habe ich das Gefühl, daß ich seinetwegen alles brechen würde, die Zehn Gebote und mir den Hals. Er kommt um acht, und ich werde Rosa tragen und sehr frisch und gestärkt aussehen...

Hier hielt sie inne. Sie erinnerte sich, daß sie sich an dem Abend, nachdem er gegangen war, ausgekleidet hatte, und durch die Fenster war die frostige Aprilluft hereingeströmt. Doch erwärmt von den profunden Allerweltsgefühlen, die in ihrem Herzen brannten, hatte sie die Kälte offenbar nicht verspürt.

Die nächste Eintragung erfolgte ein paar Tage später:

24. April – Ich will Anthony heiraten, weil Ehemänner so oft »Ehemänner« sind und ich einen Liebhaber heiraten will. Es gibt vier Typen von Ehemännern.

(1) Der Ehemann, der abends immer nur zu Hause bleiben will, keine Laster hat und für ein Gehalt arbeitet. Ganz und gar unerwünscht!

(2) Der vorsintflutliche Gebieter, dessen Sklavin man ist und zu dessen Befriedigung man dient. Die Sorte hält jede hübsche Frau für ›oberflächlich‹, eine Art Pfau mit Entwicklungshemmung.

(3) Als nächstes kommt der Anbeter, der abgöttische Verehrer seiner Frau und all dessen, was ihm gehört, der alles andere darüber völlig vernachlässigt. Diese Sorte begehrt eine Gefühlsschauspielerin zur Frau. Himmel! Es muß eine Anstrengung sein, für tugendhaft gelten zu wollen.

(4) Und Anthony – zeitweise ein Liebhaber mit Leidenschaft, der klug genug ist, um zu erkennen, wann sie verfliegt und daß sie verfliegen muß. Und ich will Anthony heiraten.

Was für Maden doch die Frauen sind, daß sie bäuchlings durch farblose Ehen kriechen! Die Ehe wurde nicht dazu geschaffen, den Hintergrund für etwas abzugeben, sondern bedarf selber eines Hintergrunds. Meine wird hervorragend werden. Sie darf, sie wird nicht das Bühnenbild sein, sondern die Darbietung selbst, ein großartiges, glanzvolles Schauspiel, und die Welt wird ihre Kulisse sein. Ich weigere mich, mein Leben der Nachwelt zu weihen. Gewiß ist man der gegenwärtigen Generation ebensoviel schuldig wie seinen ungewollten Kindern. Was für ein Los – dick und häßlich zu werden, meine Selbstliebe zu verlieren, nur noch an Milch, Hafergrütze, Kindermädchen und Windeln zu denken… Liebe Traumkinder, wieviel schöner ihr seid, strahlende kleine Geschöpfe, die mit goldenen, goldenen Flügeln flattern (alle Traumkinder müssen flattern)…

Solche Kinder aber, arme, liebe Kinderchen, haben mit dem Ehestand nur wenig gemein.

7. Juni – Moralisches Problem: War es verkehrt, Bloeckman dazu zu bringen, daß er mich liebt? Denn tatsächlich habe ich ihn so weit gebracht. Heute abend war er beinahe entzückend traurig. Wie günstig, daß mein Hals richtig zugeschwollen ist und es mir ein leichtes war, Tränen hervorzupressen. Aber er ist nur noch Vergangenheit – bereits begraben unter meinem üppigen Lavendel.

8. Juni – Heute habe ich versprochen, nicht auf den Lippen zu kauen. Ich nehme an, ich werde es einhalten – aber hätte er mich doch statt dessen nur gebeten, nicht zu essen!

Wir lassen Seifenblasen aufsteigen, Anthony und ich. Heute haben wir so schöne Seifenblasen aufsteigen lassen, und wenn sie platzen, dann machen wir einfach neue, denke ich – genauso große und genauso schöne Seifenblasen, bis alle Seife und alles Wasser aufgebraucht sind.

Damit endete das Tagebuch. Ihre Augen wanderten über die Seite, über die 8. Junis der Jahre 1912, 1910, 1907. Die früheste Eintragung war hingekritzelt in der plumpen, wulstigen Handschrift eines sechzehnjährigen Mädchens – es war der Name Bob Lamar und ein Wort, das sie nicht entziffern konnte. Dann fiel ihr ein, was es war – und da sie es wußte, legte sich ein Tränenschleier vor ihre Augen. Dort, grau verschmiert, war der Nachweis ihres ersten Kusses, ebenso verblaßt wie jener vertrauliche Nachmittag auf einer regennassen Veranda vor sieben Jahren. Sie wollte sich darauf besinnen, was einer von ihnen an jenem Tag gesagt hatte, doch ihre Erinnerung ließ sie im Stich. Ihre Tränen flossen schneller, bis sie das Blatt kaum noch sehen konnte. Sie redete sich ein, deshalb zu weinen, weil sie sich nur noch an den Regen und die nassen Blumen im Garten und an den Geruch des feuchten Grases erinnern konnte.

Nach einer Weile fand sie einen Bleistift, hielt ihn unsicher und zog unter dem letzten Eintrag drei parallele Linien. Dann schrieb sie in großen Druckbuchstaben FINIS, legte das Buch ins Schubfach zurück und schlüpfte ins Bett.

Hauch der Höhle

Als Anthony am Vorabend der Hochzeit nach dem Dinner wieder in seinem Apartment war, knipste er das Licht aus und ging zu Bett. Er fühlte sich so unpersönlich und zerbrechlich wie ein Porzellanteil, das auf einem Serviertischchen wartet. Es war eine laue Nacht – ein Laken reichte zu seinem Behagen –, und durch die weitgeöffneten Fenster drangen, von einer leisen Vorfreude belebt, flüchtige Sommergeräusche. Er fand, daß die in leichtfertigem und wankelmütigem Zynismus verlebten Jahre seiner Jugend, die leer und bunt hinter ihm lagen, von den überlieferten Gefühlen längst zu Staub gewordener Männer gezehrt hatten. Aber es gab etwas, das darüber hinausging; das wußte er jetzt. Es gab seinen Seelenbund mit Gloria, dessen helles Feuer, dessen Frische der lebendige Stoff war, aus welchem die tote Schönheit der Bücher gewoben wurde.

Aus der Nacht drangen hartnäckig jene sich immer wieder verflüchtigenden und auflösenden Geräusche in sein hochwandiges Zimmer – etwas, das die Stadt in die Luft warf und wieder auffing, wie ein Kind, das mit einem Ball spielt. In Harlem, in der Bronx, in Gramercy Park und im Hafenviertel, in kleinen Wohnzimmern oder auf kiesbestreuten, mondlichtüberfluteten Dächern verursachten tausend Liebespaare diese Geräusche, indem sie ihre Stimmen der Luft anvertrauten. Dort draußen im blauen Sommerdunkel spielte die ganze Stadt mit den Geräuschen, warf sie hoch und fing sie wieder auf und versprach, daß das Leben in Kürze schön sein werde wie ein Märchen, versprach Glück – und schenkte es, indem sie es versprach. Sie machte der Liebe Hoffnung auf die eigene Fortdauer. Mehr vermochte sie nicht.

Doch da löste sich aus den leisen Klängen der Nacht plötzlich ein neuer Ton, ein Mißton. Das Geräusch kam von einem dreißig Meter von seinem rückwärtigen Fenster gelegenen Hof, das Gelächter einer Frau. Es setzte tief ein, unablässig winselnd – ein Dienstmädchen mit ihrem Kerl, dachte er –, dann wurde es lauter, wurde hysterisch, bis es ihn an ein Mädchen erinnerte, das bei einer Vaudeville-Vorführung von nervösem Gelächter überwältigt worden war. Danach sank es ab und verebbte, nur um wieder anzusteigen und Worte einzuschließen – einen derben Witz, irgendeinen undeutlichen Spaß, den er nicht genau verstand. Einen Augenblick später brach es ab, und er konnte eben noch das tiefe Gepolter einer Männerstimme hören, da setzte es auch schon wieder ein – ohne Ende; erst war es nur lästig, dann auf seltsame Weise erschreckend. Er erschauderte, stieg aus dem Bett und trat ans Fenster. Es hatte einen Höhepunkt erreicht, verkrampft und erstickt, war fast zum Schrei geworden – dann erstarb es und ließ eine Stille zurück, leer und bedrohlich wie die größere Stille über ihm. Anthony blieb noch einen Augenblick am Fenster stehen, bevor er wieder zu Bett ging. Er war verwirrt und mitgenommen. Sosehr er sich auch mühte, seine Reaktion zu unterdrücken – etwas Animalisches in dem ungezügelten Gelächter hatte seine Einbildungskraft ergriffen und zum ersten

Mal seit vier Monaten seine alte Abneigung, seinen Abscheu vor allem Leben geweckt. Das Zimmer war stickig geworden. Er wollte nach draußen, hinaus in die kühle, scharfe Brise, meilenweit über den Städten, und heiter und gelöst in den Winkeln seines Gemütes leben. Leben – das war dieses Geräusch dort draußen, dieses gespenstisch sich wiederholende Geräusch einer Frau.

»O mein *Gott*!« rief er und zog scharf die Luft ein.

Er vergrub das Gesicht in den Kopfkissen und versuchte vergebens, sich auf die Einzelheiten des kommenden Tages zu besinnen.

Morgen

Im grauen Licht stellte er fest, daß es erst fünf Uhr war. Unruhig bedauerte er, so früh aufgewacht zu sein – auf der Hochzeit würde er ausgepumpt wirken. Er beneidete Gloria, die ihre Erschöpfung mit sorgfältiger Schminke überdecken konnte.

Im Badezimmer betrachtete er sich im Spiegel und merkte, daß er ungewöhnlich weiß aussah – gegen die morgendliche Blässe seiner Gesichtsfarbe hob sich ein halbes Dutzend kleiner Unebenheiten ab, und über Nacht waren ihm kurze Bartstoppeln gewachsen –, der allgemeine Eindruck, bildete er sich ein, war wenig anziehend: ausgezehrt und unpäßlich.

Auf seinem Toilettentisch lag eine Reihe von Gegenständen, die er mit plötzlich unsicher tastenden Fingern befühlte – ihre Fahrkarten nach Kalifornien, das Heftchen mit den Reiseschecks, seine Armbanduhr, auf die halbe Minute genau, der Schlüssel zu seinem Apartment – er durfte nicht vergessen, ihn Maury zu geben – und, am allerwichtigsten, der Ring. Er war aus Platin und mit kleinen Smaragden besetzt. Gloria hatte darauf bestanden; schon immer habe sie sich einen Ehering mit Smaragden gewünscht, sagte sie.

Es war das dritte Geschenk, das er ihr gemacht hatte; zuerst hatte es den Verlobungsring gegeben, danach ein kleines goldenes Zigarettenetui. Von nun an würde er sie reich beschenken – mit Kleidern und Juwelen, Freunden und Zerstreuung. Es schien widersinnig, daß er ab jetzt für alle ihre Mahlzeiten aufkommen sollte. Es würde ihn teuer zu stehen kommen. Er fragte sich, ob er die Kosten dieser Reise nicht unterschätzt hatte, ob er nicht lieber einen höheren Scheck einlösen sollte. Die Frage beunruhigte ihn.

Dann fegte die atemberaubende Nähe des Ereignisses alle Einzelheiten aus seinem Kopf. Dies war der Tag – vor sechs Monaten noch ungewollt, ungeahnt, doch jetzt brach er mit gelbem Licht durch das östliche Fenster ein, tanzte den Teppich entlang, als lächele die Sonne über einen ihrer uralten, wiederaufgewärmten Scherze.

Anthony lachte sein nervöses, einsilbiges Schnauben.

»Bei Gott!« murmelte er zu sich selbst. »Ich bin so gut wie verheiratet!«

Die Platzanweiser

Sechs junge Männer in CROSS PATCHS *Bibliothek, welche unter dem Einfluß von Mumm's Extra Dry, der in Sektkübeln neben den Bücherregalen steht, zunehmend fröhlicher werden.*

DER ERSTE JUNGE MANN Donnerwetter! Glaubt mir, in mein nächstes Buch werde ich eine Hochzeitsszene einbauen, die sich gewaschen hat.

DER ZWEITE JUNGE MANN Hab vor kurzem 'ne Debütantin kennengelernt. Sagt, daß sie dein Buch großartig findet. In der Regel sind junge Mädchen verrückt nach diesem primitiven Zeug.

DER DRITTE JUNGE MANN Wo steckt Anthony?

DER VIERTE JUNGE MANN *Läuft draußen auf und ab und spricht mit sich selbst.*

ZWEITER JUNGER MANN Himmel! Habt ihr den Pfarrer gesehen? Äußerst merkwürdige Zähne!

FÜNFTER JUNGER MANN Ich glaube, die sind echt. Komische Sache, daß Leute Goldzähne haben.

SECHSTER JUNGER MANN Es heißt, daß sie ganz versessen drauf sind. Mein Zahnarzt hat mir mal erzählt, wie eine Frau zu ihm in die Sprechstunde gekommen ist und darauf bestanden hat, sich zwei Zähne mit Gold überziehen zu lassen. Ohne jeden Grund. Die waren völlig in Ordnung.

VIERTER JUNGER MANN Hab gehört, du hast 'n Buch rausgebracht, Dicky. Gratuliere!

DICK *steif* Danke.

VIERTER JUNGER MANN *unschuldig* Worum geht's denn? Collegegeschichten?

DICK *noch steifer* Nein. Keine Collegegeschichten.

VIERTER JUNGER MANN Schade! Es gibt schon seit Jahren kein gutes Buch mehr über Harvard.

DICK *empfindlich* Warum schließt du die Marktlücke nicht?

DRITTER JUNGER MANN Ich glaube, ich habe gerade eine Gruppe von Gästen in einem Packard in die Auffahrt einbiegen sehen.

SECHSTER JUNGER MANN Vielleicht sollte ich lieber noch ein paar Flaschen öffnen.

DRITTER JUNGER MANN Es war der Schreck meines Lebens, als ich hörte, daß der Alte ein feuchtfröhliches Hochzeitsfest geben will. Rabiater Verfechter der Prohibition, wie ihr wißt.

VIERTER JUNGER MANN *schnippt erregt mit den Fingern* Bei Gott! Wußt ich's doch, daß ich was vergessen hab. Dachte, es wär meine Weste.

DICK Was ist es denn?

VIERTER JUNGER MANN Mein Gott! Mein Gott!

SECHSTER JUNGER MANN Na! Na! Nur kein Drama!

ZWEITER JUNGER MANN Was hast du vergessen? Den Heimweg?

DICK *boshaft* Er hat die Handlung für sein Buch mit Harvard-Geschichten vergessen.

VIERTER JUNGER MANN Nein, Sir, ich habe das Geschenk vergessen, Menschenskinder noch mal! Ich hab vergessen, dem alten Anthony ein Geschenk zu kaufen. Immer wieder hab ich's hinausgeschoben, und, mein Gott, jetzt hab ich's vergessen. Was sollen sie nur denken?

SECHSTER JUNGER MANN *scherzhaft* Wahrscheinlich hat sich die Hochzeit deswegen verzögert.

DER VIERTE JUNGE MANN *schaut unruhig auf seine Uhr. Gelächter*

VIERTER JUNGER MANN Mein Gott! Was bin ich nur für ein Esel!

ZWEITER JUNGER MANN Was haltet ihr denn von der Brautjungfer, die sich einbildet, sie sei Nora Bayes? Sagt dauernd, sie wünscht sich, es wär 'ne Ragtime-Hochzeit. Heißt Haines oder Hampton.

DICK *gibt seiner Phantasie hastig die Sporen* Du meinst Kane, Muriel Kane. Sie ist so eine Art Ehrenschuld, glaube ich. Hat Gloria mal vor dem Ertrinken gerettet oder so ähnlich.

ZWEITER JUNGER MANN Ich kann mir nicht vorstellen, daß sie dieses ewige Hüftengewackel lange genug abstellen kann, um zu schwimmen. Schenk mir doch mal nach, ja? Der Alte und ich haben gerade ein langes Gespräch über das Wetter geführt.

MAURY Wer? Der alte Adam?

ZWEITER JUNGER MANN Nein, der Vater der Braut. Er muß beim Wetteramt arbeiten.

DICK Das ist mein Onkel, Otis.

OTIS Na, ist doch ein ehrenwerter Berufsstand. *Gelächter*

SECHSTER JUNGER MANN Die Braut ist deine Cousine, stimmt's?

DICK Ja, Cable.

CABLE Jedenfalls eine Schönheit. Anders als du, Dick. Wetten, daß sie den alten Anthony kleinkriegt?

MAURY Wieso erhält eigentlich jeder Bräutigam den Titel »alt«? Ich finde, die Ehe ist ein Irrtum der Jugend.

DICK Maury, der professionelle Zyniker.

MAURY Ach was, du geistiger Hochstapler!

FÜNFTER JUNGER MANN Die Schlacht der Intellektuellen, Otis. Lies so viele Brosamen auf, wie du kannst.

DICK Selber Hochstapler! Was weißt *du* denn schon?

MAURY Was weißt *du* denn schon?

DICK Frag mich irgendwas. Jedes Wissensgebiet.

MAURY Gut. Nenn mir das grundlegende Prinzip der Biologie.

DICK Weißt du ja selbst nicht!

MAURY Nicht kneifen.

DICK Also gut, natürliche Auslese?

MAURY Falsch.

DICK Ich gebe auf.

MAURY Ontogenese rekapituliert Phylogenese.

FÜNFTER JUNGER MANN Ein Punkt für dich!

MAURY Ich frag dich noch was. Welchen Einfluß haben Mäuse auf die Klee-Ernte? *Gelächter*

VIERTER JUNGER MANN Welchen Einfluß haben Ratten auf die Zehn Gebote?

MAURY Halt den Mund, du Einfaltspinsel. Da gibt es tatsächlich eine Verbindung.

DICK Und worin soll die bestehen?

MAURY *verharrt einen Augenblick in wachsender Verwirrung* Laß sehen. Den genauen Zusammenhang habe ich anscheinend vergessen. Irgend so was wie, daß die Bienen den Klee fressen.

VIERTER JUNGER MANN Und der Klee frißt die Mäuse. Ha! Ha!

MAURY *stirnrunzelnd* Laßt mich doch mal eine Minute nachdenken.

DICK *richtet sich plötzlich auf* Hört mal!

Im Nebenzimmer explodiert eine Salve an Geschnatter. Die sechs jungen Männer erheben sich und befingern ihre Krawatten.

DICK *gewichtig* Wir schließen uns lieber dem Exekutionskommando an. Schätze, die bereiten das Hochzeitsfoto vor. Nein, das kommt erst später.

VIERTER JUNGER MANN Bei Gott, ich wünschte, ich hätte das Geschenk geschickt.

MAURY Gebt mir noch eine Minute, dann fällt mir die Geschichte mit den Mäusen wieder ein.

OTIS Vergangenen Monat war ich Platzanweiser beim alten Charlie McIntyre und...

Langsam begeben sie sich zur Tür, das Geplapper wird zu einem wahren Babel, und ADAM PATCHS *Orgel entringt sich in gedehnten frommen Seufzern die Einleitung zum Hochzeitsmarsch.*

Anthony

Zweihundertfünfzig Augenpaare bohrten sich in den Rücken seines Cutaway, und auf den unangemessen bourgeoisen Zähnen des Geistlichen funkelte die Sonne. Mit Mühe unterdrückte Anthony ein Lachen. Gloria sagte etwas mit klarer, stolzer Stimme, und er versuchte zu denken, daß die ganze Angelegenheit unwiderruflich und jede Sekunde bedeutungsvoll war, daß sein Leben in diesem Augenblick in zwei Epochen zerteilt wurde und das Angesicht der Welt sich vor seinen Augen wandelte. Er versuchte, die ekstatische Empfindung von vor zehn Wochen wiedereinzufangen. Alle diese Gefühle entzogen sich ihm, er empfand nicht einmal die körperliche Nervosität, die er noch am Morgen empfunden hatte – es war alles ein gigantisches Nachspiel. Und diese Goldzähne! Er fragte sich, ob der Geistliche wohl verheiratet war; fragte sich auf verquere Weise, ob ein Geistlicher seine eigene Trauungszeremonie vollzog...

Doch als er Gloria in die Arme nahm, wurde er sich einer starken Regung bewußt. Jetzt wallte das Blut in seinen Adern. Eine angenehm einschläfernde Wohligkeit legte sich wie ein Gewicht auf ihn und brachte ihm Verantwortung und Besitz. Er war vermählt.

Gloria

So viele, so gemischte Gefühle, daß keines sich von den anderen scheiden ließ! Sie hätte weinen mögen, wegen ihrer Mutter, die drei Meter hinter ihr leise vor sich hin schluchzte, und wegen des lieblichen Juni-Sonnenlichts, das durch die Fenster hereinflutete. Ihr Bewußtsein nahm nichts mehr wahr. Sie hatte nur noch das von wild fiebernder Erregung durchglühte Gefühl, daß das letztlich Entscheidende stattfand – und das hell und leidenschaftlich wie ein Gebet in ihr brennende Vertrauen, gleich für immer sicher und geborgen zu sein.

Einige Zeit später trafen sie am späten Abend in Santa Barbara ein, wo der Nachtportier des Hotels Lacfadio sich weigerte, sie aufzunehmen, da sie nicht verheiratet seien.

Der Portier fand Gloria bildhübsch. Er dachte, etwas so Schönes wie Gloria könne nicht moralisch sein.

Das erste halbe Jahr – die Reise in den Westen, die mehrmonatigen Streifzüge entlang der kalifornischen Küste und das graue Haus in der Nähe von Greenwich, wo sie wohnen blieben, bis der Spätherbst das Landleben trübselig machte –, diese Tage, diese Orte bescherten ihnen Stunden des Entzückens. Das atemberaubende Idyll ihrer Verlobung wich zunächst der heftigen Romanze einer leidenschaftlicheren Beziehung. Das atemberaubende Idyll verließ sie und floh zu anderen Liebenden; eines Tages sahen sie sich um, und es war verschwunden, sie wußten kaum, wie. Hätte in den Tagen des Idylls einer von ihnen den anderen verloren, so wäre die verlorene Liebe dem Verlierer stets wie jenes zarte Verlangen ohne Erfüllung vorgekommen, das hinter allem Leben steht. Doch der Zauber muß weiterhasten, und die Liebenden bleiben zurück...

Das Idyll verging und trug mit sich fort, was es ihnen an Jugend abgepreßt hatte. Es kam der Tag, da Gloria merkte, daß andere Männer sie nicht länger langweilten; es kam der Tag, da Anthony entdeckte, daß er wieder bis spät nachts aufsitzen und mit Dick über jene ungeheuren Abstraktionen reden konnte, die seine Welt früher bevölkert hatten. Weil sie aber wußten, daß der Höhepunkt der Liebe überschritten war, klammerten sie sich an das, was übrigblieb. Die Liebe harrte aus – in langen nächtlichen Gesprächen, in öden Stunden, wenn der Verstand ausdünnt und sich schärft und das den Träumen Abgeborgte zum Stoff allen Lebens wird, in den innig-vertrauten Liebenswürdigkeiten, die sie einander bezeigten, in dem gemeinsamen Gelächter über Absurditäten oder in den übereinstimmenden Gedanken darüber, was nobel und was trist sei.

Vor allem aber war es eine Zeit der Entdeckungen. Was sie aneinander fanden, war so mannigfaltig, so vermischt und überdies so mit Liebe überzuckert, daß sie vieles gar nicht in aller Deutlichkeit erkannten, sondern vielmehr wie vorübergehende Erscheinungen betrachteten – Erscheinungen, die in Kauf genommen und vergessen wurden. Anthony stellte fest, daß er mit einem Mädchen voll ungeheurer nervöser Spannung und dem selbstherrlichsten Eigennutz zusammenlebte. Und Gloria fand innerhalb eines Monats heraus, daß sich ihr Mann vor jedem der Millionen Wahngebilde, die seiner Phantasie entsprangen, wie ein ausgesprochener Feigling verhielt. Ihre Wahrnehmung kam stokkend zustande, denn seine Feigheit machte sich plötzlich bemerkbar, wurde auf anstößige Weise offenkundig, verblaßte dann wieder und löste sich auf, als sei sie nur ein Geschöpf ihrer Einbildungskraft gewesen. Sie reagierte anders darauf, als man es ihrem Geschlecht zutraute – weder weckte es in ihr Ekelgefühle noch verfrühte Mutterschaftswünsche. Da sie selbst fast ganz ohne körperliche Angst war, konnte sie so etwas nicht begreifen, und so lenkte sie ihren Blick nach Möglichkeit auf jenen Charakterzug, den sie für das ausgleichende Moment seiner Ängste hielt: daß er, obwohl ein Feigling, wenn er unter Schock oder unter Anspannung stand – wenn er seiner Phantasie freien Lauf ließ –, dennoch eine Art verwegenen Leichtsinns besaß, der ihr bei den wenigen kurzen Anlässen beinahe Bewunderung abnötigte, und einen Stolz, der ihn gewöhnlich festigte, wenn er sich beobachtet glaubte.

Dieser Charakterzug zeigte sich anfangs in einem Dutzend Anfällen von leichter Nervosität – als er einen Taxichauffeur in Chicago ermahnte, nicht so schnell zu fahren; als er sich weigerte, sie in ein gewisses verrufenes Café mitzunehmen, das sie schon lange hatte aufsuchen wollen. Natürlich erlaubten derlei Zwischenfälle die herkömmliche Deutung – daß er dabei nur an sie gedacht habe; trotzdem, zusammengenommen verstörten sie Gloria. Zur Gewißheit verhalf ihr schließlich ein Vorfall in San Francisco, als sie gerade eine Woche verheiratet waren.

Es war nach Mitternacht und stockdunkel im Zimmer. Gloria

war gerade am Einnicken, und Anthonys gleichmäßige Atemzüge neben ihr verleiteten sie zu der Annahme, er schlafe schon, als sie plötzlich sah, wie er sich auf den Ellbogen stützte und zum Fenster starrte.

»Was ist, Liebster?« murmelte sie.

»Nichts« – er hatte sich wieder aufs Kissen zurücksinken lassen und wandte sich ihr zu –, »nichts, liebste Gattin.«

»Sag nicht ›Gattin‹. Ich bin deine Geliebte. ›Gattin‹ ist ein so häßliches Wort. Deine ›ständige Geliebte‹ ist so viel klarer und wünschenswerter ... Komm in meine Arme«, fügte sie in einer Anwandlung von Zärtlichkeit hinzu. »Ich kann so gut, so gut schlafen, wenn du in meinen Armen liegst.«

»In Glorias Arme zu kommen« hatte eine ganz bestimmte Bedeutung. Es erforderte, daß er einen Arm unter ihre Schulter schob, beide Arme um sie schlang und sich so eng wie möglich an sie schmiegte – eine Art dreiwandiges Kinderbettchen, in dem sie mit wohligem Genuß ruhen konnte. Anthony, der sich herumwarf, dem nach einer halben Stunde in dieser Lage kribbelnd die Arme einschliefen, wartete immer, bis sie eingeschlummert war, und drehte sie sanft auf ihre Hälfte des Betts – dann, sich selbst überlassen, rollte er sich wie stets zu einem Knäuel zusammen.

Nachdem Gloria ihre sentimentale Tröstung zuteil geworden war, zog sie sich in ihren Schlummer zurück. Auf Bloeckmans Reisewecker verstrichen fünf Minuten; Stille lag im Zimmer, auf dem unvertrauten, unpersönlichen Mobiliar und an der niederen Zimmerdecke, die zu beiden Seiten unmerklich in unsichtbare Wände überging. Plötzlich war am Fenster ein rüttelndes Flattern zu hören, abgehackt und laut in der stillen, stickigen Zimmerluft.

Mit einem Satz sprang Anthony aus dem Bett und blieb verkrampft davor stehen.

»Wer da?« rief er mit entsetzter Stimme.

Gloria lag ganz still, hellwach, voll in Anspruch genommen – nicht so sehr von dem Gerüttel als von der starren, atemlosen Gestalt, deren Stimme von der Seite des Bettes ins drohende Dunkel hallte.

Das Geräusch verstummte; das Zimmer lag still wie zuvor – dann stieß Anthony am Telefon Worte hervor.

»Gerade hat jemand versucht, ins Zimmer einzubrechen! Am Fenster ist jemand!« Seine Stimme, noch immer leicht erschrokken, war jetzt voller Nachdruck.

»Gut! Beeilen Sie sich!« Er hängte ein; blieb reglos stehen.

An der Tür herrschte Andrang und Tumult, es klopfte – Anthony ging hin und öffnete einem aufgeregten Nachtportier, hinter ihm eine Gruppe von drei Pagen, die ihn anstarrten. Zwischen Daumen und Zeigefinger hielt der Nachtportier, drohend wie eine Waffe, einen feuchten Federhalter; einer der Pagen hatte sich ein Telefonbuch gegriffen, das er nun blöde beglotzte. Zu der Gruppe gesellte sich augenblicklich der eilends herbeigerufene Hausdetektiv, und wie ein Mann stürzten sie ins Zimmer.

Mit einem Klacken sprang das Licht an. Gloria raffte ein Laken um sich und ging in Deckung. Sie schloß die Augen, um das Grauen dieser unerwarteten Heimsuchung nicht an sich heranzulassen. In ihrer Empfindsamkeit schwer getroffen, zweifelte sie auch nicht einen Augenblick daran, daß ihr Anthony einem schweren Irrtum unterlegen war.

Der Nachtportier sprach vom Fenster her, sein Tonfall halb der eines Domestiken, halb der eines Lehrers, der einen Schuljungen rügt.

»Hier ist niemand«, verkündete er schlüssig, »mein Gott, da draußen könnte überhaupt niemand sein. Zur Straße hin fällt es fünfzehn Meter steil ab. Was Sie gehört haben, muß der Wind gewesen sein, der am Rolladen rüttelt.«

»Oh.«

Daraufhin tat er ihr leid. Nur trösten wollte sie ihn und ihn zärtlich wieder in die Arme schließen, ihnen sagen, daß sie gehen sollten, weil das, was sich mit ihrer Gegenwart verband, abscheulich war. Doch vor lauter Scham konnte sie den Kopf nicht heben. Sie hörte einen abgebrochenen Satz, Entschuldigungen, die Gemeinplätze des Angestellten und das ungezügelte Gekicher eines der Hotelpagen.

»Ich bin schon den ganzen Abend höllisch nervös«, sagte Anthony. »Irgendwie hat mich das Geräusch verschreckt – ich war noch im Halbschlaf.«

»Gewiß, ich verstehe«, sagte der Nachtportier mit wohltuendem Taktgefühl, »ist mir selber auch schon passiert.«

Die Tür fiel ins Schloß; die Lichter wurden ausgeknipst; Anthony kam leise zurück und kroch ins Bett. Gloria täuschte Schlaftrunkenheit vor, stieß einen leisen, kurzen Seufzer aus und glitt wieder in seine Arme.

»Was war denn, Lieber?«

»Nichts«, erwiderte er mit immer noch zitternder Stimme. »Ich glaubte, es sei jemand am Fenster gewesen, da habe ich hinausgeschaut, aber ich konnte niemanden sehen, und das Geräusch dauerte an, da habe ich unten angerufen. Tut mir leid, wenn ich dich geweckt habe, aber ich bin heute abend verdammt nervös.«

Als sie ihn bei der Lüge ertappte, fuhr sie innerlich zusammen – er war gar nicht ans Fenster gegangen, nicht einmal in dessen Nähe. Er hatte am Bett gestanden und dann seinen Angstruf ergehen lassen.

»Oh«, sagte sie – und dann: »Ich bin so müde.«

Eine Stunde lagen sie wach nebeneinander. Gloria hatte die Augen so fest geschlossen, daß sich blaue Monde bildeten und sich vor einem Hintergrund von tiefstem Lila drehten, Anthony starrte, ohne zu sehen, in das Dunkel über ihm.

Nach vielen Wochen kam es allmählich an den Tag, und man konnte darüber lachen und witzeln. Sie machten eine Gewohnheit daraus, sich darüber kaputtzulachen – wann immer das überwältigende Grauen jener Nacht Anthony wieder befiel, legte sie die Arme um ihn und summte leise wie ein Lied: »Ich beschütze meinen Anthony. Oh, niemand wird meinem Anthony etwas zuleide tun!«

Dann lachte er, als handele es sich um einen Scherz, den sie zu ihrer gegenseitigen Belustigung trieben, aber in Glorias Augen war es nie nur ein Scherz. Zunächst war es eine lebhafte Enttäuschung, später einer jener Anlässe, bei denen sie sich beherrschen mußte.

Der kluge Umgang mit Glorias Jähzorn, ob nun ausgelöst von einem Mangel an heißem Badewasser oder von einem Scharmützel mit ihrem Mann, wurde fast zur wichtigsten Aufgabe in Anthonys Tagesablauf. Er mußte behutsam gehandhabt werden: mit soundso viel Schweigen, soundso viel Druck, soundso viel Nachgiebigkeit, soundso viel Zwang. In ihren Wutausbrüchen und den damit einhergehenden Grausamkeiten zeigte sich ihre zügellose Selbstsucht am deutlichsten. Weil sie mutig war, weil sie ›verzogen‹ war, wegen ihrer empörend und lobenswert selbständigen Urteilsfähigkeit, endlich aber wegen ihres hochmütigen Bewußtseins, nie ein so schönes Mädchen gesehen zu haben wie sich selbst, hatte sich Gloria zu einer unbeirrbar praktizierenden Nietzscheanerin entwickelt. Dies natürlich mit Untertönen tiefen Sentiments.

Zum Beispiel war da ihr Magen. Sie war bestimmte Speisen gewohnt und der festen Überzeugung, unmöglich etwas anderes zu sich nehmen zu können. Am späten Vormittag mußte es eine Limonade und ein Tomatensandwich sein, danach ein leichter Lunch mit einer gefüllten Tomate. Nicht nur wollte sie ihre Wahl unter einem Dutzend Gerichten treffen, darüber hinaus mußte die gewählte Speise auf ganz bestimmte Art zubereitet sein. Eine der ärgerlichsten halben Stunden der ersten vierzehn Tage trug sich in Los Angeles zu, als ein unglückseliger Kellner ihr eine Tomate brachte, die mit Hühnersalat statt mit Sellerie gefüllt war.

»Aber wir servieren sie immer so, Madame«, stammelte er in die grauen Augen, die ihn wutentbrannt anblickten.

Gloria antwortete nicht, doch als sich der Kellner diskret entfernt hatte, schlug sie mit beiden Fäusten auf den Tisch, daß das Porzellan und das Silber klirrten.

»Arme Gloria!« lachte Anthony unwissend. »Nie bekommst du, was du möchtest, nicht wahr?«

»Ich kann das Zeug nicht essen!« brauste sie auf.

»Ich rufe den Kellner zurück.«

»Das will ich aber nicht! Der hat doch von nichts eine Ahnung, der verdammte Idiot!«

»Das Hotel trägt keine Schuld. Entweder du läßt sie zurückgehen und schlägst sie dir aus dem Kopf, oder du bist ein braver Kerl und ißt sie auf.«

»Halt den Mund!« sagte sie barsch.

»Warum läßt du deinen Zorn an mir aus?«

»Tue ich ja gar nicht«, jammerte sie, »aber ich kann das nun einmal nicht essen.«

Ratlos gab Anthony nach.

»Gehen wir eben woandershin«, schlug er vor.

»Ich will aber nicht irgendwo anders hingehen. Ich habe es satt, in einem Dutzend Cafés herumgeführt zu werden und nicht *ein* eßbares Gericht vorgesetzt zu bekommen.«

»Wann sind wir denn in ein Dutzend Cafés gegangen?«

»In diesem Kaff müßte man das«, beharrte Gloria mit schlagfertiger Spitzfindigkeit.

Verwirrt versuchte Anthony es mit etwas anderem.

»Weshalb willst du es nicht wenigstens probieren? So schlimm, wie du glaubst, kann es nicht sein.«

»Weil – ich – Huhn – nun – mal – nicht – mag!«

Sie nahm die Gabel zur Hand und fing an, verächtlich in der Tomate herumzustochern. Anthony rechnete damit, daß sie die Füllung jeden Moment in sämtliche Himmelsrichtungen schleudern würde. Er war sicher, daß sie wütender war denn je – einen Augenblick lang hatte er einen Funken Haß entdeckt, der ebenso ihm wie allen anderen galt –, und war Gloria erst einmal wütend, dann war sie, einstweilen, unnahbar.

Doch dann sah er zu seiner Überraschung, wie sie die Gabel zaghaft zum Mund führte und von dem Hühnersalat kostete. Ihre Miene war immer noch finster, und sorgenvoll blickte er sie an. Er äußerte sich nicht und wagte kaum zu atmen. Sie probierte eine zweite Gabel voll – und im nächsten Augenblick aß sie auch schon. Mit Mühe unterdrückte Anthony ein Kichern; als er endlich den Mund auftat, hatten seine Bemerkungen nicht das geringste mit dem Hühnersalat zu tun.

Dieser Zwischenfall zog sich, mit Variationen, wie eine traurige Fuge durch ihr erstes Ehejahr hindurch; stets ließ er Anthony verwirrt, gereizt und bedrückt zurück. Einen anderen heftigen Zusammenstoß der Temperamente allerdings, und zwar in Sachen Wäschebeutel, fand er noch ärgerlicher, da er unvermeidlich mit einer entscheidenden Niederlage für ihn endete.

Eines Nachmittags in Coronado, wo sie mit mehr als drei Wochen den längsten Aufenthalt ihrer Reise hatten, putzte sich Gloria zum Tee prächtig heraus. Anthony, der unten gewesen war, um sich die neuesten Gerüchte über den Krieg in Europa anzuhören, betrat das Zimmer, küßte sie auf ihren gepuderten Nakken und ging zu seiner Frisiertoilette. Nach aufwendigem, aber offensichtlich fruchtlosem Aufziehen und Zuschieben von Schubladen drehte er sich zu dem Unvollendeten Meisterwerk um.

»Hast du vielleicht Taschentücher, Gloria?« fragte er.

Gloria schüttelte den goldenen Haarschopf.

»Kein einziges. Ich benutze eins von deinen.«

»Dann dürfte das wohl das letzte sein.« Er lachte trocken.

»Wirklich?« Sie zog sich deutlich und doch delikat die Lippen nach.

»Ist denn die Wäsche noch nicht zurückgekommen?«

»Weiß nicht.«

Anthony zögerte – dann öffnete er mit plötzlichem Scharfblick die Schranktür. Er fand seinen Verdacht bestätigt. An dem eigens angebrachten Haken hing der vom Hotel bereitgestellte blaue Beutel. Er war voll von seinen Kleidern – er hatte sie selbst hineingetan. Der Schrankboden war mit einer erstaunlichen Fülle von Kleidungsstücken übersät – Damenunterwäsche, Strümpfe, Kleider, Nachthemden und Pyjamas –, das meiste davon kaum getragen, doch alles unzweifelhaft unter das allgemeine Stichwort »Glorias Wäsche« fallend.

Er stand da und hielt die Schranktür auf.

»Also wirklich, Gloria!«

»Was ist?«

Der Lippenstift wurde abgewischt und aus einem rätselhaften Blickwinkel neu aufgetragen; nicht ein Finger zitterte, während sie den Lippenstift führte, nicht ein Blick flackerte in seine Richtung. Es war der Triumph der Konzentration.

»Hast du denn die Wäsche nicht weggegeben?«

»Ist sie noch da?«

»Allerdings.«

»Dann offenbar nicht.«

»Gloria«, hob Anthony an, setzte sich aufs Bett und versuchte, ihren Blick im Spiegel auf sich zu ziehen. »Du bist mir vielleicht eine! Seit wir von New York weg sind, habe jedesmal ich die Wäsche weggegeben, und vor mehr als einer Woche hast du mir versprochen, sie zur Abwechslung einmal selbst weggeben zu wollen. Du brauchst doch deine Schmutzwäsche nur in den Beutel zu stopfen und nach dem Zimmermädchen zu klingeln!«

»Ach, weshalb soviel Wirbel um die Wäsche!« rief Gloria verdrießlich. »Ich kümmere mich schon darum.«

»Ich mache keinen Wirbel. Ich teile mir gern die Mühe mit dir, aber wenn uns die Taschentücher ausgehen, wird's höchste Zeit, daß wir etwas unternehmen.«

Anthony fand sich außergewöhnlich logisch. Aber Gloria, völlig unbeeindruckt, legte ihre Schminksachen beiseite und kehrte ihm ungerührt den Rücken.

»Hak mich doch mal zu«, bat sie. »Anthony, Liebster, ich hab's völlig vergessen. Ich hatte es vor, wirklich, und heute werde ich mich darum kümmern. Sei deinem Schatz nicht böse!«

Was blieb Anthony anderes übrig, als sie zu sich auf den Schoß zu ziehen und ihr eine Spur Farbe von den Lippen zu küssen?

»Ich habe nichts dagegen«, murmelte sie mit einem strahlenden, großmütigen Lächeln. »Du kannst mir alle Schminke von den Lippen küssen, wann immer du willst.«

Sie gingen hinunter zum Tee. In einem nahe gelegenen Kurzwarenladen erstanden sie ein paar Taschentücher. Alles war vergessen.

Doch als Anthony zwei Tage später in den Schrank blickte, sah er, daß der Beutel immer noch schlaff an seinem Haken hing und der bunte, farbenfrohe Wäschestoß auf dem Boden überraschend in die Höhe gewachsen war.

»Gloria!« rief er aus.

»Oje ...« Ihre Stimme klang wirklich gequält. Verzweifelt ging Anthony ans Telefon und rief das Zimmermädchen.

»Es scheint«, sagte er ungehalten, »du erwartest von mir, daß ich eine Art französischen Kammerdiener für dich spiele.«

Gloria lachte so ansteckend, daß Anthony unklug genug war zu lächeln. Der Ärmste! Auf unbegreifliche Weise hatte sein Lächeln sie zur Herrin der Situation gemacht – mit einer Miene gekränkter Selbstgerechtigkeit stapfte sie zum Schrank und begann ungestüm ihre Wäsche in den Beutel zu stopfen. Beschämt sah Anthony ihr zu.

»Da!« sagte sie, womit sie zu verstehen gab, daß sie sich unter einem brutalen Aufseher die Finger wund gearbeitet hatte.

Nichtsdestoweniger war er der Meinung, daß er ihr einen

Denkzettel verpaßt hatte und daß die Sache damit erledigt war – doch im Gegenteil, sie fing erst richtig an. Ein Stoß Wäsche folgte auf den anderen – in langen Abständen; eine Taschentuchnot folgte auf die andere – in kurzen; ganz zu schweigen von dem Mangel an Socken, an Hemden, an allem. Schließlich wurde Anthony klar, daß er die Wäsche entweder selbst weggeben oder sich auf die immer unerfreulichere Nervenprobe eines Wortgefechts mit Gloria einlassen mußte.

Gloria und General Lee

Auf ihrem Weg nach Osten machten sie zwei Tage in Washington Station, wo sie mit einigermaßen feindseligen Gefühlen in einer Atmosphäre von harsch abweisendem Licht, von Abstand ohne Freiheit, Gepränge ohne Pracht umherschlenderten – die Stadt schien käsig bleich und ihrer selbst unsicher. Am zweiten Tag unternahmen sie unklugerweise einen Ausflug zum ehemaligen Wohnsitz von General Lee in Arlington.

Der Bus, mit dem sie fuhren, war überfüllt mit schwitzenden, nicht sehr wohlhabenden Leuten, und Anthony, der Gloria inzwischen gründlichst kannte, spürte, wie sich ein Unwetter zusammenzog. Es entlud sich beim Zoo, wo die Gesellschaft zehn Minuten anhielt. Der Zoo, so hatte es den Anschein, roch nach Affen. Anthony lachte; Gloria flehte den Fluch des Himmels auf die Affen herab und schloß in ihrer Boshaftigkeit sämtliche Busfahrgäste und deren transpirierende Sprößlinge ein, die bereits zum Affenhaus geeilt waren.

Endlich fuhr der Bus weiter nach Arlington. Dort traf er auf andere Busse. Eine Horde Frauen und Kinder hinterließ in den Sälen General Lees sogleich eine Spur von Erdnußschalen, anschließend drängten sie sich in den Raum, in dem er geheiratet hatte. An einer Wand verkündete ein gefälliges Schild mit großen roten Lettern: »Damentoilette.« Unter diesem letzten Schlag brach Gloria zusammen.

»Ich finde es ganz und gar entsetzlich!« sagte sie wütend. »Die Idee, diese Leute hierherkommen zu lassen! Und sie dazu auch noch zu ermuntern, indem man aus solchen Häusern Schaukästen macht.«

»Nun ja«, wandte Anthony ein, »wenn man sie nicht pflegen würde, würden sie verfallen.«

»Und wenn schon!« rief sie aus, als sie der breiten Säulenhalle zustrebten. »Glaubst du etwa, die haben hier drinnen auch nur einen Hauch von 1860 belassen? Es ist ein Haus von 1914 daraus geworden.«

»Willst du denn gar nichts Altes bewahren?«

»Aber das kann man doch gar nicht, Anthony. Schöne Dinge wachsen bis zu einer gewissen Höhe, dann verwelken und verblassen sie und hauchen, während sie vermodern, Erinnerungen aus. Und so wie jede Epoche in unserem Gedächtnis vermodert, so sollten auch die Dinge aus dieser Epoche vermodern, auf diese Weise werden sie eine Weile in den wenigen Herzen bewahrt, die wie meines auf sie ansprechen. Zum Beispiel der Friedhof von Tarrytown. Die Esel, die ihr Geld dazu hergeben, Dinge zu bewahren, haben auch den ruiniert. Sleepy Hollow ist fort; Washington Irving ist tot, und seine Bücher verrotten Jahr für Jahr mehr in unserer Wertschätzung – dann soll man auch den Friedhof verrotten lassen, wie es sich für ihn, wie es sich für alle Dinge gehört. Der Versuch, ein Jahrhundert zu bewahren, indem man seine Überreste auf den neuesten Stand bringt, ist ganz dasselbe, als wollte man einen sterbenden Mann mit Aufputschmitteln am Leben erhalten.«

»Dann glaubst du also, so wie eine Zeit verfällt, sollten auch die Häuser dieser Zeit verfallen?«

»Natürlich! Würdest du etwa deinen Brief von Keats werthalten, wenn jemand die Unterschrift nachzöge, damit sie länger hält? Gerade weil ich die Vergangenheit liebe, möchte ich, daß dieses Haus zurückblickt auf den bezaubernden Moment der Jugend und der Schönheit und daß seine Treppen knarren wie unter den Schritten von Frauen in Reifröcken und Männern in Stiefeln und Sporen. Aber was hat man daraus gemacht? Eine blondierte, rotgeschminkte alte Frau von sechzig Jahren. Es hat kein Recht, so blühend auszusehen. Es sollte sich genug aus Lee machen, um hin und wieder einen Ziegelstein zu verlieren. Wie viele von diesen – diesen *Tieren*« – sie wedelte mit der Hand umher – »haben überhaupt etwas davon, trotz aller Geschichtsbücher und Reiseführer, die es gibt, trotz aller Restaurationsarbeiten? Wie viele von ihnen, die im besten Fall der Meinung sind, Aufgeschlossenheit bedeute, im Flüsterton zu reden und auf Zehenspitzen zu gehen, würden überhaupt hierherkommen, wenn es ihnen Mühe machen würde? Ich möchte, daß es nach Magnolien duftet statt nach Erdnußkernen, und ich möchte, daß meine Schuhe auf demselben Kies knirschen, auf dem schon Lees Stiefel geknirscht haben. Es gibt keine Schönheit ohne Schmerzlichkeit und keine Schmerzlichkeit ohne das Gefühl, daß alles vergeht, Männer, Namen, Bücher, Häuser – staubgeboren, sterblich...«

Neben ihnen tauchte ein kleiner Junge auf. Er schwang eine Handvoll Bananenschalen und schleuderte sie heldenhaft in Richtung Potomac.

Gefühlsaufwallung

Zeitgleich mit dem Fall von Liège trafen Anthony und Gloria in New York ein. Im Rückblick kamen ihnen die sechs Wochen erstaunlich glücklich vor. Sie hatten entdeckt, daß sie, wie bis zu einem gewissen Maße die meisten jungen Paare, in hohem Grade Ticks, Wunderlichkeiten und schrullige Ansichten gemein hatten; im Grunde waren sie wie füreinander geschaffen.

Aber ihre Gespräche alle auf dem Niveau einer Diskussion zu halten hatte sie angestrengt. Argumente wirkten sich auf Glorias Laune verhängnisvoll aus. Ihr ganzes Leben lang war sie mit geistig unterlegenen Männern zusammengewesen oder mit solchen, die es, von ihrer Schönheit fast feindselig eingeschüchtert, nicht gewagt hatten, ihr zu widersprechen; so irritierte es sie natürlich, als Anthony aus einem Zustand erwachte, in dem ihm ihre Äußerungen als unfehlbare und endgültige Entscheidungen galten.

Zuerst erkannte er nicht, daß dies eine Folge teils ihrer »weiblichen« Erziehung, teils ihrer Schönheit war, sondern neigte dazu, sie wie ihr gesamtes Geschlecht als merkwürdig und ausgesprochen beschränkt einzustufen. Es machte ihn rasend, daß sie keinen Gerechtigkeitssinn besaß. Wenn ein Thema sie jedoch interessierte, konnte er feststellen, daß ihr Gehirn weniger rasch ermüdete als seines. Was er an ihrem Verstand vor allem vermißte, war eine teleologische Denkweise – peinlicher Ordnungs- und Genauigkeitssinn, die Auffassung des Lebens als eines rätselhaft aufeinander abgestimmten Stücks Patchwork –, aber nach einer Weile begriff er, daß eine solche Eigenschaft nicht zu ihr gepaßt hätte.

Von allem, was sie gemeinsam hatten, war das Großartigste die beinahe unheimliche Anziehungskraft, die ihre Herzen verband. An dem Tag, als sie aus dem Hotel in Coronado abfahren sollten, setzte sie sich, während er packte, auf eines der Betten und fing bitterlich zu weinen an.

»Liebste...« Seine Arme umschlangen sie; er zog ihren Kopf an seine Schulter. »Was ist denn, meine einzige Gloria? Sag's mir.«

»Wir fahren ab«, schluchzte sie. »Ach, Anthony, das ist der erste Ort, an dem wir zusammen gewohnt haben. Unsere beiden kleinen Betten hier – Seite an Seite – werden immer auf uns warten, aber wir werden nie mehr zu ihnen zurückkehren.«

Damit zerriß sie ihm, wie sie es noch stets vermocht hatte, das Herz. Gefühl übermannte ihn, stieg ihm in die Augen.

»Aber, aber, Gloria, wir fahren doch nur zu einem anderen Zimmer. Zu zwei anderen kleinen Betten. Wir werden unser ganzes Leben lang zusammensein.«

Die Worte entströmten ihr mit tiefer, rauher Stimme.

»Aber es wird nie wieder so sein – wie unsere beiden Betten. Jedesmal, wenn wir gehen, weiterfahren und umziehen, geht etwas verloren – bleibt etwas zurück. Nichts läßt sich wirklich wiederholen, und hier bin ich so sehr die Deinige gewesen...«

Leidenschaftlich preßte er sie an sich, denn weit davon entfernt, ihre Gefühlsaufwallung kritisieren zu wollen, entdeckte er, daß sie die Bedeutung des Augenblicks klug erfaßt hatte, sei es auch, daß sie nur ihrem Hang zum Weinen frönte – Gloria, die Müßiggängerin, die Liebkoserin ihrer eigenen Träume, die den denkwürdigen Dingen des Lebens und der Jugend Schmerzlichkeit entlockte.

Als er später am Nachmittag mit den Fahrkarten vom Bahnhof zurückkam, fand er sie schlafend auf einem der Betten. Den Arm hatte sie um einen schwarzen Gegenstand geschlungen, den er zunächst nicht identifizieren konnte. Als er näher trat, sah er, daß es einer seiner Schuhe war, der alles andere als neu oder sauber war, und doch hielt sie ihn an ihr verweintes Gesicht gedrückt, und er verstand ihre urtümliche und überaus ehrenvolle Botschaft. Fast geriet er in Verzückung, als er sie weckte und sah, wie sie ihn anlächelte, zaghaft, aber des eigenen Ideenreichtums durchaus bewußt.

Obzwar er Wert oder Unwert dieser beiden Dinge nicht abzuschätzen wußte, erschien es Anthony, als kämen sie dem Wesen der Liebe nahe.

Das graue Haus

In den Zwanzigern beginnt die eigentliche Spannkraft des Lebens nachzulassen, und ein schlichtes Gemüt ist, wem mit dreißig ebenso viele Dinge wichtig und bedeutungsvoll sind wie zehn Jahre zuvor. Mit dreißig ist ein Leierkastenmann mehr oder weniger ein von Motten zerfressener Mann, der zufällig die Drehorgel spielt – und früher einmal war er Leierkastenmann! Das unverkennbare Leidensmal der Menschheit greift all jene unpersönlichen und schönen Dinge an, die nur die Jugend in ihrem unpersönlichen Glanz je begreift. Ein glanzvoller Ball, voll fröhlichen, romantischen Gelächters, verschleißt die eigenen Seiden- und Satinstoffe und zeigt das bloße Gestell eines von Menschenhand geschaffenen Dinges – oh, die ewige Hand! –, ein Theaterstück, sehr tragisch und sehr göttlich, wird zu einer bloßen Aneinanderreihung von Reden, ausgeschwitzt in klammen Stunden vom ewigen Plagiator und gespielt von Männern, die Krämpfen, Feigheit und männlicher Gefühlsduselei unterliegen.

Und diesmal ging es um Gloria und Anthony, in ihrem ersten Ehejahr, und das graue Haus traf sie in jenem Stadium an, da der Leierkastenmann langsam seine unvermeidliche Metamorphose durchmacht. Sie war dreiundzwanzig; er sechsundzwanzig.

Anfangs sollte das graue Haus bloß als Rastplatz gelten. Während der ersten beiden Wochen nach ihrer Rückkehr aus Kalifornien bewohnten sie ungeduldig Anthonys Apartment, in einer gedrückten Atmosphäre von geöffneten Koffern, zu vielen Besuchern und den ewigen Wäschebeuteln. Mit ihren Freunden besprachen sie das gewaltige Problem ihrer Zukunft. Dick und Maury saßen mit ihnen zusammen und pflichteten Anthony feierlich, fast versonnen bei, wenn dieser seine Liste durchging, was sie tun »sollten« und wo sie wohnen »sollten«.

»Ich ginge gern mit Gloria ins Ausland«, klagte er, »wenn nur dieser verdammte Krieg nicht wäre – und als nächstes hätte ich gern ein Haus auf dem Land, irgendwo in der Nähe von New York natürlich, wo ich schreiben könnte – oder wofür ich mich sonst entscheide.«

Gloria lachte.

»Ist er nicht süß?« wollte sie von Maury wissen. »Wofür er sich sonst entscheidet! Aber was soll *ich* tun, wenn er arbeitet? Maury, wirst du mit mir ausgehen, wenn er arbeitet?«

»Sei's, wie es sei, noch arbeite ich nicht«, sagte Anthony rasch.

Sie hatten sich vage darauf verständigt, daß er eines in undeutlicher Ferne liegenden Tages in eine Art höheren diplomatischen Dienst eintreten würde, von Prinzen und Premierministern um seine schöne Frau beneidet.

»Ich weiß es wirklich nicht«, sagte Gloria ratlos. »Wir reden und reden und kommen nicht vom Fleck, wir fragen alle unsere Freunde, und sie geben uns die Antworten, die wir hören wollen. Ich wünschte, jemand würde uns unter die Arme greifen.«

»Warum zieht ihr nicht hinaus – nach Greenwich oder so?« schlug Richard Caramel vor.

»Das würde mir gefallen«, sagte Gloria und wurde munterer. »Glaubst du, wir würden dort ein Haus finden?«

Dick zuckte mit den Achseln, und Maury lachte.

»Ihr zwei macht mir Spaß«, sagte er. »Ausgerechnet wir unpraktischen Leute! Sobald ein Ort genannt wird, erwartet ihr von uns, daß wir große Stapel Fotos aus der Tasche ziehen, auf denen die verschiedenen Stilrichtungen im Bungalowbau zu sehen sind.«

»Genau das will ich nicht«, jammerte Gloria, »einen heißen, stickigen Bungalow und nebenan ein Haufen Babys, und der Vater mäht in Hemdsärmeln das Gras...«

»Um Himmels willen, Gloria«, unterbrach Maury sie, »niemand will dich in einen Bungalow einsperren. Wer in Gottes Namen hat Bungalows zur Sprache gebracht? Aber ihr werdet nie ein Haus finden, wenn ihr nicht hingeht und danach sucht.«

»Wo denn? Du sagst ›hingehen und danach suchen‹, aber wo?«

Würdevoll winkte Maury mit seiner pfotengleichen Hand im Zimmer herum.

»Überall. Auf dem Land. Es gibt eine Menge Häuser.«

»Danke.«

»Schaut her!« Richard Caramel brachte keck sein gelbes Auge ins Spiel. »Das Problem bei euch beiden ist, daß ihr so unorganisiert seid. Kennt ihr euch im Staat New York überhaupt aus? Halt den Mund, Anthony, ich rede mit Gloria.«

»Nun ja«, gestand sie endlich ein, »ich bin zwei-, dreimal auf mehrtägigen Partys in Portchester und in Connecticut gewesen – aber das ist natürlich nicht im Staat New York, oder? Und Morristown auch nicht«, endete sie mit schläfriger Beiläufigkeit.

Lautes Gelächter.

»Herr im Himmel!« rief Dick. »›Und Morristown auch nicht.‹ Nein, und Santa Barbara auch nicht, Gloria. Jetzt hör mir mal zu. Zunächst einmal: Sofern ihr kein Vermögen besitzt, hat es keinen Sinn, Orte wie Newport, Southampton oder Tuxedo in Erwägung zu ziehen. Die kommen nicht in Frage.«

Feierlich stimmten ihm alle zu.

»Und ich persönlich hasse New Jersey. Dann gibt's natürlich noch das obere New York, oberhalb von Tuxedo.«

»Zu kalt«, sagte Gloria kurz angebunden. »Da war ich mal mit einem Automobil.«

»Mir scheint, zwischen New York und Greenwich gibt's eine Menge Städtchen wie Rye, wo ihr euch ein kleines graues Haus kaufen könntet...«

Triumphierend stürzte sich Gloria auf diese Formulierung. Zum ersten Mal seit ihrer Rückkehr in den Osten wußte sie, was sie wollte. »Au ja!« rief sie. »Au ja! Ich hab's: ein kleines graues Haus mit Weiß drumherum und einer Menge Ahornbäume, genauso braun und golden wie ein Oktoberbild in einer Galerie. Wo können wir eins finden?«

»Leider hab ich meine Liste kleiner grauer Häuser mit Ahornbäumen drumherum gerade verlegt – aber ich werde versuchen, sie wiederzufinden. In der Zwischenzeit nimmst du ein Stück Papier und schreibst die Namen von sieben in Frage kommenden Städtchen auf. Und diese Woche macht ihr jeden Tag einen Ausflug zu einem dieser Städtchen.«

»Menschenskinder!« protestierte Gloria und brach innerlich zusammen. »Warum kannst du das nicht für uns besorgen? Ich hasse Züge.«

»Mietet euch einen Wagen und...«

Gloria gähnte. »Ich bin die Diskussion leid. Mir scheint, daß wir ständig nur darüber reden, wo wir wohnen sollen.«

»Meine exquisite Frau ist des Nachdenkens überdrüssig«, bemerkte Anthony ironisch. »Sie muß ein Tomatensandwich haben, um ihre angegriffenen Nerven zu beleben. Laßt uns irgendwo Tee einnehmen.«

Das bedauerliche Ergebnis dieses Gesprächs war, daß sie Dicks Ratschlag wörtlich nahmen und zwei Tage später nach Rye hinausfuhren, wo sie, wie verwirrte große Kinder, mit einem gereizten Grundstücksmakler herumstiefelten. Der zeigte ihnen Häuser für hundert pro Monat, die dicht an andere Häuser für hundert pro Monat angrenzten; er zeigte ihnen abgelegene Häuser, gegen die sie unweigerlich heftige Abneigung verspürten, auch wenn sie sich willensschwach dem Wunsch des Maklers fügten, einen Blick auf den Herd zu werfen – »ein Gedicht von einem Herd!« –, und ihn heftig an Torpfosten rütteln und an Wände klopfen ließen, was offensichtlich zum Beweis dienen sollte, daß das Haus nicht auf der Stelle einstürzen werde, wie überzeugend es auch den gegenteiligen Eindruck vermittelte. Durch Fenster blickten sie in Interieurs, die entweder »handelsüblich« eingerichtet waren, mit totenbankähnlichen Stühlen und harten Sofas, oder »gemütlich«, mit den melancholischen Nippsachen vergangener Sommer – gekreuzten Tennisschlägern, körpergerechten Liegesofas und deprimierenden Gibson-Mädchen. Schuldbewußt sahen sie sich ein paar wirklich schöne Häuser an, reserviert, würdevoll und gelassen – für dreihundert pro Monat. Dann reisten sie, nicht ohne sich bei dem Grundstücksmakler bedankt zu haben, aus Rye ab.

Den Sitz hinter ihnen im überfüllten Zug nach New York nahm ein lautstark schnaufender Latino ein, dessen letzte Mahlzeiten offensichtlich ausschließlich aus Knoblauch bestanden hatten. Dankbar, fast hysterisch gelangten sie zum Apartment, und Gloria stürzte ins makellose Badezimmer, um ein heißes Bad zu nehmen. Was die Frage eines künftigen Wohnsitzes anging, so waren sie beide eine Woche lang außer Gefecht gesetzt.

Schließlich löste sich das Problem mit unverhoffter Romantik ganz von selbst. Eines Nachmittags kam Anthony ins Wohnzimmer gerannt und verkündete strahlend »die Idee«.

»Ich hab sie«, rief er aus, als hätte er soeben eine Maus gefangen. »Wir schaffen uns ein Auto an.«

»Menschenskind! Haben wir nicht genug mit uns selbst zu tun?«

»Laß mir doch wenigstens eine Sekunde Zeit, daß ich es dir erklären kann! Wir lassen unsere Sachen einfach bei Dick, packen einfach nur ein paar Koffer in den Wagen, den wir uns kaufen werden – auf dem Land brauchen wir ohnehin einen –, und fahren einfach in Richtung New Haven. Verstehst du, sobald wir uns aus dem Umkreis von New York hinausbewegen, werden die Mieten billiger, und sobald wir ein Haus gefunden haben, das uns gefällt, lassen wir uns einfach nieder.«

Mit der häufigen und besänftigenden Einschaltung des Wortes »einfach« weckte er ihre träge Begeisterung. Indem er heftig durchs Zimmer stolzierte, täuschte er kraftvolle und unwiderstehliche Tüchtigkeit vor. »Morgen kaufen wir ein Auto.«

Nach den Siebenmeilenstiefeln der Phantasie war das Leben eine flügellahme Angelegenheit: Eine Woche später verließen sie die Stadt in einem billigen, aber funkelnagelneuen Sportkabriolett, fuhren durch das unbegreifliche Gewirr der Bronx, dann durch ein breites, düsteres Viertel, in dem sich freudlose blaugrüne Ödflächen mit Vorstädten ungeheurer und scheußlicher Betriebsamkeit abwechselten. Um elf waren sie aus New York heraus, und als sie in flottem Tempo durch Pelham fuhren, war es schon längst Nachmittag und beseligend warm.

»Das sind doch keine Städtchen«, sagte Gloria verächtlich, »das sind Großstadtblocks, die man lieblos mitten ins Brachland gestellt hat. Ich stelle mir vor, daß sich die Männer hier alle den Schnurrbart bekleckern, weil sie morgens zu hastig ihren Kaffee trinken.«

»Und in den Pendlerzügen spielen sie Pinokel.«

»Was ist Pinokel?«

»Nimm mich doch nicht so wörtlich. Woher soll ich das wissen? Aber es klingt so, als sollten sie so etwas spielen.«

»Es gefällt mir. Es klingt so, als wäre es ein Spiel, bei dem man sich die Knöchel anknackst oder so ähnlich … Laß mich fahren.«

Anthony sah sie argwöhnisch an.

»Schwörst du mir, daß du eine gute Fahrerin bist?«

»Seit ich vierzehn war.«

Vorsichtig hielt er den Wagen am Straßenrand an, und sie tauschten die Plätze. Dann wurde mit einem entsetzlich knirschenden Geräusch der Gang eingelegt, und Gloria fügte eine Begleitmusik aus Gelächter hinzu, die Anthony besorgniserregend und äußerst geschmacklos vorkam

»Jetzt fahren wir!« schrie sie gellend. »Juchhe!«

Ihre Köpfe ruckten zurück wie Marionetten an einem einzigen Draht, als der Wagen einen Satz nach vorn machte und quietschend um einen geparkten Milchwagen kurvte, dessen Fahrer sich auf den Sitz stellte und ihnen etwas nachbrüllte. In traditioneller Straßenmanier revanchierte sich Anthony mit ein paar kurzen Epigrammen über die Grobheit des Milchlieferantengewerbes. Allerdings kürzte er seine Bemerkungen ab und wandte sich Gloria in der wachsenden Überzeugung zu, daß er einen schwerwiegenden Fehler begangen hatte, als er ihr das Steuerrad überließ, und daß Gloria eine Fahrerin von größter Launenhaftigkeit und unendlichem Leichtsinn war.

»Vergiß nicht!« mahnte er sie gereizt. »Der Verkäufer hat gesagt, daß wir die ersten siebeneinhalbtausend Kilometer nicht schneller als dreißig Stundenkilometer fahren sollen.«

Sie nickte flüchtig, erhöhte indessen leicht die Geschwindigkeit in der offenkundigen Absicht, die übermäßig weite Entfernung so schnell wie möglich zurückzulegen. Einen Augenblick später nahm er einen neuen Anlauf.

»Siehst du das Schild? Willst du etwa, daß wir geschnappt werden?«

»Ach, Himmel noch mal«, rief Gloria erbittert, »daß du aber auch immer so übertreiben mußt!«

»Ich will nur nicht festgenommen werden.«

»Wer soll dich denn festnehmen? Du bist so stur – wie gestern abend wegen meines Hustensafts.«

»Das war nur zu deinem eigenen Besten.«

»Ha! Genausogut könnte ich mit Mama zusammenleben.«

»Wie kannst du so etwas nur sagen!«

Plötzlich kam ein Polizist ins Blickfeld, der am Straßenrand stand, wurde eilends passiert.

»Hast du gesehen?« fragte Anthony.

»Ach, du machst mich wahnsinnig! Er hat uns ja nicht festgenommen, oder?«

»Wenn er es tut, ist es zu spät«, konterte Anthony genial.

Ihre Antwort fiel höhnisch, fast beleidigt aus. »Diese alte Karre schafft noch nicht mal fünfzig.«

»Sie ist nicht alt.«

»Innerlich schon.«

An diesem Nachmittag gesellte sich zu Wäschebeuteln und Glorias Eßgewohnheiten das Auto – eine Dreieinigkeit von Streitfragen. Anthony warnte sie vor Bahngleisen; wies sie auf entgegenkommende Fahrzeuge hin; bestand schließlich darauf, das Lenkrad wieder selbst zu übernehmen, und zwischen den Städtchen Larchmont und Rye saß schweigend eine wütende und gekränkte Gloria neben ihm.

Indessen nahm das abstrakte graue Haus dank ihres erzürnten Stillschweigens konkrete Gestalt an. Denn gleich hinter Rye streckte er finster die Waffen und trat das Steuer wieder ab. Wortlos flehte er sie an, und Gloria, die im Nu aufgeheitert war, gelobte, vorsichtiger zu sein. Weil jedoch eine unhöfliche Elektrische herzlos darauf beharrte, auf ihrem Gleis weiterzufahren, wich Gloria in eine Nebenstraße aus – und konnte an diesem Nachmittag den Weg zur Post Road nicht mehr finden. Die Straße, die sie am Ende dafür hielten, verlor das Aussehen der Post Road, als sie acht Kilometer hinter Cos Cob waren. Ihr Asphalt ging erst in Schotter über, dann in Erde – außerdem verengte sie sich und wurde von Ahornbäumen gesäumt, durch die die untergehende Sonne zitterte; diese veranstaltete auf dem hohen Gras endlose Experimente mit Schattenmustern.

»Jetzt haben wir uns verfahren«, beschwerte sich Anthony.

»Lies das Schild!«

»Marietta – acht Kilometer. Was ist Marietta?«

»Nie gehört, aber laß uns weiterfahren. Hier können wir nicht umdrehen, und von dort gibt's bestimmt einen Weg zur Post Road.«

Der Feldweg war von tiefer werdenden Wagenspuren und tükkischen Steinbanketten verunstaltet. Vorübergehend sahen sie sich drei Gehöften gegenüber, dann glitten sie vorbei. Ein Städtchen schob sich in den Blick – eine Anhäufung matter Dächer um einen hohen weißen Kirchturm.

Dann fuhr Gloria, die zwischen zwei Straßen zögerte und sich zu spät entschied, über einen Hydranten und riß mit einem Ruck das Getriebe aus dem Wagen.

Es war schon dunkel, als der Grundstücksmakler von Marietta ihnen das graue Haus zeigte. Sie fanden es westlich vom Dorf, wo es sich gegen einen Himmel abhob, der ein warmer, blauer, mit winzigen Sternen zugeknöpfter Umhang war. Das graue Haus hatte schon dagestanden, als Frauen mit Hauskatzen höchstwahrscheinlich Hexen waren, als Paul Revere, noch bevor er die Aufmerksamkeit der großen Geschäftsleute erregte, in Boston künstliche Gebisse anfertigte, als unsere Vorfahren, diese Helden, Washington scharenweise im Stich ließen. Seit jener Zeit war das Haus in seinem verstohlenen Winkel instand gehalten, neu aufgeteilt und innen frisch verputzt, um eine Küche erweitert und um eine Seitenveranda ausgebaut worden – aber bis auf die neue Küche, die irgendein lustiger Einfaltspinsel mit rotem Blech überdacht hatte, blieb es trotzig dem Kolonialstil verhaftet.

»Was hat Sie denn nach Marietta verschlagen?« fragte der Grundstücksmakler in einem Tonfall, der ein naher Vetter des Argwohns war. Er führte sie durch vier geräumige und luftige Schlafzimmer.

»Wir hatten eine Panne«, erklärte Gloria. »Ich bin über einen Hydranten gefahren, und wir mußten uns zur Werkstatt abschleppen lassen, da haben wir Ihr Schild gesehen.«

Der Mann nickte, unfähig, einer solchen Aufwallung an Spontaneität zu folgen. Auch nur das Geringste ohne mehrmonatige Vorüberlegungen zu unternehmen hatte etwas leicht Anrüchiges.

Noch am selben Abend unterzeichneten sie einen Mietvertrag und kehrten im Wagen des Maklers frohlockend ins verschlafene und verfallene Marietta Inn zurück, das selbst für die gelegentlichen Verderbtheiten und die sich daraus ergebenden Lustbarkeiten eines ländlichen Gasthauses zu heruntergekommen war. Die halbe Nacht lagen sie wach und planten, was sie hier tun würden. Anthony würde in erstaunlichem Tempo an seinem Geschichtswerk arbeiten und sich so bei seinem zynischen Großvater einschmeicheln... Wenn das Auto repariert wäre, würden sie die Gegend auskundschaften und dem nächstgelegenen »wirklich netten« Klub beitreten, wo Gloria Golf »oder so etwas« spielen würde, während Anthony schrieb. Das war natürlich Anthonys Idee – Gloria war sicher, daß sie nichts als lesen und träumen und sich von einem engelgleichen Bedienten, der noch dem Land der Schatten angehörte, Tomatensandwiches und Limonade servieren lassen wollte. Zwischen einzelnen Absätzen würde Anthony kommen und sie küssen, wenn sie träge in der Hängematte lag... Die Hängematte! Ein Schwarm neuer Träume bewegte sich im Takt zu ihrem vorgestellten Rhythmus, wenn der Wind sie wiegte und die Sonne in Wellen über die Schatten verwehten Weizens wogte oder die staubige Straße von stillem Sommerregen gesprenkelt und dunkler gefärbt wurde...

Und Gäste – an dieser Stelle hatten sie eine lange Auseinandersetzung, da beide versuchten, außerordentlich überlegt und weitsichtig zu sein. Anthony behauptete, daß sie »zur Abwechslung« wenigstens jedes zweite Wochenende Leute brauchten. Dies löste einen engagierten und überaus emotionsgeladenen Wortwechsel aus über die Frage, ob Anthony an Gloria nicht genügend Abwechslung habe. Trotz seiner Versicherungen bestand sie darauf, ihm zu mißtrauen... Schließlich fiel das Gespräch in die alte Eintönigkeit zurück: »Und was dann? Ach, was sollen wir dann tun?«

»Wir werden einen Hund haben«, schlug Anthony vor.

»Ich will keinen Hund. Ich will ein Kätzchen.« Tiefschürfend und mit großer Begeisterung handelte sie die Geschichte, die Gewohnheiten und Vorlieben einer Katze ab, die ihr früher gehört hatte. Anthony dachte, daß es ein schreckliches Wesen gewesen sein mußte, das weder persönliche Anziehungskraft noch ein treues Herz besaß.

Später schliefen sie ein. Eine Stunde vor dem Morgengrauen wachten sie auf, und vor ihren benommenen Blicken tanzte das graue Haus in all seiner trügerischen Herrlichkeit.

Glorias Seele

Einen Herbst lang grüßte das graue Haus sie mit einem Gefühlsüberschwang, der sein zynisches hohes Alter verleugnete. Zugegeben, da waren die Wäschebeutel, Glorias Eßgewohnheiten und Anthonys Hang zur Grübelei, seine »reizbare« Einbildungskraft, doch ebenso gab es Perioden unverhoffter Gelöstheit. Dicht aneinandergeschmiegt, warteten sie auf der Veranda darauf, daß der Mond über die silberhellen Fluren flutete, über einen dichten Wald sprang und ihnen Wellen strahlenden Glanzes zu Füßen warf. In solchem Mondschein war Glorias Antlitz von einem eindringlichen, Erinnerungen wachrufenden Weiß, beinahe mühelos streiften sie die Scheuklappen der Gewohnheit ab, und jeder fand im anderen das Wesen der Romanze vom vergangenen Juni.

Eines Nachts, als ihr Kopf an seinem Herzen ruhte und ihre Zigaretten wie huschende Lichtknöpfe durch die Kuppel des Dunkels über ihrem Bett glühten, sprach sie zum ersten Mal und bruchstückhaft von den Männern, die sich für kurze Augenblicke an ihrer Schönheit festgehalten hatten.

»Denkst du je an sie?« fragte er sie.

»Nur gelegentlich – wenn etwas geschieht, das einen bestimmten Mann ins Gedächtnis zurückruft.«

»Woran erinnerst du dich – an ihre Küsse?«

»An alles mögliche ... Männer sind anders, wenn sie mit Frauen zusammen sind.«

»Wie anders?«

»Ach, vollkommen anders – es läßt sich überhaupt nicht beschreiben. Männer, die in dem unerschütterlichsten Ruf standen, so oder auch so zu sein, stimmten bei mir manchmal überraschend wenig damit überein. Brutale Männer waren zärtlich, nachlässige Männer erstaunlich treu und liebenswürdig, und ehrenwerte Männer haben oft eine Haltung eingenommen, die alles andere als ehrenwert war.«

»Zum Beispiel?«

»Es gab da einen Jungen namens Percy Wolcott aus Cornell, der im College ein ziemlicher Held war, ein großartiger Athlet, der eine Menge Leute aus einer Feuersbrunst gerettet hatte oder so etwas. Aber ich fand schon bald heraus, daß er auf ziemlich gefährliche Weise dumm war.«

»Wie denn?«

»Anscheinend hatte er eine naive Auffassung von der Frau, die würdig war, ›seine Frau zu sein‹, eine Auffassung, der ich häufig begegnet bin und die mich noch stets zur Weißglut getrieben hat. Er wollte ein Mädchen haben, das noch nie geküßt worden war, gern nähte und zu Hause saß und seiner Selbstachtung Tribut zollte. Und ich wette meinen Hals, wenn er ein Dummerchen gefunden hat, das herumsitzt und mit ihm dumm ist, treibt er's heimlich mit einer schlagfertigeren Dame.«

»Mir tut seine Frau leid.«

»Mir nicht. Stell dir vor, was für ein Esel sie sein muß, daß sie's nicht gemerkt hat, bevor sie ihn heiratete. Er ist der Typ, der die Vorstellung hat, eine Frau zu ehren und zu achten bedeute, sie niemals neuen Reizen auszusetzen. Trotz aller guten Absichten steckte er tief im finstersten Mittelalter.«

»Welche Haltung hatte er dir gegenüber?«

»Dazu wollte ich gerade kommen. Wie ich dir schon gesagt habe – habe ich es dir schon gesagt? –, sah er mächtig gut aus: große, braune, ehrliche Augen und ein Lächeln, welches garantiert, daß das Herz dahinter aus zwanzig Karat Gold ist. Jung und leichtgläubig, wie ich war, dachte ich, er sei einigermaßen besonnen. So habe ich ihn eines Abends feurig geküßt, als wir nach einem Tanz im Homestead in Hot Springs herumgefahren sind. Es war eine wunderbare Woche gewesen, ich weiß es noch – mit den üppigsten Bäumen, die sich fast wie grüner Seifenschaum übers ganze Tal erstreckten, und einem Oktobernebel, der morgens aus ihnen aufstieg, als hätte man Freudenfeuer angezündet, um die Bäume braun zu färben...«

»Was ist mit deinem Freund und seinen Idealen?« unterbrach Anthony sie.

»Als er mich küßte, hat er anscheinend gedacht, daß er auch mit etwas mehr ungestraft davonkäme, daß ich nicht ›achtbar‹ zu sein brauchte wie diese Beatrice-Fairfax-Flamme seiner Phantasie.«

»Was hat er getan?«

»Nicht viel. Ich habe ihn von einer fünf Meter hohen Uferböschung gestürzt, bevor er in die Gänge kam.«

»Verletzt?« fragte Anthony lachend.

»Er hat sich den Arm gebrochen und den Knöchel verstaucht. Die Geschichte hat er in ganz Hot Springs herumerzählt, und als sein Arm verheilt war, hat sich ein Mann namens Barley, der mich mochte, mit ihm gerauft und ihn gleich noch einmal gebrochen. Ach, es war ein heilloses Durcheinander. Er hat damit gedroht, Barley zu verklagen, und Barley – er stammte aus Georgia – wurde gesehen, wie er in der Stadt einen Revolver kaufte. Aber vorher hatte Mama mich schon, ganz gegen meinen Willen, wieder nach Norden geschleppt, deswegen habe ich nie herausgefunden, was alles passiert ist – obwohl ich Barley einmal im Vestibül des Vanderbilt gesehen habe.«

Anthony lachte lange und laut.

»Was für eine Karriere! Vermutlich sollte ich wütend sein, weil du so viele Männer geküßt hast. Bin ich aber nicht.«

Da setzte sie sich im Bett auf.

»Komisch, aber ich bin mir sicher, daß diese Küsse bei mir kein Mal hinterlassen haben – ich meine, nicht den Makel der Promiskuität –, obwohl mir ein Mann einmal allen Ernstes gesagt hat, der Gedanke, ich sei ein öffentliches Trinkglas gewesen, sei ihm verhaßt.«

»Der hatte vielleicht Nerven.«

»Ich habe nur gelacht und ihm gesagt, er solle bei mir lieber an einen Freundschaftspokal denken, der von Hand zu Hand wandert, ohne deswegen geringgeschätzt zu werden.«

»Irgendwie stört es mich nicht – andererseits würde es mich natürlich stören, wenn du mehr getan hättest, als sie zu küssen. Aber ich glaube, *du* bist zur Eifersucht völlig unfähig, außer daß du dich in deiner Eitelkeit gekränkt fühlst. Warum macht es dir nichts aus, was ich getrieben habe? Wäre es dir nicht lieber, wenn ich vollkommen unschuldig gewesen wäre?«

»Es kommt auf den Eindruck an, den es auf dich gemacht haben mag. *Meine* Küsse kamen zustande, weil der Mann gut aussah, oder weil es einen glänzenden Mond gab, oder auch weil ich etwas sentimental und leicht gerührt war. Aber das ist auch schon alles – es hatte auf mich keinerlei Wirkung. Aber du würdest dich daran erinnern und dich von deinen Erinnerungen quälen und beunruhigen lassen.«

»Hast du denn nie jemanden geküßt, so wie du mich geküßt hast?«

»Nein«, erwiderte sie schlicht. »Wie ich dir schon gesagt habe, haben die Männer – ach, allerhand versucht. Jedes hübsche Mädchen macht diese Erfahrung... Verstehst du«, nahm sie den Faden wieder auf, »es ist mir gleichgültig, mit wie vielen Frauen du dich in der Vergangenheit herumgetrieben hast, solange es nur um körperliche Befriedigung ging, aber die Vorstellung, daß du längere Zeit mit einer anderen Frau zusammengelebt hättest oder auch nur ein beliebiges Mädchen heiraten wolltest, könnte ich, glaube ich, nicht ertragen. Irgendwie ist das etwas anderes. Du würdest dich an all die kleinen Vertrautheiten erinnern – und die würden die Frische vermindern, die schließlich der kostbarste Bestandteil der Liebe ist.«

Leidenschaftlich zog er sie zu sich aufs Kopfkissen.

»O mein Liebling«, flüsterte er, »als würde ich mich an irgend etwas anderes als an deine lieben Küsse erinnern.«

Daraufhin Gloria, mit äußerst sanfter Stimme: »Anthony, hat da nicht jemand gesagt, daß er Durst hast?«

Anthony lachte rauh und erhob sich mit einem linkischen und amüsierten Grinsen aus dem Bett.

»Mit nur einem kleinen bißchen Eis im Wasser«, fügte sie hinzu. »Meinst du, ich könnte so etwas bekommen?«

Gloria benutzte das Adjektiv »klein« immer dann, wenn sie um einen Gefallen bat – so klang der Gefallen weniger anstrengend. Aber Anthony lachte wieder – ob sie nun einen Würfel oder eine Kugel Eis wollte, er mußte in die Küche hinuntergehen ... Ihre Stimme folgte ihm durch die Diele: »Und nur einen *kleinen* Cracker mit nur einem *kleinen* bißchen Marmelade darauf ...«

»Menschenskinder!« seufzte Anthony verzückt. »Wunderbar, dieses Mädel! Die weiß, wie!«

»Wenn wir einen Sohn haben«, fing sie eines Tages an – es war bereits entschieden worden, daß dies nach drei Jahren erfolgen sollte –, »möchte ich, daß er so aussieht wie du.«

»Bis auf seine Beine«, gab er schlau zu verstehen.

»Ach ja, bis auf seine Beine. Er muß meine Beine haben. Aber der Rest darf von dir sein.«

»Auch meine Nase?«

Gloria zögerte.

»Na schön, vielleicht meine Nase. Aber ganz bestimmt deine Augen – und meinen Mund, und ich denke auch, meine Gesichtsform. Ich überlege gerade; ich glaube, er sähe niedlich aus, wenn er auch meine Haare hätte.«

»Meine liebe Gloria, du hast das ganze Kind für dich vereinnahmt.«

»Das wollte ich gar nicht«, entschuldigte sie sich gutgelaunt.

»Darf er wenigstens meinen Hals haben?« drängte er sie und betrachtete sich feierlich im Spiegel. »Du hast oft gesagt, daß du meinen Hals magst, weil man den Adamsapfel nicht sieht, und außerdem ist dein Hals zu kurz.«

»Ach wo, ist er nicht!« rief sie empört und wandte sich zum Spiegel. »Er ist genau richtig. Ich glaube nicht, daß ich je einen schöneren Hals gesehen habe.«

»Er ist zu kurz«, wiederholte er neckend.

»Kurz?« Ihr Tonfall drückte erbitterte Verwunderung aus. »Kurz? Du bist verrückt!« Sie dehnte ihren Hals und zog ihn wieder zusammen, um sich von seiner reptilienähnlichen Geschmeidigkeit zu überzeugen. »Nennst du das einen kurzen Hals?«

»Einen der kürzesten, die ich je gesehen habe.«

Zum ersten Mal seit Wochen traten Gloria Tränen in die Augen, und der Blick, den sie ihm zuwarf, drückte ungeheuchelten Schmerz aus.

»O Anthony...«

»Herrgott, Gloria!« Bestürzt ging er auf sie zu und nahm ihre Ellbogen in seine Hände. »Bitte, wein doch nicht! Merkst du denn nicht, daß ich dich nur verkohle? Gloria, sieh mich an! Liebste, du hast den längsten Hals, den ich je gesehen habe. Ehrlich!«

Ihre Tränen lösten sich in einem verzerrten Lächeln auf.

»Dann hättest du das aber nicht sagen dürfen. Laß uns von unserm B-Baby reden.«

Anthony ging auf und ab und sprach, als probe er für eine Debatte.

»Kurz gesagt gibt es zwei Babys, die wir haben könnten, zwei klar und logisch unterschiedene, vollkommen andersgeartete

Babys. Da ist einmal das Baby, das das Beste an uns beiden auf sich vereinigt – deinen Körper, meine Augen, mein Gemüt, deine Intelligenz. Und dann gibt es das Baby, das von beiden das Schlimmste kombiniert – meinen Körper, deine Grillenhaftigkeit und meine Unschlüssigkeit.«

»Ich mag das zweite Baby«, sagte sie.

»Mir wäre am liebsten«, fuhr Anthony fort, »wir könnten im Abstand von einem Jahr zweimal Drillinge haben und dann mit den sechs Buben experimentieren…«

»Ich Arme«, unterbrach sie ihn.

»Ich würde jeden von ihnen in einem anderen Land und in einem anderen Schulsystem erziehen lassen, und wenn sie dreiundzwanzig wären, würde ich sie zusammenrufen, um zu sehen, wie sie geraten sind.«

»Sie sollen alle meinen Hals haben«, schlug Gloria vor.

Das Ende eines Kapitels

Endlich war der Wagen repariert und setzte mit Rachsucht wieder dort an, wo er aufgehört hatte: beim Auslösen unendlicher Streitereien. Wer sollte am Steuer sitzen? Wie schnell durfte Gloria fahren? Diese beiden Fragen und die ständigen Vorwürfe, die sich daraus ergaben, durchzogen die Tage. Sie fuhren nach Rye, Portchester und Greenwich, den Städtchen an der Post Road, und besuchten ein Dutzend Freunde, meist Freundinnen von Gloria, die alle Kinder verschiedener Altersstufen hatten und Gloria in dieser wie in anderer Hinsicht bis zur Raserei langweilten. Nach jedem Besuch kaute sie eine Stunde lang heftig an ihren Fingern und neigte dazu, ihren Groll an Anthony auszulassen.

»Ich verabscheue Frauen«, sagte sie leicht gereizt. »Was in aller Welt kann man mit ihnen bereden – außer damenhaft zu plaudern? Ich habe mich für ein Dutzend Babys begeistern müssen, die ich am liebsten erdrosselt hätte. Und jedes dieser Mädchen ist entweder eifersüchtig und argwöhnisch gegen ihren Mann, falls er charmant ist, oder fängt an, sich mit ihm zu langweilen, falls er es nicht ist.«

»Hast du nicht vor, je wieder eine Frau zu besuchen?«

»Ich weiß nicht. Sie kommen mir nie sauber vor – nie, nie. Bis auf einige wenige. Constance Shaw – weißt du, diese Mrs. Merriam, die uns letzten Dienstag besucht hat – ist fast die einzige. Sie ist so groß und sieht so frisch und vornehm aus.«

»So groß gefallen sie mir nicht.«

Obwohl sie an mehreren Abendgesellschaften mit Tanz in verschiedenen ländlichen Klubs teilnahmen, befanden sie, daß der Herbst nun schon fast vorbei war und sie nicht mehr groß »ausgehen« konnten, selbst wenn ihnen danach zumute gewesen wäre. Er haßte Golf; Gloria machte sich nicht viel daraus; und obwohl sie einen Massenansturm genoß, als eines Abends einige jüngere Studenten sie umdrängten, und sich darüber freute, daß Anthony auf ihre Schönheit stolz war, entging ihr doch nicht, daß ihre Gastgeberin an diesem Abend, eine Mrs. Granby, leicht beunruhigt war, weil Anthonys Kommilitone Alec Granby sich der Menge voller Begeisterung anschloß. Die Granbys riefen nie mehr an, und auch wenn Gloria lachte, war sie doch leicht pikiert.

»Verstehst du«, erklärte sie Anthony, »wenn ich nicht verheiratet wäre, würde sie sich keine Sorgen machen – aber zu ihrer Zeit ist sie ins Kino gegangen, und jetzt denkt sie, ich sei womöglich ein Vamp. Aber das Entscheidende ist: Solche Leute zu besänftigen erfordert eine Anstrengung, die ich einfach nicht auf mich zu nehmen gewillt bin ... Und diese niedlichen kleinen Erstsemester, die mir Augen machen und dümmliche Komplimente! Ich bin erwachsen geworden, Anthony.«

Marietta selbst bot wenig Geselligkeit. Ein halbes Dutzend

Gutshöfe bildete ein Sechseck um das Dorf herum, doch diese gehörten steinalten Männern, die sich nur als schwerfällige, grauhaarige Klumpen im Fond ihrer Limousinen zeigten, auf dem Weg zum Bahnhof, wohin sie zuzeiten von ihren ebenso steinalten und doppelt massigen Frauen begleitet wurden. Die Stadtbewohner – unverheiratete Frauen herrschten vor – waren ein besonders uninteressanter Menschenschlag; ihr geistiger Horizont war auf Schulfeste beschränkt, und ihre Seelen waren so freudlos wie die weiße Architektur der drei Kirchen. Die einzige Einwohnerin, mit der sie in engere Berührung kamen, war das Schwedenmädchen mit den breiten Hüften und Schultern, das jeden Tag kam, um die Hausarbeit zu verrichten. Sie war schweigsam und tüchtig, und als Gloria sie einmal in der Küche antraf, wie sie am Tisch heftig in ihre verschränkten Arme weinte, bekam sie ungeheure Angst vor ihr und unterließ es, sich über das Essen zu beklagen. Ihres unsäglichen, geheimen Kummers wegen durfte das Mädchen bleiben.

Glorias Hang zu Vorahnungen und ihre Anfälle von vagem Aberglauben kamen für Anthony völlig überraschend. Irgendein Komplex, der in den frühen Jahren des Zusammenlebens mit ihrer bilphistischen Mutter zu Recht und aus wissenschaftlichen Gründen unterdrückt worden war, oder eine ererbte Überempfindlichkeit machten sie empfänglich für jede Andeutung von Übersinnlichem, und obwohl weit davon entfernt, sich über die Motive der Menschen zu täuschen, neigte sie dazu, an jedes außergewöhnliche Geschehen zu glauben, das dem wunderlichen Umhertappen der Toten zugeschrieben werden konnte. Die schrecklichen Knarrgeräusche, die in windigen Nächten das Haus erfüllten und die für Anthony von Einbrechern mit schußbereiten Revolvern stammten – für Gloria stellten sie die bösen und widerspenstigen Auren verstorbener Generationen dar, die auf dem romantischen, alten Herd das Unsühnbare sühnten. Eines Nachts lagen sie wegen zwei rascher Schläge im Erdgeschoß, denen Anthony furchtsam, aber vergeblich nachgegangen war, fast bis zum Morgengrauen wach und stellten sich gegenseitig Prüfungsfragen über die Geschichte der Welt.

Im Oktober kam Muriel zu einem zweiwöchigen Besuch herausgefahren. Gloria hatte ein Ferngespräch mit ihr geführt, und charakteristischerweise hatte Miss Kane das Gespräch mit dem Satz beendet: »Ist ja schon gut. Ich komme und bringe gute Laune mit.« Sie kam mit einem Dutzend populärer Songs unterm Arm.

»Ihr solltet hier draußen auf dem Lande ein Grammophon haben«, sagte sie, »nur einen kleinen Vic – die kosten nicht viel. Dann habt ihr, wenn ihr euch einsam fühlt, immer gleich Caruso oder Al Jolson im Haus.«

Sie brachte Anthony mit den Worten zur Raserei, er sei »der erste kluge Mann«, den sie je kennengelernt habe, sie sei »die oberflächlichen Menschen ja so leid«. Er war verwundert, daß Männer sich in solche Frauen verliebten. Aber dann sagte er sich, daß, mit einem gewissen leidenschaftlichen Blick betrachtet, selbst sie weich und verheißungsvoll wirken mochte.

Gloria hingegen, die ungestüm ihre Liebe zu Anthony bekundete, ließ sich zerstreuen, bis sie sich in einem Zustand schnurrender Zufriedenheit befand.

Schließlich traf Richard Caramel zu einem gesprächsreichen und für Gloria schmerzlich literarischen Wochenende ein, in dessen Verlauf er mit Anthony, als sie schon lange oben in kindlichem Schlummer lag, über sich selbst sprach.

»Ist schon irrsinnig komisch, dieser Erfolg und all das«, sagte Dick. »Kurz bevor der Roman erschien, hatte ich ohne Erfolg versucht, ein paar Kurzgeschichten unterzubringen. Dann, als mein Buch herauskam, habe ich drei überarbeitet, und eine der Zeitschriften, die sie vorher abgelehnt hatten, hat sie angenommen. Seitdem habe ich Unmengen davon geschrieben; der Verlag zahlt erst diesen Winter für mein Buch.«

»Sieh zu, daß der Sieger nicht unter die Beute fällt.«

»Du meinst, Schund schreiben?« Er dachte nach. »Wenn du damit meinst, daß man absichtlich überall ein rührseliges Ende einbaut – das tue ich nicht. Aber ich nehme schon an, daß ich nicht mehr so sorgfältig arbeite. Ganz bestimmt schreibe ich schneller, und ich scheine nicht soviel nachzudenken wie früher. Vielleicht liegt's daran, daß ich nicht mehr so viele Gespräche führe, jetzt, wo du verheiratet bist und Maury nach Philadelphia gezogen ist. Hab den alten Stachel und Ehrgeiz nicht mehr. Früher Erfolg und all das.«

»Beunruhigt dich das nicht?«

»Wahnsinnig. Ich kriege etwas, das ich Satzfieber nenne, so ähnlich wie Jagdfieber – eine Art heftiger literarischer Unsicherheit, die mich befällt, wenn ich mich zu zwingen versuche. Aber die wirklich furchtbaren Tage sind nicht die, an denen ich glaube, nicht schreiben zu können. Sondern die, an denen ich mich frage, ob es sich überhaupt lohnt zu schreiben – ich meine, ob ich nicht eine Art besserer Hanswurst bin.«

»Ich mag es, wenn du so daherredest«, sagte Anthony mit einem Anflug seiner alten gönnerhaften Überheblichkeit. »Ich hatte schon befürchtet, daß du aufgrund deiner Arbeit ein bißchen schwachsinnig geworden seist. Hab das idiotische Interview gelesen, das du gegeben hast...«

Dick unterbrach ihn mit schmerzverzerrter Miene.

»Herr im Himmel! Erwähn bloß das nicht. Das hat 'ne junge Dame verbrochen – eine höchst verehrungsvolle junge Dame. Hat mir gesagt, mein Werk sei ›stark‹, da hab ich den Kopf verloren und eine Menge merkwürdiger Aussprüche von mir gegeben. Einiges davon war aber gut, findest du nicht?«

»O ja, die Stelle, wo es heißt, der kluge Autor schreibe für die Jugend seiner eigenen Generation, der Kritiker für die nächste und der Schulmeister für die Ewigkeit.«

»Oh, davon bin ich ziemlich fest überzeugt«, gestand Richard

Caramel mit einem schwachen Lächeln. »Es war nur ein Fehler, es lauthals zu verkünden.«

Im November zogen sie in Anthonys Apartment, von wo sie triumphierend aufbrachen zu den Football-Begegnungen zwischen Yale und Harvard und zwischen Harvard und Princeton, zur Eislaufbahn von St. Nicholas, zu einer gründlichen Tour durch die Theater und einer bunten Mischung an Belustigungen – von kleinen, biederen Tanzveranstaltungen bis zu den von Gloria geliebten großen Bällen, die in jenen paar Häusern gegeben wurden, wo unter Anleitung imposanter Haushofmeister in prächtiger Anglomanie Lakaien mit gepuderten Perücken umhertrippelten. Sie hatten die Absicht, zu Jahresbeginn ins Ausland zu fahren, auf jeden Fall aber, wenn der Krieg vorüber wäre. Anthony hatte tatsächlich einen Essay über das zwölfte Jahrhundert vollendet – eine Einführung in sein Buchprojekt im Stile Chestertons – und Gloria eingehende Untersuchungen über die Frage russischer Zobelpelze durchgeführt. Ja, der Winter rückte recht behaglich näher, als der bilphistische Demiurg Mitte Dezember plötzlich beschloß, daß Mrs. Gilberts Seele in ihrer gegenwärtigen Inkarnation genügend gealtert sei. So fuhr Anthony eine unglückliche und hysterische Gloria hinaus nach Kansas City, wo sie der Toten, nach der Art der Menschen, die schreckliche und erschütternde letzte Ehre erwiesen.

Zum ersten und letzten Mal in seinem Leben gab Mr. Gilbert eine wahrhaft klägliche Figur ab. Die Frau, die er dazu abgerichtet hatte, seinem Körper aufzuwarten und seinem Geist als andächtige Gemeinde zu dienen, hatte ihn verlassen – ironischerweise gerade dann, als er sie nicht mehr lange hätte ernähren können. Nie wieder würde er imstande sein, eine Menschenseele so zufriedenstellend zu langweilen und zu drangsalieren.

Symposium

Gloria hatte Anthonys Geist in den Schlaf gelullt. Sie, die von allen Frauen die klügste und schönste schien, hing wie ein glänzender Vorhang vor seiner Tür und sperrte das Sonnenlicht aus. Während der ersten Jahre trugen alle seine Ansichten unweigerlich den Stempel Glorias; die Sonne sah er stets nur durch das Muster des Vorhangs.

Eine Art Mattigkeit führte sie auf einen weiteren Sommer nach Marietta. Einen goldenen, entkräftenden Frühling lang waren sie, unruhig und unter trägen Ausschweifungen, die kalifornische Küste entlanggefahren, hatten sich zwischenzeitlich anderen Partien zugesellt und sich von Pasadena nach Coronado, von Coronado nach Santa Barbara treiben lassen, offenkundig zu keinem anderen Zweck als zur Befriedigung von Glorias Verlangen, zu einer anderen Musik zu tanzen oder in den wechselnden Farben des Meeres eine winzige Variante zu entdecken. Aus dem Pazifik erhoben sich, sie zu grüßen, wilde Felsvorsprünge und ebenso barbarische Wirtshäuser, eigens dazu errichtet, daß man sich zur Teestunde schläfrig in eine Garnitur Korbstühle lümmelte, verschönert von Polohemden aus Southampton und Lake Forest, Newport und Palm Beach. Und wenn in der friedlichsten der Buchten sprühend und glitzernd die Wellen aufeinandertrafen, schlossen sie sich dieser oder jener Gruppe an, bewegten sich von Ort zu Ort und murmelten etwas von den sonderbar unstofflichen Freuden, die gleich hinter dem nächsten grünen und fruchtbaren Tal auf sie warteten.

Es waren Angehörige der begüterten Klassen, einfach und gesund – die besten Männer auf angenehme Weise noch ohne Abschluß: Sie schienen ewige Kandidaten für die Mitgliedschaft in einem vornehmen Klub wie dem ›Porcellian‹ und dem ›Skull & Bones‹, die sich unbegrenzt in die Welt hinaus erstreckten. Die Frauen waren von überdurchschnittlicher Schönheit und zart athletischem Bau, als Gastgeberinnen etwas beschränkt, als Gäste hingegen charmant und unendlich dekorativ. In den lauen Teestunden tanzten sie gesetzt und anmutig die Schrittfolgen ihrer Wahl und führten mit einer gewissen Würde jene Bewegungen aus, die von Büroangestellten und Revuetänzerinnen im ganzen Land so entsetzlich travestiert wurden. Ironischerweise taten sich in diesem einen verrufenen Abkömmling der Künste unstreitig Amerikanerinnen hervor.

Nachdem Anthony und Gloria einen verschwenderischen Frühling vertanzt und verplanscht hatten, stellten sie fest, daß sie zuviel Geld ausgegeben hatten und sich daher eine Zeitlang aus der Gesellschaft zurückziehen mußten. Da war Anthonys »Arbeit«, sagten sie. Noch bevor es ihnen klargeworden war, befanden sie sich wieder im grauen Haus und merkten erst jetzt, daß dort auch andere Liebende genächtigt hatten, andere Namen über das Geländer gerufen worden waren, andere Paare auf den Verandastufen gesessen und die graugrünen Felder und die schwarze Masse der Wälder dahinter betrachtet hatten.

Anthony war vielleicht etwas rastloser, geneigt, sich nur unter dem Einfluß etlicher Highballs zu beleben, und ein wenig, fast unmerklich, gleichgültig gegen Gloria. Doch Gloria – im August würde sie vierundzwanzig werden und geriet deswegen in eine reizende, aber aufrichtig empfundene Panik. Nur noch sechs Jahre bis zum dreißigsten! Wäre sie weniger in Anthony verliebt gewesen, so hätte sich ihr Gefühl, wie schnell die Zeit verflog, in einem neu entfachten Interesse an anderen Männern geäußert, in der bewußten Absicht, jedem potentiellen Liebhaber, der ihr unter gesenkten Lidern über eine glänzende Tafel hinweg Blicke zuwarf, den flüchtigen Schimmer einer Romanze zu entlocken.

Eines Tages sagte sie zu Anthony: »Ich habe das Gefühl, falls ich etwas will, nehme ich es mir. So habe ich mein ganzes Leben lang gedacht. Aber es ist nun einmal so, daß ich dich will, deshalb ist für andere Wünsche kein Platz mehr.«

Sie fuhren eben durch ein verdorrtes und lebloses Indiana gen Osten, und sie hatte von einem ihrer geliebten Filmheftchen aufgeblickt, nur um festzustellen, daß aus zwanglosem Geplauder mit einemmal Ernst wurde.

Anthony starrte mit finsterer Miene aus dem Abteilfenster. Als das Gleis über eine Landstraße führte, war für einen Moment ein Farmer auf seinem Fuhrwerk zu sehen; er kaute an einem Strohhalm. Anscheinend war es derselbe Farmer, an dem sie schon ein dutzendmal vorbeigekommen waren, der da saß in schweigsamer, feindseliger Sinnbildlichkeit. Als Anthony sich zu Gloria umdrehte, verfinsterte sich seine Miene noch mehr.

»Du beunruhigst mich«, brachte er vor. »Unter gewissen vorübergehenden Umständen kann ich mir durchaus vorstellen, eine andere Frau zu *wollen,* nicht aber, sie auch zu *nehmen.*«

»Aber so empfinde ich nun einmal nicht, Anthony. Ich würde mich nicht bemühen, Dingen zu widerstehen, die ich will. Meine Art ist es, sie gar nicht erst zu wollen – niemanden zu wollen als dich allein.«

»Aber wenn ich daran denke, daß du an irgend jemandem einfach Gefallen finden könntest...«

»Ach, sei doch nicht so ein Dummkopf!« rief sie aus. »Das hätte doch nichts Beiläufiges. Und allein die Möglichkeit kann ich mir gar nicht vorstellen.«

Damit war das Gespräch nachdrücklich beendet. Anthonys unfehlbares Verständnis ließ sie in seiner Gesellschaft glücklicher sein als in der irgendeines anderen. Sie hatte Gefallen an ihm – sie liebte ihn. So begann der Sommer im Grunde wie der zuvor.

In ihrer Haushaltung freilich trat eine radikale Veränderung ein. Die Skandinavierin mit dem kalten Herzen, deren karge Küche und sardonische Aufwartung bei Tisch Gloria so bedrückt hatte, wurde von einem überaus tüchtigen Japaner abgelöst, der Tanalahaka hieß, jedoch bekannte, auf jeden Ruf zu hören, der den Zweisilber »Tana« enthalte.

Tana war selbst für einen Japaner ungewöhnlich klein und ließ eine etwas naive Auffassung seiner Person als Mann von Welt durchscheinen. An dem Tag, als er von »R. Gugimoniki, zuverlässiges japanisches Stellenvermittlungsbüro« geschickt wurde, lud er Anthony auf sein Zimmer, um ihm die Schätze seines Schrankkoffers vorzuführen. Zu diesen zählte eine umfangreiche Sammlung japanischer Ansichtskarten, die er seinem Arbeitgeber auf der Stelle zu erläutern gedachte, jede für sich und in aller Ausführlichkeit. Darunter befand sich ein halbes Dutzend in pornographischer Absicht, die eindeutig amerikanischer Herkunft waren, auch wenn die Hersteller sowohl ihren Namen wie auch das Adressenfeld in aller Bescheidenheit weggelassen hatten. Danach förderte er einige seiner Handarbeiten zutage – eine amerikanische Hose, die er selbst geschneidert hatte, und zwei Garnituren Leibwäsche aus reiner Seide. Unter dem Siegel der Verschwiegenheit teilte er Anthony den Zweck mit, dem letztere vorbehalten waren. Das nächste Ausstellungsstück war die recht gelungene Kopie eines Kupferstichs von Abraham Lincoln, dessen Gesicht er einen unverkennbar japanischen Schnitt verliehen hatte. Als letztes kam eine Flöte; er hatte sie selbst geschnitzt, aber sie war entzweigegangen; er würde sie bald reparieren.

Nach diesen höflichen Formalitäten, die, wie Anthony mutmaßte, eine japanische Besonderheit waren, hielt Tana in gebrochenem Englisch eine lange Ansprache über die Beziehung zwischen Herr und Knecht, der Anthony entnahm, daß er auf großen Gütern gearbeitet, sich jedoch mit den anderen Knechten stets überworfen hatte, weil diese nicht ehrlich waren. Sie hielten sich lange bei dem Wort »lügen« auf und ärgerten sich sogar ziemlich übereinander, weil Anthony hartnäckig behauptete, Tana meine wohl »fliegen«, und sogar so weit ging, wie eine Biene zu summen und mit den Armen wie mit Flügeln zu flattern.

Nach einer Dreiviertelstunde wurde Anthony mit der herzlichen Versicherung entlassen, daß sie auch fürderhin zwanglose Gespräche führen würden, in deren Verlauf Tana ihm mitteilen werde, »wie wil es in meinem Land halten«.

Das war Tanas weitschweifiger Dienstantritt im grauen Haus – und er machte sein Versprechen wahr. Wenn auch gewissenhaft und ehrenwert, so war er doch zugleich ein entsetzlicher Wiederkäuer. Er schien außerstande, seine Zunge im Zaum zu halten, und hangelte sich manchmal mit einem dem Schmerz verwandten Ausdruck in den schmalen braunen Augen von Absatz zu Absatz.

An Sonntag- und Montagnachmittagen las er die Comicseiten der Zeitungen. Eine Witzzeichnung, die einen drolligen japanischen Butler zeigte, belustigte ihn ungemein, auch wenn er behauptete, der Protagonist, von Anthony eindeutig als Orientale eingeschätzt, habe in Wahrheit ein amerikanisches Gesicht. Die Schwierigkeit mit der Bildgeschichte bestand darin, daß ihm, kaum hatte er mit Anthonys Hilfe mühsam die letzten drei Bilder entziffert und ihren Kontext mit einer Konzentration verarbeitet, die Kants *Kritik* angemessen gewesen wäre, völlig entfallen war, wovon die ersten Bilder handelten.

Mitte Juni feierten Anthony und Gloria ihren ersten Hochzeitstag mit einem ›Rendezvous‹. Anthony klopfte an die Tür, und sie lief herbei, ihn einzulassen. Dann saßen sie zusammen auf der Couch und nannten sich bei all den Namen, die sie füreinander erdacht hatten – neue Zusammenstellungen uralter Kosenamen. Indessen folgte diesem ›Rendezvous‹ kein abgemildertes »Gute Nacht« mit seiner Ekstase des Bedauerns.

Im Lauf des Juni schielte das Entsetzen nach Gloria, schlug nach ihr und ängstigte ihre heitere Seele. Dann schwand es langsam, zog sich zurück in jene undurchdringliche Finsternis, aus der es gekommen war – und nahm sich erbarmungslos sein Gran Jugend.

Mit einem untrüglichen Gefühl für Dramatik suchte es sich eine kleine Bahnstation in einem armseligen Dorf bei Portchester aus. Den ganzen Tag über lag der Bahnsteig kahl wie eine Prärie da, der staubig gelben Sonne preisgegeben und den Blicken jener Landbewohner vom unangenehmsten Schlag, die in der Nähe einer Metropole wohnen und zwar deren billigen Schick, nicht aber auch ihre Weltgewandtheit erlangt haben. Ein Dutzend dieser Bauerntölpel, rotäugig, traurig wie Vogelscheuchen, wurden Zeugen des Vorfalls. Trübe zog er an ihren verwirrten und verständnislosen Gemütern vorüber, wurde im breitesten Sinne als grober Scherz, im zartesten als »Schande« aufgefaßt. Unterdessen schwand dort auf dem Bahnsteig ein gewisses Maß an Glanz und Farbe aus der Welt.

Mit Eric Merriam hatte Anthony den ganzen heißen Sommernachmittag über vor einer Karaffe Scotch gesessen, während Gloria und Constance Merriam im Beach Club schwammen und sich sonnten, letztere unter einem gestreiften Sonnensegel, Gloria sinnlich auf den weichen, heißen Sand hingestreckt, wo sie – was sonst? – ihre Beine bräunte. Später hatten sie alle vier an belanglosen Sandwiches herumgekaut; dann war Gloria aufgestanden und hatte mit ihrem Parasol Anthonys Knie angetippt, um seine Aufmerksamkeit zu erregen.

»Liebling, wir müssen gehen.«

»Schon?« Unwillig sah er sie an. In diesem Augenblick schien ihm nichts wichtiger, als auf der schattigen Veranda zu faulenzen und milden Scotch zu trinken, während sein Gastgeber sich in endlosen Erinnerungen an die Nebenschauplätze irgendeiner vergessenen politischen Kampagne erging.

»Wir müssen wirklich gehen«, wiederholte Gloria. »Wir können ein Taxi zum Bahnhof nehmen... Komm, Anthony!« befahl sie, schon etwas gebieterischer.

»Nun warte doch ...« Merriam, dessen Redefluß unterbrochen war, brachte die üblichen Einwendungen vor und füllte zugleich herausfordernd das Glas seines Gastes mit einem Highball, an dem man zehn Minuten hätte schlürfen sollen. Aber auf Glorias verärgertes »Wirklich, wir *müssen*!« hin trank Anthony aus, erhob sich und machte vor seiner Gastgeberin einen formvollendeten Kratzfuß.

»Offensichtlich ›müssen‹ wir«, sagte er ohne jede Anmut.

Gleich darauf ging er auf dem Gartenpfad zwischen hohen Rosensträuchern hinter Gloria her, die mit ihrem Parasol sanft die Juni-Blütenblätter streifte. Wie rücksichtslos, dachte er, als sie zur Straße gelangten. Mit gekränkter Naivität empfand er, daß Gloria ein so unschuldiges und harmloses Vergnügen nicht hätte unterbrechen dürfen. Der Whisky hatte die rastlosen Gedanken in seinem Kopf besänftigt wie auch geläutert. Es kam ihm so vor, als hätte sie dieselbe Haltung schon mehrfach eingenommen. Sollte er sich für immer auf eine Berührung ihres Sonnenschirms oder ein Zucken ihres Augenlids hin aus angenehmen Situationen zurückziehen? Sein Unwille steigerte sich zu einem Groll, der unaufhaltsam wie eine Luftblase in ihm aufstieg. Störrisch unterdrückte er den Wunsch, ihr Vorwürfe zu machen, und schwieg. Vor dem Gasthof fanden sie eine Droschke und fuhren schweigend zu der kleinen Station...

Dann wußte Anthony, was er wollte – gegen dieses abweisende, herrische Mädchen seinen Willen durchsetzen und in einem großartigen Anlauf eine Herrschaft erlangen, die ihm unendlich erstrebenswert erschien.

»Komm, wir fahren zu den Barnes hinüber«, sagte er, ohne sie anzublicken. »Ich habe noch keine Lust, nach Hause zu fahren.«

Mrs. Barnes, geb. Rachael Jerry, besaß einige Kilometer von Redgate entfernt ein Sommerhaus.

»Wir waren erst vorgestern da«, beschied sie ihn knapp.

»Die freuen sich bestimmt, uns zu sehen.« Er fand, daß er noch nicht den richtigen Ton getroffen hatte, nahm entschlossen seinen Mut zusammen und fügte hinzu: »Ich will die Barnes sehen. Ich habe nicht das geringste Verlangen, nach Hause zu fahren.«

»Und ich nicht das geringste Verlangen, zu den Barnes zu fahren.«

Plötzlich starrten sie einander an.

»Also wirklich, Anthony«, sagte sie verdrossen, »es ist Sonntag abend, wahrscheinlich haben sie zum Abendessen Gäste. Weshalb sollten wir um diese Stunde...«

»Wieso haben wir dann nicht bei den Merriams bleiben können?« brach es aus ihm heraus. »Wieso nach Hause fahren, wenn wir uns ausgezeichnet unterhalten haben? Sie haben uns zum Abendessen eingeladen.«

»Es ist ihnen nichts anderes übriggeblieben. Gib mir das Geld, und ich löse die Fahrkarten.«

»Ganz gewiß nicht! Ich bin nicht dazu aufgelegt, mit diesem verdammten heißen Zug zu fahren.«

Gloria stampfte mit dem Fuß auf dem Bahnsteig auf.

»Anthony, du benimmst dich, als wärst du betrunken!«

»Im Gegenteil, ich bin vollkommen nüchtern.«

Aber seine Stimme war schon in eine tonlose Heiserkeit abgeglitten, und sie wußte mit Sicherheit, daß er nicht die Wahrheit sprach.

»Wenn du nüchtern bist, gibst du mir das Geld für die Fahrkarten.«

Aber es war schon zu spät, so mit ihm zu reden. Er hatte nur noch einen Gedanken – daß Gloria selbstsüchtig war und es bleiben würde, solange er sich nicht hier und jetzt zu ihrem Herrn und Gebieter aufschwang. Da sie ihn aus einer bloßen Laune heraus um ein Vergnügen gebracht hatte, bot sich jetzt die beste aller Gelegenheiten. Seine Entschlossenheit festigte sich und kam vorübergehend einem stumpfen und verstockten Haß gleich.

»Ich fahre nicht mit dem Zug«, sagte er, und seine Stimme zitterte leicht vor Wut. »Wir fahren zu den Barnes.«

»Ich nicht!« rief sie. »Wenn du gehst, fahre ich eben allein nach Hause.«

»Dann fahr doch!«

Wortlos wandte sie sich zum Fahrkartenschalter; gleichzeitig fiel ihm ein, daß sie etwas Geld bei sich hatte und daß dies nicht der Sieg war, den er sich wünschte, den er erringen mußte. Er rückte ihr einen Schritt näher und packte sie am Arm.

»Nun warte doch!« murmelte er. »Du fährst nicht allein!«

»Und ob ich fahre – wirklich, Anthony!« Dieser Ausruf, als sie versuchte, sich ihm zu entwinden – er verstärkte seinen Griff nur.

Er blickte sie aus böse zusammengekniffenen Augen an.

»Laß mich los!« Ihr Schrei war voller Grimm. »Wenn du auch nur einen Funken Anstand im Leibe hast, läßt du mich los.«

»Warum?« Er wußte, warum. Aber wie er sie so hielt, verspürte er einen wirren und nicht ganz gefestigten Stolz.

»Ich fahre nach Hause, verstehst du? Und du wirst mich loslassen!«

»Nein, werde ich nicht.«

Jetzt flammten ihre Augen auf.

»Willst du mir hier etwa eine Szene machen?«

»Und ich sage dir, du fährst nicht! Ich habe deine ewige Selbstsucht satt.«

»Ich will doch nur nach Hause.« Zwei Zornestränen traten ihr in die Augen.

»Diesmal wirst du tun, was *ich* sage.«

Langsam richtete sie sich auf und warf in einer Geste unendlicher Geringschätzung den Kopf zurück.

»Ich hasse dich!« Die leisen Worte stieß sie wie Gift zwischen ihren zusammengebissenen Zähnen hervor. »Oh, laß mich los! Oh, ich hasse dich!« Sie versuchte, sich loszureißen, aber er umklammerte nur den anderen Arm. »Ich hasse dich! Ich hasse dich!«

Angesichts Glorias Raserei kehrte seine Unsicherheit zurück, aber er fand, daß er schon zu weit gegangen war, um jetzt noch einzulenken. Er hatte den Eindruck, immer eingelenkt zu haben und daß sie ihn deshalb im Grunde ihres Herzens verachte. Ach, mochte sie ihn jetzt auch hassen, hinterher würde sie ihn wegen seiner Kraft bewundern.

Der nahende Zug stieß einen Warnpfiff aus, der melodramatisch über die schimmernden blauen Gleise auf sie zuflatterte. Gloria zog und zerrte, um sich zu befreien, und es kamen ihr Worte über die Lippen, die älter waren als die Genesis.

»Oh, du Untier!« schluchzte sie. »Oh, du Untier! Oh, ich hasse dich! Oh, du Untier! Oh...«

Andere angehende Zugreisende auf dem Bahnsteig fingen an, sich umzudrehen und herüberzustarren; das Rattern des Zuges wurde hörbar und steigerte sich zu einem Getöse. Gloria verdoppelte ihre Anstrengungen, dann gab sie auf, und als die Lokomotive donnernd und fauchend in den Bahnhof einfuhr, blieb sie ob dieser Demütigung wehrlos zitternd und mit brennenden Augen stehen.

Leise, kaum hörbar in dem zischenden Dampf und den quietschenden Bremsen, ertönte ihre Stimme: »Oh, wenn es hier einen *Mann* gäbe, würdest du das nicht wagen. Du würdest es nicht wagen! Du Feigling! Du Feigling, oh, du Feigling!«

Anthony, stumm, selber zitternd, hielt sie gepackt. Er merkte, daß ihn Gesichter beobachteten, ein Dutzend von ihnen, eigentümlich ungerührt, Schatten eines Traums. Dann gaben die Glocken ein metallisches Scheppern von sich, das wie ein körperlicher Schmerz war, die Schornsteine schnauften in immer schnelleren Abständen zum Himmel auf, und in einem Augenblick des Lärms und grau qualmender Turbulenz fuhr eine Reihe Gesichter vorüber, entfernte sich, verlor sich – bis plötzlich nur noch die Sonne da war, deren Strahlen schräg nach Osten über die Gleise fielen – das Getöse hatte sich verzogen und war nur noch als blechernes Donnergrollen zu hören. Er ließ ihre Arme los. Er hatte gesiegt.

Hätte er gewollt, hätte er jetzt loslachen können. Die Prüfung war bestanden, er hatte seinen Willen mit Gewalt durchgesetzt. Der Siege göttlichster ist das Vergeben.

»Wir mieten uns hier einen Wagen und fahren nach Marietta zurück«, sagte er mit feiner Zurückhaltung.

Zur Antwort ergriff Gloria mit beiden Händen seine Hand, führte sie an seinen Mund und biß ihn tief in den Daumen. Er bemerkte den Schmerz kaum; als er das Blut austreten sah, holte er geistesabwesend sein Taschentuch hervor und wickelte es um die Wunde. Auch dies war Teil des Triumphs, dachte er – es konnte nicht ausbleiben, daß sie ihm die Niederlage verübelte –, und daher nicht der Beachtung wert.

Sie schluchzte, beinahe tränenlos, heftig und bitter.

»Ich fahre nicht! Ich fahre nicht! Du – kannst – mich – nicht – zwingen – zu – fahren! Du hast – du hast jede Liebe abgetötet, die ich je für dich empfunden habe, und jede Achtung. Aber alles, was noch in mir ist, würde eher sterben, als daß ich mich vom Fleck rühre. Oh, wenn ich geahnt hätte, daß du Hand an mich legen würdest...«

»Du fährst mit«, sagte er grob, »und wenn ich dich tragen muß.«

Er drehte sich um, rief eine Droschke herbei und wies den Fahrer an, nach Marietta zu fahren. Der Mann stieg ab und riß den Schlag auf. Anthony wandte sich zu seiner Frau und sagte mit zusammengebissenen Zähnen: »Wirst du wohl einsteigen? Oder soll ich dich hinein*heben*?«

Mit einem unterdrückten Schrei ungeheurer Pein und Verzweiflung fügte sie sich und bestieg die Droschke.

Auf der langen Fahrt durch die zunehmende Dämmerung saß sie in ihre Ecke der Kutsche gekauert. Nur hin und wieder wurde ihr Schweigen von einem einzigen trockenen Schluchzer durchbrochen. Anthony starrte aus dem Fenster, sein Geist dumpf mit der sich allmählich wandelnden Bedeutung dessen beschäftigt, was vorgefallen war. Irgend etwas stimmte nicht – Glorias letzter Schrei hatte eine Saite angeschlagen, die mit widersinniger Unruhe in seinem Herzen nachschwang. Bestimmt hatte er recht – und doch, jetzt schien sie ein so jämmerliches kleines Ding, gebrochen und entmutigt, erniedrigt über das Maß hinaus, das ihr zu ertragen aufgegeben war. Ihre Kleiderärmel waren zerfetzt, ihr Parasol verschwunden, auf dem Bahnsteig vergessen. Er erinnerte sich, daß es sich um ein neues Kostüm handelte, und noch am Morgen, als sie aus dem Haus gegangen waren, war sie so stolz darauf gewesen. Er fragte sich, ob irgend jemand aus ihrer Bekanntschaft dem Vorfall beigewohnt hatte. Und ständig fiel ihm ihr Ausruf ein: »Alles, was noch in mir ist, würde eher sterben...«

Dies verwirrte ihn und stimmte ihn zunehmend besorgt. Es paßte so gut zu der Gloria, die in der Ecke kauerte – keine stolze Gloria mehr, überhaupt keine Gloria, die er kannte. Er fragte sich, ob es denn möglich war. Auch wenn er nicht glauben mochte, daß sie aufhören würde, ihn zu lieben – das war natürlich undenkbar –, so war es doch zweifelhaft, ob Gloria ohne ihren Hochmut, ihre Unabhängigkeit, ihre jungfräuliche Zuversicht und Beherztheit noch immer das Mädchen seiner Verehrung sein würde, die strahlende Frau, die kostbar und entzükkend war, weil unbeschreiblich und triumphal sie selbst.

Selbst jetzt war er noch betrunken, so betrunken, daß er seine eigene Trunkenheit nicht bemerkte. Als sie im grauen Haus angekommen waren, ging er auf sein Zimmer und quälte sich hilflos und trübsinnig damit, was er getan hatte, ehe er auf seinem Bett in tiefe Betäubung versank.

Es war nach ein Uhr, und der Gang schien außerordentlich still, als Gloria ihn, schlaflos und mit aufgerissenen Augen, durchquerte und die Tür zu seinem Zimmer aufstieß. Er war zu bezecht gewesen, um die Fenster zu öffnen, und die Luft war stickig und stank nach Whisky. Einen Augenblick blieb sie an seinem Bett stehen, in ihrem knabenhaften Seidenpyjama eine schlanke, höchst graziöse Gestalt – dann warf sie sich hingebungsvoll auf ihn und benetzte seinen Hals mit warmen Tränen. Mit der Gefühlsgewalt ihrer Umarmung hätte sie ihn beinahe geweckt.

»Oh, Anthony!« rief sie leidenschaftlich. »Oh, mein Liebling, du weißt nicht, was du angerichtet hast!«

Am Morgen jedoch kam er früh in ihr Zimmer, kniete an ihrem Bett nieder und weinte wie ein kleiner Junge, gerade so, als habe es *ihm* das Herz gebrochen.

»Gestern abend kam es mir vor«, sagte sie ernst und spielte mit den Fingern in seinem Haar, »als sei all das, was du an mir geliebt hast, all das, was es wert ist, gekannt zu werden, aller Stolz und alles Feuer aus mir gewichen. Ich wußte, was noch in mir war, würde dich stets lieben, aber nie wieder auf genau dieselbe Art.«

Doch sie ahnte schon, daß sie mit der Zeit vergessen würde und daß das Leben nur selten die Angewohnheit hat, auf uns einzuschlagen, dafür aber um so mehr die, uns zu verschleißen. Nach diesem Morgen wurde über den Vorfall nie wieder ein Wort verloren, und die tiefe Wunde, die er hinterlassen hatte, heilte von Anthonys Hand – und wenn etwas triumphierte, dann war es eine dunklere Macht, die die Erinnerung und den Sieg davontrug.

Wie alle echten und großen Eigenschaften war Glorias Unabhängigkeit unbewußt aufgekeimt, doch erst als sie zu Anthonys Faszination sichtbar geworden war, wurde auch Gloria ihrer gewahr, und nun leitete sie fast einen formalen Kodex daraus ab. Ihre Art zu reden ließ darauf schließen, daß all ihre Energie und Vitalität in die heftige Befürwortung des negativen Prinzips »Alles andere kann mir gestohlen bleiben« einmündeten.

»Alles und jeder«, sagte sie, »außer mir, und infolgedessen: außer Anthony. Das ist das Gesetz allen Lebens, und selbst wenn es anders lautete – ich wäre ohnehin so veranlagt. Wenn es sich für ihn nicht lohnt, würde keiner etwas für mich tun, und genausowenig tue ich etwas für ihn.«

Sie stand auf der vorderen Veranda bei der nettesten Dame in Marietta, als sie das sagte, und als sie ausgeredet hatte, stieß sie einen absonderlichen leisen Schrei aus und sank in tiefer Ohnmacht zu Boden.

Die Dame brachte sie wieder zu sich und fuhr sie in ihrem Wagen nach Hause. Der schätzenswerten Gloria war der Gedanke gekommen, daß sie womöglich guter Hoffnung sei.

Sie lag auf dem langen Sofa im Erdgeschoß. Der warme Tag entschwand durchs Fenster und streifte die späten Rosen an den Verandasäulen.

»Ich denke immer nur, daß ich dich liebe«, klagte sie. »Ich achte meinen Körper, weil du ihn schön findest. Und dieser mein – dein – Körper! Zu denken, daß er häßlich und unförmig wird! Es ist schlichtweg unerträglich. O Anthony, vor den Schmerzen fürchte ich mich nicht.«

Verzweifelt versuchte er, sie zu trösten – vergebens.

Sie fuhr fort: »Und dann habe ich womöglich breite Hüften und bin blaß, und all meine Frische ist fort und kein Glanz im Haar.«

Die Hände in den Taschen, ging er auf und ab und fragte: »Bist du dir denn sicher?«

»*Ich* weiß gar nichts. Gynäkophobie, oder wie das heißt, ist mir immer verhaßt gewesen. Ich dachte, irgendwann einmal würde ich ein Kind haben. Aber nicht jetzt.«

»Um Himmels willen, lieg doch nicht so da und dreh durch.«

Ihr Schluchzen ließ nach. Dem Zwielicht, von dem das Zimmer erfüllt war, entnahm sie ein barmherziges Schweigen. »Knips die Lichter an«, bat sie. »Die Tage kommen mir so kurz vor; als ich klein war, schien – der Juni – längere Tage – zu haben.«

Die Lichter gingen an, und es war, als seien hinter Tür und Fenstern blaue Tücher aus weichster Seide herabgelassen worden. Ihr blasses Aussehen, ihre Reglosigkeit, inzwischen ohne Kummer noch Freude, weckten sein Mitgefühl.

»Willst du, daß ich es behalte?« fragte sie teilnahmslos.

»Ich bin hier nebensächlich. Das heißt, ich bin neutral. Wenn du es behältst, werde ich mich vermutlich freuen. Wenn nicht – soll's mir auch recht sein.«

»Ich wünschte, du würdest dich für das eine oder das andere entscheiden.«

»Es käme wohl eher dir zu, dich zu entscheiden.«

Abschätzig sah sie ihn an und verschmähte es, ihm zu antworten.

»Du denkst, unter allen Frauen der Welt seist nur du für diese alles überbietende Demütigung ausersehen.«

»Und wenn schon!« rief sie ärgerlich. »Für die ist es ja auch keine Demütigung. Sondern die einzige Rechtfertigung ihres Lebens. Das einzige, wozu sie taugen. Für mich dagegen ist es eine Demütigung.«

»Hör zu, Gloria, ich stehe zu dir, was immer du tust, aber um Himmels willen, stell dich nicht so an.«

»Ach, laß mich doch in Ruhe!« jammerte sie.

Sie wechselten einen stummen Blick ohne jede besondere Bedeutung, aber voller Nachdruck. Dann nahm Anthony ein Buch vom Regal und ließ sich in einen Sessel fallen.

Eine halbe Stunde später kam ihre Stimme aus dem tiefen Schweigen, das den Raum erfüllte, und hing wie Weihrauch in der Luft.

»Ich fahre morgen zu Constance Merriam hinüber.«

»Fein. Und ich fahre nach Tarrytown und besuche Opapa.«

»Verstehst du«, fügte sie hinzu, »es ist nicht so, daß ich Angst davor hätte – oder wovor auch immer. Ich will mir nur treu bleiben, weißt du.«

»Ich weiß«, pflichtete er ihr bei.

Die praktischen Männer

Adam Patch, in frommer Raserei gegen die Deutschen, lebte von den Kriegsmeldungen. Seine Wände waren mit nadelgespickten Landkarten gepflastert; auf Tischen stapelten sich griffbereit Atlanten zusammen mit den *Photographischen Geschichten des Weltkriegs,* offiziellen Erklärungen und den »persönlichen Eindrücken« von Kriegsberichterstattern und der Schützen X, Y und Z. Mehrere Male während Anthonys Besuch erschien der Privatsekretär seines Großvaters, Edward Shuttleworth, vormals »herausragender Gin-Doktor« im Pat's Place in Hoboken, neuerdings von gerechtem Zorn erfüllt, mit einem Extrablatt. Der Alte fiel mit unermüdlicher Wut über jede Zeitung her, riß die Kolumnen heraus, die ihm hinreichend prägnant erschienen, um aufbewahrt zu werden, und warf sie in seine bereits prall gefüllten Ordner.

»Nun, was hast du unterdessen getrieben?« fragte er Anthony sanft. »Nichts? Dachte ich's mir doch. Den ganzen Sommer über habe ich vorgehabt, dich zu besuchen.«

»Ich habe geschrieben. Erinnerst du dich nicht an den Aufsatz, den ich dir geschickt habe – den ich im letzten Winter an den *Florentine* verkauft habe?«

»Aufsatz? Mir hast du nie einen Aufsatz geschickt.«

»O doch. Wir haben uns darüber unterhalten.«

Adam Patch schüttelte milde den Kopf.

»O nein. Mir hast du nie einen Aufsatz geschickt. Vielleicht hast du geglaubt, du hättest ihn geschickt, aber angekommen ist er hier nie.«

»Aber du hast ihn doch gelesen, Opapa«, beharrte Anthony leicht gereizt, »du hast ihn gelesen und warst anderer Meinung.«

Plötzlich erinnerte sich der Alte, was aber nur daran zu erkennen war, daß ihm der Mund halb offenstand und zwei Reihen grauen Zahnfleischs entblößte. Er bedachte Anthony mit einem starren Blick aus seinen grünen, alten Augen und schwankte, ob er seinen Irrtum eingestehen oder bemänteln sollte.

»So, du schreibst?« sagte er schnell. »Warum fährst du dann nicht hinüber und schreibst über diese Deutschen? Schreib etwas Richtiges, schreib, was vorgeht, etwas, was die Leute lesen können.«

»Nicht jeder kann Kriegsberichterstatter sein«, wandte Anthony ein. »Man braucht eine Zeitung, die bereit ist, einem das Zeug abzukaufen. Und als freier Journalist hinüberzufahren, dafür habe ich nicht das Geld.«

»Ich schicke dich hin«, schlug sein Großvater überraschenderweise vor. »Ich schicke dich hin als autorisierten Korrespondenten irgendeiner Zeitung, die du dir aussuchst.«

Anthony schreckte vor der Idee zurück – zugleich aber sprang er auf sie an.

»Ich – weiß – nicht...«

Er würde Gloria zurücklassen müssen, deren ganzes Leben nach ihm verlangte und ihn umschloß. Gloria hatte Pech gehabt. Ach, die Sache war nicht durchführbar, aber er sah sich doch in Khaki, wie alle Kriegsberichterstatter auf einen schweren Stock gelehnt, Portefeuille unter der Schulter – in dem Bemühen, wie ein Engländer auszusehen. »Ich möchte es überdenken«, gestand er. »Jedenfalls ist es sehr freundlich von Ihnen. Ich werd's mir überlegen und Ihnen Bescheid geben.«

Die Überlegung nahm ihn auf der ganzen Fahrt nach New York gefangen. Plötzlich hatte er eine dieser blitzartigen Erleuchtungen, wie sie allen Männern vergönnt sind, die sich von einer starken und geliebten Frau beherrschen lassen – sie erblicken eine Welt von härteren Männern, die unerbittlicher trainiert sind und mit den Abstraktionen des Geistes und des Krieges ringen. In dieser Welt würden Glorias Arme nur noch als die heiße Umarmung einer zufälligen Geliebten existieren, kühl begehrt und rasch vergessen...

Diese fremden Traumgebilde umgaukelten ihn, als er in der Grand Central Station den Zug nach Marietta bestieg. Der Waggon war überfüllt; er konnte sich eben noch den letzten freien Platz sichern und warf erst nach etlichen Minuten einen ganz beiläufigen Blick auf seinen Nebenmann. Was er sah, war eine massige Mund- und Nasenpartie, ein geschwungenes Kinn und kleine Äuglein über Tränensäcken. Im Nu erkannte er Joseph Bloeckman.

Beide erhoben sich gleichzeitig halb von ihrem Sitz, waren halb verlegen und tauschten so etwas wie einen halben Händedruck. Dann, wie um die Sache abzurunden, gaben sie beide ein halbes Lachen von sich.

»Sie habe ich schon lange nicht mehr gesehen«, bemerkte Anthony ohne Begeisterung. Sofort bedauerte er seine Worte und wollte anfügen: »Ich wußte gar nicht, daß Sie hier draußen wohnen.« Aber Bloeckman kam ihm zuvor, indem er freundlich fragte: »Wie geht es Ihrer Frau?«

»Sehr gut. Wie ist es Ihnen ergangen?«

»Exzellent.« Sein Tonfall verstärkte den Adel des Wortes noch.

Es kam Anthony so vor, als hätte Bloeckman im Laufe des vergangenen Jahres ungeheuer an Würde gewonnen. Das gesottene Aussehen war verschwunden, endlich schien er ›durchgebraten‹.

Außerdem war er nicht mehr zu sehr herausgeputzt. Die unpassenden albernen Krawatten, die er bevorzugt hatte, waren solchen mit kräftigem dunklen Muster gewichen, und seine rechte Hand, an der früher zwei schwere Ringe geprunkt hatten, war jeden Schmuckes bar und sogar ohne den frischen Glanz der Nagelpflege.

Seine Persönlichkeit strahlte dieselbe Würde aus. Das letzte bißchen Aura von erfolgreichem Handlungsreisenden war von ihm abgefallen, jenes vorsätzliche Katzbuckeln, dessen niedrigste Form die Zote im Raucherabteil eines Pullmanwagens ist. Man konnte sich vorstellen, daß er sich, weil finanziell beneidenswert, eine gewisse Zurückhaltung zu eigen gemacht hatte und, weil gesellschaftlich gemieden, verstockt geworden war. Doch was immer ihm Gewicht statt Masse verliehen hatte, Anthony fühlte sich in seiner Gegenwart nicht länger einwandfrei überlegen.

»Erinnern Sie sich noch an Caramel, Richard Caramel? Ich glaube, Sie haben ihn abends einmal getroffen.«

»Ich erinnere mich. Er schrieb an einem Buch.«

»Nun, er hat die Filmrechte daran verkauft. Dann haben sie einen Drehbuchautor namens Jordan darauf angesetzt. Also, Dick ist Abonnent eines Zeitungsausschnittbüros und fuchsteufelswild, weil die Hälfte der Filmkritiker von der ›Kraft und Stärke von William Jordans *Dämonischem Liebhaber*‹ redet. Den guten alten Dick erwähnen sie überhaupt nicht. Man könnte meinen, dieser Jordan hätte die Sache selbst ausgedacht und entwickelt.«

Bloeckman nickte vielsagend. »In den meisten Verträgen steht, daß der Name des Originalautors bei bezahlten Werbemaßnahmen genannt werden muß. Schreibt Caramel noch?«

»O ja. Fleißig. Kurzgeschichten.«

»Na, das ist ja schön, das ist ja schön... Fahren Sie oft mit diesem Zug?«

»Ungefähr einmal die Woche. Wir wohnen in Marietta.«

»Nein, wirklich? Na, so was! Ich selbst wohne in der Nähe von Cos Cob. Hab mir erst kürzlich ein Haus dort gekauft. Dann liegen ja nur acht Kilometer zwischen uns.«

»Sie müssen uns einmal besuchen kommen.« Anthony war erstaunt über seine eigene Höflichkeit. »Gloria wird sich bestimmt freuen, einen alten Freund wiederzusehen. Es kann Ihnen jeder sagen, wo das Haus steht – es ist unsere zweite Saison dort.«

»Danke.« Dann, als wolle er sich mit einer entsprechenden Artigkeit revanchieren: »Wie geht es Ihrem Großvater?«

»Es geht ihm gut. Habe heute erst mit ihm zu Mittag gegessen.«

»Eine großartige Persönlichkeit«, sagte Bloeckman streng. »Musterexemplar eines Amerikaners.«

Der Triumph der Lethargie

Anthony sah seine Frau tief in der Hängematte auf der Veranda liegen, genüßlich einer Limonade und einem Tomatensandwich hingegeben und in ein offenbar lebhaftes Gespräch mit Tana über eines seiner komplizierten Themen vertieft.

»In meinem Land«, Anthony erkannte die gleichbleibende Vorrede, »die ganze Zeit – die Leute – Leis essen – weil nicht haben. Können nicht essen, was nicht haben.« Wäre seine Nationalität nicht so hoffnungslos offensichtlich gewesen, hätte man meinen können, er habe sich die Kenntnis seines Herkunftslandes aus den Erdkundebüchern amerikanischer Grundschulen angeeignet.

Als der Orientale endlich zum Schweigen gebracht und in die Küche entlassen worden war, wandte sich Anthony fragend an Gloria.

»Es ist alles in Ordnung«, verkündete sie mit einem breiten Lächeln. »Und ich war noch überraschter als du.«

»Es besteht kein Zweifel?«

»Keiner! Könnte gar nicht!«

Wohlgemut freuten sie sich, fröhlich vor neugeborener Verantwortungslosigkeit. Dann erzählte er ihr von seiner Chance, ins Ausland zu gehen, und daß er sich beinahe schäme, sie auszuschlagen.

»Was meinst *du* dazu? Sag's mir freiheraus.«

»Aber Anthony!« Ihre Augen blickten erschrocken. »Willst du denn wirklich gehen? Ohne mich?«

Er machte ein langes Gesicht – doch nach der Frage seiner Frau wußte er, daß es schon zu spät war. Ihre Arme hatten sich, süß und würgend, um ihn geschlungen, denn seine Wahl hatte er im Jahr davor getroffen, im Zimmer des Plaza. Sein Ansinnen war ein Anachronismus aus der Ära derartiger Träume.

»Aber natürlich nicht, Gloria«, log er in einem Anfall von Verständnis. »Ich dachte, du könntest als Krankenschwester oder dergleichen mitkommen.« Dumpf fragte er sich, ob sein Großvater das in Betracht ziehen würde.

Als sie lächelte, ging ihm wieder auf, wie schön sie war, ein herrliches Mädchen von wunderbarer Frische und mit überaus ehrlichen Augen. Sie griff seinen Vorschlag mit schwelgerischer Intensität auf, hielt ihn wie eine eigenhändig geschaffene Sonne in die Höhe und wärmte sich an seinen Strahlen. Sie trug die wundervolle Kurzfassung einer Epopöe voll kriegerischer Abenteuer vor.

Nach dem Nachtessen gähnte sie, des Themas überdrüssig. Aufs Sofa hingestreckt, wollte sie nicht mehr reden, sondern nur noch *Penrod* lesen, bis sie um Mitternacht einschlief. Anthony hingegen, romantisch hatte er sie die Treppe hinaufgetragen, blieb auf, um über den Tag nachzubrüten, irgendwie ärgerlich auf sie, irgendwie unzufrieden.

»Was soll ich denn tun?« fing er beim Frühstück wieder an. »Jetzt sind wir schon ein Jahr verheiratet und haben uns nur herumgequält, statt wenigstens tüchtige Müßiggänger zu sein.«

»Ja, du solltest etwas tun«, gab sie, in umgänglicher und redseliger Stimmung, zu. Es war nicht die erste Diskussion dieser Art; da es jedoch meist Anthony war, dem die Rolle des Protagonisten zufiel, hatte sie gelernt, ihnen aus dem Weg zu gehen.

»Nicht etwa, daß ich mir wegen der Arbeit Gewissensbisse mache«, fuhr er fort, »aber Opapa könnte morgen sterben oder noch zehn Jahre weiterleben. Unterdessen leben wir über unsere Verhältnisse, und das einzige, was wir vorzuweisen haben, ist ein bäurischer Wagen und ein paar Kleider. Wir halten uns eine Wohnung, in der wir bisher nur drei Monate gewohnt haben, und ein kleines altes Haus am Ende der Welt. Häufig langweilen wir uns, und trotzdem geben wir uns keine Mühe, irgend jemanden kennenzulernen, bis auf den immer gleichen Haufen, der sich den ganzen Sommer über in Kalifornien herumtreibt, Sportkleidung trägt und darauf wartet, daß die Familie stirbt.«

»Wie du dich verändert hast!« bemerkte Gloria. »Früher hast du mir erzählt, du verstündest nicht, weshalb ein Amerikaner nicht mit Anmut faulenzen könnte.«

»Verdammt, da war ich noch nicht verheiratet. Und mein altes Gehirn hat mit Volldampf gearbeitet, aber jetzt dreht es sich immer im Kreis wie ein Zahnrad, das nichts zu greifen hat. Ja, ich glaube, wenn ich dich nicht kennengelernt hätte, würde ich etwas getan haben. Aber du machst den Müßiggang so raffiniert reizvoll...«

»Oh, jetzt bin ich wohl an allem schuld...«

»Das habe ich nicht gemeint, und das weißt du auch. Aber ich bin schon fast siebenundzwanzig und...«

»Oh«, unterbrach sie ihn verärgert, »du ermüdest mich! Redest so, als hätte ich etwas dagegen oder als würde ich dich daran hindern!«

»Ich wollte doch nur darüber diskutieren, Gloria. Kann ich nicht einmal darüber...«

»Ich finde, du solltest stark genug sein, um...«

»...um etwas mit dir bereden zu können, ohne gleich...«

»...um deine Probleme zu lösen, ohne mich damit zu behelligen. Du *redest* immer nur davon, daß du arbeiten willst. Ich könnte sicherlich mehr Geld gebrauchen, aber beschwere ich mich etwa? Ob du nun arbeitest oder nicht, ich liebe dich.« Ihre letzten Worte waren so sanft wie leichter Schnee auf festgefrorenem Boden. Aber für den Augenblick merkte keiner auf den anderen – sie waren damit beschäftigt, ihre eigene Haltung zu verfeinern und zu vervollkommnen.

»Ich habe gearbeitet – ein bißchen.« Dies, von Anthony, war wie ein unbedachtsamer Einsatz ungeübter Reservetruppen. Gloria lachte, zwischen Belustigung und Spott hin und her gerissen; sie verübelte ihm seine Sophisterei in demselben Maße, wie sie seine Nonchalance bewunderte. Niemals würde sie ihm vorwerfen, er sei ein kraftloser Müßiggänger, solange er es aus Überzeugung war, aus der Haltung heraus, daß nichts zu tun sich lohnte.

»Arbeiten!« höhnte sie. »Du trauriger Vogel! Du Aufschneider! Arbeiten – das bedeutet ein großes Herrichten von Schreibtisch und Beleuchtung, ein großes Anspitzen von Bleistiften und ›Gloria, sing nicht!‹ und ›Bitte, halt mir den verfluchten Tana vom Leib!‹ und ›Darf ich dir meinen ersten Satz vorlesen?‹ und ›Ich bin noch längst nicht fertig, Gloria, also bleib meinetwegen nicht auf!‹ und einen ungeheuren Verbrauch an Tee oder Kaffee. Und das ist alles. Nach etwa einer Stunde höre ich, wie der alte Bleistift zu kratzen aufhört, und schaue zu dir hinüber. Du hast ein Buch herbeigeholt und ›schlägst etwas nach‹. Dann liest du. Dann ein Gähnen – dann zu Bett und ein Hin- und Hergewälze, weil du mit Koffein vollgepumpt bist und nicht schlafen kannst. Zwei Wochen später die ganze Vorstellung wieder von vorn.«

Unter großer Anstrengung wahrte Anthony einen schmalen Lendenschurz an Würde.

»Also, das ist wirklich *leicht* übertrieben. Du weißt *verdammt* gut, daß ich einen Aufsatz an den *Florentine* verkauft habe – und gemessen an der Auflage des *Florentine* hat er viel Aufmerksamkeit erregt. Und außerdem, Gloria, weißt du ganz genau, daß ich bis fünf Uhr morgens aufgesessen habe, um ihn zu Ende zu schreiben.«

Sie verfiel in Schweigen und ließ ihn gewähren. Und falls er sich sein eigenes Grab nicht schon längst geschaufelt hatte, so stand er doch kurz davor.

»Wenigstens«, schloß er lahm, »bin ich durchaus gewillt, Kriegsberichterstatter zu werden.«

Aber das war Gloria auch. Beide waren sie gewillt – geradezu erpicht darauf, versicherten sie einander. Der Rest des Abends wartete mit Themen ungeheurer Gefühlsseligkeit auf: die Würde des Müßiggangs, Adam Patchs schlechter Gesundheitszustand, Liebe um jeden Preis.

»Anthony!« rief sie eines Abends eine Woche später über das Treppengeländer. »Da ist jemand an der Tür.«

Anthony, der auf der sonnengefleckten Südveranda in der Hängematte geschaukelt hatte, schlenderte zur Vorderfront des Hauses. Am Ende des Gartenwegs kauerte wie eine riesige, träge Wanze ein ausländischer Wagen, groß und imposant. Ein Mann in einem weichen Seidenanzug mit passender Mütze begrüßte ihn.

»Hallo, Patch. Wollte Sie nur mal besuchen kommen.«

Es war Bloeckman; wie immer noch eine Spur gewinnender, von feinerer Intonation, überzeugenderer Ungezwungenheit.

»Ich freue mich schrecklich.« Anthony hob die Stimme zu einem rebenbedeckten Fenster: »Glo-ri-a! Wir haben Besuch!«

»Ich sitze in der Wanne«, jammerte Gloria höflich.

Mit einem Lächeln erkannten die beiden Männer die Triftigkeit ihres Alibis an.

»Sie wird gleich hier sein. Kommen Sie hierher auf die Seitenveranda. Ein Drink gefällig? Gloria sitzt immer in der Badewanne – ein gutes Drittel von jedem Tag.«

»Schade, daß sie nicht am Sound wohnt.«

»Können wir uns nicht leisten.«

Da die Bemerkung von Adam Patchs Enkel kam, faßte Bloeckman sie als eine Art Scherz auf. Nach fünfzehn mit scharfsinnigen Pretiosen angefüllten Minuten erschien Gloria, frisch in gestärktem Gelb, und brachte Stimmung und mehr Lebhaftigkeit mit.

»Ich will ein sensationeller Erfolg beim Film werden«, verkündete sie. »Ich höre, daß Mary Pickford eine Million Dollar im Jahr verdient.«

»Das könnten Sie auch, wissen Sie«, sagte Bloeckman. »Ich denke, Sie eignen sich für den Film.«

»Würdest du mich lassen, Anthony? Wenn ich nur einfache Rollen übernehme?«

Während das Gespräch sich unter Verlegenheitspausen weiterspann, wunderte sich Anthony, daß Bloeckman und er dieses Mädchen einst als den anregendsten, belebendsten Menschen empfunden hatten, den sie je gekannt hatten – und jetzt saßen die drei da wie allzu gut geölte Maschinen, ohne Konflikt, ohne Furcht, ohne Begeisterung – kleine Emaillefigurinen, unangenehm geborgen in einer Welt, in der Tod und Krieg, dumpfe Emotion und edle Wildheit einen ganzen Kontinent mit dem Brandrauch des Terrors überzogen.

Gleich würde er Tana rufen, und sie würden ein fröhliches und köstliches Gift in sich hineinschütten, das ihnen vorübergehend die wohltuende Aufgeregtheit der Kindheit wiederschenken würde, als noch jedes Gesicht in einer Menschenmenge auf glänzende und hochbedeutsame Geschäfte schließen ließ, die irgendwo zu einem herrlichen und unermeßlichen Zweck getätigt wurden ... Das Leben war nichts anderes als dieser Sommernachmittag; eine schwache Brise, die den Spitzenkragen von Glorias Kleid erzittern ließ, die langsam dörrende Schläfrigkeit der Veranda ... Sie alle schienen unerträglich ungerührt, fern von jeglicher unmittelbar bevorstehenden romantischen Aktion. Selbst Glorias Schönheit bedurfte ungestümer Gefühle, bedurfte der Bitterkeit, bedurfte des Todes ...

»... nächste Woche, wann immer Sie wollen«, sagte Bloeckman zu Gloria. »Hier – meine Karte. Man wird eine Probeaufnahme mit Ihnen machen, ungefähr hundert Meter Film, daraus läßt sich allerhand ablesen.«

»Wie wär's mit Mittwoch?«

»Mittwoch paßt ausgezeichnet. Rufen Sie mich einfach an, und ich führe Sie herum.«

Er war aufgestanden und schüttelte ihnen kräftig die Hand – dann war sein Auto nur noch eine gespenstische Staubwolke auf der Straße. Verdutzt drehte sich Anthony zu seiner Frau um.

»Also wirklich, Gloria!«

»Du hast doch nichts dagegen, daß ich es einmal versuche, Anthony? Nur einmal. Mittwoch muß ich sowieso in die Stadt.«

»Aber es ist so albern! Du willst doch gar nicht zum Film – den ganzen Tag mit einem Haufen abgeschmackter Tänzerinnen in einem Filmatelier umherschwirren.«

»Mary Pickford schwirrt bestimmt nicht umher!«

»Nicht jeder ist eine Mary Pickford.«

»Ich verstehe nicht, wieso du etwas gegen einen bloßen Versuch hast.«

»Habe ich aber nun mal. Ich hasse Schauspieler.«

»Ach, du ermüdest mich. Bildest du dir etwa ein, es wäre aufregend für mich, auf dieser verdammten Veranda zu dösen?«

»Es würde dir nichts ausmachen, wenn du mich liebtest.«

»Natürlich liebe ich dich«, sagte sie ungeduldig und führte

rasch zu ihrer Entlastung an: »Deswegen kann ich ja auch nicht mit ansehen, wie's mit dir bergab geht, weil du immer nur herumsitzt und sagst, du müßtest arbeiten. Wenn ich eine Weile zum Film ginge, würde es dich vielleicht dazu aufrütteln, auch etwas zu tun.«

»Es ist nur dein Verlangen nach Abwechslung, das ist alles.«

»Und wenn schon! Ein völlig natürliches Verlangen, oder?«

»Eins sag ich dir: Wenn du zum Film gehst, gehe ich nach Europa.«

»Dann geh doch! *Ich* halte dich nicht auf!«

Zum Beweis, daß sie ihn nicht aufhielt, zerfloß sie in schwermütigen Tränen. Gemeinsam ließen sie die Truppen der Sentimentalität aufmarschieren – Worte, Küsse, Zärtlichkeiten, Selbstvorwürfe. Vergebens. Natürlich vergebens. Schließlich setzte sich jeder von ihnen in einem ungeheuren Gefühlsausbruch hin und schrieb einen Brief – Anthony an seinen Großvater, Gloria an Joseph Bloeckman. Es war der Triumph der Lethargie.

Eines Tages Anfang Juli ging Anthony, zurückgekehrt von einem Nachmittag in New York, nach oben zu Gloria. Da er keine Antwort bekam, glaubte er, sie schlafe, und so ging er in die Speisekammer, um sich eines der kleinen Sandwiches zu holen, die stets für sie bereitstanden. Tana saß am Küchentisch vor einem Sammelsurium von Krimskrams – Zigarrenschachteln, Messer, Bleistifte, Dosendeckel und einige Zettel, die mit komplizierten Zahlen und Diagrammen bedeckt waren.

»Was zum Teufel treibst du denn da?« fragte Anthony neugierig.

Tana zog eine höfliche Grimasse.

»Ich Ihnen zeigen«, rief er begeistert. »Ich sagen...«

»Baust du eine Hundehütte?«

»Nein, Sir.« Wieder grinste Tana. »Machen Schleibmaschine.«

»Eine Schreibmaschine?«

»Ja, Sir. Ich denken, oh, ganze Zeit denken, liegen in Bett, denken an Schleibmaschine.«

»Dann hast du dir also gedacht, du baust einfach eine, was?«

»Walten. Ich sagen.«

Anthony lehnte, ein Sandwich kauend, lässig an der Spüle. Tana machte mehrere Male den Mund auf und zu, als wolle er seine Aktionsfähigkeit erproben.

Dann plötzlich begann er: »Ich denken – Schleibmaschine – hat, oh, viel, viel, viel, viel *Ding*. Oh, viel, viel, viel, viel.«

»Viele Tasten. Verstehe.«

»Nein? *Ja* – Taste! Viele, viele, viele, viele Buchstaben. So wie a-b-c.«

»Ja, das stimmt.«

»Walten. Ich sagen.« In einer ungeheuren Anstrengung, sich verständlich zu machen, verzog er das Gesicht. »Ich gedenkt – viele Wöltel – gleich enden. Wie e-n.«

»Und ob! Ein ganzer Haufen.«

»So – ich machen – Schleibmaschine – schnell. Nicht so viele Buchstaben…«

»Das ist eine großartige Idee, Tana. Zeitsparend. Du wirst ein Vermögen machen. Man drückt eine Taste und tippt e-n. Hoffentlich kriegst du's hin.«

Tana lachte geringschätzig.

»Walten. Ich sagen…«

»Wo ist Mrs. Patch?«

»Ausgehen. Walten, ich sagen…« Wieder verzog er das Gesicht, um in Aktion zu treten. »*Meine* Schleibmaschine…«

»Wo ist sie?«

»Hiel – ich machen.« Er deutete auf den Ramsch, der auf dem Tisch herumlag.

»Ich meine Mrs. Patch.«

»Sie ausgehen.« Tana beruhigte ihn: »Sie zulücksein fünf Uhl, sie sagen.«

»Ist sie im Dorf?«

»Nein. Ist gegeht vor Mittagessen. Sie geht Ml. Bloeckman.«

Anthony zuckte zusammen.

»Sie ist mit Mr. Bloeckman ausgegangen?«

»Sie zulücksein fünf.«

Ohne ein weiteres Wort ging Anthony aus der Küche, verfolgt von Tanas untröstlichem »Ich sagen«. Bei Gott, also das war Glorias Vorstellung von Abwechslung! Er hatte die Fäuste geballt; binnen kurzem steigerte er sich zu höchster Empörung. Er ging zur Tür und sah hinaus; kein Auto weit und breit, dabei zeigte seine Uhr bereits vier Minuten vor fünf. In grimmer Hast stürmte er zum Ende des Gartenwegs – auf der Straße war bis zur anderthalb Kilometer entfernten Kurve kein Auto zu sehen – außer – nein, es war die alte Karre eines Farmers. Dann, im würdelosen Versuch, seine Würde zurückzugewinnen, flüchtete er sich ebenso rasch, wie er hinausgestürzt war, wieder in den Schutz des Hauses.

Er lief im Wohnzimmer auf und ab und begann eine wütende Gardinenpredigt einzuüben, die er ihr halten würde, wenn sie hereinkäme...

»Das also ist Liebe!« würde er beginnen – oder nein, das klang zu sehr wie die volkstümliche Redewendung »Das also ist Paris!«. Er mußte würdevoll, gekränkt, bekümmert auftreten. Wie auch immer – »Das also treibst du, wenn ich geschäftlich nach New York fahren muß und den ganzen Tag in der heißen Stadt herumtrotte. Kein Wunder, daß ich nicht schreiben kann! Kein Wunder, daß ich es nicht wage, dich aus den Augen zu lassen!« Er blühte auf und erwärmte sich für sein Thema. »Ich sage dir«, fuhr er fort, »ich sage dir...« Er hielt inne, da er in seinen Worten einen vertrauten Klang entdeckte – und merkte dann, es war Tanas »Ich sagen«.

Aber Anthony konnte weder lachen, noch kam er sich lächerlich vor. In seiner rasenden Phantasie war es bereits sechs – sieben – acht, und nie mehr würde sie kommen! Bloeckman, der gesehen hatte, wie gelangweilt und unglücklich sie war, hatte sie überredet, mit ihm nach Kalifornien zu gehen...

Vor dem Haus erhob sich ein heftiger Tumult, ein fröhliches »Juhu, Anthony!«. Zitternd stand er auf und war halbwegs froh, sie den Gartenweg heraufflattern zu sehen. Bloeckman folgte ihr, die Mütze in der Hand.

»Liebster!« rief sie. »Wir haben die schönste Spritztour gemacht – durch den ganzen Staat New York.«

»Ich muß mich langsam auf den Heimweg machen«, sagte Bloeckman. »Wünschte, Sie wären beide hier gewesen, als ich vorbeigeschaut habe.«

»Bedaure, nicht hier gewesen zu sein«, antwortete Anthony trocken.

Als er abgefahren war, zögerte Anthony. Die Angst war aus seinem Herzen gewichen, doch hatte er das Gefühl, moralisch sei ein Protest angebracht. Gloria befreite ihn aus seiner Unsicherheit.

»Ich wußte, du hättest nichts dagegen. Er kam kurz vor dem Mittagessen und sagte, er müsse geschäftlich nach Garrison, ob ich ihn nicht begleiten wolle. Er sah so einsam aus, Anthony. Und die ganze Strecke über habe ich am Steuer gesessen.«

Lustlos ließ sich Anthony in einen Sessel sinken, er war müde – müde von nichts, müde von allem, vom Gewicht der Welt, das zu tragen er sich nicht ausgesucht hatte. Er war so schwach und ratlos wie eh und je. Einer jener Menschen, die sich trotz aller Worte nicht verständlich machen können. Nur die ungeheure Tradition menschlichen Versagens schien er geerbt zu haben – diese und ein Gefühl der Sterblichkeit.

»Es macht mir wohl nichts aus«, antwortete er.

Man mußte in diesen Dingen großzügig sein, und Gloria, die jung war und schön, mußte angemessene Vorrechte genießen. Und doch quälte ihn, daß er nicht verstand.

Sie drehte sich auf den Rücken, lag in dem großen Bett einen Augenblick still und sah zu, wie die Februarsonne bei ihrem Eintritt durch die Bleiglasfenster ins Zimmer eine letzte schwache Verfeinerung erfuhr. Eine Zeitlang hatte sie keine genaue Erinnerung an ihren Aufenthalt, an die Ereignisse des Vorabends oder des Tages davor; dann, wie ein Pendel, das man angehalten hatte, begann das Gedächtnis auszuschlagen und gab mit jedem Schwung seine Geschichte und ein belastetes Quantum Zeit frei, bis ihr das Leben wiedergeschenkt war.

Jetzt hörte sie Anthonys unruhigen Atem neben sich; roch Whisky und Zigarettenrauch. Sie merkte, daß sie die Kontrolle über ihre Muskeln noch nicht ganz wiedergewonnen hatte; wenn sie sich bewegte, war es keine geschmeidige Bewegung, bei der sich der notwendige Kraftaufwand mühelos über den ganzen Körper verteilt – vielmehr eine ungeheure Anstrengung ihres Nervensystems, als müsse sie sich jedesmal erst hypnotisieren, ehe sie eine schier unmögliche Handlung vollziehen konnte…

Sie ging ins Badezimmer und putzte sich die Zähne, um den unerträglichen Geschmack loszuwerden; dann wieder ans Bett, von wo sie hörte, wie sich Bounds' Schlüssel klirrend im Haustürschloß drehte.

»Wach auf, Anthony!« sagte sie schroff.

Sie legte sich neben ihn ins Bett und schloß die Augen.

Woran sie sich ungefähr als letztes erinnerte, war ein Gespräch mit Mr. und Mrs. Lacy. Mrs. Lacy hatte gesagt: »Sollen wir Ihnen wirklich kein Taxi bestellen?«, und Anthony hatte erwidert, er denke, bis zur Fifth Avenue könnten sie getrost laufen. Dann hatten sie beide unbedacht Anstalten gemacht, sich zu verbeugen – und waren gleich vor der Tür zusammengebrochen, absurderweise inmitten eines Bataillons leerer Milchflaschen. Im Dunkeln mußten zwei Dutzend davon mit offenen Mündern dagestanden haben. Sie konnte für diese Milchflaschen keine plausible Erklärung finden. Vielleicht hatte sie der Gesang bei den Lacys angelockt, und sie waren herbeigeeilt, um staunend und gaffend am Spaß teilzuhaben. Nun, sie hatten den kürzeren gezogen – obwohl es den Anschein hatte, als würden sie und Anthony sich nie mehr aufrappeln können, so sehr rollten die aberwitzigen Dinger umher...

Immerhin hatten sie ein Taxi gefunden. »Mein Fahrpreisanzeiger ist kaputt, und es kostet Sie anderthalb Dollar, nach Hause zu kommen«, sagte der Taxifahrer. »Ich bin der junge Packy McFarland«, sagte Anthony, »und wenn du was willst, schlag ich dich zu Brei, daß du nicht mehr hochkommst.« Da war der Mann ohne sie weitergefahren. Sie mußten ein anderes Taxi gefunden haben, denn jetzt waren sie in ihrem Apartment...

»Wie spät ist es?« Anthony richtete sich im Bett auf und starrte sie mit eulenhafter Eindringlichkeit an.

Offensichtlich war das eine rhetorische Frage. Gloria sah keinen Grund, weshalb sie die Uhrzeit wissen sollte.

»Menschenskinder, hab ich einen Brummschädel!« murmelte Anthony leidenschaftslos. Er entspannte sich und ließ sich wieder auf sein Kissen zurückfallen. »Der Sensenmann soll ruhig kommen!«

»Anthony, wie sind wir heute nacht eigentlich doch noch nach Hause gekommen?«

»Taxi.«

»Oh!« Dann, nach einer Pause: »Hast du mich ins Bett gebracht?«

»Weiß nicht. Mir scheint, du hast *mich* ins Bett gebracht. Welchen Tag haben wir?«

»Dienstag.«

»Dienstag? Hoffentlich. Wenn es Mittwoch wäre, müßte ich meine Arbeit in diesem blödsinnigen Büro antreten. Soll um neun oder zu irgend so einer unchristlichen Stunde dasein.«

»Frag doch Bounds«, schlug Gloria kraftlos vor.

»Bounds!« rief er.

Munter, nüchtern – eine Stimme aus einer Welt, die sie in den letzten beiden Tagen für immer verlassen zu haben glaubten – kam Bounds in kurzen Sätzen herbeigesprungen und erschien im Halbdunkel der Türfüllung.

»Welchen Tag haben wir, Bounds?«

»Den 22. Februar, glaube ich, Sir.«

»Ich meine, welchen Wochentag?«

»Dienstag, Sir.«

»Danke.«

Nach einer Pause: »Möchten Sie Ihr Frühstück, Sir?«

»Ja, und Bounds, bevor du es bringst, füll du mir doch einen Krug mit Wasser und stell ihn hierher ans Bett, ja? Ich habe ziemlichen Durst.«

»Jawohl, Sir.«

Mit nüchterner Würde entfernte sich Bounds durch den Flur.

»Lincolns Geburtstag«, bekräftigte Anthony ohne Begeisterung, »oder Valentinstag oder was auch immer. Wann haben wir mit diesem verrückten Gelage angefangen?«

»Sonntag abend.«

»Nach der Andacht?« äußerte er zynisch.

»Wir sind mit diesen Hansoms durch die ganze Stadt gejagt, und Maury hat sich zu seinem Kutscher gesetzt, weißt du nicht mehr? Dann sind wir nach Hause gekommen, und er hat versucht, uns ein paar Scheiben Speck zu braten – dann ist er mit ein paar verkohlten Resten aus dem Anrichteraum aufgetaucht und hat behauptet, sie seien ›im wahrsten Sinne des Wortes knusprig gebraten‹.«

Sie mußten beide lachen, mühsam, aber spontan, und wie sie so Seite an Seite lagen, gingen sie die Kette von Ereignissen durch, die mit diesem steifen und wirren Erwachen geendet hatte.

Sie hatten sich, seit es Ende Oktober auf dem Land zu kühl geworden war, fast vier Monate in New York aufgehalten. Auf Kalifornien hatten sie dieses Jahr verzichtet, teils aus Geldmangel, teils in der Absicht, ins Ausland zu fahren, falls der langwierige Krieg, der jetzt schon ins zweite Jahr ging, im Winter doch noch enden sollte. Seit einiger Zeit hatte ihr Einkommen an Elastizität verloren; es ließ sich nicht mehr strecken, um fröhliche Marotten und vergnügliche Ausschweifungen zu finanzieren, und Anthony hatte viele konfuse und unbefriedigende Stunden über einem mit dichten Zahlenkolonnen bedeckten Schreibblock gesessen und bemerkenswerte Haushaltspläne aufgestellt, in denen er riesige Überschüsse für »Amüsements, Ausflüge usw.« vorsah und ihre bisherigen Ausgaben wenigstens annähernd zuzuordnen versuchte.

Er erinnerte sich an die Zeit, da er mit seinen beiden besten Freunden ausgiebig gefeiert und er und Maury unweigerlich mehr als ihren eigenen Kostenanteil übernommen hatten. Sie waren es, die die Theaterkarten kauften oder darum zankten, wer die Restaurantrechnung beglich. Es schien angemessen; Dick mit seiner Naivität und seinem erstaunlichen Fundus an Auslassungen über sich selbst hatte eine unterhaltsame, fast jugendliche Figur abgegeben – Hofnarr Ihrer Königlichen Hoheiten. Aber das traf nicht länger zu. Inzwischen war Dick derjenige, der immer Geld hatte; es war Anthony, der seine Vergnügungen in Grenzen halten mußte – ausgenommen hin und wieder eine wilde, weinselige, mit Schecks zu bezahlende Nacht –, und es war Anthony, der anderntags ein ernstes Gesicht aufsetzte und der spöttisch angewiderten Gloria sagte, daß sie »nächstes Mal vorsichtiger« würden sein müssen.

In den zwei Jahren seit Erscheinen des *Dämonischen Liebhabers* hatte Dick mehr als fünfundzwanzigtausend Dollar verdient, den Großteil davon erst seit neuestem, als das Honorar des Romanautors infolge der unersättlichen Gier der Filmindustrie nach Plots anzuschwellen begann. Für jede Geschichte erhielt er siebenhundert Dollar, für damalige Verhältnisse eine hohe Vergütung für einen so jungen Mann – er war noch nicht ganz dreißig –, und für jede, die genügend »Action« für eine Verfilmung aufwies (Küsse, Schüsse, Opfertaten), empfing er weitere tausend. Seine Geschichten waren unterschiedlich; in allen fand sich ein gewisses Maß an Kraft und eine Art instinktiver Kunstfertigkeit, doch keine besaß die Ausstrahlung des *Dämonischen Liebhabers,* und einige fand Anthony ausgesprochen kitschig. Mit diesen, erklärte Dick ernsthaft, wolle er die Zahl seiner Leser vergrößern. Hatten Männer, die wirklich dauerhafte Wirkung erzielt hatten, von Shakespeare bis Mark Twain, sich nicht ebenso an die vielen wie an die Auserwählten gewandt?

Trotz Widerspruchs von Anthony und Maury sagte Gloria ihm, er solle nur ruhig soviel Geld verdienen, wie er könne – das sei ohnehin das einzige, was zähle...

Maury, ein wenig korpulenter, etwas jovialer und zuvorkommender, war nach Philadelphia gezogen, um dort zu arbeiten. Ein-, zweimal im Monat kam er nach New York, und bei diesen Gelegenheiten zogen sie zu viert auf den üblichen Strecken von Restaurant zu Theater, von dort aus zum Frolic oder vielleicht, auf Drängen der stets neugierigen Gloria, zu einem der Keller in Greenwich Village, die durch die wilde, aber kurzlebige Mode der ›Neuen Lyrikbewegung‹ bekannt geworden waren.

Im Januar hatte Anthony nach vielen an seine schweigsame Frau gerichteten Monologen beschlossen, »etwas zu tun«, jedenfalls für den Winter. Er wollte seinen Großvater besänftigen und bis zu einem gewissen Grade sogar herausfinden, wie es ihm selbst zusagte. Im Laufe verschiedener zaghafter Anrufe halb gesellschaftlicher Natur stellte er fest, daß die Arbeitgeber kein Interesse an einem jungen Mann hatten, der es »nur mal für ein paar Monate oder so« versuchen wollte. Als Enkel von Adam Patch wurde er zwar überall mit ausgesuchter Höflichkeit empfangen, doch gehörte der Alte längst zum alten Eisen – sein Ruhm zunächst als ›Unterdrücker‹, sodann als ›geistiger Erneuerer‹ des Volkes hatte seinen Höhepunkt während der zwanzig Jahre vor seinem Ruhestand erlebt. Unter den jüngeren Männern traf Anthony sogar einige an, die meinten, Adam Patch sei bereits seit etlichen Jahren tot.

Schließlich suchte Anthony seinen Großvater auf und bat ihn um Rat. Dieser lautete dahingehend, daß er als Verkäufer ins Anleihengeschäft einsteigen sollte, ein Vorschlag, der Anthony langweilig vorkam, den zu befolgen er sich am Ende aber doch entschloß. Bares Geld, geschickt gehandhabt, wirkte unter allen Umständen faszinierend, wohingegen jeder Aspekt der Warenfertigung unerträglich fad wäre. Er zog den Journalismus in Betracht, doch dann befand er, daß die Arbeitsstunden nicht auf einen verheirateten Mann zugeschnitten waren. Er gab sich angenehmen Phantasien über einen Posten als Herausgeber eines geistreichen wöchentlichen Meinungsblatts, eines amerikanischen *Mercure de France,* oder als glänzender Regisseur satirischer Komödien und Pariser Revuen hin. Indessen schien der Zugang zu letzteren Zünften von Berufsgeheimnissen verstellt. Dorthin gelangte man nur auf den Schleichpfaden der Schreiberei und Schauspielerei. Offensichtlich war es unmöglich, in eine Zeitschriftenredaktion aufgenommen zu werden, wenn man nicht bereits vorher bei einer gearbeitet hatte.

So betrat er schließlich mit Hilfe eines Empfehlungsschreibens von seinem Großvater jenes Sanctum Americanum, wo der Präsident von Wilson, Hiemer & Hardy an seinem aufgeräumten Schreibtisch saß, und verließ es wieder als Angestellter. Am 23. Februar sollte er seine Stelle antreten.

Das zweitägige Trinkgelage war aus diesem folgenschweren Anlaß geplant worden, denn wenn er erst einmal zu arbeiten begonnen hätte, würde er, wie er sagte, unter der Woche früh zu Bett gehen müssen. Maury Noble war aus Philadelphia eingetroffen, um sich in Wall Street mit jemandem zu treffen (den er übrigens verpaßte), und Richard Caramel war halb überredet, halb überlistet worden, sich ihnen anzuschließen. Am Montag nachmittag hatten sie sich zur Teilnahme an einer feuchtfröhlich-eleganten Hochzeitsfeier herbeigelassen, und am Abend war der Ausgang bereits entschieden: Gloria, die ihr gewöhnliches Limit von vier zeitlich genau aufeinander abgestimmten Cocktails überschritten hatte, führte sie an in einem frisch-fröhlichen Bacchanal, wie sie es noch nie erlebt hatten, verriet erstaunliche Kenntnisse über Ballettschritte und sang Lieder, die ihr, wie sie bekannte, ihre Köchin beigebracht hatte, als sie siebzehn und noch unschuldig war. Diese wiederholte sie, von den anderen ermuntert, den ganzen Abend über immer wieder mit so freimütiger Ausgelassenheit, daß Anthony, weit davon entfernt, verärgert zu sein, für die neue Quelle der Unterhaltung dankbar war. Das Ereignis war auch aus anderen Gründen denkwürdig – eine lange Unterredung zwischen Maury und einem verstorbenen Krebs, den er am Ende einer Kordel hinter sich herzog, über die Frage, ob der Krebs in den Anwendungen des binomischen Lehrsatzes bewandert sei, sowie das bereits erwähnte Wettrennen in zwei Hansoms, beobachtet von den stillen, eindrucksvollen Schatten der Fifth Avenue und beendet mit einer verworrenen Flucht ins Dunkel des Central Park. Schließlich hatten Anthony und Gloria einem wilden jungen Ehepaar – den Lacys – einen Besuch abgestattet und waren inmitten der leeren Milchflaschen zusammengebrochen.

Jetzt war es Morgen – und sie mußten die Beträge zusammenrechnen, die sie hier und da in Klubs, in Läden und Restaurants mit Scheck bezahlt hatten; mußten den muffig-schalen Geruch nach Wein und Zigaretten aus dem hohen blauen Wohnzimmer abziehen lassen, die Glasscherben auflesen und die fleckigen Sessel- und Sofabezüge abbürsten; mußten Anzüge und Kleider von Bounds in die Reinigung bringen lassen; mußten endlich ihren rauchigen, halb fiebrigen Leib und ihren geschwächten, bedrückten Geist der kalten Februarluft aussetzen, auf daß das Leben weitergehe und Wilson, Hiemer & Hardy am nächsten Morgen um neun Uhr die Dienste eines tatkräftigen Mannes in Anspruch nehmen könnten.

»Weißt du noch«, rief Anthony aus dem Badezimmer, »wie Maury an der Ecke zur 110. Straße ausgestiegen ist, sich als Verkehrspolizist aufgeführt und Autos vorbei- und zurückgewinkt hat? Die haben bestimmt gedacht, er sei Privatdetektiv.«

Bei jeder Erinnerung mußten die beiden unbändig lachen; auf Heiteres reagierten ihre überreizten Nerven genauso scharf und heftig wie auf Bedrückendes.

Vor dem Spiegel wunderte sich Gloria über die herrliche Farbe und Frische ihres Gesichts – es kam ihr vor, als hätte sie noch nie so gesund ausgesehen, auch wenn der Magen sie drückte und ihr entsetzlich der Schädel brummte.

Der Tag verging langsam. Anthony, der mit einem Taxi zu seinem Börsenmakler fuhr, um gegen ein Wertpapier einen Kredit aufzunehmen, stellte fest, daß er nur noch zwei Dollar in der Tasche hatte. Die Fahrt würde die gesamte Summe verschlingen, aber er hatte das Gefühl, daß er die U-Bahn an diesem Nachmittag nicht hätte ertragen können. Wenn der Taxameter zu diesem Betrag auflief, mußte er eben aussteigen und zu Fuß weitergehen.

Mit diesem Gedanken überließ er sich einem seiner typischen Tagträume... In seinem Traum merkte er, daß der Taxameter zu schnell tickte – der betrügerische Fahrer hatte ihn frisiert. Ruhig ließ er sich an sein Ziel fahren, dann reichte er dem Mann gelassen, was er ihm in Wahrheit schuldig war. Der Mann wollte sich mit ihm anlegen, doch ehe er noch die Hände erheben konnte, schlug Anthony ihn mit einem gewaltigen Haken nieder. Und als er wieder aufsprang, wich Anthony ihm rasch aus und streckte ihn mit einem Schlag gegen die Schläfe endgültig zu Boden.

Jetzt stand er vor Gericht. Der Richter hatte ihn zu fünf Dollar Geldstrafe verurteilt, er aber hatte kein Geld. Würde das Gericht seinen Scheck annehmen? Ah, aber er sei dem Gericht nicht bekannt. Nun, er könne seine Identität durch einen Anruf in seinem Apartment nachweisen.

Gesagt, getan. Ja, Mrs. Anthony Patch am Apparat – aber woher solle sie denn wissen, ob dieser Mann ihr Ehemann sei? Wie könne sie das wissen? Der Polizeiwachtmeister solle sie nur fragen, ob sie sich an die Milchflaschen erinnere...

Hastig beugte er sich vor und klopfte an die Trennscheibe. Das Taxi befand sich erst auf der Brooklyn Bridge, aber der Taxameter zeigte bereits einen Dollar achtzig Cent an, und niemals hätte Anthony die zehn Prozent Trinkgeld ausgelassen.

Im Lauf des Nachmittags kehrte er ins Apartment zurück. Gloria war ebenfalls ausgegangen – zum Einkaufen –, und jetzt schlief sie zusammengerollt in einer Ecke des Sofas und schloß ihre Besorgungen sicher in die Arme. Ihr Gesicht war unbeschwert wie das eines kleinen Mädchens, und das Bündel, das sie fest an ihre Brust drückte, war eine Kinderpuppe, ein tief und unendlich heilsamer Balsam für ihr verstörtes kindliches Herz.

Schicksal

Mit diesem Gelage, insbesondere mit Glorias Anteil daran, begann sich in ihrer Lebensweise eine entscheidende Veränderung abzuzeichnen. Die herrliche Einstellung, ihr könne alles gestohlen bleiben, änderte sich über Nacht; was ein bloßer Glaubenssatz Glorias gewesen war, wurde zum einzigen Trost und zur einzigen Rechtfertigung für das, was sie zu tun beliebten, und für die daraus erwachsenden Folgen. Nichts bereuen, nicht einen Ausruf des Bedauerns ausstoßen, im Einklang mit einem klaren

Ehrenkodex leben und so inbrünstig und beharrlich wie möglich das Glück des Augenblicks suchen.

»Außer uns kümmert sich doch niemand um uns, Anthony«, sagte sie eines Tages. »Es wäre lächerlich, wenn ich so täte, als empfände ich der Welt gegenüber irgendwelche Verpflichtungen, und so zerbreche ich mir gar nicht erst den Kopf darüber, was die Leute von mir denken, das ist alles. Als ich klein war und in die Ballettstunde ging, haben die Mütter der anderen kleinen Mädchen, die nicht so beliebt waren wie ich, immer an mir herumgekrittelt; seitdem halte ich Kritik für eine Art neiderfüllter Huldigung.«

Das sagte sie wegen einer Nacht im Boul' Mich', als Constance Merriam sie in einer höchst angeregten Viererrunde gesehen hatte. Als »alte Schulfreundin« hatte Constance Merriam es auf sich genommen, sie am nächsten Tag zum Mittagessen einzuladen, um ihr mitzuteilen, wie schrecklich sie sich aufgeführt habe.

»Ich habe ihr gesagt, daß ich sie nicht verstehe«, sagte Gloria zu Anthony. »Eric Merriam ist eine Art veredelter Percy Wolcott – du erinnerst dich an den Mann in Hot Springs, von dem ich dir erzählt habe –, seine Vorstellung von Respekt vor Constance besteht darin, sie, wann immer er auf eine Party geht, die nicht todlangweilig zu werden verspricht, mit Nähzeug, Baby, Buch und derlei harmlosen Beschäftigungen zu Hause zu lassen.«

»Das hast du ihr gesagt?«

»Allerdings. Und ich habe ihr gesagt, ihre Einwände richteten sich in Wirklichkeit dagegen, daß ich mich glänzender amüsiere als sie.«

Anthony lobte sie. Er war ungemein stolz auf Gloria, stolz, daß sie auf einer Party jede andere Frau unweigerlich in den Schatten stellte, stolz, daß sich die Männer in großen, lärmenden Gruppen mit Vorliebe stets mit ihr vergnügten, ohne Anstalten, etwas anderes zu tun, als ihre Schönheit und die Wärme ihrer Lebenskraft zu genießen.

Allmählich wurden diese Partys zur hauptsächlichen Quelle ihrer Unterhaltung. Obwohl noch immer verliebt, noch immer ungeheuer aneinander interessiert, stellten sie beim Nahen des Frühlings doch fest, daß es sie anödete, abends zu Hause zu bleiben. Bücher hatten etwas Unwirkliches; der alte Zauber des Alleinseins war längst verflogen – statt dessen zogen sie es vor, sich von einem dümmlichen Musical langweilen zu lassen oder mit den fadesten ihrer Bekannten essen zu gehen, solange es genügend Cocktails gab, die ein Absacken des Gesprächs ins vollends Unerträgliche verhinderten. Vereinzelte jüngere Ehepaare, mit denen sie auf der Schule oder dem College befreundet gewesen waren, wie auch eine bunte Mischung von Junggesellen dachten instinktiv an sie, wann immer Farbe und Aufregung gefragt waren, so daß kaum ein Tag ohne Anrufe verging, ohne ein »Habt ihr heute abend schon was vor?«. Ehefrauen hatten in der Regel Angst vor Gloria. Ihr Geschick, im Mittelpunkt der Aufmerksamkeit zu stehen, ihre unschuldige und dennoch beunruhigende Art, die Gunst der Ehemänner zu erlangen – all das nötigte sie instinktiv zu einer Haltung tiefen Mißtrauens, die dadurch, daß Gloria für den vertrauten Umgang mit einer Frau weitgehend unempfänglich war, nur noch verstärkt wurde.

An dem verabredeten Mittwoch im Februar war Anthony zu der imposanten Kanzlei von Wilson, Hiemer & Hardy gegangen und hatte viele vage Anweisungen über sich ergehen lassen, die ihm ein energischer junger Mann etwa in seinem Alter namens Kahler erteilte. Dieser trug eine kecke gelbe Pompadourfrisur. Da er sich als Abteilungsleiter vorstellte, wirkte sie wie ein Tribut an seine außergewöhnlichen Fähigkeiten.

»Sie werden feststellen, daß es hier zwei Arten von Männern gibt«, sagte er. »Da ist einmal der Mann, der, noch bevor er dreißig wird, zum Abteilungsleiter oder zum Bevollmächtigten aufsteigt und dessen Name hier auf unserem Aktendeckel geschrieben steht, und da ist zum anderen der Mann, dem das gleiche erst mit fünfundvierzig widerfährt. Der Mann, der seinen Namen erst mit fünfundvierzig hier anbringt, bleibt für den Rest seines Lebens hier.«

»Was ist mit dem Mann, der das schon mit dreißig schafft?« erkundigte Anthony sich höflich.

»Nun, der bringt es so weit, sehen Sie.« Er zeigte auf eine Liste mit stellvertretenden Vizepräsidenten auf dem Aktendekkel. »Oder vielleicht wird er Präsident, Sekretär oder Generalbevollmächtigter.«

»Und was ist mit denen hier?«

»Mit denen? Ach, das sind die Vorstandsmitglieder – die Männer mit Kapital.«

»Verstehe.«

»Manche Leute glauben«, fuhr Kahler fort, »ein früher oder später Start hänge davon ab, ob der Betreffende einen Hochschulabschluß hat oder nicht. Aber da irren sie sich.«

»Verstehe.«

»Ich habe einen Hochschulabschluß; ich war in Buckleigh, Jahrgang 1911, aber als ich zur Wall Street kam, habe ich bald festgestellt, daß der abgehobene Stoff, den ich am College gepaukt hatte, mir hier nichts nützen würde. Ja, eine Menge von diesem abgehobenen Stoff mußte ich mir sogar aus dem Kopf schlagen.«

Anthony konnte nicht umhin, sich zu fragen, was für »abgehobenen Stoff« er 1911 in Buckleigh gelernt haben könnte. Im Lauf der Unterhaltung kam ihm immer wieder der unabweisbare Gedanke, daß es sich um Nadelarbeiten gehandelt haben mußte.

»Sehen Sie den Mann da drüben?« Kahler wies auf einen jugendlich aussehenden Mann mit schönem grauem Haar, der hinter einem Mahagonigeländer an einem Schreibtisch saß. »Das ist

Mr. Ellinger, der erste Vizepräsident. Ist überall gewesen, hat alles gesehen; hat eine gute Erziehung genossen.«

Vergebens versuchte Anthony, seine Sinne für die Romantik der Finanzwelt zu öffnen; er konnte sich Mr. Ellinger nur als einen der Käufer hübscher in Leder gebundener Ausgaben von Thackeray, Balzac, Hugo und Gibbon vorstellen, die die Wände der großen Buchhandlungen säumten.

Den ganzen feuchten und wenig anregenden Monat März hindurch wurde er auf Verkaufsstrategien vorbereitet. Da es ihm an Begeisterung fehlte, konnte er die Unruhe und Geschäftigkeit um ihn herum nur als fruchtloses allumfassendes Streben nach einem unbegreiflichen Ziel auffassen, von dessen handfester Existenz lediglich die rivalisierenden Villen eines Mr. Frick und eines Mr. Carnegie in der Fifth Avenue zeugten. Daß diese erstaunlichen Vizepräsidenten und Vorstandsmitglieder die Väter der ›Prachtburschen‹ sein sollten, die er in Harvard gekannt hatte, schien ihm nicht zusammenzupassen.

In der Kantine oben aß er in dem unruhigen Argwohn, daß er moralisch aufgerichtet wurde, und fragte sich während der ersten Woche, ob die Dutzende junger Angestellter, einige davon flink und makellos und eben erst vom College abgegangen, in der flammenden Hoffnung lebten, sich vor den katastrophischen Dreißigern auf den schmalen Rücken eines Aktenordners zu flüchten. Das Gespräch, welches sich mit dem Fortgang des Tagwerks verwob, verlief immer gleich. Man besprach, auf welche Weise Mr. Wilson sein Geld verdient, welche Methode Mr. Hiemer angewandt und zu welchen Mitteln Mr. Hardy gegriffen hatte. Man erzählte sich uralte, aber immer wieder atemberaubende Anekdoten über die Vermögen, die irgendeinem »Fleischer«, »Barmann« oder »Kreuzdonner! einem verdammten Botenjungen« in der Wall Street in den Schoß gefallen waren, dann sprach man von den derzeitigen Risikogeschäften und ob man am besten hunderttausend im Jahr anstreben oder sich mit zwanzig zufriedengeben sollte. Im Vorjahr hatte einer der Abteilungsleiter seine gesamten Ersparnisse in Bethlehem Steel angelegt. Die Geschichte von seiner grandiosen Prachtentfaltung, von seiner hochmütigen Kündigung im Januar und dem triumphalen Palast, den er jetzt in Kalifornien baute, war das beliebteste Gesprächsthema im Büro. Der Name des Mannes hatte eine magische Bedeutung angenommen, versinnbildlichte er doch das Trachten aller braven Amerikaner. Man erzählte sich über ihn Anekdoten – wie einer der Vizepräsidenten ihm zum Verkauf geraten hatte, doch er, alle Achtung!, hatte ausgeharrt und für die Hinterlegungssumme sogar noch dazugekauft, »und jetzt schaut euch an, wie weit er's gebracht hat!«

Offenbar war das der Stoff, aus dem das Leben war – ein schwindelerregender Triumph, der sie alle blendete, eine zigeunernde Sirene, die sie selbst mit kargem Lohn abspeiste und mit, statistisch unwahrscheinlich, letztendlichem Erfolg.

Auf Anthony wirkte diese Vorstellung abstoßend. Um hier Erfolg zu haben, spürte er, müßte sein Geist von der Idee des Erfolgs ergriffen und eingeengt sein. Er hatte den Eindruck, als wäre das wesentliche Element bei diesen Männern an der Spitze der Glaube, ihre Tätigkeit sei der Kernbestand des Lebens. Wo sonst alles gleich viel galt, siegten Selbstsicherheit und Opportunismus über Fachwissen; es war offenkundig, daß die sachkundigere Arbeit an der Basis vor sich ging – mit angemessener Effizienz beließ man daher die Fachleute dort.

Seine Entschlossenheit, während der Woche abends zu Hause zu bleiben, hielt nicht lange vor; meist kam er mit rasendem Kopfweh zur Arbeit, und das morgendliche Grauen der überfüllten Untergrundbahn dröhnte ihm wie ein Echo aus der Hölle in den Ohren.

Dann kündigte er abrupt. Er war einen ganzen Montag im Bett liegengeblieben und schrieb dann, heimgesucht von einem jener Anfälle schwermütiger Verzweiflung, denen er von Zeit zu

Zeit erlag, spätabends einen Brief an Mr. Wilson, in dem er bekannte, für die Arbeit untauglich zu sein. Den Brief schickte er ab. Gloria, die von einem Theaterbesuch mit Richard Caramel nach Hause kam, fand ihn auf dem Sofa, wo er schweigend an die hohe Decke starrte, niedergeschlagener und entmutigter, als er es seit ihrer Hochzeit je gewesen war.

Sie wollte ihn jammern hören. Hätte er es getan, so hätte sie ihn scharf zurechtgewiesen, denn sie war nicht wenig verärgert; doch er lag nur da und war so durch und durch unglücklich, daß er ihr leid tat. Sie kniete nieder, streichelte ihm den Kopf und sagte, wie unwichtig es sei, wie unwichtig alles andere sei, solange sie einander nur liebten. Es war wie im ersten Jahr ihrer Ehe, und Anthony, der auf ihre kühle Hand ansprach, auf ihre Stimme, sanft wie ein Atemhauch an seinem Ohr, wurde beinahe fröhlich und besprach seine Zukunftspläne mit ihr. Ehe er zu Bett ging, bedauerte er insgeheim sogar, seine Kündigung so übereilt eingereicht zu haben.

»Selbst wenn einem alles hundsmiserabel vorkommt, darf man seinem eigenen Urteil nicht trauen«, hatte Gloria gesagt. »Was zählt, ist die Summe aller Urteile.«

Mitte April traf ein Brief des Grundstücksmaklers in Marietta ein, der sie ermunterte, das graue Haus für einen leicht angehobenen Betrag auf ein weiteres Jahr zu mieten, und ihnen einen Mietvertrag zur Unterfertigung beigefügt hatte. Eine Woche lang lagen Brief und Vertrag sorglos vernachlässigt auf Anthonys Schreibtisch. Sie hatten nicht die Absicht, nach Marietta zurückzukehren. Im vorhergehenden Sommer hatten sie sich meistens gelangweilt und waren den Ort leid. Außerdem war ihr Wagen zu einer klappernden Masse hypochondrischen Metalls verkommen, und ein neuer war finanziell nicht angeraten.

Aufgrund eines weiteren wüsten Gelages, das vier Tage anhielt und an dem sich insgesamt mehr als ein Dutzend Menschen beteiligten, unterzeichneten sie den Mietvertrag aber doch; zu ihrem blanken Entsetzen unterzeichneten sie ihn und schickten ihn ab, und gleich wollte es ihnen vorkommen, als hörten sie, wie sich das graue Haus, zuletzt farblos und feindselig, die weißen Lippen leckte und nur darauf wartete, sie zu verschlingen.

»Anthony, wo ist bloß dieser Mietvertrag?« rief sie eines Sonntagmorgens in heller Aufregung, verkatert und realitätsnüchtern. »Wo hast du ihn hingelegt? Er lag doch hier!«

Dann fiel ihr ein, wo er war. Sie erinnerte sich an die mehrtägige Party, die sie auf dem Höhepunkt der Stimmung geplant hatten; sie erinnerte sich an den Raum voller Männer, für die sie und Anthony in weniger angeregten Augenblicken ohne Interesse waren, und an Anthonys Angeberei mit den außerordentlichen Vorzügen und der Abgeschiedenheit des grauen Hauses – es sei so entlegen, daß es nichts ausmache, wieviel Lärm man dort veranstalte. Dann hatte Dick, der zu Besuch gewesen war, begeistert ausgerufen, es sei das schönste Häuschen, das man sich vorstellen könne, und sie wären töricht, es nicht für einen weiteren Sommer zu mieten. Es war ein leichtes gewesen, sich lebhaft vorzustellen, wie heiß und menschenleer die Großstadt sein werde, wie kühl und köstlich dagegen der Charme Mariettas. Anthony hatte nach dem Vertrag gegriffen, ungestüm damit herumgefuchtelt und Glorias freudiges Einverständnis gewonnen, und in einem letzten Ausbruch an wortreicher Entschlußkraft, in dessen Verlauf sämtliche Männer mit feierlichem Handschlag besiegelten, daß sie zu Besuch kommen würden, hatten sie…

»Anthony«, rief sie, »wir haben ihn unterzeichnet und abgeschickt!«

»Was?«

»Den Mietvertrag!«

»Teufel noch eins!«

»Oh, Anthony!« In ihrer Stimme schwang äußerste Trübsal mit. Für den Sommer, für die Ewigkeit hatten sie sich ein Gefängnis erbaut. Die letzten Wurzeln ihrer Stabilität schienen zu reißen. Anthony dachte, daß sich die Sache mit dem Grundstücksmakler vielleicht regeln ließe. Sie konnten sich die doppelte Miete nicht länger leisten, und ein Umzug nach Marietta bedeutete, daß er sein Apartment aufgeben mußte, sein makelloses Apartment mit dem exquisiten Bad und den Zimmern, für die er Möbel und Vorhänge gekauft hatte – von allen Behausungen, die er gehabt hatte, kam es einem Zuhause am nächsten, war ihm vertraut, voller Erinnerungen an vier lebhafte Jahre.

Aber die Sache ließ sich weder mit dem Grundstücksmakler noch sonst irgendwie regeln. Niedergeschlagen, ja sogar ohne zu behaupten, daß sie das Beste daraus machen würden, ohne Glorias allgenügsames »Mir kann alles gestohlen bleiben«, kehrten sie in das Haus zurück, von dem sie längst wußten, daß es sich weder um Jugend noch um Liebe scherte – sondern nur um jene nüchternen, nicht mitteilbaren Erinnerungen, an denen sie niemals teilhaben würden.

Der unheilbringende Sommer

In diesem Sommer herrschte Grauen im Haus. Es kam mit ihnen und senkte sich herab wie eine düstere Wolke, hüllte das Erdgeschoß ein, dehnte sich allmählich aus und schlich die enge Treppe hinauf, bis es sie in ihrem Schlaf bedrückte. Anthony und Gloria haßten es, allein im Haus zu sein. Glorias Schlafzimmer, das ihr so rosig, jung und delikat vorgekommen war, so passend zu ihrer pastellfarbenen Unterwäsche, die auf Stuhl und Bett verstreut lag, schien jetzt mit seinen raschelnden Vorhängen zu raunen: »Ach, schöne junge Frau, es ist nicht das erste Mal, daß Zierlichkeit und Zartheit hier in der Sommersonne verwelken ... Vor diesem Spiegel haben sich Generationen ungeliebter Frauen geschmückt, für bäurische Liebhaber, die ihnen keine Beachtung schenkten ... Jugend hat dieses Zimmer in blassestem

Blau betreten und es im grauen Totenhemd der Verzweiflung verlassen; hier, wo dieses Bett steht, haben viele Mädchen in langen Nächten wach gelegen und Wogen des Jammers ins Dunkel ausgesandt.«

Schließlich warf Gloria kleinlaut alle ihre Kleider und Salben hinaus, erklärte, sie sei gekommen, um mit Anthony zusammenzuleben, und gebrauchte die Ausflucht, eines ihrer Fliegengitter sei verrottet und lasse Wanzen ein. So wurde ihr Zimmer unempfindlichen Gästen überlassen, und sie selbst kleidete sich und nächtigte im Schlafzimmer ihres Mannes, was Gloria irgendwie »gut« fand, so, als habe Anthonys Gegenwart die Vernichtung beunruhigender Schatten der Vergangenheit bewirkt, die in seinen vier Wänden nisten mochten.

Die Unterscheidung zwischen »Gut« und »Schlecht«, die früh und schnell aus ihrem Leben verwiesen worden war, hatte sich in veränderter Form wieder durchgesetzt. Gloria beharrte darauf, daß alle, die ins graue Haus eingeladen wurden, »gut« zu sein hatten, was im Falle eines Mädchens bedeutete, daß es entweder schlicht und untadelig sein oder eine gewisse Kraft und Festigkeit besitzen mußte. Gegen ihre eigenen Geschlechtsgenossinnen schon immer äußerst skeptisch, galt ihr Urteil jetzt der Frage, ob eine Frau »sauber« war oder nicht. Unter Unsauberkeit verstand sie verschiedenerlei: mangelnden Stolz, mangelndes Rückgrat, vor allem aber die unverkennbare Aura der Promiskuität.

»Frauen schmutzen leicht«, sagte sie, »viel leichter als Männer. Sofern ein Mädchen nicht sehr jung und brav ist, ist es fast ein Ding der Unmöglichkeit, daß es auf die schiefe Bahn gerät, ohne daß es eine gewisse hysterische Vitalität an den Tag legt, und zwar eine durchtriebene, schmutzige Vitalität. Männer sind anders – deswegen, glaube ich, ist eine der meistverbreiteten Figuren in Liebesromanen der Mann, der galant zur Hölle fährt.«

Sie neigte dazu, viele Männer zu mögen, vorzugsweise solche, die ihr unverblümt huldigten und ihre unersättliche Unterhaltungssucht befriedigten – doch plötzlichen Eingebungen folgend, teilte sie Anthony des öfteren mit, daß einer seiner Freunde ihn nur ausnutze und er ihn deshalb lieber meiden solle. Gewöhnlich wandte Anthony ein, der Beschuldigte sei »ein anständiger Kerl«, doch mußte er feststellen, daß sein Urteil trügerischer war als ihres, auf denkwürdige Weise dann, wenn er, wie es mehrfach geschah, auf einer Restaurantrechnung nach der anderen sitzenblieb, für die er ganz allein aufkommen mußte.

Mehr aus Angst vor Einsamkeit als aus dem Bestreben, die Mühen und Plagen der Gastgeberrolle auf sich zu nehmen, füllten sie das Haus jedes Wochenende, oft auch während der Woche, mit Gästen. Die Wochenendpartys glichen sich wie ein Ei dem anderen. Wenn die drei oder vier geladenen Männer eingetroffen waren, war ein Gelage angesagt, gefolgt von einem ausgelassenen Dinner und einer Fahrt zum Cradle Beach Country Club, dem sie beigetreten waren, weil er wohlfeil war, lebhaft, wenn auch nicht eben elegant und bei solchen Anlässen unentbehrlich. Außerdem war es nicht sonderlich wichtig, wie man sich dort aufführte, und solange sich die Gruppe um Patch einigermaßen leise verhielt, spielte es keine Rolle, ob die gesellschaftlichen Diktatoren von Cradle Beach sahen, daß die fröhliche Gloria im Verlauf des Abends im Speisesaal häufiger Cocktails schlürfte.

Der Samstag endete im allgemeinen in glanzvoller Konfusion – oft erwies es sich als notwendig, einem benebelten Gast beim Zubettgehen behilflich zu sein. Der Sonntag bescherte die New Yorker Zeitungen und einen ruhigen Vormittag, an dem man sich auf der Veranda erholte – und der Sonntagnachmittag bedeutete die Verabschiedung der ein, zwei Gäste, die in die Stadt zurückkehren mußten, und eine große Wiederbelebung des Gelages mit den ein, zwei Gästen, die bis zum nächsten Tag blieben, und schloß mit einem vergnüglichen, wenn nicht gar übermütigen Abend.

Der getreue Tana, von Natur Pädagoge und von Beruf Mädchen für alles, war zusammen mit ihnen zurückgekehrt. Angestammte Gäste trieben wiederholt ihren Scherz mit ihm. Eines Nachmittags hatte Maury Noble die Bemerkung gemacht, Tanas eigentlicher Name sei Tannenbaum, er sei ein deutscher Agent, der sich im Lande aufhalte, um in Westchester County teutonische Propaganda zu verbreiten. Danach trafen zur Verblüffung der Orientalen mysteriöse Briefe aus Philadelphia ein, die an einen gewissen »Lt. Emil Tannenbaum« adressiert und mit zwei senkrechten Reihen stimmungsvoller, drolliger japanischer Schriftzeichen geschmückt waren. Anthony überreichte sie Tana stets, ohne eine Miene zu verziehen; noch Stunden später sah man, wie der Empfänger in der Küche über ihnen brütete und ernsthaft erklärte, die senkrechten Symbole seien kein Japanisch und ähnelten diesem nicht im entferntesten.

Seit Gloria eines Tages unerwartet aus dem Dorf zurückgekommen war und ihn ertappt hatte, wie er, auf Anthonys Bett hingefläzt, versuchte, eine Zeitung zu entziffern, empfand sie dem Mann gegenüber eine starke Abneigung. Sämtliche Bediensteten faßten eine instinktive Zuneigung zu Anthony und verabscheuten Gloria, und Tana war keine Ausnahme. Allerdings hatte er gründlich Angst vor ihr und ließ seine Abneigung nur in launischeren Augenblicken durchschimmern, wenn er feinsinnig Bemerkungen an Anthony richtete, die für ihr Ohr bestimmt waren.

»Was Miss Pats fül Abendessen wollen?« sagte er dann etwa und schaute dabei seinen Herrn an. Oder er beklagte sich auf eine Weise über die erbitterte Selbstsucht der »amelikanischen Leute«, die keinen Zweifel daran ließ, wer besagte »Leute« waren.

Aber sie wagten es nicht, ihn zu entlassen. Ein solcher Schritt wäre ihrer Trägheit zuwidergelaufen. Sie erduldeten Tana, wie sie schlechtes Wetter, körperliche Krankheiten und den ehrenwerten Willen Gottes erduldeten – wie sie alles erduldeten, sogar sich selbst.

Im Dunkeln

Eines schwülen Nachmittags Ende Juli rief Richard Caramel aus New York an, um zu sagen, daß er und Maury hinauskommen und einen Freund mitbringen würden. Sie trafen leicht angeheitert gegen fünf ein, und zwar in Begleitung eines kleinen, gedrungenen Mannes von fünfunddreißig Jahren, den sie als Mr. Joe Hull vorstellten, einen der feinsten Kerle, die Anthony und Gloria je kennengelernt hätten.

Joe Hull hatte einen gelben Bart, der unablässig aus seiner Haut hervorsproß, und eine tiefe Stimme, die zwischen einem Kontrabaß und heiserem Flüstern schwankte. Anthony trug Maurys Koffer nach oben, folgte ihm ins Zimmer und schloß sorgsam die Tür hinter sich.

»Wer ist dieser Kerl?« wollte er wissen.

Maury kicherte begeistert.

»Wer, Hull? Ach, der ist in Ordnung. Ein feiner Kerl.«

»Ja, aber wer ist er?«

»Hull? Einfach ein feiner Kerl. Ein Prinz.« Sein Gelächter verdoppelte sich und gipfelte in einer Abfolge vergnügter katzengleicher Grimassen. Anthony zauderte zwischen einem Lächeln und einem Stirnrunzeln.

»Irgendwie kommt er mir seltsam vor. Komische Kleidung« – er hielt inne –, »ich habe den schleichenden Verdacht, daß du ihn gestern abend irgendwo aufgelesen hast.«

»Daß ich nicht lache!« meinte Maury. »Ich kenne ihn schon mein ganzes Leben lang.« Da er seine Aussage jedoch mit einer weiteren Folge von Glucksern krönte, sah sich Anthony zu der Bemerkung veranlaßt: »Wer's glaubt!«

Später, kurz vor dem Abendessen, zog Gloria Anthony ins Speisezimmer, während Maury und Dick sich lärmend unterhielten und Joe Hull schweigend zuhörte und an seinem Drink nippte.

»Ich mag diesen Hull nicht«, sagte sie. »Ich wünschte, er würde Tanas Badewanne benutzen.«

»Ich kann ihn schlecht darum bitten.«

»Jedenfalls will ich ihn nicht in unserer haben.«

»Er scheint mir ein schlichtes Gemüt zu sein.«

»Er hat weiße Schuhe an, die wie Handschuhe aussehen. Ich kann richtig seine Zehen sehen. Uh! Wer ist er überhaupt?«

»Da fragst du mich zuviel.«

»Die haben vielleicht einen Nerv, ihn einfach anzuschleppen. Das hier ist schließlich keine Seemannsmission!«

»Die waren sternhagelvoll, als sie angerufen haben. Maury sagte, sie wären seit gestern nachmittag auf Sauftour.«

Gloria schüttelte verärgert den Kopf und kehrte wortlos auf die Veranda zurück. Anthony sah, daß sie versuchte, ihre Unsicherheit zu vergessen und den Abend doch noch zu genießen.

Es war ein tropisch heißer Tag gewesen, und noch bis in die späte Dämmerung hinein vibrierte die flimmernde Hitze, die von der trockenen Straße aufstieg, leicht wie zitterndes Alabasterglas. Der Himmel war wolkenlos, doch weit hinter den Wäldern in Richtung des Sound hatte ein schwaches, aber hartnäckiges Grollen eingesetzt. Als Tana sie zum Essen rief, gingen die Männer mit Glorias Billigung ohne Jackett ins Haus.

Maury setzte zu einem Song an, den sie während der Vorspeise mehrstimmig zu Ende sangen. Er bestand aus zwei Versen und wurde zu einer volkstümlichen Melodie namens *Daisy Dear* gesungen. Die Verse lauteten:

The – pan-ic – has – come – over us,
So ha-a-as – the moral decline!

Jedes Absingen wurde überschwenglich und mit lang anhaltendem Applaus gefeiert.

»Kopf hoch, Gloria!« empfahl Maury. »Du wirkst ziemlich deprimiert.«

»Bin ich aber nicht«, log sie.

»Hier, Tannenbaum!« rief er über seine Schulter. »Ich hab dir ein Glas eingeschenkt. Komm schon!«

Gloria versuchte, ihn zurückzuhalten.

»Bitte nicht, Maury!«

»Warum denn nicht? Vielleicht spielt er uns nach dem Essen etwas auf der Flöte vor. Da, Tana.«

Grinsend trug Tana das Glas in die Küche. Kurz darauf gab Maury ihm ein anderes.

»Kopf hoch, Gloria!« rief er. »Um Himmels willen, nun muntert doch Gloria ein bißchen auf!«

»Liebste, trink doch noch etwas«, riet Anthony.

»Trink doch bitte!«

»Kopf hoch, Gloria«, sagte Joe Hull unbeschwert.

Bei dieser dreisten Anrede mit ihrem Vornamen zuckte Gloria zusammen. Sie schaute umher, um zu sehen, ob noch jemand es gehört hatte. Daß ihr Name einem Mann, gegen den sie eine unüberwindbare Abneigung gefaßt hatte, so glatt über die Lippen kam, wirkte abstoßend auf sie. Einen Moment später bemerkte sie, daß Joe Hull Tana ein weiteres Glas gereicht hatte, und ihr Ärger wuchs, weiter verstärkt durch die Wirkung des Alkohols.

»... und einmal«, sagte Maury gerade, »sind Peter Granby und ich in Boston gegen zwei Uhr morgens in ein Badehaus gegangen. Außer dem Besitzer war niemand da, da haben wir ihn in einen Besenschrank geschubst und die Tür verriegelt. Dann kam jemand herein und wollte ein Schwitzbad. Meine Güte, der dachte, wir wären die Masseure! Wir haben ihn einfach gepackt und ihn in voller Bekleidung ins Becken geschmissen. Dann haben wir ihn wieder herausgefischt, auf einen Tisch gelegt und ihn grün und blau geschlagen. ›Nicht so grob, Leute!‹ hat er mit leise quiekender Stimme gesagt. ›Bitte!‹«

War das Maury? fragte sich Gloria. Jeder andere hätte sie mit dieser Geschichte amüsiert, aber Maury, der unendlich verständige Maury, diese Apotheose an Takt und Rücksichtnahme…

The – pan-ic – has come – over us,
So ha-a-as…

Der Rest des Liedes wurde von einem Donnergrollen übertönt; Gloria erschauderte und versuchte, ihr Glas zu leeren, aber bereits beim ersten Schluck wurde ihr übel, und sie stellte es wieder hin. Das Essen war zu Ende, und sie gingen gemeinsam ins große Zimmer und nahmen etliche Flaschen und Karaffen mit. Jemand hatte die Verandatür geschlossen, um den Wind nicht hereinzulassen, daher stiegen in der stickigen Luft bereits die kreisrunden Fangarme des Zigarrenqualms auf.

»Man rufe Leutnant Tannenbaum!« Wieder war es dieser Wechselbalg Maury. »Er bringe die Flöte mit!«

Anthony und Maury stürzten zur Küche; Richard Caramel kurbelte das Grammophon an und trat auf Gloria zu.

»Tanze mit deinem vertrauten Vetter!«

»Ich mag nicht tanzen.«

»Dann trage ich dich eben einfach herum.«

Als führe er eine Tätigkeit von überwältigender Wichtigkeit aus, hob er sie mit seinen kurzen, dicken Armen empor und begann, gravitätisch im Zimmer umherzutraben.

»Laß mich los, Dick! Mir ist schwindelig!« beteuerte sie.

Er ließ sie wie ein zappelndes Bündel auf die Couch fallen, rannte in die Küche und rief: »Tana! Tana!«

Dann, ohne Vorwarnung, spürte sie, wie andere Arme sie umschlossen, spürte, wie sie vom Sofa gehievt wurde. Joe Hull hatte sie in die Höhe gehoben, in seinem Rausch versuchte er, Dick nachzuahmen.

»Setzen Sie mich ab!« sagte sie schneidend.

Sein trunkenes Lachen und der Anblick seines stacheligen gelben Kinns dicht vor ihrem Gesicht riefen in ihr unerträglichen Ekel hervor.

»Und zwar sofort!«

»The – pan-ic...«, setzte er an, weiter kam er aber nicht, denn Gloria holte rasch aus und verpaßte ihm eine Maulschelle. Hierauf ließ er sie augenblicklich los, sie stürzte zu Boden und stieß im Fallen mit der Schulter gegen den Tisch...

Dann schien das Zimmer angefüllt von Qualm und Menschen. Da war Tana in seinem weißen Mantel und taumelte, gestützt von Maury, umher. Seiner Flöte entlockte er eine sonderbare Klangmischung, die, wie Anthony rief, ein »japanisches Eisenbahnlied« sein sollte. Joe Hull hatte eine Schachtel Kerzen gefunden, mit denen er jonglierte. Jedesmal, wenn er danebengriff, schrie er: »Eine weniger!« Dick tanzte allein in selbstvergessenen Pirouetten durchs ganze Zimmer. Es kam ihr vor, als taumele alles im Raum in grotesken vierdimensionalen Drehungen durch einander überlagernde Ebenen blauen Dunstes.

Draußen war ein unglaubliches Gewitter losgebrochen – wenn es vorübergehend nachließ, war zu hören, wie die hohen Sträucher gegen das Haus peitschten und der Regen auf das Blechdach über der Küche prasselte. Die Blitze wollten schier kein Ende nehmen und zogen schwere Donnerschläge nach sich, wie Roheisen im Innern eines weißglühenden Hochofens. Gloria sah, daß es durch drei der Fenster hereinregnete – schaffte es aber nicht, sich von der Stelle zu rühren, um sie zu schließen...

Sie stand in der Diele. Sie hatte gute Nacht gesagt, doch niemand hatte sie gehört oder auf sie geachtet. Einen Augenblick lang wollte es ihr vorkommen, als habe etwas über die Geländerbrüstung gespäht, doch sie brachte es nicht über sich, ins Wohnzimmer zurückzugehen – lieber echter Wahnsinn als dieses Wahnsinnsgebrüll. Oben tappte sie nach dem Lichtschalter, konnte ihn aber in der Dunkelheit nicht finden; ein Blitzstrahl, der das Zimmer erhellte, zeigte ihr deutlich den Schalter an der Wand. Als aber wieder undurchdringliches Schwarz sie umhüllte, entzog er sich ihren tastenden Fingern von neuem. So streifte sie ihr Kleid und ihren Unterrock ab und warf sich kraftlos auf die trockene Hälfte des halb durchnäßten Bettes.

Sie schloß die Augen. Von unten drang der verworrene Lärm der Zecher herauf, plötzlich unterbrochen vom Klirren zersplitternder Gläser und dem aufsteigenden Fragment eines lallend gegrölten Liedes...

Mehr als zwei Stunden lag sie so da – wie sie sich hinterher ausrechnete, indem sie die einzelnen Zeitabschnitte zusammenzählte. Nach langer Zeit wurde sie inne, daß der Lärm unten nachgelassen hatte, das Gewitter nach Westen abzog und nur noch das nachklingende Rauschen des Regens zurückließ, der, schwer und leblos wie ihre Seele, auf die durchweichten Felder fiel. Dann ebbten Wind und Regen langsam und zögerlich ab, bis vor ihren Fenstern draußen nichts mehr zu hören war als ein leises Tropfen und das verspielte Rascheln der nassen Weinreben am Fensterbrett. Sie befand sich in einem Zustand zwischen Schlafen und Wachen, in dem weder das eine noch das andere vorherrschte... und wurde von dem Wunsch geplagt, ein Gewicht abzuschütteln, das sich auf ihre Brust gelegt hatte. Sie hatte das Gefühl, wenn sie nur weinen könnte, würde das Gewicht von ihr abfallen, und so preßte sie die Augenlider zusammen und versuchte, einen Kloß im Hals zu entwickeln... Vergebens...

Tropf! Tropf! Tropf! Das Geräusch war nicht unangenehm – wie der Frühling, wie ein kühler Regen in ihrer Kindheit, der im Hinterhof fröhlichen Matsch erzeugte und den winzigen Garten begoß, den sie mit Miniaturrechen, -spaten und -hacke angelegt hatte. Tropf – tro-opf! Es war wie in jenen Tagen, da der Regen aus einem gelben Himmel fiel, der kurz vor der Dämmerung schmolz und einen leuchtenden Strahl Sonnenlicht diagonal in die feuchten grünen Bäume schoß. So kühl, so klar und sauber –

und ihre Mutter dort im Mittelpunkt der Welt, im Mittelpunkt des Regens, geborgen, trocken und stark. Sie wünschte ihre Mutter herbei, aber ihre Mutter war tot, für immer außer Sicht- und Reichweite. Und dieses Gewicht drückte sie, drückte sie – oh, wie es sie drückte!

Sie erstarrte. Jemand war zur Tür gekommen, war stehengeblieben und betrachtete sie, bis auf ein leises Schwanken völlig reglos. Gegen das kaum wahrnehmbare Licht konnte sie die Umrisse der Gestalt sehen. Nirgendwo ein Laut, nur eine große, durchdringende Stille – selbst das Tropfen hatte aufgehört... nur diese Gestalt, die da schwankte, in der Tür schwankte, ein verwischter und tückisch bedrohlicher Mahr, ein Mensch, der unter seinem Lack abscheulich war wie Pockennarben unter einer Puderschicht. Doch ihr müdes Herz – es pochte, daß ihre Brüste bebten – verriet ihr, daß noch Leben in ihr war, wenn auch entsetzlich durcheinandergerüttelt, bedroht...

Die Minute oder Folge von Minuten dehnte sich endlos, und allmählich verschwamm und verwischte sich alles vor ihren Augen, die in kindischem Starrsinn versuchten, das Dunkel zur Tür hin zu durchdringen. Im nächsten Augenblick schien es, als wolle eine unvorstellbare Gewalt sie aus dem Leben reißen ... doch dann drehte sich die Gestalt in der Tür – es war Hull, jetzt sah sie es, Hull – bedächtig um und entfernte sich, noch immer schwankend, wie verschluckt von dem undurchdringlichen Licht, das ihr Räumlichkeit verliehen hatte.

Das Blut schoß ihr wieder in die Glieder, Blut und Leben in einem. Mit einem energischen Ruck richtete sie sich auf und verlagerte ihren Körper, bis ihre Füße den Boden neben dem Bett berührten. Sie wußte, was sie zu tun hatte – jetzt, jetzt, bevor es zu spät war. Sie mußte hinaus in den kühlen Dunst, hinaus und fort, das nasse Rascheln des Grases um ihre Füße verspüren und die frische Feuchte auf ihrer Stirn. Mechanisch fuhr sie in ihre Kleider und tastete im Dunkel des Wandschranks nach einem

Hut. Sie mußte fort aus diesem Haus, in dem etwas umging, was sich auf ihre Brust legte oder sich im Finstern in streunende, schwankende Gestalten verwandelte.

In panischer Angst nestelte sie unbeholfen an ihrem Mantel. Sie fand den Ärmel in dem Augenblick, als sie am Fußende der Treppe Anthonys Schritte hörte. Sie wagte nicht zu warten; womöglich ließ er sie nicht gehen, und selbst Anthony war Teil dieses Gewichts, Teil dieses verwünschten Hauses und der trüben Finsternis, die es verschluckte...

Also den Gang entlang... und die Hintertreppe hinunter. Vom Schlafzimmer her, das sie eben verlassen hatte, hörte sie Anthonys Stimme.

»Gloria! Gloria!«

Aber jetzt war sie in der Küche angelangt und schlüpfte zur Tür hinaus in die Nacht. Hundert Tropfen sprühten, vom aufbrausenden Wind aus einem triefnassen Baum geschüttelt, auf sie herab, und dankbar drückte sie sie mit heißen Händen an ihr Gesicht.

»Gloria! Gloria!«

Die Stimme war unendlich weit fort; durch die Mauern, die sie hinter sich gelassen hatte, klang sie gedämpft und klagend. Gloria bog um die Hausecke und ging los, den Gartenweg zur Straße hinunter; fast frohlockte sie, als sie zu dieser gelangte und sich, dem flachen Grasteppich am Rand folgend, im dichten Dunkel vorsichtig voranbewegte.

»Gloria!«

Sie verfiel in Trab und stolperte über einen Ast, den der Wind abgeknickt hatte. Die Stimme befand sich nunmehr vor dem Haus. Anthony, der das Schlafzimmer leer vorgefunden hatte, war auf die Veranda getreten. Doch etwas trieb sie vorwärts, etwas dort bei Anthony, und sie mußte ihre Flucht unter diesem trüben, bedrückenden Himmel fortsetzen, sich vorankämpfen durch die Stille, die wie eine greifbare Barriere vor ihr lag.

Sie hatte auf der kaum erkennbaren Straße einige Entfernung zurückgelegt, vielleicht einen dreiviertel Kilometer, und kam an einem abgelegenen leerstehenden Schuppen vorbei, der schwarz und unheilkündend vor ihr aufragte, das einzige Gebäude zwischen dem grauen Haus und Marietta; dann bog sie in die Seitenstraße ein, die in den Wald führte und zwischen zwei hohen Wänden aus Blättern und Zweigen verlief, die sich über ihrem Kopf beinahe berührten. Plötzlich bemerkte sie vor sich auf der Straße einen schmalen, länglichen Silberstreif, wie ein glänzendes Schwert, das halb im Schlamm vergraben war. Als sie näher kam, gab sie einen leisen Ausruf der Genugtuung von sich – es war eine Wagenspur voll Wasser, und als sie zum Himmel aufblickte, sah sie, daß die Wolkendecke leicht aufgerissen war. Da wußte sie, daß der Mond schien.

»Gloria!«

Sie zuckte heftig zusammen. Anthony war keine siebzig Meter hinter ihr.

»Gloria, so warte doch!«

Sie preßte die Lippen fest zusammen, um sich am Schreien zu hindern, und beschleunigte ihre Schritte. Bevor sie weitere dreißig Meter gelaufen war, trat der Wald zurück, rollte sich wie ein dunkler Strumpf vom Bein der Straße hinunter. In einer Entfernung von drei Gehminuten sah sie in der nunmehr hohen und grenzenlosen Luft ein dünnes, schwach glitzerndes und glänzendes Netz hängen, das, von regelmäßigen Wellen bewegt, in irgendeinem unsichtbaren Punkt zusammenlief. Mit einemmal wußte sie, wohin sie gehen würde. Es war die große Kaskade von Drähten, die sich wie die Beine einer riesigen Spinne, deren Auge das kleine grüne Licht im Stellwerk war, hoch über den Fluß erhoben und zusammen mit der Eisenbahnbrücke auf den Bahnhof zuliefen. Der Bahnhof! Da würde der Zug stehen, der sie mitnähme.

»Gloria, ich bin's! Anthony! Gloria, ich werde nicht versuchen, dich aufzuhalten. Um Himmels willen, wo steckst du denn nur?«

Sie gab keine Antwort, sondern fing an zu rennen, wobei sie sich an den erhöhten Straßenrand hielt und über die schimmernden Pfützen hinwegsprang – winzig kleine Lachen dünnen, unstofflichen Goldes. Jählings bog sie nach links ab und folgte einem schmalen Fuhrweg. Sie machte einen Schlenker, um einem dunklen Körper auszuweichen, der auf dem Boden lag. Vor sich sah sie die Rampe, die zur Eisenbahnbrücke führte, und die Stufen, die hinaufgingen. Der Bahnhof lag am anderen Ufer.

Wieder schreckte ein Geräusch sie auf, die melancholische Sirene eines herannahenden Zuges und, fast gleichzeitig, ein wiederholtes Rufen, schwach und weit entfernt.

»Gloria! Gloria!«

Anthony mußte der Hauptstraße gefolgt sein. Mit einer Art tückischer Bosheit lachte sie darüber, daß sie ihm entkommen war; so konnte sie es sich leisten, zu warten, bis der Zug vorbeigefahren wäre.

Wieder heulte die Sirene auf, diesmal näher, und dann schob sich, ohne sich mit Gebrülle und Getöse anzukündigen, ein dunkler, sehniger Leib aus dem Dunkel des hohen Bahndamms ins Blickfeld und bewegte sich lautlos, bis auf das Brausen des zerteilten Windes und das uhrwerkhafte Rattern der Schienen, auf die Brücke zu – es war ein elektrischer Zug. Zwei kräftige blaue Lichtkleckse über der Lokomotive bildeten eine unablässig leuchtende, knisternde Stange, die – wie die unruhige Flamme einer Totenlampe – für einen Moment die Baumreihen erhellte und Gloria veranlaßte, instinktiv auf die andere Straßenseite auszuweichen. Das Licht war lau – von der Temperatur warmen Blutes... Plötzlich zog sich das Rattern zu einem gleichmäßigen Gebrause zusammen, dann raste das Ding, hingestreckt in düsterer Geschmeidigkeit, blind an ihr vorüber, donnerte über die Brücke und jagte dem gespenstisch fahlen Feuerstrahl nach, der sich im feierlichen Fluß spiegelte. Danach fiel es rasch in sich zusammen, und der Lärm wurde verschluckt, bis nur noch ein widerhallendes Echo zurückblieb, das auf der anderen Uferseite erstarb.

Wieder kroch Stille über das nasse Land; das schwache Getröpfel setzte wieder ein, und plötzlich benetzte ein großer Tropfenschauer Gloria und schreckte sie aus der tranceähnlichen Starre, in die der vorbeifahrende Zug sie versetzt hatte. Schnell rannte sie die Böschung hinab zum Ufer und fing an, die Eisentreppe zur Brücke hinaufzuklettern. Dabei fiel ihr ein, daß sie das schon immer einmal hatte tun wollen und daß sie die zusätzliche Aufregung genießen würde, den ein Meter breiten Holzsteg zu überqueren, der neben den Gleisen über den Fluß führte.

Da! Das war besser! Jetzt war sie oben angelangt und konnte das Umland sehen: weite Strecken flachen Landes, kalt unter dem Mond, von dichten Baumgruppen und schmalen Baumreihen grob zusammengeflickt und gesäumt. Zur Rechten, einen dreiviertel Kilometer den Fluß entlang, der sich jenseits des Lichts wie die schimmernde Schleimspur einer Schnecke verlor, blinkten verstreut die Lichter von Marietta. Keine siebzig Meter entfernt am Ende der Brücke kauerte der von einer Ölfunzel beleuchtete Bahnhof. Der Druck war jetzt von ihr gewichen – die Baumwipfel unter ihr wiegten das junge Sternenlicht in einen unruhigen Schlummer. In einer Geste der Freiheit streckte sie die Arme aus. Genau das hatte sie gewollt: allein zu stehen, dort wo es hoch und kühl war.

»Gloria!«

Wie ein erschrockenes Kind hastete sie den Steg entlang, hopste, hüpfte, sprang in dem ekstatischen Gefühl ihrer körperlichen Schwerelosigkeit. Sollte er jetzt nur kommen – davor hatte sie keine Angst mehr, aber erst mußte sie noch den Bahnhof erreichen, das gehörte mit zum Spiel. Sie war glücklich. Ihren Hut, der ihr vom Kopf gerutscht war, hielt sie fest umklammert, und ihr kurzer Lockenschopf wippte über ihren Ohren auf und nieder. Nie hätte sie geglaubt, sie würde sich noch einmal so jung fühlen, aber das hier war ihre Nacht, ihre Welt. Mit einem triumphierenden Lachen verließ sie den Steg, und als sie den hölzernen Bahnsteig erreichte, warf sie sich fröhlich neben einen eisernen Stützpfeiler.

»Hier bin ich!« rief sie, in ihrer Hochstimmung beschwingt wie die Morgenröte. »Hier bin ich, Anthony, lieber – alter, besorgter Anthony!«

»Gloria!« Er gelangte zum Bahnsteig und rannte auf sie zu. »Es fehlt dir doch nichts?« Angekommen, kniete er sich vor sie und nahm sie in die Arme.

»Nein.«

»Was war denn? Warum bist du weggelaufen?« fragte er angstvoll.

»Ich mußte einfach – etwas« – sie hielt inne, und in ihrer Erinnerung flackerte eine peitschende Unruhe auf –, »etwas hat auf mir gehockt – hier.« Sie legte die Hand auf ihre Brust. »Ich mußte einfach hinaus und davon.«

»Was meinst du mit ›etwas‹?«

»Ich weiß nicht... dieser Hull...«

»Hat er dich etwa behelligt?«

»Er ist an meine Tür gekommen, betrunken. Ich glaube, zu dem Zeitpunkt war ich schon ganz außer mir.«

»Gloria, Liebste...«

Erschöpft ließ sie den Kopf an seine Schulter sinken.

»Laß uns zurückgehen«, schlug er vor.

Sie fröstelte.

»Uh! Nein, das könnte ich nicht. Es würde wiederkommen und sich auf mich legen.« Ihre Stimme steigerte sich zu einem Schrei, der klagend in der Dunkelheit schwebte. »Dieses Etwas...«

»Ist ja schon gut«, beschwichtigte er sie und zog sie fest an sich heran. »Wir werden nichts unternehmen, was du nicht willst. Was willst du denn? Einfach sitzen bleiben?«

»Ich will – ich will fort.«

»Wohin denn?«

»Ach – irgendwohin.«

»Menschenskinder, Gloria«, rief er, »du bist ja immer noch blau!«

»Nein, bin ich nicht. Bin ich den ganzen Abend nicht gewesen. Ich bin nach oben gegangen, ach, ich weiß nicht, ungefähr eine halbe Stunde nach dem Abendessen... Autsch!«

Er hatte aus Versehen ihre rechte Schulter berührt.

»Das tut weh. Irgendwie habe ich mir weh getan. Ich weiß nicht – irgend jemand hat mich aufgehoben und wieder fallen lassen.«

»Gloria, komm nach Hause. Es ist spät und feucht.«

»Ich kann nicht«, jammerte sie. »Oh, Anthony, bitte mich nur darum nicht! Morgen, ja. Du gehst nach Hause, und ich warte hier auf einen Zug. Ich gehe in ein Hotel...«

»Ich komme mit.«

»Nein, ich will dich nicht bei mir haben. Ich möchte allein sein. Ich möchte schlafen – ach, ich möchte schlafen. Und morgen, wenn das Haus nicht mehr nach Whisky und Zigaretten riecht und alles wieder in Ordnung ist und Hull weg, dann komme ich nach Hause. Wenn ich jetzt ginge, würde dieses Etwas... oh...!« Sie schlug die Hände vors Gesicht; Anthony sah, wie aussichtslos es war, sie umstimmen zu wollen.

»Ich war ganz nüchtern, als du verschwunden bist«, sagte er. »Dick ist auf dem Sofa eingeschlafen, und Maury und ich haben diskutiert. Dieser Hull ist irgendwo herumgeirrt. Dann habe ich gemerkt, daß ich dich mehrere Stunden nicht gesehen hatte, und bin nach oben gegangen –«

Er brach ab, als aus dem Dunkel zur Begrüßung plötzlich ein »Hallo auch!« dröhnte. Gloria sprang auf, und er ebenfalls.

»Das ist Maurys Stimme«, rief sie erregt. »Wenn Hull bei ihnen ist, halte sie mir vom Leib, halte sie mir vom Leib!«

»Wer ist da?« rief Anthony.

»Nur Dick und Maury«, ließen sich beruhigend zwei Stimmen vernehmen.

»Wo ist Hull?«

»Im Bett. Zusammengeklappt.«

Auf dem Bahnsteig tauchten die Umrisse ihrer Gestalten auf.

»Was zum Teufel macht ihr denn hier?« erkundigte sich Richard Caramel schläfrig verwirrt.

»Was macht *ihr* denn hier?«

Maury lachte.

»Wenn ich das nur wüßte. Wir sind dir nachgegangen und hatten unsere liebe Mühe damit. Ich hab dich auf der Veranda nach Gloria rufen hören, da hab ich die Karamelle hier geweckt und ihr mühsam klarmachen können, wir sollten, wenn es schon einen Suchtrupp gibt, besser mit von der Partie sein. Er hat mich ganz schön aufgehalten, weil er sich dauernd auf die Straße gehockt und mich gefragt hat, was das alles soll. Aufgespürt haben wir euch mit Hilfe des lieblichen Dufts von Canadian Club.«

Unter dem niedrigen Vordach war ein nervös rasselndes Lachen zu hören.

»Wie habt ihr uns denn nun wirklich aufgespürt?«

»Nun ja, wir sind auf der Straße hinter dir her, dann haben wir dich plötzlich aus den Augen verloren. Anscheinend bist du bei einer Wagenspur abgezweigt. Nach einer Weile hat uns jemand zugerufen und gefragt, ob wir ein junges Mädchen suchen. Wir sind hin und haben gesehen, daß es ein kleiner zitternder Alter war, der wie im Märchen auf einem umgestürzten Baumstamm saß. ›Die ist hier unten abgebogen‹, sagte er, ›und beinah auf mich draufgetreten, war in furchtbarer Eile, und dann ist 'n Kerl in 'ner kurzen Golfhose angerannt gekommen und ihr nach. Das hier hat er mir hingeworfen.‹ Der Alte wedelte mit einer Dollarnote herum...«

»Oh, der arme Alte!« rief Gloria gerührt aus.

»Da hab ich ihm auch eine hingeworfen, und wir sind weiter, obwohl er uns bat, dazubleiben und ihm zu erklären, was das alles soll.«

»Der arme Alte«, wiederholte Gloria bedrückt.

Dick setzte sich verschlafen auf eine Kiste.

»Und jetzt?« fragte er in einem Ton stoischer Resignation.

»Gloria ist ziemlich mitgenommen«, erklärte Anthony. »Wir fahren mit dem nächsten Zug in die Stadt.«

Im Dunkeln hatte Maury einen Fahrplan aus der Tasche gezogen.

»Zünd mal ein Streichholz an.«

Ein winziges Flämmchen zuckte aus dem undurchdringlichen Dunkel auf und beleuchtete die vier Gesichter, die hier unter dem Nachthimmel grotesk und unvertraut wirkten.

»Laß sehen. Zwei, halb drei – nein, das ist am Nachmittag. Himmel, vor halb sechs werdet ihr keinen Zug kriegen.«

Anthony zögerte.

»Na ja«, murmelte er unsicher, »wir haben beschlossen, hierzubleiben und auf ihn zu warten. Ihr zwei könnt gern zurückgehen und euch schlafen legen.«

»Du auch, Anthony«, drängte ihn Gloria. »Ich möchte, daß du Schlaf findest, Lieber. Du warst schon den ganzen Tag über leichenblaß.«

»Ach was, du kleiner Dummkopf!«

Dick gähnte.

»Sehr wohl. Wenn ihr bleibt, bleiben wir auch.«

Er trat unter dem Vordach hervor und musterte den Himmel.

»Immerhin eine recht schöne Nacht. Sternenklar und so. Ausgesprochen geschmackvolles Arrangement.«

»Laß sehen.« Gloria folgte ihm, und ihr die anderen beiden.

»Laßt uns hier draußen sitzen«, schlug sie vor. »Das finde ich viel schöner.«

Anthony und Dick verwandelten eine längliche Kiste in eine Rückenstütze und fanden ein Brett, trocken genug, daß Gloria darauf sitzen konnte. Anthony ließ sich neben sie fallen, und Dick hievte sich mühsam auf ein Apfelfaß daneben.

»Tana hatte sich zum Schlafen in die Hängematte auf der Veranda gelegt«, bemerkte er. »Wir haben ihn ins Haus getragen und ihn zum Trocknen neben den Küchenherd gelegt. Er war bis auf die Haut durchnäßt.«

»Dieser gräßliche kleine Mann!« seufzte Gloria.

»Guten Tag!« Die sonore Grabesstimme kam von oben, und als sie aufblickten, stellten sie zu ihrem Erstaunen fest, daß Maury das Vordach erklommen hatte, wo er nun saß; die Beine ließ er über den Rand baumeln. Vor dem inzwischen hellen Himmel wirkten seine schattenhaften Umrisse wie die eines grotesken Wasserspeiers.

»Es geschieht wohl solchen Anlässen zuliebe«, hob er sachte an, und seine Worte klangen, als schwebten sie aus einer ungeheuren Höhe herab und senkten sich sanft auf seine Zuhörer hernieder, »daß die Gerechten des Landes die Eisenbahn mit Anschlagbrettern ausstatten, die in Rot und Gelb ›Jesus Christus ist Gott‹ beteuern, und sie durchaus angemessen gleich neben die Anzeige ›Gunter's Whisky ist gut‹ plazieren.«

Leises Gelächter kam auf, und die drei unten wandten ihre Köpfe nach oben.

»Ich glaube, unter diesen sardonischen Konstellationen sollte ich euch meinen Bildungsweg erzählen«, fuhr Maury fort.

»Au ja! Bitte!«

»Soll ich wirklich?«

Sie warteten gespannt, während er sinnend dem blaß lächelnden Mond zugähnte.

»Also«, begann er, »als kleines Kind habe ich immer gebetet.

Für den Fall künftiger Gottlosigkeit habe ich mir einen Vorrat an Gebeten angelegt. In einem Jahr habe ich neunzehnhundert *Müde bin ich, geh' zur Ruh'* auf Vorrat gebetet.«

»Wirf mal 'ne Zigarette runter«, murmelte jemand.

Eine schmale Schachtel fiel auf den Bahnsteig, gleichzeitig gebot eine Stentorstimme: »Silentium! Ich bin dabei, euch viele denkwürdige Betrachtungen anzuvertrauen, die der Finsternis einer solchen Erde und der Helligkeit eines solchen Himmels vorbehalten sind.«

Unter ihm wanderte ein angezündetes Streichholz von Zigarette zu Zigarette.

Die Stimme fuhr fort: »Ich war geschickt im Foppen der Gottheit. Nach jedem Vergehen betete ich immer gleich, bis Gebet und Vergehen für mich schließlich eins wurden. Ich meinte, der Beweis, daß der Glaube tief in der menschlichen Brust verwurzelt ist, bestehe allein schon darin, daß jemand ›Mein Gott!‹ ausruft, wenn ein Tresor auf ihn stürzt. Dann kam ich auf die Schule. Vierzehn Jahre lang zeigte ein halbes Hundert ernster Männer auf alte Feuersteingewehre und rief mir zu: ›Das ist das einzig Wahre. Die neuen Gewehre sind doch nur seichte, oberflächliche Imitationen.‹ Sie verdammten die Bücher, die ich las, und die Gedanken, die ich hatte, indem sie sie unmoralisch nannten; später wandelte sich die Mode, und sie verdammten die Dinge, indem sie sie ›ausgeklügelt‹ nannten.

Und so wandte ich mich, altklug, wie ich war, von den Professoren ab und den Dichtern zu – lauschte dem lyrischen Tenor Swinburnes und dem *tenor robusto* Shelleys, Shakespeare mit seinem ersten Baß und seinem großen Stimmumfang, Tennyson mit seinem zweiten Baß und seinem gelegentlichen Falsett, dem *basso profundo* Miltons und Marlowes. Ich hörte mir Brownings Geplauder, Byrons Deklamationen und Wordsworths Gebrummel an. Zumindest schadete mir das nicht. Ich lernte einiges über Schönheit – genug, um zu begreifen, daß sie nichts mit der Wahrheit zu schaffen hat – und stellte darüber hinaus fest, daß es keine große literarische Überlieferung gab; es gab lediglich die Überlieferung vom ereignisreichen Tod aller literarischen Überlieferung...

Dann wurde ich erwachsen, und die Schönheit frischer Illusionen fiel von mir ab. Die Fasern meines Geistes wurden gröber und meine Augen beklagenswert scharf. Um meine Insel stieg das Leben an wie ein Meer, und sogleich mußte ich schwimmen.

Der Übergang war subtil – die Sache hatte schon eine Zeitlang auf mich gelauert. Allen wird dieselbe scheinbar harmlose, aber heimtückische Falle gestellt. Und ich? Nein – ich habe nicht versucht, die Hausmeistersfrau zu verführen – ich bin auch nicht splitternackt durch die Straßen gerannt, um meine Männlichkeit unter Beweis zu stellen. Eigentlich ist es nie die Leidenschaft, die so etwas tut – es ist nur das Kleid, das der Leidenschaft übergestreift wird. Ich langweilte mich – das war alles. Langeweile, ein anderer Name und nicht selten eine Maske der Vitalität, wurde zum unbewußten Beweggrund aller meiner Handlungen. Die Schönheit hatte ich ja hinter mir gelassen, versteht ihr? – Ich war erwachsen.« Er schwieg. »Ende der Schul- und Universitätsjahre. Es folgt des Bildungsweges zweiter Teil.«

Drei ruhig glimmende Lichtpunkte zeigten den Standort seiner Zuhörer an. Inzwischen ruhte Gloria halb sitzend, halb liegend in Anthonys Schoß. Er hatte den Arm so fest um sie geschlungen, daß sie seinen Herzschlag hören konnte. Richard Caramel hockte auf seinem Apfelfaß, hin und wieder rührte er sich und gab einen schwachen Grunzlaut von sich.

»Dann bin ich in dieses Land des Jazz hineingewachsen und verfiel sofort in einen Zustand fast hörbarer Verwirrung. Das Leben beugte sich über mich wie eine unmoralische Schullehrerin und schrieb meine geordneten Gedanken um. Doch in dem irrigen Glauben an die Intelligenz strampelte ich mich weiter ab. Ich las Smith, der die Wohltätigkeit verlacht und darauf beharrt, daß Hohn die höchste Form der Selbstdarstellung sei – doch Smith erhebt sich selbst und seine zwielichtige Art auf den Sokkel, von dem er die Wohltätigkeit stürzte. Ich las Jones, der sich den Individualismus geschickt vom Hals schaffte – und siehe da! Auch Jones stand mir im Weg. Ich dachte gar nicht selbst – ich war ein Schlachtfeld für die Gedanken vieler anderer Männer; ich war eines dieser begehrenswerten, aber ohnmächtigen Länder, über die die Großmächte hinwegtrampeln.

Ich meinte, Erfahrungen sammeln zu müssen, um mein Leben glücklich zu ordnen – doch nun erlangte ich die Reife. Ja, ich brachte das nicht ungewöhnliche Kunststück zuwege, jede Frage im Geiste zu lösen, schon lange bevor sie sich mir im Leben stellte – und trotzdem besiegt und verwirrt zu sein.

Nachdem ich aber ein wenig von dieser letztgenannten Speise gekostet hatte, war ich es leid. Halt! sagte ich, Erfahrungen sind es nicht wert, gemacht zu werden. Sie sind nichts Angenehmes, das einem passiven Ich widerfährt – sie sind eine Mauer, gegen die ein aktives Ich anrennt. So hüllte ich mich in meine, wie ich glaubte, unverwundbare Skepsis ein und befand, daß mein Bildungsroman abgeschlossen sei. Aber es war schon zu spät. Ich mochte mich noch so sehr vorsehen, indem ich keine neuen Bindungen mit der tragischen und zum Untergang bestimmten Menschheit einging – ich war genauso verloren wie alle anderen auch. Den Kampf gegen die Liebe hatte ich mit dem Kampf gegen die Einsamkeit vertauscht, den Kampf gegen das Leben mit dem Kampf gegen den Tod.«

Er unterbrach sich, um seiner letzten Bemerkung Nachdruck zu verleihen – nach einer Weile gähnte er und nahm den Faden wieder auf.

»Ich nehme an, die zweite Phase meiner Bildung nahm ihren Anfang mit einer entsetzlichen Unzufriedenheit: daß ich mich gegen meinen Willen für ein unergründliches Vorhaben mißbrauchen ließ, dessen Endzweck mir unklar war – wenn es denn einen Endzweck gab. Ich stand vor einer schwierigen Wahl. Die Schullehrerin schien zu sagen: ›Wir spielen Football und nichts als Football. Wenn du nicht Football spielen willst, darfst du überhaupt nicht spielen...‹

Was sollte ich tun – die Spielzeit war so kurz!

Seht ihr, ich hatte das Gefühl, daß uns sogar der Trost vorenthalten wurde, welcher in der Erfindung eines Kollektivmenschen bestehen könnte, der sich von den Knien erhebt. Glaubt ihr etwa, ich hätte mich aus freien Stücken auf diesen Pessimismus gestürzt, ihn an mich gerissen wie ein hübsches, selbstgefälliges höheres Wesen, eigentlich nicht bedrückender als, sagen wir, ein grauer Herbsttag an einem Kaminfeuer? – Ich glaube nicht. Dafür war ich viel zu hitzig und lebhaft.

Denn es schien mir, daß es für den Menschen keinen Endzweck gibt. Der Mensch hat einen grotesken und konfusen Kampf mit der Natur aufgenommen – mit einer Natur, die uns aufgrund eines göttlichen und herrlichen Zufalls dahin gebracht hat, daß wir ihr trotzen können. Sie hat Mittel und Wege ersonnen, wie sie die Menschheit von den Minderwertigen befreien und den übrigen die Kraft schenken kann, ihre höheren – oder sagen wir: ergötzlicheren –, wenn auch immer noch unbewußten und zufälligen Absichten zu erfüllen. Doch angetrieben von den höchsten Gaben der Aufklärung, trachten wir, ihr zuwiderzuhandeln. In dieser Republik sah ich, wie die Schwarzen sich allmählich mit den Weißen vermischen – in Europa gab es eine wirtschaftliche Katastrophe, die drei oder vier kranke und miserabel regierte Völker ausgerechnet vor der einen Herrschaft bewahrte, die ihnen zu materiellem Wohlstand hätte verhelfen können.

Wir bringen einen Christus hervor, der einen Aussätzigen rein macht – und mit einemmal ist die Brut der Aussätzigen das Salz der Erde. Wenn jemand daraus eine Lehre ziehen kann, so lasset ihn hervortreten.«

»Aus dem Leben läßt sich ohnehin nur eine Lehre ziehen«,

unterbrach ihn Gloria, nicht aus Widerspruchsgeist, sondern in einer Art schwermütiger Zustimmung.

»Und die wäre?« fragte Maury bissig.

»Daß sich aus dem Leben keine Lehre ziehen läßt.«

Nach kurzem Schweigen sagte Maury: »Die junge Gloria, die schöne und gnadenlose Dame, betrachtet die Welt mit jener grundlegenden Abgeklärtheit, die ich selbst nur mit Mühe erlangt habe, die Anthony niemals erlangen und die Dick nicht einmal voll verstehen wird.«

Vom Apfelfaß her kam ein unmutiges Murren. Anthony, der sich ans Dunkel gewöhnt hatte, konnte deutlich Richard Caramels gelbes Auge aufblitzen sehen und die Verärgerung in seinem Gesicht lesen, als er ausrief: »Du bist ja verrückt! Du hast doch selbst gesagt, daß ich schon durch meine verschiedenen Versuche einiges begriffen hätte.«

»Was denn für Versuche?« rief Maury grimmig. »Etwa den Versuch, das Dunkel des politischen Idealismus mit einem wildverzweifelten Streben nach Wahrheit zu durchdringen? Indem du Tag für Tag kraftlos und dem Leben unendlich entrückt auf einem harten Stuhl sitzt, durch die Bäume auf die Spitze eines Kirchturms starrst und versuchst, ein für allemal das Erkennbare vom Unerkennbaren zu scheiden? Indem du versuchst, dir ein Stück Wirklichkeit herauszugreifen und ihm aus dem Innern deiner Seele Glanz zu verleihen, um jene unbeschreibliche Qualität wiederherzustellen, die es im Leben besaß und die bei der Übertragung auf Papier oder Leinwand verlorenging? Indem du dich jahrelang beschwerlich in einem Labor abplagst, um in einem Räderwerk oder Reagenzglas ein Jota relativer Wahrheit zu entdecken...«

»Hast du es denn versucht?«

Maury hielt inne, und als er endlich antwortete, schwang in seiner Antwort Müdigkeit mit, ein bitterer Unterton, der in den drei Zuhörern einen Augenblick lang nachklang, bevor er auf und davon schwebte wie eine Seifenblase, die zum Mond aufsteigt.

»Ich nicht«, sagte er leise. »Ich bin müde geboren – allerdings ausgestattet mit Mutterschläue, einer Gabe von Frauen wie Gloria. Dem habe ich trotz allen Redens und Zuhörens, trotz aller vergeblichen Warterei auf das ewig gültige Prinzip, das hinter jedem Argument und jeder Spekulation zu liegen scheint, nicht ein Jota hinzugefügt.«

In der Ferne machte sich ein tiefer Ton bemerkbar, der bereits seit einer Weile zu hören gewesen war, ein klagendes Muhen wie das einer riesigen Kuh, dazu der perlgroße Fleck eines einen Kilometer entfernten Scheinwerfers. Diesmal war es ein dampfgetriebener Zug, der fauchend angerattert kam, und als er unter ungeheuren Klagen vorüberbrauste, schleuderte er einen Funken- und Aschenregen über den Bahnsteig.

»Nicht ein Jota!« Wieder fielen Maurys Worte wie aus großer Höhe auf sie herab. »Was ist doch der Geist für ein schwächliches Ding, mit seinen kurzen Schritten, seinem Schwanken, seinem Hin und Her, seinen verhängnisvollen Rückzugsgefechten! Der Geist ist ein bloßes Werkzeug der Umstände. Es gibt Leute, die behaupten, das Universum müsse von einem Geist erschaffen worden sein – ach woher denn! Nicht einmal die Dampflok ist vom Geist erschaffen worden! Die Umstände haben die Dampflok erschaffen. Der Geist ist wenig mehr als ein kurzer Zollstock, mit dem wir die unendlichen Errungenschaften der Umstände messen.

Ich könnte euch die Philosophie der Stunde anführen – aber ich könnte mir gut denken, daß es in fünfzig Jahren vielleicht zu einer völligen Umkehrung der Entsagung kommt, die die Intellektuellen von heute so in Anspruch nimmt, zum Triumph Christi über Anatole France...« Er zögerte, dann fügte er hinzu: »Aber alles, was ich weiß – welch ungeheure Bedeutung ich für mich selbst habe und wie notwendig es ist, diese Bedeutung anzuerkennen –, all das weiß die kluge, liebliche Gloria schon seit ihrer Geburt, und auch, wie quälend vergeblich alle Versuche sind, sonst noch irgend etwas zu wissen.

Nun gut, ich habe angefangen, euch etwas von meiner Bildung zu berichten, nicht wahr? Aber seht ihr, gelernt habe ich nichts, selbst über mich nur sehr wenig. Und selbst wenn, würde ich mit versiegelten Lippen und zugeschraubtem Füllfederhalter sterben – wie es die weisesten Männer seit – ach, seit dem Fehlschlag einer bestimmten Angelegenheit – getan haben, übrigens einer merkwürdigen Angelegenheit. Es betrifft einige Skeptiker, die glaubten, weitsichtig zu sein, so wie ihr und ich. Bevor ihr mir alle einschlaft, will ich euch anstelle eines Abendgebets davon erzählen.

Einst fanden alle Männer von Geist und Genius in der Welt in einem Glauben zusammen – das heißt, in keinem. Doch der Gedanke, daß ihnen nur wenige Jahre nach ihrem Tode viele Kulte, Glaubenssysteme und Prophezeiungen zugeschrieben würden, die sie weder bedacht noch beabsichtigt hatten, dieser Gedanke rieb sie auf.

Da sprachen sie zueinander: ›Wir wollen uns zusammentun und ein großes Buch abfassen, das ewig hält und der Leichtgläubigkeit der Menschen spottet. Unsere erotischeren Dichter wollen wir dazu überreden, über die leiblichen Genüsse zu schreiben, und einige unserer abgefeimten Journalisten dazu bringen, Geschichten über berühmte Amouren beizusteuern. Wir werden die lächerlichsten Ammenmärchen aufnehmen, die heutzutage in Umlauf sind. Wir werden den schärfsten lebenden Satiriker dazu bestimmen, aus allen von der Menschheit angebeteten Göttern *einen* Gott zu schaffen, einen Gott, herrlicher als jeder einzelne und doch so schwach und menschlich, daß er der ganzen Welt zum Gespött wird – und diesem werden wir alle möglichen Späße, Eitelkeiten und Wutanfälle zuschreiben, denen er sich angeblich zu seiner eigenen Zerstreuung hingibt, auf daß die Leute unser Buch lesen und darüber nachdenken und es keinen Unsinn mehr in der Welt gibt.

Schließlich wollen wir darauf achten, daß das Buch alle stilistischen Vorzüge besitzt, damit es für immer Bestand haben möge als Zeuge unserer tiefen Skepsis und unserer universellen Ironie.‹

Solches taten die Männer, und danach starben sie.

Aber das Buch lebte fort, so schön war es geschrieben und so erstaunlich der Ideenreichtum, mit dem diese Männer von Geist und Genius es ausgestattet hatten. Sie hatten versäumt, ihm einen Namen zu geben, nach ihrem Tode aber wurde es bekannt unter dem Namen Bibel.«

Als er ausgeredet hatte, sagte niemand etwas. Eine feuchte Schlaffheit, die der Nachtluft innewohnte, schien sie alle behext zu haben.

»Wie schon gesagt, ich habe mit der Geschichte meiner Bildung begonnen. Aber meine Highballs haben ihre Wirkung verloren, und die Nacht ist fast vorüber, und bald wird überall in den Bäumen und Häusern und dort drüben in den beiden kleinen Läden hinter dem Bahnhof ein furchtbares Geschnatter anheben und ein paar Stunden lang auf der Erde ein großes Hin- und Hergerenne stattfinden – na ja«, schloß er mit einem Lachen, »gottlob können wir vier uns alle getrost zur ewigen Ruhe betten in dem Wissen, daß wir die Welt in einem besseren Zustand zurücklassen werden, weil *wir* in ihr gelebt haben.«

Eine Brise kam auf und trieb schwache Dunstfahnen des Lebens vor sich her, die zum Himmel hin flacher wurden.

»Deine Ausführungen werden immer unzusammenhängender und ungereimter«, sagte Anthony verschlafen. »Du hast ein Wunder der Erleuchtung erwartet, weil du deine gescheitesten und gewichtigsten Einsichten in genau der Umgebung zum besten gegeben hast, die zu einem idealen Symposium einlädt. Unterdessen hat Gloria damit, daß sie eingeschlafen ist, ihr scharfsinniges Desinteresse bewiesen – ich merke es daran, daß sie ihr ganzes Körpergewicht auf meinen geschundenen Leib verlagert hat.«

»Habe ich euch etwa gelangweilt?« erkundigte sich Maury von oben und betrachtete ihn ziemlich bekümmert.

»Nein, du hast uns enttäuscht. Du hast eine Menge Pfeile verschossen, aber hast du auch irgendwelche Vögel erlegt?«

»Die Vögel überlasse ich Dick«, sagte Maury eiligst. »Ich spreche aufs Geratewohl, in losgelösten Bruchstücken.«

»Mich kannst du nicht in Harnisch bringen«, murmelte Dick. »Mein Kopf ist mit lauter Materiellem angefüllt. Ich sehne mich viel zu sehr nach einem heißen Bad, als daß ich mir Sorgen über die Bedeutung meiner Arbeit machen würde oder darüber, wie viele von uns armselige Geschöpfe sind.«

Der neue Tag meldete sich in Form eines ständig anwachsenden weißen Flecks östlich vom Fluß und an- und abschwellenden Gezwitschers in den umstehenden Bäumen.

»Viertel vor fünf«, seufzte Dick, »fast noch eine Stunde Warterei. Seht mal! Zwei sind hinüber.« Er deutete auf Anthony, dem die Augen zugefallen waren. »Der Schlaf der Familie Patch...«

Fünf Minuten später jedoch war, trotz lauter werdendem Piepsen und Zwitschern, auch sein Kopf vornübergesackt und zuckte zwei-, dreimal...

Nur der auf dem Bahnhofsdach sitzende Maury Noble blieb wach, er hatte die Augen weit aufgerissen und hielt den Blick mit erschöpfter Anspannung auf die ersten Anfänge des Morgens in der Ferne geheftet. Er sann nach über die Unwirklichkeit der Ideen, über den verblassenden Glanz des Daseins und die kleinen Obsessionen, die sich gierig in sein Leben einschlichen wie Ratten in ein verfallenes Haus. Er empfand für niemanden Bedauern – am Montagmorgen würde er seinen Geschäften nachgehen, und dann gab es da noch das Mädchen aus einer anderen Gesellschaftsschicht, für die er das Leben war; diese Dinge lagen ihm am Herzen. Im Zwielicht des grauenden Tages schien es vermessen, daß er es je unternommen hatte, mit dem schwachen, defekten Instrument seines Geistes zu denken.

Da war die Sonne, dieser hitzeglühende Himmelskörper; da war das Leben, das um sie her wogte, emsig und brummend wie ein Fliegenschwarm – die dunklen Dampfwolken der schnaufenden Lokomotive, ein resolutes »Alles einsteigen!« und ein Läuten der Glocke. Verwirrt sah Maury neugierige Augen aus dem Morgenzug zu ihm heraufstarren, hörte einen hastigen Wortwechsel zwischen Gloria und Anthony, ob er nun mit ihr in die Stadt fahren sollte oder nicht – dann erneuter Lärm, und sie war fort, und die drei Männer blieben totenblaß allein auf dem Bahnsteig zurück, während ein verrußter Kohlenträger auf einem Lastwagen die Straße hinunterfuhr und heiser in den Sommermorgen hinaussang.

Die zerbrochene Laute

Es ist sieben Uhr dreißig, ein Abend im August. Die Fenster im Wohnzimmer des grauen Hauses stehen weit offen und tauschen geduldig die von Alkohol und Rauch geschwängerte Zimmerluft gegen die frische Schläfrigkeit der heißen Spätdämmerung aus. Ersterbende Blumendüfte liegen in der Luft, so schwach, so zerbrechlich, als deuteten sie schon einen vor der Zeit abgelegten Sommer an. Noch aber verkünden tausend Grillen rund um die Seitenveranda unaufhörlich den August – dazu eine, die ins Haus eingedrungen ist und sich zutraulich hinter einem Bücherschrank verborgen hält, von wo sie hin und wieder ihre Klugheit und ihre unbezähmbare Willenskraft hinauszirpt.

Im Zimmer selbst herrscht heilloses Durcheinander. Auf dem Tisch steht eine Schale mit echtem Obst, das künstlich wirkt. Ringsum findet sich ein seltsam arrangiertes Ensemble aus Karaffen, Gläsern und vollgehäuften Aschenbechern, aus letzteren steigen noch immer wabernde Rauchleitern in die abgestandene Luft – zur vollen Wirkung fehlt nur noch ein Totenschädel, und das Ganze würde jener altehrwürdigen Chromolithographie ähneln, auf der mit schaurig-schöner Gefühligkeit die gesamte Staffage zu einem Leben des Genusses dargestellt ist – einst festes Zubehör einer jeden »Bude«.

Nach einer Weile wird das muntere Solo der Übergrille von einem neuen Klang eher unterbrochen denn begleitet – vom schwermütigen Gewimmer einer abgehackt spielenden Flöte. Offensichtlich übt der Musiker noch, statt vorzuspielen, denn von Zeit zu Zeit bricht die mürrische Tonfolge ab und setzt erst

nach einer von unverständlichem Gemurmel erfüllten Pause wieder ein.
Kurz vor dem siebten falschen Einsatz trägt ein dritter Laut zu dem gedämpften Mißklang bei. Es handelt sich um eine Droschke vor dem Haus. Eine Minute Schweigen, dann wieder die Droschke, deren geräuschvolle Abfahrt beinahe das Schurren von Fußtritten auf dem Kiesweg übertönt. Alarmierend schrillt die Türglocke durchs Haus.
Von der Küche her tritt ein kleiner, ermatteter Japaner ein, der sich hastig eine Hausdienerjacke aus weißem Leinen zuknöpft. Er öffnet die Fliegengittertür und läßt einen gutaussehenden jungen Mann von dreißig Jahren ein, der jene Art wohlmeinender Kleidung trägt, wie sie typisch ist für Leute, die der Menschheit dienen. Seiner gesamten Persönlichkeit haftet etwas Wohlmeinendes an: Der Blick, mit dem er sich im Zimmer umsieht, setzt sich aus Neugier und entschlossenem Optimismus zusammen; als er TANA *betrachtet, lastet in seinem Blick die Pflicht zur moralischen Aufrüstung eines gottlosen Orientalen. Sein Name ist* FREDERICK E. PARAMORE. *Er war mit* ANTHONY *in Harvard, wo sie in den Seminaren wegen der Anfangsbuchstaben ihrer Nachnamen dauernd nebeneinandergesetzt wurden. Hieraus entwickelte sich eine flüchtige Bekanntschaft – doch seitdem sind sie sich nie wieder begegnet.*
Nichtsdestoweniger betritt PARAMORE *das Zimmer wie jemand, der den ganzen Abend zu bleiben gedenkt.*
TANA *antwortet auf eine Frage.*

TANA *mit einschmeichelndem Lächeln* Gasthaus gehen fül Abendessen. Zulückkommen halbes Stunde. Seit halb sieben weg.

PARAMORE *sieht die Gläser auf dem Tisch* Haben sie Gesellschaft?

TANA Ja. Gesellschaft. Mistah Caramel, Mistah und Missays Barnes, Miss Kane, alle hiel.

PARAMORE Soso. *freundlich* Wie ich sehe, haben sie sich ausgetobt.

TANA Nicht velstehen.

PARAMORE Sie haben's ziemlich wild getrieben.

TANA O ja, haben getlunken. Ganz, ganz, ganz viel getlunken.

PARAMORE *taktvoll das Thema wechselnd* Habe ich bei meiner Ankunft nicht Musik gehört?

TANA *unter Kicheranfällen* Ja, spiele ich.

PARAMORE Eins von diesen japanischen Instrumenten.

Ganz offensichtlich ist er Abonnent des National Geographic Magazine.

TANA Spiele ich Flö-ö-öte, japanisch Flö-ö-öte.

PARAMORE Welches Lied hast du denn gespielt? Eine von diesen japanischen Melodien?

TANA *Seine Stirn legt sich in die absonderlichsten Falten.* Spiele ich Zuglied. Wie heißt? – Eisenbahnlied. So heißt in mein Land. Wie Zug. Macht so-o-o; das heißt Pfeife; Zug abfährt. Dann macht so-o-o; das heißt, Zug fährt. Fährt so. Sehl schön Lied in mein Land. Kindellied.

PARAMORE Hat sich sehr hübsch angehört.

In diesem Augenblick wird offenbar, daß nur ein massiver Aufwand an Selbstbeherrschung TANA *davon abhält, nach oben zu stürzen, um seine Postkarten zu holen, einschließlich der sechs in Amerika hergestellten.*

TANA Ich fül Gentleman Highball mixen?

PARAMORE Danke, nein. Ich trinke keinen Alkohol. *Er lächelt.*

TANA *zieht sich in die Küche zurück, läßt die Zwischentür aber angelehnt. Durch den Spalt dringt auf einmal wieder die Melodie des japanischen Eisenbahnliedes – doch diesmal übt er ganz bestimmt nicht, sondern gibt eine Darbietung, eine lebhaft beschwingte Darbietung.*

Das Telefon klingelt. TANA, *ganz in seine Klänge versunken, kümmert sich nicht darum, also geht* PARAMORE *an den Apparat.*

PARAMORE Hallo... Ja... Nein, der ist momentan nicht hier, aber er kommt jeden Augenblick zurück... Butterworth? Hallo, ich habe den Namen nicht ganz verstanden ... Hallo, hallo, hallo? Hallo?... Hach!

Das Telefon weigert sich störrisch, auch nur einen weiteren Laut von sich zu geben. PARAMORE *legt den Hörer auf.*

Just in diesem Augenblick läßt sich wieder das Droschkenmotiv vernehmen und bringt mit seinen Klängen einen weiteren jungen Mann; er trägt einen Koffer und öffnet, ohne zu läuten, die Haustür.

MAURY *in der Diele* Ah, Anthony! Hallihallo! *Er geht ins große Zimmer und sieht* PARAMORE. Geht's??

PARAMORE *ihn immer durchdringender anschauend* Das ist doch – das ist doch nicht etwa Maury Noble?

MAURY Genau der. *Er tritt näher, lächelt und streckt seine Hand aus.* Wie geht's dir, alter Junge? Hab dich schon seit Jahren nicht mehr gesehen.

Irgendwie bringt er das Gesicht mit Harvard in Zusammenhang, ist sich aber nicht ganz sicher. Der Name, wenn er ihn denn je gekannt hat, ist ihm schon lange entfallen. Aber PARAMORE *durchschaut sein Dilemma mit zartem Feingefühl und ebenso lobenswerter Großmut und bereinigt die Situation taktvoll.*

PARAMORE Hast du Fred Paramore vergessen? Wir waren doch beide beim guten alten Unc Robert im Geschichtsseminar.

MAURY Nein, natürlich nicht, Unc – ich meine, Fred. Fred war – ich meine, Unc war ein netter alter Kerl, nicht wahr?

PARAMORE *nickt mehrere Male komödiantisch* Ein Prachtkerl. Ein Prachtkerl.

MAURY *nach einer kurzen Pause* Ja – wirklich. Wo steckt Anthony?

PARAMORE In irgendeinem Gasthaus, hat mir der japanische Diener gesagt. Zu Tisch, nehme ich an.

MAURY *sieht auf seine Uhr* Schon lange fort?

PARAMORE Ich denke schon. Der Japaner sagt, daß sie bald zurück sind.

MAURY Wollen wir einen trinken?

PARAMORE Nein danke, ich trinke keinen Alkohol. *Er lächelt.*

MAURY Du hast doch nichts dagegen, wenn ich ... *gähnt, während er sich aus einer Flasche bedient* Was hast du denn nach dem College so getrieben?

PARAMORE Ach, so mancherlei. Bin sehr rührig gewesen. Hab mich mal hier, mal dort herumgetrieben. *Sein Ton läßt auf alles mögliche schließen, von der Löwenjagd bis zum organisierten Verbrechen.*

MAURY Ah, auch in Europa gewesen?

PARAMORE Das nicht – leider.

MAURY Ich schätze, bald gehen wir alle rüber.

PARAMORE Meinst du wirklich?

MAURY Aber ja! Das Land hat jetzt schon mehr als zwei Jahre lang von Sensationen gelebt. Jetzt zuckt's allen in den Gliedern. Wollen sich amüsieren.

PARAMORE Dann glaubst du also nicht, daß Ideale auf dem Spiel stehen?

MAURY Nichts wirklich Wichtiges. Die Leute brauchen hin und wieder Abwechslung.

PARAMORE *ernsthaft* Finde ich sehr interessant, was du da sagst. Hab mich nämlich kürzlich mit einem Mann unterhalten, der drüben gewesen ist...

Während des nun folgenden Berichts, dessen Ausschmückung mit Phrasen wie »hat mit eigenen Augen gesehen«, »Frankreichs heldenhafter Kampfesmut« und »Rettung der Zivilisation« *dem Leser überlassen sei, sitzt* MAURY *mit gesenkten Augenlidern da, leidenschaftslos gelangweilt.*

MAURY *bei der ersten sich bietenden Gelegenheit* Übrigens, weißt du eigentlich, daß sich ausgerechnet in diesem Haus ein deutscher Agent aufhält?

PARAMORE *vorsichtig lächelnd* Im Ernst?

MAURY Ganz im Ernst. Halte es für meine Pflicht, dich zu warnen.

PARAMORE *bereits überzeugt* Eine Gouvernante?

MAURY *im Flüsterton, deutet mit dem Daumen auf die Küche* Tana! Heißt in Wirklichkeit anders. Meinen Informationen zufolge bekommt er laufend Post, adressiert an Leutnant Emil Tannenbaum.

PARAMORE *lacht herzhaft-langmütig* Du willst mich wohl auf die Schippe nehmen?

MAURY Mag sein, daß ich ihn zu Unrecht beschuldige. Aber du hast mir noch gar nicht erzählt, was du so treibst.

PARAMORE Zum einen – ich schreibe.

MAURY Romane?

PARAMORE Nein. Faktenliteratur.

MAURY Was ist das denn? Bücher, die halb fiktiv sind, halb auf Fakten beruhen?

PARAMORE Oh, ich beschränke mich auf Fakten. Ich tue auch ziemlich viel für die Wohlfahrt.

MAURY Oh!

Sofort leuchtet ein Verdacht in seinen Augen auf, gerade so, als hätte PARAMORE *sich als Gelegenheitstaschendieb zu erkennen gegeben.*

PARAMORE Zur Zeit bin ich für die Wohlfahrt in Stamford tätig. Erst vergangene Woche hat mir jemand gesagt, daß Anthony Patch ganz in der Nähe wohnt.

Ihre Unterhaltung wird durch ein Lärmen von draußen unterbrochen, unverkennbar das Geplauder und Gelächter von Angehörigen beider Geschlechter. Ins Zimmer treten geschlossen ANTHONY, GLORIA, RICHARD CARAMEL, MURIEL KANE, RA-

CHAEL BARNES *sowie* RODMAN BARNES, *deren Gatte. Sie toben um* MAURY *herum und beantworten sein an alle gerichtetes* »Hallo« *unlogischerweise mit* »Prima«. *Derweilen nähert sich* ANTHONY *seinem neuen Gast.*

ANTHONY Das gibt's doch wohl nicht! Wie geht's dir denn? Freut mich wirklich, dich wiederzusehen!

PARAMORE Schön, dich wiederzutreffen, Anthony. Ich bin in Stamford beschäftigt, da hab ich gedacht, ich könnte ja mal vorbeischauen. *Spitzbübisch* Meistens müssen wir ja wie die Teufel arbeiten, da können wir uns ruhig mal ein paar Stunden Freizeit gönnen.

Bei dem Versuch, sich auf den Namen zu besinnen, zermartert sich ANTHONY *das Hirn. Nach heftigen Geburtswehen gibt sein Gedächtnis schließlich das Bruchstück* »FRED« *frei, um welches er hastig den Satz* »Freut mich wirklich, Fred!« *baut. Mittlerweilen ist die Gruppe verstummt – das betretene Schweigen, das der Einführung eines Neuankömmlings vorausgeht.* MAURY, *der eingreifen könnte, zieht es vor, mit hämischem Vergnügen zuzusehen.*

ANTHONY *verzweifelt* Meine Damen und Herren, darf ich – ich stelle vor: Fred.

MURIEL *mit zuvorkommender Lockerheit* Hallo, Fred!

RICHARD CARAMEL *und* PARAMORE *grüßen einander vertraulich mit Vornamen, wobei sich letzterer daran erinnert, daß* DICK *einer derjenigen aus seinem Jahrgang war, die sich bis dahin nicht bemüßigt gefühlt hatten, mit ihm zu reden. Etwas einfältig bildet* DICK *sich ein,* PARAMORE *früher schon einmal bei* ANTHONY *begegnet zu sein.*

Die drei jungen Frauen gehen nach oben.

MAURY *hintergründig zu* DICK Habe Muriel seit Anthonys Hochzeit nicht mehr gesehen.

DICK Sie steht in voller Blüte. Ihr neuester Spruch lautet: »Ich würde sagen!«

ANTHONY *rackert sich eine Weile mit* PARAMORE *ab, schließlich versucht er die Unterhaltung auf alle auszudehnen, indem er der Runde Drinks anbietet.*

MAURY Hab mich an der Flasche bereits gütlich getan. Hab von »Alkoholgehalt« bis »Destillerie« getrunken. *Er deutet auf die Wörter auf dem Etikett.*

ANTHONY *zu* PARAMORE Man weiß nie, wann die beiden aufkreuzen. Einmal hatte ich mich nachmittags um fünf von ihnen verabschiedet – und so wahr ich hier stehe, um zwei Uhr in der Früh sind sie wieder aufgetaucht. Ein großer gemieteter Tourenwagen aus New York fuhr vor, und wer stieg aus? Die beiden, blau wie Veilchen, versteht sich.

Mit entzückter Aufmerksamkeit betrachtet PARAMORE *den Umschlag eines Buches, das er in der Hand hält.* MAURY *und* DICK *werfen sich einen Blick zu.*

DICK *zu* PARAMORE, *mit Unschuldsmiene* Du arbeitest hier in der Stadt?

PARAMORE Nein, in der Laird-Street-Siedlung in Stamford. *Zu* ANTHONY Du machst dir keine Vorstellung von der Armut, die in diesen Kleinstädten in Connecticut herrscht. Italiener und andere Einwanderer. Meist Katholiken, weißt du, deshalb ist es sehr schwierig, an sie heranzukommen.

ANTHONY *höflich* Hohe Kriminalität?

PARAMORE Weniger Kriminalität als Unwissenheit und Dreck.

MAURY Meine Theorie ist: Alle Unwissenden und Verdreckten gehören ohne Umschweife auf den elektrischen Stuhl. Für Kriminelle habe ich etwas übrig – die sorgen wenigstens für Farbe im Leben. Allerdings, wenn man schon darangeht, Unwissenheit zu strafen, müßte man bei den besten Familien anfangen, als nächstes kämen die Filmleute dran, und schließlich der Kongreß und die Geistlichkeit.

PARAMORE *unsicher lächelnd* Ich hatte eine grundlegendere

Unwissenheit gemeint – mangelnde Kenntnisse der Landessprache.

MAURY *gedankenvoll* Das muß wirklich hart sein. Wissen nicht einmal Bescheid über das Neueste in Sachen Lyrik.

PARAMORE Wenn man einige Monate in der Siedlung gearbeitet hat, erkennt man erst, wie schlimm es steht. Wie unser Sekretär ganz richtig bemerkt, sehen Fingernägel nie schmutzig aus, ehe man sich nicht die Hände wäscht. Natürlich ziehen wir bereits viel Aufmerksamkeit auf uns.

MAURY *grob* Wie dein Sekretär ganz richtig bemerken würde: Wenn man ein Feuer mit Papier schürt, brennt es hell, aber kurz.

In diesem Moment stößt GLORIA, *frisch geschminkt und nach Bewunderung und Unterhaltung gierend, wieder zur Gesellschaft, gefolgt von ihren beiden Freundinnen. Einige Augenblicke lang zerfällt das Gespräch völlig.* GLORIA *ruft* ANTHONY *beiseite.*

GLORIA Bitte trink nicht soviel, Anthony.

ANTHONY Wieso?

GLORIA Weil du so einfältig wirst, wenn du betrunken bist.

ANTHONY Meine Güte! Was ist denn jetzt schon wieder los?

GLORIA *nach einer Pause, in der ihre Augen kühl in die seinen schauen* Allerhand. Zunächst einmal, warum bestehst du darauf, für alles aufzukommen? Die Herrschaften haben beide mehr Geld als du!

ANTHONY Aber Gloria! Sie sind meine Gäste!

GLORIA Deswegen brauchst du noch längst nicht die Flasche Champagner zu bezahlen, die Rachael Barnes zerschlagen hat. Dick wollte die Rechnung für die zweite Droschke begleichen, und du hast ihn nicht gelassen.

ANTHONY Aber Gloria...

GLORIA Wenn wir schon, um unsere laufenden Unkosten zu decken, dauernd Wertpapiere verkaufen müssen, wird es Zeit, daß wir an überflüssigen Geschenken sparen. Außerdem wäre ich Rachael Barnes gegenüber nicht ganz so aufmerksam. Ihr Mann sieht das nicht gern, ebensowenig wie ich!

ANTHONY Aber Gloria…

GLORIA *äfft ihn schneidend nach* »Aber Gloria!« Das ist mir diesen Sommer ein bißchen zu oft vorgekommen – bei jeder hübschen Frau, der du begegnest. Es hat sich zu einer Art Gewohnheit ausgewachsen, und ich lasse mir das nicht bieten! Wenn *du* herumflirten kannst, kann ich es auch. *Daraufhin, als nachträgliche Überlegung* Übrigens, dieser Fred ist doch nicht etwa ein zweiter Joe Hull, oder?

ANTHONY Du lieber Himmel, nein! Wahrscheinlich ist er hierhergekommen, damit ich bei Großvater ein bißchen Geld für seine Schäfchen lockermache.

GLORIA *wendet sich von einem äußerst niedergeschlagenen* ANTHONY *ab und kehrt zu ihren Gästen zurück.*

Als es neun Uhr geworden ist, lassen sich diese in zwei Gruppen unterteilen – diejenigen, die unablässig getrunken haben, und diejenigen, die wenig oder nichts zu sich genommen haben. Zur zweiten Gruppe gehören die BARNES, MURIEL *und* FREDERIC E. PARAMORE.

MURIEL Ich wünschte, ich könnte schreiben. Ich habe so Ideen, aber nie scheine ich in der Lage zu sein, sie in Worte zu fassen.

DICK Wie Goliath sagte, verstand er zwar, wie David zumute war, konnte sich aber nicht ausdrücken. Diese Bemerkung haben sich die Philister sofort als Wahlspruch zu eigen gemacht.

MURIEL Ich verstehe nicht ganz. Auf meine alten Tage werde ich noch richtig dumm.

GLORIA *die wie ein überglücklicher Engel auf unsicheren Beinen zwischen den Gästen umherschwebt* Falls jemand Hunger hat, auf dem Eßzimmertisch steht französisches Gebäck.

MAURY Kann die viktorianischen Formen nicht ausstehen.

MURIEL *hoch belustigt* Ich würde sagen, du bist ganz schön blau, Maury.

Ihr Busen ist nach wie vor ein Straßenpflaster, den sie den Hufen so manch eines vorbeikommenden Hengstes darbietet in der Hoffnung, seine Hufeisen möchten in der Dunkelheit wenigstens einen Funken Romanze losschlagen…

Unterdes sind die Herren BARNES *und* PARAMORE *in ein Gespräch über ein bekömmliches Thema versenkt, so bekömmlich, daß* MR. BARNES *schon seit einiger Zeit versucht, sich in die verpestetere Luft, die im mittleren Salon herrscht, fortzustehlen. Ob* PARAMORE *aus Höflichkeit oder aus Neugier im grauen Haus verweilt oder aber weil er irgendwann eine soziologische Abhandlung über die Dekadenz des amerikanischen Lebens abfassen will, bleibt fraglich.*

MAURY Fred, ich dachte immer, du wärst sehr liberal.

PARAMORE Bin ich auch.

MURIEL Ich auch. Ich finde, eine Religion taugt soviel wie die andere.

PARAMORE Jede Religion hat ihr Gutes.

MURIEL Ich bin Katholikin, aber wie ich immer sage, arbeite ich nicht weiter daran.

PARAMORE *in einem ungeheuren Ausbruch religiöser Toleranz* Das katholische Bekenntnis ist eine sehr – eine sehr starke Religion.

MAURY Na, ein so liberaler Mensch sollte sich aber die höhere Ebene der Empfindungen und den anregenden Optimismus, die in diesem Cocktail stecken, zu Gemüte führen.

PARAMORE *nimmt den Drink etwas trotzig entgegen* Danke, ich versuch's mal – mit einem.

MAURY Mit einem? Das ist ja wohl die Höhe! Wir sind bei einem Klassentreffen des Jahrgangs 1910, und du schlägst es aus, dich wenigstens ein bißchen zu betütern? Also wirklich!

Here's a health to King Charles,
Here's a health to King Charles,
Bring the bowl that you boast...

PARAMORE *stimmt herzhaft ein.*

MAURY Fülle den Kelch, Frederick. Wie du weißt, ist hienieden alles den Vorhaben der Natur unterworfen, und mit dir hat sie vor, dich in einen ausgelassenen Trunkenbold zu verwandeln.

PARAMORE Wenn jemand trinken kann wie ein Gentleman ...

MAURY Was ist das überhaupt, ein Gentleman?

ANTHONY Ein Mann, der niemals Anstecknadeln unter seinem Mantelaufschlag trägt.

MAURY Unsinn! Der gesellschaftliche Rang eines Mannes wird von der Brotmenge bestimmt, die er mit seinem Sandwich ißt.

DICK Ein Gentleman gibt der Erstausgabe eines Buches den Vorzug vor der Spätausgabe einer Tageszeitung.

RACHAEL Ein Mann, der den Rauschgiftsüchtigen nicht einmal spielt.

MAURY Ein Amerikaner, der einen englischen Butler glauben machen kann, er sei ein Gentleman.

MURIEL Ein Mann aus guter Familie, der Yale, Harvard oder Princeton besucht hat, der Geld hat und gut tanzt und so weiter.

MAURY Endlich – die vollgültige Definition! Damit ist die von Kardinal Newman hinfällig.

PARAMORE Ich denke, wir sollten uns der Frage mit etwas mehr Weitblick nähern. War es nicht Abraham Lincoln, der gesagt hat, ein Gentleman sei jemand, der niemandem Schmerzen zufügt?

MAURY Dieser Ausspruch wird, glaube ich, General Ludendorff zugeschrieben.

PARAMORE Jetzt machst du aber Witze.

MAURY Trink doch noch einen.

PARAMORE Lieber nicht. *Senkt seine Stimme, so daß nur*

MAURY *ihn hört* Wirst du mir glauben, wenn ich dir sage, daß das erst der dritte Drink meines Lebens ist?

DICK *setzt das Grammophon in Gang, was* MURIEL *dazu hinreißt, aufzustehen und sich, die Ellbogen gegen die Rippen gestützt, die Unterarme wie Flossen vom Körper abgewinkelt, hin und her zu wiegen.*

MURIEL Ach, kommt, wir nehmen die Teppiche weg und tanzen!

Der Vorschlag wird von ANTHONY *und* GLORIA *mit innerlichem Aufstöhnen und einem Lächeln säuerlichen Einverständnisses quittiert.*

MURIEL Macht schon, ihr Faulpelze. Bewegt euch und räumt die Möbel aus dem Weg.

DICK Warte, bis ich ausgetrunken habe.

MAURY *fest entschlossen, an* PARAMORE *gewandt* Weißt du, was? Wir schenken uns jeder noch mal ein, trinken aus – und dann tanzen wir.

Eine Welle des Protestes, die sich am Fels von MAURYS *Hartnäckigkeit bricht.*

MURIEL Mir dreht sich alles im Kopf.

RACHAEL *hintergründig zu* ANTHONY Hat Gloria dir geraten, dich von mir fernzuhalten?

ANTHONY *verwirrt* Aber nicht doch. Natürlich nicht.

RACHAEL *lächelt ihn undurchdringlich an. Zwei Jahre haben ihr zu einer Art herber, wohlgepflegter Schönheit verholfen.*

MAURY *mit erhobenem Glas* Auf die Niederlage der Demokratie und den Untergang des Christentums!

MURIEL Also wirklich!

Sie wirft MAURY *einen gespielt vorwurfsvollen Blick zu, dann trinkt sie.*

Alle trinken – mehr oder weniger angestrengt.

MURIEL Räumt den Tanzboden!

Es scheint unvermeidlich, daß dieser Prozeß durchgestanden werden muß, also beteiligen sich ANTHONY *und* GLORIA *beim großen Tischerücken, Stühlestapeln, Teppichaufrollen und Lampenzerschlagen. Als das Mobiliar schließlich in häßlichen Haufen an den Wänden aufeinandergestapelt ist, kommt eine Fläche von vielleicht drei Quadratmetern zum Vorschein.*

MURIEL Ah, und jetzt Musik!

MAURY Tana wird das Liebeslied eines Hals-Nasen-Ohren-Arztes zum besten geben.

Inmitten einiger Verwirrung, bedingt durch die Tatsache, daß TANA *sich bereits zur Nachtruhe zurückgezogen hat, gehen die Vorbereitungen für die Darbietung vonstatten. Der nachtgewandete Japaner wird, Flöte in der Hand, in eine Bettdecke gehüllt und auf einem der Tische in einen Stuhl gesetzt, wo er eine lächerliche und bizarre Figur abgibt.* PARAMORE *ist sichtlich angetrunken und von der Idee so hingerissen, daß er die Wirkung noch erhöht, indem er stolprige Slapstickschritte vortäuscht und hin und wieder sogar einen Schluckauf riskiert.*

PARAMORE *zu* GLORIA Darf ich bitten?

GLORIA Nein, mein Herr! Ich will den Schwanentanz tanzen. Können Sie den?

PARAMORE Aber sicher. Ich kann alles.

GLORIA Gut. Sie fangen auf dieser Seite des Zimmers an und ich auf der hier.

MURIEL Los geht's!

Dann entweicht aus den Flaschen kreischend die Tollheit: TANA *wirft sich in das dunkle Labyrinth des Eisenbahnliedes, und das klagende »Tuutel-Tuut-tuut« mit seinen melancholischen Kadenzen vermischt sich mit dem* Poor Butterfly (dingelingeling), by the blossoms waiting *des Grammophons. Vom vielen Lachen ist* MURIEL *so geschwächt, daß sie sich nur noch verzweifelt an* BARNES *klammern kann, der, mit der unheilvollen Steifheit eines Armeeoffiziers tanzend, übelgelaunt über die kleine Tanzfläche trampelt.* ANTHONY *versucht,* RACHAELS

Geflüster zu verstehen – ohne GLORIAS *Augenmerk auf sich zu lenken...*

Doch nun wird sich jeden Augenblick der groteske, der unglaubliche, der dramatische Zwischenfall ereignen, einer jener Zwischenfälle, bei denen sich das Leben der leidenschaftlichen Nachahmung der niedrigsten Form der Literatur zu verschreiben scheint. Gerade als das Tohuwabohu seinen Höhepunkt erreicht, beginnt PARAMORE *bei dem Versuch,* GLORIA *zu übertrumpfen, sich immer schwindelerregender im Kreis zu drehen – er taumelt, fängt sich, taumelt erneut und fällt dann in Richtung Diele ... beinahe in die Arme des alten* ADAM PATCH, *dessen Nahen aufgrund des Höllenspektakels im Zimmer unbemerkt geblieben ist.*

ADAM PATCH *ist äußerst bleich. Er stützt sich auf einen Stock. Der Mann an seiner Seite ist* EDWARD SHUTTLEWORTH, *und er ist es, der* PARAMORE *an der Schulter packt und den Fallenden von seinem Kollisionskurs mit dem ehrwürdigen Philanthropen ablenkt.*

Die Zeitspanne, die vergeht, bis sich wie ein ungeheures Sargtuch Stille im Zimmer ausbreitet, mag auf zwei Minuten geschätzt werden, auch wenn das Grammophon danach noch eine kurze Weile würgt und aus der Öffnung von TANAS *Flöte die Töne des japanischen Eisenbahnliedes rieseln. Von den neun Anwesenden sind sich nur* BARNES, PARAMORE *und* TANA *über die Identität des späten Besuchers nicht im klaren. Nicht einer von den neunen ist sich darüber im klaren, daß* ADAM PATCH *an ebendiesem Morgen einen Betrag von fünfzigtausend Dollar zugunsten landesweiter Prohibition gestiftet hat.*

Es bleibt PARAMORE *vorbehalten, das lastende Schweigen zu durchbrechen; mit seiner unglaublichen Bemerkung ist der äußerste Punkt der Verderbtheit seines Lebens erreicht.*

PARAMORE *schnell auf Händen und Knien zur Küche krabbelnd* Ich bin hier nicht zu Gast – ich arbeite hier.

Wieder senkt sich Schweigen herab – diesmal so tief, so geladen mit unerträglich um sich greifender Furcht, daß RACHAEL *in ein kurzes nervöses Kichern ausbricht und* DICK *sich dabei ertappt, wie er wieder und wieder einen der Situation auf groteske Weise angemessenen Vers von Swinburne rezitiert:*

eine schaurig blasse Blüte ohne Dufthauch

Aus der Stille heraus ertönt die Stimme ANTHONYS, *die nüchtern und angestrengt zu* ADAM PATCH *spricht; dann verliert sich auch diese.*

SHUTTLEWORTH *mit Leidenschaft* Ihr Großvater dachte, er würde mit dem Wagen mal herüberkommen und sich Ihr Haus ansehen. Ich hatte von Rye aus angerufen und eine Nachricht hinterlassen.

In der nächsten Pause sind einige leise Japser zu hören, die scheinbar von nirgendwoher, von niemandem stammen. ANTHONY *ist kreidebleich.* GLORIAS *Mund steht offen, und ihr Blick ruht, gespannt und voller Furcht, unverwandt auf dem Alten. Nicht ein einziges Lächeln ist im Zimmer zu sehen. Nicht ein einziges? Oder öffnen sich* CROSS PATCHS *zusammengepreßte Lippen doch noch leicht und entblößen bebend seine ebenmäßig aufgereihten dünnen Zähne? Er spricht – fünf schlichte, nachsichtige Worte.*

ADAM PATCH Kommen Sie, wir gehen, Shuttleworth...

Und damit genug. Er dreht sich um und geht, auf seinen Stock gestützt, durch die Diele, zur Haustür hinaus, und auf dem Kiesweg unter dem Augustmond knirschen seine unsicheren Schritte wie ein höllisches Verhängnis.

In dieser höchst angespannten Lage waren sie wie zwei Goldfische in einem Aquarium, aus dem alles Wasser herausgelassen ist; sie konnten nicht einmal mehr aufeinander zuschwimmen.

Im Mai würde Gloria sechsundzwanzig werden. Sie wünsche sich nichts weiter, hatte sie gesagt, als lange jung und schön zu bleiben, froh und glücklich zu sein und Geld und Liebe zu besitzen. Sie wollte, was die meisten Frauen wollen; sie aber wollte es mit aller Kraft und Leidenschaft. Mehr als zwei Jahre war sie jetzt verheiratet. Zuerst hatte es Tage ungetrübten Einvernehmens gegeben, gesteigert bis zum Rausch des Besitzerstolzes. Diese Zeiten waren mit gelegentlichen Haßgefühlen durchsetzt, die eine knappe Stunde vorhielten, und mit Vernachlässigung, die sich nie länger als einen Nachmittag hinzog. So war es ein halbes Jahr lang gegangen.

Dann hatte die Jubelstimmung der Ungetrübtheit, der Zufriedenheit nachgelassen, war grau geworden – in raren Momenten kehrte, ausgelöst vom Stachel der Eifersucht oder einer erzwungenen Trennung, der alte Sinnenrausch wieder, die scheinbare Zwiesprache von Seele zu Seele, der Aufruhr der Gefühle. Sie brachte es fertig, Anthony einen vollen Tag lang zu hassen, eine ganze Woche lang ungerührt zornig auf ihn zu sein. In beider Gefühlshaushalt war die Zuneigung von wechselseitigen Vorwürfen verdrängt worden, die beinahe Unterhaltungswert angenommen hatten, und es gab Nächte, in denen sie einschlummerten, während sie sich darauf zu besinnen versuchten, wer von beiden verstimmt war und wer am folgenden Morgen eingeschnappt zu sein hatte. Und als das zweite Jahr zu Ende ging, hatten sich zwei neue Elemente eingeschlichen. Gloria wurde klar, daß Anthony ihr gegenüber zu völliger Gleichgültigkeit fähig geworden war, einer vorübergehenden, mehr auf Lethargie gegründeten Gleichgültigkeit, aus der sie ihn allerdings mit einem gewisperten Wort oder einem vertraulichen Lächeln nicht mehr hervorzulocken vermochte. An manchen Tagen wirkten ihre Liebkosungen auf ihn, als drohten sie ihn zu ersticken. Sie war sich dieser Veränderungen bewußt, wollte sie sich aber nie ganz eingestehen.

Erst kürzlich war ihr aufgefallen, daß sie ihn, trotz ihrer Bewunderung für ihn, trotz ihrer Eifersucht, ihrer Unterwürfigkeit, ihres Stolzes, zutiefst verachtete – und ihre Verachtung vermischte sich unentwirrbar mit ihren anderen Empfindungen... All dies machte ihre Liebe aus – die kraftvolle weibliche Chimäre, die sich eines Aprilabends vor vielen Monden auf ihn geheftet hatte.

Was Anthony anging, so war er, trotz all dieser Einschränkungen, in Gedanken ausschließlich mit ihr beschäftigt. Hätte er sie verloren, so wäre er ein gebrochener Mann gewesen, für den Rest seines Lebens erbärmlich und rührselig in ihr Andenken versunken. Selten bereitete es ihm Vergnügen, einen ganzen Tag allein mit ihr zu verbringen – bis auf bestimmte Gelegenheiten zog er es vor, einen Dritten dabeizuhaben. Zuzeiten glaubte er, verrückt zu werden, wenn sie ihn nicht endlich in Ruhe ließ – einige wenige Male empfand er mit Sicherheit Haßgefühle. War er beschwipst, konnte es durchaus vorkommen, daß er sich von anderen Frauen angezogen fühlte – die bis dahin unterdrückten Auswüchse eines experimentierfreudigen Temperaments.

In jenem Frühling, jenem Sommer hatten sie auf zukünftiges Glück gehofft – wie sie von Sommerland zu Sommerland reisen würden, sich schließlich auf einen herrlichen Landsitz, möglicherweise mit idyllischer Kinderschar, zurückziehen, dann in den diplomatischen Dienst eintreten oder sich in der Politik betätigen würden, um eine Zeitlang etwas Schönes und Wichtiges zu bewirken, bis sie sich schließlich als weißhaariges Paar (mit schönem, seidigem weißem Haar) in heiterem Ruhm ergehen würden, verehrt vom Bürgertum des Landes... Diese Zeiten sollten anheben, »wenn wir unser Geld bekommen«; ihre Hoffnungen beruhten eher auf derlei Träumereien als auf Zufriedenheit mit ihrem zunehmend ungeregelten, zunehmend zerfahrenen Leben. Im grauen Morgenlicht, wenn die Scherze der vorhergehenden Nacht zu Derbheiten ohne Witz und Würde zusammengeschnurrt waren, konnten sie dieses Bündel gemeinsamer Hoffnungen gewissermaßen hervorkramen und nachzählen, danach einander anlächeln und die Sache zum Abschluß bringen, indem sie Glorias trotzigen Wahlspruch »Mir kann alles gestohlen bleiben!« mit seinem verknappten, aber aufrichtigen Nietzscheanismus wiederholten.

Die Lage hatte sich spürbar verschlechtert. Da war die Geldfrage, zunehmend ärgerlich, zunehmend verhängnisvoll; da war die Einsicht, daß Alkohol für ihr Vergnügen praktisch unabdingbar geworden war – in der britischen Aristokratie vor hundert Jahren ein nicht ungewöhnliches Phänomen, in einer Zivilisation, die an Mäßigung und Umsicht stetig zunahm, jedoch leicht beunruhigend. Außerdem schienen beide irgendwie weniger strapazierfähig, nicht so sehr in dem, was sie taten, als in ihren feinsinnigen Reaktionen auf ihre kulturelle Umgebung. In Gloria hatte etwas lebendige Gestalt angenommen, das sie bis dahin nie benötigt hatte – das zwar unfertige, aber doch nicht zu verkennende Skelett einer Instanz, die sie früher zutiefst verabscheut hatte: ein Gewissen. Das Eingeständnis ging mit einem allmählichen Abbau ihrer körperlichen Beherztheit einher.

Dann, am Augustmorgen nach dem unerwarteten Besuch von Adam Patch, wachten sie auf, fühlten sich elend, müde und ohne Lebensmut, fähig nur zu einem alles durchdringenden Gefühl – Angst.

»Und?« Anthony setzte sich im Bett auf und blickte auf sie herab. Seine Mundwinkel zogen sich deprimiert nach unten, seine Stimme klang belegt und hohl.

Ihre Antwort bestand darin, die Hand an den Mund zu heben und langsam und beharrlich an ihrem Finger zu nagen.

»Das hätten wir also geschafft«, sagte er nach einer Pause. Es irritierte ihn, daß sie weiterhin schwieg. »Warum sagst du denn nichts?«

»Was in Gottes Namen soll ich denn sagen?«

»Was denkst du gerade?«

»Nichts.«

»Dann hör auf, an deinem Finger herumzuknabbern!«

Es folgte eine kurze, wirre Diskussion darüber, ob sie nun etwas gedacht hatte oder nicht. Es schien Anthony unerläßlich, daß sie über die Kalamität der vergangenen Nacht laut nachdachte. Ihr Schweigen war ihre Methode, die Verantwortung auf ihn abzuschieben. Sie für ihr Teil sah keine Veranlassung zu sprechen – die Lage erforderte, daß sie an ihrem Finger nagte wie ein nervöses Kind.

»Ich muß zu meinem Großvater und die Karre wieder aus dem Dreck ziehen«, sagte er mit unbehaglichem Nachdruck. In der Verwendung von »mein Großvater« anstelle von »Opapa« zeigte sich ein leiser, neugewonnener Respekt.

»Das schaffst du nicht«, versicherte sie abrupt. »Das schaffst du nie – niemals. Er wird dir nie verzeihen, solange er lebt.«

»Vielleicht nicht«, stimmte Anthony unglücklich zu. »Trotzdem – vielleicht kann ich die Sache ja mit einem Akt der Einkehr und diesem ganzen Brimborium wieder einrenken...«

»Er sah krank aus«, unterbrach sie ihn, »weiß wie Mehl.«

»Er *ist* krank. Das habe ich dir schon vor drei Monaten gesagt.«

»Ich wollte, er wäre letzte Woche gestorben!« sagte sie verdrießlich. »Rücksichtsloser alter Narr!«

Keiner von beiden lachte.

»Aber eines will ich dir sagen«, fügte sie ruhig an, »wenn ich noch einmal sehe, daß du dich einer Frau gegenüber so benimmst wie gestern abend mit Rachael Barnes, dann verlasse ich dich – *ganz – einfach – so*! Ich lasse mir das einfach nicht mehr bieten!«

Anthony zuckte zusammen.

»Ach, red doch keinen Unsinn«, widersprach er. »Du weißt doch, daß es für mich keine andere Frau auf der Welt gibt außer dir – keine einzige, Liebste.«

Sein Versuch, einen zärtlichen Ton anzuschlagen, scheiterte jämmerlich – die drängendere Gefahr schob sich wieder in den Vordergrund.

»Wenn ich zu ihm ginge«, schlug Anthony vor, »und ihm mit angemessenen Bibelzitaten sagte, ich sei zu lange auf dem Pfad der Sünde gewandelt und sähe nun endlich das Licht…« Er brach ab und warf seiner Frau einen wunderlichen Blick zu. »Wie er sich wohl verhalten würde?«

»Was weiß ich.«

Sie dachte nach, ob ihre Gäste wohl den Scharfsinn aufbringen würden, sich gleich nach dem Frühstück zu verabschieden.

Es dauerte eine ganze Woche, bis Anthony all seinen Mut zusammennahm und sich nach Tarrytown begab. Das Vorhaben drehte ihm den Magen um, und allein hätte er sich außerstande gesehen, die Fahrt anzutreten – doch im Laufe der letzten drei Jahre hatte nicht nur seine Willensstärke nachgelassen, sondern ebenso auch seine Widerstandskraft, wenn ihm jemand zusetzte. Gloria zwang ihn, den Kanossagang anzutreten. Eine Woche verstreichen zu lassen gehe gerade noch an, meinte sie, denn das lasse seinem höchst erbitterten Großvater Zeit, sich abzukühlen – aber noch länger zu warten sei ein Fehler, das verschaffe ihm nur Gelegenheit, sich weiter zu verhärten.

Er fuhr los, furchtgeplagt ... und vergebens. Adam Patch befinde sich nicht wohl, richtete Shuttleworth ihm ungnädig aus. Es sei unmißverständliche Order erteilt worden, daß er für niemanden zu sprechen sei. Unter dem nachtragenden Blick des ehemaligen »Gin-Doktors« stürzte Anthonys Fassade in sich zusammen. Fast schlich er sich zum Taxi hinaus – und gewann erst dann ein wenig Selbstachtung zurück, als er in den Zug einstieg und sich bübisch darüber freute, in die gleißenden Zauberschlösser des Trostes fliehen zu können, die noch immer in seiner Vorstellung aufragten.

Gloria reagierte mit Verachtung, als er wieder in Marietta eintraf. Weshalb hatte er sich nicht mit Gewalt Eintritt verschafft? Das hätte sie getan!

Gemeinsam setzten sie einen Brief an den Alten auf, überarbeiteten ihn mehrfach und schickten ihn ab. Halb war er Entschuldigung, halb zusammengeschusterte Erklärung. Beantwortet wurde er nicht.

Im September kam ein Tag, ein Tag voller Regengüsse und Sonnenstrahlen, die Sonne ohne Wärme, der Regen ohne Frische. An diesem Tag verließen sie das graue Haus, das die Blütezeit ihrer Liebe erlebt hatte. Vier Schrankkoffer und drei riesige Umzugskisten standen hochgetürmt in dem nun leergeräumten Zimmer, wo sie sich noch zwei Jahre zuvor wohlig hingelümmelt, sich fernen, trägen, angenehmen Träumereien hingegeben hatten. Das leere Zimmer hallte. Gloria – sie trug ein neues braunes Kleid mit Pelzbesatz – saß schweigend auf einer der Kisten, und Anthony lief nervös rauchend auf und ab, während sie auf den Möbelwagen warteten, der ihre Habe in die Stadt schaffen würde.

»Was ist das?« fragte sie und deutete auf ein paar Alben, die sich auf einer der Umzugskisten stapelten.

»Das ist meine alte Briefmarkensammlung«, gestand er verlegen. »Ich hatte vergessen, sie zu packen.«

»Anthony, das ist doch albern, die mitzuschleppen.«

»Na ja, ich hatte sie mir letztes Frühjahr bei unserem Auszug aus dem Apartment angesehen und mich entschlossen, sie nicht ins Lager zu geben.«

»Kannst du sie nicht verkaufen? Haben wir nicht genug Trödel?«

»Tut mir leid«, sagte er demütig.

Unter donnerndem Rattern kam der Möbelwagen angerollt. Gloria drohte den vier Wänden trotzig mit der Faust.

»Ich bin so froh, hier herauszukommen«, rief sie, »so froh! Mein Gott, wie ich dieses Haus hasse!«

Und so fuhr die glanzvolle und schöne Dame mit ihrem Gemahl nach New York. Gleich im Zug, der sie davontrug, zankten sie sich – sie gab ihre bitteren Worte mit der Häufigkeit, Regelmäßigkeit und Unvermeidlichkeit der Bahnstationen von sich, die sie passierten.

»Sei mir nicht böse«, bettelte Anthony kläglich. »Schließlich haben wir nichts außer einander.«

»Und meistens nicht einmal das!« rief Gloria.

»Wann denn nicht?«

»Ganz oft – angefangen mit einem gewissen Vorfall auf dem Bahnsteig in Redgate.«

»Du willst doch wohl nicht sagen...«

»Nein«, unterbrach sie ihn kalt, »ich brüte nicht darüber nach. Die Sache kam und ging – aber im Vorübergehen hat sie etwas mitgenommen.«

Sie schloß abrupt. Anthony saß schweigend da, verwirrt, bedrückt. Ein trist anzusehendes Bahnhofsgelände folgte auf das andere: Mamaroneck, Larchmont, Rye, Pelham Manor, abgelöst von kahlem, schäbigem Ödland, das vergebens als Landschaft posierte. Ihm fiel ein Sommermorgen ein, an dem sie beide auf der Suche nach Glück von New York aufgebrochen waren. Vielleicht hatten sie gar nicht erwartet, es zu finden, doch die Suche selbst war beglückender gewesen als alles, was er jetzt noch erwartete. Das Leben, so schien es, bestand darin, sich mit Requisiten zu umstellen – andernfalls war es eine Katastrophe. Es gab kein Ruhen und kein Rasten. Seine Sehnsucht, sich treiben zu lassen und zu träumen, hatte weder Hand noch Fuß; niemand trieb einfach dahin, es sei denn einem Mahlstrom entgegen, niemand träumte, ohne daß sich seine Träume nicht in ein groteskes Alpdrücken aus Entschlußlosigkeit und Bedauern verwandelten.

Pelham! In Pelham hatten sie einen Streit gehabt, weil Gloria unbedingt ans Steuer wollte. Und als sie mit ihrem Füßchen auf das Gaspedal trat, machte der Wagen einen jähen Satz nach vorn, und ihre Köpfe schnellten zurück wie Marionetten, die an einer einzigen Schnur geführt werden.

Die Bronx – in der Sonne, die jetzt aus einem leuchtend weiten Himmel und in taumelnden Karawanen aus Licht in die Straßen sank, glitzerten die Häuser auf. New York, nahm er an, war seine Heimatstadt – Metropole des Luxus und der Rätsel, abwegiger Hoffnungen und exotischer Träume. Hier in den Vorstädten ragten abstruse Stuckpaläste in den kühlen Sonnenuntergang, verharrten einen Augenblick lang in kühler Unwirklichkeit und glitten weg in die Ferne, gefolgt vom verworrenen Labyrinth des Harlem River. Durch die immer tiefere Abenddämmerung fuhr der Zug über und an einem halben Hundert fröhlich schwitzender Straßen an der Upper East Side entlang, deren jede sich wie der Abstand zwischen den Speichen eines riesigen Rades am Abteilfenster vorbeischob und den Blick auf das Kunterbunt armer Kinder freigab, die in fieberhafter Betriebsamkeit wie lebhafte Ameisen auf Bahnen aus rotem Sand umherwimmelten. Aus den Fenstern der Mietshäuser lehnten, an diesem schmutzfarbenen Himmel wie Sternenbilder, rundliche, mondförmige Mütter; Frauen wie dunkle, ungeschliffene Juwelen, Frauen wie Gemüse, Frauen wie große Säcke voll widerlicher Schmutzwäsche.

»Ich mag diese Straßen«, bemerkte Anthony vernehmlich. »Ich habe das Gefühl, als sei es eine Darbietung mir zu Ehren; als würden sie alle aufhören, zu laufen und zu lachen, sobald ich vorübergefahren bin, als würden sie sich statt dessen tieftraurig ihrer Armut erinnern und mit gesenktem Kopf in ihre Behausungen zurückziehen. Im Ausland gewinnt man diesen Eindruck öfter, aber nur selten im eigenen Land.«

In einer breiten, belebten Straße entzifferte er an einer Ladenzeile ein gutes Dutzend jüdischer Namen; in jeder Ladentür stand ein dunkelhaariger kleiner Mann, der die Passanten aus aufmerksamen Augen musterte – Augen, die vor Mißtrauen, Stolz und Klarsicht, vor Begierde und Verständnis glühten. New York – der allmähliche, der schleichende Aufstieg dieser Leute war nicht mehr zu übersehen: Die kleinen Geschäfte, die da wuchsen, expandierten, sich konsolidierten und verlegt wurden, gehütet mit Argusaugen und einer bienenhaften Aufmerksamkeit fürs Detail – sie breiteten sich aus nach allen Seiten. Es war schon imposant – genaugenommen war es ungeheuerlich.

Auf merkwürdig angemessene Art unterbrach Glorias Stimme seinen Gedankengang.

»Wo Bloeckman sich wohl diesen Sommer herumgetrieben hat?«

Das Apartment

Nach der Jugend mit ihren Gewißheiten setzt eine Zeit angespannter und unerträglicher Verwicklungen ein. Bei einem Barmixer in einer Eisdiele ist diese Periode so kurz, daß man sie beinahe außer acht lassen kann. Männer auf höherer Gesellschaftsstufe dagegen halten länger durch bei dem Versuch, sich die letzten Annehmlichkeiten einer Beziehung zu bewahren und »unpraktische« Vorstellungen von Integrität beizubehalten.

Doch Ende der Zwanziger wird die Angelegenheit zu vertrackt, und was bis dahin bedrohlich und verwirrend wirkte, wird stufenweise schwächer und verschwommener. Auf die Beziehung legt sich, wie Dämmerung auf eine rauhe Landschaft, die Routine und dämpft alles so weit, bis es erträglich wird. Die Verwicklungen sind zu heikel, zu mannigfaltig; mit jeder Minderung der Lebenskraft verändern sich radikal unsere Wertvorstellungen; allmählich hat es den Anschein, als könnten wir aus der Vergangenheit nichts lernen, was uns helfen würde, der Zukunft ins Auge zu sehen – so hören wir denn auf, impulsive, empfindsame Männer zu sein, an feinen Verästelungen sittlicher Wahrheit interessiert; tauschen unsere Vorstellungen von Integrität gegen Verhaltensregeln aus; schätzen Sicherheit höher als die Liebe; werden – ganz unbewußt – Pragmatiker. Es bleibt einigen wenigen überlassen, sich nachhaltig mit den Nuancen von Beziehungen zu befassen – und selbst diese wenigen tun es nur zu bestimmten Stunden, die eigens dieser Aufgabe vorbehalten bleiben.

Anthony Patch hatte aufgehört, ein Individuum des geistigen Abenteuers, der Wißbegierde zu sein, und war zu einem Individuum des Vorurteils und der Voreingenommenheit geworden; es verlangte ihn danach, sich gefühlsmäßig durch nichts mehr erschüttern zu lassen. Dieser allmähliche Wandel war die letzten paar Jahre über eingetreten und von einer Reihe Sorgen beschleunigt worden, die an ihm nagten. Da war zunächst einmal das noch stets in seinem Herzen schlummernde und nun durch seine Lebensumstände wachgerufene Gefühl des Aasens. In Augenblicken der Unsicherheit wurde er von der Vorstellung gequält, das Leben habe immerhin doch einen Sinn. In seinen frühen Zwanzigern hatten die von ihm bewunderten Philosophien ebenso wie sein Umgang mit Maury Noble, später mit seiner Frau, in ihm die Überzeugung von der Vergeblichkeit allen Strebens, von der Weisheit der Entsagung gefestigt. Freilich hatte es – zum Beispiel kurz vor seiner ersten Begegnung mit Gloria und damals, als sein Großvater ihm vorgeschlagen hatte, als Kriegsberichterstatter ins Ausland zu gehen – Anlässe gegeben, bei denen ihn seine Unzufriedenheit beinahe zu einem positiven Schritt veranlaßt hätte.

Als er am Vortag ihres Wegzugs aus Marietta flüchtig in einem *Harvard Alumni Bulletin* blätterte, war er auf eine Kolumne gestoßen, der er entnahm, was seine Kommilitonen in den sechs Jahren seit ihrem Abschlußexamen getrieben hatten. Zugegeben, die meisten von ihnen waren Geschäftsleute geworden, und einige bekehrten die Heiden in China oder Amerika zu einem nebulösen Protestantismus; doch wie er nachlesen konnte, arbeiteten ein paar durchaus schöpferisch in Stellungen, die weder Sinekuren noch Routineangelegenheiten waren. Da war zum Beispiel Calvin Boyd, der, obwohl eben erst von der Medizinischen Fakultät abgegangen, eine neue Behandlungsmethode gegen den Typhus entdeckt hatte, nach Europa übergesetzt war und einige Auswirkungen der Zivilisation linderte, welche die Großmächte über Serbien gebracht hatten; da war Eugene Bronson, dessen Artikel in *The New Democracy* ihn als Mann von Ideen auswiesen, die über vulgäre Tagespolitik wie über öffentliche Hysterie weit hinausragten; da war ein Mann namens Daly, der von der Fakultät einer redlichen Universität suspendiert worden war, weil er im Seminarraum Marxsche Lehrsätze verkündet hatte; die maßgeblichen Persönlichkeiten seiner Zeit in Kunst, Wissenschaft und Politik traten Anthony aus den Zeilen entgegen – selbst Severance gehörte dazu, der Abwehrspieler, der bei der Fremdenlegion an der Aisne recht stilvoll und sauber sein Leben geopfert hatte.

Er ließ das Heft sinken und dachte eine Weile über diese so unterschiedlichen Männer nach. Als er noch integer war, hätte er seine Haltung bis zum letzten verteidigt – ein Epikur im Nirwana, und er hätte ausgerufen, Kämpfen sei Glauben und Glauben sei Beschränkung. Die Aussicht auf Unsterblichkeit reizte ihn etwa ebenso dazu, zum Kirchgänger zu werden, wie ihn die Angst vor dem Unglücklichsein dazu veranlaßte, in die konkurrenzreiche Lederbranche einzusteigen. Aber im Augenblick kannte er derlei feine Skrupel nicht. In diesem Herbst, zu Beginn seines neunundzwanzigsten Lebensjahres, neigte er dazu, seinen Geist vor vielen Dingen zu verschließen und nicht tiefer in Beweggründe und erste Ursachen einzudringen, vor allem aber sehnte er sich leidenschaftlich nach einer Zuflucht vor der Welt und vor sich selbst. Er haßte es, allein zu sein, so wie er sich oft davor fürchtete, mit Gloria allein zu sein – wir hatten es bereits erwähnt.

Wegen des Abgrunds, der sich seit dem Besuch seines Großvaters vor ihm aufgetan hatte, und der daraus folgenden Abscheu vor seiner neuen Lebensführung konnte es nicht ausbleiben, daß er sich in der plötzlich feindselig gewordenen Stadt nach Freunden umtat und nach der Umgebung, die ihm früher als die wärmste und sicherste erschienen war. Sein erster Schritt bestand in dem verzweifelten Versuch, sein altes Apartment wiederzubekommen.

Im Frühjahr 1912 hatte er für siebzehnhundert pro Jahr einen Mietvertrag über vier Jahre mit Verlängerungsmöglichkeit unterzeichnet. Im vergangenen Mai war der Vertrag ausgelaufen. Als er die Zimmer angemietet hatte, boten diese lediglich Entwicklungsmöglichkeiten, die als solche kaum wahrzunehmen waren; Anthony jedoch erkannte ihr Potential und legte vertraglich fest, daß er und der Hauswirt eine bestimmte Summe für Renovierungen aufwenden sollten. In den vergangenen vier Jahren hatten die Mieten angezogen, und als Anthony im Frühjahr auf eine Verlängerung verzichtete, merkte der Vermieter, ein gewisser Mr. Sohenberg, daß er für das inzwischen reizvoll gewordene Apartment einen sehr viel höheren Preis erzielen konnte. So bot Sohenberg, als Anthony ihn im September auf das Thema ansprach, einen Mietvertrag für zweitausendfünfhundert im Jahr mit einer dreijährigen Laufzeit an. Das fand Anthony unverschämt. Bedeutete es doch, daß mehr als ein Drittel ihres Einkommens für die Miete draufgehen würde. Vergebens argumentierte er, daß *er* die Zimmer verschönert habe, mit seinem Geld und seinen Ideen zur Raumaufteilung.

Vergebens bot er zweitausend Dollar, zweitausendzweihundert, obwohl er sie nur mit Mühe erübrigen konnte – Mr. Sohenberg ließ sich nicht erweichen. Anscheinend zogen noch zwei weitere Gentlemen das Apartment in Betracht. Wohnungen dieser Art seien sehr gefragt, und es wäre schwerlich ein gutes Geschäft, wenn er sie Mr. Patch *schenken* würde. Außerdem hätten sich von den anderen Mietern im vergangenen Winter etliche über Lärm beschwert – Singen und Tanzen zu vorgerückter Stunde, etwas in diesem Sinne.

Zornentbrannt eilte Anthony zurück ins Ritz, um Gloria seine Niederlage zu vermelden.

»Ich kann mir genau vorstellen«, tobte sie, »wie du klein beigegeben hast!«

»Was hätte ich denn sagen sollen?«

»Du hättest ihm Bescheid sagen können, was er ist. Ich hätte mir das nicht gefallen lassen. Kein anderer Mann auf der Welt hätte sich das gefallen lassen! Du läßt dich von anderen herumkommandieren, betrügen, einschüchtern und übervorteilen, als wärst du ein dummer kleiner Hansel. Es ist lächerlich!«

»Ach, um Himmels willen, nun krieg bloß nicht gleich wieder einen Wutanfall!«

»Ich weiß, Anthony, du bist aber auch wirklich ein Esel!«

»Mag sein. Jedenfalls können wir uns das Apartment nicht leisten. Aber wir können es uns immer noch eher leisten, als hier im Ritz zu wohnen.«

»Du hast doch darauf bestanden, hier einzuziehen.«

»Ja, weil ich wußte, daß es dir in einer billigen Absteige elend gehen würde.«

»Natürlich würde es das!«

»Auf jeden Fall müssen wir eine Wohnung finden.«

»Wieviel können wir denn aufbringen?« wollte sie wissen.

»Wenn wir weitere Wertpapiere verkaufen, können wir ihm sogar seinen Preis zahlen, aber gestern abend haben wir uns geeinigt: Bevor ich nicht eine feste Stelle habe, können wir...«

»Ach, das alles weiß ich doch längst. Ich habe gefragt, wieviel wir allein mit unserem Einkommen bestreiten können.«

»Es heißt, man sollte nicht mehr als ein Viertel zahlen.«

»Wieviel ist ein Viertel?«

»Hundertfünfzig im Monat.«

»Willst du damit sagen, wir hätten jeden Monat nur sechshundert Dollar zur Verfügung?« Ihre Stimme klang gedämpft.

»Was sonst!« entgegnete er verärgert. »Glaubst du, wir hätten ständig mehr als zwölftausend im Jahr ausgeben können, ohne unser Kapital anzubrechen?«

»Ich weiß ja, daß wir Wertpapiere verkauft haben, aber – haben wir wirklich so viel im Jahr ausgegeben? Ja, wie denn?« Ihre Ehrfurcht wuchs.

»Oh, ich werde in den Haushaltsbüchern nachschauen, die wir so sorgfältig geführt haben«, bemerkte er ironisch, dann setzte er hinzu: »Den Großteil des Jahres über zwei Mieten, Kleider, Reisen – und unser Frühling in Kalifornien hat uns jedesmal rund viertausend Dollar gekostet. Der verflixte Wagen war von Anfang bis Ende hinausgeworfenes Geld. Und Feiern und Vergnügungen und – tja, so kommt eins zum andern.«

Beide waren erregt und maßlos niedergeschlagen. Als er es für sich durchgerechnet hatte, war ihm die Lage nicht so schlimm erschienen wie jetzt, da er Gloria davon erzählte.

»Du mußt Geld verdienen«, sagte sie plötzlich.

»Ich weiß.«

»Und du mußt noch einmal versuchen, deinen Großvater zu sprechen.«

»Ja doch.«

»Wann?«

»Wenn wir uns eingerichtet haben.«

Dieser Stand der Dinge war eine Woche später erreicht. Für hundertfünfzig im Monat mieteten sie sich ein kleines Apartment in der 57. Straße. Die Wohnung, in einem schmalen Etagenhaus aus Granulit, umfaßte Schlafzimmer, Wohnzimmer, Kochnische und Bad. Und waren die Räumlichkeiten auch zu eng, um Anthonys schönste Möbelstücke zur Geltung zu bringen, so waren sie doch sauber, neu und hell und auf gepflegte Weise reizvoll. Bounds war ins Ausland gegangen, um sich zur britischen Armee zu melden, und an seiner Stelle duldeten sie mehr, als daß sie sie genossen, die Dienste einer hageren, grobknochigen Irin, die Gloria ein Greuel war, weil sie beim Auftragen des Frühstücks die Ruhmestaten von Sinn Féin erörterte. Aber sie hatten sich geschworen, keinen Japaner mehr einzustellen, und englische Bedienstete waren zu der Zeit schwer zu bekommen. Wie Bounds servierte auch die Frau nur das Frühstück. Die anderen Mahlzeiten nahmen sie in Restaurants und Hotels ein.

Was Anthony endlich in großer Hast nach Tarrytown nötigte, war eine Mitteilung in mehreren New Yorker Zeitungen, wonach der Multimillionär, Philanthrop und verehrungswürdige Erneuerer Adam Patch schwer erkrankt war, mit einer Genesung sei nicht zu rechnen.

Das Kätzchen

Anthony konnte ihn nicht besuchen. Laut ärztlicher Anordnung dürfe er niemanden empfangen, sagte Mr. Shuttleworth – der sich freundlicherweise erbot, jede Botschaft, die Anthony ihm anzuvertrauen beliebe, entgegenzunehmen und Adam Patch zu hinterbringen, sobald dessen Gesundheitszustand es erlaube.

Doch mit seinen durchsichtigen Anspielungen bekräftigte er Anthonys düstere Ahnung, daß der verlorene Enkelsohn am Krankenbett ganz besonders unerwünscht war. Glorias ausdrückliche Anweisungen im Ohr, setzte Anthony im Verlauf des Gesprächs einmal zu einer Bewegung an, als wolle er sich an dem Sekretär vorbeidrängen, doch Shuttleworth straffte mit einem Lächeln seine muskulösen Schultern, und Anthony erkannte, wie fruchtlos ein solcher Versuch gewesen wäre.

Kläglich eingeschüchtert, kehrte er nach New York zurück, wo das Ehepaar eine unruhige Woche verlebte. Ein kleiner Zwischenfall, der sich eines Abends ereignete, mag als Indiz dafür dienen, wie angespannt ihre Nerven waren.

Als sie nach dem Abendessen zu Fuß eine Querstraße entlang nach Hause gingen, bemerkte Anthony an einem Geländer einen Kater auf seinen nächtlichen Streifzügen.

»Wenn ich eine Katze sehe, verspüre ich immer den Drang, sie zu treten«, sagte er nachlässig.

»Ich mag Katzen.«

»Einmal habe ich ihm nachgegeben.«

»Wann?«

»Ach, vor Jahren; bevor ich dich kennenlernte. Eines Abends, in der Pause zwischen den Nummern einer Show. Eine kalte Nacht wie heute, und ich war leicht angetrunken – mit das erste Mal, daß ich angetrunken war«, fügte er hinzu. »Ich schätze, das arme kleine Luder suchte einen Schlafplatz, und mir war so elend zumute, daß mich die Lust überkam, es zu treten...«

»Oh, das arme Kätzchen!« rief Gloria ergriffen.

Vom eigenen Erzähltrieb mitgerissen, führte Anthony das Thema weiter aus.

»Es war ziemlich schlimm«, gab er zu. »Das arme kleine Vieh drehte sich um und sah mich ziemlich kläglich an, als hoffe es, in den Arm genommen und zärtlich gestreichelt zu werden – ein kleiner Kater war es –, aber bevor er wußte, wie ihm geschah, holte ich zu einem heftigen Fußtritt aus und erwischte ihn an seinem kleinen Rücken...«

»Oh!« Glorias Ausruf klang ganz bekümmert.

»Die Nacht war so kalt«, fuhr er ungerührt fort und gab sich weiter einen schwermütigen Anstrich. »Ich nehme an, von irgend jemandem erwartete er Freundlichkeit, und nun wurde ihm weh getan...«

Er brach abrupt ab – Gloria schluchzte. Sie waren zu Hause angekommen, und als sie das Apartment betraten, warf sie sich aufs Sofa und weinte, als habe er sie in ihrer innersten Seele getroffen.

»Ach, das arme kleine Kätzchen«, rief sie jammervoll, »das arme kleine Kätzchen! So kalt...«

»Gloria...«

»Komm bloß nicht näher! Bitte, komm bloß nicht näher! Du hast das weiche, kleine Kätzchen umgebracht.«

Gerührt kniete sich Anthony neben sie hin.

»Liebste«, sagte er. »O Gloria, Liebling. Es ist nicht wahr. Ich habe doch alles nur erfunden – Wort für Wort.«

Aber sie wollte ihm nicht glauben. Etwas an den von ihm geschilderten Einzelheiten brachte sie zum Weinen, und so weinte sie sich an diesem Abend in den Schlaf, weinte um das Kätzchen, um Anthony, sich selbst, um den Schmerz, die Bitternis und Grausamkeit der ganzen Welt.

Das Ableben eines amerikanischen Moralisten

Der alte Adam starb eines Mitternachts Ende November mit einer frommen Schmeichelei für Gott auf den schmalen Lippen. Er, dem man so katzbuckelnd begegnet war, schied dahin, indem er der Allmächtigen Abstraktion schönredete, die er in den wollüstigeren Augenblicken seiner Jugend erzürnt zu haben vermeinte. Es verlautete, daß er mit der Gottheit eine Art Waffenstillstand ausgehandelt habe, dessen Einzelheiten nicht an die Öffentlichkeit drangen, wenngleich gemunkelt wurde, daß dazu auch eine größere Barzahlung gehöre. Sämtliche Zeitungen druckten seinen Lebenslauf, und zwei brachten kurze Leitartikel über seinen wahren Wert und seine Position im Drama der Industrialisierung, mit der er groß geworden war. Zurückhaltend berichteten sie über die Reformen, die er finanziert und gefördert habe. Erinnerungen an Anthony Comstock und Cato den Älteren wurden aufgewärmt und geisterten wie Schreckgespenster durch die Spalten der Zeitungen.

Kein Blatt ließ unerwähnt, daß er einen einzigen Enkel hinterlasse, Anthony Comstock Patch, New York.

Die Beisetzung erfolgte im Familiengrab zu Tarrytown. Anthony und Gloria fuhren in der vordersten Equipage, zu besorgt, um sich grotesk vorzukommen, beide verzweifelt bemüht, in den Mienen der Gefolgsleute, die seinem Ende beigewohnt hatten, Anzeichen ihres künftigen Geschickes zu lesen.

Anstandshalber warteten sie eine unruhevolle Woche ab, und als Anthony dann immer noch keine Benachrichtigung erhalten hatte, rief er den Anwalt seines Großvaters an. Mr. Brett war nicht da – er wurde in einer Stunde zurückerwartet. Anthony hinterließ seine Telefonnummer.

Es war der letzte Tag im November und klirrend kalt. Eine glanzlose Sonne lugte bleich zum Fenster herein. Während sie, vorgeblich mit Lektüre beschäftigt, auf den Anruf warteten, schien die Atmosphäre, drinnen wie draußen, der Natur bewußt menschliche Züge zu verleihen. Nach einer schier endlosen Zeitspanne klingelte es plötzlich, Anthony fuhr heftig zusammen und nahm den Hörer ab.

»Hallo...?« Seine Stimme klang belegt und dumpf. »Ja – ich hatte eine Nachricht hinterlassen. Wer ist da, bitte?... Ja... Nun, es geht um die Erbmasse. Natürlich bin ich interessiert, und da ich keine Benachrichtigung wegen der Testamentseröffnung erhalten habe – dachte ich, daß Sie vielleicht meine Adresse nicht haben... Was?... Ja...«

Gloria sank in die Knie. Die Pausen zwischen Anthonys Worten waren wie Tourniquets, die auf ihrem Herzen festgedreht wurden. Sie ertappte sich dabei, wie sie hilflos die großen Knöpfe eines Samtkissens zwirbelte.

Dann: »Das ist – das ist aber sehr, sehr merkwürdig – das ist sehr merkwürdig – das ist sehr merkwürdig. Nicht einmal eine – eh – Erwähnung oder ein – eh – Grund...?«

Seine Stimme klang dünn und weit fort. Sie stieß einen leisen Laut aus, halb Ächzer, halb Schrei.

»Ja, verstehe... In Ordnung, danke... danke...«

Das Telefon klickte. Als ihr Blick auf den Boden fiel, sah sie, wie seine Füße das Muster eines Sonnenfleckens auf dem Teppich nachzeichneten. Sie stand auf und sah ihn an mit ihren grauen, ruhigen Augen. Im selben Augenblick schlangen sich seine Arme um sie.

»Liebste«, murmelte er heiser, »hat er's doch tatsächlich fertiggebracht, Gott verfluche ihn!«

Am nächsten Tag

»Wer sind die Erben?« erkundigte sich Mr. Haight. »Sie verstehen, wenn Sie mir nur so spärlich Auskunft geben können...«

Mr. Haight war hochgewachsen und hatte die glatte Stirn eines Käfers. Man hatte ihn Anthony als zähen und gerissenen Anwalt empfohlen.

»Ich weiß nicht genau«, antwortete Anthony. »Ein Mann namens Shuttleworth, eine Art Schoßhund von ihm, verwaltet die ganze Sache als Testamentsvollstrecker oder Treuhänder oder so ähnlich – alles bis auf die unmittelbaren Zuwendungen zugunsten wohltätiger Stiftungen und die Vorsorge für die Dienerschaft und diese beiden Vettern in Idaho.«

»Vettern welchen Grades?«

»Ach, dritten oder vierten. Habe nicht einmal gewußt, daß es die gibt.«

Mr. Haight nickte vielsagend.

»Und Sie wollen das Testament anfechten?«

»Ich denke, ja«, gestand Anthony hilflos. »Ich will tun, was am meisten Erfolg verspricht – und was das ist, möchte ich gern von Ihnen wissen.«

»Sie wollen, daß das Gericht dem Testament die Bestätigung verweigert?«

Anthony schüttelte den Kopf.

»Da bin ich überfragt. Ich habe keine Ahnung, was für eine Bestätigung das sein soll. Ich will nur meinen Anteil an der Erbschaft.«

»Vielleicht sollten Sie mir mehr Einzelheiten verraten. Wissen Sie zum Beispiel, weshalb der Erblasser Sie enterbt hat?«

»Nun ja...«, begann Anthony. »Wissen Sie, er war ein Apostel der moralischen Erneuerung...«

»Ich weiß«, unterbrach ihn Mr. Haight humorlos.

»...und er dachte wohl, daß ich nicht viel tauge. Ich bin kein Geschäftsmann geworden, verstehen Sie? Aber daß ich noch bis vergangenen Sommer einer der Erbfolger war, da bin ich mir sicher. Wir hatten ein Haus in Marietta, und eines Abends kam Großvater auf den Gedanken, uns zu besuchen. Er traf ohne Vorankündigung ein, und zufällig war da gerade eine ziemlich ausgelassene Festivität im Gange. Na ja, er hat nur einen Blick hereingeworfen, er und dieser Shuttleworth, dann hat er kehrtgemacht und ist nach Tarrytown zurückgebraust. Danach hat er keinen meiner Briefe mehr beantwortet und mich nicht einmal mehr vorgelassen.«

»Er war ein Befürworter der Prohibition, nicht wahr?«

»Er war alles und jedes – ein richtiger Religionsfanatiker.«

»Wie lange vor seinem Tod hat er die letztwillige Verfügung erlassen, mit der er Sie enterbt hat?«

»Nicht lange – ich meine, nicht vor August.«

»Und Sie glauben, der unmittelbare Grund, weshalb er Ihnen nicht den größten Teil der Erbmasse vermacht hat, war sein Mißfallen über die jüngsten Vorkommnisse?«

»Ja.«

Mr. Haight überlegte. Mit welcher Begründung Anthony das Testament anzufechten gedenke?

»Gibt es da nicht eine Bestimmung über bösartige Beeinflussung?«

»Unzulässige Beeinflussung wäre ein Grund – aber sehr schwierig nachzuweisen. Sie müßten zeigen, daß Druck ausgeübt wurde, wodurch der Verstorbene in eine geistige Verfassung versetzt wurde, in der er entgegen den eigenen Absichten über sein Eigentum verfügte...«

»Angenommen, dieser Shuttleworth hat ihn nach Marietta geschleppt, gerade weil er der Meinung war, daß wahrscheinlich eine Art Feier dort stattfand?«

»Das hätte auf den Fall keinerlei Auswirkungen. Es gibt eine klare Unterscheidung zwischen Beratung und Beeinflussung. Sie müßten beweisen, daß der Sekretär böse Absichten verfolgte. Ich würde eine andere Begründung vorschlagen. Die gerichtliche Bestätigung wird einem Testament automatisch versagt im Falle von Geisteskrankheit, Trunkenheit« – hier mußte Anthony lächeln – »oder Schwachsinn aufgrund vorzeitiger Verkalkung.«

»Aber sein Hausarzt«, wandte Anthony ein, »einer der Erbfolger, würde bezeugen, daß er gar nicht schwachsinnig war. Und er war es ja auch nicht. Ja, wahrscheinlich hat er mit seinem Geld genau das angestellt, was er vorhatte – es stimmt vollkommen überein mit allem, was er je in seinem Leben getan hat...«

»Schauen Sie, mit dem Schwachsinn ist es ganz ähnlich wie mit unzulässiger Beeinflussung – das bedeutet, daß über das Vermögen anders als ursprünglich beabsichtigt verfügt wurde. Der häufigste Fall ist Einschüchterung – körperliche Bedrängnis.«

Anthony schüttelte den Kopf.

»Ich fürchte, da besteht keine Chance. Das Beste scheint mir ›unzulässige Beeinflussung‹ zu sein.«

Nach weiteren Erörterungen, so fachspezifisch, daß sie Anthony weitgehend unverständlich waren, verpflichtete er Mr. Haight als seinen Rechtsbeistand. Der Anwalt schlug eine Unterredung mit Shuttleworth vor, der gemeinsam mit Wilson, Hiemer & Hardy als Testamentsvollstrecker fungierte. Anthony sollte im Lauf der Woche wiederkommen.

Es wurde bekannt, daß sich der Nachlaß auf annähernd vierzig Millionen Dollar belief. Das größte Legat an eine Einzelperson war eine Million für Edward Shuttleworth, der zusätzlich ein Jahresgehalt von dreißigtausend Dollar als Verwalter des dreißig Millionen umfassenden Treuhandfonds bezog. Letzteren sollte er praktisch nach eigenem Ermessen unter verschiedenen Wohltätigkeitsvereinen und Reformgesellschaften verteilen. Die verbleibenden neun Millionen wurden den beiden Vettern in Idaho und etwa fünfundzwanzig weiteren Nutznießern zugesprochen: Freunden, Sekretären, Dienern und Angestellten, die sich irgendwann einmal Adam Patchs Siegel der Anerkennung verdient hatten.

Nach Ablauf zweier weiterer Wochen hatte Mr. Haight gegen einen Honorarvorschuß von fünfzehntausend Dollar mit den Vorbereitungen zur Anfechtung des Testaments begonnen.

Der Winter ihres Mißvergnügens

Sie hatten nicht einmal zwei Monate in dem kleinen Apartment in der 57. Straße gewohnt, da hatte es für sie bereits denselben undefinierbaren, aber fast körperlichen Makel angenommen, mit dem das graue Haus in Marietta behaftet gewesen war. Dauernd stand Tabakdunst in der Luft – beide rauchten sie unablässig; er hing in ihren Kleidern, ihren Decken, den Vorhängen und den mit Asche übersäten Teppichen. Hinzu kam ein abscheulicher Geruch nach abgestandenem Wein mit der dazugehörigen Note schal gewordener Schönheit und der ekelerregenden Erinnerung an irgendwelche Orgien. Die Ausdunstung war besonders penetrant um ein Service von Stielgläsern auf der Anrichte, und da, wo die Gläser abgesetzt worden waren, verunzierten weiße Ringe den Mahagonitisch im Wohnzimmer. Es hatten viele Partys stattgefunden – die Leute zerbrachen Geschirr; die Leute übergaben sich in Glorias Badezimmer; sie verschütteten Wein und richteten in der Kochnische ein heilloses Durcheinander an.

Dergleichen war in ihrem Leben ein regelmäßiges Vorkommnis. Trotz der guten Vorsätze, die sie an so vielen Montagvormittagen faßten, herrschte zwischen ihnen stillschweigendes Einverständnis, daß das heranrückende Wochenende mit unchristlichen Ausschweifungen begangen werden mußte. Am Samstag besprachen sie die Sache nicht weiter, sondern riefen aus ihrem Kreis hinreichend verantwortungsloser Freunde diese oder jene Person an und schlugen ein geselliges Beisammensein vor. Erst wenn sich die Freunde eingefunden hatten und Anthony ihnen die Karaffen hinstellte, murmelte er nebenhin: »Ich glaube, einen Highball könnte ich ruhig vertragen…«

Dann ging es zwei Tage hoch her – und im winterlichen Morgengrauen merkten sie, daß sie die lärmigsten und auffallendsten Mitglieder der lärmigsten und auffallendsten Gruppe im Boul' Mich' gewesen waren, im Club Ramée oder an anderen Orten, wo man es mit der Ausgelassenheit der Klientel nicht so genau nahm. Dann stellten sie fest, daß sie achtzig oder neunzig Dollar verpraßt hatten – wie, das wußten sie nicht; gewöhnlich führten sie es auf die allgemeine Mittellosigkeit der »Freunde« zurück, die mit ihnen umhergezogen waren.

Nicht selten geschah es, daß ihnen die aufrichtigeren unter ihren Freunden mitten im Verlauf einer Feierei Vorhaltungen machten und ein düsteres Ende prophezeiten: den Verlust von Glorias »Aussehen« und von Anthonys »Konstitution«. Natürlich hatte sich die Geschichte von dem hastig abgebrochenen Trinkgelage in Marietta in allen Einzelheiten herumgesprochen – »Muriel will es ja gar nicht jedem weitererzählen, den sie kennt«, sagte Gloria zu Anthony, »aber sie glaubt, jeder, dem sie es erzählt, sei der einzige, dem sie es erzählt« – und war, durchsichtig verhüllt, zum Stadtgespräch ersten Grades geworden. Als die Klauseln von Adam Patchs Letztem Willen bekannt wurden und die Zeitungen Artikel über Anthonys Anfechtungsklage druckten, war die Geschichte zu Anthonys grenzenloser Schande an ihren krönenden Abschluß gelangt. Von allen möglichen Seiten hörten sie Gerüchte über sich, Gerüchte, die in der Regel zwar auf einem Körnchen Wahrheit beruhten, aber mit lachhaften oder gehässigen Details ausgeschmückt waren.

Nach außen zeigten sie keinerlei Anzeichen von Verschleiß. Mit sechsundzwanzig Jahren war Gloria noch immer dieselbe, die sie mit zwanzig gewesen war; ihr Teint der frische, zarte Rahmen für ihre klaren Augen; ihr Haar, das sich von Korngelb allmählich zu einem dunkleren Rotgold verfärbt hatte, von kindlichem Glanz; ihr schlanker Körper dem einer Nymphe gleich, die tänzelnd durch orphische Haine springt. Wenn sie durch ein Hotelfoyer schritt oder im Theater den Gang entlangging, folgten ihr gebannten Blicks die Augen der Männer, Dutzender von ihnen. Männer baten darum, ihr vorgestellt zu werden, verfielen in einen anhaltenden Zustand ungeheuchelter Bewunderung, machten ihr unverkennbar den Hof – denn noch immer war sie eine Frau von exquisiter, von geradezu unglaublicher Schönheit. Anthony für sein Teil hatte äußerlich eher noch gewonnen als verloren; in sein Gesicht war ein unbestimmbar tragischer Zug getreten, der mit seiner adretten, makellosen Person auf romantische Weise kontrastierte.

Zu Beginn des Winters, als alle Gespräche sich um den Kriegseintritt Amerikas drehten und Anthony einen verzweifelten und aufrichtig gemeinten Anlauf unternahm zu schreiben, kam Muriel Kane nach New York und besuchte sie unverzüglich. Wie Gloria schien sie sich überhaupt nicht zu verändern. Sie kannte den neuesten Jargon, tanzte die neuesten Tänze und sprach über die neuesten Lieder und Stücke mit demselben Feuereifer wie damals in ihrer ersten Saison als New Yorker Partygängerin. Ihre Affektiertheit war immer wieder neu, immer wieder wirkungslos; ihre Kleidung ausgefallen; ihr schwarzes Haar neuerdings, wie Glorias, kurz geschnitten. »Ich bin zum Winterball des Colleges in New Haven heraufgekommen«, verkündete sie, ihr entzückendes Geheimnis preisgebend. Obwohl sie sicher älter war als alle ihre männlichen Kommilitonen, gelang es ihr doch immer, sich irgendwelche Einladungen zu verschaffen, in der unbestimmten Erwartung, auf der nächsten Party werde es endlich zu jener Liebelei kommen, die vor dem Traualtar endet.

»Wo bist du denn gewesen?« erkundigte sich Anthony, unfehlbar belustigt.

»In Hot Springs. Diesen Herbst ging's flott und fetzig zu – mehr *Männer*!«

»Hast du deine große Liebe gefunden, Muriel?«

»Was verstehst du unter ›Liebe‹?« Das war die rhetorische Frage des Jahres. »Ich will dir was sagen –« Sie wechselte abrupt das Thema. »Eigentlich geht es mich ja nichts an, aber ich glaube, es ist Zeit, daß ihr zwei euch mal mäßigt.«

»Aber das tun wir doch.«

»Und wie!« höhnte sie schelmisch. »Wo ich gehe und stehe, höre ich von euren Ausschweifungen. Ich kann euch sagen, es ist ganz schön unangenehm, für euch geradestehen zu müssen.«

»Du brauchst dich nicht weiter zu bemühen«, versetzte Gloria kalt.

»Aber Gloria«, verwahrte sie sich, »du weißt, daß ich eine deiner besten Freundinnen bin.«

Gloria schwieg.

Muriel fuhr fort: »Es ist nicht so sehr die Vorstellung, daß eine Frau trinkt, aber Gloria ist so hübsch, und so viele Leute kennen sie überall vom Sehen, daß es natürlich auffällt...«

»Was hast du denn jetzt schon wieder gehört?« wollte Gloria wissen, und ihre Würde unterlag ihrer Neugier.

»Na, beispielsweise, daß die Party in Marietta Anthonys Großvater das *Leben* gekostet hat.«

Im Nu war das Ehepaar starr vor Ärger.

»Das ist ja wirklich unerhört!«

»Aber so wird gemunkelt«, beharrte Muriel störrisch.

Anthony ging im Zimmer auf und ab. »Das ist lächerlich«, erklärte er. »Dieselben Leute, die wir zu Partys einladen, verbreiten die Geschichte, als wär's ein toller Witz – und am Ende kommt sie in Form zu uns zurück.«

Gloria ließ ihren Finger durch eine rötliche Locke gleiten, die sich gelöst hatte. Muriel leckte, während sie sich ihre nächste Bemerkung zurechtlegte, an ihrem Schleier.

»Ihr solltet ein Kind haben.«

Gloria sah müde auf.

»Das können wir uns nicht leisten.«

»Sämtliche Slumbewohner haben Kinder«, sagte Muriel triumphierend.

Anthony und Gloria tauschten ein Lächeln. Sie hatten das Stadium erreicht, in dem ein heftiger Streit nicht mehr ausgetragen wurde, sondern weiterschwelte und in Abständen wieder aufloderte oder aus lauter Gleichgültigkeit von selbst erlosch – aber Muriels Besuch schmiedete sie vorübergehend wieder zusammen. Wenn sich ein Dritter über den mangelnden Komfort äußerte, in dem sie lebten, spornte er sie an, der feindlichen Welt gemeinsam entgegenzutreten. Von ihnen selbst ging nur noch selten ein Impuls zur Versöhnung aus.

Anthony stellte fest, daß er einen Zusammenhang zwischen seinem Leben und dem des nächtlichen Fahrstuhlführers im Etagenhaus sah, eines blassen, zottelbärtigen Mannes von etwa sechzig Jahren, der so tat, als sei er über seine Stellung erhaben. Vermutlich hatte er die Stelle aufgrund ebendieser Eigenschaft ergattert; sie machte aus ihm eine denkwürdige und erschütternde Gestalt des Mißerfolgs. Anthony erinnerte sich ohne Heiterkeit an einen alten Witz über Fahrstuhlführer, deren Karriere einem beständigen Auf und Ab unterworfen sei – auf jeden Fall handelte es sich um ein unendlich ödes Leben des Eingepferchtseins. Jedesmal, wenn Anthony den Fahrstuhl betrat, wartete er mit angehaltenem Atem auf den Spruch des alten Mannes: »Schätze, heute kriegen wir ein bißchen Sonnenschein ab.« Anthony mußte denken, wie wenig Regen oder Sonnenschein der Mann genießen würde, eingeschlossen, wie er war, in seinen engen, schmalen Käfig in dem rußgeschwärzten, fensterlosen Treppenhaus.

Seine düstere Gestalt gewann tragische Größe durch die Art, wie er aus dem Leben schied, das ihn so schäbig behandelt hatte. Eines Nachts drangen drei bewaffnete junge Männer ein, fesselten ihn und ließen ihn im Keller auf einem Kohlehaufen liegen, während sie den Gepäckraum durchstöberten. Als ihn am nächsten Morgen der Hausmeister fand, hatte er in der Kälte einen Kollaps erlitten. Vier Tage danach starb er an Lungenentzündung.

Er wurde durch einen schlagfertigen Schwarzen aus Martinique abgelöst, den Anthony verabscheute – er hatte einen unpassenden britischen Akzent und einen Hang zur Kratzbürstigkeit. Der Tod des Alten übte auf ihn etwa dieselbe Wirkung aus wie die Geschichte mit dem Kätzchen auf Gloria. Er erkannte darin die Grausamkeit des Lebens im allgemeinen und parallel dazu die zunehmende Härte seines eigenen Lebens.

Anthony schrieb – und endlich ernsthaft. Er war zu Dick gegangen und hatte sich eine Stunde lang eine Erläuterung zu Gemüte geführt, die ihn mit sämtlichen Einzelheiten jener Vorgehensweise vertraut machte, auf die er bislang eher höhnisch herabgesehen hatte. Er brauchte auf der Stelle Geld – inzwischen verkaufte er allmonatlich Anleihen, um ihre Rechnungen bezahlen zu können. Dick sprach offen und bestimmt.

»Was Artikel über literarische Themen in unbekannten Zeitschriften angeht, mit denen könntest du nicht genügend Geld verdienen, um deine Miete zu bezahlen. Wenn jemand humoristisches Talent hat oder die Chance, eine großangelegte Biographie zu schreiben, oder irgendwelches Spezialwissen, kann er schon das große Geld machen. Aber für dich kommt doch nur die schöngeistige Literatur in Frage. Du sagst, du brauchst sofort Geld?«

»Allerdings.«

»Also, bevor du mit einem Roman Geld verdienst, vergehen anderthalb Jahre. Versuch dich lieber an ein paar unterhaltsamen Kurzgeschichten. Übrigens, sofern sie nicht außergewöhnlich brillant sind, müssen sie lustig sein und mit schweren Geschützen auffahren, wenn sie dir Geld einbringen sollen.«

Anthony mußte an Dicks jüngste Veröffentlichungen denken, die in einer bekannten Monatsschrift erschienen waren. Diese handelten hauptsächlich von den lächerlichen Aktionen einer Schicht von Hohlköpfen, die, wie einem versichert wurde, Mitglieder der New Yorker Gesellschaft waren, und drehten sich in der Regel um die Frage der Unberührtheit der Protagonistin, mit pseudosoziologischen Untertönen über die »verrückten Mätzchen der Vierhundert«.

»Aber deine Geschichten ...«, platzte Anthony fast unwillkürlich heraus.

»Ach, das ist was anderes«, behauptete Dick zu Anthonys Verblüffung. »Ich habe einen Ruf, verstehst du, von mir erwartet man, daß ich mich mit gewichtigen Themen befasse.«

Anthony fuhr innerlich zusammen, war doch dieser Bemerkung zu entnehmen, wie tief Richard Caramel gesunken war. Glaubte er allen Ernstes, diese furchtbaren Ergüsse seien so gut wie sein erster Roman?

Anthony ging zurück in sein Apartment und machte sich ans Werk. Er stellte fest, daß es kein leichtes war, optimistisch zu bleiben. Nach einem halben Dutzend vergeblicher Anläufe ging er in die öffentliche Bibliothek und nahm sich die Ablagen einer beliebten Zeitschrift vor. Besser gerüstet, vollendete er sodann seine erste Story, *Das Diktaphon des Schicksals.* In ihr verarbeitete er einen der wenigen Eindrücke, die ihm von seinen sechs Wochen Wall Street im Vorjahr geblieben waren. Sie hatte die glückliche Geschichte eines Laufburschen zum Inhalt, der rein zufällig eine wunderschöne Melodie ins Diktaphon summt. Die Tonwalze wird vom Bruder seines Chefs, einem bekannten Musicalproduzenten, gefunden – der sie aber gleich wieder verliert. Der Hauptteil der Story galt der Jagd nach der verschwundenen Walze und der schließlichen Verehelichung des edlen Laufburschen (inzwischen erfolgreicher Komponist) mit Miss Rooney, der tugendsamen Stenographin, ihres Zeichens halb Jeanne d'Arc und halb Florence Nightingale.

Nach seinem Verständnis schien etwas Derartiges den Wünschen der Zeitschriften zu entsprechen. Als Protagonisten führte er die herkömmlichen Bewohner der rosa-blauen Literatur vor und verstrickte sie in einen süßlichen Plot, der nicht einmal einem Einwohner von Marietta anstößig vorgekommen wäre. Er hatte die Story mit doppeltem Zeilenabstand getippt – letzteres auf Anraten eines Büchleins von R. Meggs Widdlestien, *Schriftstellerischer Erfolg leicht gemacht,* in welchem dem ambitionierten Klempner versichert wurde, wie sinnlos es sei, sich abzuschuften, wo er doch nach einem nur sechsstündigen Lehrgang mindestens tausend Dollar im Monat verdienen könne.

Nachdem er der gelangweilten Gloria die Geschichte vorgelesen und ihr die denkwürdige Bemerkung entlockt hatte, sie sei »besser als eine Menge sonstiges Zeug, das veröffentlicht wird«, fügte er satirisch das Pseudonym »Gilles de Sade« an, legte den entsprechenden Rückumschlag bei und gab den Brief auf.

Nach diesem ungeheuerlichen Schöpfungsakt beschloß er, die Reaktion auf seine erste Geschichte abzuwarten, bevor er sich an die zweite machen würde. Dick hatte ihm gesagt, er könne mit bis zu zweihundert Dollar rechnen. Sollte sie sich als ungeeignet herausstellen, würde aus dem Schreiben des Redakteurs zweifellos hervorgehen, was für Veränderungen anzuraten seien.

»Es ist ohne Frage das verabscheuungswürdigste Stück Literatur, das es gibt«, sagte Anthony.

Allem Anschein nach gab der Redakteur ihm recht. Er schickte das Manuskript mit einer Absage zurück. Anthony sandte es andernorts ein und begann mit einer zweiten Geschichte. Diese hieß *Die kleine offene Tür* und wurde in drei Tagen hingeschrieben. Es ging darin um das Okkulte: Ein Paar, das sich auseinandergelebt hatte, wurde von einem Medium in einer Vaudeville-Show wieder zusammengeführt.

Insgesamt waren es sechs, sechs armselige und jämmerliche Schreibversuche eines Mannes, der sich noch nie zuvor der Anstrengung unterzogen hatte, überhaupt irgend etwas Zusammenhängendes zu Papier zu bringen. Keine der Geschichten enthielt auch nur ein Fünkchen Lebenskraft, und ihr Gesamtertrag an glücklichen und geistreichen Einfällen war geringer als der einer durchschnittlichen Zeitungskolumne. In der Zeit ihrer Zirkulation trugen sie ihm alles in allem einunddreißig Absagebriefe ein: Grabsteine für die Päckchen, die er wie Leichen vor seiner Tür fand.

Mitte Januar starb Glorias Vater, und wieder fuhren sie nach Kansas City – eine traurige Reise, denn Gloria war unentwegt am Brüten, nicht etwa über den Tod ihres Vaters, sondern über den ihrer Mutter. Als Russel Gilberts Nachlaß geregelt war, gelangten sie in den Besitz von etwa dreitausend Dollar und einer Unmenge Möbel. Diese waren eingelagert, denn seinen Lebensabend hatte er in einem Hotel verbracht. Seinem Tod war eine neue Entdeckung zu verdanken, die Anthony an Gloria machte. Zu seinem Erstaunen gab sie sich auf der Reise nach Osten als Bilphistin zu erkennen.

»Aber Gloria«, rief er, »du willst mir doch wohl nicht einreden, daß du das ganze Zeug glaubst?«

»Wieso denn nicht?« sagte sie trotzig.

»Weil es – weil es so hirnrissig ist. Du weißt, daß du in jedem Sinne des Wortes Agnostikerin bist. Du verhöhnst jede Form christlicher Orthodoxie – und jetzt gibst du zu, daß du an so eine alberne Reinkarnationsregel glaubst.«

»Und wenn schon? Ich habe doch gehört, wie ihr, du und Maury und all die anderen Leute, deren Verstand ich auch nur ein wenig schätze, euch einig seid, daß das Leben, so wie es uns erscheint, ohne jeden Sinn ist. Aber ich habe immer den Eindruck gehabt, vielleicht wäre es nicht ganz so sinnlos, wenn ich hier unbewußt irgend etwas lernen würde.«

»Aber du lernst doch gar nichts – du wirst es doch immer nur leid. Und wenn du schon einen Glauben brauchst, um alles zu beschönigen, dann such dir einen, der sich an den Verstand anderer Menschen wendet als an den einer Menge hysterischer Weiber. Ein Mensch wie du sollte nichts akzeptieren, solange es nicht ordentlich bewiesen ist.«

»Ich mache mir nichts aus der Wahrheit. Ich suche das Glück.«

»Anstandshalber wirst du wohl zugeben müssen, daß das eine vom anderen nicht zu trennen ist. Mit Hilfe von geistigem Schund kann sich jeder Einfaltspinsel über etwas hinwegtäuschen.«

»Das ist mir gleich«, beharrte sie unbeugsam, »und außerdem bringe ich keine Glaubenslehre vor.«

Der Streit klang ab, fiel Anthony später jedoch noch mehrere Male ein. Ihn störte, daß sich der alte Glaube, den sie offensichtlich von ihrer Mutter übernommen hatte, wieder einmal in seiner alten Verkleidung – als angeborene Idee – einnistete.

Nachdem sie unüberlegt eine teure Woche in Hot Springs verbracht hatten, kamen sie im Februar nach New York zurück, und Anthony nahm seine kurzlebigen Versuche in Sachen schöngeistiger Literatur wieder auf. Als ihnen klar wurde, daß auch die Unterhaltungsliteratur keinen Ausweg bot, ließen sie Mut und Zuversicht noch weiter sinken. Unaufhörlich spielte sich zwischen ihnen ein komplizierter Kampf ab. Sämtliche Bestrebungen, ihre Ausgaben zu beschneiden, scheiterten an schierer Trägheit, und im März fanden sie wieder irgendeinen Vorwand, eine Party zu feiern. Mit dem Dünkel des Leichtsinns machte Gloria überraschend den Vorschlag, all ihr Geld zusammenzukratzen und, solange es reichte, einmal so richtig auf die Pauke zu hauen – alles schien besser, als es in unbefriedigenden Kleckerbeträgen dahinschwinden zu sehen.

»Gloria, du magst doch Partys genauso wie ich.«

»Das interessiert mich nicht. Alles, was ich tue, geschieht im Einklang mit meinen Ideen: solange ich jung bin, jede Minute dieser Jahre auszukosten und mich so glänzend zu amüsieren, wie ich nur kann.«

»Und danach?«

»Danach kann mir alles gestohlen bleiben.«

»Von wegen.«

»Na ja, mag sein – aber dann werde ich auch nichts mehr ändern können. Und werde meinen Spaß gehabt haben.«

»Du wirst genau so sein wie jetzt. In gewisser Weise haben wir unseren Spaß gehabt, und jetzt müssen wir dafür bezahlen.«

Dennoch zerrann ihnen das Geld zwischen den Fingern. Immer gab es zwei Tage Ausgelassenheit, zwei Tage Katzenjammer – ein endloses, immer gleiches Karussell. Wenn sie sich endlich doch einmal zusammenrissen, endete es gewöhnlich damit, daß Anthony sich einen Ruck gab und arbeitete, während Gloria, nervös und gelangweilt, im Bett blieb oder geistesabwesend an ihren Fingern kaute. Nach ein, zwei Tagen verabredeten sie sich erneut, und dann – ach, was machte das schon. Diese Nacht, diese Glut, das Ende aller Sorgen und das Gefühl, das Leben sei, wenn schon sinnlos, dann doch wenigstens in hohem Maße romantisch! Der Wein verlieh ihrem Scheitern eine Art Heldenmut.

Unterdessen nahm die Anfechtungsklage unter langwierigen Zeugenbefragungen und Beweisaufnahmen allmählich ihren Fortgang. Die Vorverhandlungen zur Regelung des Nachlasses waren abgeschlossen. Mr. Haight sah keinen Grund, weshalb der Fall nicht noch vor dem Sommer vor Gericht kommen konnte.

Ende März tauchte Bloeckman in New York auf; er hatte sich in Angelegenheiten, die mit *Films Par Excellence* zu tun hatten, fast ein Jahr in England aufgehalten. Der allgemeine Verfeinerungsprozeß dauerte weiter an – stets war er noch ein wenig besser gekleidet, sein Tonfall sanfter und sein Gebaren sichtlich von der Gewißheit geprägt, daß die schönen Dinge im Leben aufgrund eines natürlichen und unveräußerlichen Rechtes ihm gehörten. Er suchte sie in ihrem Apartment auf, blieb nur eine Stunde, in der er vor allem über den Krieg sprach, und ging mit der Zusicherung, wiederkommen zu wollen. Beim zweiten Besuch war Anthony nicht zu Hause, aber später am Nachmittag begrüßte eine gedankenverlorene und aufgeregte Gloria ihren Mann.

»Anthony«, fing sie an, »hättest du immer noch Einwände, wenn ich zum Film ginge?«

Sein ganzes Herz verhärtete sich bei dieser Vorstellung. Je

mehr sie sich von ihm zurückzuziehen schien, jedenfalls damit drohte, desto mehr wurde ihre Gegenwart nicht so sehr zu einer Kostbarkeit als vielmehr zu einer verzweifelten Notwendigkeit.

»Oh, Gloria...«

»Blockhead hat gesagt, daß er mich einführt – aber wenn ich es jemals zu etwas bringen will, muß ich jetzt anfangen. Sie wollen nur junge Frauen. Denk an das Geld, Anthony!«

»Für dich – ja. Aber was wird aus mir?«

»Weißt du denn nicht, daß alles, was ich habe, auch dir gehört?«

»Das ist so eine teuflische Laufbahn«, brach es aus ihm heraus, dem moralischen, dem unendlich umsichtigen Anthony, »und so ein teuflisches Gesindel! Und ich bin es ganz und gar leid, daß dieser Bloeckman herkommt und sich einmischt. Ich hasse alles, was mit Theater zu tun hat.«

»Es hat doch mit Theater gar nichts zu tun. Das ist etwas ganz anderes.«

»Was soll denn ich tun? Etwa im ganzen Land hinter dir herjagen? Von deinem Geld leben?«

»Dann verdien gefälligst selber welches.«

Das Gespräch mündete in eine der heftigsten Auseinandersetzungen, die sie je gehabt hatten. Nachdem sie sich ausgesöhnt und wieder der unvermeidlichen moralischen Trägheit hingegeben hatten, wurde ihr klar, daß er dem Projekt den Schwung genommen hatte. Keiner von ihnen sprach die Vermutung aus, daß Bloeckman durchaus nicht uneigennützig handele, aber beide wußten, daß dies der Grund für Anthonys Bedenken war.

Im April wurde Deutschland der Krieg erklärt. Wilson und sein Kabinett – ein Kabinett, dessen mangelnde Klasse auf merkwürdige Weise an die zwölf Apostel erinnerte – ließen die gründlich ausgehungerten Kriegshunde von der Leine, und die Presse begann hysterisch gegen die üble Moral, Philosophie und Musik zu geifern, die das teutonische Temperament hervorgebracht habe. Wer sich einbildete, besonders liberal zu sein, traf die feine Unterscheidung, daß allein die deutsche Regierung sie zur Hysterie treibe; die anderen steigerten sich in eine Raserei von ekelerregender Obszönität. Jedem Lied mit den Worten »Mutter« und »Kaiser« war ein ungeheurer Erfolg beschieden. Endlich hatte jeder etwas, worüber er sich unterhalten konnte – und fast alle genossen es, geradeso, als hätten sie Rollen in einem düsteren romantischen Theaterstück zugewiesen bekommen.

Anthony, Maury und Dick bewarben sich auf Offizierslehrgänge, die beiden letzteren stolzierten umher und fühlten sich über jeden Vorwurf seltsam erhaben; wie Collegestudenten plauderten sie darüber, daß der Krieg der einzige Lebenssinn und die einzige Rechtfertigung des Aristokraten sei, und beschworen eine unerträgliche Offizierskaste herauf, die sich anscheinend zur Hauptsache aus den attraktiveren Alumnen von drei oder vier Colleges der Ostküste rekrutieren sollte. Es kam Gloria vor, als nehme selbst Anthony in dem grellen roten Licht, das sich über die Nation ergoß, neuen Glanz an.

Mitglieder des 10. Infanterieregiments, das, aus Panama kommend, in New York eintraf, wurden von patriotischen Bürgern zu ihrer großen Verwunderung von Spelunke zu Spelunke begleitet. Zum ersten Mal seit Jahren nahm man Notiz von Absolventen der Militärakademie West Point, und allgemein herrschte der Eindruck vor, daß alles herrlich sei, aber nicht halb so herrlich, wie es bald sein würde, und daß jeder ein feiner Kerl sei und jede Nation eine herrliche Nation – außer den Deutschen, versteht sich –, und Ausgestoßene und Sündenböcke jeder Gesellschaftsschicht brauchten nur in Uniform aufzutreten, damit Verwandte, ehemalige Freunde und Wildfremde ihnen verziehen, sie bejubelten und beweinten.

Unseligerweise befand ein kleiner und penibler Arzt, daß irgend etwas mit Anthonys Blutdruck nicht stimme. Er könne ihn nicht guten Gewissens zur Offiziersausbildung zulassen.

Ihr dritter Hochzeitstag verging, ungefeiert, unbemerkt. Die Jahreszeit erwärmte sich, bis es taute, zerschmolz zu einem heißeren Sommer, siedete und köchelte vor sich hin. Im Juli wurde das Testament zur gerichtlichen Bestätigung vorgelegt, und der Richter beraumte wegen Strittigkeit eine Gerichtsverhandlung während der Sitzungsperiode an.

Die Sache zog sich bis September hin – wegen der moralischen Gesinnungen, mit denen man es zu tun hatte, gab es Schwierigkeiten beim Auslosen einer unvoreingenommenen Jury. Zu Anthonys Enttäuschung erging schließlich ein Urteilsspruch zugunsten der im Testament aufgeführten Erben, worauf Mr. Haight ein Berufungsverfahren gegen Edward Shuttleworth anstrengte.

Während der Sommer sich seinem Ende zuneigte, besprachen Anthony und Gloria, was sie tun würden, wenn ihnen das Geld zufiele, und die Orte, die sie nach dem Krieg besuchen würden, wenn sie »wieder miteinander im Einklang« wären, denn beide freuten sich auf die Zeit, da die Liebe wiedergeboren würde, aus ihren rätselhaften und unerklärlichen Schlupfwinkeln aufsteigend wie ein Phönix aus der Asche.

Im Frühherbst wurde Anthony eingezogen, und seinen niedrigen Blutdruck erwähnte der Musterungsarzt überhaupt nicht. Alles war sehr zwecklos und traurig, und eines Abends erklärte er Gloria, am liebsten würde er umkommen. Doch wie stets taten sie einander aus den falschen Gründen und zum falschen Zeitpunkt leid...

Sie beschlossen, daß sie für den Augenblick noch nicht ins Ausbildungslager in den Südstaaten mitkommen sollte, wo sein Truppenteil hinbeordert wurde. Sie würde in New York bleiben und, um Geld zu sparen, »das Apartment bewohnen« und den Fortgang der Streitsache verfolgen – die nunmehr vor dem Appellationsgericht anhängig war, dessen Sitzungskalender, wie Mr. Haight sie beschied, weit im Rückstand war.

Eines ihrer letzten Gespräche war ein sinnloser Streit über die angemessene Aufteilung ihres Einkommens – jeder hätte es sofort ganz dem anderen überlassen. Es war auch typisch für das heillose Durcheinander, welches in ihrem Leben herrschte, daß Gloria an dem Oktoberabend, an dem sich Anthony in der Grand Central Station einfand, um die Fahrt zum Truppenlager anzutreten, gerade noch rechtzeitig eintraf, um über den sorgenvollen Gesichtern der versammelten Menge seinen Blick aufzufangen. Durch das dunkle Licht der geschlossenen Überdachung glitten ihre Blicke über ein hysterisches Gewimmel hinweg, verpestet von schwermütigen Schluchzern und dem Gestank armer Weiber. Sie grübelten wohl darüber nach, was sie einander angetan hatten, und beide gaben sich selbst die Schuld, das düstere Muster gezeichnet zu haben, dem sie auf unerfindliche und tragische Weise folgten. Zum Schluß waren sie zu weit voneinander entfernt, um die Tränen in den Augen des anderen zu bemerken.

Drittes Buch

Eine Frage der Zivilisation

Auf einen schnarrenden Befehl aus unsichtbarer Quelle kletterte Anthony in den Zug. Er mußte daran denken, daß er zum ersten Mal seit mehr als drei Jahren länger als eine Nacht von Gloria getrennt sein würde. Die Unwiderruflichkeit dieser Trennung übte einen düsteren Reiz auf ihn aus. Was er zurückließ, war sein sauberes und liebreizendes Mädchen.

Sie hatten sich, wie er meinte, auf die praktischste finanzielle Lösung geeinigt: Sie sollte dreihundertfünfundsiebzig Dollar im Monat erhalten – nicht allzuviel, wenn man bedachte, daß mehr als die Hälfte davon auf die Miete entfallen würde –, und er nahm fünfzig in Anspruch, um seinen Sold aufzubessern. Mehr brauchte er seiner Ansicht nach nicht: Nahrung, Kleidung und Unterkunft wurden gestellt, und gesellschaftliche Verpflichtungen hatte ein gemeiner Soldat nicht.

Der Waggon war überfüllt und die Luft bereits stickig. Es war ein Waggon vom Typ »Touristenwagen«, eine Art billiger Pullmanwagen mit nacktem Fußboden und strohgeflochtenen Sitzen, denen eine Säuberung gutgetan hätte. Trotzdem ließ Anthony ihn sich gefallen. Er hatte dunkel befürchtet, die Reise nach Süden in einem Güterwagen antreten zu müssen, wo an einem Ende acht Pferde stünden und am anderen vierzig Mann. Die Geschichte von den *»hommes 40, chevaux 8«* hatte er schon so oft gehört, daß er nun alles durcheinanderbrachte und sie als bedrohlich empfand.

Als er, den Kleidersack über die Schulter wie eine riesige blaue Wurst, den Gang entlangtaumelte, fand er zunächst keinen leeren Sitz, doch dann fiel sein Blick auf ein schmales Plätzchen; eingenommen wurde es von den Füßen eines kleinen, dunkelhäutigen Sizilianers, der, das Käppi über die Augen gezogen, trotzig in der Ecke hockte. Als Anthony neben ihm stehenblieb, starrte er mit einer finsteren Miene, mit der er ihn augenscheinlich einzuschüchtern bezweckte, zu ihm auf; er mußte sie sich als Schutzmechanismus gegen diese ganze gigantische Gleichung angeeignet haben. Auf Anthonys barsches »Ist hier noch frei?« hob er, als seien sie ein zerbrechliches Paket, sehr langsam die Füße an und setzte sie vorsichtig zu Boden. Sein Blick blieb auf Anthony geheftet; der ließ sich unterdessen nieder und knöpfte die Uniformjacke auf, die man am Vortag in Camp Upton an ihn ausgegeben hatte. Sie scheuerte in den Achseln.

Ehe noch Anthony die anderen Mitreisenden in diesem Abteil mustern konnte, kam aus einem Ende des Waggons ein junger Lieutenant hereingeweht, schwebte luftig den Mittelgang entlang und verkündete mit furchtbar scharfer Stimme: »In diesem Waggon wird nicht geraucht. Rauchen verboten! In diesem Waggon nicht rauchen, Männer!«

Als er zum anderen Ende hinaussegelte, erhob sich, wie ein Dutzend kleiner Wölkchen, von allen Seiten Protest:

»Oh, verdammt!«

»Himmel!«

»Nicht *rauchen*?«

»He, komm zurück, du!«

»Was soll das denn?«

Zwei oder drei Zigaretten wurden durch die geöffneten Fenster geschnippt. Andere wurden dabehalten, aber, so gut es ging, verdeckt. Hier und da wurden, in prahlerischem, spöttischem oder unterwürfig humorvollem Ton, ein paar Bemerkungen fallengelassen, die indes bald wieder mit dem teilnahmslosen, durchdringenden Schweigen verschmolzen.

Plötzlich ergriff einer der vier Fahrgäste in Anthonys Abteil das Wort. »Freiheit ade«, sagte er verdrießlich. »Alles ade, jetzt sind wir nur noch die Unterhunde eines Offiziers.«

Anthony betrachtete ihn. Es war ein hünenhafter Ire mit einem Gesichtsausdruck, der sich aus Gleichgültigkeit und äußerster Geringschätzung zusammensetzte. Sein Blick fiel, als erwarte er eine Antwort, auf Anthony, dann auf die anderen. Als der Italiener ihn nur trotzig anstarrte, stöhnte er und spuckte geräuschvoll auf den Boden. Und damit fiel er würdevoll wieder in seine Schweigsamkeit zurück.

Einige Minuten später ging die Tür wieder auf, und herein wehte der Lieutenant auf seinem nunmehr schon gewohnten amtlichen Zephyr. Diesmal sang er eine andere Botschaft: »Schon recht, Männer, wenn ihr wollt, könnt ihr rauchen. Irrtum meinerseits, Männer! Geht in Ordnung, Männer! Raucht nur – Irrtum meinerseits!«

Diesmal sah Anthony ihn sich genauer an. Er war jung, dünn, bereits ausgebleicht; er war wie sein Schnurrbart; wie ein großer, glänzender Strohhalm. Er hatte ein leicht fliehendes Kinn; dieses wurde wettgemacht von einem prächtigen, aber wenig überzeugenden Stirnrunzeln, einem Stirnrunzeln, das Anthony im folgenden Jahr mit den Gesichtern vieler junger Offiziere verbinden sollte.

Sofort rauchten alle – ob es sie vorher danach verlangt hatte oder nicht. Anthonys Zigarette trug zu der dunstigen Oxydation bei, die mit jeder Bewegung des Zuges in opalisierenden Wolken vor- und zurückschwappte. Das Gespräch, das zwischen den beiden eindrucksvollen Auftritten des jungen Offiziers verstummt war, belebte sich lau; die Männer auf der anderen Seite des Ganges führten unbeholfene Experimente durch, wie sie es sich auf ihren Strohsitzen vergleichsweise bequem einrichten konnten; zwei Kartenspiele, halbherzig begonnen, zogen bald mehrere Zuschauer an, die sich auf die Armlehnen hockten. Nach einigen Minuten vernahm Anthony ein nachhaltig anstößiges Geräusch – der kleine, trotzige Sizilianer war hörbar eingeschlafen. Es war lästig, über solch belebtes Protoplasma nachzudenken, das, nur aus Höflichkeit vernünftig, von einer unbegreiflichen Zivilisation in einen Waggon gepfercht, irgendwohin verfrachtet wurde, um etwas Unbestimmtes zu vollbringen, ohne Ziel, Bedeutung oder Folgen. Anthony seufzte, schlug eine Zeitung auf, an deren Kauf er sich nicht mehr erinnern konnte, und fing im trüben, gelblichen Licht zu lesen an.

Zehn Uhr wurde mit dumpfem Geratter zu elf; die Stunden klumpten und klemmten und verstrichen immer langsamer. Erstaunlicherweise hielt der Zug von Zeit zu Zeit in der dunklen Landschaft an, übte sich in kurzem, trügerischem Rucken vor und zurück und pfiff gellende Päane in die weite Oktobernacht. Anthony hatte seine Zeitung gerade ausgelesen, Leitartikel, Karikaturen und Kriegsgedichte, da fiel sein Blick auf eine halbe Spalte unter dem Titel *Shakespeareville, Kansas.* Anscheinend hatte die Handelskammer von Shakespeareville unlängst eine begeisterte Debatte darüber geführt, ob die amerikanischen Soldaten den Namen »Sammies« oder »Kämpfende Christen« tragen sollten. Der Gedanke verursachte ihm Brechreiz. Er ließ die Zeitung sinken, gähnte und ließ seine Gedanken abschweifen. Er fragte sich, warum Gloria zu spät gekommen war. Es schien bereits so lange her – plötzlich fühlte er sich einsam. Er versuchte, sich vorzustellen, aus welchem Blickwinkel sie ihre neue Lage betrachtete, welchen Platz er in ihren Überlegungen noch einnahm. Der Gedanke deprimierte ihn noch mehr – er schlug die Zeitung wieder auf und las weiter.

Die Mitglieder der Handelskammer von Shakespeareville hatten sich für »Freiheitsfreunde« entschieden.

Zwei Nächte und zwei Tage lang ratterten sie gen Süden, hatten rätselhafte, unerklärliche Aufenthalte in Gegenden, die ihm wie unfruchtbare Wüsteneien vorkamen, und rasten dann in wichtigtuerischer Hast durch große Städte. Für Anthony war die Launenhaftigkeit des Zuges nur ein Vorbote der Launenhaftigkeit der Heeresleitung überhaupt.

In den unfruchtbaren Wüsteneien servierte man ihnen im Gepäckwagen Bohnen und Speck. Zuerst wollte er das Essen nicht anrühren und ernährte sich statt dessen kärglich von Milchschokolade, die es in einer Dorfkantine zu kaufen gab. Doch schon am zweiten Tag kam ihm das im Gepäckwagen ausgegebene Essen überraschend schmackhaft vor. Am dritten Morgen verbreitete sich das Gerücht, binnen einer Stunde würden sie an ihrem Bestimmungsort, Camp Hooker, eintreffen.

Im Waggon war es unerträglich heiß geworden, und die Männer waren alle in Hemdsärmeln. Durch die Fenster schien die Sonne, eine müde, alte Sonne, gelb wie Pergament und beim Vorüberfahren in die Länge gezogen. Sie versuchte, in triumphierenden Vierecken einzufallen, und brachte doch nur verzerrte Kleckse zustande – aber sie brannte entsetzlich gleichmäßig; so sehr, daß es Anthony störte, daß er nicht der Anziehungspunkt all der unbedeutenden Sägemühlen, Bäume und Telegraphenmasten war, die so schnell an ihm vorüberzogen. Draußen strich sie mit heftigem Flimmern über olivfarbene Straßen und falbe Baumwollfelder, hinter denen der ausgefranste Saum eines Waldes verlief, unterbrochen von grau aufragenden Felsen. Der Vordergrund war mit armseligen, notdürftig zusammengeflickten Hütten gesprenkelt, zwischen denen dann und wann ein Vertreter der trägen Bauernschaft von South Carolina oder ein mit mißmutigem und verdutztem Blick vorbeischlendernder Schwarzer auftauchte.

Dann traten die Wälder zurück, und sie rollten in eine breite Ebene – ein riesiger gedeckter Kuchen, überzuckert mit einer Vielzahl von Zelten, die in geometrischen Figuren auf seiner Oberfläche angeordnet waren. Der Zug hielt ruckend an, die Sonne, die Masten und die Bäume verblaßten, und Anthony

Patchs Universum, er selbst im Mittelpunkt, schlingerte langsam wieder in seine altgewohnte Lage. Als sich die Männer müde und verschwitzt aus dem Waggon schoben, roch er den unvergeßlichen Duft, der alle stehenden Truppenlager durchzieht – den Gestank von Müll.

Camp Hooker war eine erstaunliche, eine sensationelle Wucherung nach dem Motto »Eine Bergbaustadt im Jahre 1870 – Woche zwei«. Es bestand aus Holzbaracken und weißgrauen Zelten, die durch ein Straßennetz miteinander verbunden waren, und aus harten, braunen, von Bäumen gesäumten Exerzierplätzen. Hier und da standen grüne CVJM-Häuser, wenig verheißungsvolle Oasen mit ihrem muffigen Geruch nach nassen Waschlappen und geschlossenen Telefonzellen – und ihnen gegenüber befand sich meist eine Kantine, in der es von Menschen wimmelte, unter dem lässigen Vorsitz eines Offiziers, der es mit Hilfe eines Kraftrads mit Beiwagen verstand, aus seinem Detachement einen vergnüglichen und gesprächsreichen Ruheposten zu machen.

Auf den staubigen Straßen preschten die Soldaten des Quartiermeisterkorps auf und ab, ebenfalls auf Krafträdern mit Beiwagen. Auf und ab fuhren die Generale in ihren Regierungsautomobilen, hielten hin und wieder an, um unachtsame Einheiten strammstehen zu lassen, um mit stark gerunzelter Stirn auf Hauptleute herabzublicken, die an der Spitze ihrer Kompanie marschierten, um dem prächtigen Spiel der Prahlerei, das sich auf dem gesamten Areal erfolgreich eingespielt hatte, das protzige Tempo vorzugeben.

Die erste Woche nach Ankunft von Anthonys Abteilung ging mit einer Reihe endloser Schutzimpfungen und ärztlicher Untersuchungen und mit ersten Ausbildungsübungen dahin. Nach jedem Tag war er entsetzlich müde. Von einem beliebten, unbeschwerten Sergeanten in der Versorgungskompanie war ihm die falsche Schuhgröße ausgegeben worden, weshalb seine Füße so geschwollen waren, daß die letzten Nachmittagsstunden eine furchtbare Qual waren. Zum ersten Mal in seinem Leben konnte er sich zwischen Mittagessen und Nachmittagsappell auf seine Pritsche werfen, wobei er mit jedem Augenblick tiefer in ein bodenloses Bett zu sinken schien, um unverzüglich in Schlaf zu fallen, während Lärm und Gelächter um ihn herum in ein angenehmes Gesumme schläfriger Sommergeräusche ausklangen. Morgens erwachte er steif und schmerzgepeinigt, ausgemergelt wie ein Gespenst, und eilte hinaus, um die anderen Geistergestalten zu treffen, die in die fahlen Kompaniestraßen ausschwärmten, während ein schrilles Signalhorn kreischend zum grauen Himmel hinaufgellte.

Er war Teil einer Stammkompanie von etwa hundert Infanteristen. Nach dem immer gleichen, aus fettem Speck, kaltem Toast und Getreideflocken bestehenden Frühstück stürzte die gesamte Hundertschaft zu den Latrinen, die ihm, sooft sie auch gereinigt wurden, stets unerträglich vorkamen, geradeso wie die Toiletten in billigen Absteigen. Dann in stümperhafter Marschordnung auf den Übungsplatz – der lahme Mann zu seiner Linken machte Anthonys lustlose Anstrengungen, im Gleichschritt zu bleiben, auf groteske Weise zunichte, und die Zugführer gaben entweder heftig an, um Offiziere und Rekruten zu beeindrucken, oder drückten sich still am Rand der Marschkolonne herum, um jede überflüssige Mühe zu vermeiden und nicht gesehen zu werden.

Wenn sie auf dem Platz ankamen, begann sofort die Arbeit – sie streiften die Hemden ab, um Freiübungen abzuhalten. Das war der einzige Teil des Tages, der Anthony Spaß machte. Lieutenant Kretching, der das Possenspiel anführte, war sehnig und muskulös, und in dem Gefühl, etwas zu tun, das sich positiv auf ihn auswirkte, folgte Anthony jeder seiner Bewegungen bis aufs kleinste. Die anderen Offiziere und Sergeanten liefen mit der Bösartigkeit von Schulbuben zwischen den Männern herum, umringten hier und da einen Pechvogel, dem die Muskeln nicht gehorchen wollten, und erteilten ihm verworrene Anweisungen und Befehle. Wenn sie ein besonders hilfloses, schlechtgenährtes Exemplar entdeckten, hielten sie sich eine geschlagene halbe Stunde bei ihm auf, machten schneidende Bemerkungen und lachten voller Hohn.

Ein kleiner Offizier namens Hopkins, der Sergeant in der Berufsarmee gewesen war, fiel allen besonders lästig. Er faßte den Krieg als ein Rachegeschenk der hohen Götter auf, und der immer wiederkehrende Refrain seiner Strafpredigten war, daß diese Frischlinge die volle Tragweite und Verantwortung des »Dienstes« nicht begriffen. Er war der Meinung, daß er sich mittels einer Kombination von Voraussicht und unerschrockener Tatkraft zu seiner gegenwärtigen Herrlichkeit aufgeschwungen hatte. Er äffte die verschiedenen Tyranneien sämtlicher Offiziere nach, unter denen er in vergangenen Zeiten gedient hatte. Seine Stirn lag stets in Falten – ehe er einem Schützen Erlaubnis zum Stadtgang erteilte, wägte er erst umständlich ab, welche Auswirkungen seine Abwesenheit auf die Kompanie, die Armee und die Wohlfahrt des Soldatenstandes in der ganzen Welt haben mochte.

Lieutenant Kretching, blond, fad und phlegmatisch, führte Anthony schwerfällig in das Problemfeld von »Stillgestanden!«, »Rechtsum!«, »Ganze Abteilung kehrt!« und »Rührt euch!« ein. Sein Hauptmakel war seine Unbedachtheit. Oft ließ er die Kompanie fünf Minuten lang qualvoll angestrengt strammstehen, während er sich vor ihr aufbaute und eine neue Bewegung erläuterte – was zur Folge hatte, daß nur die Männer in der Mitte wußten, worauf er hinauswollte, während diejenigen zu beiden Seiten sich allzu eindringlich von der Notwendigkeit beeindrukken ließen, geradeaus zu starren.

Der Drill dauerte bis Mittag. Er bestand darin, eine Abfolge unendlich belangloser Einzelheiten einzubleuen, und wenngleich sich Anthony im klaren war, daß dies der Logik der Kriegsführung entsprach, so irritierte es ihn doch. Daß derselbe mangelhafte Blutdruck, der einem Offizier unangemessen gewesen wäre, nicht auch die Pflichten eines Schützen beeinträchtigte, war eine lächerliche Ungereimtheit. Manchmal, wenn er sich eine ausführliche Schimpfkanonade zum öden und absurden Thema militärischer Ehrenbezeigungen angehört hatte, beschlich ihn der Verdacht, der unbestimmte Zweck des Krieges bestehe darin, den regulären Armeeoffizieren – Männern mit der Mentalität und den Aspirationen von Schulknaben – dazu zu verhelfen, sich einmal bei einem richtigen Gemetzel auszutoben. Auf groteske Weise wurde er dem zwanzigjährigen Hinwarten eines Hopkins geopfert!

Von seinen drei Zeltgefährten – einem flachgesichtigen Kriegsdienstverweigerer aus Tennessee, einem großen, erschrockenen Polen und dem hochmütigen Kelten, neben dem er im Zug gesessen hatte – verbrachten die beiden ersteren die Abende damit, endlose Briefe nach Hause zu schreiben, während der Ire im Zelteingang saß und wieder und wieder ein halbes Dutzend schriller und monotoner Vogelrufe vor sich hin pfiff. Als die Quarantäne am Ende der Woche aufgehoben wurde, fuhr Anthony in die Stadt, nicht so sehr in der Hoffnung auf Zerstreuung, als vielmehr, um für eine Stunde ihrer Gesellschaft zu entfliehen. Er bestieg einen der kleinen Autobusse, die jeden Abend schwarmartig ins Lager einfielen, und eine halbe Stunde später ließ er sich in der heißen und schläfrigen Hauptstraße vor dem Stonewall Hotel absetzen.

In dem fahler werdenden Zwielicht sah die Stadt unerwartet reizvoll aus. Die Gehsteige wimmelten von grell angemalten Mädchen in bunten Kleidern, die mit leiser, lässiger Stimme zungenfertig daherplapperten; Dutzende Taxifahrer bedrängten vorübergehende Offiziere mit »Wohin Sie wollen, Lieutenant«, und in an- und abschwellender Prozession schlurften zerlumpte, unterwürfige Schwarze einher. Als Anthony durch die warme Abenddämmerung schlenderte, empfand er zum ersten Mal seit

Jahren den erotischen Brodem des gemächlichen Südens, der in der heißen, weichen Luft, dem allgegenwärtigen Stillstand von Zeit und Denken hing.

Er war ungefähr einen Block weit gelaufen, als er plötzlich von einem barschen Befehl neben seinem Ellbogen aufgehalten wurde.

»Haben Sie nicht gelernt, wie man Offiziere grüßt?«

Stumm betrachtete er den Mann, der ihn angesprochen hatte, ein untersetzter, schwarzhaariger Captain, dessen herausquellende braune Augen ihn drohend durchbohrten.

»Stillgestanden!« Er donnerte den Befehl buchstäblich. Ein paar Passanten in der Nähe blieben stehen und starrten herüber. Ein sanftäugiges Mädchen in einem lila Kleid sagte kichernd etwas zu ihrer Begleiterin.

Anthony nahm Habachtstellung ein.

»Regiment und Kompanie?«

Anthony gab Auskunft.

»Wenn Sie noch einmal einem Offizier auf der Straße begegnen, nehmen Sie gefälligst Haltung an und grüßen!«

»In Ordnung!«

»Das heißt ›Jawohl, Sir!‹«

»Jawohl, Sir.«

Der untersetzte Offizier brummelte etwas, drehte sich auf dem Absatz um und marschierte die Straße hinunter. Nach einem Augenblick ging Anthony weiter; die Stadt war nicht länger unbeschwert und exotisch; plötzlich war der Zauber der Dämmerung verflogen. Sein Blick kehrte sich jählings nach innen, auf seine schmachvolle Position. Er haßte den Offizier, alle Offiziere – das Leben war unleidlich.

Einen halben Block weiter sah er das Mädchen in dem lila Kleid, das über sein Mißgeschick gegickert hatte, mit seiner Freundin etwa zehn Schritte vor sich gehen. Mehrere Male hatte sie sich umgedreht und Anthony angeblickt, mit einem fröhlichen Lachen in ihren großen Augen, die dieselbe Farbe wie ihr Kleid zu haben schienen.

An der Ecke verlangsamten sie und ihre Begleiterin sichtlich ihre Schritte – er mußte sich entscheiden, ob er sie ansprechen oder sich blind stellen und an ihnen vorübergehen sollte. Er ging vorbei, zögerte und bremste ab. Sogleich hatte das Paar ihn wieder eingeholt und brach in Gelächter aus – nicht in fröhliches Kreischen, wie er es im Norden von Schauspielerinnen dieser vertrauten Komödie erwartet hätte, sondern in ein sanftes, leises Plätschern, wie das Überquellen eines feinsinnigen Scherzes, in den er versehentlich hineingeplatzt war.

»Guten Tag«, sagte er.

Ihre Augen waren weich wie Schatten. Waren sie violett, oder war es ihr blaues Dunkel, das sich mit den grauen Tönen der Dämmerung vermischte?

»Angenehmer Abend«, tastete sich Anthony unsicher vor.

»Und ob«, sagte das zweite Mädchen.

»Kein sehr angenehmer Abend für Sie«, seufzte das Mädchen in Lila. Ihre Stimme schien ebenso Teil der Nacht zu sein wie die schläfrige Brise, die ihre breite Hutkrempe kräuselte.

»Er mußte die Gelegenheit nutzen, sich aufzuspielen«, sagte Anthony mit abfälligem Lachen.

»Ich denke auch«, pflichtete sie ihm bei.

Sie bogen um die Ecke und schlenderten lässig eine Seitenstraße hinauf, als folgten sie einem schwebenden Seil, an das sie gefesselt waren. In dieser Stadt schien es das Natürlichste von der Welt, so um die Ecke zu biegen, nirgendwohin unterwegs zu sein, an nichts zu denken... Die Seitenstraße war dunkel, eine plötzliche Abzweigung in ein Viertel mit Heckenrosen und kleinen, stillen Häusern, die weitab von der Straße standen.

»Wohin gehen Sie?« erkundigte er sich höflich.

»Einfach nur so.« Die Antwort war eine Entschuldigung, eine Frage, eine Erklärung.

»Darf ich mit Ihnen spazieren?«

»Meinetwegen.«

Es war günstig, daß sie einen anderen Akzent hatte. Den gesellschaftlichen Rang einer Südstaatlerin hätte er nicht an ihrer Redeweise festmachen können – in New York hätte ein Mädchen aus der Unterschicht, wenn nicht durch die rosarote Brille des Rausches betrachtet, unerträglich grob gewirkt.

Die Dunkelheit kroch heran. Sie sprachen wenig – Anthony fragte sorglos und beiläufig, die beiden antworteten mit den sparsamen Wendungen und Refrains der Provinz. So schlenderten sie um eine weitere Ecke und um eine dritte. Auf halbem Wege hielten sie unter einem Laternenpfahl an.

»Ich wohne hier«, erklärte das andere Mädchen.

»Ich wohne um die Ecke«, sagte das Mädchen in Lila.

»Darf ich Sie nach Hause bringen?«

»Bis zur Ecke, wenn Sie möchten.«

Das andere Mädchen trat einige Schritte zurück. Anthony lüftete seine Uniformmütze.

»Sie sollen doch salutieren«, sagte das Mädchen in Lila lachend. »Alle Soldaten hier salutieren.«

»Ich werd's schon noch lernen«, erwiderte er nüchtern.

Das andere Mädchen sagte: »Also dann...«, zögerte und setzte hinzu: »Ruf mich morgen an, Dot.« Dann zog sie sich aus dem gelben Lichtkegel der Straßenlaterne zurück. Daraufhin liefen Anthony und das Mädchen in Lila schweigend die drei Blocks entlang zu dem kleinen, baufälligen Haus, in dem sie wohnte. Vor dem hölzernen Gartentor zögerte sie.

»Also dann – danke.«

»Müssen Sie denn schon so früh hineingehen?«

»Eigentlich schon.«

»Können Sie nicht noch ein bißchen weiterspazieren?«

Sie musterte ihn leidenschaftslos.

»Ich kenne Sie doch nicht einmal.«

Anthony lachte. »Es ist noch nicht zu spät.«

»Ich glaube, ich gehe lieber hinein.«

»Ich dachte, wir könnten vielleicht zurückgehen und uns einen Film ansehen.«

»Ich würde ja gern.«

»Danach könnte ich Sie nach Hause bringen. Dafür hätte ich gerade noch Zeit.«

Inzwischen war es so dunkel, daß er sie kaum sehen konnte. Sie war ein Kleid, das der Wind unendlich leicht bauschte, zwei klare, unbekümmerte Augen.

»Warum kommen Sie nicht mit – Dot? Gehen Sie nicht gern ins Kino? Kommen Sie doch mit.«

Sie schüttelte den Kopf. »Lieber nicht.«

Sie gefiel ihm, und er merkte, daß sie Zeit gewinnen wollte, um ihm Eindruck zu machen. Er trat näher und nahm ihre Hand.

»Auch nicht, wenn wir um zehn zurück sind? Nur ins Kino?«

»Na schön – meinetwegen...«

Hand in Hand gingen sie zurück zur Stadt, eine dunstige, dämmrige Straße entlang, in der ein schwarzer Zeitungsverkäufer im hergebrachten Singsang der örtlichen Höker die Schlagzeile einer Sonderausgabe ausrief – ein Singsang, melodisch wie ein Lied.

Dot

Anthonys Affäre mit Dot war das unvermeidbare Ergebnis einer zunehmenden Gleichgültigkeit sich selbst gegenüber. Er ging nicht zu ihr, weil er begehrte, das Begehrenswerte zu besitzen, anders als vier Jahre zuvor bei Gloria verfiel er auch nicht einer Persönlichkeit, die vitaler und unwiderstehlicher als die seine war. Er schlitterte einfach durch seine Unfähigkeit, sich klar zu entscheiden, in die Sache hinein. Weder bei einem Mann noch bei einer Frau konnte er »Nein!« sagen; Wucherer und Versucherin fanden ihn gleichermaßen willensschwach und nachgiebig. In der Tat traf er nur selten überhaupt irgendwelche Entscheidungen, und wenn doch, so waren es lediglich halb hysterische Vorsätze, gefaßt in der Schreckenssekunde eines unheilbar bösen Erwachens.

Die besondere Schwäche, welcher er bei dieser Gelegenheit nachgab, war sein Bedürfnis nach Erregung und nach Ansporn von außen. Er hatte das Gefühl, sich zum ersten Mal seit vier Jahren neu ausdrücken und deuten zu können. Das Mädchen verhieß ihm Ruhe; die allabendlich in ihrer Begleitung verbrachten Stunden linderten das morbide und unweigerlich ergebnislose Pochen seiner Einbildungskraft. Er war ein richtiger Feigling geworden – ganz der Sklave von hundert ungeordnet umherschweifenden Gedanken, die durch den Zusammenbruch des wichtigsten Kerkermeisters seines Ungenügens – seiner aufrichtigen Hingabe an Gloria – freigesetzt worden waren.

Als sie an diesem ersten Abend vor dem Tor standen, hatte er Dorothy geküßt und sich mit ihr für den kommenden Samstag verabredet. Dann war er zum Lager hinausgefahren und hatte im Schein der Lampe, die vorschriftswidrig in seinem Zelt brannte, einen langen Brief an Gloria geschrieben, einen glühenden Brief, voll von sentimentalem Dunkel, von dem erinnerten Duft der Blumen, von wahrhaftiger und überfließender Zärtlichkeit – all dies hatte er für einen Augenblick wieder erlernt: durch einen erst eine Stunde zuvor im vollen, warmen Licht des Mondes getauschten Kuß.

Am Samstag abend wartete Dot schon am Eingang des Bijou-Lichtspieltheaters auf ihn. Wie am vorangegangenen Mittwoch trug sie ihr lila Kleid aus zartestem Organdy, doch war es offenbar seitdem gewaschen und gestärkt worden, denn es sah frisch und unzerknittert aus. Bei Tageslicht bestätigte sich sein erster

Eindruck: auf unvollkommene, mangelhafte Weise war sie entzückend – adrett. Ihre Gesichtszüge waren schmal und unregelmäßig, aber ausdrucksvoll und in sich stimmig. Sie war eine dunkle, delikate kleine Blume – dennoch vermeinte er, in ihr Spuren einer spirituellen Zurückhaltung zu entdecken, einer Kraft, die sie aus der passiven Hinnahme alles Gegebenen bezog. Darin sollte er sich täuschen.

Dorothy Raycroft war neunzehn. Ihr Vater hatte einen kleinen, schlecht gehenden Eckladen unterhalten, und zwei Tage vor seinem Tod war sie, im untersten Viertel ihrer Klasse, von der High-School abgegangen. In der Schule hatte sie einen eher zweifelhaften Ruf genossen. Dabei war ihr Betragen während des Klassenfests, von dem die Gerüchte ihren Ausgang nahmen, lediglich unschicklich gewesen – genaugenommen hatte sie ihre Unschuld erst mehr als ein Jahr danach verloren. Der Junge war Verkäufer in einem Geschäft in der Jackson Street gewesen und hatte sich am Tag nach dem Zwischenfall überraschend nach New York abgesetzt. Er hatte schon längere Zeit vorgehabt wegzugehen, bis zum Vollzug seines Liebesglücks aber gezaudert.

Nach einer Weile vertraute sie das Abenteuer einer Freundin an, und als sie diese später die schläfrige, in staubigen Sonnenschein getauchte Straße hinuntergehen sah, wurde ihr blitzartig klar, daß ihre Geschichte in die Welt hinausdringen würde. Doch nun, da sie sie erzählt hatte, fühlte sie sich viel besser, wenn auch etwas verbittert, und indem sie die entgegengesetzte Richtung einschlug und in der ehrlichen Absicht, sich wieder in Gunst zu setzen, mit einem anderen Mann anbändelte, bewies sie so viel Charakter, wie ihr zu Gebote stand. In der Regel stießen Dot Dinge zu. Schwach war sie nicht, weil es nichts in ihr gab, das ihr sagte, sie sei schwach. Stark war sie nicht, weil sie nicht wußte, daß einiges von dem, was sie tat, tapfer war. Sie widersetzte sich nicht, paßte sich nicht an und schloß keine Kompromisse.

Sie hatte keinen Sinn für Humor, statt dessen aber eine fröhliche Veranlagung, in Gegenwart von Männern zum passenden Zeitpunkt zu lachen. Feste Pläne hatte sie nicht – manchmal bedauerte sie leise, daß ihr Ruf ihr jede Chance nahm, Geborgenheit zu finden. Es war nicht offen zur Sprache gekommen; ihre Mutter war lediglich daran interessiert, sie jeden Morgen beizeiten in das Juweliergeschäft zu schicken, wo sie vierzehn Dollar die Woche verdiente. Einige der Jungen aber, die sie von der High-School her kannte, schauten weg, wenn sie mit »netten Mädchen« zusammen waren, und solche Vorfälle verletzten ihre Gefühle. Dann ging sie nach Hause und weinte sich aus.

Außer dem Verkäufer aus der Jackson Street hatte es zwei weitere Männer gegeben; der erste war ein Marineoffizier gewesen, der in den ersten Kriegstagen durch die Stadt gekommen war. Er hatte übernachten müssen, um eine Zugverbindung zu bekommen, und lehnte eben lässig an einer der Säulen des Stonewall Hotel, als sie vorüberging. Er blieb vier Tage in der Stadt. Sie glaubte ihn zu lieben – überhäufte ihn mit jener ersten Hysterie der Leidenschaft, die sich ansonsten über den kleinmütigen Verkäufer ergossen hätte. Den Zauber hatte die Uniform des Marineoffiziers bewirkt – damals gab es davon nur wenige. Er verließ sie, vage Versprechungen auf den Lippen, und frohlockte, sobald er im Zug saß, weil er ihr seinen wirklichen Namen vorenthalten hatte.

Die so ausgelöste Niedergeschlagenheit hatte sie in die Arme Cyrus Fieldings getrieben, Sohn eines Tuchhändlers am Ort, der sie eines Tages, als sie auf dem Gehsteig an ihm vorbeikam, von seinem Sportzweisitzer aus gegrüßt hatte. Seinen Namen kannte sie schon. Wäre sie in eine höhere Gesellschaftsschicht hineingeboren worden, so hätte auch er sie bereits vorher gekannt. Nun war sie etwas tiefer gesunken – und so lernte er sie doch noch kennen. Einen Monat später war er in ein Ausbildungslager gezogen, ein wenig geängstigt von der Intimität und ein wenig erleichtert, als er merkte, daß sie sich nicht allzuviel aus ihm machte und nicht der Typ war, der ihm jemals Unannehmlichkeiten bereiten würde. Dot romantisierte diese Affäre und schmeichelte ihrer Eitelkeit damit, daß ihr der Krieg diese Männer entrissen habe. Sie redete sich ein, daß sie den Marineoffizier hätte heiraten können. Dennoch beunruhigte es sie, daß es innerhalb von acht Monaten drei Männer in ihrem Leben gegeben hatte. Mehr mit Furcht als mit Staunen im Herzen dachte sie, daß sie bald wie die »schlechten Mädchen« in der Jackson Street sein würde, die sie und ihre kaugummikauenden, kichernden Freundinnen drei Jahre zuvor fasziniert angestarrt hatten.

Eine Zeitlang versuchte sie, sich zurückzuhalten. Sie ließ sich von Männern »aufgabeln«; sie ließ sich küssen und gestattete sogar, daß ihr gewisse andere Freizügigkeiten aufgezwungen wurden, fügte ihrem Trio jedoch niemanden mehr hinzu. Nach mehreren Monaten hatte sich ihre Entschlußkraft – oder vielmehr ihre quälend zweckmäßige Furcht – verbraucht. Mit dem Verstreichen der Sommermonate nahm ihre Unruhe zu, weil sie Leben und Zeit vertrödelte. Die Soldaten, die sie kennenlernte, standen gesellschaftlich einwandfrei unter ihr oder, weniger einwandfrei, über ihr – in welchem Falle sie sie nur benutzen wollten; es waren Yankees, barsch und grob, und sie schwärmten in großen Gruppen aus... Doch dann begegnete sie Anthony.

An jenem ersten Abend war er wenig mehr als ein angenehm unglückliches Gesicht, eine Stimme, das Mittel, mit dem man sich eine Stunde vertrieb; als sie jedoch ihre Verabredung mit ihm an jenem Samstag einhielt, betrachtete sie ihn eingehender. Er gefiel ihr. Ohne es zu wissen, sah sie in seinem Gesicht die eigenen Tragödien gespiegelt.

Wieder gingen sie ins Kino, wieder flanierten sie die schattigen, duftenden Straßen entlang, diesmal Hand in Hand, und redeten ein wenig mit gedämpfter Stimme. Sie traten durch das Tor – auf die kleine Veranda...

»Ich darf doch ein Weilchen bleiben, ja?«

»Pst!« wisperte sie. »Wir müssen ganz leise sein. Mutter ist noch wach und liest *Snappy Stories.*« Wie zur Bestätigung vernahm er drinnen das leise Knistern einer Seite, die umgeblättert wurde. Durch die Spalten der Jalousie drangen waagerechte Lichtstrahlen, die in dünnen Parallelen auf Dorothys Rock fielen. Die Straße war still, bis auf eine Gruppe von Menschen auf den Stufen eines Hauses auf der anderen Straßenseite, die ihre Stimmen von Zeit zu Zeit zu einem leisen Scherzlied erhoben:

When you wa-ake
You shall ha-ave
All the pretty little hawsiz...

Dann, als habe er auf einem Dach nebenan ihrer Ankunft geharrt, drang der Mond schräg durch die Weinreben und verlieh dem Antlitz des Mädchens die Farbe weißer Rosen.

Plötzlich kam Anthony eine Erinnerung, so lebhaft, daß sie sich vor seinen geschlossenen Augen zu einem Bild fügte, deutlich wie eine Rückblende auf einer Kinoleinwand – eine aus der Zeit herausgelöste tauende Frühlingsnacht in einem halbvergessenen Winter vor fünf Jahren – ein anderes Gesicht, leuchtend, blumenhaft, Lichtern zugewandt, die es ebenso verklärten wie die Sterne...

Ah, *la belle dame sans merci,* die in seinem Herzen wohnte, der flüchtige, verblassende Schimmer von dunklen Augen im Ritz-Carlton, von einem schattigen Blick aus einer Kutsche im Bois de Boulogne! Doch jene Nächte waren nur Teil eines Liedes, ein erinnerter Abglanz – hier hingegen waren sie wieder, die schwachen Brisen, die Trugbilder, das ewige Geschenk mit seiner Verheißung einer Romanze!

»Ach!« flüsterte sie. »Liebst du mich? Liebst du mich?«

Der Zauber war gebrochen – die verwehten Sternensplitter wurden zu bloßen Lichtern, der Gesang weiter unten in der

Straße monoton, zum Zirpen von Grillen im Gras. Fast seufzte er auf, als er ihren glühenden Mund küßte und ihre Arme sich zu seinen Schultern hinaufstahlen.

Der bewaffnete Krieger

Die Wochen verdorrten und verwehten, und Anthony dehnte den Radius seiner Fahrten aus, bis er das Lager und seine Umgebung ausgekundschaftet hatte. Zum ersten Mal in seinem Leben hatte er anhaltenden persönlichen Kontakt mit den Kellnern, denen er Trinkgelder gegeben hatte, mit den Chauffeuren, die an ihren Hut getippt hatten, mit den Zimmerleuten, Klempnern, Friseuren und Bauern, die sich vorher nur in der Unterwürfigkeit ihrer beruflichen Kniebeugungen bemerkbar gemacht hatten. Die ersten beiden Monate im Lager führte er mit keinem Menschen ein Gespräch, das länger als zehn Minuten währte.

In seinem Soldbuch war sein Beruf mit »Student« angegeben; auf dem ursprünglichen Fragebogen hatte er voreilig »Schriftsteller« eingetragen; doch wenn ihn die Männer in seiner Kompanie nach seiner Tätigkeit fragten, bezeichnete er sich gewöhnlich als »Bankangestellten« – hätte er ihnen die Wahrheit gesagt, daß er nämlich gar nicht arbeitete, hätten sie ihn verdächtigt, ein Mitglied der begüterten Klassen zu sein.

Sein Zugführer Pop Donnelly war ein zottiger »Veteran«, den der Alkohol zugrunde gerichtet hatte. Nachdem er früher ungezählte Wochen im Wachhaus zugebracht hatte, war er kürzlich aus Mangel an Ausbildern auf seinen jetzigen Gipfelpunkt befördert worden. Sein Gesicht war voller Granateinschläge – es hatte unverkennbare Ähnlichkeit mit den Luftaufnahmen des Schlachtfelds bei Sowieso. Einmal in der Woche betrank er sich in der Stadt mit Schnaps, kehrte verstohlen wieder ins Lager zurück und brach auf seiner Pritsche zusammen. Wenn er sich beim

Weckruf zur Kompanie gesellte, glich sein Gesicht mehr denn je einer weißen Totenmaske.

Er gab sich der wunderlichen Selbsttäuschung hin, der Regierung mit List und Tücke »eins ausgewischt« zu haben – achtzehn Jahre lang hatte er für kargen Lohn in ihren Diensten gestanden, und bald würde er mit der eindrucksvollen Rente von fünfundfünfzig Dollar im Monat in den Ruhestand treten (hierbei zwinkerte er gewöhnlich). Er sah das Ganze als einen herrlichen Spaß an, den er mit Dutzenden von Vorgesetzten trieb, welche ihn herumkommandiert und verhöhnt hatten, seit er ein neunzehnjähriger Bauernjunge aus Georgia gewesen war.

Vorläufig gab es nur zwei Lieutenants – Hopkins und den beliebten Kretching. Letzterer galt als feiner Kerl und guter Führer, bis er ein Jahr später mitsamt einem Betrag von elfhundert Dollar aus der Offiziersmesse verschwand und sich herausstellte, daß man ihm, wie so vielen Führern, nur mühsam folgen konnte.

Schließlich war da Captain Dunning, der Gott dieses kurzlebigen, aber autarken Mikrokosmos. Er war Reserveoffizier, nervös, energisch und begeisterungsfähig. Letztere Eigenschaft nahm oft materielle Gestalt an und wurde als dünner Schaum in seinen Mundwinkeln sichtbar. Wie die meisten Offiziere sah er seine Schützlinge immer nur von vorn, und in seinen hoffnungsfrohen Augen hatte er das Kommando über genau die vorzügliche Einheit, deren ein so vorzüglicher Krieg bedurfte. Trotz aller Besorgnis und Inanspruchnahme war dies die herrlichste Zeit seines Lebens.

Baptist, der kleine Sizilianer vom Zug, geriet schon in der zweiten Drillwoche in Konflikt mit ihm. Der Hauptmann hatte mehrmals angeordnet, daß die Männer rasiert sein mußten, wenn sie morgens ins Glied traten. Eines Tages wurde ein bestürzender Verstoß gegen diese Regel festgestellt, gewiß ein Fall von teutonischer Hinterhältigkeit – über Nacht hatten vier Männer sich Stoppeln im Gesicht wachsen lassen. Daß drei der vier nur die allernötigsten Englischkenntnisse hatten, machte praktischen Anschauungsunterricht nur um so notwendiger. So schickte denn Captain Dunning einen Friseur, der sich freiwillig gemeldet hatte, kurzerhand in die Kompaniestraße, um ein Rasiermesser zu holen. Worauf der Verteidigung der Demokratie zuliebe von den Wangen dreier Italiener und eines Polen in Trockenrasur ein paar Gramm Haare geschabt wurden.

Aus der Außenwelt erschien von Zeit zu Zeit der Colonel in der Kompanie, ein massiger Mann mit schiefen Zähnen, der den Exerzierplatz des Bataillons auf einem schönen Rappen umritt. Er war Absolvent der Militärakademie West Point und dem Gesichtsausdruck nach ein Gentleman. Er hatte eine schlampige Frau und einen schlampigen Verstand und verbrachte einen Großteil seiner Zeit in der Stadt, wo er sich die neuerdings gehobene gesellschaftliche Stellung der Armee zunutze machte. Zuallerletzt kam der General, der auf den Straßen des Lagers hinter einer Standarte herfuhr – eine so abweisende, unzugängliche, prächtige Gestalt, daß sie kaum faßlich war.

Dezember. Nachts jetzt kalte Winde und auf dem Exerzierplatz feuchte, kühle Vormittage. Mit abnehmender Hitze wurde Anthony zunehmend froh, am Leben zu sein. Da er sich merkwürdigerweise körperlich erneuert fühlte, sorgte er sich nicht oft und lebte in einer Art animalischer Genügsamkeit in der Gegenwart. Nicht etwa, daß Gloria oder das Leben, das Gloria repräsentierte, ihm nicht mehr so oft in den Sinn kam – es war nur so, daß sie Tag um Tag weniger wirklich, weniger lebendig schien. Eine Woche lang hatten sie leidenschaftliche, fast hysterische Briefe geschrieben – dann waren sie stillschweigend übereingekommen, sich nicht mehr als zweimal, schließlich nur noch einmal wöchentlich zu schreiben. Sie mopse sich, teilte sie mit; falls seine Brigade noch lange dort bleibe, werde sie kommen und zu ihm stoßen. Mr. Haight könne einen beweiskräftigeren Schriftsatz als erwartet vorlegen, bezweifle jedoch, daß das Berufungsverfahren vor Ablauf des Frühjahrs zur Anhörung gelangen werde. Muriel halte sich in New York auf und sei fürs Rote Kreuz tätig, und sie gingen ziemlich häufig miteinander aus. Was Anthony davon halte, wenn *sie* zum Roten Kreuz ginge? Das Dumme sei nur, sie habe gehört, daß sie Neger in Alkohol baden müsse, und daraufhin habe ihr Patriotismus nachgelassen. Die Stadt wimmele von Soldaten, und sie habe eine Menge Jungs wiedergetroffen, die sie schon vor Jahren aus den Augen verloren habe...

Anthony wollte nicht, daß sie in den Süden käme. Er redete sich ein, daß es viele Gründe dafür gab – daß er Abstand von ihr brauche und sie von ihm. In der Stadt würde sie sich über die Maßen langweilen und Anthony jeden Tag nur wenige Stunden sehen. Aber zuinnerst befürchtete er, daß er nur deshalb dagegen war, weil er sich von Dorothy angezogen fühlte. Tatsächlich lebte er in ständiger Furcht, daß Gloria durch Zufall oder Absicht von der Beziehung erfahren könnte, auf die er sich eingelassen hatte. Nach vierzehn Tagen kamen in der Liaison Momente auf, da er sich der eigenen Untreue wegen elend fühlte. Dennoch, jedesmal wenn sein Dienst endete, brachte er es nicht fertig, der Verlockung zu widerstehen, und es trieb ihn unaufhaltsam aus seinem Zelt und ans Telefon im CVJM-Heim.

»Dot.«

»Ja?«

»Vielleicht kann ich heute abend ausgehen.«

»Ich freue mich so.«

»Möchtest du ein paar Sternstunden lang meiner glänzenden Beredsamkeit lauschen?«

»Ach, du komischer...«

Einen Augenblick lang kam ihm eine Erinnerung an Jahre vorher – an Geraldine. Dann... »Ich komme gegen acht.«

Um sieben saß er in einem Bus in Richtung Stadt, wo Hunderte von kleinen Südstaatlerinnen auf mondbeschienenen Veranden auf ihre Geliebten warteten. Er fieberte bereits ihren warmen, zögernden Küssen entgegen, den erstaunten, aber ruhigen Blicken, die sie ihm zuwarf – Blicke, die mehr als alle anderen, die ihm gegolten hatten, der Anbetung nahekamen. Gloria und er waren gleichgestellt gewesen, hatten einander gegeben, ohne an Dank oder Verpflichtung zu denken. Für dieses Mädchen waren seine Liebkosungen eine unschätzbare Gnade. Leise weinend hatte sie ihm bekannt, daß er nicht der erste in ihrem Leben war, daß es einen anderen gegeben hatte – er reimte sich zusammen, daß das Verhältnis geendet hatte, bevor es richtig begann.

Was ihn anging, so sprach sie tatsächlich die Wahrheit. Den Verkäufer, den Marineoffizier, den Sohn des Tuchhändlers hatte sie vergessen, vergessen die Lebhaftigkeit der eigenen Empfindungen, also wirklich und wahrhaftig vergessen. Sie wußte nur: In einem dunklen, schattenhaften Leben hatte jemand sie genommen – es war, als sei es im Schlaf geschehen.

Anthony fuhr fast jeden Abend in die Stadt. Für die Veranda war es inzwischen zu kühl, daher trat ihre Mutter ihnen das winzige Wohnzimmer ab, mit seinen Dutzenden billig gerahmter Chromolithographien, seinen meterlangen Zierfransen und der stickigen Atmosphäre jahrzehntelanger Nachbarschaft zur Küche. Sie machten ein Feuer – dann gab sie sich fröhlich und unerschöpflich dem Geschäft der Liebe hin. Jeden Abend um zehn brachte sie ihn zur Tür, das schwarze Haar zerzaust, das Gesicht blaß ohne Kosmetik, blasser noch im weißen Licht des Mondes. Meist war es draußen hell und silbrig; dann und wann fiel träger, warmer Regen, fast zu leicht, um den Boden zu erreichen.

»Sag, daß du mich liebst«, flüsterte sie.

»Aber natürlich, du süßes Kind.«

»Bin ich ein Kind?« Dies fast wehmütig.

»Ein kleines Kind.«

Sie ahnte nebelhaft, daß es Gloria gab. Der Gedanke schmerzte sie, und so stellte sie sich vor, daß Gloria hochmütig war, stolz und kalt. Sie hatte beschlossen, daß Gloria älter sein müsse als Anthony und daß die Eheleute sich lieblos zueinander verhielten. Manchmal wagte sie davon zu träumen, daß Anthony nach dem Krieg die Scheidung einreichen und sie heiraten würde – doch sagte sie Anthony nichts davon, sie wußte kaum, weshalb. Sie teilte den Glauben seiner Kompanie, daß er eine Art Bankangestellter sei – hielt ihn für achtbar und arm.

So sagte sie etwa: »Wenn ich Geld hätte, Liebling, würde ich jedes bißchen dir geben ... Ich hätte gern so um die fünfzigtausend Dollar.«

»Das wäre eine ganze Menge«, stimmte Anthony ihr zu.

In ihrem Brief vom selben Tag hatte Gloria geschrieben: »Ich denke, wenn wir uns außergerichtlich auf eine Million einigen könnten, wäre es besser, Mr. Haight anzuweisen, daß er sich darauf einlassen soll. Aber es wäre doch ein Jammer ...«

»... dann könnten wir uns ein Auto zulegen«, rief Dot triumphierend.

Eine außergewöhnliche Gelegenheit

Captain Dunning war stolz darauf, ein großer Menschenkenner zu sein. Wenn er einem Mann begegnete, steckte er ihn gewöhnlich schon eine halbe Stunde später in eine von zahlreichen erstaunlichen Schubladen – feiner Kerl, braver Kerl, kluger Kerl, Theoretiker, Dichter und Nichtsnutz. Eines Tages Anfang Februar veranlaßte er, daß Anthony im Ordonnanzenzelt vor ihn gebracht wurde.

»Patch«, sagte er schulmeisterhaft, »ich habe schon seit mehreren Wochen ein Auge auf Sie.«

Anthony stand stramm und reglos da.

»Und ich glaube, Sie haben das Zeug zu einem guten Soldaten.«

Er wartete darauf, daß die warme Glut, die er damit naturgemäß hervorrief, abkühlte – und fuhr dann fort: »Das ist kein Kinderspiel«, sagte er und zog die Brauen zusammen.

Anthony pflichtete ihm mit einem schwermütigen »Nein, Sir« bei.

»Das ist ein Männerspiel – und wir brauchen Führer.« Dann der Höhepunkt, schnell, sicher und elektrisierend: »Patch, ich werde Sie zum Korporal ernennen.«

In diesem Augenblick hätte Anthony überwältigt einen Schritt zurücktaumeln müssen. Er sollte einer von einer Viertelmillion Männern werden, die für diese höchste Pflicht auserkoren waren. Er sollte sieben anderen ängstlichen Männern die fachmännische Losung »Mir nach!« zurufen können.

»Sie scheinen ein Mann von Bildung zu sein«, sagte Captain Dunning.

»Jawohl, Sir.«

»Das ist schön, das ist schön. Bildung ist etwas Großartiges, aber lassen Sie es sich nicht zu Kopf steigen. Bleiben Sie, wie Sie sind, und Sie werden einen guten Soldaten abgeben.«

Mit diesen nachklingenden Worten war er entlassen. Corporal Patch salutierte, führte eine Kehrtwendung nach rechts aus und verließ das Zelt.

Obwohl die Unterredung Anthony belustigte, löste sie in ihm doch die Vorstellung aus, daß das Leben als Sergeant oder, sollte er einen weniger peniblen Musterungsarzt finden, als Offizier amüsanter wäre. An der Tätigkeit selbst, die die vielgerühmte Tapferkeit der Armee Lügen zu strafen schien, war er nicht sehr interessiert. Bei der Truppenbesichtigung zog man sich nicht an, um gut auszusehen; man zog sich an, um nicht schlecht auszusehen.

Doch als der Winter dahinschwand – ein kurzer, schneeloser Winter, gekennzeichnet von feuchten Nächten und kühlen, regnerischen Tagen –, wunderte er sich, wie rasch das System von ihm Besitz ergriffen hatte. Er war Soldat – alles, was nicht Soldat war, war Zivilist. Die Welt war vornehmlich in diese beiden Kategorien unterteilt.

Es ging ihm durch den Kopf, daß alle geschlossenen Gruppen wie das Militär die Menschen in zwei Sorten unterteilten: sich selbst – und alle anderen. Für den Geistlichen gab es Klerus und Laienstand, für den Katholiken Katholiken und Nichtkatholiken, für den Neger Schwarze und Weiße, für den Häftling Gefangene und Menschen auf freiem Fuß und für den Kranken Kranke und Gesunde... So war er denn, ohne in seinem Leben auch nur einen Gedanken daran verschwendet zu haben, Zivilist, Laie, Nichtkatholik, Nichtjude, Weißer, frei und gesund gewesen...

Als sich die amerikanischen Truppen in die französischen und britischen Schützengräben ergossen, fand er unter den im *Army and Navy Journal* verzeichneten Verlusten die Namen vieler Harvard-Absolventen. Doch allem Blut und Schweiß zum Trotz schien die Lage unverändert, und er sah keine Aussicht auf ein baldiges Kriegsende. In den alten Chroniken schlug der rechte Flügel eines Heeres stets den linken Flügel des anderen, indes der linke vom rechten Flügel des Feindes besiegt wurde. Daraufhin traten die Söldner die Flucht an. Damals war alles so einfach gewesen, fast wie vorher abgesprochen...

Gloria schrieb, sie lese viel. Ihr ganzes Leben sei verpfuscht! Inzwischen habe sie so wenig zu tun, daß sie ihre Zeit damit verbringe, sich vorzustellen, wie anders alles hätte ausgehen können. Ihre ganze Umgebung drohe ihr zu entgleiten – dabei habe sie doch noch vor wenigen Jahren scheinbar alle Fäden in ihrer kleinen Hand gehalten...

Im Juni wurden ihre Briefe hastiger und seltener. Plötzlich schrieb sie nicht mehr davon, in den Süden kommen zu wollen.

Im März blühten im erwärmten Gras des Umlands Jasmin, Jonquillen und haufenweise Veilchen. Später erinnerte er sich besonders eines Nachmittags von so frischem und zauberhaftem Glanz, an dem er, als er im Schützengraben stand und Schießscheiben markierte, einem verständnislosen Polen Swinburnes ›Atalanta in Calydon‹ rezitierte. Seine Stimme vermischte sich mit dem Knallen, Sirren und Spritzen der Kugeln über ihren Köpfen.

Wenn des Frühlings Hunde...

Peng!

Dem Winter auf den Fersen sind...

Piuuh!

Füllt die Mutter der Monate...

»He! Wach auf! Drei Punkte!«

Die Straßen der Stadt träumten wieder schläfrig vor sich hin, und Anthony und Dot folgten müßig ihren Spuren vom vergangenen Herbst, bis er eine verträumte Zuneigung zu diesem Süden zu verspüren begann – ein Süden, so schien es, der mehr an Algier als an Italien gemahnte, dessen welkes Streben über unzählige Generationen hinweg in ein warmes, primitives Nirwana – ohne Hoffnung oder Sorge – zurückdeutete. Allen Stimmen war ein herzlicher, verständnisinniger Ton zu eigen. »Das Leben spielt uns allen denselben hübschen und quälenden Streich«, schienen sie in ihrem traurig-vergnügten Tonfall zu sagen, der anstieg und in einem unaufgelösten Mollklang endete.

Ihm gefiel sein Friseurgeschäft, wo ihn ein bleicher, ausgezehrter Jüngling mit »Hi, Corporal« begrüßte, ihn rasierte und ihm mit einer kühlen, vibrierenden Haarschneidemaschine schier endlos über den unersättlichen Schopf fuhr. Ihm gefiel »Johnston's Garden«, wo sie tanzten, wo ein melancholischer Schwarzer einem Saxophon schmerzlich-sehnsuchtsvolle Musik entlockte, bis aus dem grellen Saal ein verzauberter Dschungel barbarischer Rhythmen und rauchigen Gelächters wurde, wo das ereignislose Verrinnen der Zeit unter den leisen Seufzern und sanften Koseworten Dorothys zu vergessen die Erfüllung allen Trachtens, aller Zufriedenheit war.

Ihrem Charakter wohnte ein Unterton von Trauer inne, ein bewußtes Außerachtlassen aller Lebensumstände mit Ausnahme der angenehmen. Wenn sie sich, gedanken- und sorglos, wie eine Katze in der Sonne wärmte, blieben ihre violetten Augen offenbar stundenlang ohne Empfindung. Er fragte sich, was wohl ihre erschöpfte, schwunglose Mutter von ihnen hielt und ob sie in Augenblicken äußerster Skepsis das Wesen ihrer Beziehung erriet.

Sonntagnachmittags gingen sie in der Umgebung wandern und lagerten sich hin und wieder am Waldrand auf trockenes Moos. Hier hatten sich Vögel eingefunden, wuchsen Veilchen und Hartriegel dicht an dicht; hier glänzten die uralten Bäume kristallen und kühl, empfindungslos gegen die giftige Hitze, die draußen flimmerte; hier schwieg und sprach er, sprach in schläfrigen Monologen ohne tieferen Sinn, ohne Antwort.

Es kam der Juli und brannte herab. Captain Dunning erhielt den Befehl, einen seiner Männer zum Erlernen des Hufschmiedhandwerks abzukommandieren. Das Regiment wurde gerade zu voller Kriegsstärke aufgestockt, und er benötigte die meisten seiner Altgedienten als Ausbilder, daher fiel seine Wahl auf Baptist, den kleinen Italiener, den er noch am ehesten entbehren konnte. Der kleine Baptist hatte noch nie etwas mit Pferden zu tun gehabt. Seine Furcht machte die Sache noch schlimmer. Eines Tages tauchte er in der Schreibstube auf und teilte Captain Dunning mit, wenn er nicht von seiner Aufgabe entbunden werde, wolle er lieber sterben. Die Pferde schlügen nach ihm aus, sagte er, er tauge für die Arbeit nicht. Schließlich fiel er auf die Knie und flehte Captain Dunning in einem Kauderwelsch aus gebrochenem Englisch und biblischem Italienisch an, ihn zu erlösen. Er habe seit drei Tagen kein Auge zugetan; in seinen Träumen bäumten sich scheußliche Hengste auf und schlügen Kapriolen.

Captain Dunning rügte den Kompanieschreiber (der in Lachen ausgebrochen war) und sagte Baptist, er werde tun, was in seiner Macht stehe. Bei näherem Nachdenken stellte er jedoch fest, daß er einen besseren Mann nicht entbehren konnte. Für den kleinen Baptist änderte sich nichts. Die Pferde schienen seine Furcht zu wittern und in jeder Hinsicht auszunutzen. Als er zwei Wochen später versuchte, eine große, schwarze Stute aus dem Stall zu führen, schlug sie ihm mit den Hufen den Schädel ein.

Mitte Juli kamen Gerüchte über einen Lagerwechsel auf, gefolgt von Befehlen. Die Brigade sollte in ein leeres Kantonnement hundertfünfzig Kilometer weiter südlich verlegt werden, um zur Division ausgebaut zu werden. Zunächst dachten die Männer, sie sollten zu den Schützengräben aufbrechen, und in der Kompaniestraße schwatzten sie den ganzen Abend über in kleinen Grüppchen und gaben großspurige Ausrufe von sich: »Klar geht's los!« Als die Wahrheit durchsickerte, wurde sie als Ablenkungsmanöver, mit denen der wirkliche Bestimmungsort verschleiert werden sollte, empört zurückgewiesen. Sie sonnten sich in ihrer eigenen Wichtigkeit. Am Abend erzählten sie ihren Mädchen in der Stadt, daß sie es »den Deutschen gehörig zeigen« würden. Anthony bewegte sich eine Zeitlang unter den Gruppen – dann hielt er einen Bus an und fuhr in die Stadt, um Dot mitzuteilen, daß er fortmüsse.

In einem billigen, weißen Kleid, das die Jugend und die Weichheit ihres Gesichts hervorhob, wartete sie schon auf der dunklen Veranda.

»Ach«, flüsterte sie, »ich habe dich so herbeigesehnt, Liebling. Den ganzen Tag.«

»Ich muß dir etwas sagen.«

Sie zog ihn zu sich auf den schaukelnden Sitz und bemerkte seinen unheildrohenden Ton nicht.

»Sag schon.«

»Wir ziehen nächste Woche ab.«

Ihre Arme, die seine Schultern suchten, stockten mitten in der dunklen Luft, und sie schob das Kinn vor. Als sie sprach, war alle Sanftheit aus ihrer Stimme gewichen.

»Nach Frankreich!«

»Nein. Soviel Glück haben wir nicht. In irgend so ein gottverdammtes Lager in Mississippi.«

Sie schloß die Augen, und er sah, daß ihre Lider zitterten.

»Liebe kleine Dot, das Leben ist so verdammt hart.«

Sie weinte an seiner Schulter.

»So verdammt hart, so verdammt hart«, wiederholte er ziellos. »Es tut den Menschen einfach immer wieder weh, bis es ihnen so weh getan hat, daß es ihnen nie mehr weh tun kann. Das ist das Letzte und Ärgste, was es anrichtet.«

Ungestüm, mit wildem Schmerz, zog sie ihn an ihre Brust.

»O Gott!« flüsterte sie mit gebrochener Stimme. »Du darfst mich nicht verlassen. Ich würde sterben.«

Er sah sich außerstande, seinen Abschied als einen gewöhnlichen, unpersönlichen Schicksalsschlag hinzustellen. Er war so dicht an ihr, daß er nur noch wiederholen konnte: »Arme kleine Dot. Arme kleine Dot.«

»Und was dann?« fragte sie ermattet.

»Was meinst du?«

»Du bist mein ganzes Leben, das ist alles. Ich würde auf der

Stelle für dich sterben, wenn du es verlangst. Ich würde ein Messer holen und mich umbringen. Du kannst mich nicht hier zurücklassen.«

Ihr Tonfall erschreckte ihn.

»So etwas passiert nun mal«, sagte er ruhig.

»Dann komme ich mit dir.« Tränen strömten an ihren Wangen herab. Ihr Mund bebte in einer Aufwallung aus Kummer und Angst.

»Liebling«, murmelte er gefühlvoll, »süßes, kleines Mädchen. Siehst du denn nicht, daß wir nur hinauszögern, was ohnehin passieren muß? In ein paar Monaten gehe ich nach Frankreich...«

Sie entzog sich ihm, ballte die Fäuste und hob ihr Gesicht zum Himmel.

»Ich will sterben«, sagte sie, als forme sie jedes einzelne Wort sorgsam in ihrem Herzen.

»Dot«, flüsterte er verlegen, »du wirst darüber hinwegkommen. Die süßesten Trauben hängen am höchsten. Ich weiß es – weil ich früher einmal etwas gewollt und es bekommen habe. Es war das einzige, was ich je ernstlich gewollt habe, Dot. Und als ich es in den Händen hielt, ist es mir zu Staub zerfallen.«

»Schon gut.«

Selbstverloren fuhr er fort: »Ich habe oft gedacht, wenn ich das, was ich wollte, nicht hätte, wäre es anders mit mir gekommen. Vielleicht hätte ich etwas Geistiges in mir entdeckt, und es hätte mir Freude bereitet, es in Umlauf zu bringen. Vielleicht hätte mich die Arbeit daran befriedigt und der Erfolg meiner Eitelkeit geschmeichelt. Ich nehme an, früher einmal hätte ich alles haben können, was ich wollte, aber das war das einzige, was ich je inbrünstig wollte. Allmächtiger! Und gelernt habe ich daraus, daß man nichts haben kann, aber auch gar nichts. Denn unser Verlangen trügt uns ja doch nur. Es ist wie ein Sonnenstrahl, der in einem Zimmer hierhin tanzt und dorthin. Er hält inne und vergoldet irgendeinen unbedeutenden Gegenstand, und wir armen

Narren versuchen, nach ihm zu haschen – doch kaum tun wir dies, da fällt der Sonnenstrahl auch schon auf etwas anderes, und wir halten nur das unbedeutende Ding in der Hand, der Glanz aber, der unseren Wunsch ausgelöst hat, ist verschwunden...« Betreten brach er ab. Sie hatte sich erhoben, stand trockenen Auges da und riß von einem dunklen Rebstock kleine Blätter ab.

»Dot...«

»Geh«, sagte sie kalt.

»Was? Warum?«

»Ich will nicht nur Worte. Wenn das alles ist, was du mir geben kannst, dann solltest du besser gehen.«

»Aber Dot...«

»Was für mich den Tod bedeutet, ist für dich nur ein Schwall von Worten. Du verstehst sie so hübsch zu setzen.«

»Es tut mir leid. Ich habe von dir gesprochen, Dot.«

»Geh fort von hier.«

Er näherte sich ihr mit ausgestreckten Armen, aber sie stieß ihn fort.

»Du willst nicht, daß ich mit dir gehe«, sagte sie gefaßt, »vielleicht willst du dich mit – mit diesem Mädchen treffen...« Sie brachte es nicht über sich, »mit deiner Frau« zu sagen. »Was weiß ich? Gut, dann denke ich, du bist nicht mehr mein Freund. Also geh.«

Widersprüchliche Warnungen und Wünsche bedrängten Anthony, und einen Augenblick lang hatte es den Anschein, als sei dies einer der seltenen Anlässe, da er einen Schritt tun würde, zu dem er sich von innen heraus gedrängt fühlte. Er zögerte. Dann schlug eine Welle der Müdigkeit über ihm zusammen. Es war zu spät – alles war zu spät. Seit Jahren hatte er die Welt fortgeträumt und seine Entscheidungen auf Gefühle, so unbeständig wie Wasser, gegründet. Das kleine Mädchen im weißen Kleid vereinnahmte ihn mit der unerbittlichen Gleichmäßigkeit ihres Begehrens, wodurch ihre Schönheit nur noch gewann. Das Feuer, das in ihrem dunklen und gekränkten Herzen brannte, schien wie eine Flamme um sie her zu glühen. Aus unermeßlich tiefem Stolz hatte sie sich ihm entzogen und so ihren Zweck erreicht.

»Ich – ich wollte nicht so gefühllos erscheinen, Dot.«

»Ist schon gut.«

Das Feuer überrollte Anthony. Etwas zerrte an seinen Eingeweiden, und ratlos und geschlagen stand er da.

»Komm mit, Dot – kleine, zärtliche Dot. Ach, komm nur mit. Ich könnte dich jetzt nicht mehr verlassen...«

Mit einem Schluchzer umschlang sie ihn und ließ sich von ihm stützen, während der Mond, auf ewig bemüht, den schlechten Teint der Welt zu verdecken, seinen verbotenen Honig über die schläfrige Straße goß.

Die Katastrophe

Anfang September in Camp Boone, Mississippi. Durch das Moskitonetz, unter dessen Schutz Anthony einen Brief zu schreiben versuchte, drang von Insekten wimmelndes Dunkel. Aus dem Nachbarzelt war ab und zu das Geplauder von Pokerspielern zu hören, draußen schlenderte ein Mann die Kompaniestraße entlang und sang einen Gassenhauer über »K-K-K-Katy«.

Anthony stützte sich mühsam auf den Ellbogen und betrachtete, den Bleistift in der Hand, das leere Blatt Papier. Dann begann er unter Auslassung der Anrede:

Ich weiß nicht, was los ist, Gloria. Seit zwei Wochen habe ich keine Zeile von Dir, und es ist nur natürlich, daß ich mir Sorgen mache...

Gereizt murrend warf er den Bogen fort und fing von neuem an:

Ich weiß nicht, was ich denken soll, Gloria. Dein letzter Brief, kurz, kalt, ohne ein Kosewort oder auch nur eine ordentliche Schilderung, was du getrieben hast, kam vor zwei Wochen an. Es ist nur natürlich, daß ich mich frage, was los ist. Mir scheint, wenn deine Liebe zu mir nicht ganz und gar erloschen ist, solltest du mir wenigstens ersparen, daß ich mir Sorgen mache...

Wieder zerknüllte er die Seite, warf sie wütend durch einen Riß in der Zeltwand, gleichzeitig war ihm klar, daß er sie am Morgen würde aufheben müssen. Ihm war nicht danach, es noch einmal zu versuchen. Er konnte seinen Zeilen keine Wärme verleihen – nur hartnäckige Eifersucht und Argwohn. Seit Mittsommer waren die Widersprüche in Glorias Korrespondenz immer auffälliger geworden. Zuerst hatte er sie kaum bemerkt. An die nichtssagenden Floskeln »Liebster« oder »Liebling«, die in ihre Briefe eingestreut waren, hatte er sich so gewöhnt, daß er ihre Gegenwart oder Abwesenheit gar nicht mehr wahrnahm. Aber in den vergangenen vierzehn Tagen hatte er zunehmend gespürt, daß irgend etwas nicht stimmte.

Er hatte ihr einen Eilbrief geschrieben, in dem er sie davon unterrichtete, daß er seine Prüfung für den Offiziersanwärterlehrgang bestanden habe und mit seiner baldigen Versetzung nach Georgia rechne. Sie hatte nicht geantwortet. Er hatte ihr gedrahtet – als er keine Nachricht erhielt, nahm er an, daß sie sich nicht in der Stadt aufhielt. Aber immer wieder drängte sich ihm der Gedanke auf, daß sie sich sehr wohl in der Stadt aufhielt, und eine Reihe rasender Vorstellungen begann ihn zu plagen. Angenommen, Gloria, gelangweilt und rastlos, hätte – wie er selbst auch – einen anderen gefunden. Der Gedanke an die bloße Möglichkeit erschreckte ihn – vor allem deswegen, weil er sich ihrer persönlichen Integrität so sicher gewesen war, daß er im Laufe des Jahres kaum an sie gedacht hatte. Und nun, da ein Zweifel aufgekommen war, stürmte die alte Wut, die Rage des

Besitzers, heftigst auf ihn ein. Was lag näher, als daß sie sich verliebt hatte?

Er erinnerte sich an Gloria und ihr Bekenntnis »Wenn ich etwas will, nehme ich es mir«. Und wie sie behauptet hatte, aus einer solchen Affäre unbefleckt hervorzugehen, da sie ausschließlich zu ihrer eigenen Befriedigung handele. Was zähle, sei lediglich die Wirkung auf das Gemüt eines Menschen, hatte sie gesagt, und sie reagiere auf männliche Art, mit Überdruß und leiser Abscheu.

Aber das war kurz nach ihrer Heirat gewesen. Später, als sie entdeckte, daß sie durchaus eifersüchtig sein konnte, hatte sie sich, wenigstens nach außen hin, eines Besseren besonnen. Es gebe in der Welt keine anderen Männer für sie. Das hatte er nur zu gut gewußt. Als er merkte, daß ihr die eigenen Ansprüche Zurückhaltung auferlegten, war er nachlässig geworden, was die Vervollkommnung ihrer Liebe anging – die schließlich der Eckstein des ganzen Baus sein sollte.

Unterdessen hatte er Dot den ganzen Sommer über in einer Pension im Stadtzentrum ausgehalten. Daher war es notwendig geworden, seinem Börsenmakler zu schreiben und ihn um Geld zu ersuchen. Dot hatte ihre Reise nach Süden verheimlicht, indem sie einen Tag vor Abbruch des Brigadelagers aus dem Haus gegangen war und ihrer Mutter in einem Brief mitteilte, sie sei nach New York gefahren. Am folgenden Abend war Anthony vorbeigekommen, als wolle er sie besuchen. Mrs. Raycroft war dem Zusammenbruch nahe, und im Wohnzimmer saß ein Polizeibeamter. Es hatte sich ein Verhör ergeben, aus dem Anthony sich mit Mühe und Not herausgewunden hatte.

Im September wurde ihm Dots Gesellschaft wegen seiner Verdächtigungen gegen Gloria erst langweilig, dann fast unerträglich. Aus Mangel an Schlaf war er reizbar und nervös; sein Herz war krank und ängstlich. Drei Tage zuvor war er zu Captain Dunning gegangen und hatte um Urlaub nachgesucht, jedoch war ihm nur ein wohlwollendes Zaudern zuteil geworden. Während Anthony an dem Offiziersanwärterlehrgang teilnehme, werde die Division nach Übersee verlegt; was an Urlaub gewährt werden könne, müsse den Männern zugute kommen, die das Land verließen.

Daraufhin war Anthony zum Telegraphenamt gegangen, in der Absicht, Gloria zu kabeln, sie solle nach Süden kommen – an der Tür angelangt, machte er aber verzweifelt kehrt, erkannte er doch die völlige Undurchführbarkeit eines solchen Vorhabens. Gereizt stritt er sich danach den ganzen Abend mit Dot und kehrte mißgestimmt und voller Wut auf alle Welt ins Lager zurück. Mitten in einer unangenehmen Szene war er Hals über Kopf davongestürzt. Was aus ihr werden sollte, schien ihn im Augenblick nicht wesentlich anzugehen – er war völlig von dem entmutigenden Schweigen seiner Frau in Anspruch genommen...

Plötzlich flappte der Zelteingang zurück, und aus dem Dunkel tauchte ein dunkler Schopf auf.

»Sergeant Patch?« Ein italienischer Akzent. Anthony sah am Koppel, daß der Mann Ordonnanz im Hauptquartier war.

»Ja?«

»Vor zehn Minuten hat 'ne Dame im Hauptquartier angerufen. Sagt, sie muß mit Ihnen sprechen. Äußerst dringend.«

Anthony schob das Moskitonetz beiseite und erhob sich. Vielleicht war es ein Kabel, das Gloria telephonisch durchgegeben hatte.

»Sagt, wir sollen Sie holen. Ruft um zehn Uhr wieder an.«

»In Ordnung, danke.« Er nahm seine Mütze, und einen Augenblick später ging er neben der Ordonnanz durch das fast erstickend heiße Dunkel. Drüben in der Baracke des Hauptquartiers grüßte er einen dösenden Offizier vom Dienst.

»Setzen Sie sich und warten Sie«, schlug der Lieutenant gleichmütig vor. »Dem Mädchen schien ganz schön viel daran zu liegen, Sie zu sprechen.«

Anthonys Hoffnungen zerplatzten.

»Vielen Dank, Sir.« Und als das Telefon an der Wand schnarrte, wußte er, wer am Apparat war.

»Hier ist Dot«, kam eine schwankende Stimme, »ich muß dich sprechen.«

»Dot, ich habe dir doch gesagt, daß ich für ein paar Tage nicht zu dir kommen kann.«

»Ich muß dich heute abend unbedingt sehen. Es ist wichtig.«

»Es ist zu spät«, sagte er kalt, »es ist zehn Uhr, und um elf muß ich wieder im Lager sein.«

»Na schön.« In den beiden Wörtern drängte sich so viel Elend zusammen, daß Anthony bis zu einem gewissen Maße Reue verspürte.

»Was ist denn los?«

»Ich wollte mich von dir verabschieden.«

»Ach, sei doch nicht so ein Kindskopf!« rief er aus. Aber seine Stimmung hob sich. Was für ein Glück, wenn sie noch heute abend aus der Stadt abreisen würde! Welch ein Stein würde ihm vom Herzen fallen! Aber er sagte: »Vor morgen kannst du nicht abfahren.«

Aus den Augenwinkeln sah er, wie der Offizier vom Dienst ihn neugierig musterte. Dann, alarmiert, hörte er Dots weitere Worte: »Das meine ich nicht mit ›Abschied‹.«

Anthony umklammerte krampfhaft den Hörer. Er fühlte, wie seine Nerven erkalteten, als entweiche die Hitze aus seinem Körper.

»Was?«

Dann hörte er, wie sie rasch, mit wilder, gebrochener Stimme, sagte: »Auf Wiedersehen – ach, leb wohl.«

Klick! Sie hatte aufgelegt. Mit einem Laut, der halb Stöhnen, halb Aufschrei war, eilte Anthony aus dem Hauptquartier. Draußen, unter den Sternen, die wie silberne Troddeln durch die Bäume des kleinen Hains herabfielen, blieb er reglos stehen und zögerte. Wollte sie sich etwa umbringen? Ach, das dumme Kind! Er war von bitterem Haß gegen sie erfüllt. Bei diesem Ausgang der Affäre fand er es unmöglich zu begreifen, daß er sich je auf eine solche Liebschaft, ein solches Durcheinander, eine unerquickliche Mischung aus Sorge und Schmerz, eingelassen hatte.

Langsam ging er davon und wiederholte nur immer wieder, daß es sinnlos war, sich zu sorgen. Am besten war es, zu seinem Zelt zurückzugehen und sich schlafen zu legen. Er brauchte Schlaf. Gott! Würde er jemals wieder schlafen? In seinem Kopf herrschte ungeheure Verwirrung; als er zur Straße kam, drehte er sich in einem Anfall von Panik um und fing an zu rennen, nicht zu seiner Kompanie, sondern fort von ihr. Die Männer kamen schon zurück – vielleicht fand er ein Taxi. Nach einer Minute bogen zwei gelbe Augen um eine Ecke. Verzweifelt rannte er auf sie zu.

»Taxi! Taxi!« Es war ein leerer Ford. »Ich will zur Stadt.«

»Macht 'nen Dollar.«

»In Ordnung. Fahren Sie nur schnell...«

Nach einer Ewigkeit rannte er die Treppe eines baufälligen kleinen Hauses hinauf und zur Tür hinein. Beinahe hätte er eine mächtige Schwarze umgestoßen, die, eine Kerze in der Hand, durch die Diele gelaufen kam.

»Wo ist meine Frau?« rief er entgeistert.

»Sie ist ins Bett gegangen.«

Die Treppe hinauf, drei Stufen auf einmal, den knarrenden Gang entlang. Das Zimmer war dunkel und still, und mit zitternden Fingern strich er ein Zündholz an. Aus einem jämmerlichen Haufen Kleider auf dem Bett starrten ihn zwei aufgerissene Augen an.

»Ah, ich wußte, daß du kommen würdest«, murmelte sie schwach.

Anthony wurde kalt vor Zorn.

»Dann war das also nur ein Plan, mich hierherzulocken, mich in Schwierigkeiten zu bringen!« sagte er. »Gottverdammich, du hast zu oft blinden Alarm geschlagen!«

Sie betrachtete ihn kläglich.

»Ich mußte dich einfach sehen. Ich hätte nicht weiterleben können. Ach, ich mußte dich einfach...«

Er setzte sich auf die Bettkante und schüttelte langsam den Kopf.

»Du bist nicht artig«, sagte er entschieden. Unwillkürlich redete er so, wie Gloria mit ihm geredet hätte. »Das ist mir gegenüber nicht fair, verstehst du?«

»Komm näher.« Er mochte sagen, was er wollte, jetzt war Dot glücklich. Er ängstigte sich um sie. Sie hatte ihn an ihr Bett geholt.

»Ach Gott«, sagte Anthony hoffnungslos. Als eine Welle der Müdigkeit unaufhaltsam heranrollte, legte sich seine Wut, verrauchte, verflog. Plötzlich brach er zusammen und fiel schluchzend neben ihr aufs Bett.

»Ach, mein Liebling«, flehte sie ihn an, »wein doch nicht! Ach, wein doch nicht.«

Sie nahm seinen Kopf an ihre Brust und tröstete ihn. Ihre Glückstränen vermischten sich mit der Bitternis der seinen. Ihre Hand spielte sanft mit seinem Haar.

»Was bin ich doch für ein Kindskopf«, murmelte sie mit gebrochener Stimme, »aber ich liebe dich, und wenn du kalt zu mir bist, kommt's mir vor, als lohnte es sich nicht, weiterzuleben.«

Immerhin war das Friede – der stille Raum mit dem Duft von Puder und Parfüm einer Frau, Dots Hand, weich wie ein warmer Wind auf seinem Haar, ihr Busen, der sich beim Atmen hob und senkte –, einen Augenblick lang war es, als sei Gloria anwesend, als sei er in einem schöneren und geschützteren Zuhause zur Ruhe gekommen, als er es je gekannt hatte.

Eine Stunde verstrich. In der Diele begann eine Uhr zu schlagen. Er sprang auf und sah auf die Leuchtzeiger seiner Armbanduhr. Es war zwölf Uhr.

Er hatte Mühe, ein Taxi zu finden, das ihn um diese Stunde hinausfahren würde. Er drängte den Fahrer, schneller zu fahren, und grübelte, wie er am besten ins Lager hineingelangte. In jüngster Zeit hatte er sich mehrmals verspätet, und er wußte, wenn man ihn erneut erwischte, würde sein Name wahrscheinlich von der Liste der Offiziersanwärter gestrichen. Er überlegte, ob er das Taxi nicht lieber fortschicken und das Risiko eingehen sollte, sich im Dunkeln am Wachtposten vorbeizuschleichen. Andererseits fuhren Offiziere oft auch noch nach Mitternacht an den Wachtposten vorbei...

»Halt!« Der einsilbige Befehl kam aus dem grellen gelben Licht, das die Scheinwerfer auf die kurvenreiche Straße warfen. Der Taxifahrer kuppelte aus, und mit vorgehaltenem Gewehr trat ein Wachtposten heran. Wie der Zufall es wollte, stand der Offizier der Wachmannschaft bei ihm.

»Noch so spät aus, Sergeant?«

»Jawohl, Sir. Bin aufgehalten worden.«

»Zu dumm. Muß Ihren Namen aufnehmen.«

Während der Offizier, Notizbuch und Bleistift in der Hand, wartend dastand, drängte sich aus Angst, Verwirrung und Verzweiflung etwas nicht ganz Beabsichtigtes auf Anthonys Lippen.

»Sergeant R. A. Foley«, antwortete er atemlos.

»Und welche Einheit?«

»Kompanie Q, 83. Infanterie.«

»Na schön. Von hier aus müssen Sie aber zu Fuß laufen, Sergeant.«

Anthony salutierte, entlohnte geschwind seinen Taxifahrer und machte sich im Laufschritt auf den Weg zu dem Regiment, das er angegeben hatte. Als er außer Sichtweite war, änderte er seine Laufrichtung und eilte mit wild pochendem Herzen zu seiner eigenen Kompanie, in dem Gefühl, einen verhängnisvollen Fehler gemacht zu haben.

Zwei Tage später erkannte ihn der Offizier, der die Wachmannschaft befehligt hatte, in einem Friseurgeschäft in der Stadt. Unter der Obhut eines Militärpolizisten wurde er zum Lager zurückgebracht, wo er ohne Anhörung zum Mannschaftsstand degradiert wurde und die Auflage erhielt, den Bereich seiner Kompaniestraße einen Monat lang nicht zu verlassen.

Nach diesem Schlag überwältigte ihn ein Gefühl äußerster Niedergeschlagenheit, und binnen einer Woche wurde er erneut in der Stadt ertappt, wie er in betrunkenem Zustand umherwankte, in der Hüfttasche ein Pint schwarzgebrannten Whiskys. Aufgrund einer Art Verwirrung in seinem Benehmen während des Verfahrens wurde er zu nur drei Wochen Arrest verurteilt.

Alptraum

Zu Beginn seiner Haft suchte ihn die Vorstellung heim, er sei drauf und dran, verrückt zu werden. Es war, als gebe es in seinem Kopf eine ganze Reihe dunkler und doch lebhafter Persönlichkeiten, einige davon vertraut, andere wieder fremd und furchterregend, in Schach gehalten von einem kleinen Schiedsrichter, der irgendwo hoch oben saß und zuschaute. Es beunruhigte ihn, daß der Schiedsrichter kränkelte und nur mühsam durchhielt. Wenn er aufgab, wenn er auch nur einen Augenblick schwankte, würden diese unerträglichen Wesen hervorstürzen – nur Anthony wußte, was für eine Schwärze herrschen würde, wenn sein Ärgstes ungehemmt in seinem Bewußtsein umherschweifen würde.

Irgendwie hatte die Hitze des Tages sich verändert. Ein gebräuntes Dunkel war es jetzt, welches das versengte Land zermalmte. Vor seinen Augen drehten sich unaufhörlich die blauen

Kreise unheilvoller, auf keiner Karte verzeichneter Sonnen, ungezählter Feuerkerne über ihm, als liege er, ständig dem heißen Licht ausgesetzt, in fiebrigem Koma. Um sieben Uhr morgens ging etwas Gespenstisches, etwas beinahe widersinnig Unwirkliches, von dem er wußte, daß es seine sterbliche Hülle war, mit sieben anderen Gefangenen und zwei Wachtposten hinaus, um auf den Lagerstraßen zu arbeiten. An einem Tag luden sie Unmengen Schotter auf und ab, verteilten sie, harkten sie – am folgenden Tag arbeiteten sie mit riesigen Fässern glühendheißen Teers und schütteten schwarzglänzende Lachen geschmolzener Hitze auf den Schotter. Nachts, eingesperrt ins Arrestlokal, lag er bis etwa drei Uhr wach, ohne jeden Gedanken, ohne den Mut, Gedanken zu fassen, und starrte zu den unregelmäßigen Dachsparren hinauf; dann fiel er in einen unruhigen Schlaf.

Während der Arbeitsstunden rackerte er sich ab, unruhig, gehetzt, bemüht um körperliche Ermüdung, wenn sich der Tag dem schwülen Sonnenuntergang über Mississippi zuneigte, damit er abends vor lauter Erschöpfung fest schlafen konnte … Eines Nachmittags in der zweiten Woche hatte er das Gefühl, als beobachteten ihn direkt hinter einem der Wachtposten zwei Augen. Eine Art Entsetzen bemächtigte sich seiner. Er wandte den Augen den Rücken zu und schaufelte fieberhaft, bis er sich wieder umdrehen mußte, um mehr Schotter heranzuschaffen. Da traten sie wieder in sein Blickfeld, und seine ohnehin schon angegriffenen Nerven waren zum Zerreißen gespannt. Die Augen schielten nach ihm. Aus der heißen Stille hörte er eine tragische Stimme, die seinen Namen rief, und in einem lärmenden Durcheinander kippte die Erde vor und zurück.

Als er wieder zu sich kam, befand er sich im Arrestlokal, und die anderen Gefangenen warfen ihm neugierige Blicke zu. Die Augen erschienen nicht wieder. Es dauerte etliche Tage, ehe ihm klar wurde, daß es Dots Stimme gewesen sein mußte, daß sie ihm etwas zugerufen und für Aufsehen gesorgt hatte. Zu diesem

Schluß kam er kurz vor Ablauf seiner Strafe, als der Nebel, der sich auf ihn gelegt hatte, sich lichtete und ihn in einem Zustand tiefer, mutloser Lethargie zurückließ. Im gleichen Maß, wie jener Vermittler – der Schiedsrichter, der den Haushalt des Schreckens in Schach hielt – erstarkte, schwächte sich Anthonys körperliche Verfassung. Er war kaum mehr fähig, die letzten beiden Tage Arbeit durchzustehen, und als er an einem regnerischen Nachmittag entlassen wurde und zu seiner Kompanie zurückkehrte, sank er gleich nach der Ankunft in seinem Zelt in einen schweren Schlaf, aus dem er vor Morgengrauen schmerzgeplagt und wenig erfrischt aufwachte. Neben seiner Pritsche lagen zwei Briefe, die schon seit einiger Zeit in der Schreibstube auf ihn gewartet hatten. Der erste stammte von Gloria; er war kurz und kühl:

Der Fall kommt Ende November vor Gericht. Kannst Du möglicherweise Urlaub bekommen?

Ich habe immer wieder versucht, Dir zu schreiben, aber das scheint alles nur schlimmer zu machen. Ich möchte Dich wegen verschiedener Angelegenheiten sehen, aber Du weißt, daß Du mich schon einmal am Kommen gehindert hast, und ich bin nicht geneigt, es noch einmal zu versuchen. In Anbetracht einer Reihe von Dingen scheint es mir notwendig, eine Konferenz abzuhalten. Ich freue mich sehr über Deine Beförderung.

GLORIA

Er war zu müde, um auch nur annähernd zu verstehen – oder sich etwas daraus zu machen. Ihre Ausdrucksweise, ihre Absichten, all das lag in weiter Ferne, in einer unbegreiflichen Vergangenheit. Den zweiten Brief würdigte er kaum eines Blickes; er war von Dot – ein unzusammenhängendes, tränenverschmiertes Geschreibsel, eine Flut von Einwänden, Koseworten und Kummer. Nach einer Seite ließ er ihn aus seiner schlaffen Hand gleiten und döste hinüber in ein nebulöses Hinterland, das allein ihm gehörte. Beim Weckruf wachte er mit hohem Fieber auf und wurde ohnmächtig, als er versuchte, das Zelt zu verlassen – am Mittag wurde er mit Grippe ins Lazarett des Stützpunkts eingeliefert.

Er wußte, daß seine Krankheit schicksalhaft war. Sie bewahrte ihn vor einem hysterischen Rückfall – und er genas gerade noch rechtzeitig, damit er an einem feuchten Novembertag einen Zug nach New York besteigen konnte, rechtzeitig für das endlose Gemetzel in Europa.

Als das Regiment in Camp Mills, Long Island, ankam, kannte Anthony nur noch einen Gedanken: so bald wie möglich in die Stadt zu fahren, um Gloria zu besuchen. Inzwischen war es unzweifelhaft, daß innerhalb einer Woche ein Waffenstillstand unterzeichnet würde, doch lief das Gerücht um, daß auf jeden Fall bis zum letzten Augenblick Truppen nach Frankreich eingeschifft würden. Anthony entsetzte sich bei dem Gedanken an eine lange Schiffsreise, an eine umständliche Landung in einem französischen Hafen und daran, ein Jahr im Ausland festgehalten zu werden, womöglich um die Truppen abzulösen, die richtige Kämpfe erlebt hatten.

Er hatte beabsichtigt, einen Antrag auf zwei Tage Urlaub zu stellen, doch zeigte sich, daß Camp Mills einer strengen Quarantäne für Grippekranke unterlag – selbst einem Offizier war es verwehrt, das Lager zu verlassen, es sei denn aus dienstlichen Gründen. Für einen gemeinen Soldaten kam es nicht in Frage.

Das Lager selbst war ein trostloses Durcheinander, kalt, windgepeitscht und schmutzig, voll von dem Dreck, der sich ansammelt, wenn eine Division nach der anderen durchmarschiert. Ihr Zug kam eines Abends um sieben an, und bis eins warteten sie in Reih und Glied, während irgendwo vor ihnen ein militärisches Knäuel entwirrt wurde. Unablässig rannten Offiziere hin und her, bellten Befehle und veranstalteten einen Höllenlärm. Es stellte sich heraus, daß der Stau mit einem Colonel zu tun hatte, der einen regelrechten Wutanfall erlitten hatte, weil er von der Militärakademie kam und der Krieg zu Ende gehen sollte, bevor er nach Übersee durfte. Hätten die kriegführenden Regierungen gewußt, wie vielen älteren Absolventen von West Point in dieser Woche das Herz brach, hätten sie das Blutbad zweifellos um einen Monat verlängert. Es war wirklich beklagenswert!

Als Anthony über die öde Zeltstadt hinwegblickte, die sich im zertretenen Schneematsch kilometerlang in die Ferne erstreckte, sah er, wie unsinnig es war, in dieser Nacht zu einem Telefon stapfen zu wollen. Am nächsten Morgen würde er sie gleich als erstes anrufen.

Im bitterkalten Morgengrauen wurde er geweckt. Beim Morgenappell stand er stramm und hörte sich eine leidenschaftliche Tirade von Captain Dunning an:

»Ihr Männer denkt wohl, der Krieg wäre vorbei. Ich will euch eins verraten: Das stimmt nicht! Diese Kerle werden den Waffenstillstand nicht unterschreiben. Es ist nur ein Trick, und wir wären schön verrückt, wenn wir uns hier in der Kompanie gehenlassen würden, denn eins will ich euch sagen: In einer Woche stechen wir in See, und dann erleben wir endlich mal richtige Kämpfe.« Er pausierte, damit sie die volle Wirkung seiner Mitteilung zu spüren bekamen. Dann: »Falls ihr glaubt, der Krieg wäre aus, braucht ihr bloß mal mit jemand zu reden, der dabei war. Ob die glauben, daß die Deutschen fertig sind. Von wegen. Das glaubt doch keiner. Ich habe mit Leuten geredet, die sich auskennen, und die sagen, daß der Krieg auf jeden Fall noch ein Jahr dauert. Die glauben nicht, daß er vorbei ist. Also, Männer, meint bloß nicht, er wäre aus.«

Nachdem er diese letzte Ermahnung zweimal wiederholt hatte, ließ er die Kompanie abtreten.

Mittags rannte Anthony zum nächsten Kantinentelefon. Als er

sich sozusagen der Stadtmitte des Lagers näherte, bemerkte er, daß viele andere Soldaten ebenfalls rannten, daß ein Mann neben ihm plötzlich einen Luftsprung machte und die Hacken zusammenschlug. Da war ein allgemeiner Drang zu rennen, und aus aufgeregten kleinen Grüppchen stiegen Jubelrufe auf. Er blieb stehen und lauschte – über der kalten Landschaft ertönten Trillerpfeifen, und plötzlich brachen die Glocken der Kirchen von Garden City in schallendes Geläute aus.

Anthony fing wieder an zu rennen. Jetzt waren die Rufe, die zusammen mit Atemwolken in die frostige Luft aufstiegen, klar und deutlich: »Deutschland hat kapituliert! Deutschland hat kapituliert!«

Der trügerische Waffenstillstand

Um sechs Uhr desselben Abends stahl sich Anthony im trüben Licht zwischen zwei Güterwagen hindurch, und nachdem er das Gleis überquert hatte, folgte er den Schienen bis nach Garden City, wo er einen elektrischen Zug nach New York nahm. Er riskierte, aufgegriffen zu werden – er wußte, daß die Militärpolizei oft durch die Abteile geschickt wurde, um Urlaubsscheine zu kontrollieren, aber er dachte sich, daß sie heute abend weniger wachsam waren. Allerdings hätte er in jedem Falle versucht, sich durchzuschlagen, denn telefonisch hatte er Gloria nicht erreichen können, und einen weiteren Tag in Ungewißheit hätte er nicht ertragen.

Nach unerklärlichen Aufenthalten und Wartezeiten, die ihn an den Abend vor mehr als einem Jahr erinnerten, als er von New York abgereist war, fuhren sie in die Pennsylvania Station ein, und er folgte dem vertrauten Weg zum Taxistand. Er fand es grotesk und merkwürdig belebend, seine eigene Adresse zu nennen.

Der Broadway war ein Farbenmeer, in dem sich eine ausgelassene Menschenmenge drängte, wie er sie noch nie gesehen hatte. Glitzernd schob sie sich durch die Papierschnipsel, die sich knöcheltief auf den Gehsteigen häuften. Hier und da, erhöht auf Bänken und Kisten, redeten Soldaten auf die achtlose Menge ein. Im grellen Weiß der Laternen wirkte jedes der Gesichter scharf geschnitten und deutlich. Anthony beobachtete einige Gestalten – ein betrunkener Matrose, der nach hinten wegkippte und von zwei anderen Blaujacken gestützt wurde, winkte mit seiner Mütze und stieß ein wildes Gebrüll aus; ein kriegsversehrter Soldat wurde, Krücke in der Hand, wie in einem Wirbel auf den Schultern einiger kreischender Zivilisten getragen; ein dunkelhaariges Mädchen saß in meditativem Lotossitz auf einem abgestellten Taxi. Gewiß, hier war der Sieg gerade rechtzeitig gekommen, der Höhepunkt war mit äußerster himmlischer Hellsicht gewählt. Die große, reiche Nation hatte einen siegreichen Krieg ausgefochten, hatte genügend gelitten, um Schmerz, nicht jedoch, um Bitterkeit zu empfinden – daher das Volksfest, die Feierlichkeiten, der Triumph. Unter den hellen Lichtern glänzten die Gesichter von Völkern, deren Ruhm längst verflogen, deren Zivilisation längst versunken war – Männer, deren Vorfahren hundert Generationen zuvor die Nachricht vom Sieg in Babylon, in Ninive, Bagdad, Tyros vernommen hatten; Männer, deren Vorfahren zugeschaut hatten, wie sich auf den Alleen des imperialen Rom ein mit Blumen überschütteter, mit Sklaven geschmückter Triumphzug entlangwälzte, in seinem Gefolge Gefangene...

Vorbei am Rialto, an der glitzernden Fassade des Astor, der Juwelenpracht des Times Square... vor ihm eine herrlich glühende Gasse... Dann – war es Jahre später? – bezahlte er den Taxichauffeur vor einem weißen Gebäude in der 57. Straße. Er stand in der Eingangshalle – ah, da war ja der Negerjunge aus Martinique, faul, träge, unverändert.

»Ist Mrs. Patch da?«

»Hab grad erst angefangen, Sir«, verkündete der Junge mit seinem unpassenden britischen Akzent.

»Bring mich nach oben...«

Dann das langsame Summen des Fahrstuhls, die drei Stufen zur Tür, die von der Wucht seines Klopfens von selbst aufflog.

»Gloria!« Seine Stimme zitterte. Keine Antwort. Von einem Aschenbecher stieg eine dünne Rauchfahne auf – auf dem Tisch lag aufgeschlagen eine Ausgabe von *Vanity Fair.*

»Gloria!«

Er eilte ins Schlafzimmer, ins Bad. Sie war nicht da. Ein Negligé, das blau wie das Ei eines Rotkehlchens auf dem Bett lag, verströmte einen schwachen Parfümduft, trügerisch und vertraut. Auf einem Stuhl lagen ein Paar Strümpfe und ein Straßenkleid; eine offene Puderdose stand auf dem Sekretär. Sie mußte eben ausgegangen sein.

Plötzlich klingelte das Telefon, er erschrak – und nahm den Hörer mit den Empfindungen eines Hochstaplers ab.

»Hallo. Ist Mrs. Patch da?«

»Nein, ich suche sie selbst. Wer ist da?«

»Mr. Crawford.«

»Mr. Patch am Apparat. Ich bin gerade überraschend eingetroffen und weiß nicht, wo sie ist.«

»Oh.« Mr. Crawford klang leicht verblüfft. »Nun, ich denke, sie ist auf dem Waffenstillstandsball. Ich weiß, daß sie vorhatte auszugehen, aber ich dachte nicht, daß sie so früh gehen würde.«

»Wo findet der Ball statt?«

»Im Astor.«

»Danke.«

Anthony hängte ein und erhob sich. Wer war Mr. Crawford? Und wer war mit ihr zum Ball gegangen? Wie lange ging das schon? Alle diese Fragen stellten und beantworteten sich ein dutzendmal, dutzendfach. Ihre Nähe trieb ihn schier zur Verzweiflung.

In einem Anfall von Argwohn stürzte er im Apartment hin und her, suchte nach Spuren eines männlichen Bewohners, öffnete das Badezimmerschränkchen und durchstöberte fieberhaft die Schubladen des Sekretärs. Dann fand er etwas, das ihn plötzlich innehalten ließ. Er setzte sich auf eines der beiden Betten und ließ die Mundwinkel herabhängen, als würde er gleich in Tränen ausbrechen. Dort, in der Ecke ihres Sekretärs lagen, zusammengehalten von einem zarten, blauen Band, all die Briefe und Telegramme, die er ihr im Laufe des vergangenen Jahres geschrieben hatte. Scham, Glück und Wehmut durchströmten ihn.

»Ich bin es nicht wert, sie zu berühren«, rief er den vier Wänden zu. »Ich bin es nicht wert, ihre kleine Hand zu berühren.«

Dennoch ging er hinaus, um nach ihr zu suchen.

Im Foyer des Astor verschluckte ihn sofort eine Menschenmenge, so daß an ein Fortkommen fast nicht zu denken war. Er mußte ein halbes Dutzend Leute nach dem Ballsaal fragen, bevor er eine nüchterne und verständliche Antwort erhielt. Endlich, nach einem letzten langen Warten, gab er seinen Soldatenmantel an der Garderobe ab.

Es war erst neun, aber der Tanz war in vollem Gange. Das Bild, das sich ihm darbot, war unglaublich. Frauen, überall Frauen – weinfröhliche Mädchen, die schrill über das Gelärme der schwankenden, mit Konfetti übersäten Menge hinweg sangen; Mädchen, von den Uniformen zahlreicher Nationen verschönt; fette Weiber, die würdelos auf dem Tanzboden zusammenbrachen und ihre Selbstachtung nur wahren konnten, indem sie »Die Alliierten leben hoch!« schrien; drei Frauen mit weißen Haaren, die Hand in Hand einen Matrosen umtanzten, der sich in einer schwindelerregenden Kreiselbewegung auf der Tanzfläche drehte und eine leere Flasche Champagner ans Herz drückte.

Mit angehaltenem Atem musterte Anthony die Tänzer, musterte die verworrene Schlange der Polonaise, die sich zwischen den Tischen hindurchwand, musterte die trötenden, küssenden, keuchenden, lachenden, trinkenden Grüppchen unter den großen, vollbusigen Fahnen, die sich in glühenden Farben über das rauschende Fest beugten.

Dann sah er Gloria. Sie saß an einem Tisch für zwei Personen genau auf der anderen Seite des Saals. Ihr Kleid war schwarz, und das begeisterte, von einem höchst glamourösen Rosé gefärbte Gesicht war, fand er, ein Fleck schmerzlicher Schönheit im Saal. Sein Herz machte einen Satz wie zu einer neuen Musik. Er wühlte sich zu ihr durch und rief ihren Namen in dem Augenblick, als die grauen Augen aufsahen und ihn erkannten. Als ihre Körper sich fanden und miteinander verschmolzen, verblaßten die Welt, das Fest, das holprige Gewimmer der Musik für einen Moment zu einem einzigen ekstatischen Ton, gedämpft wie das Summen von Bienen.

»Ach, meine Gloria!« rief er.

Ihr Kuß war ein kühles Rinnsal, das aus ihrem Herzen floß.

Eine Frage der Ästhetik

Ein Jahr zuvor, an demselben Abend, als Anthony nach Camp Hooker aufgebrochen war, stieg, was von der schönen Gloria Gilbert übriggeblieben war – ihre Hülle, ihr junger, hübscher Körper –, zum Rhythmus der Lokomotive, der ihr wie ein Traum in den Ohren klang, die breite Marmortreppe der Grand Central Station empor und auf die Vanderbilt Avenue hinaus, wo das massige Gebäude des Biltmore Hotel die Straße überragte und mit seinem glänzenden niedrigen Eingang die bunten Abendmäntel prächtig gekleideter Mädchen verschluckte. Einen Augenblick lang blieb sie am Taxistand stehen und sah ihnen zu – sie wunderte sich, daß sie noch vor wenigen Jahren eines von ihnen gewesen war, stets auf der Suche nach einem leuchtenden Irgendwo, stets kurz davor, jenes letzte leidenschaftliche Abenteuer zu bestehen, für das die Mäntel der Mädchen vornehm und pelzbesetzt, für das ihre Wangen geschminkt waren und ihre Herzen höher schlugen, höher als die vergängliche Vergnügungsstätte, welche sie, mitsamt Frisur und Mantel, verschlang.

Es wurde kälter, und die vorübergehenden Männer hatten den Mantelkragen hochgeschlagen. Die Veränderung tat ihr gut. Noch besser hätte es ihr getan, wenn sich alles verändert hätte, das Wetter, die Straßen und die Menschen, und wenn sie fortgetragen worden und in einem hohen, von frischem Wohlgeruch erfüllten Zimmer aufgewacht wäre, allein, innerlich und äußerlich statuenhaft, wie in ihrer jungfräulichen und farbenfrohen Vergangenheit.

Im Innern des Taxis vergoß sie ohnmächtige Tränen. Es war

nicht so bedeutsam, daß sie nun schon seit über einem Jahr mit Anthony nicht glücklich war. Seit kurzem konnte seine Gegenwart nicht mehr die Gefühle jenes denkwürdigen Junis in ihr heraufbeschwören. Der Anthony der letzten Zeit, reizbar, willensschwach und arm, bewirkte nur noch, daß sie ihrerseits reizbar wurde – und alles überdrüssig, nur nicht der Erinnerung an ihre höchst entflammbare und beredte Jugend, da sie zu einem ekstatischen Gefühlstaumel zusammengefunden hatten. Weil beider Andenken daran so lebhaft war, hätte sie für Anthony mehr getan als für jeden anderen Menschen – daher weinte sie leidenschaftlich, als sie in das Taxi einstieg, und wollte laut seinen Namen rufen.

Elend, einsam wie ein vergessenes Kind, saß sie in dem stillen Apartment und schrieb ihm einen Brief voll verworrener Gefühle:

Fast kann ich die Gleise entlangblicken und Dich davonfahren sehen, aber ohne Dich, Liebster, Liebster, kann ich nichts sehen, nichts hören, empfinden oder denken. Getrennt zu sein – was immer uns widerfahren ist oder widerfahren wird – ist wie die Bitte, von einem Sturm verschont zu bleiben, Anthony; es ist, als würde man alt. Ich möchte Dich so sehr küssen – auf den Nacken, wo Dein schwarzes Haar ansetzt. Weil ich Dich liebe – und was immer wir einander tun oder sagen, getan oder gesagt haben, Du mußt einfach spüren, wie sehr ich Dich liebe, wie leblos ich bin, wenn Du fort bist. Ich kann nicht einmal die verdammungswürdige Anwesenheit der L e u t e hassen, der Leute im Bahnhof, die kein Lebensrecht haben – nicht einmal ärgern kann ich mich über sie, auch wenn sie unsere Welt verschmutzen, weil ich nichts anderes im Sinn habe, als Dich zu wollen.

Wenn Du mich haßtest, wenn Du mit Schwären bedeckt wärst wie ein Aussätziger, wenn Du mit einer anderen Frau durchbrennen würdest, mich verhungern ließest oder schlügest – wie albern das klingt –, ich würde dich immer noch wollen, immer noch lieben. Das w e i s s *ich, mein Liebling.*

Es ist spät – ich habe alle Fenster geöffnet, die Luft draußen ist so weich wie der Frühling und doch irgendwie viel jünger und zerbrechlicher als der Frühling. Warum machen sie aus dem Frühling ein junges Mädchen, warum hopst und jodelt dieses Trugbild drei Monate lang durch die lächerliche Dürre dieser Welt? Der Frühling ist ein magerer alter Ackergaul, bei dem man alle Rippen zählen kann – er ist ein Haufen Abfall auf einem Feld, von Sonne und Regen zu verhängnisvoller Bleiche ausgedörrt.

In wenigen Stunden wirst Du erwachen, mein Liebling – und wirst elend sein und des Lebens überdrüssig. Du wirst Dich in Delaware, Carolina oder sonstwo befinden. Ich glaube nicht, daß es einen Menschen gibt, der sich als etwas Vergängliches, als Luxus oder überflüssiges Übel begreift. Nur sehr wenige Menschen, die die Sinnlosigkeit des Lebens betonen, bemerken die eigene Sinnlosigkeit. Vielleicht glauben sie, den eigenen Wert aufrechterhalten zu können, indem sie das Übel des Lebens verkünden – aber das gelingt ihnen nicht, nicht einmal Dir und mir…

Ich kann Dich immer noch sehen. Über den Bäumen, an denen Du vorbeikommen wirst, liegt ein blauer Dunst, zu schön, sich in den Vordergrund zu schieben. Nein, am häufigsten werden die Vierecke falber Erde sein – wie verschmutzte, grobe braune Laken, die an der Sonne trocknen, liegen sie neben dem Bahndamm, belebt, mechanisch, verabscheuungswürdig. Die Natur, die schlampige alte Vettel, hat mit jedem alten Farmer, Neger oder Immigranten, der ihr nachstellte, darauf geschlafen…

Siehst Du, jetzt, wo Du fort bist, habe ich einen Brief ganz voller Verachtung und Verzweiflung geschrieben. Und das bedeutet einfach, daß ich Dich liebe, Anthony, mit allem, was nur lieben kann in Deiner

GLORIA

Als sie den Brief adressiert hatte, ging sie zu ihrem Bett und legte sich darauf, dabei preßte sie Anthonys Kissen in ihre Arme, als könnte sie es durch die bloße Kraft ihrer Gefühlsbewegung in seinen warmen, lebendigen Körper verwandeln. Um zwei Uhr waren ihre Augen wieder trocken; erfüllt von unablässigem, anhaltendem Kummer, starrte sie ins Dunkel und erinnerte sich, erinnerte sich gnadenlos an hundert eingebildete Unfreundlichkeiten, entwarf ein Bild von Anthony, das Ähnlichkeit mit einem gemarterten und verklärten Christus hatte. Eine Zeitlang dachte sie über ihn so, wie er in seinen wehleidigeren Momenten vermutlich über sich selbst dachte.

Um fünf Uhr lag sie immer noch wach. Ein geheimnisvolles Schleifgeräusch, das jeden Morgen auf der anderen Seite des Hofes einsetzte, verriet ihr die Stunde. Sie hörte einen Wecker klingeln und sah auf einer scheinbar kahlen Wand gegenüber ein gelbes Lichtquadrat. Mit dem unklaren Vorsatz, ihm auf der Stelle nach Süden zu folgen, wurde ihr Schmerz fern und unwirklich und zog sich von ihr zurück, so wie das Dunkel nach Westen abzog. Sie schlief ein.

Als sie aufwachte, erzeugte der Anblick des leeren Bettes neben ihr neuerliche Trübsal, die jedoch kurz darauf von der unweigerlichen Gefühllosigkeit des hellen Morgens zerstreut wurde. Auch wenn sie sich dessen nicht bewußt war, verschaffte es ihr Erleichterung, das Frühstück einzunehmen, ohne sich Anthonys müder und sorgenvoller Miene gegenüberzusehen. Jetzt, da sie allein war, verlor sie jedes Verlangen, am Essen herumzumäkeln. Sie würde ihre Frühstückskost umstellen, dachte sie – Limonade trinken und ein Tomatensandwich essen statt der ewigen Eier mit Speck und Toast.

Gegen Mittag jedoch, als sie etliche ihrer Bekannten angerufen hatte, darunter die martialische Muriel, und feststellen mußte, daß jede von ihnen bereits zum Mittagessen verabredet war, überließ sie sich einem stillen Mitleid mit sich selbst und ihrer Einsamkeit. Mit Bleistift und Papier auf dem Bett zusammengerollt, schrieb sie Anthony einen weiteren Brief.

Am Spätnachmittag traf ein in einer kleinen Stadt in New Jersey aufgegebener Eilbrief ein, und die geläufigen Wendungen, der beinahe hörbare Unterton von Sorge und Unzufriedenheit waren ihr so vertraut, daß sie sich getröstet fühlte. Wer weiß? Vielleicht würde die Armeedisziplin Anthony abhärten und ihn an den Gedanken regelmäßiger Arbeit gewöhnen. Unerschütterlich vertraute sie darauf, daß der Krieg zu Ende sein würde, bevor er zum Fronteinsatz gelangte; unterdessen würden sie ihren Prozeß gewinnen und könnten wieder von vorn beginnen, diesmal aber auf einer anderen Grundlage. Der erste Unterschied wäre, daß sie ein Kind haben würden. Es war unerträglich, so mutterseelenallein zu sein.

Es dauerte eine Woche, bis sie sich im Apartment aufhalten konnte, ohne sich die Augen auszuweinen. Die Stadt schien wenig Abwechslung zu bieten. Muriel war in ein Krankenhaus in New Jersey verlegt worden, von wo sie jede zweite Woche einen Stadturlaub nahm, und dank dieser Abtrünnigkeit merkte Gloria allmählich, wie wenig Freunde sie in all den Jahren in New York gewonnen hatte. Die Männer, die sie kannte, dienten in der Armee. »Die Männer, die sie kannte«? – halb unbewußt gestand sie sich ein, daß alle Männer, die sich je in sie verliebt hatten, für sie Freunde waren. Jeder von ihnen hatte für eine gewisse, nicht unbeträchtliche Zeitspanne ihre Gunst mehr als alles andere im Leben geschätzt. Aber jetzt – wo waren sie jetzt? Wenigstens zwei von ihnen waren tot, ein halbes Dutzend oder mehr verheiratet, der Rest in alle Winde verstreut, von Frankreich bis zu den Philippinen. Sie überlegte, ob auch nur einer von ihnen an sie dachte, wie oft und in welcher Hinsicht. Die meisten stellten sich wohl immer noch das kleine siebzehnjährige Mädchen vor, die halbwüchsige Sirene von vor neun Jahren.

Auch die Mädchen hatte es in die Ferne verschlagen. Auf der Schule hatte sie nie viele Freundinnen gehabt. Sie war zu schön gewesen, zu faul, sich zu wenig im klaren, daß sie ein Farmover-Mädchen und, in ehernen Großbuchstaben, eine ZUKÜNFTIGE FRAU UND MUTTER war. Und Mädchen, die noch nie geküßt worden waren, machten mit einem schockierten Ausdruck in ihren reizlosen, aber nicht sonderlich kräftigen Gesichtern Andeutungen, daß es um Gloria anders bestellt war. Dann waren diese Mädchen nach Osten, Westen oder Süden gezogen, hatten geheiratet und waren zu »Leuten« geworden, die, wenn sie über Gloria Voraussagen machten, immer nur voraussagten, daß es ein schlimmes Ende mit ihr nehmen würde – ohne zu begreifen, daß kein Ende schlimm war und daß sie, wie Gloria, durchaus nicht Herrinnen über ihr Schicksal waren.

Gloria listete die Leute auf, die sie im grauen Haus in Marietta besucht hatten. Damals schien es, als hätten sie ständig Gesellschaft – sie hatte sich der unausgesprochenen Überzeugung hingegeben, daß hinterher jeder Gast ein bißchen in ihrer Schuld stand. Sie schuldeten ihr so etwas wie moralische zehn Dollar pro Kopf, und sollte sie jemals in Not geraten, so könnte sie gewissermaßen auf diese imaginäre Währung zurückgreifen. Aber sie waren verschwunden, verstreut wie Spreu, hatten sich, geistig oder körperlich, auf rätselhafte und hintergründige Weise verflüchtigt.

Um die Weihnachtszeit war Gloria erneut zu der Überzeugung gelangt, sie müsse sich Anthony anschließen – das war keine jähe Gefühlsaufwallung mehr, sondern ein regelmäßig wiederkehrendes Bedürfnis. Sie beschloß, ihm ihre Ankunft anzukündigen, verschob dies jedoch auf Anraten von Mr. Haight, der beinahe wöchentlich damit rechnete, daß der Fall vor Gericht käme.

Eines Tages Anfang Januar, als sie die von Uniformen glänzende und mit den Flaggen der tugendhaften Nationen behängte Fifth Avenue entlangging, traf sie Rachael Barnes, die sie seit fast einem Jahr nicht mehr gesehen hatte. Selbst Rachael, der sie nichts mehr abgewinnen konnte, versprach Erleichterung vom Ennui, und gemeinsam gingen sie ins Ritz, um etwas zu sich zu nehmen.

Nach einem zweiten Cocktail begannen sie zu schwärmen. Sie mochten einander. Sie sprachen über ihre Gatten, Rachael in jenem Tonfall öffentlicher Prahlerei, einhergehend mit privaten Vorbehalten, in dem sich Ehefrauen auszudrücken belieben.

»Rodman ist mit dem Quartiermeisterkorps außer Landes. Er ist Captain. Er wollte unbedingt in den Krieg ziehen und war der Meinung, einen anderen Posten würde er nicht finden.«

»Anthony ist bei der Infanterie.« Die Worte, zusammen mit dem Cocktail, verliehen Gloria eine Art Glanz. Mit jedem Schluck näherte sie sich einem warmen und tröstlichen Patriotismus.

»Übrigens«, sagte Rachael eine halbe Stunde später, als sie aufbrachen, »willst du nicht morgen abend zum Essen kommen? Ich habe da zwei furchtbar nette Offiziere, die bald nach Übersee gehen. Ich finde, wir sollten alles tun, um ihnen die Sache zu erleichtern.«

Gloria nahm dankend an. Sie notierte die Adresse – an der Hausnummer erkannte sie einen eleganten Wohnblock in der Park Avenue.

»War wahnsinnig schön, dich zu treffen, Rachael.«

»Wirklich wunderbar. Wollte dich immer schon mal wiedersehen.«

Mit diesen drei Sätzen war ein gewisser Abend in Marietta vor zwei Sommern verziehen, an dem Anthony und Rachael unnötig höflich zueinander gewesen waren; Gloria verzieh Rachael, Rachael verzieh Gloria. Ebenso wurde verziehen, daß Rachael

Zeugin der größten Katastrophe im Leben von Mr. und Mrs. Anthony Patch geworden war...

Indem sie mit den Ereignissen Kompromisse schließt, schreitet die Zeit voran.

Captain Collins' Avancen

Die beiden Offiziere waren Captains einer beliebten Waffengattung, der Maschinengewehrtruppe. Beim Abendessen bezeichneten sie sich mit berechnender Gelangweiltheit als Mitglieder des »Selbstmördervereins« – damals bezeichnete sich jede obskure Waffengattung als »Selbstmörderverein«. Einer der Captains – Rachaels Captain, wie Gloria bemerkte – war ein großer, vierschrötiger Mann von dreißig Jahren mit Schnurrbart und häßlichen Zähnen. Der andere, Captain Collins, hatte ein rosiges, pausbäckiges Gesicht und die Angewohnheit, jedesmal, wenn er Glorias Blick auffing, hemmungslos zu lachen. Er verliebte sich auf der Stelle in sie und überschüttete sie während des Dinners mit geistlosen Komplimenten. Beim zweiten Glas Champagner befand Gloria, daß sie sich zum ersten Mal seit Monaten köstlich amüsierte.

Nach dem Essen kam der Vorschlag auf, gemeinsam irgendwo tanzen zu gehen. Die beiden Offiziere versorgten sich mit Flaschen aus Rachaels Anrichte – ein Gesetz untersagte den Verkauf von Alkohol an Militärangehörige –, und so gerüstet, brachten sie in mehreren glitzernden Lokalen am Broadway unzählige Foxtrotts hinter sich, wobei sie getreulich die Partner wechselten. Gloria wurde immer lauter und für den rosigen Captain, der es sich nur selten angelegen sein ließ, sein heiteres Lächeln abzustreifen, immer ergötzlicher.

Um elf Uhr war sie zu ihrer großen Überraschung die einzige, die bleiben wollte. Die anderen wollten in Rachaels Apartment zurückkehren – um, wie sie sagten, mehr Alkohol zu beschaffen. Beharrlich argumentierte Gloria, Captain Collins' Flasche sei doch noch halb voll – sie habe sie eben erst gesehen –, doch als sie Rachaels Blick auffing, erhielt sie einen unmißverständlichen Wink mit den Augen. Verwirrt schlußfolgerte sie, daß ihre Gastgeberin die Offiziere loswerden wolle, und ließ sich draußen bereitwillig in ein Taxi verfrachten.

Captain Wolf saß auf der linken Seite, Rachael auf seinem Schoß. Captain Collins saß in der Mitte, und nachdem er es sich bequem gemacht hatte, ließ er seinen Arm um Glorias Schultern gleiten. Dort ließ er ihn einen Moment lang leblos liegen, dann umklammerte er sie wie mit einem Schraubstock. Er beugte sich über sie.

»Sie sind bildhübsch«, flüsterte er.

»Danke vielmals, der Herr.« Sie war weder erfreut noch verärgert. Bevor Anthony auf der Bildfläche erschienen war, hatten sich so viele Arme das gleiche erlaubt, daß es wenig mehr als eine Geste war, gefühlsbeladen, doch ohne Bedeutung.

In Rachaels langgestrecktem Wohnzimmer spendeten nur ein schwaches Kaminfeuer und zwei mit orangenen Seidenschirmen bespannte Lampen Licht, so daß die Winkel in tiefem, schläfrigem Dunkel lagen. Die Gastgeberin, eine dunkle Gestalt, die sich in einer lockeren Robe aus Chiffon umherbewegte, schien die bereits sinnliche Atmosphäre noch zu erhöhen. Eine Weile lang saßen sie zu viert beisammen und kosteten von den Sandwiches, die auf dem Teetisch warteten – dann saß Gloria allein mit Captain Collins auf dem Sofa vor dem Kamin; Rachael und Captain Wolf hatten sich auf die andere Seite des Zimmer zurückgezogen, wo sie sich mit gedämpfter Stimme unterhielten.

»Ich wünschte, Sie wären nicht verheiratet«, sagte Collins, sein Gesicht eine lächerliche Travestie von »Das ist mein voller Ernst«.

»Wieso?« Sie hielt ihm ihr Glas hin, um sich einen Highball einschenken zu lassen.

»Bitte trinken Sie doch nicht mehr«, drängte er sie mit gerunzelter Stirn.

»Wieso nicht?«

»Sie wären netter – wenn Sie es seinließen.«

Plötzlich verstand Gloria die beabsichtigte Anzüglichkeit der Bemerkung, die Stimmung, die er herzustellen wünschte. Sie wollte lachen – doch sie begriff, daß es nichts zu lachen gab. Sie hatte den Abend genossen, und sie hatte keine Lust gehabt, nach Hause zu gehen – gleichzeitig fühlte sie sich in ihrem Stolz gekränkt, weil man mit ihr nur auf diesem Niveau flirtete.

»Schenken Sie mir ein«, beharrte sie.

»Bitte...«

»Ach, seien Sie doch nicht albern!« rief sie gereizt.

»Na schön.« Widerwillig fügte er sich.

Dann legte sich wieder sein Arm um sie, und wieder erhob sie keinen Einspruch. Als sich jedoch seine rosige Wange näherte, entzog sie sich ihm.

»Sie sind furchtbar goldig«, sagte er mit beiläufiger Miene.

Leise fing sie an zu singen und wünschte, er würde seinen Arm entfernen. Plötzlich fiel ihr Blick auf eine intime Szene auf der anderen Seite des Zimmers – Rachael und Captain Wolf waren in einen langen Kuß vertieft. Gloria erschauerte leicht – sie wußte nicht, weshalb... Wieder schob sich das rosige Gesicht heran.

»Sie sollten nicht hinschauen«, flüsterte er. Gleich darauf schlang sich sein anderer Arm um sie... Sie spürte seinen Atem auf ihrer Wange. Einmal mehr triumphierte Lächerlichkeit über Ekel, und ihr Lachen war eine Waffe, die der Klinge der Worte nicht bedurfte.

»Ach, und ich dachte, Sie wären eine Genießerin«, sagte er.

»Was ist eine Genießerin?«

»Nun, jemand, der das Leben – der das Leben genießen möchte.«

»Wird ein Kuß von Ihnen gemeinhin als Genuß angesehen?«

Plötzlich standen Rachael und Captain Wolf vor ihnen, und sie wurden unterbrochen.

»Es ist schon spät, Gloria«, sagte Rachael – sie war erhitzt und ihr Haar zerwühlt. »Du bleibst besser die Nacht über da.«

Einen Augenblick dachte Gloria, damit seien die Offiziere entlassen. Dann begriff sie, und da sie begriff, erhob sie sich so lässig, wie es ihr zu Gebote stand.

Verständnislos fuhr Rachael fort: »Du kannst das Zimmer nebenan haben. Ich kann dir alles leihen, was du brauchst.«

Collins' Augen schauten sie hündisch flehend an; Captain Wolfs Arm hatte sich vertraulich um Rachaels Hüfte gelegt; sie warteten.

Doch die Lockungen der Promiskuität, farbig, abwechslungsreich, labyrinthisch und ein klein wenig abgestanden riechend, waren für Gloria weder Ruf noch Verheißung. Wäre ihr danach zumute gewesen, so wäre sie, ohne zu zögern, ohne zu bereuen, dageblieben; so aber konnte sie nur kühl in die sechs feindseligen, gekränkten Augen schauen, die ihr mit erzwungener Höflichkeit und hohlen Worten in die Diele folgten.

»Der war ja nicht mal Genießer genug, um zu versuchen, mich nach Hause zu bringen«, dachte sie im Taxi, und dann mit einem raschen Aufwallen von Groll: »Wie überaus gewöhnlich!«

Galanterie

Im Februar hatte sie ein Erlebnis ganz anderer Art. Tudor Baird, eine alte Flamme, ein junger Mann, den sie einst allen Ernstes zu heiraten beabsichtigt hatte, kam mit dem Fliegerkorps nach New York und suchte sie auf. Sie gingen mehrere Male ins Theater, und zu ihrem großen Vergnügen war er innerhalb einer Woche wieder genauso in sie verliebt wie früher. Sie hatte es ganz bewußt darauf angelegt und merkte erst, welches Unheil sie angerichtet hatte, als es schon zu spät war. Es kam so weit, daß er jedesmal, wenn sie zusammen ausgingen, jammervoll schweigend neben ihr saß.

Als *Scroll-and-Keys*-Mann in Yale verfügte er über die korrekte Zurückhaltung eines ›anständigen Kerls‹, die korrekte Vorstellung von Ritterlichkeit und *noblesse oblige* – und natürlich, leider, über die korrekten Vorurteile und den korrekten Mangel an Ideen – all jene Charakterzüge, die Anthony sie zu verachten gelehrt hatte, die sie aber dennoch eher bewunderte. Sie fand, daß er anders als die meisten Männer seines Schlages kein Langweiler war. Er war ansehnlich und auf unbeschwerte Art geistvoll, und es war ihr, wenn sie mit ihm zusammen war, bewußt, daß er dank bestimmter Eigenschaften, die er besaß – man nenne sie Dummheit, Treue, Sentimentalität oder etwas Unbestimmteres als diese drei –, alles in seiner Macht unternommen hätte, um ihr zu Gefallen zu sein.

Dies vertraute er ihr neben vielem anderen an, sehr korrekt und mit einer schwerfälligen Männlichkeit, die wirkliches Leiden kaschierte. Da sie ihn aber so gar nicht liebte, tat er ihr mehr und mehr leid, und eines Abends küßte sie ihn gefühlvoll, weil er so charmant war, das Relikt einer untergehenden Generation, die in einer tugendsamen und anmutigen Illusion lebte und von weniger galanten Dummköpfen verdrängt wurde. Im nachhinein war sie froh, ihn geküßt zu haben, denn als sein Flugzeug am nächsten Tag bei Mineola aus einer Höhe von fünfhundert Metern abstürzte, durchbohrte ein Motorteil sein Herz.

Gloria allein

Als Mr. Haight ihr mitteilte, die Verhandlung werde nicht vor dem Herbst stattfinden, beschloß sie, zum Film zu gehen, ohne Anthony davon zu erzählen. Wenn er erst sähe, daß sie sowohl darstellerischen wie finanziellen Erfolg hatte, wenn er erst sähe, daß sie bei Joseph Bloeckman ihren Willen durchsetzen konnte, ohne sich etwas vergeben zu müssen, würde er seine albernen Vorurteile schon ablegen. Eines Nachts lag sie halb wach da, plante ihre Karriere und nahm freudig ihre Erfolge vorweg. Am nächsten Morgen rief sie bei *Films Par Excellence* an. Mr. Bloeckman war in Europa.

Aber diesmal hatte die Idee so stark von ihr Besitz ergriffen, daß sie sich entschloß, die Filmagenturen abzuklappern. Wie so oft kam ihr Geruchssinn ihren guten Absichten in die Quere. Die Agentur stank, als sei sie schon sehr lange verwest. Sie wartete fünf Minuten und nahm ihre reizlosen Rivalinnen in Augenschein – dann lief sie rasch hinaus in die fernsten Winkel des Central Park, wo sie so lange blieb, daß sie sich eine Erkältung zuzog. Sie versuchte, ihr Straßenkostüm auszulüften, um den Geruch der Agentur loszuwerden.

Im Frühjahr konnte sie Anthonys Briefen – nicht irgendeinem im besonderen, sondern ihrer kumulativen Wirkung – entnehmen, daß er sie nicht in den Süden nachkommen lassen wollte. Ausflüchte, die ihn gerade wegen ihrer Unzulänglichkeit zu quälen schienen, wiederholten sich merkwürdig oft, mit geradezu freudscher Regelmäßigkeit. In jedem Brief schrieb er sie nieder, als befürchte er, sie beim letzten Mal vergessen zu haben, als sei es äußerst notwendig, sie damit zu beeindrucken. Aber die Verwässerung seiner Briefe mit zärtlichen Koseworten wirkte mit der Zeit mechanisch und abgedroschen – beinahe so, als habe er den Brief nach Beendigung noch einmal durchgelesen und sie nachträglich hinzugefügt, so wie die Epigramme in einem Stück von Oscar Wilde. Sie zog voreilige Schlüsse, verwarf sie, war abwechselnd zornig und niedergeschlagen – schließlich verschloß sie sich stolz und ließ es zu, daß sich in ihre eigene Korrespondenz ein zunehmend kühlerer Ton einschlich.

Seit einiger Zeit gab es allerlei, das ihre Aufmerksamkeit beanspruchte. Mehrere Flieger, die sie durch Tudor Baird kennengelernt hatte, kamen nach New York, um sie zu besuchen, und es fanden sich zwei weitere alte Verehrer ein, die in Camp Dix stationiert waren. Als diese Männer nach Übersee beordert wurden, reichten sie sie gewissermaßen an ihre Freunde weiter. Doch nach einem weiteren ziemlich unangenehmen Erlebnis mit einem potentiellen Captain Collins gab sie, sobald ihr jemand vorgestellt wurde, zu verstehen, er möge sich, was ihren Stand und ihre persönliche Absicht angehe, keinen Illusionen hingeben.

Als der Sommer näher rückte, ging sie wie Anthony dazu über, die Liste gefallener Offiziere zu studieren, und fand eine Art schwermütiges Gefallen daran, wenn sie vom Tod eines Mannes erfuhr, mit dem sie früher einmal einen Kotillon getanzt hatte, oder wenn sie die jüngeren Brüder ehemaliger Freier namentlich identifizierte – als der Vormarsch auf Paris erfolgte, dachte sie, daß die Welt nun endlich ihrem unausweichlichen und wohlverdienten Untergang entgegenstrebe.

Sie wurde siebenundzwanzig. Fast unbeachtet flog ihr Geburtstag vorüber. Jahre vorher hatte sie sich geängstigt, als sie zwanzig, bis zu einem gewissen Grade auch noch, als sie sechsundzwanzig wurde – doch jetzt blickte sie mit ruhiger Billigung in den Spiegel, sah sie doch die britische Frische ihres Teints und ihre alte knabenhaft schlanke Figur.

Sie versuchte, nicht an Anthony zu denken. Es war, als schreibe sie einem Fremden. Ihren Freundinnen erzählte sie, er sei zum Korporal befördert worden, und war verärgert, wenn diese höflich, aber unbeeindruckt davon Kenntnis nahmen. Eines Abends weinte sie, weil er ihr leid tat – wenn er ihr etwas entgegengekommen wäre, so wäre sie, ohne zu zögern, mit dem nächsten Zug zu ihm gefahren – was immer er tat, er mußte geistig umhegt werden, und sie hatte das Gefühl, inzwischen sogar dazu in der Lage zu sein. Seit kurzem fühlte sie sich wunderbar wiederbelebt, da er nicht mehr unausgesetzt ihre moralische Kraft in

Anspruch nahm. Bevor er aufgebrochen war, hatte sie durch die bloße Verbindung mit ihm dazu geneigt, über ihre verpaßten Gelegenheiten nachzugrübeln – jetzt fand sie zu ihrer normalen Geistesverfassung zurück: willensstark, hochmütig, in den Tag hineinlebend. Sie kaufte sich eine Puppe und kleidete sie an; eine Woche lang weinte sie wegen *Ethan Frome;* in der nächsten schwelgte sie in den Romanen von John Galsworthy, der ihr gefiel, weil er die Kraft hatte, durch die Darstellung eines Frühlings im Dunkeln jene Illusion junger romantischer Liebe wiederzuerschaffen, nach der sich Frauen dauernd verzehren – ob mit Blick nach vorn oder mit Blick zurück.

Im Oktober vemehrten sich Anthonys Briefe, wurden fast verzweifelt – dann rissen sie plötzlich ab. Einen sorgenvollen Monat lang mußte sie all ihre Selbstbeherrschung aufbringen, um nicht auf der Stelle nach Mississippi zu fahren. Schließlich wurde ihr in einem Telegramm mitgeteilt, er habe im Krankenhaus gelegen, in zehn Tagen könne sie ihn in New York erwarten. Wie eine Traumgestalt trat er an jenem Novemberabend quer durch den Ballsaal wieder in ihr Leben ein – und in den langen Stunden, die ihr eine vertraute Freude bescherten, hielt sie ihn dicht an ihrer Brust und nährte eine Illusion des Glücks und der Geborgenheit, von der sie nicht geglaubt hatte, sie würde sie noch einmal erleben.

Die Enttäuschung der Generale

Nach einer Woche wurde Anthonys Regiment zur Entlassung wieder in das Lager in Mississippi verlegt. In den Pullmanwagen schlossen sich die Offiziere in die Abteile ein und tranken den Whisky, den sie in New York gekauft hatten, und auch die Mannschaften in den Waggons betranken sich, so gut sie konnten – jedesmal, wenn der Zug in einem Dorf hielt, taten sie, als wären sie soeben aus Frankreich zurückgekehrt, wo sie das deutsche Heer so gut wie zerschlagen hätten. Da sie alle Feldmützen trugen und behaupteten, nicht genügend Zeit gehabt zu haben, um sich ihre goldenen Dienststreifen annähen zu lassen, zeigten sich die Bauerntölpel der Küste sehr beeindruckt und fragten sie, wie ihnen denn die Schützengräben zugesagt hätten – worauf sie »Junge, Junge!« antworteten, gehörig mit den Zungen schnalzten und die Köpfe schüttelten. Jemand nahm ein Stück Kreide und kritzelte auf die Seitenwände der Waggons: »Wir haben gesiegt – jetzt kehren wir heim«, und die Offiziere lachten und ließen sie gewähren. Ihrer schimpflichen Rückkehr gewannen sie alle so viel Großspurigkeit ab, wie sie nur vermochten.

Anthony wurde unruhig, als sie dem Lager entgegenrumpelten, fürchtete er doch, daß Dot am Bahnhof geduldig auf ihn warten würde. Zu seiner Erleichterung sah und hörte er nichts von ihr. Da er glaubte, daß sie bestimmt versucht hätte, Kontakt mit ihm aufzunehmen, falls sie sich noch in der Stadt aufhielt, kam er zu dem Schluß, daß sie abgereist sei – wohin, wußte er nicht und wollte es auch nicht wissen. Er wollte nur zu Gloria zurück – einer wiedergeborenen und wunderbar belebten Gloria. Als er endlich entlassen wurde, verließ er seine Kompanie auf der Ladefläche eines großen Lastwagens, inmitten einer Menge, die auf die Offiziere, besonders Captain Dunning, nachsichtige, ja beinahe wehmütige Hochrufe ausgebracht hatte. Der Captain seinerseits hatte ihnen mit Tränen in den Augen eine Ansprache über Vergnügen usw., Arbeit usw., Zeitvergeudung usw., Pflicht usw. gehalten – sehr langweilig und sehr menschlich; nachdem er sich die Rede angehört hatte, erneuerte Anthony, geistig aufgefrischt von der Woche in New York, seinen tiefen Abscheu vor dem Soldatenstand und allem, was damit zusammenhing. In ihren Kinderherzen waren zwei von drei Berufsoffizieren der Meinung, daß Kriege für Armeen da seien und nicht Armeen für Kriege. Er freute sich, als er sah, wie Offiziere und Stabsoffiziere, ihrer Befehlsgewalt beraubt, trostlos auf dem kahlen Land umherritten. Er freute sich, als er hörte, wie die Männer in seiner Kompanie höhnisch über die Anreize lachten, die man ihnen bot, falls sie in der Armee blieben. Sie würden ›Schulen‹ besuchen. Er wußte, was das für ›Schulen‹ waren.

Zwei Tage später war er bei Gloria in New York.

Ein weiterer Winter

An einem Spätnachmittag im Februar kam Anthony ins Apartment. Nachdem er sich durch die kleine Diele getastet hatte, die in der Winterdämmerung pechschwarz war, sah er, daß Gloria am Fenster saß. Sie drehte sich um, als er eintrat.

»Und, was hat Mr. Haight gesagt?« fragte sie lustlos.

»Nichts«, antwortete er, »das gleiche wie immer. Vielleicht nächsten Monat.«

Sie musterte ihn eingehend; ihr Ohr, das auf seine Stimme eingestellt war, hörte der einsilbigen Antwort die leiseste Belegtheit an.

»Du hast getrunken«, bemerkte sie gleichmütig.

»Zwei, drei Gläschen.«

»Aha.«

Er gähnte im Sessel, und einen Augenblick lang lag Schweigen zwischen ihnen. Dann fragte sie unvermittelt: »Bist du überhaupt bei Mr. Haight gewesen? Sag mir die Wahrheit.«

»Nein.« Er lächelte schwach. »Ich habe schlichtweg keine Zeit gehabt.«

»Hab ich's mir doch gedacht, daß du nicht bei ihm warst... Er hat nach dir geschickt.«

»Das ist mir völlig egal. Ich habe es satt, in seiner Kanzlei herumzusitzen. Man möchte meinen, daß *er* mir einen Gefallen tut.« Er sah Gloria an, als erwarte er moralische Unterstützung, aber sie war schon wieder damit beschäftigt, das zwielichtige, wenig anziehende Freie zu betrachten.

»Ich habe so ziemlich genug vom Leben heute«, sagte er zaghaft. Sie schwieg immer noch. »Ich hab jemanden getroffen, und wir haben uns in der Bar vom Biltmore unterhalten.«

Die Dämmerung war plötzlich düsterer geworden, aber keiner von beiden machte Anstalten, das Licht einzuschalten. In weiß der Himmel was für Gedanken versunken, saßen sie da, bis ein Schneegestöber Gloria einen müden Seufzer entlockte.

»Was hast du so getrieben?« fragte er, da er das Schweigen als bedrückend empfand.

»Ich habe in einer Zeitschrift gelesen – nichts als dümmliche Artikel von wohlhabenden Autoren darüber, wie schrecklich es ist, wenn sich arme Leute Seidenhemden kaufen. Und beim Lesen konnte ich an nichts anderes denken als daran, wie sehr ich mir einen Mantel aus grauem Feh wünsche – und daß wir uns keinen leisten können.«

»Können wir doch.«

»O nein.«

»O doch! Wenn du einen Pelzmantel willst, sollst du einen haben.«

In ihrer Stimme, die durch das Dunkel drang, schwang Hohn mit.

»Du meinst, wir können wieder eine Anleihe verkaufen?«

»Falls erforderlich. Ich will nicht, daß du immer verzichten mußt. Aber wir haben viel ausgegeben, seit ich zurück bin.«

»Ach, halt doch den Mund!« sagte sie gereizt.

»Warum?«

»Weil ich es gründlich satt habe, mir immer anhören zu müssen, was wir ausgegeben oder getan haben. Vor zwei Monaten bist du heimgekehrt, und seitdem haben wir so gut wie jeden Abend gefeiert. Wir wollten alle beide ausgehen, und so sind wir ausgegangen. Und, hast du mich etwa klagen hören? Aber du jammerst am laufenden Band, nichts als Gejammer! Es ist mir gleich, was wir tun oder was aus uns wird, und wenigstens bin ich konsequent. Aber ich werde dein Genörgel und Unglücksgeschrei nicht mehr dulden...«

»Du bist manchmal auch nicht gerade angenehm, weißt du.«

»Warum sollte ich? Du unternimmst ja nichts, damit es anders wird.«

»Aber ich werde...«

»Hach! Mir ist, als hätte ich das schon einmal gehört. Heute morgen wolltest du keinen Tropfen mehr anrühren, ehe du dir nicht eine Stelle verschafft hast. Und du hattest nicht einmal den Mumm, zu Mr. Haight zu gehen, als er dich wegen der Klage zu sich gebeten hat.«

Anthony stand auf und knipste das Licht an.

»Jetzt reicht's aber!« rief er, heftig zwinkernd. »Ich habe deine scharfe Zunge satt bis hier.«

»Nun denn, was wirst du tun?«

»Glaubst du etwa, *ich* bin besonders glücklich?« fuhr er fort und überging ihre Frage. »Glaubst du etwa, ich wüßte nicht, daß wir nicht so leben, wie es uns zukommt?«

Im Nu stand Gloria zitternd neben ihm.

»Ich lasse mir das nicht gefallen!« platzte sie heraus. »Ich lasse mir von dir nicht die Leviten lesen. Du und dein Leiden! Du bist und bleibst ein erbärmlicher Schwächling!«

Unheholfen standen sie einander gegenüber, jeder von ihnen unfähig, den anderen zu beeindrucken, jeder von ihnen ungeheuer, ja schmerzlich gelangweilt. Dann zog sie sich ins Badezimmer zurück und verriegelte die Tür hinter sich.

Seine Heimkehr hatte wieder all ihre Verzweiflung aus der Vorkriegszeit nach oben gespült. Die Preise waren besorgniserregend angestiegen und ihr Vermögen demgegenüber auf wenig mehr als die Hälfte der ursprünglichen Höhe zusammengeschrumpft. Da war der hohe Honorarvorschuß für Mr. Haight;

da waren die Aktien, die sie für hundert gekauft hatten und die jetzt nur noch dreißig oder vierzig wert waren, und andere Geldanlagen, die überhaupt keinen Gewinn abwarfen. Im vergangenen Frühjahr war Gloria vor die Alternative gestellt worden, entweder aus dem Apartment auszuziehen oder für zweihundertfünfundzwanzig im Monat einen Mietvertrag mit einjähriger Laufzeit zu unterzeichnen. Sie hatte unterzeichnet. Je notwendiger es wurde, sparsam zu sein, desto unweigerlicher stellte das Paar fest, daß sie außerstande waren, hauszuhalten. Wieder bedienten sie sich der alten Politik der Ausflüchte. Der eigenen Unfähigkeit überdrüssig, schwatzten sie davon, was sie alles tun würden – oh, morgen schon –, daß sie »nicht mehr feiern« würden, daß Anthony zur Arbeit gehen würde. Doch wenn es dunkelte, spürte Gloria, die allnächtliche Verabredungen gewohnt war, wie die alte Unruhe sie befiel. Dann stand sie in der Tür zum Schlafzimmer, kaute hemmungslos an ihren Fingern und fing bisweilen Anthonys Blick auf, wenn er von seinem Buch aufsah. Dann ein Anruf, und ihre Nerven entspannten sich, mit kaum verhohlener Ungeduld nahm sie den Hörer ab. Jemand wollte »nur für ein paar Minuten« heraufkommen – und ah, der Stumpfsinn der Verstellung, der Anblick des Kredenztisches, die Wiederbelebung der müden Geister – und das Erwachen, wie mitten in einer schlaflosen Nacht, in der sie sich umherbewegten.

Als der Winter mit der Parade der heimkehrenden Truppen auf der Fifth Avenue verging, wurde ihnen zunehmend klar, daß sich ihre Beziehung seit Anthonys Rückkehr von Grund auf gewandelt hatte. Nach dem Wiedererblühen von Zärtlichkeit und Leidenschaft hatte sich jeder von ihnen einem einsamen Traum überlassen, an dem der andere keinen Anteil hatte, und was sie an Zärtlichkeiten austauschten, wanderte, so schien es, von einem leeren Herzen zum anderen, ein hohles Echo dessen, von dem sie wußten, daß es vergangen war.

Wieder hatte Anthony eine New Yorker Zeitung nach der

anderen aufgesucht, und wieder hatte sich ein Kunterbunt an Botenjungen, Telefonistinnen und Lokalredakteuren geweigert, ihm Mut zuzusprechen. Der Bescheid lautete: »Die freien Stellen sind für unsere Leute reserviert, die noch in Frankreich sind.« Dann, Ende März, nach dem wie üblich späten Frühstück, fiel sein Blick auf ein Inserat in der Morgenzeitung, und auf diese Weise fand er endlich etwas, was einer Berufstätigkeit zumindest nahekam:

AUCH SIE KÖNNEN VERKAUFEN!
Wir zeigen Ihnen, wie Sie Geld verdienen!
Unsere Vertreter verdienen $ 50–$ 200 die Woche.

Es folgte eine Anschrift in der Madison Avenue und die Anweisung, sich noch am selben Tag um ein Uhr dort einzufinden. Als Gloria ihm über die Schulter schaute, sah sie, wie er unschlüssig auf das Inserat starrte.

»Warum versuchst du es nicht damit?« schlug sie vor.

»Ach – das ist doch nur eine von diesen Schnapsideen.«

»Vielleicht ja doch nicht. Wenigstens hättest du eine Erfahrung gemacht.«

Auf ihr Drängen hin begab er sich um ein Uhr zu der angegebenen Adresse, wo er sich inmitten einer dichten Menschenmenge wiederfand, die vor dem Eingang wartete. Sie umfaßte Männer aller Art – von einem Laufburschen, der offensichtlich seine Arbeitszeit mißbrauchte, bis zu einem steinalten Individuum mit knorrigem Körper und knorrigem Spazierstock. Einige der Männer waren verwahrlost, mit eingefallenen Wangen und geschwollenen roten Augen – andere waren jung, womöglich noch auf der High-School. Nach fünfzehn Minuten des Gedrängels, in denen sie einander mit apathischem Argwohn beäugten, erschien ein fescher junger Hirte, angetan mit einem taillierten Anzug und mit dem Gebaren eines Hilfspfarrers. Dieser trieb sie nach oben in einen großen Saal, der einem Klassenzimmer ähnelte und unzählige Schreibpulte enthielt. Hier setzte sich der werdende Vertreter hin – und wartete aufs neue. Nach einer Weile wurde das Podium am vorderen Ende des Saals von einem halben Dutzend nüchterner, aber spritziger Männer verdunkelt, die sich, mit einer Ausnahme, in einem Halbkreis zum Publikum hin auf Stühlen niederließen.

Die Ausnahme war jener Mann, der am nüchternsten, spritzigsten und jüngsten von allen schien und an die Rampe des Podiums vortrat. Das Publikum musterte ihn hoffnungsvoll. Er war recht klein und recht elegant, wobei sein Auftreten eher kaufmännischer als schauspielerischer Natur war. Er hatte gerade, aber buschige blonde Brauen und Augen, die fast lächerlich aufrichtig dreinblickten. Als er die Rampe der Bühne erreichte, schien er diese Augen ins Publikum schleudern zu wollen, wobei er gleichzeitig den Arm ausstreckte und zwei Finger spreizte. Während er sich hin und her wiegte, bis er das Gleichgewicht gefunden hatte, breitete sich im Saal erwartungsvolle Stille aus. Der vollkommen selbstsichere junge Mann hatte seine Zuhörer in der Hand, und als er zu sprechen begann, klangen seine Worte fest und wohlgemut nach dem Motto »frisch von der Leber weg«.

»Männer!« begann er und pausierte. Das Wort verhallte am anderen Ende des Saales, die Gesichter, die ihn hoffnungsvoll, zynisch, erschöpft anblickten, waren wie gefesselt, wie gebannt. Dreihundert Augenpaare hatten sich leicht nach oben gerichtet. Mit einem gleichmäßigen, uneleganten Redefluß, der Anthony an rollende Bowlingkugeln erinnerte, ließ er seine Rede vom Stapel laufen:

»An diesem hellen, sonnigen Vormittag habt ihr eure Lieblingszeitung aufgeschlagen und seid auf eine Anzeige gestoßen, die die schlichte, ungeschminkte Feststellung traf, daß auch ihr verkaufen könnt. Mehr stand da nicht – es stand nicht da, ›was‹, es stand nicht da, ›wie‹, es stand nicht da, ›warum‹. Sie traf nur eine einzige Aussage, daß *du* und *du* und *du*« – Deuten mit dem Finger – »verkaufen könnt. Es ist nicht meine Aufgabe, euch zum Erfolg zu verhelfen, denn jeder Mensch wird als Erfolgsmensch geboren, erst er selbst macht aus sich einen Versager; es ist nicht meine Aufgabe, euch beizubringen, wie man redet, denn jeder Mensch ist von Natur aus ein Redner, erst er selbst macht aus sich einen Schweiger; meine Aufgabe ist es, euch eines zu sagen, und zwar so, daß ihr es *wißt* – euch zu sagen, daß Geld und Wohlstand nur darauf warten, daß ihr, *du* und *du* und *du*, kommt und auf dieses Erbe Anspruch erhebt.«

In diesem Moment erhob sich hinten im Saal ein Ire von verschlossenem Aussehen von seinem Pult und ging.

»Der Mann da denkt sich, er sucht lieber im Bierkeller um die Ecke danach (Gelächter). Dort wird er es nicht finden. Früher habe ich dort selbst einmal danach gesucht (Gelächter), aber das war, bevor ich tat, was jeder von euch Männern tun kann, ganz gleich, wie jung oder alt, wie arm oder reich (schwach kräuselndes hämisches Gelächter). Das war, bevor ich – mich selbst fand!

Ich weiß nicht, ob irgendeinem von euch Männern *Herz-Talk* ein Begriff ist. *Herz-Talk* ist ein Büchlein, in dem ich seit fünf Jahren die hauptsächlichen Gründe für Mißerfolg und Erfolg eines Menschen aufnotiere – von John D. Rockefeller bis hin zu John D. Napoleon (Gelächter), und weiter zurück, bis zu der Zeit, wo Abel sein Erstgeburtsrecht für ein Linsengericht verkaufte. Inzwischen gibt es Hunderte von diesen *Herz-Talks.* Diejenigen von euch, die es ehrlich meinen und an unserem Vorschlag interessiert sind, vor allem aber diejenigen, die unzufrieden damit sind, wie sich die Dinge zur Zeit entwickeln, werden ein Exemplar ausgehändigt bekommen, und das könnt ihr mit nach Hause nehmen, wenn ihr heute nachmittag durch jene Tür geht.

In meiner Tasche sind vier Briefe zu *Herz-Talk*, die ich soeben erhalten habe. Diese Briefe sind von Leuten unterzeichnet, deren

Namen jedem Haushalt der USA geläufig sind. Hört euch diesen hier aus Detroit an:

Sehr geehrter Mr. Carleton,
ich möchte weitere dreitausend Exemplare Herz-Talk *zur Verteilung unter meinen Vertretern bestellen. Sie haben mehr dazu getan, die Männer zur Arbeit anzuhalten, als jeder Bonus, der je erwogen wurde. Ich lese ständig selbst darin und darf Ihnen wärmstens dazu gratulieren, daß Sie zu den Wurzeln des größten Problems vorgestoßen sind, dem sich unsere Generation heute gegenübersieht – des Problems des Verkaufsgeschicks. Das Fundament, auf dem unser Land errichtet ist, ist das Problem des Verkaufsgeschicks.*

Mit vielen Glückwünschen
bin ich herzlichst der Ihre
HENRY W. TERRAL

Er las den Namen mit einem dreifachen langgezogenen, schallenden Triumphgeheul – dann hielt er inne, um seinen Zauber wirken zu lassen. Daraufhin las er zwei weitere Briefe vor, einen von einem Staubsaugerfabrikanten, den anderen vom Präsidenten der *Great Northern Doily Company* – einer Serviettenfabrik.

»Und jetzt«, fuhr er fort, »sage ich euch in wenigen Worten, worin dieser Vorschlag besteht, der aus denjenigen von euch, die sich im rechten Geist darauf einlassen, gemachte Männer macht. Einfach ausgedrückt, beinhaltet er folgendes: *Herz-Talk* ist als Aktiengesellschaft eingetragen, wir werden diese kleine Broschüre allen großen Unternehmen, allen Handelsreisenden und allen Männern, die *wissen* – ich sage nicht ›glauben‹, ich sage ›wissen‹ –, daß sie verkaufen können, in die Hand drücken! Einige Aktien der Firma *Herz-Talk* bringen wir auf den Markt, und damit die Streuung so breit wie möglich ist und als ein lebendiges, konkretes, anschauliches Beispiel dafür, was Verkaufsgeschick heißt beziehungsweise heißen kann, geben wir denjenigen unter euch, die mit beiden Beinen im Leben stehen, eine Chance, diese Aktien zu verkaufen. Mir ist es gleich, was ihr vorher verkauft habt oder wie ihr euch dabei angestellt habt. Es ist egal, wie alt oder wie jung ihr seid. Ich will nur zwei Dinge wissen – erstens, *wollt* ihr den Erfolg, und zweitens, wollt ihr dafür *arbeiten*?

Mein Name ist Sammy Carleton, nicht ›Mr.‹ Carleton, sondern schlicht und einfach Sammy. Ich bin ein echter Kerl, sachlich-nüchtern, ohne Schnickschnack. Ihr könnt mich ruhig Sammy nennen.

Mehr will ich heute nicht verraten. Ich will, daß diejenigen unter euch, die sich die Sache überlegt und mein Büchlein, das an der Tür ausgegeben wird, gelesen haben, morgen um dieselbe Zeit in diesen Saal kommen. Dann werde ich den Vorschlag näher erläutern und erklären, welches die Prinzipien des Erfolges sind, die ich entdeckt habe. Ich werde euch das Gefühl vermitteln, daß ihr, *du* und *du* und *du,* verkaufen könnt!«

Mr. Carletons Stimme hallte einen Augenblick lang durch den Saal, dann erstarb sie. Mit dem Gros der Menge wurde Anthony unter vielem Füßegetrampel aus dem Saal geschubst und gestoßen.

Weitere Abenteuer mit *Herz-Talk*

Unter ironischem Gelächter erzählte Anthony Gloria die Geschichte von seinem kommerziellen Abenteuer. Sie aber hörte zu, ohne belustigt zu sein.

»Wirst du wieder mal aufgeben?« fragte sie kalt.

»Du erwartest doch wohl nicht von mir...«

»Ich habe noch nie etwas von dir erwartet.«

Er zauderte.

»Also, ich sehe nicht ein, warum man sich über die Sache kaputtlachen sollte. Wenn es etwas gibt, das noch älter ist als eine alte Geschichte, dann ist es ihre neueste Wendung.«

Ihn zur Rückkehr zu bewegen erforderte von Gloria einen erstaunlichen Aufwand an moralischer Energie. Als er sich, deprimiert von der Lektüre der senilen Gemeinplätze, die in dem *Herz-Talk über den Ehrgeiz* kapriziös dargeboten wurden, am nächsten Tag zurückmeldete, stellte er fest, daß von den ursprünglich dreihundert Männern nur noch fünfzig dem Auftreten des vitalen und unwiderstehlichen Sammy Carleton entgegenfieberten. Diesmal setzte Mr. Carleton seine Vitalität und Unwiderstehlichkeit dazu ein, jenes prächtige Spekulationsobjekt näher zu beleuchten – wie man verkauft. Es schien, als bestehe die gebilligte Verkaufsmethode darin, einen Vorschlag zu unterbreiten und dann nicht etwa zu sagen: »Und was ist, wollen Sie nun kaufen?« – das war ganz und gar nicht die rechte Art, o nein, vielmehr bestand sie darin, den Vorschlag zu unterbreiten, bis man seinen Gegner in einen Zustand der Erschöpfung versetzt hatte, und dann den kategorischen Imperativ von sich zu geben: »Schauen Sie! Sie haben meine Zeit in Anspruch genommen. Ich habe Ihnen die Sache erklärt, Sie haben meine Argumente akzeptiert – jetzt will ich von Ihnen nur noch eins wissen: Wieviel Stück wollen Sie?«

Während Mr. Carleton Behauptung auf Behauptung folgen ließ, begann Anthony allmählich so etwas wie angeekeltes Vertrauen zu ihm zu empfinden. Der Mann schien zu wissen, wovon er sprach. Offensichtlich wohlhabend, war er in die Position aufgestiegen, andere zu unterweisen. Es kam Anthony nicht in den Sinn, daß jemand, der kommerzielle Erfolge erzielt, nur selten weiß, weshalb oder wie, und daß, sollte er denn seinem Erfolg irgendwelche Ursachen zuschreiben, diese im allgemeinen unzutreffend oder absurd erscheinen, wie im Falle seines Großvaters.

Anthony fiel auf, daß von den zahlreichen älteren Männern, die auf die ursprüngliche Anzeige reagiert hatten, nur zwei zurückgekehrt waren. Unter den rund dreißig, die am dritten Tag wiederkamen, um sich Mr. Carletons eigentliche Verkaufsinstruktionen anzuhören, war nur noch ein Graukopf zu sehen. Diese dreißig aber waren eifrige Proselyten; mit dem Mund ahmten sie die Bewegungen von Mr. Carletons Mund nach; vor Begeisterung ruckten sie in ihren Sitzen, und wenn er eine Pause machte, sprachen sie miteinander in angespanntem, beifälligem Flüsterton. Von den wenigen Auserwählten freilich, die, in Mr. Carletons Worten, »entschlossen waren, jene Wüsten zu bewässern, welche von Rechts wegen ihnen gehörten«, besaß weniger als ein halbes Dutzend jenes Mindestmaß an persönlichem Erscheinungsbild und die große Gabe eines ›Draufgängers‹. Dennoch wurde ihnen eingetrichtert, sie alle seien von Natur aus Draufgänger – es komme lediglich darauf an, mit einer Art wilder Leidenschaft an das zu glauben, was sie da verkauften. Jeden von ihnen drängte er sogar dazu, sich, wenn möglich, selber ein paar Aktien zuzulegen, um die eigene Aufrichtigkeit zu erhöhen.

Am fünften Tag stürzte Anthony mit allen Empfindungen eines von der Polizei gesuchten Mannes auf die Straße. Er handelte den Anweisungen gemäß und suchte sich ein hohes Bürogebäude aus, um mit dem Fahrstuhl zum obersten Geschoß hinaufzufahren und sich von oben nach unten vorzuarbeiten, in jedem Büro haltzumachen, das ein Namensschild an der Tür hatte. Doch in letzter Minute zögerte er. Vielleicht wäre es praktikabler, sich erst an die eiskalte Stimmung zu gewöhnen, die ihm, seinem Gefühl nach, entgegenschlagen würde, indem er es zunächst mit ein paar Büros in der, sagen wir, Madison Avenue versuchte. Er ging in eine Arkade, die halbwegs wohlhabend wirkte, und als er ein Schild sah, auf dem »Percy B. Weatherbee, Architekt« geschrieben stand, stieß er heldenmütig die Tür auf und trat ein. Eine steif wirkende junge Frau blickte fragend auf.

»Ich hätte gern Mr. Weatherbee gesprochen.« Er fragte sich, ob seine Stimme zitterte.

Zögernd legte sie die Hand auf den Hörer.

»Ihr Name, bitte?«

»Er – eh – kennt mich nicht. Er kennt meinen Namen nicht.«

»Haben Sie geschäftlich mit ihm zu tun? Sind Sie von einer Versicherung?«

»O nein, nichts dergleichen!« stritt Anthony eilends ab. »O nein. Es ist – es handelt sich um eine persönliche Angelegenheit.« Er überlegte, ob er diesen Satz hätte sagen sollen. Es hatte so einfach geklungen, was Mr. Carleton seinen Schäfchen mit auf den Weg gegeben hatte: »Laßt nicht zu, daß man euch vor die Tür setzt. Zeigt, daß ihr entschlossen seid, mit ihnen zu reden, und man wird euch anhören.«

Das Mädchen erlag Anthonys sympathisch schwermütigem Gesicht, und gleich darauf tat sich die Tür zum Hinterzimmer auf und ließ einen hochgewachsenen, linkischen Mann mit geschniegelten Haaren ein. Mit kaum verhohlener Ungeduld trat er auf Anthony zu.

»Sie wünschen mich in einer persönlichen Angelegenheit zu sprechen?«

Anthony verlor den Mut.

»Ich möchte mit Ihnen sprechen«, sagte er trotzig.

»Worum geht es?«

»Es braucht eine Weile, um es zu erklären.«

»Nun, worum handelt es sich?« Mr. Weatherbees Stimme verriet zunehmende Gereiztheit.

Da begann Anthony, an jedem Wort, an jeder Silbe kauend: »Ich weiß nicht, ob Sie schon einmal von einer Reihe von Broschüren mit dem Titel *Herz-Talk* gehört haben...«

»Du große Güte!« rief Percy B. Weatherbee, Architekt, »versuchen Sie etwa, mein Herz zu erweichen?«

»Nein, es ist etwas Geschäftliches. *Herz-Talk* ist als Aktiengesellschaft eingetragen, und wir bringen gerade ein paar Aktien auf den Markt...«

Zermürbt von dem starren und verächtlichen Blick seiner unwilligen Beute, wurde seine Stimme langsam schwächer. Zunehmend nervös, mühte er sich eine Minute lang weiter ab und verhedderte sich in seinen Worten. Sein Selbstvertrauen fiel in großen hervorgewürgten Brocken von ihm ab, die ganze Teile seines Körpers zu enthalten schienen. Gütigerweise beendete Percy B. Weatherbee, Architekt, das Gespräch.

»Du lieber Himmel!« donnerte er voller Abscheu. »Und das nennen Sie eine *persönliche* Angelegenheit!« Er machte auf dem Absatz kehrt, schritt in sein Privatbüro und warf die Tür hinter sich zu. Anthony wagte es nicht, die Stenographin anzublicken, und verdrückte sich schmachvoll aus dem Zimmer. In der Eingangshalle blieb er schweißgebadet stehen und fragte sich, weshalb niemand kam und ihn festnahm; in jedem flüchtigen Blick entdeckte er unfehlbar Geringschätzung.

Eine Stunde später raffte er sich mit Hilfe von zwei kräftigen Whiskys zu einem neuerlichen Versuch auf. Er trat in ein Klempnergeschäft; als er jedoch sein Anliegen nannte, zog sich der Klempner in großer Hast seinen Mantel über und verkündete schroff, er müsse zum Mittagessen. Anthony bemerkte höflich, es sei fruchtlos, einem hungrigen Menschen etwas verkaufen zu wollen, und der Klempner stimmte ihm aus vollem Herzen zu.

Diese Episode ermutigte Anthony; er versuchte sich einzureden, daß ihn der Klempner wenigstens angehört hätte, wenn er nicht gerade Mittagspause gemacht hätte.

Er kam an einigen glitzernden und imposanten Kaufhäusern vorbei und betrat ein Lebensmittelgeschäft. Ein redseliger Inhaber erklärte ihm, bevor er irgendwelche Aktien kaufe, wolle er erst sehen, wie sich der Waffenstillstand auf den Markt auswirke. Dies kam Anthony nahezu ungerecht vor. In Mr. Carletons Utopie der Verkaufstätigkeit nannten potentielle Käufer als einzigen

Grund dafür, keine Aktien erwerben zu wollen, daß sie zweifelten, ob es eine lohnende Investition sei. Offensichtlich war ein Mann in dieser Verfassung beinahe lächerlich leichte Beute und konnte durch klugen Einsatz schlagender Verkaufsargumente überredet werden. Aber diese Männer hier – die dachten ja nicht im Traum daran, irgend etwas zu kaufen.

Anthony nahm noch einige Whiskys zu sich, ehe er seinen vierten Mann ansprach, einen Grundstücksmakler; er wurde mit einem Argument zu Boden gestreckt, scharf wie ein Syllogismus. Der Grundstücksmakler sagte, er habe drei Brüder, die alle im Investitionsgeschäft tätig seien. Anthony, der sich schon als Zerstörer häuslicher Eintracht sah, entschuldigte sich und ging seiner Wege.

Nach einem weiteren Drink entwarf er den glänzenden Plan, die Aktien an die Barmänner in der Lexington Avenue zu verkaufen. Dies nahm mehrere Stunden in Anspruch, denn in jedem Lokal mußte er ein paar Drinks zu sich nehmen, um den Besitzer in die richtige Stimmung zu versetzen, damit er sich überhaupt auf etwas Geschäftliches einließ. Aber die Barmänner behaupteten samt und sonders, wenn sie das Geld hätten, Wertpapiere zu kaufen, wären sie keine Barmänner. Es war, als seien sie alle zusammengekommen, um sich auf diese eine Antwort festzulegen. Als es fünf Uhr wurde, dunkel und matschig, merkte er, daß sie die noch ärgerlichere Neigung hatten, sich seiner mit Scherzen zu erwehren.

Um fünf beschloß er mit einer ungeheuren Willensanstrengung, seiner Kundenwerbung mehr Farbe zu verleihen. Er wählte ein mittelgroßes Feinkostgeschäft und trat ein. Es kam ihm die Erleuchtung, daß er nicht nur den Geschäftsinhaber, sondern auch sämtliche Kundinnen in seinen Bann ziehen mußte – vielleicht würden sie der Psychologie des Herdentriebs zufolge gemeinsam kaufen, als ein erstauntes und auf der Stelle überzeugtes Kollektiv.

»Tagchen«, begann er mit lauter, belegter Stimme. »Hab da ’n Vorschlag.«

Ob er sie nun gewollt hatte oder nicht, es trat schlagartige Stille ein. Eine Art Ehrfurcht senkte sich auf das halbe Dutzend einkaufender Frauen und auf den grauhaarigen Alten in Mütze und Kittel, der ein Hähnchen zerlegte.

Anthony zog einen Stoß Papiere aus seiner aufgeschlagenen Aktentasche und wedelte fröhlich damit herum.

»Kauft mal ’n Wertpapier«, legte er ihnen nahe, »so gut wie ’ne Freiheitsanleihe!« Die Wendung gefiel ihm, und er wandelte sie ab. »Besser als ’ne Freiheitsanleihe. Jedes dieser Wertpapiere hier ist *zwei* Freiheitsanleihen wert.« Er machte einen geistigen Sprung und kam hüpfend zum Abschluß seiner Rede, die er mit angemessenen Gebärden unterstrich, wenn auch von der Notwendigkeit beeinträchtigt, sich mit einer oder beiden Händen an der Ladentheke festzuklammern. »Schauen Sie. Sie haben meine Zeit in Anspruch genommen. Ich will nicht wissen, warum Sie *nicht* kaufen. Ich will nur wissen, *warum.* Will wissen, *wie viele*!«

An diesem Punkt hätten sie ihn mit Scheckheften und Füllfederhaltern in den Händen umlagern sollen. Als Anthony merkte, daß sie ihr Stichwort verpaßt haben mußten, trat er, von schauspielerischem Instinkt geleitet, zurück und wiederholte sein Finale noch einmal.

»Schauen Sie! Sie haben meine Zeit in Anspruch genommen. Sie haben den Vorschlag verstanden. Sie folgen meiner Beweisführung? Dann will ich von Ihnen nur noch eins: Wie viele Freiheitsanleihen?«

»Jetzt langt’s aber!« unterbrach ihn eine Stimme. Ein wohlbeleibter Mann, das Antlitz von einem symmetrischen gelben Zwirbelbart verziert, war aus einem Glashäuschen am hinteren Ende des Ladens getreten und steuerte auf Anthony zu. »Jetzt langt’s aber, Sie!«

»Wie viele?« wiederholte gestreng der Vertreter. »Sie haben meine Zeit in Anspruch genommen...«

»Heda, Sie!« rief der Eigentümer. »Ich werde Sie festnehmen lassen.«

»Das wer'n Sie ganz sicher nicht«, versetzte Anthony mit feiner Verachtung. »Ich will nur wissen, wie viele.«

Hier und da stiegen im Geschäft kleine Wölkchen kritischer Bemerkungen und Verweise auf.

»Wie entsetzlich!«

»Der ist wohl völlig übergeschnappt.«

»Er ist sturzbetrunken.«

Der Eigentümer packte Anthony fest am Arm.

»Hinaus, oder ich rufe die Polizei.«

Ein Rest an Vernunft bewog Anthony, zu nicken und seine Wertpapiere unbeholfen wieder in der Aktentasche zu verstauen.

»Wie viele?« wiederholte er zögernd.

»Die ganze Truppe, falls nötig!« donnerte sein Widersacher, und sein gelber Bart zitterte heftig.

»Den' dreh ich all'n 'n Wertpapier an.«

Damit wandte Anthony sich um, verneigte sich feierlich vor seinem späten Publikum und torkelte aus dem Laden. An der Ecke fand er ein Taxi, mit dem er zum Apartment fuhr. Dort sank er auf dem Sofa in einen festen Schlaf, und so fand ihn Gloria. Sein Atem erfüllte die Luft mit einem unangenehm bitteren Geruch, und seine Hand umklammerte noch immer die geöffnete Aktentasche.

Wenn Anthony nicht trank, war seine Gefühlswelt eingeschränkter als die eines gesunden Alten. Als im Juni die Prohibition verhängt wurde, stellte er fest, daß bei denen, die es sich leisten kosten, mehr gezecht wurde denn je zuvor. Ein Gastgeber holte jetzt unter dem geringsten Vorwand eine Flasche hervor. Alkohol bot man aus dem gleichen Instinkt heraus an, wie man seine Gemahlin mit Geschmeide behängte. Alkohol im Haus zu haben war ein Gebot des Stolzes, ja fast ein Markenzeichen von Achtbarkeit.

Morgens erwachte Anthony zerschlagen, nervös und besorgt. Für das Gold der sommerlichen Abenddämmerung und die rötliche Kühle des Morgens war er gleichermaßen unempfänglich. Nur dank der lebenserneuernden Wärme eines ersten Highballs wandte sich sein Geist jeden Morgen für einen kurzen Augenblick den glitzernden Träumen von künftigen Vergnügungen zu – das gemeinsame Erbe der Glücklichen und der Verdammten. Doch hielt dies nur eine kleine Weile vor. Je betrunkener er wurde, desto rascher verblaßten die Träume, und er wurde ein wirrer Geist, der sich in seltsamen Nischen seines Verstandes umherbewegte, voll unerwarteter Einfälle war – bestenfalls schroff und verächtlich – und in feuchte Abgründe der Mutlosigkeit stürzte. Eines Abends im Juni hatte er sich wegen einer Lappalie heftig mit Maury gestritten. Am nächsten Morgen erinnerte er sich undeutlich, daß es um eine zerbrochene Flasche Champagner gegangen war. Maury hatte ihm gesagt, er solle sich erst einmal ausnüchtern, und Anthonys Gefühle waren so verletzt gewesen, daß er sich mit einer bemüht würdevollen Geste von der Tafel erhoben und Gloria am Arm gefaßt hatte, so daß sie, halb gezwungen, halb beschämt, in ein draußen stehendes Taxi stieg. Maury war auf den drei bestellten Gerichten und auf Karten für die Oper sitzengeblieben.

Halb tragische Fiaskos dieser Art waren so zur Gewohnheit geworden, daß er sich, wenn sie eintraten, nicht mehr bemüßigt fühlte, sie wiedergutzumachen. Erhob Gloria Einwände – und seit kurzem neigte sie eher dazu, in ein verächtliches Schweigen zu verfallen –, so erging er sich entweder in erbitterter Selbstverteidigung oder stapfte trübsinnig aus dem Apartment. Seit dem Zwischenfall auf dem Bahnsteig von Redgate hatte er im

Zorn kein einziges Mal mehr Hand an sie gelegt – auch wenn ihn zuweilen nur noch irgendein Instinkt zurückhielt, was ihn wiederum vor Wut erzittern ließ. Sicher, so sehr wie sie liebte er niemanden, doch gab es auch niemanden, den er heftiger und häufiger haßte.

Bis dahin hatten die Richter des Appellationsgerichts es nicht vermocht, ein Urteil zu fällen, doch nach einer weiteren Vertagung bekräftigten sie schließlich den Spruch der niederen Kammer – zwei Richter gaben ein Minderheitenvotum ab. Er legte gegen Edward Shuttleworth Berufung ein. Der Fall würde vor die allerhöchste Instanz kommen, und wieder mußten sie eine nicht enden wollende Wartezeit auf sich nehmen. Sechs Monate, vielleicht ein Jahr. Die Sache war völlig unwirklich geworden, so fern und ungewiß wie das Himmelreich.

Im Lauf des Winters hatte sich eine kleine unbedeutende Frage zu einem subtilen und allgegenwärtigen Streitpunkt ausgewachsen – Glorias grauer Pelzmantel. Damals sah man auf der Fifth Avenue alle paar Meter Frauen, die in lange Fehe gehüllt waren. Die Frauen nahmen die Form von Brummkreiseln an. Sie wirkten obszön, wie Schweine; in der verhüllenden Üppigkeit, der animalischen Weiblichkeit ihres Kleidungsstücks ähnelten sie Mätressen. Und dennoch – Gloria wünschte sich einen Mantel aus Grauwerk.

Als sie die Angelegenheit diskutierten – oder vielmehr, als sie sich deswegen stritten, denn mehr noch als im ersten Jahr ihrer Ehe nahm jede Diskussion die Form eines erbitterten Streitgesprächs an, voller Wendungen wie »und ob«, »wirklich ungeheuerlich«, »trotzdem, eins steht fest« und dem überaus entschiedenen »mir doch egal« –, kamen sie zu dem Schluß, daß sie das Geld nicht aufbringen konnten. Und so wurde der Mantel allmählich zum Sinnbild ihrer wachsenden finanziellen Sorgen.

In Glorias Augen war das Schrumpfen ihres Einkommens ein

bemerkenswertes Phänomen, unerklärlich und beispiellos – daß so etwas im Laufe von nur fünf Jahren passieren konnte, schien fast eine absichtliche Grausamkeit, erdacht und ausgeführt von einem höhnischen Gott. Als sie geheiratet hatten, waren ihnen siebentausendfünfhundert im Jahr für ein junges Paar wie eine stattliche Summe vorgekommen, besonders wenn man sie um die Erwartung vieler Millionen vermehrte. Daß ihr Einkommen nicht nur in absoluten Zahlen, sondern auch an Kaufkraft abnahm, begriff Gloria erst, als die Zahlung von fünfzehntausend Dollar als Honorarvorschuß für Mr. Haight ihr den Tatbestand plötzlich und erschreckend deutlich vor Augen führte. Als Anthony eingezogen wurde, hatten sie ihr Einkommen auf mehr als vierhundert im Monat berechnet, und selbst da hatte der Dollar bereits an Wert verloren, doch nach seiner Rückkehr nach New York stellten sie zu ihrem Entsetzen fest, daß es noch schlimmer stand. Ihre Anlagen warfen nur viertausendfünfhundert im Jahr ab. Und obwohl die Anfechtungsklage wie eine ständige Fata Morgana vor ihnen gaukelte und die finanzielle Gefahrenzone bedrohlich näher rückte, mußten sie feststellen, daß es ihnen nicht gelang, ihren Verhältnissen entsprechend zu leben.

So mußte Gloria auf ihr Fehwerk verzichten, und jedesmal, wenn sie die Fifth Avenue entlangging, fühlte sie sich wegen ihres abgetragenen halblangen Leopardenfellmantels, der hoffnungslos aus der Mode gekommen war, leicht befangen. Jeden zweiten Monat verkauften sie ein Wertpapier, doch wenn die Rechnungen beglichen waren, blieb ihnen gerade so viel, wie von ihren laufenden Ausgaben heißhungrig verschlungen wurde. Anthonys Berechnungen ergaben, daß ihr Kapital nur noch etwa sieben Jahre reichen würde. So trug Gloria Bitterkeit im Herzen. In einer Woche hatten sie sogar das Zweifache dessen ausgegeben, was das graue Feh gekostet hätte, und zwar bei einer ausgedehnten, ausgelassenen Feier, in deren Verlauf Anthony sich in einem Theater seines Mantels, seines Jacketts und seines Hemdes entledigt hatte und von einem Aufgebot an Platzanweisern hinausbefördert worden war.

Es war November, vielmehr Altweibersommer, eine warme, warme Nacht – eigentlich überflüssig, denn der Sommer hatte seine Arbeit getan. Im Baseball hatte »Babe« Ruth zum ersten Mal den Rekord im Home-Run gebrochen, und in Ohio hatte Jack Dempsey Jess Willard den Wangenknochen gebrochen. Drüben in Europa hatte die übliche Anzahl hungernder Kinder aufgeblähte Bäuche, und die Diplomaten gingen ihrem herkömmlichen Geschäft nach, die Welt für neue Kriege sicher zu machen. In New York wurde das Proletariat »diszipliniert«, und die Gewinnchancen für Harvard wurden im allgemeinen mit fünf gegen drei notiert. Es war endgültig der Friede ausgebrochen, der Beginn einer neuen Ära.

Oben im Schlafzimmer des Apartments in der 57. Straße lag Gloria in ihrem Bett und wälzte sich hin und her, dann und wann setzte sie sich auf und warf eine überflüssige Decke ab, und einmal bat sie Anthony, der wach neben ihr lag, ihr ein Glas Eiswasser zu bringen. »Vergiß nicht, Eis hineinzutun«, sagte sie mit Nachdruck, »so wie's aus dem Hahn kommt, ist es nicht kalt genug.«

Als sie durch die dünnen Gardinen blickte, konnte sie am Himmel über den Dächern die runde Mondscheibe und dahinter den gelben Glanz vom Times Square sehen – und während sie die beiden ungleichartigen Lichter betrachtete, sann sie über ein Gefühl nach oder vielmehr über einen Komplex ineinander verwobener Gefühle, die sie schon den ganzen Tag über beschäftigt hatten, und am Tag davor, und schon zu der Zeit, als sie ihrer Erinnerung zufolge das letzte Mal klar und folgerichtig über etwas nachgedacht hatte – es mußte damals gewesen sein, als Anthony in der Armee war.

Im Februar würde sie neunundzwanzig. Der Monat nahm eine unheilvolle und unabwendbare Bedeutung an – und in diesen nebelhaften, halb fiebrigen Stunden fragte sie sich, ob sie ihre leicht ermattete Schönheit nicht schon längst verschwendet hatte, ob es überhaupt so etwas wie Verwendung gab für eine Eigenschaft, die von einer harschen und unabweislichen Sterblichkeit begrenzt war.

Vor Jahren, als sie einundzwanzig gewesen war, hatte sie in ihr Tagebuch notiert: »Schönheit ist nur dazu da, bewundert und geliebt – vorsichtig gepflückt und einem auserwählten Geliebten vor die Füße geworfen zu werden wie ein Strauß Rosen. Wofern ich überhaupt klar urteilen kann, kommt es mir so vor, als sollte meine Schönheit dazu verwendet werden...«

Und jetzt hatte Gloria diesen ganzen Novembertag, diesen ganzen trostlosen Tag hindurch unter einem schmutzigweißen Himmel gedacht, daß sie sich womöglich geirrt hatte. Um sich die Integrität ihres ersten Geschenks zu bewahren, hatte sie nicht mehr nach Liebe Ausschau gehalten. Als die erste Flamme der Ekstase schwächer geworden, in sich zusammengesunken, erloschen war, hatte sie damit angefangen, sich etwas zu bewahren – aber was? Es verunsicherte sie, daß sie nicht mehr wußte, was sie da bewahrte – eine wehmütige Erinnerung oder irgendeinen tiefempfundenen und grundlegenden Ehrbegriff? Sie bezweifelte, daß auch nur im geringsten irgendeine moralische Frage in ihre Lebensführung hineinspielte: sorg- und reulos den fröhlichsten aller Wege zu beschreiten und ihren Stolz zu wahren, indem sie stets sie selber war und das tat, was zu tun sie schön dünkte. Vom ersten kleinen Jungen mit breitem, steifem Kragen, dessen »Freundin« sie gewesen war, bis zum letzten gleichgültigen Mann, dessen Blick, wenn er auf ihr ruhte, wachsam und empfänglich war, hatte es nichts weiter gebraucht als jenen unvergleichlichen Freimut, den sie in einen Blick legen oder in einen zusammenhanglosen Satz einkleiden konnte – denn sie hatte stets in gebrochenen Sätzen gesprochen –, um unermeßliche Illusionen, unermeßliche Distanz, unermeßliches Licht um sich her zu bewirken. Um in Männern Seelen erstehen zu lassen, um feine Glückseligkeit und feine Verzweiflung zu schaffen, mußte sie zutiefst stolz bleiben – stolz darauf, unverletzlich zu sein, aber auch stolz darauf, hinschmelzen zu können, leidenschaftlich und besessen zu sein.

In ihrem tiefsten Innern wußte sie, daß sie keine Kinder haben wollte. Die Wirklichkeit, die Erdverbundenheit, die unerträgliche Gefühlsduselei einer Schwangerschaft, die Gefahren für ihre Schönheit – all das hatte sie abgeschreckt. Sie wollte lediglich dahinleben wie eine Blume mit Bewußtsein, sich selbst verlängern und erhalten. Ihre Sentimentalität konnte sich ungestüm an ihre Illusionen anklammern, doch ihre ironische Seele flüsterte ihr zu, daß Mutterschaft auch das Privileg des Pavianweibchens war. So handelten ihre Träume nur von Geisterkindern – den frühen, den vollkommenen Symbolen ihrer frühen und vollkommenen Liebe zu Anthony.

Am Ende also war ihre Schönheit das einzige, was sie nie im Stich ließ. Nie hatte sie Schönheit gesehen, die der ihren gleichkam. Jegliche ethische oder ästhetische Bedeutung verblaßte vor dem stofflichen Anblick ihrer herrlichen rosa-weißen Füße, der sauberen Makellosigkeit ihres Körpers und dem Kindermund, der wie das materielle Sinnbild eines Kusses war.

Im Februar würde sie neunundzwanzig sein. Als die lange Nacht sich ihrem Ende zuneigte, wurde sie schärfstens inne, daß sie und die Schönheit die kommenden drei Monate nutzen mußten. Zuerst war sie sich nicht sicher, wozu, doch dann beantwortete sich die Frage allmählich wie von selbst: Die Leinwand lockte wieder. Diesmal meinte sie es ernst. Keine materielle Not hätte sie so motivieren können wie diese Angst. Anthony zählte nicht, Anthony, dieser Arme im Geiste, der willensschwache und gebrochene Mann mit den blutunterlaufenen Augen, für den sie augenblicksweise immer noch Zärtlichkeit empfand. Er zählte nicht. Im Februar würde sie neunundzwanzig werden – einhundert Tage, so viele Tage. Morgen würde sie zu Bloeckman gehen.

Mit der Entscheidung kam die Erleichterung. Es heiterte sie auf, daß die Illusion der Schönheit auf bestimmte Art erhalten werden konnte oder vielleicht sogar, nachdem sie in Wirklichkeit schon dahingeschwunden war, auf Zelluloid gebannt blieb. Also gut, morgen.

Anderntags fühlte sie sich schwach und krank. Sie versuchte auszugehen und konnte eben noch einen Kollaps verhüten, indem sie sich an einen Briefkasten neben der Eingangstür klammerte. Der Liftboy aus Martinique half ihr nach oben, auf dem Bett wartete sie auf Anthonys Rückkehr und hatte nicht einmal die Kraft, ihren Büstenhalter aufzuhaken.

Fünf Tage lang lag sie mit einer Grippe darnieder, die sich, gerade als der Monat in den Winter überging, zu einer doppelten Lungenentzündung auswuchs. Auf den fiebergeschüttelten Wanderungen ihres Geistes schlich sie auf der Suche nach ihrer Mutter durch ein Haus voller öder, unbeleuchteter Zimmer. Sie wollte nur noch ein kleines Mädchen sein, dessen sich eine nachgiebige und doch höhere Macht, dümmer und steter als sie selbst, annähme. Es kam ihr vor, als wäre der einzige Geliebte, den sie sich je gewünscht hatte, ein Geliebter in einem Traum.

Odi profanum vulgus

Eines Tages auf dem Höhepunkt von Glorias Krankheit trug sich ein seltsamer Vorfall zu, der Miss McGovern, die ausgebildete Pflegerin, noch einige Zeit danach vor Rätsel stellte. Es war Mittag, aber das Zimmer, in dem die Patientin lag, war dunkel und still. Miss McGovern stand am Bett und mischte eine Arznei, als sich Mrs. Patch, die scheinbar tief geschlafen hatte, aufrichtete und heftig zu sprechen anhob:

»Millionen Menschen«, sagte sie, »sie huschen wie Ratten, schnattern wie Affen, stinken höllisch … Affen! Oder Läuse, nehme ich an. Für *einen* wirklich noblen Palast … sagen wir auf Long Island oder sogar in Greenwich … für einen Palast voller Bilder aus der Alten Welt und nobler Gegenstände, mit baumbestandenen Auffahrten, grünen Rasenflächen, Blick aufs blaue Meer und mit schönen Menschen in eleganten Kleidern … würde ich hunderttausend, eine Million davon opfern.« Kraftlos hob sie die Hand und schnalzte mit den Fingern. »Die können mir gestohlen bleiben – hören Sie?«

Der Blick, den sie Miss McGovern zum Abschluß ihrer Rede zuwarf, war merkwürdig elfenhaft, merkwürdig unverwandt. Dann stieß sie ein kurzes, leises, mit Hohn poliertes Lachen aus, ließ sich zurückfallen und schlief wieder ein.

Miss McGovern war bestürzt. Sie überlegte, was wohl die hunderttausend Dinge waren, die Mrs. Patch für ihren Palast opfern würde. Dollar, nahm sie an – aber nach Dollar hatte es eigentlich nicht geklungen.

Die Filmindustrie

Es war Februar, sieben Tage vor ihrem Geburtstag, der hohe Schnee, der in den Querstraßen lag wie Schmutz in Dielenritzen, hatte sich in Schneematsch verwandelt und wurde von der Straßenreinigung mit Wasserschläuchen in die Gossen gespritzt. Der Wind, der zwar an Stetigkeit, nicht aber an bitterer Kälte abgenommen hatte, peitschte durch die offenen Fenster des Wohnzimmers, brachte die trostlosen Geheimnisse des Hofs herein und blies mit seinen traurigen Wirbeln den abgestandenen Rauch aus dem Apartment der Patches hinaus.

Eingehüllt in einen warmen Kimono, trat Gloria in das eiskalte Zimmer, griff zum Telefonhörer und rief Joseph Bloeckman an.

»Meinen Sie Mr. Joseph *Black*?« wollte das Telefonfräulein von *Films Par Excellence* wissen.

»Bloeckman, Joseph Bloeckman. B-l-o...«

»Mr. Joseph Bloeckman hat sich in Black umbenannt. Möchten Sie ihn sprechen?«

»Aber ja doch.« Unruhig geworden, erinnerte sie sich, daß sie ihn einmal »Blockhead« genannt hatte.

Vermittelt von zwei weiteren Frauenstimmen, drang sie zu seinem Arbeitszimmer vor; letztere gehörte einer Sekretärin an, die ihren Namen notierte. Erst als sein vertrauter, wenn auch leicht unpersönlicher Tonfall aus dem Hörer erklang, merkte Gloria, daß sie sich zum letzten Mal vor drei Jahren begegnet waren. Und er hatte sich in Black umbenannt.

»Können Sie mich empfangen?« schlug sie ihm leichthin vor. »Eigentlich in einer geschäftlichen Angelegenheit. Ich möchte endlich zum Film – wenn ich kann.«

»Freut mich sehr. Habe immer schon gedacht, daß Ihnen das gefallen würde.«

»Meinen Sie, Sie könnten mir zu einer Probeaufnahme verhelfen?« fragte sie mit dem Hochmut, der allen schönen Frauen eigen ist, allen Frauen, die sich jemals als schön empfunden haben.

Er versicherte ihr, es sei nur eine Frage des Termins, zu dem sie die Probeaufnahme wünsche. Jederzeit? Nun, er werde sie im Laufe des Tages zurückrufen und ihr einen passenden Termin nennen. Das Gespräch endete mit konventionellen Floskeln beiderseits. Dann saß sie von drei bis fünf dicht beim Telefon – vergebens.

Am nächsten Morgen aber traf ein Brief ein, der sie zufrieden und aufgeregt stimmte:

Meine liebe Gloria,

rein zufällig bin ich auf etwas aufmerksam gemacht worden, wovon ich glaube, daß es Ihnen auf den Leib geschnei-

dert ist. Ich möchte gern, daß Sie Ihr Debüt in einem Film machen, mit dem Sie Beachtung finden. Andererseits, wenn eine so schöne Frau wie Sie in einem Film direkt neben einem jener angestaubten Stars auftritt, mit denen jede Filmgesellschaft gestraft ist, würde das Gerede höchstwahrscheinlich kein Ende mehr nehmen. Aber in einer Percy-B.-Debris-Produktion ist der Part eines ›Flapper‹ zu vergeben, der Ihnen meiner Meinung nach auf den Leib geschneidert ist und mit dem Sie Beachtung finden würden. Gaston Mears' Partnerin in einer Art Charakterrolle ist Willa Sable, und Ihr Part wäre, glaube ich, deren jüngere Schwester.

Jedenfalls sagt Percy B. Debris, der bei dem Film Regie führt, wenn Sie übermorgen (Donnerstag) ins Studio kommen wollen, macht er eine Probeaufnahme mit Ihnen. Wenn Ihnen zehn Uhr paßt, treffe ich mich dort mit Ihnen.

Mit allen guten Wünschen
Ihr ergebener
JOSEPH BLACK

Gloria hatte beschlossen, Anthony im unklaren zu lassen, bis sie eine feste Rolle gefunden hätte, und dementsprechend war sie am nächsten Morgen, noch ehe er aufwachte, fertig angekleidet und aus dem Haus. Ihr Spiegel hatte ihr, fand sie, dasselbe Bild vorgehalten wie immer. Sie fragte sich, ob ihre Krankheit irgendwelche Spuren hinterlassen habe. Sie litt immer noch unter leichtem Untergewicht, und ein paar Tage zuvor hatte sie sich eingebildet, ihre Wangen wären ein klein wenig hohler – aber sie hatte das Gefühl, daß dies nur ein vorübergehender Zustand war und daß sie an diesem besonderen Tag so frisch wie immer wirkte. Sie hatte einen neuen Hut gekauft und in Rechnung stellen lassen, und da es ein warmer Tag war, hatte sie den Leopardenfellmantel zu Hause gelassen.

Im Studio von *Films Par Excellence* wurde sie telefonisch angekündigt und erhielt Bescheid, Mr. Black werde umgehend nach unten kommen. Sie sah sich um. Zwei Mädchen wurden von einem kleinen, fettleibigen Mann in einem Staubmantel herumgeführt, und eines von ihnen hatte auf einen Stoß dünner Päckchen gezeigt, die sich bis Brusthöhe an der Wand stapelten und etwa sieben Meter weit reichten.

»Post für die Fans«, erklärte der fettleibige Mann. »Bilder der Stars, die für *Films Par Excellence* arbeiten.«

»Oh.«

»Jedes ist von Florence Kelly, Gaston Mears oder Mack Dodge signiert...« Er zwinkerte vertraulich. »Jedenfalls *glaubt* Minnie McGlook unten in Sauk Centre, es sei signiert, wenn sie das Bild bekommt, um das sie gebeten hat.«

»Nur ein Stempel?«

»Sicher doch, auch nur die Hälfte davon zu signieren würde gut und gern einen Achtstundentag dauern. Es heißt, Mary Pickfords Fanpost kostet sie fünfzigtausend im Jahr.«

»Was Sie nicht sagen!«

»Aber ja. Fünfzigtausend. Aber es ist die beste Werbung, die's gibt...«

Sie begaben sich außer Hörweite, und fast im selben Augenblick erschien Bloeckman – Bloeckman, ein dunkler, zuvorkommender Gentleman, ein eleganter Mittvierziger, der sie mit verbindlicher Herzlichkeit begrüßte und ihr sagte, sie habe sich in den drei Jahren nicht im geringsten verändert. Er ging voraus in einen großen Saal, der geräumig wie eine Exerzierhalle war, hier und da mit Kulissen und blendenden Reihen befremdlicher Scheinwerfer bestückt. Jedes Bühnenbild war mit großen weißen Lettern beschriftet: *Gaston Mears Company, Mack Dodge Company* oder auch einfach *Films Par Excellence.*

»Schon mal in einem Filmstudio gewesen?«

»Noch nie.«

Es gefiel ihr. Hier herrschte nicht die stickige Atmosphäre

von Bühnenschminke, hier roch es nicht nach beschmutzten, flitterhaften Kostümen, welche sie vor Jahren hinter den Kulissen eines Musicals angeekelt hatten. Hier wurde säuberlich an Vormittagen gearbeitet; die Ausstattung kam ihr üppig, prachtvoll und neu vor. In einem mit mandschurischen Wandbehängen geschmückten Szenenaufbau spielte, Anweisungen aus einem Megaphon folgend, ein Chinese überzeugend eine Szene durch, und die große Traumfabrik drehte ihr altgewohntes Lehrstück zur Erbauung der Nation ab.

Ein rothaariger Mann näherte sich ihnen und sprach mit vertraulicher Ehrerbietung Bloeckman an. Dieser erwiderte: »Hallo, Debris. Darf ich Ihnen Mrs. Patch vorstellen... Ich hatte Ihnen schon erklärt, Mrs. Patch möchte gern zum Film... Also gut, wohin gehen wir?«

Mr. Debris – der große Percy B. Debris, dachte Gloria – führte sie zu einem Szenenaufbau, der das Innere eines Kontors darstellte. Vor die Kamera, die davor aufgebaut war, hatte man einige Stühle gerückt, und die drei setzten sich.

»Schon mal in einem Filmstudio gewesen?« erkundigte sich Mr. Debris und warf ihr einen Blick zu, der gewiß die Quintessenz des Eifers darstellte. »Nein? Nun, ich erkläre Ihnen genau, was sich abspielt. Wir machen eine sogenannte Probeaufnahme, um zu sehen, wie gut Ihre Gesichtszüge sich aufnehmen lassen, ob Sie eine natürliche Bühnenpräsenz haben und wie Sie auf Regieanweisungen eingehen. Sie brauchen deswegen nicht nervös zu werden. Ich lasse den Kameramann so um die hundert Meter filmen – eine Episode, die ich hier im Szenario markiert habe. Daraus läßt sich ziemlich gut entnehmen, was wir wissen wollen.«

Er holte ein maschinegeschriebenes Drehbuch hervor und erläuterte ihr die Episode, die sie spielen sollte. Es ging darum, daß sich eine gewisse Barbara Wainwright heimlich mit dem Juniorpartner der Firma verheiratet hatte, deren Kontor dargestellt war. Als sie eines Tages zufällig das verlassene Kontor betritt, ist sie natürlich daran interessiert, zu sehen, wo ihr Mann arbeitet. Das Telefon läutet, und nach anfänglichem Zögern nimmt sie den Hörer von der Gabel. Sie erfährt, daß ihr Mann von einem Auto überfahren wurde und auf der Stelle tot war. Ihre Gefühle überwältigen sie. Zunächst ist sie außerstande, die Wahrheit zu fassen, doch endlich begreift sie und fällt ohnmächtig zu Boden.

»Mehr wollen wir nicht«, schloß Mr. Debris. »Ich werde hier stehen und Ihnen in etwa sagen, was Sie tun müssen, und Sie müssen so spielen, als wäre ich gar nicht hier, und einfach Ihren Eingebungen folgen. Sie brauchen keine Angst zu haben, daß wir Sie zu harsch beurteilen. Wir wollen uns einfach nur einen allgemeinen Eindruck von Ihrer Leinwandpersönlichkeit verschaffen.«

»Verstehe.«

»Im Raum hinter den Kulissen finden Sie Schminke. Nehmen Sie nicht zuviel. Sehr wenig Rouge.«

»Verstehe«, wiederholte Gloria und nickte. Mit der Zungenspitze fuhr sie sich nervös über die Lippen.

Die Probeaufnahme

Als sie die Kulissen betrat und die Tür aus echtem Holz sorgfältig hinter sich schloß, war sie zu ihrem Ärger mit ihren Kleidern unzufrieden. Zu diesem Anlaß hätte sie sich ein richtiges Mädchenkleid kaufen sollen – das konnte sie immer noch tragen, und wenn es ihre luftige Jugendlichkeit unterstrichen hätte, wäre es eine gute Geldanlage gewesen.

Als aus dem grellen Licht der weißen Scheinwerfer vor ihr Mr. Debris' Stimme erscholl, wurde sie jäh in die folgenträchtige Gegenwart hineingerissen.

»Sie schauen sich nach Ihrem Mann um ... Sie sehen ihn nicht ... Sie sind neugierig auf das Büro ...«

Ihr fiel das regelmäßige Schnurren der Kamera auf. Es stimmte sie unruhig. Unwillkürlich blickte sie zu ihr hin und fragte sich, ob sie das Gesicht korrekt geschminkt hatte. Dann zwang sie sich mit einer ausgesprochenen Willensanstrengung zum Schauspielern – nie zuvor hatte sie das Gefühl gehabt, daß alle ihre körperlichen Gesten so banal, so linkisch, so bar jeder Anmut oder Würde waren. Sie schlenderte in dem Büro umher, nahm hier und da einen Gegenstand zur Hand und betrachtete ihn gedankenlos. Dann nahm sie die Decke und den Fußboden in Augenschein und musterte eingehend einen bedeutungslosen Bleistift, der auf dem Schreibtisch lag. Weil ihr nichts anderes einfiel und sie sich nicht anders zu helfen wußte, zwang sie sich schließlich zu einem Lächeln.

»In Ordnung. So, jetzt klingelt das Telefon. Klingelingeling! Zögern Sie, nehmen Sie dann ab.«

Sie zögerte – dann nahm sie, wie sie fand, viel zu schnell, den Hörer ab.

»Hallo.«

Ihre Stimme klang hohl und unwirklich. In dem menschenleeren Szenenaufbau hallten die Worte wider wie die eines kraftlosen Gespenstes. Die Lächerlichkeit dieser Anforderungen stieß sie ab – erwartete man etwa von ihr, daß sie sich auf Zuruf in diese lachhafte und unerklärte Figur hineinversetzen könne?

»Nein... nein... Noch nicht! Hören Sie: ›John Summer ist soeben von einem Auto überfahren worden und war auf der Stelle tot.‹«

Gloria öffnete langsam ihren Babymund.

Dann: »Jetzt legen Sie auf! Mit einem Knall!«

Sie gehorchte und klammerte sich mit weit aufgerissenen Augen und starrem Blick an den Tisch. Zum ersten Mal fühlte sie sich leicht ermutigt, und ihr Selbstvertrauen wuchs.

»Mein Gott!« rief sie. Ihre Stimme klang gut, dachte sie. »O mein Gott!«

»Jetzt ohnmächtig werden.«

Sie sank vornüber in die Knie, warf ihren Oberkörper zu Boden und blieb, ohne zu atmen, liegen.

»In Ordnung!« rief Mr. Debris. »Das langt, danke. Das reicht. Stehen Sie auf – das langt.«

Gloria erhob sich und bürstete sich unter Aufbietung all ihrer Würde den Rock ab.

»Entsetzlich!« bemerkte sie mit einem kühlen Lachen, auch wenn ihr Herz heftig pochte. »Furchtbar, was?«

»War's schlimm?« fragte Mr. Debris mit ausdruckslosem Lächeln. »Ist es Ihnen schwergefallen? Ehe ich es nicht abspiele, kann ich nichts dazu sagen.«

»Natürlich nicht«, pflichtete sie ihm bei und versuchte, seiner Bemerkung eine Bedeutung beizumessen – vergebens. Es war genau das, was er gesagt haben würde, wenn er versucht hätte, sie nicht zu ermutigen.

Wenige Augenblicke später verließ sie das Studio. Bloeckman hatte versprochen, ihr das Ergebnis der Probeaufnahme innerhalb von ein paar Tagen mitzuteilen. Zu stolz, um irgendeinen endgültigen Kommentar zu erzwingen, empfand sie eine verwirrende Ungewißheit, und erst jetzt, da sie den Schritt endlich getan hatte, begriff sie, daß sie die Möglichkeit einer erfolgreichen Filmkarriere in den vergangenen drei Jahren heimlich mit sich herumgetragen hatte. Am Abend versuchte sie, die Momente aufzulisten, die für oder gegen sie sprechen mochten. Sie machte sich Sorgen, ob sie auch genügend Make-up verwendet hatte, und da die Rolle die eines zwanzigjährigen Mädchens war, überlegte sie, ob sie nicht ein kleines bißchen zu ernst gewesen war. Am wenigsten war sie mit ihrer darstellerischen Leistung zufrieden. Ihr Auftritt war abscheulich gewesen – erst als sie zum Hörer gegriffen hatte, hatte sie einen Funken Haltung gezeigt – und dann war die Aufnahme vorbei gewesen. Wenn sie es doch nur gleich gemerkt hätte! Sie wünschte, sie könnte es noch einmal probieren! Ein verrückter Plan, am Morgen anzurufen und um eine neuerliche Probeaufnahme zu bitten, nahm von ihr Besitz und verflüchtigte sich ebenso plötzlich, wie er gekommen war. Es schien weder klug noch höflich, Bloeckman um einen weiteren Gefallen zu bitten.

Am dritten Tag des Wartens befand sie sich in einem höchst nervösen Zustand. Sie hatte sich innen auf die Lippen gebissen, bis sie wund waren und schmerzten, und als sie ihren Mund mit Listerin auswusch, brannten sie unerträglich. Mit Anthony hatte sie sich so anhaltend gestritten, daß er in kalter Wut aus dem Apartment gestürmt war. Da ihn ihre außergewöhnliche Kälte jedoch einschüchterte, rief er sie eine Stunde später an, entschuldigte sich und sagte, er werde im Amsterdam Club zu Abend essen, dem einzigen Klub, dessen Mitglied er noch war.

Es war nach ein Uhr, und sie hatte erst um elf gefrühstückt, daher beschloß sie, auf das Mittagessen zu verzichten und im Park einen Spaziergang zu machen. Um drei Uhr würde die Post kommen. Um drei Uhr würde sie zurücksein.

Es war ein Vorfrühlingsnachmittag. Auf den Wegen trocknete das Regenwasser, und im Park schoben kleine Mädchen gravitätisch weiße Puppenwagen unter den dürren Bäumen auf und ab. Ihnen folgten jeweils zu zweien gelangweilte Kindermädchen, die miteinander jene ungeheuren Geheimnisse besprachen, die Kindermädchen eigen sind.

Auf ihrer kleinen goldenen Armbanduhr war es zwei Uhr. Sie brauchte eine neue Uhr, eine mit einem Rechteck aus Platin, mit Diamanten besetzt – aber die kosteten noch mehr als Mäntel aus grauem Feh und waren wie alles andere längst unerschwinglich – es sei denn, daß der richtige Brief auf sie wartete... in etwa einer Stunde ... in genau achtundfünfzig Minuten. Zehn Minuten Rückweg – blieben noch achtundvierzig... siebenundvierzig...

Kleine Mädchen, die nüchtern ihre Puppenwagen über die feuchten, sonnigen Wege schoben. Zu zweien plapperten die Kindermädchen über ihre unerforschlichen Geheimnisse. Hier und da saß auf Zeitungen, über eine trocknende Bank gebreitet, ein zerlumpter Mann und fühlte sich nicht dem strahlenden, entzükkenden Nachmittag verwandt, sondern dem schmutzigen Schnee, der erschöpft in dunklen Winkeln schlummerte und auf sein Ende harrte...

Als sie Ewigkeiten später in das düstere Foyer trat, sah sie den Liftjungen aus Martinique unpassend im Licht des Buntglasfensters stehen.

»Gibt es Post für uns?« fragte sie.

»Oben, Madame.«

Die Schalttafel fiepte gräßlich, und Gloria mußte warten, bis er einen Anruf entgegengenommen hatte. Als der Aufzug stöhnend nach oben glitt, wurde ihr übel – die Stockwerke bewegten sich wie langsam verstreichende Jahrhunderte an ihr vorbei, jedes einzelne unheildrohend, vorwurfsvoll, hoch bedeutsam. Der Brief, ein weißer, aussätziger Fleck, lag auf den schmutzigen Fliesen der Diele...

Meine liebe Gloria,

die Probeaufnahme haben wir gestern nachmittag ablaufen lassen, aber Mr. Debris scheint der Meinung zu sein, daß er für die Rolle, die er im Sinn hat, eine jüngere Frau braucht. Er sagt, die schauspielerische Leistung selbst sei nicht übel gewesen, und es gebe eine kleine Nebenrolle, eine sehr hochnäsige reiche Witwe, von der er meint, daß Sie...

Niedergeschlagen hob Gloria den Blick, bis sie über den Hof hinwegblickte. Aber sie merkte, daß sie die gegenüberliegende Mauer nicht erkennen konnte, weil in ihren grauen Augen Tränen standen. Den zerknüllten Brief fest in der Hand, ging sie ins Schlafzimmer und sank vor dem langen Spiegel der Garderobe in die Knie. Es war ihr neunundzwanzigster Geburtstag, und vor ihren Augen zerschmolz die Welt. Sie versuchte, zu denken, daß es am Make-up gelegen hatte, aber ihre Gefühle waren zu tief, zu überwältigend für den Trost, den der Gedanke ihr vermittelte.

Sie strengte ihre Augen so sehr an, daß sie spürte, wie sich die Haut an ihren Schläfen straffte. Ja – die Wangen waren hohl, die Augenwinkel von winzigen Krähenfüßen gesäumt. Die Augen waren anders. Ja, sie waren anders! … Und plötzlich wußte sie, wie müde ihr Augen waren.

»Ach, mein hübsches Gesicht«, wisperte sie voll leidenschaftlicher Trauer. »Ach, mein hübsches Gesicht! Ach, ich möchte nicht leben ohne mein hübsches Gesicht! Ach, was ist nur geschehen?«

Dann glitt sie auf den Spiegel zu, warf sich wie bei der Probeaufnahme mit dem Gesicht nach unten zu Boden – und blieb schluchzend liegen. Es war die erste wirklich unbeholfene Bewegung, die sie je gemacht hatte.

Keine Fragen mehr!

Binnen eines Jahres waren Anthony und Gloria zu Schauspielern geworden, denen die Kostüme abhanden gekommen sind und denen es an Stolz mangelt, weiterhin den Tragöden zu mimen. Als Mrs. und Miss Hulme aus Kansas City sie eines Abends im Plaza vollständig ignorierten, lag es daran, daß Mrs. und Miss Hulme wie die meisten Menschen Spiegelbilder ihres atavistischen Ichs verabscheuten.

Ihr neues Apartment, für das sie fünfundachtzig Dollar im Monat zahlten, lag in der Claremont Avenue, zwei Blocks vom Hudson River entfernt im düsteren Hunderter-Bereich. Dort hatten sie einen Monat lang gewohnt, als an einem Spätnachmittag Muriel Kane zu Besuch kam.

Es herrschte eine untadelig frühlingshafte, ja beinahe sommerliche Abenddämmerung. Anthony lag auf dem Sofa und schaute die 127. Straße hinauf zum Fluß, in dessen Nähe er eben noch eine einzige Gruppe hellgrüner Bäume ausmachen konnte, die die prächtige Schattigkeit des Riverside Drive verbürgten. Auf der anderen Uferseite befanden sich die Palisades, gekrönt vom häßlichen Maßwerk des Vergnügungsparks – doch bald würde es dunkeln, und dieselben eisernen Spinnweben würden sich leuchtend gegen den Himmel abzeichnen, ein über dem weichen Glanz eines tropischen Kanals thronender verwunschener Palast.

Die Straßen in der Nähe des Apartments waren, wie Anthony herausgefunden hatte, Straßen, auf denen Kinder spielten – etwas hübscher als diejenigen, an denen er früher immer auf dem Weg nach Marietta vorbeigekommen war, aber doch von der gleichen Art. Hin und wieder spielte eine Drehorgel oder Bettlerleier, und in der Kühle des Abends liefen viele junge Mädchen paarweise zum Eckladen, kauften Sodawasser mit Speiseeis und gaben sich unter dem niedrigen Himmel uneingeschränkten Träumereien hin.

Jetzt war es dunkel in den Straßen, die spielenden Kinder stießen unverständliche Worte der Begeisterung aus, die vor dem geöffneten Fenster verhallten – und Muriel, die Glorias wegen gekommen war, plauderte mit ihm aus dem undurchdringlichen Dunkel am anderen Ende des Zimmers.

»Wollen wir nicht Licht machen?« schlug sie vor. »Es wird ja richtig gespenstisch.«

Folgsam erhob er sich mit einer müden Bewegung; die grauen Fensterscheiben verschwanden. Er reckte sich. Er war schwerer, sein Bauch drückte leicht gegen seinen Gürtel; sein Leib war weicher geworden und hatte sich ausgedehnt. Er zählte jetzt zweiunddreißig Jahre, und sein Gemüt war ein Wrack, düster und chaotisch.

»Magst du was trinken, Muriel?«

»Ich nicht, danke nein. Ich trinke nicht mehr. Was treibst du denn so, Anthony?« erkundigte sie sich neugierig.

»Na ja, ich hab ziemlich viel mit dieser Klage zu tun«, erwiderte er gleichmütig. »Sie kommt vors Berufungsgericht – bis zum Herbst dürfte sie zugunsten von wem auch immer entschieden sein. Es hat Einwendungen gegeben, ob das Appellationsgericht in dieser Angelegenheit überhaupt zuständig ist.«

Muriel schnalzte mit der Zunge und neigte den Kopf zur Seite.

»Denen würde ich aber Bescheid sagen! Ich hab noch nie erlebt, daß etwas dermaßen lang gedauert hat.«

»Ach, die brauchen alle so lange«, entgegnete er lustlos, »alle Testamentsangelegenheiten. Daß eine in weniger als vier oder fünf Jahren entschieden wird, soll die Ausnahme sein.«

»Oh ...« Wagemutig schlug Muriel einen anderen Kurs ein. »Warum arbeitest du eigentlich nicht, du Faulpelz?«

»Was denn?« fragte er scharf.

»Na, irgendwas eben. Du bist doch noch ein junger Mann.«

»Wenn das eine Ermutigung sein soll, bin ich dir sehr verbunden«, antwortete er trocken – und fügte mit unvermittelter Mattigkeit an: »Stört es dich etwa, daß ich nicht arbeiten will?«

»Mich nicht – aber eine Menge anderer Leute, die behaupten...«

»O Gott!« sagte er niedergeschlagen. »Mir scheint, seit drei Jahren höre ich nichts als wilde Geschichten über mich und tugendhafte Ermahnungen. Ich bin's leid. Wenn du uns nicht mehr besuchen willst, dann laß uns in Frieden. Ich belästige meine früheren ›Freunde‹ ja auch nicht. Aber ich brauche keine Höflichkeitsvisiten und keine als gute Ratschläge verbrämte Kritik ...« Dann fügte er entschuldigend an: »Es tut mir leid – aber du darfst wirklich nicht wie eine Fürsorgerin daherreden, Muriel, auch dann nicht, wenn du die untere Mittelschicht aufsuchst.« Vorwurfsvoll wandte er ihr seine blutunterlaufenen Augen zu – Augen, die früher einmal von einem tiefen, klaren Blau gewesen waren, jetzt aber, wo er trank, blaß, angestrengt und halb verdorben vom Lesen waren.

»Wie kannst du nur so etwas Schlimmes sagen?« protestierte sie. »Du redest ja gerade so, als gehörtet ihr, Gloria und du, zur Mittelschicht.«

»Weshalb das Gegenteil vortäuschen? Ich hasse Leute, die behaupten, große Aristokraten zu sein, wenn sie nicht einmal den Schein wahren können.«

»Glaubst du denn, man braucht Geld, um Aristokrat sein zu können?«

Muriel... die entsetzte Demokratin...!

»Aber ja doch. Die Aristokratie ist doch nur das Eingeständnis, daß gewisse Charakterzüge, die wir vornehm nennen – Mut, Ehre, Schönheit und dergleichen –, am besten in einem günstigen Umfeld gedeihen, wo man es nicht mit den Verkrümmungen von Unwissenheit und Not zu tun hat.«

Muriel biß sich auf die Unterlippe und wiegte den Kopf.

»Ich sage nur, daß Menschen aus guter Familie immer liebenswürdig sind. Das ist das Problem mit dir und Gloria. Ihr denkt, nur weil es augenblicklich nicht so gut um euch steht, versuchen eure alten Freunde, euch aus dem Weg zu gehen. Ihr seid überempfindlich …«

»Du hast doch überhaupt keine Ahnung«, sagte Anthony. »Bei mir ist es einfach eine Frage des Stolzes, und ausnahmsweise ist Gloria vernünftig genug, mir darin recht zu geben, daß wir uns nicht blicken lassen sollten, wo wir unerwünscht sind. Und wir sind unerwünscht. Wir geben zu sehr ein schlechtes Beispiel ab.«

»Unsinn! Du kannst deinen Pessimismus nicht auf meiner kleinen Sonnenveranda abstellen. Ich finde, du solltest dir alle diese morbiden Überlegungen aus dem Kopf schlagen und arbeiten gehen.«

»Hier bin ich, zweiunddreißig. Angenommen, ich würde in irgendeinem idiotischen Betrieb anfangen. Vielleicht komme ich – mit einigem Glück – in zwei Jahren auf fünfzig Dollar die Woche. Das heißt, *falls* ich überhaupt eine Stelle bekomme; es gibt furchtbar viele Arbeitslose. Also, angenommen, ich verdiene fünfzig die Woche. Glaubst du etwa, ich wäre deshalb glücklicher? Glaubst du, wenn ich das Geld meines Großvaters nicht bekomme, wäre das Leben zu *ertragen*?«

Muriel lächelte selbstgefällig.

»Nun«, sagte sie, »ausgekocht magst du ja sein, aber gesunden Menschenverstand hast du nicht.«

Einige Minuten später kam Gloria herein. Es war, als brächte sie einen dunklen Farbton mit in die Wohnung, unbestimmt und rar. Auf verhaltene Art war sie froh, Muriel zu sehen. Sie begrüßte Anthony mit einem beiläufigen »Hi!«.

»Ich habe mit deinem Mann philosophiert«, rief die unbezähmbare Muriel.

»Wir haben uns mit einigen grundlegenden Begriffen befaßt«, sagte Anthony. Ein schwaches Lächeln verunstaltete seine blassen Wangen, die unter dem Zweitagebart noch blasser wirkten.

Ohne die Ironie zu bemerken, kaute Muriel ihre Behauptung von neuem durch. Als sie ausgeredet hatte, sagte Gloria gelassen: »Anthony hat recht. Es macht keinen Spaß, Besuche abzustatten, wenn man das Gefühl hat, daß einen die Leute schief angucken.«

Er unterbrach sie klagend: »Meinst du nicht, daß es höchste Zeit ist, keine Leute mehr anzurufen, wenn sogar Maury Noble, früher mein bester Freund, uns nicht mehr besuchen kommt?« In seinen Augen standen Tränen.

»Das mit Maury Noble ist deine Schuld«, sagte Gloria kühl.

»Ist es nicht.«

»Aber ganz bestimmt.«

Muriel schaltete sich rasch ein: »Vor kurzem habe ich ein Mädchen getroffen, das Maury kennt, und sie sagt, daß er nicht mehr trinkt. Er will sich keine Blöße geben.«

»Er trinkt nicht mehr?«

»Praktisch überhaupt nicht. Er verdient Geld wie Heu. Seit dem Krieg ist er ein anderer geworden. Er will ein millionenschweres Mädel aus Philadelphia heiraten, Ceci Larrabee – heißt es in der Gerüchteküche.«

»Er ist dreiunddreißig«, sagte Anthony und dachte laut nach. »Aber eine merkwürdige Vorstellung, daß er heiraten will. Ich habe ihn immer für hoch begabt gehalten.«

»Das war er auch«, murmelte Gloria, »in gewisser Hinsicht.«

»Aber hochbegabte Menschen treiben doch keine Geschäfte – oder? Oder was machen sie? Was wird aus all denen, die man gekannt hat und mit denen man soviel gemein hatte?«

»Man lebt sich auseinander«, legte Muriel mit angemessen träumerischem Blick nahe.

»Sie ändern sich«, sagte Gloria. »All die Qualitäten, die in ihrem Alltagsleben nicht zur Geltung kommen, überziehen sich mit Spinnweben.«

»Als letztes hat er noch zu mir gesagt«, erinnerte sich Anthony, »daß er arbeiten gehen wolle, um zu vergessen, daß es nichts gibt, wofür zu arbeiten sich lohnt.«

Muriel sprang darauf an.

»Genau das solltest auch *du* tun«, rief sie triumphierend aus. »Natürlich glaube ich nicht, daß irgend jemand umsonst arbeiten will. Aber wenigstens hättest du etwas zu tun. Was fangt ihr überhaupt mit euch an? Im Montmartre seid ihr nie zu sehen – und anderswo auch nicht. Müßt ihr sparen?«

Gloria lachte höhnisch und warf Anthony aus den Augenwinkeln einen Blick zu.

»Worüber lachst du?« wollte er wissen.

»Du weißt, worüber ich lache«, antwortete sie kalt.

»Über die Kiste Whisky?«

»Ja« – sie wandte sich an Muriel –, »gestern hat er fünfundsiebzig Dollar für eine Kiste Whisky bezahlt.«

»Und wenn schon! So ist er billiger, als wenn man ihn flaschenweise kauft. Du brauchst gar nicht so zu tun, als würdest du nichts davon trinken.«

»Wenigstens trinke ich nicht tagsüber.«

»Das ist aber ein feiner Unterschied!« rief er und sprang in einem Anfall von kraftlosem Zorn auf. »Außerdem will ich mir das verdammt noch mal nicht alle paar Minuten vorwerfen lassen.«

»Aber es ist doch wahr.«

»Ist es nicht! Und ich habe es satt, daß du mich ständig vor Besuchern kritisierst!« Er hatte sich in eine solche Gemütsverfassung hineingesteigert, daß seine Arme und Schultern sichtlich zitterten. »Man möchte meinen, daß ich an allem schuld bin. Man möchte meinen, du hättest mich nie dazu ermuntert, Geld auszugeben – dabei hast du weitaus mehr Geld für dich ausgegeben als ich für mich.«

Jetzt stand auch Gloria auf.

»Ich *lasse* mit mir nicht so reden!«

»Dann eben nicht. Himmel noch mal, brauchst du auch nicht!«

Ungestüm verließ er den Raum. Die beiden Frauen hörten seine Schritte in der Diele, dann schlug die Haustür zu. Gloria sank in ihren Stuhl. Im Lampenschein sah ihr Gesicht wunderschön aus, gelassen, unerforschlich.

»Oh…!« rief Muriel gequält. »Oh, was ist nur los mit ihm?«

»Nichts Besonderes. Er ist nur betrunken.«

»Betrunken? Aber er ist doch vollkommen nüchtern. Er spricht…«

Gloria schüttelte den Kopf.

»O nein, es ist ihm nicht mehr anzumerken, es sei denn, daß er kaum noch stehen kann, und er redet ganz verständlich, bis er sich erregt. Er redet viel besser, als wenn er nüchtern ist. Aber er hat den ganzen Tag hier gesessen und getrunken – bis auf die paar Minuten, die es braucht, um zur Ecke vorzulaufen und sich eine Zeitung zu kaufen.«

»Ach, wie entsetzlich!« Muriel war aufrichtig ergriffen. Ihre Augen füllten sich mit Tränen. »Kommt das öfters vor?«

»Daß er trinkt, meinst du?«

»Nein, dieses – daß er hinausstürmt.«

»O ja. Häufig. Um Mitternacht wird er zurückkommen – weinen und mich um Verzeihung bitten.«

»Und – verzeihst du ihm?«

»Ich weiß nicht. Wir gehen darüber hinweg.«

Die beiden Frauen saßen im Lampenschein und schauten einander an, jede auf ihre Weise hilflos. Gloria war immer noch hübsch, so hübsch, wie sie nur sein konnte – ihre Wangen waren gerötet, und sie trug ein neues Kleid, das sie – unbesonnenerweise – für fünfzig Dollar gekauft hatte. Sie hatte gehofft, Anthony dazu überreden zu können, sie an diesem Abend auszuführen, in ein Restaurant oder sogar zu einem der großen, prunkvollen Filmpaläste, wo es ein paar Menschen gäbe, die sie betrachten würden, die ihrerseits zu betrachten sie ertragen könnte. Das wünschte sie sich, weil sie wußte, daß ihre Wangen gerötet waren, und weil ihr Kleid neu und angemessen zart war. Inzwischen erhielten sic nur noch sehr selten irgendwelche Einladungen. Aber das alles erzählte sie Muriel nicht.

»Gloria, Liebes, ich wünschte, wir könnten gemeinsam dinieren, aber ich habe bereits einem Mann zugesagt – und es ist schon halb acht. Ich muß auf und davon.«

»Ach, ich könnte ohnehin nicht. Mir ist schon den ganzen Tag übel gewesen. Ich könnte keinen Bissen zu mir nehmen.«

Nachdem sie mit Muriel zur Tür gegangen war, kam Gloria ins Zimmer zurück und schaltete die Lampe aus. Sie lehnte sich mit den Ellbogen aufs Fensterbrett und sah hinaus auf den Palisades Park, wo sich wie ein zitternder Spiegel, der das gelbe Licht des Mondes einfängt, funkelnd das Rund des Riesenrads drehte. Die Straße lag längst still; die Kinder waren hineingegangen – auf der anderen Straßenseite sah sie eine Familie beim Abendessen. Sie standen lächerlich ziellos auf und liefen um den Tisch herum; von dieser Warte aus wirkte alles, was sie taten, ungereimt – es war, als zappelten sie achtlos und ohne Absicht an unsichtbaren Drähten über ihren Köpfen.

Sie sah auf ihre Uhr – es war acht. Einen Teil des Tages – am frühen Nachmittag – hatte sie sich daran delektiert, mit weit aufgesperrten Nasenlöchern den Broadway von Harlem, die 125. Straße, entlangzulaufen, um die vielen Gerüche aufzunehmen, hingerissen von der außerordentlichen Schönheit einiger italienischer Kinder. Es mutete sie sonderbar an – so wie einst die

Fifth Avenue auf sie gewirkt hatte, damals, als sie mit der gefälligen Zuversicht einer Schönheit gewußt hatte, daß all dies ihr gehörte, jeder Laden und alles, was er enthielt, jedes Erwachsenenspielzeug, das im Schaufenster glitzerte, daß alles mühelos zu haben war. Hier in der 125. Straße gab es die Kapellen der Heilsarmee und in regenbogenfarbene Tücher gehüllte alte Damen auf Türstufen und klebriges Zuckerwerk in den Schmutzhänden von Kindern mit glänzendem Haar – und die untergehende Sonne, die schräg auf die Hauswände der hohen Mietskasernen fiel. Alles sehr kräftig, pikant und appetitlich, wie die Speise eines haushälterischen französischen Kochs, die man nicht anders als genießen konnte, auch wenn man wußte, daß die Zutaten höchstwahrscheinlich Reste waren...

Plötzlich erschauerte Gloria. Über den dämmrigen Dächern ertönte heulend eine Flußsirene. Sie beugte sich zurück, bis ihr der gespenstische Vorhang von der Schulter glitt, und knipste die elektrische Lampe an. Es wurde spät. Sie wußte, daß sie in ihrer Börse etwas Kleingeld hatte, und überlegte, ob sie hinuntergehen und dort, wo die ins Freie austretende Untergrundbahn die Manhattan Street in eine tosende Höhle verwandelte, Kaffee und Brötchen zu sich nehmen oder das verteufelte Schinkenbrot in der Küche essen sollte. Ihre Geldbörse nahm ihr die Entscheidung ab. Sie enthielt einen Nickel und zwei Cent.

Nach einer Stunde war ihr die Stille im Zimmer unerträglich geworden, und sie merkte, daß ihr Blick von der Illustrierten zur Decke gewandert war, um dort gedankenleer zu verharren. Plötzlich stand sie auf, zögerte einen Moment und kaute an ihrem Finger – dann ging sie in die Speisekammer, nahm eine Flasche Whisky vom Regal und schenkte sich ein. Sie füllte das Glas mit Ginger-Ale auf, kehrte zu ihrem Stuhl zurück und las den Artikel in der Illustrierten zu Ende. Er handelte von der letzten Witwe der Revolution, die als junges Mädchen einen uralten Veteranen der Kontinentalarmee geheiratet hatte und 1906 gestorben war. Es kam Gloria merkwürdig und sonderbar romantisch vor, daß sie und diese Frau zur gleichen Zeit gelebt hatten.

Sie blätterte um und erfuhr, daß ein Kandidat bei den Kongreßwahlen von einem Gegner der Gottlosigkeit bezichtigt wurde. Glorias Überraschung legte sich, als sie nachlas, daß der Vorwurf unbegründet war. Der Kandidat hatte lediglich die wundersame Speisung der fünftausend in Abrede gestellt. Als man ihm zusetzte, gestand er, daß er der Geschichte, wie Jesus auf dem Meere daherging, vollen Glauben schenke.

Als Gloria ihr Glas ausgetrunken hatte, goß sie sich ein zweites Mal ein. Nachdem sie ein Negligé übergestreift und es sich auf dem Sofa bequem gemacht hatte, wurde ihr bewußt, wie elend ihr zumute war und daß ihr die Tränen über die Wangen liefen. Sie fragte sich, ob es Tränen des Selbstmitleids waren, und gab sich alle Mühe, nicht zu weinen, doch dieses Leben ohne Hoffnung, ohne Glück bedrückte sie, und sie schüttelte in einem fort den Kopf und zog zitternd die Mundwinkel herab, als bestreite sie eine Behauptung, die jemand anders irgendwo aufgestellt hatte. Sie wußte nicht, daß ihr Mienenspiel älter war als die Geschichte der Menschheit, daß unerträgliches und unentwegtes Leid über hundert Generationen hinweg ebendiese Gebärde der Leugnung, des Einspruchs, der Verstörtheit einer Macht darbringt, welche profunder und gewaltiger ist als der nach dem Ebenbild des Menschen geschaffene Gott und vor der dieser Gott, wenn er denn existierte, ebenso ohnmächtig gewesen wäre. Es ist eine im Herzen der Tragödie verankerte Wahrheit, daß diese Macht niemals erklärt, niemals antwortet – eine Macht, ungreifbar wie die Luft, endgültiger als der Tod.

Im Frühsommer trat Anthony aus seinem letzten Klub aus, dem Amsterdam. Inzwischen hatte er ihn kaum zweimal im Jahr frequentiert, und die Mitgliedsbeiträge waren eine wiederkehrende Belastung. Er war dem Klub nach seiner Rückkehr aus Italien beigetreten, weil es schon der Klub seines Großvaters und seines Vaters gewesen war und weil man ihm, sofern man Gelegenheit dazu hatte, einfach beitreten mußte – dabei hätte er eigentlich den Harvard Club vorgezogen, vor allem wegen Dick und Maury. Als es jedoch mit ihm bergab ging, war das Amsterdam ihm wie zunehmend begehrenswerter Flitter vorgekommen, an den man sich klammerte ... Zuallerletzt gab er es, zu seinem Bedauern, auf ...

Ein Dutzend seltsamer Gestalten waren jetzt seine Kumpane. Mehrere von ihnen hatte er in einem Lokal namens Sammy's in der 43. Straße kennengelernt, wo man, wenn man an der Tür anklopfte und von einem Mann hinter einem Gitter eingelassen wurde, um einen großen runden Tisch herum sitzen und recht ordentlichen Whisky trinken konnte. Hier begegnete er einem Mann namens Parker Allison, der schon in Harvard ein Trunkenbold gewesen war und so schnell wie möglich das gewaltige Vermögen eines Hefe-Imperiums durchbrachte. Parker Allisons Vorstellung von Vornehmheit bestand darin, in einem lärmenden rot-gelben Rennwagen den Broadway hinaufzubrausen, neben sich zwei glitzernde Mädchen mit hartem Blick. Er war der Typ, der lieber mit zwei Mädchen essen ging als mit einem – sein Ideenreichtum reichte kaum dazu, ein Zwiegespräch aufrechtzuerhalten.

Neben Allison war da noch Pete Lytell, der einen grauen Filzhut schräg auf dem Kopf trug. Er hatte stets Geld und war üblicherweise heiter gestimmt, so daß Anthony an zahlreichen Sommer- und Herbstnachmittagen ziellose, weitschweifige Gespräche mit ihm führte. Lytell, fand er, sprach nicht nur, sondern dachte auch in Phrasen. Seine Weltanschauung bestand aus einer Reihe von Phrasen, die er im Laufe eines tätigen, gedankenlosen Lebens aufgeschnappt hatte. Er verfügte über Phrasen zum Sozialismus – die sattsam bekannten; er verfügte über Phrasen zur Existenz eines persönlichen Gottes – das hatte mit einem Eisenbahnunglück zu tun, in das er einmal verwickelt gewesen war; und er verfügte über Phrasen zur irischen Frage, zum Frauentyp, den er achtete, und zur Zwecklosigkeit der Prohibition. Seine Unterhaltung schwang sich nur dann über das Niveau der wirren Satzbrocken, mit denen er die bizarrsten Vorfälle in einem überdurchschnittlich ereignisreichen Leben deutete, wenn er sich zu einer detaillierten Erörterung seiner höchst animalischen Existenzweise herbeiließ: In Sachen Essen, Trinken und Frauentypen kannte er sich aufs trefflichste aus.

Er war das gewöhnlichste und zugleich bemerkenswerteste Erzeugnis der Zivilisation. Er war neun von zehn Menschen, denen man in der Stadt auf der Straße begegnet – und er war ein unbehaarter Affe mit zwei Dutzend Tricks. Er war der Held von tausend wahren und erfundenen Romanzen – und er war, im Grunde genommen, ein Trottel, der im Laufe von dreimal zwanzig Jahren auf biedere und zugleich absurde Weise in einer Reihe verzwickter und unendlich verblüffender Epen mitgespielt hatte.

Mit Männern wie diesen beiden trank und diskutierte, trank und stritt sich Anthony. Er mochte sie leiden, weil sie nichts über ihn wußten, weil sie in der Banalität lebten und nicht die leiseste Vorstellung vom unweigerlichen Fortgang des Lebens hatten. Sie saßen nicht vor einem Film auf aufeinanderfolgenden Spulen, sondern vor einem verstaubten, altmodischen Reisebuch, bei dem alle Wertbegriffe kraß und daher alle Schlußfolgerungen wirr waren. Doch sie selbst waren durchaus nicht verwirrt, weil es nichts in ihnen gab, das sich verwirren ließ – von Monat zu Monat wechselten sie die Phrasen, so wie sie die Krawatten wechselten.

Anthony, der höfliche, der feinsinnige, der umsichtige Anthony, war jeden Tag betrunken – im Sammy's zusammen mit diesen Männern, im Apartment über einem Buch, einem Buch, das er schon kannte, und – sehr selten – zusammen mit Gloria, die in seinen Augen unverkennbare Anzeichen eines streitsüchtigen, unvernünftigen Frauenzimmers zu entwickeln begonnen hatte. Auf jeden Fall war sie nicht mehr die Gloria von früher – die Gloria, die es, wenn sie krank war, vorzog, jedermann um sie herum elend zu machen, statt sich einzugestehen, daß sie Mitgefühl oder Unterstützung brauchte. Sie war nicht mehr zu stolz, um zu jammern; sie war nicht mehr zu stolz, sich selber leid zu tun. Jeden Abend, bevor sie zu Bett ging, rieb sie sich das Gesicht mit einer neuen Salbe ein, von der sie sich wider alle Logik erhoffte, daß sie ihrer schwindenden Schönheit Glanz und Frische wiederschenkte. Wenn Anthony betrunken war, verspottete er sie deswegen. War er nüchtern, verhielt er sich ihr gegenüber höflich, zuweilen sogar zärtlich; für kurze Stunden schien er eine Spur jener alten Eigenschaft aufzuweisen – daß er nur zu gut verstand, um Vorwürfe zu machen –, jener Eigenschaft, die das Beste an ihm war und die ihn rasch und unaufhaltsam ins Verderben getrieben hatte.

Aber er haßte es, nüchtern zu sein. Das brachte ihm die Menschen um ihn her zum Bewußtsein, die Atmosphäre der Anstrengung, des gierigen Ehrgeizes, einer Hoffnung, die erbärmlicher war als Verzweiflung, der unablässigen Mobilität nach oben und nach unten, die sich in jeder Metropole am stärksten in der labilen Mittelschicht bemerkbar macht. Unfähig, unter den Reichen zu leben, bildete er sich ein, seine zweite Wahl wäre es gewesen, unter den ganz Armen zu leben. Alles war besser als dieser Kelch von Schweiß und Tränen.

Anthonys noch nie sonderlich stark ausgeprägtes Interesse für das ungeheure Panorama des Lebens war so schwach geworden, daß es fast ganz erlosch. Hin und wieder erregte ein Vorfall, eine

Geste Glorias sein Gefallen – doch ein grauer Schleier hatte sich jetzt ernstlich über ihn gebreitet. In dem Maße, wie er älter wurde, verblaßten diese Dinge – dafür gab's den Wein.

Ein Rausch hatte etwas Freundliches – er verlieh unbeschreiblichen Glanz und Glamour, wie die Erinnerungen an kurzlebige, verblaßte Abende. Nach ein paar Highballs lag ein Zauber in der hohen, glühenden arabischen Nacht des Bush Terminal Building – seine Spitze war ein Gipfel schierer Pracht, golden und verträumt vor dem unzugänglichen Himmel. Und die krude, banale Wall Street – auch sie war ein Triumph des Goldes, ein herrliches Gefühlsschauspiel; hier verwahrten die großen Könige das Geld für ihre Kriege...

Die Frucht der Jugend oder die der Rebe, der flüchtige Zauber des kurzen Übergangs von Dunkel zu Dunkel – die alte Illusion, daß Wahrheit und Schönheit auf irgendeine Weise miteinander verknüpft seien.

Als er eines Abends vor dem Delmonico's stehenblieb, um sich eine Zigarette anzuzünden, sah er zwei Hansoms, die dicht am Bordstein standen und auf einen allfälligen betrunkenen Fahrgast warteten. Die altmodischen Droschken waren verschlissen und schmutzig – das rissige Lackleder verrunzelt wie das Gesicht eines alten Mannes, die Kissen zu einem bräunlichen Lavendel ausgebleicht; die Pferde selbst alt und lendenlahm, ebenso die weißhaarigen Männer, die auf dem Kutschbock saßen und mit grotesk übertriebenem Heldenmut ihre Peitschen knallen ließen. Ein Relikt untergegangener Fröhlichkeit!

In einem plötzlichen Anfall von Depression ging Anthony Patch davon und bedachte, wie bitter es war, auf solche Weise zu überleben. Ihm schien, daß es nichts gab, was so rasch schal wurde wie das Vergnügen.

Eines Nachmittags begegnete er auf der 42. Straße zum ersten Mal seit vielen Monaten Richard Caramel, einem blühenden, fülliger gewordenen Richard Caramel, dessen Gesicht voller war und der Bostoner Stirn entsprach.

»Bin diese Woche erst von der Küste gekommen. Wollte dich anrufen, wußte aber deine Anschrift nicht.«

»Wir sind umgezogen.«

Richard Caramel bemerkte, daß Anthony ein beschmutztes Hemd trug, daß seine Manschetten leicht, aber doch sichtlich ausgefranst waren, daß er halbmondförmige Tränensäcke von der Farbe des Zigarettenrauchs unter den Augen hatte.

»Das habe ich mir gedacht«, sagte er und fixierte seinen Freund mit seinem hellgelben Auge. »Aber wo ist Gloria, und wie geht's ihr? Mein Gott, Anthony, selbst drüben in Kalifornien habe ich die gottverdammtesten Geschichten über euch zwei gehört – und als ich wieder nach New York komme, stelle ich fest, daß ihr völlig abgetaucht seid. Warum reißt ihr euch nicht zusammen?«

»Jetzt hör mir aber mal zu«, plapperte Anthony mit schwankender Stimme, »ich vertrage keine lange Standpauke. Wir haben links und rechts Geld verloren, und natürlich haben die Leute getratscht – wegen der Klage, aber diesen Winter wird die Sache bestimmt endgültig entschieden...«

»Du redest so schnell, daß ich dich nicht verstehen kann«, unterbrach ihn Dick gelassen.

»Ich hab alles gesagt, was es zu sagen gibt«, schnauzte Anthony. »Komm und besuch uns, wenn du magst – oder laß es bleiben!«

Damit machte er kehrt und schickte sich an, in der Menschenmenge zu verschwinden, aber Dick holte ihn sofort ein und packte ihn am Arm.

»He, Anthony, nun fahr doch nicht gleich aus der Haut! Du weißt, Gloria ist meine Cousine, und du bist einer meiner ältesten Freunde, da ist es doch nur natürlich, daß ich hellhörig werde, wenn ich erfahre, daß du vor die Hunde gehst – und sie mitzerrst.«

»Ich lasse mir keine Predigt halten.«

»Ist ja schon gut. Wie wär's, wenn du zu mir kommst und einen mittrinkst? Ich habe mich gerade eingerichtet. Ich habe einem Zollbeamten drei Kisten Gordon Gin abgekauft.«

Als sie weiterliefen, fuhr er in einem Anfall von Verzweiflung fort: »Und was ist mit dem Geld von deinem Großvater – kriegst du das nun?«

»Ach«, antwortete Anthony aufgebracht, »Haight, dieser alte Narr, scheint die Hoffnung nicht aufgegeben zu haben, zumal die Leute die Reformer inzwischen leid sind – verstehst du, es könnte zum Beispiel durchaus einen Unterschied machen, ob ein Richter der Meinung ist, daß Adam Patch es ihm erschwert hat, an Alkohol heranzukommen.«

»Du kannst nicht ohne Geld auskommen«, sagte Dick sentenziös. »Hast du in letzter Zeit versucht zu schreiben?«

Anthony schüttelte stumm den Kopf.

»Das ist merkwürdig«, sagte Dick. »Ich dachte immer, du und Maury, eines Tages würdet ihr schreiben, und jetzt ist er eine Art knauseriger Aristokrat geworden, und du...«

»Ich bin das schlechte Beispiel.«

»Wieso das?«

»Wahrscheinlich bildest du dir ein, du wüßtest Bescheid«, unterstellte Anthony, sich mühsam konzentrierend. »Der Versager und der Erfolgreiche glauben beide zuinnerst, daß sie genau austarierte Standpunkte haben, der Erfolgreiche, weil er Erfolg, der Versager, weil er versagt hat. Der Erfolgsmensch sagt seinem Sohn, er solle aus dem Glück seines Vaters Nutzen ziehen, der Versager dem seinen, er solle aus den Fehlern seines Vaters lernen.«

»Da bin ich anderer Meinung«, sagte der Autor von *Ein frisch-*

gebackener Leutnant in Frankreich. »Als wir jung waren, habe ich immer dir und Maury zugehört, und ich war beeindruckt, weil du so konsequent zynisch warst, aber jetzt – Menschenskinder, wer von uns dreien führt denn nun ein – das Leben eines Intellektuellen? Ich will ja nicht großsprecherisch klingen, aber – das bin nun einmal ich, und ich habe immer daran geglaubt, daß es sittliche Werte gibt, und werde immer daran glauben.«

»Nun ja«, wandte Anthony ein, der sich ziemlich amüsierte, »selbst wenn ich dir das zugestehe, so weißt du doch, daß die Probleme, vor die uns das Leben stellt, in der Praxis niemals klar umrissen sind, oder?«

»Bei mir schon. Es gibt nichts, wofür ich bestimmte Grundsätze verletzen würde.«

»Aber woher willst du denn wissen, wann du sie verletzt? Du hast doch keine Ahnung, wie die meisten anderen Menschen auch. Du kannst erst im nachhinein die Werte zuordnen. Und dann vollendest du das Porträt – malst die Details und die Schatten.«

Dick schüttelte mit hochmütiger Hartnäckigkeit den Kopf.

»Immer noch der alte sinnlose Zyniker«, sagte er. »Das ist nur eine Art von Selbstmitleid. Du tust nichts – also zählt auch nichts.«

»Oh, ich bin durchaus zu Selbstmitleid fähig«, gab Anthony zu, »ich behaupte auch nicht, aus dem Leben soviel Spaß herauszuschlagen wie du.«

»Du sagst – jedenfalls hast du früher gesagt –, daß Glück das einzige im Leben ist, was sich lohnt. Glaubst du, du bist glücklicher, wenn du Pessimist bist?«

Anthony knurrte wütend. Sein Vergnügen an der Unterhaltung begann nachzulassen. Er war unruhig und sehnte sich nach einem Drink.

»Menschenskinder!« rief er. »Wo wohnst du denn nur? Ich kann nicht ewig weiterlaufen.«

»Deine Ausdauer ist rein geistiger Natur, wie?« erwiderte Dick ungehalten. »Ich wohne gleich hier.«

Er bog in ein Mietshaus in der 49. Straße ein, und wenige Minuten später befanden sie sich in einem geräumigen neuen Zimmer mit offenem Kamin und vier Bücherwänden. Ein farbiger Butler servierte ihnen Gin-Cocktails, und eine Stunde verstrich mit höflichem Geplauder, dem sanften Zur-Neige-Gehen ihrer Drinks und der Glut eines niedrigen Kaminfeuers im Mittherbst.

»Die Künste sind sehr alt«, sagte Anthony nach einer Weile. Nach ein paar Gläsern ließ die Anspannung seiner Nerven nach, und er merkte, daß er wieder denken konnte.

»Welche Künste?«

»Alle. Die Lyrik stirbt als erste. Früher oder später wird sie von der Prosa aufgesogen werden. Zum Bespiel gehören das schöne Wort, das farbige und glitzernde Wort, und der schöne Vergleich heute der Prosa an. Um sich Aufmerksamkeit zu sichern, muß sich die Lyrik nach dem ungewöhnlichen Wort strecken, dem harschen, erdigen Wort, das noch nie schön war. Die Schönheit, als die Summe mehrerer schöner Teile, hat ihre Apotheose bei Swinburne erfahren. Sie kommt nicht weiter – außer vielleicht im Roman.«

Dick unterbrach ihn ungeduldig: »Weißt du, diese neuen Romane ermüden mich. Mein Gott! Wohin ich auch gehe, fragen mich irgendwelche albernen Mädchen, ob ich *Diesseits vom Paradies* gelesen hätte. Sind unsere Mädchen wirklich so? Wenn so etwas lebensgetreu ist, was ich nicht glaube, dann geht die nächste Generation vor die Hunde. Diesen schäbigen Realismus habe ich herzlich satt. Ich finde, die Literatur sollte auch dem Romantiker Platz bieten.«

Anthony versuchte, sich daran zu erinnern, was er kürzlich von Richard Caramel gelesen hatte. Da war einmal *Ein frischgebackener Leutnant in Frankreich,* ein Roman namens *Das*

Land der starken Männer und mehrere Dutzend Kurzgeschichten, die noch schlechter waren. Unter jungen und gewieften Rezensenten war es üblich geworden, Richard Caramel mit einem geringschätzigen Lächeln zu erwähnen. »Mr.« Richard Caramel nannten sie ihn. Sein Leichnam wurde obszön durch jede Literaturbeilage geschleift. Er wurde bezichtigt, mit kitschigen Filmdrehbüchern ein Vermögen zu verdienen. Da die Büchermode sich gewandelt hatte, war er beinahe zum Gegenstand der Verachtung geworden.

Während Anthony darüber nachdachte, war Dick aufgestanden und schien kurz davor, ein Geständnis abzulegen.

»Ich habe mir eine ganze Menge Bücher zugelegt«, sagte er plötzlich.

»Das sehe ich.«

»Ich habe eine umfassende Sammlung guter amerikanischer Titel angelegt, alter und neuer. Ich meine nicht das Hergebrachte: Longfellow, Whittier – nein, das meiste ist modern.«

Er trat vor eine der Bücherwände, und als Anthony sah, was von ihm erwartet wurde, stand er gleichfalls auf und folgte ihm.

»Schau!«

Unter dem gedruckten Etikett *Americana* stellte Dick sechs lange Reihen schön gebundener und offenkundig sorgfältig ausgewählter Bücher aus.

»Und hier stehen die zeitgenössischen Romanciers.«

Dann bemerkte Anthony, worum es ging. Eingezwängt zwischen Mark Twain und Theodore Dreiser standen da acht merkwürdige und unpassende Bände, die Werke Richard Caramels – natürlich *Der dämonische Liebhaber,* aber auch sieben weitere, abscheulicher Schund, ohne jede Aufrichtigkeit oder Anmut.

Widerwillig blickte Anthony in Richards Gesicht, wo er leise Unsicherheit entdeckte.

»Natürlich habe ich meine Bücher dazugestellt«, sagte Richard Caramel hastig, »auch wenn ein oder zwei von ungleichmäßiger Qualität sind – ich fürchte, ich habe ein bißchen zu schnell drauflosgeschrieben, als ich den Vertrag mit der Zeitschrift bekam. Das ist nicht falsche Bescheidenheit. Natürlich schenken mir einige Kritiker, seit ich etabliert bin, nicht mehr soviel Aufmerksamkeit – aber schließlich zählen ja nicht die Kritiker. Das sind doch alles Schafe.«

Zum ersten Mal seit langem – so lang, daß er sich kaum erinnern konnte – empfand Anthony so etwas wie die angenehme alte Verachtung für seinen Freund.

Richard Caramel fuhr fort: »Mein Verlag, weißt du, wirbt für mich als den Thackeray Amerikas – wegen meines New-York-Romans.«

»Ja«, brachte Anthony zuwege, »ich schätze, an dem, was du sagst, ist ziemlich was dran.«

Er wußte, daß seine Verachtung unangebracht war. Er wußte, daß er, ohne zu zögern, mit Dick getauscht hätte. Er selbst hatte sein Bestes versucht, um ironisch zu schreiben. Ach ja – warum sollte auch jemand bereitwillig das eigene Lebenswerk verunglimpfen?

Und indes Richard Caramel in dieser Nacht bei der Arbeit saß, gewaltig auf die falschen Tasten einhieb, die müden, ungleichen Augen zusammenkniff und sich bis in die unfrohen Stunden hinein, wenn das Feuer erlischt und einem von überlanger Konzentration der Kopf schwirrt, mit seinem Schund abquälte, lümmelte sich Anthony, abscheulich betrunken, auf dem Weg zu seiner Wohnung in der Claremont Avenue im Fond eines Taxis.

Die Prügel

Als der Winter nahte, schien es, als sei Anthony von einer Art Wahnsinn ergriffen. Morgens wachte er so voller Unruhe auf, daß Gloria ihn im Bett zittern spürte, bevor er genügend Energie aufbrachte, um in die Speisekammer zu stolpern und sich einen Drink zu holen. Wenn er nicht unter dem Einfluß von Alkohol stand, war es mit ihm nicht auszuhalten, und da er vor ihren Augen zu verfallen und zu verderben schien, schraken Glorias Seele und Körper vor ihm zurück; wenn er die ganze Nacht über ausblieb, wie es mehrere Male vorkam, tat es ihr nicht nur nicht leid, vielmehr empfand sie sogar eine Art trauriger Erleichterung. Am nächsten Tag war er jeweils leicht zerknirscht und äußerte mit mürrischer Armsündermiene, er müsse wohl einen über den Durst getrunken haben.

Stundenlang konnte er in einer Art Erstarrung in dem großen Lehnsessel sitzen, der in seinem Apartment gestanden hatte – selbst sein Interesse, in seinen Lieblingsbüchern zu lesen, schien ihn verlassen zu haben, und wiewohl die Ehepartner unaufhörlich miteinander haderten, gab es doch ein Thema, über das sie sich unterhalten konnten: den Fortgang der Klage. Es ist schwer vorstellbar, was sich Gloria in den finstersten Tiefen ihrer Seele erhoffte, was sie erwartete, das dieses große Geldgeschenk bewirken sollte. Ihre Umgebung preßte sie in die groteske Karikatur einer Hausfrau. Sie, die bis vor drei Jahren nicht ein einziges Mal Kaffee gebrüht hatte, bereitete mitunter drei Mahlzeiten am Tag zu. Nachmittags ging sie viel spazieren, und abends las sie – Bücher, Zeitschriften, alles, was ihr in die Hände fiel. Falls sie sich noch immer ein Kind wünschte, und sei es auch ein Kind von jenem Anthony, der ihr Bett sturzbetrunken aufsuchte, so ließ sie davon nichts verlauten und zeigte auch nicht das leiseste Interesse an Kindern. Es ist fraglich, ob sie irgend jemandem hätte erklären können, was sie eigentlich wollte oder was es zu wollen gab – eine einsame, bildhübsche Frau von nunmehr dreißig Jahren, verschanzt hinter einem undurchdringlichen Schutzpanzer, der zusammen mit ihrer Schönheit geboren war und zusammen mit ihr bestand.

Eines Nachmittags, als der Schnee entlang dem Riverside

Drive wieder schmutzig war, betrat Gloria, die bei ihrem Lebensmittelhändler gewesen war, das Apartment und sah, daß Anthony in einem Zustand erhöhter Nervosität auf und ab ging. Die fiebrigen Augen, mit denen er sie ansah, waren von winzigen rosa Äderchen durchzogen, die sie an die Flüsse auf einer Landkarte erinnerten. Einen Augenblick lang gewann sie den Eindruck, er sei plötzlich und unwiderruflich gealtert.

»Hast du Geld?« fragte er überstürzt.

»Wie? Was soll das heißen?«

»Geld! Geld! Verstehst du kein Englisch?«

Sie beachtete ihn nicht, sondern schob sich an ihm vorbei in die Speisekammer, wo sie den Schinkenspeck und die Eier in den Kühlschrank stellte. Wenn er außergewöhnlich ausschweifend getrunken hatte, war er unweigerlich quengeliger Laune. Diesmal folgte er ihr. In der Speisekammertür blieb er stehen und wiederholte seine Frage.

»Du hast gehört, was ich gesagt habe. Hast du Geld?«

Vor dem Kühlschrank drehte sie sich um und starrte ihn an.

»Wirklich, Anthony, du bist wohl verrückt! Du weißt genau, daß ich kein Geld habe – höchstens einen Dollar in Münzen.«

Er machte eine abrupte Kehrtwendung und ging ins Wohnzimmer zurück, wo er wieder auf und ab lief. Es war offensichtlich, daß ihm etwas Wichtiges durch den Kopf ging – augenscheinlich wollte er gefragt werden, was mit ihm los war. Einen Augenblick später gesellte sie sich zu ihm, setzte sich auf das lange Sofa und fing an, ihr Haar zu lösen. Sie hatte keinen Bubikopf mehr, und im letzten Jahr hatte es sich von einem satten, rötlich schimmernden Goldton zu einem stumpfen Hellbraun verfärbt. Sie hatte sich Shampoo gekauft und wollte sich die Haare waschen; sie hatte mit dem Gedanken gespielt, dem Wasser, mit dem sie sich die Haare ausspülen wollte, eine Flasche Wasserstoffsuperoxyd zuzugeben.

»Nun?« deutete sie leise an.

»Diese verflixte Bank!« bebte er. »Seit mehr als zehn Jahren habe ich mein Konto bei denen – seit zehn Jahren! Anscheinend gibt es irgendeine selbstherrliche Vorschrift, daß man mehr als fünfhundert Dollar Einlage haben muß, oder sie führen einem das Konto nicht. Vor ein paar Monaten haben sie mir einen Brief geschrieben und mir mitgeteilt, ich hätte zuwenig auf dem Konto. Einmal habe ich doch zwei ungedeckte Schecks ausgestellt – weißt du noch? Der Abend im Reisenweber's? Aber gleich am nächsten Tag habe ich Geld eingezahlt. Dem alten Halloran – das ist der Filialleiter, dieser gierige Ire – habe ich versprochen, in Zukunft achtzugeben. Und ich meinte, ich hätte aufgepaßt; die Abschnitte in meinem Scheckheft habe ich ziemlich regelmäßig ausgefüllt. Na, und heute bin ich auf die Bank gegangen, um einen Scheck einzulösen, und da kommt doch dieser Halloran auf mich zu und sagt, sie müßten mein Konto auflösen. Zu viele ungedeckte Schecks, hat er gesagt, und nie hätte ich ein Guthaben von mehr als fünfhundert – und auch das immer nur ein, zwei Tage lang. Und was, bei Gott, glaubst du, hat er dann gesagt?«

»Was?«

»Er hat gesagt, es sei gerade der richtige Moment dazu, weil ich nicht einen verdammten Penny auf dem Konto hätte!«

»Nicht einen Penny?«

»Hat er gesagt. Anscheinend habe ich den Leuten von Bedros für die letzte Kiste Whisky einen Scheck über sechzig Dollar gegeben – dabei waren nur noch fünfundvierzig auf dem Konto. Die haben fünfzehn Dollar auf mein Konto eingezahlt und dann den Gesamtbetrag abgehoben.«

In ihrer Unwissenheit beschwor Gloria ein Bild von Haft und Schande herauf.

»Ach, die werden mir schon nichts tun«, beruhigte er sie. »Alkoholschmuggel ist ein zu riskantes Geschäft. Die werden mir 'ne Rechnung über fünfzehn Dollar schicken, und ich werde sie bezahlen.«

»Oh.« Sie dachte einen Augenblick lang nach. »Wir könnten doch eine Anleihe verkaufen.«

Er lachte höhnisch.

»O ja, das ist immer leicht. Wo doch die paar Anleihen in unserem Besitz, die überhaupt noch Zinsen abwerfen, nur mehr zwischen fünfzig und achtzig Cent pro Dollar wert sind. Jedesmal, wenn wir eine verkaufen, verlieren wir die Hälfte des Wertes.«

»Was können wir denn sonst tun?«

»Ach, wir werden schon was verkaufen – wie immer. Wir haben Papiere zu einem Nennwert von achtzigtausend Dollar.« Wieder lachte er unangenehm. »Auf dem offenen Markt bringen die an die dreißigtausend ein.«

»Ich habe diesen Zehn-Prozent-Anlagen nie getraut.«

»Von wegen!« sagte er. »Du hast nur so getan, damit du auf mir herumhacken könntest, wenn sie den Bach runter gehen, aber du wolltest es genauso wie ich darauf ankommen lassen.«

Einen Augenblick lang blieb sie stumm, als denke sie nach, dann rief sie plötzlich: »Anthony, zweihundert im Monat ist schlimmer als gar nichts. Komm, wir verkaufen alle Wertpapiere und tun die dreißigtausend Dollar auf die Bank – und wenn wir den Prozeß verlieren, können wir drei Jahre lang in Italien leben und dann einfach sterben.« In ihrer Erregung wurde sie, während sie sprach, einer leisen Gefühlsregung inne, der ersten, die sie seit vielen Tagen empfunden hatte.

»Drei Jahre«, sagte er nervös, »drei Jahre! Du bist verrückt. Wenn wir verlieren, wird uns Mr. Haight mehr als das berechnen. Glaubst du etwa, der arbeitet aus Gutherzigkeit?«

»Das hatte ich vergessen.«

»Und heute ist ausgerechnet Samstag«, fuhr er fort, »ich habe nur noch einen Dollar und etwas Kleingeld, und wir müssen bis Montag, wenn ich zu meinem Börsenmakler gehen kann, damit auskommen ... Und kein Tropfen Alkohol im Haus«, schickte er vielsagend nach.

»Könntest du nicht Dick anrufen?«

»Hab ich schon. Sein Butler sagt, er sei nach Princeton gefahren, um eine Rede vor einem Literaturverein oder so etwas zu halten. Kommt nicht vor Montag zurück.«

»Laß mal sehen – hast du keinen Freund, an den du dich wenden könntest?«

»Ich hab's bei zweien versucht. War niemand da. Ich wünschte, ich hätte den Brief von Keats verkauft, was ich schon letzte Woche vorhatte.«

»Was ist mit den Männern, mit denen du im Sammy's Karten spielst?«

»Glaubst du wirklich, die würde ich fragen?« Seine Stimme drückte selbstgerechtes Entsetzen aus. Gloria fuhr zusammen. Er würde eher ihr unverhohlenes Unbehagen ertragen als schaudernd um einen unangemessenen Gefallen bitten. »Ich dachte an Muriel«, schlug er vor.

»Die ist in Kalifornien.«

»Wie wär's mit ein paar von diesen Herren, mit denen du dich so gut amüsiert hast, als ich bei der Armee war? Man sollte meinen, die wären froh, dir einen kleinen Gefallen zu tun.«

Sie sah ihn verachtungsvoll an, aber er beachtete sie nicht.

»Oder wie wär's mit deiner alten Freundin Rachael – oder mit Constance Merriam?«

»Constance Merriam ist vor einem Jahr gestorben, und Rachael würde ich nicht fragen.«

»Und was ist mit diesem Herrn, der früher so darauf erpicht war, dir zu helfen, daß er sich kaum beherrschen konnte, Bloeckman?«

»Oh ...!« Endlich hatte er sie getroffen, und so abgestumpft oder gleichgültig war er nicht, daß es ihm entgangen wäre.

»Warum nicht der?« beharrte er gefühllos.

»Weil – er mich nicht mehr mag«, brachte sie mit Mühe heraus, und als er nichts erwiderte, sondern sie nur zynisch ansah:

»Falls du wissen möchtest, warum, will ich's dir sagen. Vor einem Jahr bin ich zu Bloeckman gegangen – er hat sich den Namen Black zugelegt – und habe ihn gebeten, mich beim Film einzuführen.«

»Du bist zu Bloeckman gegangen?«

»Ja.«

»Warum hast du mir nichts davon gesagt?« fragte er ungläubig, und das Lächeln wich aus seinem Gesicht.

»Wahrscheinlich hast du irgendwo getrunken. Er hat mir zu einer Probeaufnahme verholfen, aber man befand, ich sei nicht jung genug, außer für eine Nebenrolle.«

»Eine Nebenrolle?«

»So eine Art ›Frau von dreißig Jahren‹. Ich war noch keine dreißig, und ich finde, daß ich auch nicht aussah wie dreißig.«

»Hol ihn der Teufel!« rief Anthony und trat mit sonderbar verstockten Gefühlen heftig für sie ein. »Also wirklich...«

»Und deshalb kann ich nicht zu ihm gehen.«

»Also wirklich, was für eine Frechheit!« beharrte Anthony nervös. »Was für eine Frechheit!«

»Anthony, das macht nun auch nichts mehr. Aber wir müssen den Sonntag überstehen, und wir haben nichts im Haus außer einem Laib Brot, einem halben Pfund Schinkenspeck und zwei Eiern fürs Frühstück.« Sie reichte ihm den Inhalt ihres Portemonnaies. »Hier, siebzig, achtzig, ein Dollar fünfzehn. Mit dem, was du hast, macht das zusammen ungefähr zweieinhalb Dollar, stimmt's? Anthony, damit kommen wir hin. Damit können wir jede Menge Lebensmittel kaufen – mehr, als wir essen können.«

Er klimperte mit dem Kleingeld in seiner Hand und schüttelte den Kopf.

»Nein. Ich brauche etwas zu trinken. Ich bin so verflucht fickrig, daß ich richtig zittere.« Ihm kam ein Gedanke. »Vielleicht würde Sammy mir einen Scheck einlösen? Und am Montag könnte ich mit dem Geld zur Bank sausen.«

»Aber die haben dein Konto doch geschlossen.«

»Ach ja, stimmt – das hatte ich ganz vergessen. Ich will dir was sagen: Ich gehe ins Sammy's, da finde ich bestimmt jemanden, der mir was leiht. Aber wie ich es hasse, jemanden darum zu bitten...« Plötzlich schnippte er mit den Fingern. »Ich weiß, was ich tue. Ich verpfände meine Uhr. Zwanzig Dollar kriege ich für die, und am Montag bekomme ich sie für zusätzliche sechzig Cent zurück. Die ist schon mal verpfändet worden – als ich in Cambridge war.«

Er hatte seinen Mantel übergezogen, und mit einem knappen »Auf Wiedersehen« ging er durch die Diele auf die Wohnungstür zu.

Gloria sprang auf. Plötzlich war ihr eingefallen, wohin er vermutlich als erstes gehen würde.

»Anthony!« rief sie ihm nach. »Solltest du die zwei Dollar nicht lieber hier bei mir lassen? Du brauchst doch nur Fahrgeld.«

Die Wohnungstür schlug zu – er stellte sich, als habe er sie nicht gehört. Einen Augenblick lang stand sie da und sah ihm nach; dann ging sie ins Badezimmer zu ihren traurigen Salben und begann mit den Vorbereitungen für ihre Haarwäsche.

Im Sammy's stieß Anthony auf Parker Allison und Pete Lytell, die allein an einem Tisch saßen und Whisky mit Zitrone tranken. Es war kurz nach sechs Uhr, und in einer Ecke kehrte Sammy oder Samuele Bendiri, auf welchen Namen er getauft war, Zigarettenkippen und Glasscherben zu einem Haufen zusammen.

»Hi, Tony!« rief Parker Allison Anthony zu. Manchmal redete er ihn mit Tony an, dann wieder mit Dan. Für ihn mußten alle Anthonys unter der Flagge einer dieser Kurzformen segeln.

»Setz dich. Was nimmst du?«

In der Untergrundbahn hatte Anthony sein Geld gezählt und war auf fast vier Dollar gekommen. Er konnte sich zwei Runden zu fünfzig Cent pro Glas leisten – das bedeutete, daß er selbst sechs Glas trinken konnte. Dann würde er zur Sixth Avenue hinübergehen und für seine Uhr zwanzig Dollar und einen Pfandschein bekommen.

»Na, ihr Landeier«, sagte er leutselig, »wie ist denn so das Verbrecherleben?«

»Recht gut«, sagte Allison. Er zwinkerte Pete Lytell zu. »Zu schade, daß du verheiratet bist. So um elf, wenn die Shows aus sind, haben wir ein paar ziemlich flotte Bienen auf dem Programm. Junge, Junge! Jawohl, Sir – zu schade, daß er verheiratet ist – was, Pete?«

»Jammerschade.«

Um halb acht, als sie die sechs Runden ausgetrunken hatten, stellte Anthony fest, daß seine Absichten seinen Wünschen Gehör zu schenken begannen. Jetzt war er glücklich und vergnügt – und amüsierte sich blendend. Es schien ihm, als sei die Anekdote, die Pete soeben erzählt hatte, außergewöhnlich und zutiefst lustig gewesen – und er befand, wie er es jeden Tag um diese Zeit tat, daß sie »Teufel noch eins! verdammt nette Kerls« waren, die mehr für ihn tun würden als alle anderen, die er kannte. Samstagnachts hatten die Pfandleihgeschäfte bis spät auf, und er spürte, daß er nur noch ein Glas brauchte, um eine herrlich rosige Heiterkeit zu erlangen.

Listig fischte er in seinen Westentaschen, holte seine beiden Vierteldollarmünzen hervor und starrte sie an, als wäre er völlig überrascht.

»Ich will verdammt sein«, beteuerte er in bekümmertem Tonfall, »da bin ich doch tatsächlich ohne meine Brieftasche losgezogen.«

»Brauchst du Bares?« fragte Lytell leichthin.

»Ich habe mein Geld zu Hause auf der Frisierkommode liegenlassen. Und ich wollte doch noch eine Lage schmeißen.«

»Ach – laß nur sein.« Verächtlich winkte Lytell den Vorschlag ab. »Ich denke, wir können einem netten Kumpel alle Drinks spendieren, die er will. Was nimmst du denn – das gleiche noch mal?«

»Ich will euch was sagen«, schlug Parker Allison vor, »wie wär's, wenn wir Sammy über die Straße schicken, um uns ein paar Sandwiches zu besorgen, und hier zu Abend essen?«

Die beiden anderen stimmten zu.

»Gute Idee.«

»He, Sammy, kannst du uns mal 'n Gefallen tun...«

Kurz nach neun raffte Anthony sich auf, wünschte ihnen mit belegter Zunge eine gute Nacht und wankte zur Tür. Als er hinaustrat, reichte er Sammy eine der beiden Vierteldollarmünzen. Draußen auf der Straße zögerte er unsicher, dann brach er in Richtung Sixth Avenue auf, wo er, wie er sich erinnerte, öfter an mehreren Pfandhäusern vorbeigekommen war. Er ging an einem Zeitungskiosk und zwei Drugstores vorüber – dann merkte er, daß er vor dem gesuchten Laden stand und daß dieser verschlossen und verriegelt war. Unverdrossen ging er weiter; ein zweites Geschäft, einen halben Block weiter, war gleichfalls geschlossen – ebenso zwei weitere auf der anderen Straßenseite und ein fünftes auf dem Platz dahinter. Doch im letzteren sah er ein schwaches Licht brennen, also klopfte er an die Glastür; er ließ erst ab, als hinten im Geschäft ein Wachmann erschien und ihm ärgerlich bedeutete weiterzugehen. In wachsender Mutlosigkeit, wachsender Verwirrung überquerte er den Fahrdamm und lief zur 43. Straße zurück. An der Ecke in der Nähe vom Sammy's blieb er unentschlossen stehen – wenn er jetzt zum Apartment zurückging, wie sein Körper es spürbar verlangte, würde er sich bitteren Vorwürfen aussetzen; doch nun, da die Leihhäuser geschlossen waren, hatte er keine Ahnung, woher das Geld nehmen. Endlich beschloß er, doch noch Parker Allison zu fragen – als er sich jedoch dem Sammy's näherte, fand er die Tür verschlossen und die Lichter erloschen. Er sah auf die Uhr; halb zehn. Er ging weiter.

Zehn Minuten später hielt er unschlüssig an der Ecke von 43. Straße und Madison Avenue an, schräg gegenüber dem leuchtenden, aber beinahe menschenleeren Eingang zum Biltmore Hotel. Hier verharrte er einen Augenblick, dann ließ er sich inmitten von Bauschutt schwer auf eine nasse Planke plumpsen. Dort ruhte er fast eine halbe Stunde aus. Seine Hirntätigkeit bestand aus einem Durcheinander oberflächlicher Gedanken, von denen der wichtigste dahingehend lautete, daß er Geld beschaffen und nach Hause gelangen mußte, bevor er zu durchnäßt war und den Heimweg nicht mehr fand.

Dann, als er zum Biltmore hinüberblickte, sah er einen Mann, der direkt im Schein der Schutzdachlaternen neben einer Frau in einem Hermelinpelz stand. Während Anthony zuschaute, trat das Paar vor und signalisierte einem Taxi. An der Gangart – ein untrügliches Kennzeichen – merkte Anthony, daß es sein Freund Maury Noble war.

Er erhob sich. »Maury!« rief er.

Maury sah in seine Richtung, dann wandte er sich wieder dem Mädchen zu, gerade als das Taxi vorfuhr. In dem wirren Vorhaben, sich zehn Dollar zu leihen, rannte Anthony, so schnell er konnte, über die Madison Avenue und die 43. Straße entlang.

Als er näher kam, stand Maury neben dem geöffneten Schlag des Taxis. Seine Begleiterin drehte sich um und betrachtete Anthony neugierig.

»Hallo, Maury!« sagte er und streckte die Hand aus. »Wie geht's?«

»Danke, gut.«

Ihre Hände fielen herab, und Anthony zögerte. Maury traf keinerlei Anstalten, ihn vorzustellen, sondern stand nur da und betrachtete ihn mit katzenhaft undurchdringlichem Schweigen.

»Ich wollte dich sprechen ...«, setzte Anthony unsicher an. Er hatte das Gefühl, daß er nicht gut um ein Darlehen bitten konnte, wenn das Mädchen kaum mehr als einen Meter entfernt stand, daher brach er ab und machte eine kaum merkliche Bewegung mit dem Kopf, als wolle er Maury zur Seite bitten.

»Ich bin in ziemlicher Eile, Anthony.«

»Ich weiß – aber kannst du, könntest du...« Wieder zauderte er.

»Ich sehe dich ein andermal«, sagte Maury.

»Es ist wichtig.«

»Es tut mir leid, Anthony.«

Ehe Anthony sich dazu durchringen konnte, mit seiner Bitte herauszuplatzen, hatte sich Maury kühl dem Mädchen zugewandt, ihr in den Wagen geholfen und war mit einem höflichen »Guten Abend« nach ihr eingestiegen. Als er ihm durchs Fenster zunickte, kam es Anthony vor, als habe er keine Miene verzogen. Das Taxi fuhr mit mürrischem Lärmen davon, und Anthony blieb allein im Laternenschein zurück.

Ohne besonderen Grund, außer daß der Eingang gerade zur Hand war, trat Anthony ins Biltmore, stieg die breite Treppe hinauf und fand in einer Nische einen Sessel. Zu seinem Ärger war er sich bewußt, daß man ihm eine Abfuhr erteilt hatte; er war so gekränkt und verstimmt, wie es ihm in seinem Zustand überhaupt möglich war. Dennoch zwang ihn die Notwendigkeit hartnäckig dazu, sich Geld zu beschaffen, bevor er nach Hause ging, und wieder zählte er an den Fingern die Bekannten ab, an die er sich möglicherweise in dieser Notlage wenden konnte. Schließlich verfiel er auf den Gedanken, Mr. Howland, seinen Makler, zu Hause anzurufen.

Nach langem Warten fand er heraus, daß Mr. Howland ausgegangen war. Er ging zum Telefonfräulein zurück, beugte sich über ihren Tresen und befingerte seine Vierteldollarmünze, als sei er nicht gewillt, unverrichteter Dinge davonzugehen.

»Rufen Sie Mr. Bloeckman an«, sagte er plötzlich. Seine eigenen Worte überraschten ihn. Der Name war ihm eingefallen, als hätten sich in seinem Geist zwei Gedanken gekreuzt.

»Wie lautet die Nummer, bitte?«

Fast ohne sich bewußt zu sein, was er da tat, schlug Anthony Joseph Bloeckmans Nummer im Telefonbuch nach. Er fand keinen Eintrag unter diesem Namen und wollte das Buch schon zuklappen, als ihm blitzartig einfiel, daß Gloria eine Namensänderung erwähnt hatte. Es dauerte nur eine Minute, bis er Joseph Black gefunden hatte – dann wartete er in der Zelle, während die Zentrale die Nummer anwählte.

»Hallo. Ist Mr. Bloeckman – ich meine, Mr. Black, da?«

»Nein, er ist heute abend ausgegangen. Kann ich ihm etwas ausrichten?« Die Stimme hatte einen Cockney-Akzent; sie erinnerte ihn an die stimmlich herauszuhörende, tiefe Ehrerbietung von Bounds.

»Wo ist er denn?«

»Wieso, eh, wer ist da, bitte, Sir?«

»Mr. Patch. Eine Angelegenheit von äußerster Dringlichkeit.«

»Nun, er befindet sich auf einer Gesellschaft im Boul' Mich', Sir.«

»Danke.«

Anthony erhielt seine fünf Cent Wechselgeld und machte sich auf den Weg zum Boul' Mich', einem beliebten Tanzlokal in der 45. Straße. Es war schon beinahe zehn, aber die Straßen waren dunkel und menschenleer. Erst in einer Stunde würden die Theater ihr Gezücht ausspeien. Anthony kannte das Boul' Mich', denn im Vorjahr hatte er es mit Gloria frequentiert, und er erinnerte sich an eine Vorschrift, derzufolge die Gäste in Abendkleidung zu erscheinen hatten. Nun, er würde nicht nach oben gehen – er würde einen Hausdiener zu Bloeckman hinaufschikken und im unteren Foyer auf ihn warten. Er bezweifelte nicht einen Augenblick, daß die ganze Unternehmung vollkommen natürlich und taktvoll war. In seiner verzerrten Einbildung war Bloeckman schlicht zu einem seiner alten Freunde geworden.

In der Eingangshalle des Boul' Mich' war es warm. Über

einem dicken grünen Teppichboden, von dessen Mitte aus eine weiße Treppe zum Tanzparkett hinaufführte, brannten hohe gelbe Lampen.

Anthony sprach den Boy an.

»Ich möchte Mr. Bloeckman – Mr. Black – sprechen«, sagte er. »Er ist oben – lassen Sie ihn bitte ausrufen.«

Der Boy schüttelte den Kopf.

»Ist gegen die Vorschriften, ihn ausrufen zu lassen. Wissen Sie, an welchem Tisch er sitzt?«

»Nein. Aber ich muß ihn sprechen.«

»Warten Sie. Ich hol 'n Kellner.«

Nach kurzer Zeit erschien ein Ober mit einer Karte, auf der die Tischreservierungen verzeichnet waren. Er warf einen zynischen Blick in Anthonys Richtung – verfehlte jedoch sein Ziel. Gemeinsam beugten sie sich über das Stück Pappe und fanden ohne Mühe den Tisch – Mr. Blacks Gesellschaft, acht Personen.

»Sagen Sie ihm, Mr. Patch ist hier. Sehr, sehr wichtig.«

Wieder wartete er. Er lehnte sich an die Geländerbrüstung und hörte auf die wirren Klänge von »Jazz-mad«, die die Treppe herabwehten. Ein Garderobenfräulein neben ihm sang mit:

Out in – the shimmee sanitarium
The jazz-mad nuts reside.
Out in – the shimmee sanitarium
I left my blushing bride.
She went and shook herself insane,
So let her shiver back again…

Dann sah er Bloeckman die Treppe herunterkommen und trat ihm einen Schritt entgegen, um ihm die Hand zu schütteln.

»Sie wollten mich sprechen?« fragte der Ältere kühl.

»Ja«, antwortete Anthony mit einem Nicken, »persönliche Angelegenheit. Könnten Sie mal hier rüberkommen?«

Bloeckman betrachtete Anthony mit zugekniffenen Augen und folgte ihm zu einer halben Treppendrehung, wo sie außer Hör- oder Sichtweite von jedem waren, der das Restaurant betrat oder verließ.

»Nun?« fragte Bloeckman.

»Wollte mit Ihnen sprechen.«

»Worüber?«

Anthony lachte nur – ein albernes Lachen; er wollte, daß es beiläufig klang.

»Worüber wollen Sie mit mir sprechen?« wiederholte Bloeckman.

»Wozu die Eile, Alter?« Er versuchte, Bloeckman in einer freundschaftlichen Geste die Hand auf die Schulter zu legen, doch dieser entzog sich ihm. »Wie stehen die Aktien?«

»Sehr gut, danke... Schauen Sie, Mr. Patch, ich habe oben eine Gesellschaft. Man wird mich für sehr unhöflich halten, wenn ich zu lange fortbleibe. Weswegen wollten Sie mich denn nun sprechen?«

Zum zweiten Mal an diesem Abend machte Anthonys Verstand einen jähen Sprung, und was er von sich gab, war durchaus nicht das, was er beabsichtigt hatte.

»Höre, Sie haben meine Frau aus dem Film gedrängt.«

»Was?« Bloeckmans gerötetes Gesicht lief dunkel an, in parallel heraufziehenden Schatten.

»Sie haben ganz richtig gehört.«

»Nun hören Sie mir mal gut zu, Mr. Patch«, sagte Bloeckman gleichmütig und ohne eine Miene zu verziehen, »Sie sind betrunken. Sie sind ekelerregend und beleidigend betrunken.«

»Nicht zu betrunken, um mit Ihnen zu reden«, beteuerte Anthony mit einem tückischen Seitenblick. »Zum ersten will meine Frau nichts mit Ihnen zu tun haben. Wollte sie noch nie. Verstanden?«

»Halten Sie den Mund!« sagte der Ältere zornig. »Ich dachte,

Sie hätten immerhin so viel Respekt vor Ihrer Frau, daß Sie nicht unter diesen Umständen das Gespräch auf sie bringen.«

»Kann Ihnen egal sein, wieviel Besteck ich für meine Frau habe. Eins ist klar – Sie lassen sie in Ruhe. Zum Teufel mit Ihnen!«

»Jetzt langt's aber – ich glaube, Sie sind wohl ganz verrückt geworden!« rief Bloeckman aus. Er tat zwei Schritte vor, als wolle er vorbei, aber Anthony vertrat ihm den Weg.

»Nicht so schnell, Sie gottverdammter Jude!«

Einen Moment standen sie da und starrten einander an, Anthony leicht schwankend, Bloeckman fast zitternd vor Wut.

»Nehmen Sie sich in acht!« rief er mit angestrengter Stimme.

Anthony hätte sich an einen bestimmten Blick erinnern können, den Bloeckman ihm Jahre zuvor im Biltmore Hotel zugeworfen hatte. Aber er erinnerte sich an nichts, nichts...

»Ich sag's noch mal, Sie gott...«

Da schlug Bloeckman zu, mit aller Kraft im Arm eines durchtrainierten Mannes von fünfundvierzig Jahren, schlug zu und landete einen Volltreffer auf Anthonys Mund. Anthony taumelte gegen die Treppe, rappelte sich auf und wollte seinem Gegner einen wilden, betrunkenen Schwinger schlagen, doch Bloeckman, der sich jeden Tag Bewegung verschaffte und etwas von Sparring verstand, wehrte ihn mühelos ab und versetzte ihm unerwartet zwei entscheidende Stöße ins Gesicht. Anthony stieß einen leisen Ächzer aus und fiel auf den grünen Plüschteppich. Noch im Fallen merkte er, daß sein Mund voll Blut war und vorn merkwürdig ausgerenkt. Keuchend und spuckend raffte er sich auf; als er sich indessen auf Bloeckman stürzen wollte, der mit geballten, aber gesenkten Fäusten zwei Meter entfernt stand, packten ihn zwei Kellner, die wie aus dem Nichts erschienen waren, bei den Armen und hielten den Hilflosen umklammert. Hinter ihnen hatte sich auf wundersame Weise ein Dutzend Menschen angesammelt.

»Ich bringe ihn um«, rief Anthony und ruckte und zerrte hin und her. »Umbringen werde ich ihn...«

»Setzen Sie ihn vor die Tür!« befahl Bloeckman erregt. In diesem Augenblick drängte sich eilends ein kleiner Mann mit pokkennarbigem Gesicht durch die Zuschauer.

»Gibt's Ärger, Mr. Black?«

»Dieser Saufbruder hat doch versucht, mich zu erpressen!« sagte Bloeckman und dann in einer Stimme, die sich zu einem leicht schrillen Ton des Stolzes steigerte: »Dem habe ich eine gehörige Abreibung verpaßt!«

Der Kleine wandte sich an einen Kellner.

»Rufen Sie einen Polizisten!« befahl er.

»Nicht doch«, sagte Bloeckman rasch. »Zuviel der Mühe. Setzen Sie ihn einfach auf die Straße... Uaah! Was für eine Geschmacklosigkeit!« Er drehte sich um und ging bewußt würdevoll zur Toilette. Sechs sehnige Hände ergriffen Anthony und zerrten ihn zur Tür. Der »Saufbruder« wurde gewaltsam auf den Gehsteig geschleudert, wo er mit einem grotesk klatschenden Geräusch auf Händen und Knien landete und langsam auf die Seite rollte.

Der Aufprall betäubte ihn. Einen Augenblick lang blieb er mit heftigen, über den ganzen Körper verteilten Schmerzen liegen. Dann zogen sich seine Beschwerden in seinem Magen zusammen, er kam wieder zu sich und merkte, wie ihn ein großer Fuß stupste.

»Los, hau ab, du Saufbruder! Zieh Leine!«

Es war der stämmige Türsteher, der da sprach. Ein Personenwagen hatte am Bordstein gehalten, und seine Fahrgäste waren ausgestiegen – das heißt, zwei der Frauen standen auf dem Trittbrett und warteten in gekränkter Empfindsamkeit darauf, daß ihnen dieses obszöne Hindernis aus dem Weg geräumt würde.

»Zieh ab! Oder ich mach dir Beine!«

»Hier – ich nehme ihn mit.«

Das war eine neue Stimme; Anthony hatte den Eindruck, daß sie etwas duldsamer, etwas besser gelaunt war als die andere. Wieder umfaßten ihn Arme. Halb hoben sie ihn, halb schleppten sie ihn vier Türen weiter die Straße hinauf in einen willkommenen Schatten und lehnten ihn gegen die steinerne Fassade eines Hutgeschäfts.

»Verbindlichen Dank«, murmelte Anthony schwach. Jemand drückte ihm seinen weichen Hut auf den Kopf, und er zuckte zusammen.

»Schön sitzen geblieben, Kumpel, dann geht's dir besser. Die Kerls haben dir 'ne ganz schöne Beule verpaßt.«

»Ich geh zurück und bringe diesen dreckigen...« Er versuchte aufzustehen, sank aber wieder mit dem Rücken gegen die Mauer.

»Du kannst jetzt gar nichts tun«, sagte die Stimme. »Nimm sie dir ein andermal vor. Wenn ich's dir doch sage! Ich helfe dir doch nur.«

Anthony nickte.

»Und du gehst jetzt besser nach Haus. Du hast heut nacht einen Zahn verloren, Kumpel. Weißt du das?«

Anthony befühlte mit der Zunge von innen seinen Mund und stellte die Richtigkeit der Behauptung fest. Dann hob er mit Mühe die Hand und fand die Zahnlücke.

»Ich bring dich heim, mein Freund. Wo wohnst du...?«

»Oh, bei Gott! Bei Gott!« unterbrach ihn Anthony und ballte leidenschaftlich die Fäuste. »Den Dreckskerlen werd ich's besorgen. Wenn du mir dabei hilfst, regele ich das schon mit dir. Mein Großvater ist Adam Patch aus Tarrytown...«

»Wer?«

»Adam Patch, Himmel noch mal!«

»Du willst bis nach Tarrytown?«

»Nein.«

»Na, sag mir, wohin, mein Freund, und ich rufe ein Taxi.«

Anthony sah, daß sein Samariter ein kleines, breitschultriges, ziemlich abgerissenes Individuum war.

»Wo wohnst du, he?«

Durchnäßt und mitgenommen, wie er war, hatte Anthony doch das Gefühl, daß seine Anschrift nicht so recht zu seiner wilden Prahlerei mit seinem Großvater paßte.

»Ruf mir ein Taxi«, befahl er und fummelte in seinen Taschen herum.

Ein Taxi fuhr vor. Wieder versuchte Anthony, sich zu erheben, doch sein Knöchel gab nach, als sei er entzwei. Der Samariter mußte ihm unbedingt hineinhelfen – und hinter ihm einsteigen.

»Schau her, Mann«, sagte er, »du bist klatschnaß, und dein Auge ist geschwollen, und du wirst nicht in deine Wohnung kommen können, wenn dich nicht jemand hineinträgt, also fahre ich mit, und ich weiß, du wirst die Sache regeln. Wo wohnst du?«

Mit einigem Widerstreben nannte Anthony seine Adresse. Als das Taxi anfuhr, lehnte er seinen Kopf gegen die Schulter des Mannes und verfiel in eine unbestimmte, schmerzhafte Starre. Als er wieder zu sich kam, hatte ihn der Mann vor dem Etagenhaus in der Claremont Avenue aus dem Taxi gehoben und versuchte ihn auf die Füße zu stellen.

»Kannst laufen?«

»Ja – geht so. Du kommst besser nicht mit mir.« Wieder kramte er ratlos in seinen Taschen. »Sag mal«, fuhr er bedauernd und bedrohlich schwankend fort, »ich fürchte, ich habe nicht einen Cent.«

»Huh?«

»Ich bin blank.«

»Ach nee! Hast du mir nicht versprochen, die Sache zu regeln? Und wer soll jetzt das Taxi bezahlen?« Er drehte sich um und suchte Rückhalt bei dem Taxifahrer. »Haben Sie nicht auch gehört, daß er gesagt hat, er wird die Sache schon regeln? All das Gerede von seinem Großvater?«

»Umgekehrt«, murmelte Anthony unklugerweise, »du warst es, der die ganze Zeit geredet hat. Aber wenn du morgen vorbeikommen willst...«

Da beugte sich der Taxifahrer aus seinem Wagen und sagte grimmig: »Ach, hau ihm doch eine, diesem dreckigen, schäbigen Mistkerl. Wenn er kein Saufbruder wäre, hätten sie ihn auch nicht rausgeschmissen.«

Auf diesen Vorschlag hin schoß die Faust des Samariters wie ein Rammbock vor und schleuderte Anthony krachend auf die Steinstufen seines Etagenhauses, wo er reglos liegenblieb, während die hohen Gebäude über ihm hin und her schwankten...

Nach einer langen Weile wachte er auf. Er spürte, daß es viel kälter geworden war. Er versuchte, sich zu rühren, aber seine Muskeln versagten ihm den Dienst. Merkwürdigerweise wollte er unbedingt die Uhrzeit wissen, als er jedoch nach seiner Taschenuhr langte, stellte er fest, daß die Westentasche leer war. Unwillkürlich formten seine Lippen die uralte Phrase: »Was für eine Nacht!«

Seltsamerweise war er beinahe nüchtern. Ohne den Kopf zu heben, blickte er auf zum Mond, der mitten am Himmel verankert war und sein Licht in die Claremont Avenue wie auf den Grund eines tiefen und unvermessenen Schlundes ausströmte. Abgesehen von dem fortwährenden Summen in seinen Ohren war kein Laut zu hören, kein Lebenszeichen, doch nach einem Augenblick durchbrach Anthony selbst mit einem deutlichen und eigenartigen Gemurmel das Schweigen. Es war das Geräusch, das er vorher im Boul' Mich' andauernd hervorzubringen versucht hatte, als er Bloeckman von Angesicht zu Angesicht gegenüberstand – der unverkennbare Klang ironischen Gelächters. Aber auf seinen aufgeplatzten, blutenden Lippen war es wie ein jammervolles Würgen der Seele.

Drei Wochen später ging der Prozeß zu Ende. Der scheinbar endlose juristische Papierkrieg, bei dem viereinhalb Jahre lang jedes Blatt mehrfach umgedreht worden war, wurde plötzlich abgebrochen. Anthony und Gloria einerseits, Edward Shuttleworth und ein Aufgebot von Nutznießern andererseits sagten aus, logen und führten sich in verschiedenen Abstufungen der Habgier und Verzweiflung gemeinhin schlecht auf. Eines Morgens im März wachte Anthony auf und wurde sich bewußt, daß nachmittags um vier der Urteilsspruch ergehen sollte, und bei dem Gedanken stieg er aus dem Bett und begann sich anzukleiden. In seine äußerste Nervenanspannung mischte sich ein ungerechtfertigter Optimismus, was das Resultat anging. Er glaubte, daß die Entscheidung des niederen Gerichts umgestoßen werden würde, und sei es nur wegen der Reaktion, die aufgrund der Exzesse der Prohibition gegen Reformen und Reformer eingesetzt hatte. Er verließ sich mehr auf die persönlichen Angriffe, die sie gegen Shuttleworth gerichtet hatten, als auf die rein juristischen Aspekte des Verfahrens.

Als er angekleidet war, schenkte er sich einen Whisky ein und ging in Glorias Schlafzimmer. Gloria war bereits hellwach. Sie hatte eine Woche im Bett zugebracht, um sich, wie Anthony glaubte, zu verwöhnen; der Arzt hatte allerdings geraten, sie lieber nicht zu stören.

»Guten Morgen«, murmelte sie, ohne zu lächeln. Ihre Augen sahen ungewöhnlich groß und dunkel aus.

»Wie fühlst du dich?« fragte er widerstrebend. »Besser?«

»Ja.«

»Viel besser?«

»Ja.«

»Fühlst du dich so weit wiederhergestellt, daß du heute nachmittag mit mir aufs Gericht gehen kannst?«

Sie nickte.

»Ja. Ich möchte schon. Gestern hat Dick gesagt, wenn schönes

Wetter ist, kommt er in seinem Wagen und fährt mich im Central Park spazieren – und schau her, das Zimmer ist schon ganz sonnig.«

Anthony blickte mechanisch aus dem Fenster, dann setzte er sich aufs Bett.

»Gott, bin ich nervös!« rief er aus.

»Bitte setz dich nicht hierher«, sagte sie hastig.

»Wieso denn nicht?«

»Du riechst nach Whisky. Ich kann das nicht ausstehen.«

Geistesabwesend stand er auf und verließ das Zimmer. Etwas später rief sie nach ihm, und er ging aus und brachte ihr aus dem Feinkostgeschäft etwas Kartoffelsalat und kaltes Hähnchen.

Um zwei Uhr fuhr Richard Caramels Wagen vor, und als er von unten anrief, brachte Anthony Gloria im Fahrstuhl hinunter und begleitete sie bis an den Bordstein.

Sie sagte ihrem Cousin, wie lieb es von ihm sei, sie auf eine Spritztour mitzunehmen. »Tu doch nicht so«, erwiderte Dick unwillig. »Ist doch selbstverständlich.«

Aber er meinte durchaus nicht, daß es selbstverständlich sei, und das war etwas Seltsames. Vielen Menschen hatte Richard Caramel viele Kränkungen verziehen. Doch nie hatte er seiner Cousine Gloria Gilbert eine Erklärung verziehen, die sie sieben Jahre vorher, kurz vor ihrer Hochzeit, abgegeben hatte. Sie hatte gesagt, sie beabsichtige nicht, sein Buch zu lesen.

Daran erinnerte sich Richard Caramel – sieben Jahre lang war ihm das gut in Erinnerung geblieben.

»Wann darf ich euch zurückerwarten?« fragte Anthony.

»Wir kommen nicht zurück«, antwortete sie, »wir treffen dich um vier Uhr dort.«

»Na schön«, grummelte er. »Treffen wir uns dort.«

Oben wartete ein Brief auf ihn. Es war eine mimeographierte Mitteilung, die »die Jungs« in herablassend kumpelhafter Sprache aufforderte, den Mitgliedsbeitrag für die American Legion zu entrichten. Ungeduldig warf er sie in den Papierkorb, setzte sich, die Ellbogen auf dem Fensterbrett, hin und blickte, ohne etwas wahrzunehmen, auf die sonnige Straße hinab.

Italien – wenn der Spruch zu ihren Gunsten ausfiel, bedeutete das Italien. Das Wort war für ihn eine Art Talisman geworden, ein Land, in dem die unerträglichen Sorgen des Lebens von ihm abfallen würden wie ein altes Gewand. Zuerst würden sie zu den Seebädern fahren und in dem leuchtend bunten Menschengewühl ihren grauen Begleiter Verzweiflung vergessen. Wunderbar erneuert, würde er in der Dämmerung wieder auf der Piazza di Spagna flanieren, sich zwischen dem menschlichen Treibgut dunkelhaariger Frauen, zerlumpter Bettler und asketischer Barfußmönche bewegen. Die Vorstellung italienischer Frauen erregte ihn leicht – wenn seine Geldbörse wieder schwerer wog, würde vielleicht sogar die Romantik wieder herbeifliegen und sich auf ihr niederlassen – die Romantik der blauen Kanäle Venedigs, der goldgrünen Hügel Fiesoles nach dem Regenfall und die der Frauen, Frauen, die sich verwandelten, auflösten, mit anderen Frauen verschmolzen und aus seinem Leben entschwanden, aber doch immer schön und immer jung blieben.

Doch es schien ihm, als solle er eine andere Haltung einnehmen. Alles Leid, das er je verspürt hatte, aller Kummer, alle Qual verdankte sich Frauen. Es war etwas, das sie ihm, jede auf ihre Weise, antaten, unbewußt, fast beiläufig – vielleicht fanden sie ihn weichherzig und ängstlich und töteten deshalb all das in ihm, was ihre absolute Macht bedrohte.

Als er sich vom Fenster abwandte, sah er sich im Spiegel seinem Widerbild gegenüber. Mutlos betrachtete er das blasse, teigige Gesicht, die Augen mit ihren Zickzacklinien wie Rinnsale getrockneten Blutes, die gebückte und schlaffe Gestalt, deren Zusammengesacktheit ein Lehrbuchbeispiel der Lethargie war. Er war dreiunddreißig – aber er sah aus wie vierzig. Nun, das würde sich ändern.

Plötzlich schrillte die Türglocke, und er fuhr zurück, als habe man ihm einen Schlag versetzt. Dann riß er sich zusammen, ging in die Diele und öffnete die Wohnungstür. Es war Dot.

Die Begegnung

Er wich vor ihr ins Wohnzimmer zurück und verstand von der trägen Flut der Sätze, die ihr, einer nach dem anderen, gleichmäßig und in gleichbleibendem Tonfall entströmten, nur hier und da ein Wort. Sie war anständig, aber schäbig gekleidet – ein irgendwie jämmerlich kleiner, mit rosa und blauen Blumen verzierter Hut bedeckte und verhüllte ihr dunkles Haar. Ihren Worten entnahm er, daß sie wenige Tage zuvor in der Zeitung einen Bericht über den Prozeß gesehen und vom Schreiber des Berufungsgerichts seine Adresse erfahren hatte. Sie hatte bei ihm angerufen und von einer Frau, der ihren Namen zu nennen sie sich geweigert hatte, die Auskunft erhalten, daß Anthony nicht zu Hause sei.

Im Wohnzimmer blieb er an der Tür stehen und betrachtete sie mit einer Art benommenen Entsetzens, während sie drauflosplapperte ... Seine vorherrschende Empfindung war, daß alle Zivilisation und Konvention um ihn her seltsam unwirklich war ... Sie arbeite in einem Hutgeschäft in der Sixth Avenue, sagte sie. Es sei ein einsames Leben. Nach Camp Mills sei sie lange Zeit krank gewesen; ihre Mutter sei gekommen und habe sie nach Carolina heimgeholt ... Nach New York sei sie gekommen in der Absicht, Anthony ausfindig zu machen.

Sie meinte es bestürzend ernst. Ihre violetten Augen waren rot vor Tränen; ihr weicher Tonfall war von kleinen Schluchzern durchsetzt.

Das sei alles. Sie habe sich nicht verändert. Sie wolle ihn immer noch, und wenn sie ihn nicht haben könne, werde sie sterben ...

»Du mußt hier raus«, sagte er schließlich mit umständlichem Nachdruck. »Habe ich nicht genügend Sorgen, ohne daß du hergelaufen kommst? Mein Gott! Du mußt hier raus!«

Schluchzend setzte sie sich auf einen Stuhl.

»Ich liebe dich«, rief sie. »Es schert mich nicht, was du mir sagst! Ich liebe dich!«

»Das ist mir gleich!« Er kreischte fast. »Hinaus – hinaus! Hast du mir nicht schon genug geschadet? Hast – du – nicht – genug – angerichtet?«

»Schlag mich doch!« flehte sie ihn an – ungestüm, töricht. »Ach, schlag mich, und ich will die Hand küssen, mit der du mich schlägst!«

Er hob die Stimme, bis sie fast zu einem Schrei anschwoll. »Ich bring dich um!« rief er. »Wenn du nicht gehst, bring ich dich um. Ich bring dich um!«

In seinen Augen stand jetzt der Wahnsinn geschrieben, aber Dot erhob sich furchtlos und trat einen Schritt auf ihn zu.

»Anthony! Anthony!«

Mit den Zähnen machte er ein leise klackendes Geräusch und nahm Anlauf, als wolle er sie anspringen – dann besann er sich anders und blickte wild um sich, auf Boden und Wände.

»Ich bring dich um!« murmelte er in kurzen, abgehackten Ächzern. »Ich bring dich *um*!« Er schien das Wort abzubeißen, als müsse er es in materielle Gestalt zwingen. Schließlich erschrak sie doch und machte keine weitere Bewegung mehr auf ihn zu; vielmehr tat sie, als sein irrer Blick sie traf, einen Schritt zur Tür hin. Auf seiner Seite des Zimmers stürzte Anthony hierhin und dorthin, dabei stieß er nach wie vor seinen Verwünschungsruf aus. Dann fand er, was er gesucht hatte – einen harten Eichenholzstuhl, der neben dem Tisch stand. Er stieß einen schroffen, abgerissenen Schrei aus, ergriff den Stuhl, schwenkte ihn über dem Kopf und schleuderte ihn mit aller Macht und Wut geradewegs gegen das weiße, verängstigte Gesicht auf der anderen Seite des Zimmers ... dann befiel ihn ein dichtes, undurchdringliches Dunkel und löschte alle Gedanken, alle Wut und allen Wahnsinn aus – und mit einem beinahe hörbar schnappenden Geräusch veränderte sich vor seinen Augen das Gesicht der Welt...

Um fünf kamen Gloria und Dick herein und riefen seinen Namen. Es gab keine Antwort – sie gingen ins Wohnzimmer, fanden in der Türfüllung einen Stuhl, dessen Lehne zerschlagen war, und bemerkten, daß ziemliche Unordnung im Zimmer herrschte – die Läufer waren verschoben, die Bilder und die Nippes auf dem Tisch in der Mitte verrückt. Es roch süßlich nach billigem Parfüm.

Sie fanden Anthony in seinem Schlafzimmer, er saß in einem Sonnenflecken auf dem Fußboden. Vor ihm lagen aufgeschlagen seine drei großen Briefmarkenalben. Als sie eintraten, fuhr er mit den Händen durch einen riesigen Haufen Marken, die er aus einem der Alben geschüttelt hatte. Als er aufsah und Dick und Gloria erkannte, legte er den Kopf kritisch auf eine Seite und scheuchte sie zurück.

»Anthony!« rief Gloria nervös. »Wir haben gewonnen! Sie haben das Urteil aufgehoben.«

»Kommt nur nicht rein«, murmelte er schwach, »ihr bringt sie mir durcheinander. Ich bin am Sortieren, und ich weiß, daß ihr drauftrampeln werdet. Immer wird alles durcheinandergebracht.«

»Was machst du da?« fragte Dick erstaunt. »Zurück zur Kindheit? Begreifst du denn nicht, daß du den Prozeß gewonnen hast? Sie haben das Urteil der niederen Instanzen aufgehoben. Du bist dreißig Millionen wert!«

Anthony blicke ihn nur tadelnd an.

»Macht die Tür zu, wenn ihr hinausgeht.« Er sprach wie ein altkluges Kind.

Gloria, in deren Augen leises Entsetzen aufleuchtete, stierte ihn an...

»Anthony!« rief sie. »Was ist denn? Was ist los? Weshalb bist du nicht gekommen – was ist denn nur?«

»Schaut her«, sagte Anthony sanft, »verschwindet, ihr zwei – jetzt, alle beide. Oder ich sag's meinem Großvater.«

Er hielt eine Handvoll Briefmarken hoch und ließ sie herabfallen wie Blätter; bunt glänzend wirbelten und flatterten sie in der sonnigen Luft: Marken aus England und Ecuador, Venezuela und Spanien – aus Italien...

Mit den Spatzen

Jene köstliche himmlische Ironie, die den Niedergang so vieler Generationen von Spatzen vermerkt hat, verzeichnet zweifelsohne auch die feinsten stimmlichen Modulationen der Passagiere von Schiffen wie der *Berengaria.* Und zweifelsohne lauschte sie, als der junge Mann mit der karierten Mütze rasch das Deck überquerte und mit dem hübschen Mädchen in Gelb sprach.

»Das ist er«, sagte er und deutete auf die Gestalt, die zusammengekauert in einem Rollstuhl bei der Reling saß. »Das ist Anthony Patch. Das erste Mal, daß er auf Deck ist.«

»Oh – ist er das?«

»Ja. Seit er sein Geld bekommen hat, vor vier oder fünf Monaten, ist er leicht gestört, sagt man. Verstehst du, der andere Kerl, Shuttleworth, dieser religiöse Zeitgenosse, der das Geld nicht bekommen hat, hat sich in einem Hotelzimmer eingesperrt und sich erschossen...«

»Hat er das wirklich...?«

»Aber ich denke, Anthony kümmert das nicht sehr. Er hat seine dreißig Millionen. Und er hat seinen Leibarzt dabei, für den

Fall, daß er sich nicht wohlfühlt. Ist *sie* schon auf Deck gewesen?« fragte er.

Das hübsche Mädchen in Gelb sah sich neugierig um.

»Vor einer Minute war sie noch hier. Sie hatte einen russischen Zobelpelz an, der ein Vermögen gekostet haben muß.« Sie zog die Stirn kraus und setzte entschlossen hinzu: »Ich kann sie nicht ausstehen, weißt du. Sie kommt mir so – so gefärbt und unsauber vor, falls du weißt, was ich meine. Manche Leute sehen einfach so aus, ob sie es nun sind oder nicht.«

»Ich weiß schon«, sagte der Mann mit der karierten Mütze. »Aber sie sieht nicht schlecht aus.« Er schwieg. »Worüber er wohl nachdenkt – ich schätze mal, über sein Geld, oder vielleicht hat er Gewissensbisse wegen dieses Shuttleworth...«

»Wahrscheinlich...«

Aber da täuschte sich der Mann mit der karierten Mütze sehr. Anthony Patch, der bei der Reling saß und aufs Meer hinausblickte, dachte nicht an sein Geld, denn nur selten in seinem Leben hatte er sich wirklich mit materieller Protzerei abgegeben, und auch nicht an Edward Shuttleworth, denn es ist am gesündesten, auf die Sonnenseite des Lebens zu sehen. Nein – er war mit einer Reihe Erinnerungen beschäftigt, gerade so, wie ein General auf einen erfolgreichen Feldzug zurückblickt und seine Siege analysiert. Er dachte an die Unbilden, an die unerträglichen Drangsale, die er durchgestanden hatte. Man hatte versucht, ihn für die Verfehlungen seiner Jugend zu strafen. Er war rücksichtslosem Elend ausgesetzt gewesen, seine Sehnsucht nach Romantik war bestraft worden, seine Freunde hatten ihn im Stich gelassen – selbst Gloria hatte sich gegen ihn gewandt. Er war allein gewesen, allein – in allem.

Noch vor wenigen Monaten hatten die Leute ihn gedrängt, nachzugeben, sich der Mittelmäßigkeit zu beugen, arbeiten zu gehen. Aber er hatte gewußt, daß seine Lebensführung gerechtfertigt war – und er hatte standhaft ausgeharrt. Dieselben

Freunde, die ihn am ungnädigsten behandelt hatten – sie hatten gelernt, ihn zu respektieren, sie akzeptierten jetzt, daß er von Anfang an recht gehabt hatte. Hatten die Lacys und die Merediths und die Cartwright-Smiths ihn und Gloria nicht eine Woche bevor sie in See stachen, im Ritz-Carlton besucht?

In seinen Augen standen dicke Tränen, und seine Stimme zitterte, als er vor sich hin flüsterte.

»Denen hab ich's gezeigt«, sagte er, »es war ein harter Kampf, aber ich habe nicht aufgegeben, sondern überlebt!«

Nachwort von Kyra Stromberg

Daß ein Autor wie der amerikanische Schriftsteller Francis Scott Fitzgerald heute über hundert Jahre alt wäre, darf auch die Leser und Liebhaber seiner Romane, Erzählungen und Kurzgeschichten verwundern. Nicht ohne sein Zutun ist er sehr jung zum Mythos geworden, und Mythen altern nicht. Sie halten ein scheinbar zeitloses Stück außergewöhnlichen Lebens fest und bieten es bei passender Gelegenheit, in gewissen Zeitsituationen und nicht ganz erschließbaren Zusammenhängen als begehrenswertes Modell an.

Die Glanzzeit in Fitzgeralds Leben und literarischer Karriere ist das zweite Jahrzehnt des 20. Jahrhunderts, die explosive und zwiespältige Epoche der Moderne, die mit dem Ende des Ersten Weltkriegs beginnt und mit dem großen Börsenkrach im Oktober 1929 endet. Niemals wurde der *American Dream* von Anfang und Aufbruch, Glück und Glanz, schnellem Reichtum und spektakulärem Ruhm heftiger geträumt als in dieser knappen Zeitspanne, den *Roaring Twenties*. Fitzgerald scheint ihn wie kein anderer seiner Zeitgenossen zu erfüllen.

Vor allem Paris ist – im Nachklang unzähliger, mehr oder minder stichhaltiger Memoiren und Reminiszenzen – als ›Szene‹ dieses Jahrhunderts bekannt geworden. Es nahm auch die junge amerikanische Intelligenz auf, die sich in mehreren Schüben selbst ›expatriiert‹ hatte und im kriegsmaroden Europa etwas suchte, was es in den prosperierenden Staaten offenbar so nicht gab. Und wo der Gegenstand dieser Suche nicht definiert war, half der kaufkräftige Dollar der Neugier nach.

Auch Scott und Zelda Fitzgerald gehörten zeitweilig zur Pariser Szene. In Gertrude Stein fand Fitzgerald eine entschiedene Befürworterin seines Schreibens, deren Zuneigung sich nicht erschöpfte, und in dem damals noch unbekannten Ernest Hemingway einen zwiespältigen Freund und hochbegabten Konkurrenten. Neidlos und großmütig – eine seiner gewinnenden Eigenschaften – empfahl er ihn seinem Lektor Maxwell Perkins beim Scribner's Verlag als vielversprechenden Autor. Für literarische Qualität hatte er ein sicheres Gespür.

Aber Fitzgeralds eigentliche ›Szene‹, die seinen Ruf als professioneller Schriftsteller, *prince charming,* und exzessiver Trinker begründet hat, ist New York, das New York der frühen zwanziger Jahre. Und die Szene ist vorbereitet, New York im *full swing* der Jazz-Rhythmen, dem Vergnügen hingegeben, ironisch, allem Ernsthaften abhold, sein Wahrzeichen das *bon mot.* Der mächtige Mencken, der »Weise von Baltimore«, einer der maßgebenden Kritiker der Epoche, versammelt im Hotel Algonquin seine handverlesene Runde, zu der auch die scharfzüngige Autorin Dorothy Parker gehört. In den Magazinen *The Smart Set* und dann *The American Mercury,* die Mencken zusammen mit George Jean Nathan herausgibt, finden sich die Begabtesten dieser schreibbesessenen neuen Generation. Er wird – mit kritischen Vorbehalten – Fitzgeralds Freund und Förderer. Auch Edmund (»Bunny«) Wilson, der angehende Essayist, und der Dichter John Peal Bishop, Freunde aus College-Tagen in Princeton, sind bereits in New York und machen mit einiger Konsequenz Karriere.

Mit seinem Auftritt als ›gemachter‹ Autor erschafft Scott Fitzgerald, bislang ein unbekannter junger Mann aus dem Mittelwesten, die Szene neu – so jedenfalls will es der Mythos. Sein erster Roman *This Side of Paradise* erscheint im April 1920 bei Scribner's, einem der renommiertesten Verlage New Yorks für neue Literatur. Und er wird ein Erfolg. Er schlägt den neuen lässigen Ton an, den man hören will. Eine ganze Generation erkennt sich in den Figuren des episodenhaft konstruierten Romans und in den Kurzgeschichten wieder, die nun in allen gängigen Magazinen zu lesen sind: in den *flappers,* diesen smarten neuen Frauen, die, aller Wohlerzogenheit überdrüssig, sich »mit den schönsten Ohrringen, viel Rouge und beachtlicher Kühnheit wappnen« (wie Zelda Fitzgerald sie beschreibt und verkörpert) und sich in das ihnen bislang entgangene Leben stürzen. In den unruhigen und leicht melancholischen jungen Männern, den *philosophers,* die sich als idealistische Individualisten verstehen, radikal das – keineswegs klar definierte – ›Neue‹ wollen und an Politik nicht interessiert sind. Einige von ihnen haben noch, wie John Dos Passos, Edmund Wilson, E. E. Cummings und Ernest Hemingway, als Sanitäter oder Krankentransportfahrer am europäischen Krieg teilgenommen. Sie sehen die Dinge schärfer und desillusionierter als die meist verwöhnten College-Boys ohne diese Erfahrungen.

Fitzgerald gibt dem aufgeregten Jahrzehnt nicht nur den Namen – er ist der Erfinder des Jazz-Age. Er beschreibt es nicht nur – er inszeniert und lebt es. Er selbst und seine blitzgescheite, attraktive und witzige Frau Zelda, das *southern girl* aus Montgomery/Alabama, die er eine Woche nach dem Erscheinen des Buches geheiratet hat, sind die beliebtesten Modelle für seine Stories und zugleich die Hauptakteure der realen ›Szene‹: das »Traumpaar«, dessen Extravaganzen (meist ziemlich kindische Scherze) die Skandalspalten der New Yorker Blätter füllen, die konventionellen Älteren schockieren und ihre Bewunderer dazu begeistern, sie nachzuahmen.

Dieser permanente Austausch von erfundenem und gelebtem Leben geht an die persönliche Substanz, ist besonders für Zelda lebensgefährlich: Die schöne Geliebte, die inspirierende Muse wird allzu schnell mit Haut und Haar und allen persönlichen

Lebensäußerungen zum ›Gegenstand‹ des ehrgeizigen und erfolgreichen Schriftstellers Scott Fitzgerald. Ihr eigenes Talent – sie hat deren mehrere und schreibt auch – bleibt dabei auf der Strecke.

Bereits im zweiten Roman, *The Beautiful and Damned* (1922), zeigt sich die Erschöpfung. Das Paar, Anthony und Gloria Patch, hat die beste Zeit seiner Beziehung und – so scheint es – des Lebens hinter sich. Anthonys intellektuelle Integrität geht im Alkohol unter, Gloria, die Schöne und Unersättliche, ist die negativ treibende Kraft bei diesem Untergang. Eine moderne Variante der *femme fatale.* Damit verdeutlicht sich ein Lebensthema und ein literarisches Sujet. Immer wieder – bis hin zu *Tender is the Night,* dem Roman, der ihn die größte Mühe und längste Zeit kostet – ist Fitzgerald mit der Rolle der schönen und begabten eigenwilligen Frau beschäftigt, die den kreativen Mann um sein größeres Talent beneidet und ihn zugrunde richtet. Allerdings findet sich genau diese Konstellation so nicht in seinem Lebensmaterial.

Die Rezeption seines zweiten, desillusionierenden Buchs ist zwiespältig. Das Publikum ist enttäuscht, die Kritik unsicher. Mencken allerdings attestiert dem Autor, bei allen seinen Fehlern, Fortschritte in der Machart des Romans. »Fitzgerald hört auf, ein ›Wunderkind‹ zu sein, und fängt an, reifer zu werden.«

Aber New York, das der junge Provinzler Fitzgerald aus dem nördlichen Minnesota so herausfordernd betreten hat, schlägt zurück. Zwar ist er plötzlich berühmt und für ihn selbst unfaßbar reich. (Das Honorar von 2000 Dollar, das ihm die *Saturday Evening Post* – ein beliebtes Massenblatt mit gewissen gehobenen Unterhaltungsambitionen und lange Zeit sein verläßlichster Auftraggeber – einmal für eine einzige Story zahlt, entspricht dem Jahreseinkommen eines Durchschnittsamerikaners.) Aber das Geld rinnt ihm wie Wasser durch die Finger. Neben dem

Auto, dem beschleunigenden Vehikel einer ohnehin flüchtigen Lebensart, ist der Alkohol das Hauptrequisit dieser Zeitspanne. Er wird während der Prohibition, in schlechter Qualität oder gepanscht, in den *speakeasies,* düsteren Flüster-Kneipen, zur Tarnung in Tassen ausgeschenkt und fließt in unbekömmlichen Strömen auf den pausenlosen Parties. Das Verbot (erst 1933 aufgehoben) reizt die Sucht, die es verhindern soll. Fitzgerald erliegt ihr.

Dicht neben Glanz und Gloria, übertönt von mitreißenden Jazz-Rhythmen, organisiert sich das Verbrechen, voran die nahezu gesellschaftsfähige Mafia der *bootlegger,* der Alkoholschmuggler. Und einer von ihnen, ein romantischer Hochstapler, wird 1925 zum Helden von Fitzgeralds berühmtestem und nun auch wirklich literarisch reifem Roman *The Great Gatsby.* Gatsby, alias Jim Gatz, der Junge aus dürftigen Verhältnissen, der es mit zähen Hoffnungen und nicht ganz sauberen Mitteln zu unwahrscheinlichem Reichtum bringt, der einer falschen »großen Liebe« erliegt und schließlich an seinen verlorenen Illusionen stirbt (nicht an der Zufallskugel eines Eifersüchtigen) – dieser Gatsby ist eine ungemein amerikanische Figur. Seine Wirkung übertrifft alle anderen Protagonisten in Fitzgeralds Romanen.

Fitzgerald mit dem Jahrzehnt seiner größten Produktivität und Popularität zu identifizieren, wie es oft geschieht, ist berechtigt. (Allerdings schränkt das seine Biographie ein.) In dieser kurzen Zeitspanne zeigen sich bereits alle Qualitäten und Fragwürdigkeiten, die ihn charakterisieren: seine Fähigkeit, sich scheinbar in einer Situation zu verlieren und sie gleichzeitig aus ironischer Distanz beobachtend zu durchdringen; seine Einfühlung in die Beschaffenheit der eigenen Zeit, dieser ganz besondere historische Sinn; seine Egozentrik: Er selbst wird sich zum staunenswerten Paradigma. (Er stoße in allen seinen Figuren immer wieder auf sich, bekennt er einmal.) Sogar nahe Freunde wie Gerald und vor allem Sara Murphy, die großen Gastgeber an der Riviera, sprechen ihm gelegentlich alle Menschenkenntnis ab. Aber das trifft so nicht zu. Sein Ego ist für ihn ein weites Feld, auf dem sich Erkenntnisse auch über andere sammeln lassen. Mit wachsender Einsicht entfernt er sich von der einengenden Selbstbezogenheit, bleibt sich aber als Meßinstrument wichtig. Da ist früh das große Faszinosum *Geld.* Geld als Symbol des American Dream vom selbsterrungenen Glück, Geld als Mittel zur Freiheit. »Die Reichen sind anders als wir«, wird Scott, der »arme Junge aus guter Familie«, neidvoll sagen, und sein intimer Freund-Feind Ernest Hemingway wird trocken antworten: »Ja, sie haben mehr Geld.« Aber für Fitzgerald ist angeborener Reichtum von anderer Substanz. Er wird Geld rasch gewinnen, es ebenso rasch verschwenden und nie damit umzugehen lernen. Scott, der notorische Schuldner, der immer über seine Verhältnisse lebt, bis die Verhältnisse ihn in die Knie zwingen.

Und da ist ebenso früh die Neigung, die Welt, das Leben »aufzulisten« und übersichtlich zu machen. Als Junge von dreizehn führte er ein Notizbuch, das er »thought-book« nennt, Gedankenbuch. Seine späteren Notizbücher enthalten, nach Rubriken geordnet: Beobachtungen; Ereignisse; Kurzcharakteristiken; Aussprüche; Anekdoten; Story-Themen – Material für seine Arbeit. Nach seinem ersten literarischen Erfolg legt er ein großes Kontobuch an, in das er penibel Einnahmen und Ausgaben einträgt und mit knappen Worten Bilanz zieht aus einem Lebensjahr.

Auf diese Weise und durch seine vielseitige, offene, oft bekenntnisfreudige Korrespondenz ist Fitzgerald der am besten dokumentierte unter den neueren amerikanischen Autoren. Besonders der Briefwechsel mit seinem Lektor und Freund Maxwell Perkins ist für seine Person wie für sein Werk ungemein ergiebig.

Scott Fitzgeralds Ordnungsbedürfnis – ein puritanisches Erbe

– versucht sich seiner diffusen Existenz zu widersetzen: dem häufigen Orts- und Wohnungswechsel, dem Leben in Hotels und viel zu üppigen, unwohnlichen Häusern, der permanenten Geselligkeit, den zunehmenden Querelen mit Zelda und dem unbesiegbaren Alkoholismus – allem, was seine Kreativität stört und zerstört. Und eine ähnliche Funktion der Übersicht und vielleicht unbewußten Selbstkontrolle haben offensichtlich auch die wiederholten Rückblicke, die er und Zelda bereits früh vornehmen. Der Akzent verschiebt sich von Mal zu Mal. Der schnoddrige Witz, die leichthändige Ironie des 1924 entstandenen Textes *How to live on 36 000 $ a year* lassen im Laufe der Zeit nach. Mehr und mehr äußert sich Nostalgie in ihnen, die Sehnsucht nach einem Paradies, das verloren war, ehe sie es betreten hatten. Die gemeinsamen Anfänge werden verklärt, aber mit den Jahren wachsen Selbstkritik und eine zunächst noch achselzuckende Resignation.

Bereits ein halbes Jahr nach dem Erscheinen seines Erstlings blickt der knapp vierundzwanzigjährige Autor in einem autobiographischen Essay für die *Saturday Evening Post* zurück auf sein Leben vor dem Ruhm: selbstbewußt, selbstgefällig, witzig und zum Glück auch selbstironisch, eine sehr Fitzgeraldsche Mischung. Er beschreibt die Jahre in Princeton (ohne akademischen Abschluß), seine Militärzeit (ohne Kriegseinsatz) – beides kann er schwer verwinden –, seine Schreibbesessenheit, die vergeblichen Versuche, seine Kurzgeschichten unterzubringen und als Reporter bei einer Zeitung anzukommen, die quälende Arbeit in der Werbung und dann – den Durchbruch: die Nachricht, daß sein zunächst abgelehnter Roman angenommen sei. »Dann kam mein Roman heraus, dann heiratete ich. Und nun verbringe ich die Zeit damit, darüber nachzudenken, wie alles kam.«

Nachzudenken, wie alles kam – das ist der permanente Wunsch dieses vom Leben immer wieder überwältigten Schriftstellers. Und das gibt den besten seiner insgesamt 120 publizierten Geschichten bei aller scheinbar kurz angebundenen Aktualität des Stoffs den Anschein des gerade Vergangenen und – immer häufiger – des Versäumten.

Die dreißiger Jahre hatten, meint der um einiges jüngere Arthur Miller, den Preis für die zwanziger zu zahlen. Auf Fitzgerald trifft das in vollem Umfang zu. Die wirtschaftliche Depression nach dem Börsenkrach, der vor allem Aktien- und Immobilienbesitzer ruinierte, berührt Fitzgerald nicht so sehr finanziell (er hatte ohnehin nur Schulden), aber sehr stark als endgültiger Verlust einer Lebensstimmung.

1930 erleidet Zelda ihren ersten Nervenzusammenbruch in Paris, und im gleichen Jahr schreibt sie während eines Klinikaufenthalts ihren ersten und einzigen Roman *Save me the Waltz.* Danach beginnt ihr langer Weg durch Nervenkliniken und Nobelsanatorien in der Schweiz und dann in Amerika bis zu ihrem unsäglichen Ende bei einem Brand in der Klinik von Ashville, North Carolina, wohin sie – bei schlechten Anzeichen in ihrem Befinden – aus der Obhut ihrer Mutter in Montgomery, ihrer Geburtsstadt, immer wieder zurückkehrt. (Es gibt eine Reihe neuer Versuche vor allem weiblicher Autoren, die immer noch fragwürdige und in allen Aspekten schreckliche Geschichte vom Verlöschen einer Vielbegabten aufzuklären. Eine zusammenhängende Falldarstellung gibt es bis heute nicht. Die damalige Diagnose war Schizophrenie.)

Zeldas Krankheit trifft Fitzgerald als Person, in seiner Arbeit und wiederum finanziell. Er zeigt sich fürsorglich, verteidigt dann aber seine ›Vorrechte‹ als weltbekannter Schriftsteller auf eine sie vernichtende und wirklich wüste Weise: Er übernimmt die volle Kontrolle über sie und verbietet ihr schließlich das eigene Schreiben. Als ›Rettung‹ aus seiner Misere winkt der Alkohol, dessen unmäßigen Konsum er den Ärzten zu verschweigen sucht. Er will nicht auch noch therapiebedürftig sein.

Nach über achtjähriger Arbeit gelingt es ihm 1934 endlich, seinen »psychiatrischen« Roman *Tender is the Night* bei Scribner's zu veröffentlichen. Die Vorlage ist evident, es ist ein *document humain* ersten Ranges. Auch die literarischen Qualitäten haben sich differenziert. Eine psychologische Finesse ist hinzugekommen. Die lange Pause nach dem *Gatsby* aber ist der Aufnahme des Buches abträglich, das weiß Fitzgerald. Auch das finanzielle Ergebnis bleibt hinter seinen Hoffnungen zurück. Fitzgerald fühlt sich nicht ermutigt. Der Roman erreicht einen großen Teil des Lesepublikums nicht mehr. Man will unter dem Druck der Repression nichts mehr hören von reichen neurotischen Amerikanern an der französischen Riviera, sondern seine eigenen Sorgen ernst genommen sehen oder sich von ihnen erholen. Da bietet die Traumfabrik Hollywood mehr.

Es folgen die dunklen – die weit weniger bekannten – Jahre in Fitzgeralds Leben. Fünf Jahre nach Zeldas erstem Zusammenbruch, fünf Jahre vor seinem Tod in Hollywood, erreichen sie ihren Tiefpunkt in einer alles in Frage stellenden Lebenskrise: Der noch nicht vierzigjährige Scott Fitzgerald fühlt sich krank, vorzeitig gealtert – passé, ja vergessen. In dieser Zeit entstehen die *Crack-up*-Essays, die er 1936 im *Esquire* (einem Magazin von mittlerer literarischer Bedeutung) veröffentlicht, Berichte über seinen eigenen großen »Knacks« – ein rückhaltloses Bekenntnis seines Versagens, der Versuch einer Selbstanalyse. Sein Verleger ist nicht glücklich über diese Publikation. Sie könnte dem Ansehen seines Autors abträglich sein, und so ist es. Freunde sind betroffen. Hemingway verübelt ihm »sein öffentliches Geflenne«, es widerspricht seinem Bild von Männlichkeit. Aber auch Dos Passos ist eher abgestoßen von solchem »privaten Zeugs« in einer politisch so aufgebrachten Zeit. Hitler ist an der Macht in Deutschland, Europa uneins, in Spanien ist Bürgerkrieg. Die schreibende Intelligenz hat sich nach links orientiert.

Aber diese Aufsätze sind doch mehr als nur die persönliche

Konfession eines gequälten, schreibbehinderten Autors. Sie sind ein Abschied von einer Epoche großer Hoffnungen und Versäumnisse.

Es ist von fast makabrer Ironie, daß Fitzgerald seine letzten drei Lebensjahre als wenig erfolgreicher Drehbuchautor in Hollywood zubringt. Der Film als Medium zieht ihn an und bleibt ihm in seiner Machart fremd. Zwar kann er schon früh Filmrechte verkaufen, aber selbst einen ›Autorenfilm‹ zu machen wird ihm nicht gelingen. Der wortmächtige Schriftsteller leidet darunter, daß sich das Wort dem Bild unterordnen muß. Er hat in den Dialogen, die so sein sollen, wie »jedermann redet«, keine glückliche Hand. Er braucht einen Co-Autor, und damit sind Spannungen programmiert. Bei der Verfilmung von *Gone with the Wind* darf er an den Dialogen von Margaret Mitchell, die ihn einst als Schriftsteller bewundert hatte, kein Wort ändern.

Aber etwas anderes gelingt ihm: die Traumfabrik Hollywood und ihre Mechanismen in seinem letzten Roman aus nächster Kenntnis zu erfassen. *The Last Tycoon* ist, unvollendet wie er blieb, sein reifstes Werk und der treffendste Hollywood-Roman überhaupt. Das meint auch Edmund Wilson, Scotts kritischer Freund, der den unfertigen Roman, die weiterführenden Notizen und die späten Prosaarbeiten Fitzgeralds in den vierziger Jahren herausgab. In dem phantasiebegabten, sich selbst und andere bedenkenlos ausbeutenden Produzenten Monroe Stahr wird der Roman zur Hommage eines großen amerikanischen Schriftstellers an eine sehr amerikanische Figur: den Selfmademan, den Schmied seines eigenen Glücks – und Unglücks, den Inbegriff des *American Dream.*

Am 21. Dezember 1940 stirbt F. Scott Fitzgerald vierundvierzigjährig in Hollywood an Herzversagen.

Bitte beachten Sie auch
die folgenden Seiten

F. Scott Fitzgerald im Diogenes Verlag

F. Scott Fitzgerald, geboren 1896 in St. Paul in Minnesota; der eigentliche Dichter der Roaring Twenties; der Sänger des Jazz- und Gin-Zeitalters; der Sprecher der Verlorenen Generation; Schöpfer des *Großen Gatsby* und des *Letzten Taikun.* Er starb 1940 in Hollywood.

»F. Scott Fitzgerald. Schade, daß er nicht weiß, wie gut er ist. Er ist der Beste.« *Dashiell Hammett*

Der große Gatsby
Roman. Aus dem Amerikanischen von Walter Schürenberg

Der letzte Taikun
Roman. Deutsch von Walter Schürenberg

Pat Hobby's Hollywood-Stories
Erzählungen. Deutsch und mit Anmerkungen von Harry Rowohlt

Wiedersehen mit Babylon
Erzählungen. Deutsch von Walter Schürenberg, Elga Abramowitz und Walter E. Richartz

Die letzte Schöne des Südens
Erzählungen. Deutsch von Walter Schürenberg, Elga Abramowitz und Walter E. Richartz

Der gefangene Schatten
Erzählungen. Deutsch von Walter Schürenberg, Anna von Cramer-Klett, Elga Abramowitz und Walter E. Richartz

Ein Diamant – so groß wie das Ritz
Erzählungen. Deutsch von Walter Schürenberg, Anna von Cramer-Klett, Elga Abramowitz und Walter E. Richartz

Der Rest von Glück
Erzählungen. Deutsch von Walter Schürenberg

Zärtlich ist die Nacht
Roman. Deutsch von Walter E. Richartz und Hanna Neves

Das Liebesschiff
Erzählungen. Deutsch von Christa Hotz und Alexander Schmitz

Der ungedeckte Scheck
Erzählungen 1931–1935. Deutsch von Christa Hotz und Alexander Schmitz

Die Schönen und Verdammten
Roman. Deutsch von Hans Christian Oeser. Mit einem Nachwort von Kyra Stromberg

Meistererzählungen
Ausgewählt und mit einem Nachwort von Elisabeth Schnack. Deutsch von Walter Schürenberg, Anna von Cramer-Klett und Elga Abramowitz

Dashiell Hammett im Diogenes Verlag

»Hammett brachte Menschen aufs Papier, wie sie waren, und ließ sie in der Sprache reden und denken, für die ihnen unter solchen Umständen der Schnabel gewachsen war.
Er brachte immer und immer wieder fertig, was überhaupt nur die allerbesten Schriftsteller schaffen. Er schrieb Szenen, bei denen man das Gefühl hat, sie seien noch niemals je beschrieben worden.«
Raymond Chandler

Fliegenpapier
und andere Detektivstories. Aus dem Amerikanischen von Harry Rowohlt, Helmut Kossodo, Helmut Degner, Peter Naujack und Elizabeth Gilbert. Mit einem Vorwort von Lillian Hellman

Der Malteser Falke
Roman. Deutsch von Peter Naujack

Das große Umlegen
und andere Detektivstories. Deutsch von Hellmuth Karasek, Walter E. Richartz und Wulf Teichmann

Rote Ernte
Roman. Deutsch von Gunar Ortlepp

Der Fluch des Hauses Dain
Roman. Deutsch von Wulf Teichmann

Der gläserne Schlüssel
Roman. Deutsch von Hans Wollschläger

Der dünne Mann
Roman. Deutsch von Tom Knoth

Fracht für China
und andere Detektivstories. Deutsch von Antje Friedrichs, Elizabeth Gilbert und Walter E. Richartz

Das Haus in der Turk Street
und andere Detektivstories. Deutsch von Wulf Teichmann

Das Dingsbums Küken
und andere Detektivstories. Deutsch von Wulf Teichmann. Mit einem Nachwort von Steven Marcus

Meistererzählungen
Ausgewählt von William Matheson. Deutsch von Wulf Teichmann, Walter E. Richartz, Hellmuth Karasek und Elizabeth Gilbert

Diane Johnson
Dashiell Hammett
Eine Biographie. Deutsch von Nikolaus Stingl. Mit zahlreichen Abbildungen

Evelyn Waugh im Diogenes Verlag

»Ein Schriftsteller von Evelyns Rang hinterläßt uns Besitztümer, die uns zu Entdeckungen einladen: hier zeigt sich uns plötzlich ein Ausblick, den wir übersehen hatten, da warten Pfade, daß wir sie im rechten Augenblick betreten, denn der Leser wie der Autor ändert sich.« *Graham Greene*

Evelyn Waugh (1903–1966) lebte, wenn er nicht gerade auf einer seiner vielen Reisen war, als freier Schriftsteller in London. 1930 konvertierte er zum Katholizismus.

Auf der schiefen Ebene
Roman. Aus dem Englischen von Ulrike Simon

Lust und Laster
Roman. Deutsch von Ulrike Simon

Tod in Hollywood
Eine anglo-amerikanische Tragödie. Deutsch von Peter Gan

Der Knüller
Roman. Deutsch von Elisabeth Schnack

Charles Ryders Tage vor Brideshead
Erzählungen. Deutsch von Otto Bayer

Wer zuerst kommt, mahlt zuerst
Erzählungen. Deutsch von Otto Bayer

Eine Handvoll Staub
Roman. Deutsch von Matthias Fienbork

Schwarzes Unheil
Roman. Deutsch von Irmgard Andrae. Mit einem Frontispiz und acht Zeichnungen des Autors

Gilbert Pinfolds Höllenfahrt
Ein Genrebild. Deutsch von Irmgard Andrae

Mit Glanz und Gloria
Roman. Deutsch von Matthias Fienbork

Helena
Roman. Deutsch von Peter Gan

Carson McCullers im Diogenes Verlag

»Heute streitet man sich auch in Deutschland nicht mehr um Rang und Ruhm von Carson McCullers, deren erster Roman *Das Herz ist ein einsamer Jäger* bereits 1940 von renommierten Kritikern des englischen Sprachgebiets gepriesen wurde. Er machte die Dreiundzwanzigjährige auf der Stelle berühmt und gewissermaßen zur Kollegin großer Schriftsteller wie Dostojewskij, Melville und Faulkner, der selber ihr Werk verehrt hat.« *Gabriele Wohmann*

»Für mich gehört ihr Werk zu den besten unserer Zeit.« *William Faulkner*

»Carson McCullers' Romane und Kurzgeschichten sind Literatur von der erlesensten, aber auch privatesten Art; Einsamkeit und Außenseitertum sind ihre Domäne, die sie in einfallsreichen und verblüffenden Variationen vor der sommerlich durchglühten Kulisse verschlafener Provinznester Georgias in der kurzen Zeitspanne von zehn Jahren durchgespielt hat.«
Alexandra Lavizzari/Neue Zürcher Zeitung

Das Herz ist ein einsamer Jäger
Roman. Aus dem Amerikanischen von Susanna Rademacher

Spiegelbild im goldnen Auge
Roman. Deutsch von Richard Moering

Frankie
Roman. Deutsch von Richard Moering

Die Ballade vom traurigen Café
Novelle. Deutsch von Elisabeth Schnack

Wunderkind
Erzählungen. Deutsch von Elisabeth Schnack

Madame Zilensky und der König von Finnland
Erzählungen. Deutsch von Elisabeth Schnack

Uhr ohne Zeiger
Roman. Deutsch von Elisabeth Schnack

Meistererzählungen
Ausgewählt von Anton Friedrich. Deutsch von Elisabeth Schnack

John Irving
im Diogenes Verlag

»Ein Autor, dessen gewaltige Romane – keiner hat unter 500 Seiten – vom geschmäcklerischen Intellektuellen bis zur erdigen Hausfrau jeden zu fesseln vermögen: Dieser Griff ins pralle Leben, diese mitreißende Mischung aus Komik und Tragik, skurrilen Einfällen und Menschlichkeit, Mitgefühl und Action, ist mit Besonnenheit und Disziplin ersonnen.«
Evelyn Braun/Basler Zeitung

»Man muß nicht nur *Garp* kennen und wissen, wie ihn der Film sah. Man sollte eigentlich alle Romane des Amerikaners John Irving gelesen haben, um mitreden zu können über das schöne Thema: Wie macht ein Autor seinen Lesern viel Spaß und vermittelt dabei einen guten Happen tieferer Bedeutung?«
Elisabeth Endres/Süddeutsche Zeitung, München

Das Hotel New Hampshire
Roman. Aus dem Amerikanischen von Hans Hermann

Laßt die Bären los!
Roman. Deutsch von Michael Walter

Eine Mittelgewichts-Ehe
Roman. Deutsch von Nikolaus Stingl

Gottes Werk und Teufels Beitrag
Roman. Deutsch von Thomas Lindquist

Die wilde Geschichte vom Wassertrinker
Roman. Deutsch von Edith Nerke und Jürgen Bauer

Owen Meany
Roman. Deutsch von Edith Nerke und Jürgen Bauer

Rettungsversuch für Piggy Sneed
Sechs Erzählungen und ein Essay. Deutsch von Dirk van Gunsteren

Zirkuskind
Roman. Deutsch von Irene Rumler

Die imaginäre Freundin
Vom Ringen und Schreiben. Deutsch von Irene Rumler

Witwe für ein Jahr
Roman. Deutsch von Irene Rumler

Doris Dörrie im Diogenes Verlag

»Doris Dörrie ist als Erzählerin Spezialistin in diffizilen Angelegenheiten der kleinen Rache und gezielten Ohrfeigen zum Zwecke der Unterstützung des eigenen Selbstwertgefühles. Sie ist eine sehr gute Kurzgeschichten-Schreiberin mit der erforderlichen Prise Selbstironie und mit stilistischer Eleganz.«
Annemarie Stoltenberg/Die Zeit, Hamburg

»Es ist vollkommen gleichgültig, ob Sie Doris Dörrie in der Badewanne, im Intercity-Großraumwagen, im Lehnstuhl oder in der Straßenbahn lesen, nur: Lesen Sie sie!« *Deutschlandfunk, Köln*

Liebe, Schmerz und das ganze verdammte Zeug
Vier Geschichten

»Was wollen Sie von mir?«
Erzählungen
Mit Fotos von Helge Weindler

Der Mann meiner Träume
Erzählung

Für immer und ewig
Eine Art Reigen

Love in Germany
Deutsche Paare im Gespräch mit Doris Dörrie
Unter Mitarbeit von Volker Wach. Mit 13 Fotos

Bin ich schön?
Erzählungen

Samsara
Erzählungen

Was machen wir jetzt?
Roman